suhrkamp taschenbuch 4100

In ihrem Bestseller *Muschelstrand* erzählt Marie Hermanson die magische Geschichte dreier Frauen, deren Leben anders verläuft als erwartet. Ein Buch »für Leser, die spannende Geschichten mit psychologischem Tiefgang lieben! – ein packender Roman!« (*Norddeutscher Rundfunk*)

In ihrem packenden, abgründigen Psychothriller *Der Mann unter der Treppe* verwandelt Marie Hermanson den Traum von der heilen Familie in einen mörderischen Alptraum: Frederik hat alles, was man sich wünschen kann: einen sicheren Job, eine wunderbare Frau, zwei nette Kinder und ein Haus in paradiesischer Lage. Doch plötzlich bekommt die Idylle Risse. Wer ist dieser Kerl, der behauptet, unter der Treppe zu wohnen? Und warum geht seine Frau immer mehr auf Distanz?

Von Marie Hermanson, geboren 1956, erschienen zuletzt die Romane *Pilze für Madeleine* (st 4075), *Das unbeschriebene Blatt* (st 3626), *Saubere Verhältnisse* (st 3957).

Marie Hermanson

Muschelstrand

Der Mann unter der Treppe

Zwei Romane

Aus dem Englischen von
Regine Elsässer

Suhrkamp

Die Originalausgabe von *Muschelstrand* erschien 1998
unter dem Titel *Musselstranden* bei Albert Bonniers Förlag, Schweden

Die Originalausgabe von *Der Mann unter der Treppe* erschien 2005
unter dem Titel *Mannen under trappan* bei Albert Bonniers Förlag,
Schweden

suhrkamp taschenbuch 4100
Erste Auflage dieser Ausgabe 2009

Satz: Jouve Germany, Kriftel
Druck: CPI – Ebner & Spiegel, Ulm
Printed in Germany
Umschlag: Göllner, Michels, Zegarzewski
ISBN 978-3-518-46100-6

1 2 3 4 5 6 – 14 13 12 11 10 09

Muschelstrand

Kristina

Sie bewegt sich in einer grauen Welt. Die Sonne ist noch nicht aufgegangen. Sie liebt diese Welt ohne Licht und Dunkel, eine Welt ohne Schatten, ohne Farben. Nichts ist wirklich sichtbar, und nichts ist wirklich verborgen, alles ist Ahnung, Verwechslung.

Die Geräusche der Nacht sind verstummt – das des Windes, das heisere Bellen des Rehbocks, das Rascheln der Nachtfalter – und die anderen, die Geräusche des Tages sind noch nicht erwacht. Bald kommen sie. Zuallererst die Morgenbrise in den Baumkronen, dann das Schreien der Meeresvögel, das Zwitschern der kleinen Vögel und schließlich auch der kakophonische Chor der Menschen aus Stimmen, Motoren und Musik.

Aber noch ist es still. Die Welt ruht sich aus zwischen ihren beiden Schichten, und in dieser ruhenden Welt bewegt sie sich über ein Meer, windlos und still wie ein Höhlensee. Das Kajak gleitet an der vertrauten Küste entlang, folgt den steilen Felswänden, den sanften Stränden in den Buchten, leckt sie wie eine schmale, bewegliche Zunge.

Jetzt öffnet sich das Wasser, wie eine breite Straße fließt es zwischen den Inseln hindurch und bis hinaus zum Horizont. Jenseits dieser schützenden Inseln, weit draußen im offenen Meer, sind ein paar kleine Schären zu sehen. Sie verläßt die Küste und fährt hinaus, auf die Schären zu.

Sie schafft es nur, wenn das Meer ganz ruhig ist. Manchmal ist es an Land windstill, und sie bemerkt die großen Wellen erst, wenn sie im offenen Wasser ist. Dann muß sie wieder umkehren.

Aber heute besteht keine Gefahr. Das Meer kommt ihr

vor, als könnte man es nicht befahren, so kompakt und glatt ist es. Sie ist fast erstaunt, daß das Kanu die Oberfläche zu durchschneiden vermag.

Ihr Atem und die Paddel bewegen sich im gleichen Rhythmus, die Armmuskeln schwellen an vor Kraft und Willensstärke. Sie ist eine Meerjungfrau. Nur der Oberkörper ist menschlich. Der untere Teil des Körpers bewegt sich unter ihr, gleitet passiv, verborgen in der dunklen Öffnung. Er ist ein Teil des Wassers.

Lange bevor sie ankommt, sehen sie die Vögel. Sie erheben sich als kreischende Wolke über der Schäre. Ihre weißen Federn leuchten wie von selbst in der grauen Luft. Sie kommen ihr entgegen, umringen sie, sie gleitet in die Schreie und die wirbelnden Körper.

Ulrika

Es gab kein Gartentor. Das Grundstück war immer noch offen und zugänglich. Und doch scheute ich mich davor, es zu betreten. Ich blieb zögernd stehen. Es stimmt nicht, daß es zugänglich war. Es besaß eine Art Integrität. Obwohl ich wie eine Tochter im Haus gelebt hatte, spürte ich die gleiche Unsicherheit wie damals. Die gleiche Sehnsucht, dazuzugehören, den gleichen Zweifel, ob es wirklich so war.

Alles war wie früher. Das felsige Grundstück mit seinen Eichen übte die gleiche magische Wirkung auf mich aus wie damals, als ich als Kind zum ersten Mal hier eingetreten bin. Felsig, wild, ungestutzt. Das Trapez, die Strickleiter, die Schaukel und das Lianenseil waren natürlich nicht mehr da, genausowenig wie das Baumhaus und das Seeräuberschiff, aber der Hauch von Abenteuer lag noch über der Szenerie.

Ich wußte nicht, wem das Haus jetzt gehörte. Vielleicht war es immer noch im Besitz der Familie Gattmann.

Ich ging langsam die aus Ästen gezimmerten Stufen zum braunen Haus hinauf. Es war Ende September, und ich nahm nicht an, daß so spät im Jahr jemand hier sein würde. Es war kein Auto da, und das machte mich um so sicherer. Ich ging um das Haus herum und auf die Veranda. Das Meer war intensiv blau, so blau, wie es nur im Frühjahr und im Herbst ist. Als ob da unten dicke Tinte flösse.

Ich stellte mich auf die Zehenspitzen und spähte durch das Fenster. Für einen Moment kam ich mir vor wie in einem absurden Traum. Ich schaute in mein eigenes Zuhause! Die übereck gestellten Sofas mit dem breitgestreiften, blauweißen Stoff. Der runde ausziehbare Eßtisch mit den merkwürdigen Scharnieren und die Stühle mit den krummen Beinen und runden Rücken. Die Jugendstillampe an einer Kette darüber. Die Seemannskiste. Der weiße Schaukelstuhl mit dem orientalischen Kissen und dem kleinen Nackenkissen mit Troddeln. Das Regal, das hoch an der Wand um das ganze Zimmer läuft, vollgestellt mit allem möglichen Kleinkram.

Alles ähnelte so unglaublich meinem eigenen Wohnzimmer. Als der Schock nachließ, sah ich natürlich die Unterschiede, aber es war trotzdem merkwürdig. Wenn jemand mich gebeten hätte, dieses Zimmer hier bei Gattmanns zu beschreiben, ich hätte es nicht gekonnt. An die Küche erinnerte ich mich sehr gut, und natürlich an Anne-Maries Dachkammer, aber an dieses Zimmer konnte ich mich nur verschwommen erinnern, es war versunken in einer gelblichen Dämmerung hinter herabgelassenen Rollos.

Mein Wohnzimmer ist im Lauf der Jahre entstanden, und nie war ich mir bewußt, daß ich ein Vorbild dafür gehabt hatte. Aber ich muß diesen Raum in allen Einzelheiten in meinem Gedächtnis bewahrt haben, und ich habe unbewußt mein eigenes Zuhause genau so eingerichtet. Und dabei hatte ich geglaubt, mir selbst alles ausgedacht zu haben. Ich war stolz auf meine Mischung aus Altem und Neuem, darauf, daß ich keinen bestimmten Stil hatte, man mich nicht in eine Schublade stecken konnte. Besonders entzückt war ich über die Idee mit dem langen Wandregal.

Hinter mir hörte ich die schnellen Schritte der Jungen auf der Veranda.

»Kommt, ich zeig euch was«, sagte ich und hob sie einen nach dem anderen hoch, damit sie ins Haus schauen konnten.

»Macht keine Abdrücke auf die Scheibe. Seht ihr was?«

Sie nickten gelangweilt und liefen davon. Sie hatten die Ähnlichkeit mit ihrem eigenen Zuhause nicht bemerkt. Vielleicht sehen Jungen so etwas nicht.

Ich starrte immer noch durch die Scheibe. Da drinnen schien sich in vierundzwanzig Jahren nichts verändert zu haben. Es war, als sähe man direkt in die Vergangenheit.

Ich ging zur Verandatür und schaute in die Küche. Die Schranktüren waren nach wie vor blau, aber es war nicht das Blau, an das ich mich erinnerte. Sie waren in einem anderen Ton neu gestrichen worden. Die Töpfe mit den Geranien fehlten. Ansonsten war alles wie damals.

Die Jungen wurden plötzlich sehr laut, und ich machte mir Sorgen, daß sie vielleicht jemanden stören könnten. Ich ging von der Veranda hinunter und um das Haus herum. Jonatan hatte seine Angel geholt, die er an einer der Eichen abgestellt hatte.

»Wir wollten doch angeln gehen«, jammerte er ungeduldig.

»Okay«, sagte ich. »Wir gehen angeln. Ich kenne eine gute Stelle.«

Ich dachte an den Muschelstrand, dachte an die riesigen Dorsche, die Jens da herausgezogen hatte, und an die seltenen, glitzernden Male, wenn eine Lachsforelle am Haken zappelte. Ein solches Erlebnis wünschte ich Jonatan.

Wir gingen zur Straße, folgten ihr ein paar hundert Meter, und ich überlegte, wo wir abbiegen mußten. Früher ging man quer über eine Wiese, aber es gab fast keine Wiesen mehr. Niemand wollte das Heu. Es weideten keine Kühe oder Pferde mehr. Die Landschaft war nicht wiederzuerkennen. Alle unbebauten Flächen waren von Buschwerk oder Heckenrosen überwachsen. Es war eng, dunkel. Wie ein zumöbliertes Zimmer bei einem alten Menschen. Die freien Spielflächen der Kindheit gab es nicht mehr.

Ich fand schließlich die Stelle, und wir drängten uns in die Vegetation. Immer wieder mußten wir stehenbleiben und Jonatans Blinker losmachen, der sich im Zweigwerk verfangen hatte. Ich hakte ihn schließlich von der Leine los, und Jonatan legte ihn in eine Schachtel zu seinen anderen Blinkern.

Ich fand die Steinmauer, durch die man hindurchmußte. Ich folgte ihr, um die Stelle zu finden, wo sie zusammengefallen war und man durchsteigen konnte. Es gab mehrere Stellen, an denen sie zusammengefallen war. Eigentlich war der größte Teil der Mauer zusammengefallen. Wir kletterten irgendwo über sie, und dann hörte der Wald auf, und wir waren draußen zwischen den heidekrautbewachsenen Felsen.

Wir waren ein bißchen zu weit nach Westen gekommen. Aber jetzt, wo wir freie Sicht hatten, wußte ich genau, wo ich war. Die Felsen waren noch genau wie damals. Hier hatte sich nichts verändert. Es wehte ein frischer Wind.

Ich erlebte wieder dieses wunderbare physische Gefühl, sich mit Gummistiefeln an den Füßen zwischen Felsen fortzubewegen. Das Berechnen des Abstands vor einem Sprung. Das Gefühl, genau so zu landen, wie man erwartet hatte, wie die Sohle gleichsam am Felsen klebt, fest genug ist, um den Stoß abzufangen, und dabei weich genug, daß der Fuß die Struktur des Untergrunds erkennt. Die Augen, die umherspähen. Wie das Gehirn ständig den besten Weg zu wählen versucht, ständig Wahl und Entscheidung. Der Körper, der so perfekt gehorcht, klettert, springt, sich beugt, sich streckt.

Für meine Söhne ist das natürlich nichts Besonderes. Sie spielen zu Hause täglich in den Felsen. Sie waren jetzt weit vor mir, ihre roten Mützen zeichneten sich gegen den Himmel ab, wenn sie ab und zu auf einer Anhöhe stehenblieben und sich zu mir umdrehten, damit ich ihnen mit einer Armbewegung die Richtung zeigen konnte.

Es war noch gar nicht so lange her, da mußte ich auf sie warten. Ich war allein einen steilen Abhang hinuntergestiegen und hatte mich dann umgedreht und sie nacheinander aufgefangen und über die schwierige Stelle gehoben.

Die Landschaft hier wurde vom Inlandeis geformt. Die Felsen sind durchzogen von schmalen Rissen und Schluchten, manchmal flach, manchmal abgrundtief, und man sieht das erst, wenn man direkt an ihrem Rand steht. Und was man – als Vegetation der Schlucht – gerade für zarte, halbmeterhohe Eichen gehalten hatte, erweist sich als die Spitzen von hohen Bäumen, deren Wurzeln zwanzig oder dreißig Meter tiefer liegen, und erst in allerletzter Sekunde stoppt man den Riesensprung, zu dem man gerade ansetzen wollte.

Solche Schluchten können ganz unterschiedliche Typen von Natur beherbergen, jede ist eine kleine Welt für sich. In den meisten wachsen kurze Eichen. Manchmal gibt es kleine Moosplätze mit Büscheln von Riedgras, Krüppelkiefern und Wollgras. In anderen Schluchten wächst eine Miniatur-Bruno-Liljeforswelt mit dunklem Tannenwald, oder eine vorgeschichtliche Landschaft mit Farnen oder einer kompakten Masse ineinander verwachsener Wacholderbüsche. Jede einzelne dieser Welten scheint direkt vom Himmel heruntergefallen zu sein und hat dann, eingesunken in den Fels, ihre Eigentümlichkeit in totaler Isolation von der Umwelt entwickelt und verfeinert.

Durch eine solche Schlucht erreicht man den Muschelstrand, es ist der einzige Weg, wenn man vom Land her kommt. Ich spähte über die Felslandschaft, um das ganz bestimmte Dach aus gemischtem Grün zu finden. Aber wir waren immer noch zu weit westlich.

Da fiel mir plötzlich eine andere dieser Schluchtenwelten ein. Eine Welt mit grünem Gras und Kiefern. Anne-Marie und ich haben dort einmal einen Schatz vergraben. Wir hatten alles mögliche in eine Teedose aus Blech gesteckt und sie vergraben.

Plötzlich hatte ich große Lust, diesen Schatz zu finden. Ich lief schneller, holte die Jungen ein und teilte ihnen meine neuen Pläne mit.

»Wir suchen einen Schatz«, sagte ich. Sie waren ein bißchen mißtrauisch, wollten mir jedoch bei der Suche helfen.

»Es müssen Kiefern sein«, sagte ich. »Kiefern und grünes Gras. Und ein Kirschbaum.«

»Wie sehen Kiefern gleich wieder aus?« fragte Max.

Eigentlich wußte ich überhaupt nicht, wo diese Schlucht lag. Kiefern, grünes Gras und ein wilder Kirschbaum, das war alles, woran ich mich noch erinnerte. Ich sah schnell ein, daß es keinen Sinn hatte. Ich blies die Schatzsuche ab, und wir gingen weiter nach Osten Richtung Muschelstrand. Diese Schlucht konnte man nicht verfehlen. Man muß nur der Küstenlinie folgen, dann kommt man hin. Aber man darf nicht zu nah am Meer gehen, weil die Klippen fast senkrecht ins Wasser abfallen, ich paßte deshalb gut auf die beiden Jungen auf.

Wir fanden die richtige Stelle und rutschten in der Hocke auf den Schuhsohlen den Felsen hinunter und landeten in einem raschelnden Teppich aus vorjährigem Laub. Ein ausgetrocknetes Bachbett. Eiche, Eberesche und Holunder. Gealterte Erlen mit aufgesprungener Rinde und grauem Moos. Geißblattranken, die sich mit solcher Kraft um die Baumstämme gewunden hatten, daß sie tiefe Spuren in der Rinde hinterlassen hatten.

Max schrie laut, weil Jonatan ihm aus Versehen einen Zweig ins Gesicht gepeitscht hatte. Ich wollte ihn trösten, aber er stieß mich weg.

»Hier gibt es überhaupt kein Meer«, schimpfte er und sah mich aus seinen großen sechsjährigen Augen an. Skeptisch, mißtrauisch, fast ängstlich. War seine Mutter verrückt geworden? Sie schaute bei fremden Leuten zum Fenster hinein.

Sie ließ ihn nach einem Schatz suchen, den es gar nicht gab. Sie sagte, sie würden ans Meer gehen und angeln, und dabei führte sie einen immer tiefer in einen Urwald aus bösartigen klammernden und peitschenden Zweigen.

»Wir sind gleich da«, sagte ich und setzte ihm die Mütze auf, die er eben verloren hatte. Ich setzte sie verkehrt herum auf, wie er es gern hat, aber es war doch falsch, denn er nahm sie sofort wieder ab und setzte sie mit einem Seufzer richtig auf.

»Okay«, sagte er gefaßt. »Gehen wir?«

Wir kamen zu einer dichten Mauer aus Wacholder und Schlehen. Wenn man da steht, meint man, kilometerweit vom Meer entfernt zu sein, gefangen in einem tiefen Wald. Und doch ist es nur diese Mauer, undurchdringlich, ohne Lichtspalten, die einen vom Strand und vom Meer trennt. Man riecht das Salz, hört das Plätschern der Wellen, hört auch den Wind, obwohl es da, wo man steht, völlig windstill ist.

Früher kam man ganz links an der Felswand durch. Ich stellte fest, daß es immer noch ging. Wir drückten uns an den Fels, schoben die nadeligen Zweige zu Seite und schlüpften hinaus in das blendende Licht.

Die Jungen rannten über den kleinen Sandstrand, Berge von Muschelschalen knirschten unter ihren Füßen. Das Wasser war kristallklar. Wie kleine weiße Inseln leuchtete der Sand zwischen den Muschelkolonien. Als Kind war ich oft mit den Geschwistern Gattmann hier, wir sammelten große, wohlgenährte Miesmuscheln, die wir direkt am Strand in einer Blechbüchse mit Meerwasser über offenem Feuer kochten.

Jonatan wollte sofort angeln, und ich zeigte ihm den großen quaderförmigen Steinblock am anderen Ende des Strandes, wo das Wasser tief ist.

Der Meeresboden ist hier merkwürdig. Vom Strand aus erstreckt sich fächerförmig ein flaches Stück, dann fällt der Boden plötzlich tief ab, so daß einem beim Baden das Wasser eben noch bis zum Knie reicht und beim nächsten Schritt bereits bis zur Brust. Ein Kind könnte nach dem Höhenunterschied überhaupt nicht mehr stehen. Für jemanden, der nicht schwimmen kann, ist es ein lebensgefährlicher Badeplatz. Bei meinen Forschungen bin ich mehrfach auf Sagen aus dieser Gegend gestoßen, die von einem bösen, weiblichen Meereswesen berichten, das in einer Bucht wohnt und die Leute unters Wasser zieht. Das könnte diese Bucht sein. Man kann sich vorstellen, daß jemand hinauswatet, um Muscheln zu sammeln, und plötzlich in die Tiefe gerät und ertrinkt. Für den, der das Unglück vom Strand aus beobachtet, muß es ganz unerklärlich sein. Ich kenne mich in Geologie nicht aus, aber ich glaube, daß der plötzliche Höhenunterschied mit den riesigen Steinblöcken zu tun hat, die wie aufgestapelt an der Bergseite liegen und dann weiter über den Strand und bis ins Wasser. Ein Werk des Inlandeises. Ich vermute, daß unter dem Muschelsand des Strandes und des flachen Stücks große Felsbrocken liegen, die die Bucht ausfüllen, und daß die plötzliche Tiefe die Kante eines solchen Blocks ist.

Die Jungen kletterten auf den riesigen Steinen herum. Ich rief ihnen zu, vorsichtig zu sein. Man hat das Gefühl, als könnten diese Steinblöcke jeden Moment wegrollen. Es ist ohnehin merkwürdig, daß sie in dieser steilen Lage so liegenbleiben, wie sie liegen. Als hätte eine Zauberformel das Herabstürzen mitten in der Bewegung eingefroren. Natürlich ist nach Tausenden von Jahren alles ziemlich stabil. Aber die Blöcke sind uneben, man kann danebentreten, ein Kinderkörper kann leicht in den dunklen Zwischenräumen verschwinden.

Meine Warnungen perlten an ihnen ab wie Wasser. Sie rannten herum, als seien sie zu Hause in der Küche, und ich atmete auf, als sie endlich zu dem Felsblock gingen, den ich ihnen als Angelplatz angewiesen hatte.

Jonatan machte den Blinker fest und warf die Angel aus und holte sie wieder ein. Er hatte seine Angel im letzten Sommer bekommen. Es hat noch nie etwas angebissen, obwohl ich zu Gott bete, daß er endlich einen Fisch fängt. Max kickte gegen Muschelschalen am Strand und zertrat sie mit den Absätzen. Sein Verhalten löste gemischte Gefühle in mir aus. Ich verstand seine Begeisterung über das knirschende Geräusch, gleichzeitig berührte mich seine Zerstörungslust unangenehm. Es waren so schöne, matte, blauweiße Muscheln! Ich überlegte, ob ich ihm wieder eine meiner ewigen Ermahnungen zurufen oder lieber wegschauen sollte. Ich entschied mich für letzteres und sah, daß Jonatans Angel sich am Grund verhakt hatte. Ich ging zu ihm, und nach vielem Zerren und Ziehen mußte ich die Leine abschneiden und einen neuen Blinker befestigen.

Als ich zum Strand zurückkam, war Max weg. Er konnte nicht weit sein. Oben bei den Felsblöcken war er nicht. Um diese Jahreszeit würde er nie ins Wasser gehen, oder vielleicht doch? Nicht, ohne daß ich es gemerkt hätte. Ich rief ihn, bekam aber keine Antwort. »Hast du Max gesehen?« fragte ich Jonatan.

»Ich habe ihn gerade noch gesehen«, sagte er. »Dort.« Er zeigte auf die Felsblöcke. Ich rief noch einmal.

Als ich das fünfte oder sechste Mal seinen Namen gerufen hatte, erschien plötzlich eine rote Mütze an einem unzugänglichen Platz oben im Felsgeröll. Eine Veränderung in meiner Stimme, ein gellender Unterton von Panik brachte ihn dazu, sich zu erkennen zu geben.

Der Anblick seines strahlenden Gesichts machte mich so

froh, und ich reagierte gar nicht darauf, daß er sich eigentlich an einer unmöglichen Stelle befand, ganz oben zwischen den höchsten Felsbrocken.

»Da bist du ja!« rief ich, ganz wirr vor Mutterliebe.

»Wie bist du denn da hingekommen?« fragte Jonatan, der klarer dachte.

Max lachte nur.

Und dann verschwand er wieder, wie verschluckt von den Riesensteinen. Da es dauerte, bis er wieder auftauchte, wurde ich sofort wieder unruhig.

Jonatan hatte die Angel weggelegt und sich zu der Stelle aufgemacht, wo Max gerade zu sehen gewesen war. Er mußte bald aufgeben. Der Höhenunterschied zwischen den Steinblöcken war zu groß, um bis nach oben klettern zu können. Aber wenn Jonatan mit seinen neun Jahren es nicht schaffte, wie hatte es dann sein sechsjähriger kleiner Bruder geschafft?

»Max!« schrie ich. »Hör auf mit dem Unsinn, komm heraus! Es ist gefährlich zwischen diesen Felsblöcken! Max!«

Im nächsten Moment hörte ich direkt neben mir ein Lachen. Da saß er zwischen den Muschelschalen zu meinen Füßen und lachte, daß er sich beinahe überschlug, und warf Hände voll Sand in die Luft. Ich starrte ihn bloß an. Sein Auftauchen hatte etwas Übernatürliches.

»Wie bist du hierhergekommen?« fragte ich.

Jonatan, der einige Abenteuerfilme gesehen hatte und Computerspiele kannte, erfaßte die Situation klar.

»Du hast eine Höhle gefunden! Einen Höhlengang vom Strand durch den Fels nach oben. Warte, ich komme auch.«

»Hier gibt es keine Höhle«, sagte ich. Das war der Spielplatz meiner Kindheit. Ich kannte ihn wie meine Hosentasche.

Und es war nicht nur ein Spielplatz. Es war ein sehr spezieller Ort, auch aus anderen Gründen. Hier, am Muschelstrand, hatten wir Maja gefunden, Anne-Maries kleine Schwester, die im Sommer 1972 verschwunden war. Nach ihrem Verschwinden kamen wir nie wieder her, aber davor waren wir so oft hier, daß ich mir einbildete, jeden Stein zu kennen, jede Schlucht, jede Farbveränderung des Felsenmooses.

Max kletterte auf den nächstgelegenen Felsblock und dann weiter in einen schmalen Spalt. Jonatan sah ihm nach und folgte ihm sofort.

»Komm doch auch, Mama«, rief er aus der Tiefe. »Hier unten ist ein langer Gang. Man kann den Berg hinaufkriechen. Unter den Steinen. Man kann hinaufschauen. Ich kann den Himmel sehen. Es ist ganz toll.«

Ich hörte ihre Stimmen aus dem Geröll heraus und versuchte, ruhig zu bleiben. Wieder mußte ich mir einreden, daß die Felsbrocken fest verkeilt waren. Wenn sie Tausende von Jahren stillgehalten hatten, dann würden sie auch noch das Weilchen liegen bleiben, das meine beiden Söhne brauchten, um da unten entlangzukriechen. Und doch war der Gedanke erschreckend, daß sie diese Steinmassen über sich hatten, und ich atmete auf, als sie aus einer Öffnung geklettert kamen und mir von der hohen, unzugänglichen Stelle aus zuwinkten, wo Max sich zuvor gezeigt hatte.

Die Jungen krochen in dem Gang ein paar Mal hin und her. Ich legte mich auf den Felsblock am Strand und schaute in den breiten Spalt, der der Eingang des Ganges war. Ich sah Muschelschalen, eine flaumige Möwenfeder und Sand. Und einen dunklen Raum unter dem seitlichen Felsblock. Nicht im Traum wäre mir eingefallen, da hinunterzuklettern und hineinzukriechen. Ich habe Angst vor engen Räumen.

Jonatans Beschreibung war falsch, es war keine Höhle. Es war einfach nur ein Raum unter den Felsblöcken, gebildet von kleineren Steinen, die die großen trugen. Und warum hatten Anne-Marie und ich bei unseren unzähligen Besuchen am Strand diese Merkwürdigkeit nicht entdeckt, auf die meine Söhne nach einer Viertelstunde gestoßen waren?

Weil uns nie in den Sinn gekommen wäre, in so einen Spalt zu klettern. Wir waren vielleicht nicht so mutig oder interessiert oder zu dumm, um uns solchen Gefahren auszusetzen.

Es ist doch merkwürdig, wieviel die Kinder für einen entdecken. Oft denke ich, ich lerne mehr von ihnen als sie von mir.

Im nächsten Moment machten die Jungen da unten einen fürchterlichen Lärm. Ich hörte ihre Stimmen durch die Öffnungen.

»Mama! Wir haben einen Höhlenmenschen gefunden! Ein Skelett!«

»Das ist bestimmt ein Tier«, sagte ich. »Vielleicht ein Nerz. Es gibt hier viele Nerze.«

»Dann schau doch mal!« hörte ich Jonatans Stimme, jetzt von weiter weg. Ich sah zum Felsblock hinauf, und wieder zeigte sich ein Kopf an der unmöglichen Stelle. Aber dieses Mal war es kein blonder Bubenschopf mit roter Mütze, der mich zwischen den Riesenblöcken angrinste. Es war ein braungelber menschlicher Schädel mit leeren Augenhöhlen.

Das Auto der Polizisten war neu und fuhr weich und leise. Ich saß vorne.

»Und was machen Sie beruflich?«

Von der Polizeistation nach Tångevik war es ein ganzes Stück zu fahren, und wir mußten irgend etwas reden. Wir fuhren in einem normalen Auto, keinem Polizeiauto. Die Polizisten trugen Freizeitkleidung und sprachen Dialekt.

»Ich bin Forschungsassistentin. Am Institut für Ethnologie«, sagte ich.

»Und was erforschen Sie?«

»Die Mythen über die Bergverschleppungen, auch Bergentrückungen genannt. Früher schickte man junge Mädchen zum Viehhüten in einsame Gegenden. Und da verschwanden sie aus irgendeinem Grund, und man sagte, ein Troll hätte sie geholt und verzaubert und hielte sie im Berg gefangen. Oder wenn jemand eine Psychose bekam und seine Persönlichkeit sich veränderte, glaubte man, daß diese Person bergentrückt war und die Psychose eine Art von Verzauberung.«

Ich sprach schnell und aufgeregt. Wenn ich nicht weiß, was ich mit fremden Menschen reden soll, erzähle ich immer von meiner Forschungsarbeit. Die meisten Leute interessieren sich dafür. Ich habe darüber Mitreisenden im Zug, Tischnachbarn auf Festen, Freunden der Kinder erzählt. Die Nummer mit der Bergverschleppung funktioniert immer.

»Diesen Mythos gibt es fast überall auf der Welt«, fuhr ich fort. »Er wird jedoch je nach Land ein wenig anders erzählt. In Schweden und Norwegen verschwinden die Leute in den Bergen. In England sind es Hügel. Und dort sind es Elfen und keine Trolle.«

»Aber heute glaubt doch niemand mehr an so etwas«, sagte der Polizist, der fuhr.

»Nein, aber heute erzählen Menschen, wie sie von Außerirdischen gekidnappt und an Bord von Raumschiffen gebracht worden sind. Das ist die moderne Form des gleichen Mythos. Das Muster ist das gleiche. Sie werden von den fremden Wesen ausgenützt, für medizinische Experimente und ähnliches mißbraucht. Es können auch sexuelle Momente enthalten sein. Sie bekommen wohl etwas im Gegenzug, aber es wird ihnen immer etwas Wichtiges genommen. Ihre Seele, ihre Persönlichkeit. Die Wesen sind weder gut noch böse, aber gefühllos, sie betrachten die Menschen als Dinge. Nach einer solchen Entführung sind die Opfer verändert. Häufig verlieren sie das Gedächtnis. Durch Träume, Hypnose oder Therapie können sie sich wieder an das Erlebte erinnern. In den USA gibt es Therapeuten, die sich auf die Opfer solcher Entführungen spezialisiert haben. Die Kritiker meinen, daß die Therapeuten den Opfern die Erinnerungen einreden.«

»Ja, mein Gott, was es doch für Dummköpfe gibt«, stöhnte der Polizist auf dem Rücksitz.

»Sie glauben ihnen also nicht?« sagte ich provozierend. Die Leute, die sich von den Bergverschleppungsmythen nicht faszinieren lassen, werden wütend. Es gibt Menschen, die irrationale Erklärungen nicht ertragen können.

»Und was glauben Sie selbst?« fragte der Polizist, der fuhr.

Ich antwortete wie immer: »Ich glaube gar nichts. Ich studiere die Mythen. Das ist mein Job.«

»Ich wünschte, wir könnten das auch machen«, sagte der fahrende Polizist leise. »Stell dir vor, Jan-Erik, wir würden das auch machen. Wenn die Gauner ihre Runden drehen, setzen wir uns hin und studieren sie.«

Der Polizist auf dem Rücksitz lachte, und sie sprachen weiter miteinander, während ich seine Idee in Gedanken weiterspann. »Die Lüge im polizeilichen Verhör.« In ihrem Archiv mußte es unglaublich viele Lügen geben. Was für eine Goldgrube aus Erdichtetem, Erfundenem, verschiedenen Ausdrücken für die Kreativität der Menschen. Wie lügt man? Man will natürlich als unschuldig dastehen, aber welche Methode benützt man? Macht man sich kleiner oder größer? Schmückt man unscheinbare, glaubwürdige Details aus, oder ist man im Gegenteil so kurz und allgemein wie möglich, um sich nicht zu verheddern? Gibt es Geschichten, die immer wieder vorkommen, Standardlügen, die man bei der Polizei kennt? Werden die Standardlügen weitergegeben oder entstehen sie spontan?

Wir erreichten Tångevik, und die Polizisten parkten am Straßenrand. Auf der Wanderung zum Muschelstrand fragten sie mehrmals: »Ist das wirklich der einzige Weg?«

»Man kann auch mit dem Boot hinkommen. Aber das ist der einzige Landweg.«

Als wir den Felsabhang hinunter in das dschungelartige Wäldchen in der Schlucht rutschten, sagten sie wieder: »Ist das wirklich der richtige Weg?« Sie sahen mich genauso mißtrauisch an wie die Jungen, und ich konnte ihre Gedanken lesen: »Trolle und Außerirdische und Skelette. Ja, ja, in diesem Beruf begegnet man schon allen möglichen Leuten.«

Am Strand war es jetzt windiger als beim letzten Mal. Ich fröstelte, als ich wartete, wie der eine Polizist unter den Felsblock kroch. Er, der Fahrer, war der Jüngere und sah durchtrainiert aus. Der andere trat unruhig auf den Muschelschalen herum.

»Wir haben nichts angefaßt. Mein Sohn hat den Schädel wieder so hingelegt, wie er lag«, sagte ich.

Ich hatte mich an den Gletschermann erinnert, den sie in den Alpen gefunden hatten und der so unvorsichtig behandelt worden war, weshalb ich Jonatan strengstens ermahnt hatte, nichts weiter anzurühren.

Der Polizist nickte schweigend. Der Jüngere war schon wieder auf dem Rückweg. Man konnte hören, wie er fluchte, als er sich den Kopf am Stein anschlug. Dann tauchte er hinter dem untersten Felsblock auf, kletterte über ihn und kam zu uns ans Ufer. Er schnaufte etwas nach der Anstrengung.

»Doch«, sagte er zu seinem Kollegen. »Sie hat recht. Da ist etwas.«

Dann wandte er sich zu mir, zeigte zu den Felsen hinauf

und sagte: »An den da glaube ich. Der wurde in den Berg verschleppt.«

»Wollen Sie es denn nicht mitnehmen?« fragte ich. Der Jüngere schüttelte den Kopf.

»Wir nehmen es das nächste Mal mit. Aber dann kommen wir mit dem Boot.«

Åse stand in dem großen Garten des Zweifamilienhauses auf einer Leiter und pflückte Äpfel. Sie trug einen Strickpullover und ein rotgemustertes Tuch als Stirnband. Auf dem Boden lagen zwei Haufen mit Äpfeln, einer mit makellosen und einer mit wurmigen. Hedda, Åses und Anders' zweijährige Tochter, stand am Fuß der Leiter und nahm die Äpfel entgegen, die Åse ihr reichte, und legte sie mit großem Ernst auf den richtigen Haufen. Sie sprachen leise und freundlich miteinander. Auf den Beeten leuchteten gelbe und rostrote Astern und eine Art krausblättriger Kohlköpfe.

Als Anders und ich miteinander verheiratet waren, war ein eigenes Haus ein unvorstellbarer Luxus. Oder vielleicht dachte vor allem ich das. Allein der Gedanke an eine Million Kronen Schulden ließ mich schaudern. Ich weiß inzwischen, daß man es so nicht sehen darf. Das gemeinsame Einkommen von Åse und Anders kann auch nicht höher sein, als unseres es war. Und doch wohnten sie hier in einem märchenhaften Garten und einer altmodischen Villa – einer halben wenigstens. Wir hatten uns in der kleinen Wohnung in Majorna zusammengedrängt. Ich wohne da immer noch mit den beiden Jungen.

Max und Jonatan liefen zu Hedda und hoben sie hoch und küßten und drückten sie. Sie lieben ihre Halbschwester heiß und innig.

»Hallo«, sagte ich und stellte die Sporttasche mit den

Sachen der Jungen auf die Erde. »Ich habe mir gedacht, daß ihr hier seid. Ich habe geklingelt, aber niemand hat aufgemacht.«

»Anders ist beim Training. Er muß jeden Moment kommen«, sagte Åse und kletterte von der Leiter. »Wir dachten, man muß das Obst ernten, bevor der erste Frost kommt. Es gibt dieses Jahr sehr viel. Wir wissen gar nicht, was damit machen. Davon müssen wir wohl Apfelmus kochen.« Sie zeigte auf den Haufen mit der zweiten Wahl.

Wer ist denn »wir«, dachte ich. Sie will mir doch wohl nicht weismachen, daß Anders sich um die Apfelernte kümmert.

Da hörten wir auch schon das Auto in der Garageneinfahrt, und kurz darauf tauchte er zwischen den Obstbäumen auf. Er war richtig muskulös geworden, seit er vor einem Jahr mit dem Training im Sportstudio angefangen hatte. Der lange Pferdeschwanz, den er jetzt trug, war noch naß vom Duschen. Er blieb stehen und steckte sich mit der vertrauten Geste ein Stück Tabak unter die Oberlippe. Einen sehr kurzen Moment lang durchfuhr mich ein Stich von Liebe, Sehnsucht, Eifersucht. War es ein Fehler, daß ich mich hatte scheiden lassen? War mir etwas entgangen an ihm, eine Qualität, die Åse sah, ich jedoch nicht? Der gutaussehende, muskulöse Mann mit dem Pferdeschwanz könnte immer noch meiner sein, sollte meiner sein, blieb irgendwie immer meiner.

Aber dann kam er näher, sagte hallo, redete, und mein Gefühl verschwand sofort. Es war der alte Anders. Nein, ich bereute nichts.

Er spielte Badminton mit Jonatan, schoß knallharte Bälle, die der unmöglich kriegen konnte. Als Jonatan keine Lust mehr hatte, packte er sich Max und hielt ihn an den Füßen in der Luft. Wie immer faßte er zu hart zu, war zu heftig. Einmal hatte sich Max dabei erbrochen, und einmal war Jonatan auf dem Fußboden aufgeschlagen. Das haben sie inzwischen vergessen, die Jungen und Anders. Jonatan wollte jetzt auch an den Füßen in der Luft gehalten werden. Die Jungen wechseln zwischen Weinen und Lachen. Sie lieben es sehr, dieses große, ungeschlachte Kind, das ihr Vater ist.

»Okay. Ich geh dann mal. Die Badehosen sind in der Tasche, falls ihr ins Hallenbad gehen wollt. Viel Spaß, Kinder. Bis Montag.«

Ich gab ihnen einen Kuß zum Abschied, ging durch den Garten zur Straße und fuhr wieder in die Stadt. Die Sonne stand tief, die Bäume bogen sich vor Früchten. Es war immer noch mild, mehr Sommer als Herbst. Nach langem Suchen fand ich einen Parkplatz zwei Straßen von meiner Wohnung entfernt. Ich ging die Treppe hinauf und schloß die Tür zur leeren Wohnung auf. Jetzt begann mein Wochenende.

Wir haben vereinbart, daß die Jungen alle drei Wochen von Freitagnachmittag bis Montagmorgen bei Anders sind.

Direkt nach der Scheidung sehnte ich mich nach diesen Wochenenden ganz für mich. Als ich verheiratet war, glaubte ich, jenseits der Ehe warte ein großes, wunderbares Land der Freiheit auf mich. Meine Ehe war langweilig. Anders und ich waren wie Bruder und Schwester. Wir hielten an unserer sexuellen Beziehung fest, redeten naßforsch darüber. »Ist mal wieder Zeit für die ehelichen Pflichten.« Uh, wie langweilig. Oft verliebte ich mich in andere Männer und genoß unschuldige Flirts mit Kollegen und Männern, denen ich bei Kursen oder Festen begegnete. Ich konnte mir nämlich nicht vorstellen, untreu zu sein. Anders hätte mir das sofort angemerkt. Ich kann fürchterlich schlecht lügen, besonders vor ihm. Er wäre wohl nicht eifersüchtig gewesen, aber mit seiner kindlichen Gerechtigkeitsphilosophie hätte er gesagt:

»Dann mach ich es auch.« Und das hätte ich nicht ertragen. Aber geschieden zu sein war etwas anderes.

In der ersten Zeit genoß ich die Wochenenden für mich intensiv. Ich lag lange in der Badewanne, mit seidenglänzenden Badekugeln im Wasser und Kerzen auf dem Wannenrand. Ich kaufte jede Menge Kleider und ging mit Freundinnen aus. Ich war endlich bereit, in die Welt der zügellosen Leidenschaften einzutreten, die ich jenseits der Ehegrenzen vermutete. Um festzustellen, daß es sie nicht gab. Ich verstand, daß die Flirts genau das waren, nämlich Flirts, und daß die Männer, die mich gelockt hatten, als ich verheiratet war, genau so verheiratet waren wie ich vorher, und genau so wenig wie ich Lust hatten, untreu zu sein. Jetzt verliebte ich mich in keinen mehr. Mit Ausnahme von zwei zufälligen und peinlichen Geschichten gleich nach der Scheidung (die eine mit einem Kollegen und die andere mit einem unbekannten Mann auf der Fähre nach Dänemark) bin ich ganz ohne Männer ausgekommen. Am Anfang sah ich es als Pause, aber allmählich wurde mir klar, daß es vielleicht für den Rest des Lebens so bleiben würde, und zu meiner großen Überraschung stellte ich fest, daß es mir nichts ausmachte.

Die Leidenschaften glänzten also durch Abwesenheit. Das Positive an der Scheidung war etwas anderes, etwas viel Trivialeres, aber es war wichtiger, als ich gedacht hatte. Nicht mehr hinter Anders herräumen zu müssen, nicht mehr überreden, schimpfen, überlisten, Kompromisse schließen zu müssen. Mir wurde bewußt, wieviel Zeit und Energie mich das alles gekostet hatte. Dieses ganze unnötige Gezerre – kein Streit, aber Gezerre – bis spät in die Nacht, und am nächsten Tag war man todmüde gewesen.

Wenn wir nicht zerrten, saßen wir vor dem Fernseher. Das mache ich seit Anders' Auszug überhaupt nicht mehr. Wenn die Jungen im Bett sind, lese ich oder laufe durch die Wohnung und krame vor mich hin und höre Radio. Ich esse auch anders. Ich habe festgestellt, daß ich Gulasch und Fleischklöße eigentlich überhaupt nicht mag, mir schmeckt vegetarisches oder orientalisches Essen viel besser.

Eine kurze Zeitlang verspürte ich auch ein berauschendes Gefühl von Platz. Ich genoß die luftige Leere, die sein Schreibtisch, seine Bücherregale und seine häßliche geerbte Couchgarnitur hinterlassen hatten. Sie wurde allerdings schneller als gedacht wieder gefüllt.

Erstaunen. Das war Anders' Reaktion, als ich die Scheidung vorschlug. So schlimm war es doch nicht, fand er. Aber wenn ich unbedingt wollte. Das Schlimmste für ihn war, daß er sich eine neue Wohnung suchen mußte. Er wußte, wie schwierig es gewesen war, die zu bekommen, die wir hatten und die ich behalten wollte, weil die Jungen bei mir wohnen sollten. Aber er hatte Glück. Er bekam sehr schnell ein paar Häuser weiter eine Wohnung und fast genau so schnell eine neue Frau. Er drehte sich nur um, und sie stand da. Genau so hatte er es mir beschrieben. »Ich drehte mich nur um, und sie stand da.«

Es war an seinem Arbeitsplatz, dem Museum für Ethnographie. Er stand im Museumsshop und räumte auf. Dann drehte er sich um, und da stand sie und sortierte Postkarten mit Indianermasken in einen Ständer. Sie war die neue Aushilfe, zweiunddreißig, frisches, gesundes Aussehen, einen kleinen norwegischen Akzent, kurze braune Haare, einen indianischen Federschmuck im einen Ohr. Der Frauenraum in seinem Leben war leer, er drehte sich um, da stand eine Frau, und der Raum war wieder bewohnt. (Ich erinnere mich jetzt daran, daß er sich in einer ähnlichen Situation befand, als wir uns am Bahnhof von Falköping trafen. Er kam von einem Mädchen, das gerade Schluß mit ihm gemacht hatte. Er war nur ein paar Stunden Single gewesen, als ich auftauchte.)

Åse hatte mir erzählt, wie es bei ihr war. Ein Astrologe hatte ihr gesagt, sie werde, noch bevor das Jahr zu Ende sei, den Mann ihres Lebens treffen, was sie sehr freute. Sie hatte lange ungebunden gelebt, war viel gereist und sehnte sich nun danach, Wurzeln zu schlagen und Kinder zu bekommen. Der Tag, an dem sie an ihrem neuen Arbeitsplatz Postkarten mit Indianermasken in einen Ständer sortierte, war der 19. Dezember, es war also nicht mehr viel übrig vom Jahr, und Åse betrachtete jedes männliche Wesen mit gespannter Erwartung. Sie hatte, kaum daß sie den Raum betreten hatte, den Mann in der schwarzen Lederweste bemerkt, der hinter der Theke etwas in einem Karton suchte. Sie beobachtete ihn die ganze Zeit aus den Augenwinkeln, und als er sich aufrichtete und sich etwas irritiert umdrehte, trafen sich ihre Blicke.

Anders hatte erzählt, er habe sofort gespürt, daß etwas Besonderes gewesen sei. (Ich nehme an, ihre Pupillen waren vor Erwartung geweitet und ihre Wangen leicht gerötet, das sind in der Natur die Signale für Paarungsbereitschaft.) Er wollte sie eigentlich fragen, wo das war, was er suchte, aber plötzlich hatte er vergessen, was er suchte. Er hörte ihren schönen norwegischen Akzent und daß sie hier arbeiten würde. Er nahm die Hand, die sie ihm entgegenstreckte, und in dem Moment hörte er das schwache, aber deutliche Geräusch, das König Carl XVI Gustaf als »klick« beschrieben hatte, worüber Anders immer gegrinst hatte, was er nun jedoch als erschreckend treffend erlebte. »Genau so«, sagte er, als er mir alles am Küchentisch erzählte. »Genau so war es. Einfach klick. Ich konnte es wirklich hören.«

Wie zwei Legosteine, die zusammengesteckt werden. Ein Puzzleteil, das an seinen Platz gedrückt wird. Ein Druckknopf, der in sein Gegenstück paßt. Ein Geräusch der Vollendung. Klick.

Das merkwürdige Gefühl der Leere war verschwunden. Er hatte wieder eine Frau. Sie wollte mit ihm ein Nest bauen, ein Haus kaufen, Kinder kriegen. Und er hatte nichts dagegen. Das war der Lauf der Natur.

Ich ging duschen. Ich hatte sehr bald aufgehört, stundenlang in der Wanne zu liegen, es war so viel Arbeit, sie hinterher sauber zu machen. Ich zog meinen Frotteebademantel an, setzte mich mit einer Tasse Tee und einem Apfel aus Anders' und Åses Garten aufs Sofa und ging meine Papiere durch. Ich sollte am Abend in der Stadtbibliothek einen Vortrag halten, und ich überlegte, welche Bergverschleppungsgeschichten ich nehmen sollte. »Die Kratzspuren auf der Fensterbank« nehme ich, wenn Frauen zuhören, und zu solchen Vorträgen kommen hauptsächlich Frauen. Den »Bergarbeiter« nehme ich, wenn ich ein paar Männer im Publikum sehe.

Ich setzte mich an den Computer und sah ein paar Sachen nach. Ich habe sechs Dateien, in denen ich Informationen sammle: »Wer wird verschleppt?«, »Wer verschleppt?«, »Das Verschleppen«, »Die Zeit im Berg«, »Die Befreiung« und »Die Zeit danach«. Dann schrieb ich meinen Vortrag, indem ich ein paar Schlüsselbegriffe notierte, machte den Drucker an und die Schranktür auf.

Ich trage normalerweise sehr gerne lange Röcke und gemusterte Strickpullover, aber bei solchen Gelegenheiten vermeide ich tunlichst Kleidung mit folkloristischem Anstrich. Während der Drucker meinen Vortrag ausspuckte, probierte ich ein Kostüm in einem unbestimmbaren Farbton zwischen Braun und Grün, den die Verkäuferin merkwürdigerweise als »Maulwurf« bezeichnet hatte, und zog dann sehr schnell schwarze Hosen, einen roten Rollkragenpulli und eine schwarze Lederjacke an. Dann fönte ich die Haare und steckte sie zu einem lockeren Knoten auf, der professionell und zugleich weiblich wirken sollte. Ich packte meine Aktentasche, malte mir die Lippen, zog meinen Mantel und die knöchelhohen Boots an und ging.

»Mythen über Menschen, die von einem übernatürlichen Wesen entführt und dann an einem unzugänglichen Ort gefangengehalten werden, gibt es fast auf der ganzen Welt.

Im Griechischen gibt es dafür einen Ausdruck, nymphóleptos, von einer Nymphe ergriffen, was man mit unserem ›bergverschleppt‹ vergleichen kann, was aber auch geistige Verwirrung oder Zustand von Ekstase bedeutet. Im Orient gibt es den Begriff ›wüstenverschleppt‹, was bedeutet, daß die Djinner, die bösen Geister, einen Menschen entführt haben. Im Deutschen gibt es den Ausdruck ›bergentrückt‹, aber er kommt hauptsächlich in alten Heldensagen vor, die von entführten Königstöchtern handeln, die von Riesen gefangengehalten und von mutigen Männern befreit werden. Die Bergverschleppungsmythen in der Form, wie wir sie kennen, sind in der nordischen und keltischen Kultur zu Hause.«

Ich hatte keine sehr große, aber doch ganz ordentliche Zuhörerschaft, es war immerhin Freitagabend. Ich weiß ja selbst, wie schwer es einem fällt, das Haus zu verlassen und ins herbstliche Dunkel zu gehen, wenn man gerade von der Arbeit gekommen ist, gegessen hat und sich gemütlich auf dem Sofa ausgestreckt hat, satt und zufrieden. Das kostet Kraft. Ich wollte schon zu vielen Vorträgen gehen, aber wenn es dann soweit war, konnte ich mich selten aufraffen.

Das Publikum bestand wieder hauptsächlich aus den beiden Kategorien, die meinen Vorträgen meistens zuhören:

jungen Frauen mit einem Hang zu New Age, und älteren Damen, die sich für Heimatgeschichte interessieren.

»Wer wird in den Berg verschleppt?« fragte ich rhetorisch. »Ja, junge Frauen und kleine Mädchen haben schlechte Karten. Es gibt Zeiten im Leben einer Frau, in denen sie besonders gefährdet ist. Man kann sagen, sie schwebt in besonderer Gefahr, wenn sie kurz vor einem religiösen Ritus steht: vor der Taufe, der Konfirmation, der Hochzeit und vor der Aufnahme in die Kirche nach einer Geburt. Wenn Frauen einen dieser Riten hinter sich haben, besitzen sie einen starken Schutz und können sich eine Weile sicher fühlen. Aber«, fuhr ich fort und richtete meinen Blick auf einen der wenigen Männer im Raum, »auch Männer können verschleppt werden.«

Und dann erzählte ich die Geschichte von dem Bergarbeiter in einer Erzgrube in Värmland, eine Geschichte, die ich ganz besonders gern mag.

»Die Bergarbeiter holten immer, bevor sie in die Grube stiegen, in der Schmiede frisch geschärfte Bohrer. Einer der Männer hatte die Angewohnheit, länger dort zu verweilen. Wenn die Kameraden dann in die Grube kamen, war er schon da. Sie waren sicher, daß er eine Abkürzung von der Schmiede zur Grube kennen mußte, aber sie fanden keine, so sehr sie auch suchten. Eines Tages beschlossen sie, heimlich zu beobachten, was der Mann machte. Durch ein Fenster in der Schmiede sahen sie, wie der Mann geradewegs durch den harten Boden der Schmiede und in den Berg hinein verschwand. Da wußten sie, daß er verzaubert war. Als sie den Mann fragten, gab er zu, eines Tages, als er in der Grube arbeitete, verschleppt worden zu sein. Er war an einem Ort im Inneren des Berges gewesen, wo es schöne Frauen und wunderbare Musik gab. Er hatte zurückkehren müssen und arbeitete jetzt wieder in der Grube. Aber es war offensichtlich, daß das Bergvolk immer noch Macht über ihn hatte. Mehrmals sah man ihn auf der Wasseroberfläche des Sees gehen. Eine weise Frau wurde herbeigerufen, um die Verzauberung zu lösen. Das einzige, was sie fertigbrachte, war, daß der Mann nicht mehr auf dem Wasser ging, sondern bis zu den Knien einsank, so daß er wie durch tiefen Schnee durchs Wasser stapfte. Der Grubenvogt, der die Geschichte erzählte, sagte, das habe sehr merkwürdig ausgesehen. Aber der Mann machte es nicht sehr oft. Sehr bald stapfte er in den See hinaus und kehrte nie mehr zurück.«

(Das mit dem Stapfen gefällt mir besonders gut. Daß er gewissermaßen nur *halb* verzaubert war. Und daß dieser Zustand vermutlich so unbefriedigend war, daß er es vorzog, ganz zu den Trollen zurückzukehren. Ich kann ihn richtig vor mir sehen, wie er sich vorwärtskämpft und das Wasser ihm um die Beine schwappt, und das auf dem See, auf dem er vor kurzem noch ganz leicht hatte gehen können.)

»Es kommt auch vor, daß ganze Menschengruppen in den Berg verschleppt werden«, fuhr ich fort. »Zum Beispiel die Geschichte mit dem Brautgefolge. Auf dem Weg zur Kirche wird nicht nur die Braut oder der Bräutigam verschleppt, sondern das ganze Gefolge, Leute, Pferde und Wagen. Ein ganzer Artillerieverband soll einmal in Mösseberg verschleppt worden sein. Allerdings sind solche Massenverschleppungen eher ungewöhnlich. Es werden ja nicht nur Menschen verschleppt. Wenn man den Geschichten glaubt, wimmelt es in den Bergen von Kühen, Kälbern, Ochsen, Schafen und Ziegen, die von den Trollen geraubt worden sind.«

Eine Dame in der dritten Reihe winkte energisch und bat, eine Frage stellen zu dürfen. Aber dann wollte sie nichts fragen, sondern etwas erzählen. Das kommt bei meinen Vorträgen über Bergverschleppungen immer vor. Die Leute wollen selbst etwas erzählen. Die älteren Leute haben in der Gegend, aus der sie stammen, oft solche Geschichten gehört, und da diese Bergverschleppungsgeschichten alle sehr ähnlich sind, kommt eins zum anderen. »Da fällt mir ein ...«, und so weiter.

Die Dame erzählte die Geschichte von einem verschleppten Kalb. Ich ließ sie eine Weile reden, unterbrach sie schließlich – vielleicht etwas brüsk –, faßte ihre Geschichte in ein paar Sätzen zusammen und schaffte es, sie mit dem nächsten Teil meines Vortrags zu verknüpfen, der von der eigentlichen Verschleppung handelte.

»Das ist meistens der dunkle Abschnitt der Erzählung«, sagte ich. »Die Verschleppten, die zurückkehren, können in der Regel nicht beschreiben, was geschehen ist. Im einen Moment noch hier, im nächsten dort. Ein Weg wird nicht erinnert. Es scheint sich eher um eine andere Dimension zu handeln, einen anderen Zustand, nicht um einen anderen Ort.«

Dann sprach ich über die Befreiung und konnte auch da an das Kalb anknüpfen, von dem die Dame in der dritten Reihe erzählt hatte. Sie wirkte sehr zufrieden, aber ein Teil des Publikums schien abzuschalten, und ich fand deshalb, die Zeit sei reif für die »Kratzspuren«. Sie gehört zu einem eigenen Genre dieser Mythen: den Bigamieerzählungen.

»Im Dorf Berg lebten zwei Eheleute«, begann ich und strich mir eine Strähne, die sich aus dem Knoten gelöst hatte, aus dem Gesicht. »Die Frau gebar ein Kind. Kurz darauf, als sie im Stall nach den Kühen sah, kamen die Trolle aus dem Wald und holten sie. Als der Mann nach Hause kam, fand er das Kind schreiend und hungrig in der Wiege, aber die Frau war verschwunden. Er wartete, aber sie kam weder an diesem noch am nächsten Tag. Als ein Jahr vergangen und die Frau nicht zurückgekehrt war, heiratete er wieder.

Eines Abends saßen der Mann, das Kind und die neue Frau beim Abendbrot. Da klopfte es ans Fenster. Als der Mann hinschaute, bemerkte er seine erste Frau. ›Laß mich schnell herein! Ich bin den Trollen entkommen!‹ rief sie. Der Mann stand auf, um sie hereinzulassen, aber die neue Frau hielt ihn fest. Während er kämpfte, um sich loszumachen, ertönte draußen lauter Lärm. ›Sie kommen, sie kommen! Mach schnell auf!‹ schrie die erste Frau. Aber der Mann erreichte die Tür nicht, weil die zweite Frau an seinem Hals hing und er nicht loskam. Da hörte er ein schreckliches Poltern und Lärmen. Die erste Frau schrie, und die ganze Hütte bebte.

Erst am nächsten Morgen traute er sich hinaus. Auf dem Fensterbrett fand er Blut und zehn Kratzspuren von den Nägeln der Frau. Sie hatte sich festzuhalten versucht, aber die Trolle hatten sie losgerissen und mitgenommen. Sie erschien nie wieder. Aber die Kratzspuren auf dem Fensterbrett sind noch heute zu sehen.«

Die Geschichte hatte die beabsichtigte Wirkung. Die meisten wurden wieder munter. Man hörte leises Flüstern.

Es gibt noch saftigere Varianten. Ganze Blutlachen vor dem Fenster, Bäche von Blut, die in den Berg führen. Mir gefallen jedoch die Kratzspuren am besten.

Dann sprach ich von der Zeit danach, von denen, die nach einer Verschleppung zurückzukehren vermochten.

»Die Menschen werden oft als ›unentschlossen‹, ›wunderlich‹, ›verwirrt‹ beschrieben. Manche haben körperliche Gebrechen, wie Hinken, Taubheit, Stummheit, Schielen oder Zuckungen im Gesicht. Andere scheinen unverletzt und führen wieder ihr normales Leben, erkranken aber kurz darauf an einer unerklärlichen Krankheit und sterben. Wenn die Bergentrückten ganz unverändert sind, handelt es sich meistens um Kinder. Tiere, die verschleppt waren, sind mager, und Kühe geben keine Milch mehr. Aber auch das Gegenteil kommt vor«, sagte ich und nickte in Richtung der Dame in der dritten Reihe, »nämlich wohlgemästete Kälber und Kühe, die zehnmal so viel Milch geben.« Jetzt winkte ein junger Mann in einem Flanellhemd.

»Ja bitte?«

»Haben die Leute daran geglaubt? Daß das wahr war?« fragte er.

»Eine gute Frage. Ich denke mir, daß sie es hin und wieder glaubten und dann auch wieder nicht. Daß es verschiedene Erklärungen für ein Verschwinden gab, eine mythische und eine realistische, und man in bestimmten Fällen, wenn die realistische Erklärung allzu schmerzhaft war, die mythische vorzog. Bewußt oder unbewußt.«

»Wie meinen Sie das?« fragte der Flanelljunge.

»Stellen Sie sich eine Frau mit vielen Kindern vor. Sie ist im Wald, um Beeren zu suchen, die kleinsten Kinder hat sie dabei – wo soll sie sie sonst lassen. Sie ist mit dem Beerensuchen beschäftigt, muß soviel wie möglich sammeln, bevor es dunkel wird, und als sie sich umsieht, ist eines der Kinder verschwunden. Sie sucht, andere suchen, aber das Kind bleibt verschwunden. Die Erklärung, daß das Kind sich im Wald verirrt hat und verhungert ist, weil sie nicht ordentlich aufgepaßt hat, bereitet ihr zu große Schuldgefühle. Und so ist es erträglicher, wenn ein fremdes Wesen das Kind geraubt hat. Diese Erklärung greift auch dann noch, wenn man das Kind später findet, schwach und lallend vor Hunger und dem Schock.

Die meisten Fälle von Verschwinden sind so tragisch und so mit Schuld behaftet, daß man jede Erklärung zu akzeptieren bereit ist, nur nicht die wirkliche. Schwangere, unverheiratete Frauen, die ins Wasser gehen, mißhandelte Dienstmägde, die im Wald verschwinden, Kinder, die ausgesetzt werden. Niemand hat ein Interesse daran, daß die wahre Erklärung ans Licht kommt, die einen Keil in die Dorfgemeinschaft treiben würde. Es ist besser, die Schuld einer fremden Macht, den Trollen, zu geben.«

Ich warf einen Blick auf meine Armbanduhr, die ich abgenommen und neben das Manuskript auf das Rednerpult gelegt hatte. Mir blieben noch zehn Minuten. Eigentlich wollte ich zum Schluß ein Band mit einem Interview, das ich gemacht hatte, abspielen, aber die Dame in der dritten Reihe winkte eifrig, und ich beschloß, statt dessen den Abend mit einer Fragestunde zu beschließen.

Der Dame in der dritten Reihe gelang es wieder, mich zu überlisten. »Ich wollte fragen, wie das mit verschleppten Tieren eigentlich ist. Da, wo ich herkomme, gab es nämlich ein Schwein ...« Und schon war sie in einer Geschichte, die unmerklich in drei, vier andere Geschichten überging, alle über Tiere. Ich ließ sie gewähren, dankbar wegen des lockeren Abschlusses meines Vortrags, der düsterer geraten war, als ich beabsichtigt hatte. Sie durfte ein paar Minuten überziehen, dann dankte ich ihr und beendete die Veranstaltung.

Als ich durch den leeren, leicht geneigten Hörsaal zum Ausgang ging, bemerkte ich, daß ein Mann sitzen geblieben war. Er saß ganz hinten in der Nähe der Tür. Er hatte eine knallblaue Freizeitjacke an und sah nicht so aus, wie meine Zuhörer normalerweise aussehen. Er nickte mir zu, und da erkannte ich ihn: Es war der Polizist, der im Auto auf der Rückbank gesessen hatte, als wir nach Tångevik fuhren und ich den beiden das Skelett zeigte. Er stand auf und kam mir mit ausgestreckter Hand im Gang entgegen. Ich nahm die Aktentasche in die linke Hand und begrüßte ihn.

»Jan-Erik Liljegren, der Polizist, erinnern Sie sich an mich? Na, da habe ich ja einiges Neues erfahren«, sagte er.

»Sind Sie hier, weil Sie mich verhören wollen?« fragte ich.

Ich hatte es etwas merkwürdig gefunden, daß die Polizei keinen Kontakt mit mir aufgenommen hatte. Ich war davon ausgegangen, daß sie mich noch etwas fragen wollen. Ich hätte zwar nicht viel mehr erzählen können, aber immerhin. Ich – oder mein Sohn – hatte schließlich das Skelett eines toten Menschen gefunden. Und als ich es ihnen gezeigt hatte, hatten sie kaum danke gesagt und nie mehr etwas von sich hören lassen. Und nun tauchte dieser Jan-Erik Liljegren bei meinem Vortrag auf wie Columbo persönlich.

»Sie hätten mich sonst auch zu Hause erreichen können«, sagte ich ziemlich kurz.

»Haha, verhören? Nein, um Himmels willen, ich bin nicht im Dienst. Ich war in der Stadt und kam herein, um ein wenig Zeitung zu lesen, und da sah ich den Anschlag, daß Sie heute hier sprechen würden. Sie haben ja neulich davon erzählt, das klang interessant.«

»Wissen Sie inzwischen mehr über das Skelett?« fragte ich.

»Vielleicht eine Spur. Aber ich glaube, hier wird geschlossen. Können wir nicht irgendwohin gehen und ein bißchen reden, oder haben Sie es eilig nach Hause zu den Kindern?«

»Heute nicht. Sie sind bei ihrem Vater.«

»Aha, bei ihrem Vater. Dann gehen wir doch in Mickey's Inn.«

»Was ist das denn?«

»Eine Kneipe. Da gehe ich immer hin, wenn ich in der Stadt bin. Das Bier dort ist billig. Ich glaube, die Leute hier werden ungeduldig. Gehen wir.«

Ich holte meinen Mantel, und dann traten wir hinaus ins herbstliche Dunkel. Wie immer am Freitag zog jede Menge von Jugendlichen in großen Gruppen die Hauptstraße hinauf und hinunter. Dröhnende Musik kam aus Autos, die mit heruntergedrehten Fenstern vorbeiglitten. Nach zwanzig Minuten waren wir bei Mickey's Inn, einer Kneipe mit schwerwiegenden Identitätsproblemen. Sie konnte sich nicht entscheiden, ob sie einem englischen Landgasthaus, einer schweizerischen Alpenhütte oder einer bohusländischen Fischerhütte gleichen wollte. Das Bier aber war tatsächlich billig. Wir bestellten und setzten uns ans Fenster. Jan-Erik Liljegren erzählte, daß er auf Tjörn wohnte, aber hin und wieder nach Göteborg käme.

»Ich würde gerne hierherziehen, aber meine Frau und der Sohn leben da oben, und ich will nicht zu weit weg von ihnen wohnen«, sagte Jan-Erik Liljegren. »Die Familie, nichts ist so wichtig wie die Familie. Von der Arbeit kommen und sie sehen, die Liebsten umarmen, mit ihnen essen, sie atmen hören, wenn sie schlafen.«

»Es ist doch selbstverständlich, daß Sie bei Ihrer Familie wohnen wollen«, sagte ich erstaunt. »Warum sollten Sie nicht?«

»Weil sie mich rausgeworfen hat. Sehen Sie, wir hatten einen Fall mit einem Mann, der auch rausgeschmissen wurde. Wissen Sie, was er gemacht hat? Nein, das wissen Sie natürlich nicht, es stand kein Wort darüber in der Zeitung. Ein ganz normaler Mann, selbständig, trainierte Jugendliche im Volleyball. Elf Tage lang saß er alleine in einem Sommerhäuschen. Hat sich mit Essen und Bier eingedeckt und sich völlig isoliert. Dann nahm er einen Elchstutzen und fuhr zu seiner Frau und erschoß alle. Erst die Kinder in ihren Betten, dann die Frau im Treppenhaus und schließlich sich selbst. Es war das Schlimmste, was ich je gesehen habe. Damals habe ich nichts verstanden. Nur den Kopf geschüttelt. Aber jetzt verstehe ich es gut. Sehr gut!«

Er machte eine heftige Geste mit der Hand und wischte beinahe die Porzellanente vom Fensterbrett.

»Ich nicht.«

»Nein, Frauen verstehen nicht, wie schwer man das nimmt, glaube ich. So, es macht keinen Spaß mehr, wir haben uns auseinandergelebt, raus mit dir! Verdammt, wie gut ich diesen Kerl verstehe. Die Familie ist etwas Heiliges. Das kann man nicht so einfach auflösen.« Was für ein Glück, dachte ich rasch, daß Anders keinen Waffenschein für einen Elchstutzen hat. Aber ich glaubte auch nicht, daß er so handeln würde. Gleichzeitig versuchte ich mir auszumalen, Anders hätte mich hinausgeworfen, als die Kinder noch klein waren und ich ihn noch liebte, aber ich konnte mir nicht vorstellen, daß ich deshalb meine eigenen Kinder mit einem Elchstutzen erschossen hätte.

»Ich verstehe ihn überhaupt nicht«, sagte ich.

»Weil Sie eine Frau sind.«

»Das wird es sein. Das Leben vieler Männer ruht auf drei Säulen, Familie, Arbeit und Fernsehen. Wenn man ihnen eine nimmt, fällt es zusammen«, sagte ich weise. Und hatte dann eine Idee. »Hat dieser Mann etwas mit dem Skelett zu tun?«

»Was? Nein, das ist viel älter.«

»Es *ist* also ein Höhlenmensch?«

»Haha, nein, *so* alt nun auch wieder nicht.«

»Wißt ihr, was für ein Mensch es ist?«

»Nicht ganz sicher. Aber ziemlich. Es könnte eine Frau sein, die vor vielen Jahren als vermißt gemeldet wurde. Kristina Lindäng hieß sie. Das war vor meiner Zeit.«

»Wann ist sie denn verschwunden?« fragte ich.

»Sie wurde im November 1972 als vermißt gemeldet. Und wurde nie gefunden. Bis jetzt nicht.«

Mein Herz machte einen Satz.

»Ich kannte eine Familie, deren Tochter in diesem Jahr verschwand«, sagte ich. »Sie wurde an diesem Strand wiedergefunden. Glauben Sie, daß es da einen Zusammenhang gibt?«

»Keine Ahnung, könnte schon sein. Aber das ist so lange her, jetzt kaum mehr herauszubekommen. Es ist ein gefährlicher Ort. Eine Art Gang führt unter den Felsblöcken hindurch, und wenn man zu weit kriecht, kann man vielleicht steckenbleiben. Sie sollten Ihre Kinder da nicht spielen lassen.«

»Ich habe gar nicht gesehen, wie mein Junge da hineingekrochen ist«, sagte ich.

»Jungen gehen ihre eigenen Wege«, murmelte Jan-Erik Liljegren und schaute traurig aus dem Fenster. »Als ich meinen Sohn heute anrief, hatte er kaum Zeit, mit mir zu reden. Er wollte Skateboard fahren gehen. Nein, jetzt bestellen wir uns noch ein Bier.«

Eigentlich sollte ich nach Hause fahren, dachte ich, aber ich konnte auch hier sitzen bleiben. Und so saßen wir in Mickey's Inn, bis sie schlossen.

»Mein letzter Bus ist weg«, sagte Jan-Erik Liljegren. »Bei dir ist nicht zufällig ein Sofa frei?«

»Mein Sofa ist voller Papierstapel und Bücher«, sagte ich.

»Über Bergverschleppungsmythen? Ja, das habe ich mir gedacht. Und an meinen Bus hätte ich früher denken können, stimmt. Aber es ist schon gut so.«

»Bestimmt?«

»Ja klar.«

Zu Hause packte ich meine Aktentasche aus. Die Kassette mit dem Interview legte ich in den Recorder im Schlafzimmer ein. Nachdem ich mich gewaschen und die Zähne geputzt hatte, löste ich meinen Knoten und legte mich ins Bett. Ich streckte mich nach dem Tonband, schaltete es an und löschte das Licht.

Dieses Tonband hat eine ganz besondere Bedeutung für mich. Es ist die Aufzeichnung eines Gesprächs mit dem einzigen Menschen, den ich getroffen habe, der von sich behauptet, bergentrückt gewesen zu sein: eine zweiundneunzigjährige Frau, die ich 1987 in einem Altenheim in Sollefteå kennengelernt habe. Ich hatte schon früher von ihr gehört, aber es dauerte über ein Jahr, bis ich sie aufgespürt hatte. Die ganze Zeit sorgte ich mich, sie würde sterben, ehe ich sie gefunden hätte. Als ich endlich bei ihr war, wollte sie zunächst überhaupt nichts erzählen, aber nach einer Weile tat sie es doch. Nicht sehr viel. Aber für mich ist ihr Bericht von unschätzbarem Wert, weil es eine Geschichte aus erster Hand ist. Die Frau starb nur wenige Monate nach meinem Besuch.

Ich lag nun im Dunkeln, müde und ein wenig angetrunken, und lauschte der gebrochenen, alten Stimme: »Ja, ich wurde als Kind mitgenommen. Da gibt es eigentlich nichts darüber zu erzählen. Ich erinnere mich selbst an nichts. Ich war fünf Jahre und mit der Mutter beim Beerensammeln. Ich war drei Tage weg. Die anderen haben es mir erzählt. Ich trug keinen Schaden davon. War immer gesund, fühlte mich wie alle anderen. Aber als ich erwachsen wurde, wollte ich vom Dorf wegziehen. Mir gefiel es nicht, daß die anderen das von mir wußten. Viele sind mitgenommen worden. Man redete nicht darüber. Aber ich sehe es an den Augen. So, so, das ist also auch einer, denkt man. Aber man sagt nichts. Wir sind ja deswegen nicht schlechter als andere. Ich habe geheiratet und fünf Kinder bekommen. Mein Leben war gut. Ich habe meinem Mann oder meinen Kindern nie davon erzählt. Sie hätten mich ausgelacht. Manchmal, wenn ich mich komisch gefühlt habe, dachte ich, daß es vielleicht davon kommt. Man versucht, nicht daran zu denken. Heute nehmen sie, glaube ich, niemanden mehr mit. Zumindest nicht hier in der Gegend. Nein, überhaupt nirgends, glaube ich.

Warum?

Das weiß ich nicht. Jetzt gibt es ja Fernsehen und so.

Wie hat denn das Fernsehen die Bergverschleppungen beeinflußt?

Es ist eine andere Zeit. Daß man mitgenommen wurde ... das gehörte zur alten Zeit. So etwas geschieht nicht mehr.

Sie sagen, daß Sie sich an die Verschleppung nicht mehr erinnern. Woher wissen Sie dann, daß es passiert ist?

Was heißt hier erinnern? Man weiß schließlich, was man erlebt hat.

Aber Sie haben es von anderen erzählt bekommen?

Sie haben erzählt, daß ich weg war.

Aber Sie hätten sich doch verirrt haben und drei Tage lang im Wald herumgeirrt sein können?

Ich war ganz trocken, obwohl es die ganze Zeit geregnet hatte. Und ich wollte nichts essen, ich sagte, ich hätte gerade gegessen. Ich bekam eine Portion Brei mit Preiselbeeren, und ich aß nur einen Löffel, weil ich so satt war. Nach drei Tagen!

Aber könnte nicht ein netter Mensch sich um Sie gekümmert haben?

Das waren keine Menschen, nein.

Sie zweifeln also nicht daran, daß Sie bei den Trollen waren?

(Lachen. Unhörbar). Aber deshalb bin ich kein schlechterer Mensch.«

Mehr ist es nicht. Ich spulte das Band zurück und spielte es noch einmal ab. Ich kann es immer wieder hören.

Die Vergangenheit hat verschiedene Schichten. Das letzte Jahr: fast heute, aber nicht ganz. Blöd und langweilig, wie die Zeitung von gestern oder trockenes Brot.

Das letzte Jahrzehnt: lächerlich. Unmodern. Peinlich. Aber weiter unten im Brunnen der Zeit – irgendwo vor zwei oder drei Jahrzehnten – verändert sich der Charakter des Vergangenen. Der Schlamm ist abgesunken und bildet Muster.

Wo habe ich Gattmanns zum ersten Mal gesehen? Wahrscheinlich am Strand.

Es gab in der Nähe unseres Sommerhauses keinen langen Strand, man findet solche in Bohuslän nur selten, aber entlang der Küste gibt es jede Menge kleiner Strände, die sehr unterschiedlich sind. Strände mit grobem, braunem Sand, Strände mit weißem, feingemahlenem Muschelsand, der ein trockenes Puder auf der Haut hinterläßt, Strände mit stinkendem Schlamm und Strände, die bedeckt sind mit bläulichen Miesmuschelschalen.

Wir badeten meistens unterhalb von Gattmanns Haus, an einem der beiden kleinen Strände mit braungelbem Sand, einem hohen Felsen und Gattmanns Bootssteg dazwischen. Wir nannten die Strände Vormittagsstrand und Nachmittagsstrand, je nachdem, wann die Sonne einfiel.

Gattmanns kamen ungefähr um elf. Sie kamen den Hügel mit den gußeisernen Treppenstufen und dem Handlauf aus Eisen herunter, sie trugen quergestreifte Pullis und Sonnenhüte. Dann machten sie es sich mit ihren Decken, Sonnenschirmen, Körben, Büchern, Zeitungen und Spielsachen bequem. Die großen Kinder sprangen ins Wasser und tauchten. Anne-Marie, die jüngste, spielte im Sand. Die Erwachsenen lasen.

Ich fühlte mich von ihnen ungeheuer angezogen. Wenn sie ihren mitgebrachten Proviant verspeisten, setzte ich mich in die Nähe und schaute zu. Sie aßen Butterbrote mit Honig und tranken Apfelmost, was beides neu für mich war: ich hatte noch nie Honig gegessen oder Apfelmost getrunken. Für mich aßen sie goldene Speisen. Karin, Anne-Maries Mutter, fragte, ob ich kosten wollte, aber ich traute mich nicht. Das war im ersten Sommer. Ich muß etwa fünf gewesen sein.

Das goldene Picknick ist eine sehr frühe Erinnerung, aber genau so früh und noch stärker ist die Erinnerung an den Seestern. Anne-Maries Großvater, Tor Gattmann, Professor der Literaturgeschichte, zeigte ihn mir. Er trug auf seinem spärlich behaarten Schädel ein Taschentuch, das an allen vier Ecken einen Knoten hatte. Wir standen im Wasser, er hatte den Seestern in der Hand, drehte ihn um und zeigte mir die unendlich vielen Beine, die sich bewegten. Er erzählte, wie der Seestern lebt, zeigte mir den Mund, mit dem er frißt. Er sprach ein weiches angenehmes Schonisch. Eigentlich sprach er anfangs nicht zu mir, sondern zu Anne-Marie. Aber da ich danebenstand, lauschend, schauend, wandte er sich zu mir, und ganz natürlich, ohne seine Rede zu unterbrechen, hielt er die Hand mit dem Seestern vor mich und sprach nun auch zu mir. »Also, verstehst du ...«, sagte er mit seiner weichen, schnarrenden Stimme, und dieses »du« war ich! Das gehörte zum Wunderbarsten, das ich bis dahin erlebt hatte.

Ich konnte nichts antworten. Von einem Mitglied dieser Familie angesprochen zu werden war das Größte. Ich stand nur da und ließ die Worte wie Goldstaub auf mich fallen.

Von dem Tag an hegte ich den Traum, Anne-Marie würde meine Freundin werden. Warum war das nur ein Traum und nicht selbstverständlich? Wir waren gleich alt, wohnten nicht sehr weit voneinander, badeten am gleichen Strand. Aber für mich war sie unerreichbar. Ich weiß, es ist schwer zu erklären, warum ich das so empfunden habe. Ich war gesund, sauber und konnte mich sehen lassen, mein Vater war Zahnarzt, wir waren keine schlechteren Menschen als sie.

Den ganzen ersten Sommer träumte ich von Anne-Marie. Ich sah sie mal hier, mal dort, am Strand, bei den Briefkästen, im Laden. Sie war schmal, hatte hellblonde kurze Haare und dunkle Wimpern und Augenbrauen. Wie Tatum O'Neal in Paper Moon. Sie wurde im Sommer sehr braun. Indianerhaut, nannte sie das. Die schöne Kombination von blond und dunkel hatte sie von ihrem Vater geerbt, dem Schriftsteller Åke Gattmann. Ihr Bruder Jens sah genauso aus. Die älteren Mädchen kamen mehr nach Karin, hatten braune Haare und eine Andeutung von Sommersprossen. Anne-Marie hatte eine lustige Lücke zwischen den Vorderzähnen, die sie auch behielt, auch als sie ihre zweiten Zähne bekam.

Es dauerte bis zum nächsten Sommer, ehe ich mit Anne-Marie sprach. Wir waren im Laden. Es war kühl und dämmrig darin, und es roch nach einem ganz bestimmten Duft. Das Dorf war noch lebendig, Traktoren blieben vor dem Laden stehen, Bauern mit lehmigen Stiefeln kamen herein, sie rochen nach Jauche. Manche Sommergäste trugen Seglermützen und um den Hals ein Schnupftuch. Hinter der Theke gingen die Verkäuferinnen hin und her und holten Waren, manchmal liefen sie ins Lager oder aus dem Laden und in den Keller. Sie sprachen die ganze Zeit mit den Kunden, und die Kunden, die warten mußten, sprachen miteinander. Für jemanden, der die ganze Woche mit seinen Eltern in einem kleinen Sommerhäuschen zubrachte, war das so spannend wie eine Zirkusvorstellung.

Gattmanns waren im Laden. Ich bekam ein Eis von meiner Mutter und sollte draußen warten. Ich setzte mich auf die Treppe. Da saß schon Anne-Marie, die ihren Sonnenhut aus Khakistoff tief in die Stirn gezogen hatte, und fütterte den Rauhhaardackel der Familie mit Eis. Und da traute ich mich endlich.

»Wie heißt der Hund?«

»Lilla My.«

»Darf ich ihn streicheln?«

»Ja, wenn sie es will.«

Das waren unsere ersten Worte.

Ich erinnere mich immer an die ersten Worte von Menschen, die mir etwas bedeuten. Anders hatte gesagt: »Wie komisch es hier riecht.« Das war im Wartesaal des Bahnhofs von Falköping, und ein paar Arbeiter waren gerade damit beschäftigt, die Fenster mit einer Plastikmasse abzudichten. So begann ein sehr interessantes Gespräch, das drei Stunden im Zug fortgesetzt wurde – und dann noch neun Jahre lang. Cissi, jetzt meine beste Freundin, die mir damals aber völlig fremd war, hatte sich vom Nebentisch in einem Café zu mir gewandt und den neugeborenen Jonatan betrachtet, den ich gerade stillte, und gefragt: »Das mit dem Kinderkriegen, bringt es das?«

Anne-Marie und ich sprachen noch ein wenig über den Hund, das Eis schmolz und tropfte auf die ausgetretene Steintreppe.

»Sie liebt Eis, und sie ißt auch Sandkuchen«, erzählte Anne-Marie.

Viel mehr wurde bei diesem Treffen nicht gesagt, wir fuhren vom Laden nach Hause, jeder zu sich nach Hause.

Aber dann geschah etwas. Ein Rauhhaardackel lief vor unserem Zaun auf und ab und schnupperte. Lilla My. Sie war abgehauen. Meine Mutter knotete eine Schnur an ihr Halsband, und dann gingen wir zusammen hinüber zu Gattmanns Haus.

Wir betraten das Grundstück, und ich bestaunte mit großen Augen das Trapez und die Schaukel, die von den Ästen der alten Eichen baumelten. In einer Astgabel war ein Baumhaus aus Hartfaserplatten, das man über eine frei hängende Strickleiter erreichen konnte. Weiter hinten auf dem Grundstück stand ein Seeräuberschiff, das aus alten Brettern gebaut war, mit Deck und Kommandobrücke und Segeln und einer Totenkopfflagge an der Mastspitze.

Auf dem felsigen Teil des Grundstücks waren zwei kleine Häuser mit braunen Wänden und grünen Fensterrahmen, genau wie das große Haus. Später erfuhr ich, daß das eine die Gästehütte war und das andere Åkes Schreibstube.

All dies hatte ich auch schon von der Straße her gesehen, wenn ich vorbeiging. Jetzt war ich auf dem Grundstück. Als wir an der Schaukel vorbeigingen, streckte ich die Hand aus und berührte andächtig das eine Seil.

Lilla My zog an der Leine. Auf dem Weg war sie immer wieder stehengeblieben und hatte geschnuppert. Jetzt, zu Hause hatte sie es plötzlich eilig. Auf ihren kurzen Beinen flitzte sie mit flatternden Ohren die Holztreppe hinauf, meine Mutter hinterher.

Auf einem Felsen, direkt vor dem Haus, stand Anne-Marie und rührte mit einem Stock in einem alten, rostigen Wäschezuber. Sie blickte mich unter der Krempe des Khakihuts ernsthaft an, rührte aber weiter. Ich stellte mich auf die andere Seite des Zubers und sah hinein. Er war voll mit Wasser und langem Seegras.

Lilla My hatte sich von meiner Mutter losgerissen und war ins Haus gelaufen. Karin trat, mit der Brille auf der Nasenspitze, in die Tür. Meine Mutter erzählte, daß wir Lilla My auf unserem Grundstück gefunden hatten. Karin schien nicht sehr beeindruckt. Sie sagte, Lilla My mache das öfter, laufe fort und komme wieder nach Hause, wenn sie genug habe vom Abenteuer. Meine Mutter hatte wohl etwas mehr Dankbarkeit erwartet, nachdem wir doch ihren Hund geschnappt und ihn den ganzen Weg hierhergebracht hatten. Sie verabschiedete sich knapp und nahm mich an der Hand, um zu gehen.

Da fragte Karin, ob wir nicht bleiben und Blaubeeren mit Milch essen wollten. Sie hatte am Vormittag ein paar Kannen Beeren gepflückt. Meine Mutter lehnte dankend ab – sie hatte angeblich zu Hause etwas zu tun.

»Aber vielleicht möchtest du bleiben und mit Anne-Marie spielen?«

Ich schaute Anne-Marie an. Sie nickte eifrig. Ich schaute meine Mutter an. Zögernd sagte sie ja.

Meine Mutter ging, und ich blieb. Ich sah sie die Holztreppe hinuntergehen, über das Grundstück und auf der Straße verschwinden. Ein Gefühl von Unwirklichkeit erfüllte mich. Ich drehte mich zu Anne-Marie um.

»Was machst du?«

»Ich koche Schokolade. Wenn man lange genug rührt, wird daraus Schokolade.«

Ich starrte das Seegras an, das sich in merkwürdigen Mustern um den rotierenden Stock drehte. Ich wußte, daß es Seegras aus dem Meer war, Seegras und rostiges Wasser, und daß daraus nie Schokolade werden konnte. Und gleichzeitig glaubte ich Anne-Marie. Daß ein Wunder geschehen und Seegras zu Schokolade würde. Ich konnte mir genau vorstellen, wie die grünen Blätter sich auflösten, wie die Farbe allmählich in Hellbraun wechselte. Ich roch schon den Duft. Man mußte nur immer weiter rühren. Ich suchte mir einen abgebrochenen Zweig und half ihr.

Anne-Marie schaute mich unter dem Dunkel der Hutkrempe hervor an, fest und forschend. Sie versuchte, mich zu taxieren.

»Wir müssen lange rühren«, sagte ich.

Aber bevor das Seegras zu Schokolade werden konnte, kam Karin und fragte uns, ob wir Blaubeeren mit Milch haben wollten. Wir gingen hinein. Ich saß am Tisch in der Küche, gegenüber von Anne-Marie, wir aßen schweigend unsere Beeren, die unter der Milchoberfläche wie kleine Kreise aussahen. Sie trug auch im Haus ihren Stoffhut.

Sogar das Wetter war an diesem Tag besonders – bewölkt und mild und ruhig. Das Meer war grau. Die Rosengeranien am Fenster verbreiteten einen angenehmen Zitronenduft.

Karin saß auf der Veranda und schrieb auf einer Schreibmaschine. Durch die offene Tür drang das Geräusch in unser Schweigen. Manchmal knatterten die Tasten in rasendem Tempo, dann wurden sie langsamer, zögernd wie die letzten Regentropfen eines Schauers und hörten dann ganz auf. Nach einer halben Minute Stille kam wieder eine knatternde Kaskade. In meinen Ohren war es ein merkwürdiger Rhythmus, so ganz anders als der monotone Dauerregen, der von der Sekretärin in der Praxis meines Vaters hervorgebracht wurde.

Die Schranktüren in der Küche waren in märchenhaftem Blau gestrichen, das gleichsam nach innen tiefer wurde. Ich habe kein Wort für diesen Farbton. Er ist mir nie wieder begegnet. Ich fing die schwimmenden Beeren mit dem Löffel ein, aß langsam, lauschte, sah mich um.

Jetzt bin ich hier, dachte ich.

Als sich die erste Euphorie gelegt hatte, machte sich ein Gefühl von Nach-Hause-Kommen und Frieden breit. Mein Verhältnis zur Familie Gattmann war paradox: einerseits das Gefühl des Unerreichbaren, daß sie ganz anders waren als ich, und andererseits das Gefühl, daß ich hier zu Hause war.

Wir gingen hinauf in Anne-Maries Zimmer. Erst kam man

ins Obergeschoß, wo die Großeltern ihre Zimmer hatten. Und von da führte eine steile Treppe, fast eine Leiter, ins Dachgeschoß. Alle vier Kinder hatten ihre Zimmer im Dachgeschoß. Die großen Mädchen, Lis und Eva, teilten sich ein großes Zimmer. Anne-Marie und Jens hatten jeder eine Kammer. Der Boden knarrte laut beim Gehen.

Wir spielten wenig. Hauptsächlich schauten wir Sachen an, wie das immer so ist, wenn man zum ersten Mal bei jemandem zu Hause ist. Ich wühlte in ihrer Spielzeugkiste und rief immer wieder aus: »Oh, wie schön!« Anne-Marie saß mit überkreuzten Beinen auf dem Bett, hatte den Hut über die Augen gezogen und schnaubte: »Ach was, das olle Ding.«

Als meine Mutter mich holen kam, hatten wir gerade ein Spiel begonnen, und ich wollte nicht weg. Aber bei uns gab es Abendessen, und ich mußte mitkommen. Wir einigten uns darauf, daß Anne-Marie uns zu unserem Häuschen begleitete. Wir spielten bis spät am Abend.

Nachdem sie gegangen war und ich in meinem Bett lag, konnte ich nicht einschlafen. Ich ging in Gedanken noch einmal unser ganzes Treffen durch, genau wie ich mir später im Leben Liebesbegegnungen ins Gedächtnis zurückrief. Augenblick für Augenblick ließ ich in Zeitlupe ablaufen. Manchmal stoppte ich den Film und hielt das Bild lange fest, ehe ich ihn weiterlaufen ließ. Ich wiederholte das ein paarmal hintereinander, dann endlich fand ich Ruhe und konnte schlafen. Es gibt Ereignisse, die so wichtig sind, daß das Erlebnis in der Zeit, in der es geschieht, keinen Platz hat. Es benötigt die zusätzliche Zeit verlangsamter Wahrnehmung.

Danach spielten wir an jedem Tag dieses Sommers miteinander. Anne-Marie wurde meine Sommerfreundin.

Aber sie wurde nie alltäglich, nie selbstverständlich. Sie

behielt immer ihren Glanz, ihren goldenen Honig- und Apfelmostglanz.

Unser Sommerhäuschen wurde im Herbst 1960 gebaut und konnte im Sommer 1961 bezogen werden. Das Grundstück war eben, aber unter der dünnen Erdschicht bestand es aus reinem Fels, und damit mein Vater einen Rasen anlegen und Blumen und Büsche pflanzen konnte, mußte er große Mengen Muttererde hinschaffen lassen. Ich erinnere mich an den Lastwagen, der große Haufen mit duftender, bräunlicher Erde abkippte, an die sich darin ringelnden Regenwürmer und an die merkwürdigen, zentimetergroßen Scherben von blauweißem Porzellan, Keramik und Glas, die an manchen Stellen aufblitzten. Als der Haufen Erde so dalag, konnte man glauben, er würde uns alle begraben, wenn die Erde auf dem Grundstück verteilt würde. Nachdem sie dann verteilt und planiert worden war, war sie wie verschluckt. Sie muß in unsichtbare Spalten und Löcher im Fels gerutscht sein. Das Grundstück war jetzt genauso karg und mager wie zuvor, und eine neue Fuhre Erde wurde bestellt – die auch allmählich verschwand. Als ob der Fels die Erde fräße.

Im ersten Sommer waren die sonst so sauberen, klinisch gepflegten Zahnarzthände meines Vaters immer erdig. Er kämpfte mit seinem Spaten, seiner Schubkarre und seiner von Hand gezogenen Walze, um sein karges Stück Land zu bestellen. Aber unser Boden schien so zu sein wie jene mageren Menschen, die Unmengen fetter Nahrung zu sich nehmen können, ohne zuzunehmen. Nichts blieb.

Schließlich war das Projekt auch ökonomisch nicht mehr vertretbar. Mein Vater hatte keine Lust, als Fanatiker dazustehen, und so blieb die Erdkrume, wie sie war. Ein Garten mit anspruchslosen, ausdauernden Pflanzen entstand. Die geplante Bepflanzung war nur eine Bleistiftskizze, und mir blieb verborgen, wie die Pflanzen mit den exotischen Namen in Wirklichkeit aussahen: tibetanische Primeln, Afrikas blaue Lilie, Cunningham White Rhododendron, Koreanische Federspiere, dunkelblaues Heliotrop.

Der erste Sommer ist in meiner Erinnerung der Erdsommer. Überall duftete es nach dem Erdberg, den ich zu besteigen versuchte. Ich »arbeitete«, indem ich meinen Vater imitierte und mit meinem kleinen gelben Spaten grub und die Erde mit einem klappernden, sich drehenden Spielzeugwagen, der tatsächlich gewisse Ähnlichkeiten mit einer Walze hatte, flachdrückte.

Der zweite Sommer ist in meiner Erinnerung der Sommer-als-ich-Anne-Maries-Freundin-wurde.

Bis dahin war ich ein ziemlich einsames Kind gewesen. Ich hatte keine Geschwister. Später wurde mir klar, daß meine Mutter gerne noch mehr Kinder gehabt hätte, mein Vater jedoch fand, daß es mit mir genug sei. Er hatte in seiner Kindheit zu sehr unter einer großen Kinderschar und beengten Wohnverhältnissen gelitten. Im Reihenhaus in der Stadt – und auch später, als wir ins eigene Haus umzogen – hatten wir immer ein Zimmer, das nicht benutzt wurde. Lange glaubte ich, das Zimmer sei für die zukünftigen kleinen Geschwister. Ich glaube sogar, daß meine Mutter das zu mir gesagt hat – was auch ihren Hoffnungen entsprach. Aber mein Vater wollte ganz einfach ein zusätzliches Zimmer. Das war der größte Luxus: Ein Zimmer zu haben, das niemand benutzte. Es wurde Gästezimmer genannt, aber Gäste wohnten nie darin.

Mein Vater hat nur selten von seiner Kindheit erzählt, und ich weiß nicht viel darüber. Er wurde in einem kleinen Ort in Norrbotten geboren. Sein Vater war Alkoholiker. Von der Mutter habe ich nur ein unklares Bild. Sie war krank, einerseits physisch, ich glaube Tbc, aber vermutlich auch psychisch. Vielleicht waren die Lebensbedingungen so, daß man entweder Alkoholiker oder psychisch krank wurde. Oder stark wie Eisen, wie mein Vater. Er wurde zwischen allen möglichen Verwandten hin- und hergeschickt, die alle gleichermaßen ungeeignet waren, ihn zu erziehen, und als niemand ihn mehr haben wollte, wohnte er beim Vater, der trank und ihn mißhandelte. Die Mutter war zu der Zeit schon nicht mehr vorhanden. Die Kindheit meines Vaters war, nach allem, was ich weiß, eine Hölle. Es muß eine übermenschliche Kraftanstrengung gekostet haben, sich ohne jede Unterstützung aus alldem herauszuziehen, neben einer körperlich anstrengenden Arbeit zu lernen, privat das Abitur zu machen und in die Hochschule für Zahnmedizin in Lund aufgenommen zu werden.

Ohne das sozialdemokratische Gesellschaftssystem mit Abendschule und kostenloser Hochschulausbildung wäre so eine Leistung kaum möglich gewesen, und man hätte annehmen sollen, daß mein Vater Sympathien für die Sozialdemokraten hegte. Aber er haßte sie wie die Pest. Er verband mit ihnen Arbeiter, und mit Arbeitern Armut, und mit Armut die Hölle seiner Kindheit. Ihm, der sich meist fast schon übertrieben gepflegt ausdrückte, konnte ein verächtliches »pfui Teufel« herausrutschen, wenn die Rede auf die Arbeiterbewegung kam. Er betrachtete sich als seine eigene Bewegung. Aus dem Dunkel war er allein zum Licht gestiegen, und er wollte nicht daran erinnert werden, was er hinter sich gelassen hatte.

Meine Mutter stammte aus einer stillen Familie. Mein Großvater war Kellner in einem Restaurant gewesen, Großmutter Dienstmädchen und Serviererin. Beide waren typische dienstbare Geister, leise, unhörbar, unsichtbar. Die Wohnung meiner Großeltern war voller Textilien, weichen

Teppichen, Kissen und dicken Vorhängen, die alle Geräusche ihrer Schritte und Stimmen dämpften. Meine Mutter war das einzige Kind. Sie sagte oft, daß sie sich als Kind nach Geschwistern gesehnt habe. Daß sie sich als Erwachsene viele Kinder gewünscht hatte, sagte sie nicht, aber ich glaube, es war so. Sie war Hausfrau, bis ich in die Schule kam, dann arbeitete sie wieder halbtags als Zahnarzthelferin.

Ich hatte einen Traum von Der Großen Familie, und Pip-Larsons war mein Lieblingsbuch. Aber die kleinen Geschwister, die nie kamen, vermißte ich nicht besonders, denn ich wollte eigentlich keine kleinen Geschwister, sondern ältere, sehr viel ältere Geschwister. Ich war fasziniert von Teenagern: Sie waren so groß wie die Erwachsenen, schienen aber ein viel spannenderes Leben zu führen, blieben abends lang weg, hatten Mopeds, Tanz und Popmusik. Ich stellte mir eine große Geschwisterschar vor, alle waren Teenager und fanden mich toll, ihr kleines Maskottchen. Es waren schöne große Schwestern mit hochgesteckten Haaren und Lippenstift. Schwestern, die mich herumtrugen und mit mir spielten und mich verwöhnten, und große Brüder, die mich auf starken Armen in die Luft warfen und mich auf ihren Mopeds zu nächtlichen Abenteuern mitnahmen.

Anne-Marie war auch deshalb so anziehend für mich, weil sie ältere Geschwister hatte. Am spannendsten waren Lis und Eva. Jens war altersmäßig zu nah, nur zwei Jahre älter als Anne-Marie und ich, aber andererseits gehörte er dem anderen Geschlecht an. Das machte ihn interessant.

Ich weiß nicht genau, wie meine Eltern es fanden, daß ich so viel Zeit bei Gattmanns verbrachte. Sie freuten sich bestimmt, daß ich nun eine Freundin hatte, zu Hause in der Stadt hatte ich fast keine, und gegen Anne-Marie war nichts einzuwenden. Aber aus ihren Bemerkungen über Åke und Karin konnte ich eine Mißbilligung heraushören, die nie offen ausgesprochen wurde. Ich glaube, sie dachten, Gattmanns hielten sich für etwas Besonderes. Nein, das auch nicht. Sie verstanden sie einfach nicht. Sie fanden sie ein bißchen komisch und ärgerten sich darüber, daß dieses Komische in den Augen mancher Leute als vornehm galt. Sie waren wie eine Rechenaufgabe für sie, die man immer wieder rechnet, bis man ein Loch ins Papier radiert hat, ohne das Ergebnis ermittelt zu haben.

Wenn ich etwas von Gattmanns erzählte, sagte meine Mutter abwechselnd »wirklich?«, »ja, da kann man mal sehen«, »na so was«, »das habe ich mir schon gedacht«, als wäre sie darauf vorbereitet gewesen, was diese Gattmanns so taten, die manchmal jedoch das Bild, das sie sich gemacht hatte, übertrafen.

Eine klare Kritik hörte ich allerdings nie, außer vielleicht, wenn es um Politik ging. Åke und Karin waren, was allgemein bekannt war, links, und sogar Åkes Vater, Tor Gattmann, hatte in seiner aktiven Zeit Äußerungen von sich gegeben, die als Zeichen der Sympathie mit der Linken gedeutet werden konnten und die seinerzeit an der Universität viel Staub aufgewirbelt hatten. Dagegen war mein Vater, wie ich schon gesagt habe, Sozihasser, und die Sozialdemokraten mit dem widerwärtigen Olof Palme waren in erster Linie Zielscheibe seines Hasses. Die Kommunisten riefen eher ein belustigtes Grinsen bei ihm hervor, er betrachtete sie als völlig verrückt. Daß es nicht ganz offensichtlich war, zu welchem dieser Lager man Åke und Karin rechnen mußte, machte ihn ein wenig unsicher. In einem der Sommer lag ein Ausschnitt aus Dagens Nyheter mehrere Wochen lang auf seinem Schreibtisch. Ein Diskussionsbeitrag zur sozialdemokratischen Außenpolitik, den Karin geschrieben hatte. Aus dem zitierte er laut. Er war für ihn ein Beweis dafür, daß Karin Palme unterstützte, aber meine Mutter wies darauf hin, daß bestimmte Abschnitte ausgesprochen kritisch ausfielen – was ihn wiederum nachdenklich machte.

Er war auf jeden Fall nicht der Meinung, daß die politischen Ansichten der Eltern ein Hindernis für Anne-Maries und meine Freundschaft waren, und er verhielt sich immer sehr freundlich, fast unterwürfig Anne-Marie gegenüber, wenn sie zu uns nach Hause kam. Er erzählte lustige Geschichten, führte Kartentricks vor, was er sonst nur machte, wenn wir Gäste hatten und er ein paar Gläser getrunken hatte. Offenbar wollte er sich von seiner besten Seite zeigen. Anne-Marie durchschaute seine durchsichtigen Tricks und scheute sich auch nicht, dies zu sagen. Das machte ihn stutzig, so etwas war er nicht gewohnt, aber er machte eine gute Miene und lachte nur.

Oh, diese Sommer mit Anne-Marie. Sie spielten in einer ländlichen Landschaft mit Äckern und Wiesen und weidenden Pferden und Kühen und in Fischerdörfern, wo es in den Hütten am Strand noch Fischereigeräte gab und wo die Fischer am Kai saßen und Netze flickten. So viele Sommerhäuschen standen noch nicht da. Das Land war noch nicht diese merkwürdig künstliche Freizeitlandschaft von heute, ein riesiges Erholungsgebiet mit Golfplätzen, Wanderwegen und luxussanierten Fischerhütten. Damals war es eine Welt voller Leben und Tod, nächtlichen Kälbergeburten, unbarmherzig ertränkten Katzenjungen und gefährlichen Stieren. Ich erinnere mich an frische Milch mit einem sehr eigenen Geschmack nach Kuh, an Bauernküchen mit konzentriertem fettigen Geruch, gleichermaßen ekelerregend und spannungsgeladen, mit Wachstüchern, dünnem Brühkaffee und tickenden Wanduhren in dunklen Kammern, in denen man sich nie aufhielt. Die Kluft zwischen Stadt und Land war groß, man sah auf hundert Meter, ob jemand hierhergehörte oder Sommergast war. Anne-Marie und ich machten den Dialekt nach, und ich nehme an, daß die Dorfbewohner ebensoviel Spaß hatten, uns nachzumachen. Es war eine Welt, die bald sterben sollte und die das wußte, aber noch lebte sie, und Anne-Marie und ich waren mittendrin.

Abends saßen wir auf dem Felsen vor Gattmanns Haus und schauten, wie der Fjord aprikosenfarben wurde. Wir warteten auf den Reiher. Er kam jeden Abend bei Sonnenuntergang angeflogen. Auf seinen langen, schmalen Flügeln segelte er aus dem Landesinnern zu uns. Er flog über die Baumwipfel aufs Wasser, die Beine hingen herab. Dann machte er kehrt, flog dicht über dem Wasser und landete auf einem Stein vor dem Nachmittagsstrand. Er streckte seinen schlangenartigen Hals und stand vollkommen unbeweglich da, wie ein grauer Strich. In der zunehmenden Dämmerung wurde er allmählich unsichtbar. Er erschien immer zur gleichen Zeit, stellte sich immer auf den gleichen Stein und stand immer gleich unbeweglich da.

Wir wußten, wo er sich aufgehalten hatte, bevor er über den Wald geflogen kam. Tagsüber war er bei einem kleinen Tümpel und fing Frösche. Auch Anne-Marie und ich fingen dort manchmal kleine Frösche, die auf ihrem Weg zum Wasser im Gras herumhüpften. Aus der Entfernung sahen sie aus wie schwarze Käfer, aber wenn man einen erwischt hatte, sah man, daß er braun, wie Bronze glänzte. Es war ein Gefühl, als hielte man einen Tropfen eiskalten Wassers in der Hand. Wir setzten die kleinen Frösche auf Seerosenblätter und ließen sie im Tümpel Bootchen fahren.

Anne-Marie und ich spielten Spiele, die sich über mehrere Tage hinzogen. Sie hatte eine lebhafte Phantasie, aber sie brauchte jemanden, der sie anregte. Oft hatte ich die Idee, was wir spielen könnten, zeichnete die großen Linien, die

Personen, Schauplätze und die Handlung, und sie kümmerte sich dann um die Verwirklichung, schaffte Requisiten herbei und schmückte die Handlung mit Einzelheiten aus. Sie hörte mir genau zu und nahm alle meine Vorschläge ernst. Man könnte sagen, daß ich das Drehbuch schrieb, während sie Regie führte und Produzentin war. Als Schauspieler fungierten wir alle beide. Ich erinnere mich an ein Spiel, bei dem wir Indianer am Amazonas waren, ein wunderbares Spiel, das am Nachmittagsstrand gespielt wurde und eine Woche dauerte. Und ich erinnere mich an eine Regenperiode, wo das ganze untere Stockwerk des Hauses in ein Restaurant verwandelt war, mit kleinen, gedeckten Tischen. Karin und Åke mußten tagelang in einer Scheinwelt leben. Bereitwillig fanden sie sich damit ab, an unseren provisorischen Tischen zu sitzen und unsere eigenhändig bereiteten belegten Brote und Blaubeerküchlein zu essen. So etwas wäre bei mir zu Hause undenkbar gewesen.

Karin freute sich immer, wenn ich kam. Sie sagte, Anne-Marie würde traurig herumhängen, wenn ich nicht da sei. Manchmal war Anne-Marie auch so, wenn mir nichts Gescheites einfiel. Sie konnte stundenlang auf einem Bett liegen und nichts tun, fast bewundernswert träge sein. Aber wenn man etwas vorschlug, kam sie in Gang. Würde man einen modernen Vergleich wagen, könnte man sie mit einem Computer mit großem Speicher vergleichen, der mit Software geladen werden mußte, um zu funktionieren.

Bei Gattmanns hatte man große Freiheit. Wir durften mit Messern und Feuer hantieren und überall herumstreunen. Meine Eltern nahmen wohl an, daß Karin und Åke mich beaufsichtigten, wenn ich dort war, aber da irrten sie sich. Beide waren mit ihren eigenen Dingen beschäftigt. Åke schloß sich oft in seiner Schreibstube zwischen den Felsen ein und arbeitete. Im Sommer schrieb er seine Romane. Im

Winter war er mit Zeitungsartikeln, Vorträgen und Reisen beschäftigt. Für Karin bedeutete der Sommer Ferien. Sie schrieb ein bißchen, wenn sie Lust hatte, aber hauptsächlich widmete sie sich dem Lesen, dem Pilze- und Beerensammeln und der Hausarbeit, kombiniert mit Radiohören.

Zwei deutliche Erinnerungen habe ich aus diesen ersten Sommern. Die eine ist die, daß Eva mir – im allerersten Sommer – die Rolle rückwärts auf ihrem roten Pulli beibrachte. Wir saßen auf einer kleinen Wiese, ein Stück von ihrem Grundstück entfernt. Die Geschwister Gattmann und ich, und es waren wohl auch noch Freunde der älteren Geschwister dabei, auf jeden Fall erinnere ich mich an eine ganze Gruppe von jungen Leuten, die da saß. Ein Transistorradio spielte Popmusik, und aus irgendeinem Grund wurde von Purzelbäumen rückwärts gesprochen, und ich sagte, ich könnte einen Purzelbaum vorwärts, aber keinen rückwärts. Eva sagte:

»Natürlich kannst du das. Komm, ich zeige es dir.«

Ich wollte nicht, aber sie zog ihren roten gestrickten Pulli aus und legte ihn ins Gras.

»Hier. Ich lege meinen Pulli drunter. Jetzt setzt du dich nur so mit den Händen hin, und dann machst du dich klein und rollst rückwärts. Schau, wie ich es mache.« Sie ging in die Hocke, rollte nach hinten und machte auf ihrem roten Pulli einen Purzelbaum. Dann durfte ich es versuchen. Ich wußte, daß es nicht klappen würde, aber alle ermunterten mich. Ich setzte mich auch so in die Hocke und hielt die Handflächen nach oben. Eva gab mir einen kleinen Schubs, und dann fiel ich nach hinten.

»Mach dich klein!« schrien alle, und ich sah den Himmel und den roten Pulli, und dann hatte ich einen Purzelbaum rückwärts geschafft.

Alle überschütteten mich mit Lob. Ich erinnere mich, daß das ein Augenblick des jubelnden Triumphes war. Ich war felsenfest davon überzeugt, ich hätte es nie geschafft, wenn ich nicht Evas roten Pulli unter mir gehabt hätte. Ich übte danach zu Hause auf unserer Wiese weiter Purzelbäume, und ich legte immer etwas darunter, einen Pullover oder ein Handtuch oder eine Jacke, am liebsten etwas Rotes.

Es gab noch so einen magischen Augenblick – als Jens mir die Sternbilder zeigte. Ich glaube, man hat ein spezielles Verhältnis zu dem, der einem erstmals dieses merkwürdige Verwobensein von Natur und Mythos offenbart, den Willen des Menschen, das Unbegreifliche der Natur zu erklären und in allem sein eigenes Muster zu sehen. Manchmal habe ich einzelne Sterne oder Sternbilder, die ich kenne, Leuten erklärt, und die meisten zeigen sich kindlich beeindruckt davon, daß man Kenntnisse über so unfaßbare Entfernungen besitzt. (Versuchen Sie es selbst: Sagen Sie: »Erstaunlich, wie hell der Sirius heute abend leuchtet«, und die Leute werden Sie anschauen, als hätten Sie ein Stück dieses Sterns auf die Erde geholt.)

Es war August, als Jens mir die Sternbilder zeigte, und die Situation war zusätzlich besonders dadurch, daß ich das erste Mal bei Anne-Marie übernachten durfte und es der vorletzte Abend dieser Sommerferien war. Am übernächsten Tag würden wir in die Stadt zurückfahren. Außerdem war Meeresleuchten auf dem Wasser, ich saß auf der Badetreppe des Stegs und berührte mit den Füßen ein sanftes Glitzern aus dem dunkeln Wasser unter mir, und über mir hatte ich das Glitzern der Sterne und den schwarzen Ozean des Universums.

Jens deutete auf die Sternbilder, die um diese Jahreszeit zu sehen waren. Ich hatte schon von diesen Bildern und ihren phantasievollen Namen gehört, aber in meiner kindlichen Vorstellung erwartete ich, realistische Abbilder eines Schwans oder eines Bären zu sehen, und den Großen Wagen stellte ich mir vor wie den schön geschnitzten Wagen mit einer Krone auf dem Dach, den es im Lisebergkarussell gab. Ich glaubte, man müßte nur bestimmte Sterne mit Blick auf die richtige Art verbinden. Ungefähr wie auf der Rätselseite der Zeitung, wo man durch das Verbinden von Zahlen in richtiger Reihenfolge aus einem Chaos von Punkten ein Tier hervortreten lassen kann. Ich hatte oft versucht, die Figuren, die Gott so listig am Himmelsgewölbe versteckt hat, hervorzulocken, war jedoch immer gleich gescheitert. Wie sehr ich auch zum Himmel starrte: Ich sah weder einen großen noch einen kleinen Bären.

Jetzt erklärte Jens mir alles. Es gab da oben keine Tiere, wie sollte es auch. Es waren Sonnen, die viele Lichtjahre voneinander entfernt waren und die überhaupt nichts miteinander zu tun hatten. Nein, man *nannte* ganz einfach die und die Sterne den Schwan.

War es wirklich so einfach? Ich lachte und platschte mit den Füßen im warmen, leuchtenden Wasser. Ich empfand es als befreiend, daß es da oben keine ausgetüftelten Kniffe gab, die ich nicht lösen konnte. Gleichzeitig war ich natürlich etwas ernüchtert, plötzlich die Illusion einer verborgenen Ordnung der Natur zu verlieren. Alles ist Chaos, man muß sich selbst eine Ordnung schaffen. Mit dieser existentialistischen Lebensanschauung als Grundlage begann ich auf alle Schwäne und Bären zu pfeifen und zeichnete meine eigenen Figuren ans Himmelsgewölbe.

Was machten wir sonst noch in diesen Sommern? Wir kletterten in Eichen, hingen im Trapez, spielten im Baumhaus und im Seeräuberschiff. Wir spielten Ballspiele auf der Wiese, spielten überall in dem großen Haus Verstecken und spielten Kartenspiele wie Casino und Einunddreißig.

Wir veranstalteten Weitspringen vom Steg aus. Man nahm oben auf dem Hügel Anlauf und lief, so schnell man konnte, zum Ende des Stegs und sprang, so weit es ging. Ich erinnere mich an die Kühle, wenn der sonnenheiße Körper in das grüne Dunkel tauchte, und an das Zischen der aufsteigenden Bläschen, die einen kitzelten, während man wassertretend darauf wartete, daß der nächste ins Wasser plumpste, hoffentlich nicht genausoweit vom Steg entfernt wie man selbst.

Manchmal ruderten wir mit den älteren Geschwistern zum Muschelstrand. Wir ankerten ein Stück weiter draußen und wateten mit Eimer und Blechbüchse an Land. Jemand machte Feuer, und wir anderen wateten durchs Wasser und ernteten ganze Büschel großer, fast schwarzer Miesmuscheln, die es nur hier gab. Manchmal mußte man mit dem Kopf untertauchen, um sie zu erreichen, wie Perlentaucher. In den Blechbüchsen kochten wir sie dann über dem Feuer und aßen sie. Hatten wir Muscheln übrig, verwendeten wir sie als Köder zum Angeln. Ich erinnere mich, wie schwer sie zu öffnen waren, wie fest sie zuhielten, und erinnere mich an das sadistische Vergnügen, die Schalen mit dem Messer auseinanderzuzwingen und das orangerote Fleisch herauszuziehen. Aber oft nahmen wir auch kleine Schnecken als Köder. Sie waren leicht zu zerbrechen, und mit dem festen, flachen Deckel ließen sie sich gut am Haken befestigen. Sie waren noch am Haken, wenn der Fisch angebissen hatte, man konnte den gleichen Köder für mehrere Fische verwenden.

Wenn wir Fische gefangen hatten, operierten Anne-Marie und ich sie manchmal. Wir spielten Chirurgen, wobei die Fische Menschen waren, manchmal auch Hunde. Wir schnitten sie auf und wühlten in den verschiedenen Organen und sprachen darüber, welch schreckliche Krankheiten sie hatten. Wir staunten, was es alles in einem Fisch geben konnte, manchmal hatten sie kleinere Fische oder Krabben im Bauch. Diese anatomische Entdeckungsreise war ein spannendes Spiel, es hatte etwas Glibbriges, Fleischiges, Verbotenes.

Wir fischten natürlich auch Krabben. Ein einfacher, aber spannender Sport, dem wir uns stundenlang hingaben. Im Unterschied zu den Fischen konnte man die Krabben ja immer sehen und verfolgen, wie sie aus ihrem Versteck in einem Tangbüschel zur Muschel an der Angel krochen. Wenn die Krabbe dann zu fressen begann, mußte man eiskalt sein und im richtigen Moment ziehen, nicht zu früh und nicht zu spät. Wir sammelten die Krabben in einem Eimer mit Wasser und ließen sie herumkriechen und mit den Zangen schnappen. Dann veranstalteten wir Wettläufe am Strand mit ihnen, um zu sehen, welche es zuerst zum Wasser schaffte. Wieder im Wasser, ließen sie sich sehr schnell erneut einfangen. Die Dümmsten, die sich immer wieder herausziehen ließen, kannten wir persönlich und gaben ihnen Namen nach ihrem Aussehen, Einzange, Grünschild und so weiter.

Auf diese Weise vergingen die Sommer, und sicher vergolde ich sie, wie man das so macht mit den Sommern der Kindheit. Ich habe sie hell in Erinnerung, als lebensspendende Unterbrechungen zwischen langen trüben Wintern, diese Sommer, als die Familie Gattmann noch in ihrem Honig- und Apfelmostglanz erstrahlte.

Im letzten dieser Sommer, im Sommer 1968, vergruben Anne-Marie und ich unter ein paar Kiefern in einer Felsenschlucht einen Schatz.

Damals waren die Flächen, wo heute Gebüsch wächst, noch offenes Weideland. Wir gingen über diese Wiesen, in den Wald mit den kleinen Eichen und zwischen die Felsen auf der anderen Seite. Wir waren unterwegs zum Muschelstrand, wo wir picknicken wollten, aber wir fanden nicht den richtigen Weg und verirrten uns. Das kümmerte uns nicht weiter. In dieser Gegend konnte man sich leicht verirren, es sah alles gleich aus, überall Felsen und Heidekraut. Wollte man wissen, wo man war, mußte man nur einen der höchsten Hügel besteigen und schauen, wo das Meer war. Dann konnte man immer der Küste entlang nach Hause gehen.

Wir hatten es nicht eilig. Wir streunten ein wenig zwischen den Felsen herum und erreichten die Schlucht mit den höchsten Kiefern. Die Erde war feucht und sumpfig, aber es gab ein trockenes Stück, einen kleinen Flecken mit wunderbar smaragdgrünem Gras. Die Kronen der Kiefern ließen nur wenig Sonnenlicht durch. Ein Stück weiter oben klammerte sich ein kleiner verwilderter Kirschbaum mit dunkelroten Früchten an die Felsen.

Es war ein Ort, der sich völlig von der übrigen Landschaft mit Felsen und Heidekraut und den kleinen Wäldchen mit vom Wind zerzausten kleinen Eichen unterschied. Eine Landschaft, die gar nicht nach Bohuslän zu gehören schien, ein kleines Stück aus einer anderen Welt, das hier zwischen den Felsen versteckt war.

Wir kletterten zum Kirschbaum hinauf, pflückten Kirschen, setzten uns ins Smaragdgras und aßen sie. Wir waren elf Jahre alt.

»Bist du hier schon einmal gewesen?« fragte ich.

»Nein, ich glaube auch nicht, daß es diesen Ort früher gegeben hat«, sagte Anne-Marie. »Ich bin schon sehr oft hiergewesen und habe ihn noch nie gesehen. Es hat ihn bisher ganz einfach nicht gegeben.«

Ich akzeptierte, was sie sagte, so wie ich alles akzeptierte, was Anne-Marie sagte.

Wir legten uns ins Gras und schauten in die Kronen der Kiefern, die magisch und einschläfernd rauschten.

»Ich glaube, wir sind verzaubert«, sagte Anne-Marie.

Es war die gleiche Anne-Marie, die mir erzählt hatte, daß sie auf Parties in Stockholm beim Tanzen mit Jungen schmuste, und die in einem schwarzweißen Necessaire Wimperntusche, Make-up-Creme und Lidschatten bei sich hatte. Sie war auf der Schwelle zwischen zwei Welten, während ich noch ganz in meiner Kinderwelt war und mich überhaupt nicht über ihre Worte wunderte.

»Ja, ich spüre es«, flüsterte ich. »Wir sind verzaubert.«

Sie berührte meinen Arm, und wir blickten in die rauschenden Kronen der Kiefern und nahmen uns an den Händen und drückten sie ganz fest.

»Es ist ein Gefühl, als ob man fliegen würde«, murmelte Anne-Marie. »Spürst du es auch?«

»Ja, wir fliegen«, sagte ich.

Hand in Hand lagen wir im zarten Gras und flogen. Plötzlich setzte Anne-Marie sich auf. »Wir vergraben einen Schatz«, sagte sie.

»Was für einen Schatz denn?«

Anne-Marie nahm die Plastiktüte, die wir bei uns hatten, und holte unser Picknick heraus: Saft, Birnen und eine Teedose mit Butterkeksen.

»Wir essen die Kekse auf, dann legen wir etwas in die Dose und vergraben sie hier.«

Wir aßen die Butterkekse und die Birnen und tranken den Saft. Dann schüttelte Anne-Marie die Krümel aus der Dose, löste ihre Haarspange und legte sie hinein.

Ich dachte an meinen Marienkäfer aus Silber, den ich an einer Kette um den Hals trug. Ich hatte den Schmuck von meiner Großmutter als Taufgeschenk bekommen und trug ihn immer. Wenn meine Mutter mich fragen sollte, konnte ich sagen, ich hätte ihn verloren.

»Hilf mir, die Kette aufzumachen«, flüsterte ich.

Anne-Marie nickte. Ich drehte ihr den Nacken zu und hob

die Haare hoch. Ihre Finger kitzelten mich, als sie den Verschluß öffnete. Sie reichte mir den Schmuck, den ich selbst in die Dose legen durfte.

»Was noch?« fragte sie.

Wir hatten sonst nichts Wertvolles dabei.

Anne-Marie blickte sich um. Gleich neben uns im Gras lag ein Häufchen mit trockenen Hasenkötteln. Sie nahm welche in die Hand.

»Wie leicht sie sind. Man spürt nicht, daß man sie in der Hand hat. Fühl mal.«

Sie ließ sie in meine Hand rieseln. Ich sah die kleinen Kugeln vor uns liegen, spürte sie jedoch nicht.

»Sie haben etwas Mystisches«, sagte Anne-Marie. »Wir legen sie auch hinein.«

Sie reichte mir die Dose, und ich ließ die Hasenköttel hineinfallen. Dann stellte sie die Dose hin und rannte den Berg hinauf. Sie pflückte ein paar Kirschen und kam mit vollem Mund wieder zurück. Sie kniete sich hin, kaute und schluckte mit verzogenem Gesicht. Dann beugte sie sich über die Teedose und spuckte drei Kirschkerne hinein. Sie lachte ein wenig.

»Jetzt reicht es. Jetzt vergraben wir sie.«

Es gelang uns, mit den Händen und unseren Plastikbechern ein Loch ins Gras zu graben. Wir steckten die Dose hinein, deckten sie mit Erde zu und legten zum Schluß einen Stein drauf.

»Wir können ihn wieder ausgraben, wenn wir erwachsen sind«, sagte ich.

»Glaubst du, daß wir jemals wieder hierherkommen? Ich nicht«, sagte Anne-Marie.

Kristina

Sie ist jetzt fast bei der Schäre.

Die Seeschwalben kreischen und wirbeln um sie herum. Blutrote Schnäbel in der grauen Morgendämmerung. Schmierige Kleckse von Vogelkot auf dem Deck des Kajaks.

Die Möwen sind besonders dreist. Sie fliegen Angriffe, stürzen sich auf ihren Kopf und berühren sie mit ihren kräftigen Schnäbeln. Am Anfang hatte sie richtig Angst. Hatte den Arm gehoben und sich zur Seite gelehnt, so daß sie das Gleichgewicht verloren und eine Rolle gemacht hatte. Jetzt läßt sie sich nicht mehr erschrecken. Ruhig paddelt sie weiter auf ihr Ziel zu.

Sie sehnt sich nach dem Tag, an dem sie nicht mehr kreischen und sie bedrohen. Wo sie sie kennen, wissen, daß sie weder ihnen noch ihren Jungen etwas tut und nur ein paar Daunen sammeln möchte. Sie hat noch nicht den Geist der Seeschwalbe oder der Möwe. Noch nicht. Es gibt eine Wand zwischen ihr und ihnen, aber mit jedem Mal, wo sie sich in ihrer lärmenden Wolke bewegt, fühlt sie sich ihnen ein Stück näher.

Sie gleitet an die Schäre heran, an die Stelle, wo ein abschüssiger Felsblock im Wasser verschwindet. Sie dreht das Kajak mit der Breitseite zum Felsen und läßt sich die letzten Meter von den Wellen hinschaukeln. Als sie nahe genug ist, steigt sie mit weichen, vorsichtigen Bewegungen aus. Sie trägt Shorts und ist barfuß, es macht also nichts, daß das Wasser ihr bis ans Schienbein reicht. Der Felsen unter ihr ist aalglatt von rostroten Algen. Sie zieht das Kajak hoch und geht, gefolgt von der Vogelwolke, über die runden Klippen.

Sie fühlt sich wie damals als Kind. Genau so war es damals. Worte waren nicht nötig. Sie rannte herum, nahm Gerüche wahr, hörte Geräusche, fand eine Feder, lachte. Und die anderen lachten auch, nahmen die Feder, hoben sie in die Höhe. Ihre Eltern teilten ihre Welt, alle anderen waren auch Teil dieser Welt.

Dann irgendwann, als sie noch Kind war, schienen alle sie verlassen zu haben. Ihre Mutter und ihr Vater und alle anderen Menschen hatten gleichzeitig und ohne etwas zu sagen einen großen Schritt in eine andere Welt gemacht und sie zurückgelassen. Und sie verlangten von ihr, nachzukommen. Aber sie weigerte sich.

Immer, wenn sie mit etwas Wichtigem beschäftigt war, kamen sie und störten mit ihrem Gerede: »Woran denkst du? Warum sagst du nichts? Sprich mit uns. Aber so sag doch etwas. Warum entziehst du dich? Bist du traurig? Du weißt, daß du immer mit uns sprechen kannst.«

In der Schule war sie schüchtern. Sagte nie etwas, streckte nie die Hand hoch. »Du kannst es doch. Du hast in der schriftlichen Arbeit alles richtig. Warum sagst du nie etwas?« fragten die Lehrer.

Reden, reden, reden. Sie wollte nur in Ruhe gelassen werden. Sie war in die falsche Zeit geboren worden. Dieses ewige Geplapper. Sie stellte sich die ferne Vergangenheit als Zeit mit sehr wenig Gerede vor. Sie hätte gerne in einem anderen Jahrhundert gelebt, auf dem Land unter hart arbeitenden Menschen, die selten etwas sagten. Im Morgengrauen aufstehen, in den Stall gehen und die Kühe melken, die sie muhend begrüßten. Ihre rosafarbenen Zitzen fassen, dem Flüstern des Milchstrahls im Eimer lauschen, dem Surren der Fliegen. Regen, weiches Gras unter den Füßen, im Winter knirschender Schnee. Der hohle Widerhall des Brunnens. Sie liebte das Geräusch des Brunnens, war froh, daß sie jetzt einen Brunnen anstelle eines Wasserhahns hatte. Der metallische Gesang des Zinkeimers, wenn er da unten tanzte.

Sie mochte auch Musik nicht besonders gern. Die wollte so gern schön sein, sie erreichen. So tun, als sei sie von der Natur geschaffen, aber sie war von Menschen gemacht. Die Musik wollte ein Publikum, wollte gefallen, und das mochte sie nicht. Nur ganz wenige Male hatte sie Musik genießen können.

Einmal, in einem Laden, in dem Haushaltswaren und Geschenkartikel verkauft wurden, hatte sie aus dem Lautsprecher ein Musikstück gehört. Sie war vor einem Regal mit Gläsern stehengeblieben und hatte nicht gewagt, sich zu rühren, aus Angst, einen Ton zu verpassen. Es waren Panflöten, die da spielten, und die Musik schien sich mit den Gläsern und dem Licht zu vereinigen. Als die Melodie zu Ende war, begann ein ganz anderes Musikstück; und sie ging. Sie wußte nicht, ob es vom Radio oder von einer Platte kam, was sie da gehört hatte, aber sie wollte nicht fragen. Sie hatten zu Hause einen Plattenspieler, doch glaubte sie nicht, daß das Erlebnis sich wiederholen ließ.

Es hatte etwas mit der Situation zu tun, mit den Gläsern und dem Licht und etwas in ihr – man konnte es nicht auf eine Platte bannen.

Es war selbstverständlich, daß sie nach dem Gymnasium ein Studium beginnen würde. Sie war schließlich begabt. Sie hatte gute Noten, obwohl sie während des Unterrichts nie etwas gesagt hatte. Der Berufsberater sprach lange mit ihr über verschiedene Schulen und Studienzweige. Sie zuckte nur mit den Schultern.

Sie begann an der Universität Kunstgeschichte zu studieren. Sie bewunderte Künstler, Menschen, die sich in Bildern ausdrückten und nicht mit Sprache. Sie war immer gern ins Kunstmuseum gegangen. Aber der Unterricht war nicht so, wie sie es sich vorgestellt hatte. Sie hatte gedacht, für sich bleiben zu können, still in den Vorlesungen sitzen und zuhören, zu Hause lernen und ihre Prüfungen ablegen zu können, ungefähr so wie in der Schule. Aber hier gab es viele Übungen, bei denen sie in Gruppen von sieben, acht Studenten eingeteilt wurden. Die Lehrer verlangten, daß alle sich an den Diskussionen beteiligten. Sie wurde an die Wand gestellt, nach ihrer Meinung gefragt. Alle am Tisch starrten sie an. Sie schaffte es nicht und hörte auf.

Sie nahm eine Putzstelle im Krankenhaus an. Dort ließ man sie schweigen. Es gab viele Ausländer, die kein Schwedisch konnten und genauso schweigsam waren wie sie.

Lautlos, unsichtbar machte sie ihre Arbeit. Niemand sprach sie an. Jeden Morgen holte sie ihren Wagen in den unterirdischen Gängen, fuhr mit dem Aufzug nach oben und begann ihre schattenhafte Wanderung durch die Säle und Flure des Krankenhauses. Sie glitt in eine Abteilung, führte den Mop in Achtern über die gebohnerten Böden, unter die Betten, in denen kranke, sterbende Menschen lagen, in die Flure, in die Zimmer der Ärzte – die blickten nie auf, wenn sie kam, redeten weiter in die Mikrophone ihrer Diktiergeräte. Sie ging überall hinein und wieder hinaus, flüssig und durchsichtig wie Wasser.

Der Umgang mit anderen Menschen beschränkte sich auf das kurze Treffen am Morgen, bei dem der Chef die Arbeit einteilte, und die Kaffeepausen im unterirdischen Aufenthaltsraum, wo die, die wollten, reden konnten und die anderen schweigen durften. Kristina, eine junge türkische Frau und ein jugoslawischer Mann saßen immer in ihrer Ecke und starrten in ihre Kaffeebecher, keiner der anderen machte einen Versuch, sie anzusprechen.

So ging es ihr eigentlich ganz gut im Krankenhaus. Ihre Eltern baten sie inständig, ihr Studium wiederaufzunehmen oder sich wenigstens eine andere Arbeit zu suchen. Aber sie stand weiterhin einige Stunden vor ihnen auf, fuhr fünf Kilometer mit dem Fahrrad ins Krankenhaus und zog dort ihren Putzwagen durch die Flure. Sie wußte, daß dieser Zustand nicht anhalten würde, daß etwas anderes kommen mußte. Sie wußte nur nicht, was. Das Putzen war ein Warten auf dieses Andere, ein Raum, worin sie wachte und lauschte.

Sie arbeitete fast zwei Jahre im Krankenhaus. Dann geschah etwas mit ihr.

Sie ging nicht mehr zur Arbeit. Sie konnte keinem Menschen mehr in die Augen sehen – nicht ihren Arbeitskollegen, nicht den Eltern, niemandem. Die Blicke der Menschen waren beängstigend für sie, ja, sie schmerzten sogar. Sie waren wie Waffen, wie Messer, und es war unerträglich qualvoll, von ihnen getroffen zu werden. Sie verschloß ihre Tür, lag den ganzen Tag mit der Decke über dem Kopf in ihrem Bett, aß fast nichts.

Nach einer Weile wurde es etwas besser, so daß sie das Haus verlassen konnte. Sie wartete, bis die Eltern zur Arbeit gegangen waren. Dann fuhr sie mit dem Fahrrad in die Stadt – sie mochte es nicht, in einer Straßenbahn dicht neben fremden Menschen zu sitzen –, stellte das Fahrrad ab und trieb sich an Orten herum, wo viele Leute waren. Manchmal fuhr sie mit dem Fahrrad zum Hauptbahnhof, wenn der Zug aus Stockholm einlief. Da wimmelte es dann von Leuten auf dem Bahnsteig, Reisenden, die ankamen, Angehörigen, die sie abholten, sie stellte sich mitten hinein und spürte all diese Menschen um sich herum, spürte, wie sie sich dicht an ihr vorbeidrängten, sie mit ihren Koffern und Rucksäcken schubsten, sie hörte ihre Rufe und sah ihre Umarmungen. Wie das Auge in einem Orkan aus Begegnungen und Gefühlen blieb sie stehen, bis die Menge sich verlaufen hatte.

Manchmal ging sie an den Zug aus Kopenhagen und hörte denen zu, die in fremden Ländern waren, und dachte: Göteborg ist zu klein. Sie sehnte sich danach, von Paris, London, New York oder Tokio aufgeschluckt zu werden.

An einem Samstagvormittag – sie wußte, daß viele Leute unterwegs sein würden – fuhr sie mit dem Fahrrad in die Stadt und ließ sich in der Menschenmenge treiben. Sie schaute in ein neueröffnetes Geschäft mit ausgefallenen Waren aus exotischen Ländern. Die Sachen in den Schaufenstern lockten sie, und sie ging hinein. Das Geschäft war klein, schon fünf, sechs Kunden drängten sich in ihm. Große Ohrringe aus Metall gab es da, Armbänder aus Leder, afrikanische Stoffe und Körbe, Hemden und Kleider mit Pailletten, Räucherstäbchen und Plakate mit indischen Göttern in Neonfarben. An der Wand hing eine Reihe Masken. Es waren alles verschiedene Tiergesichter.

Sie nahm eine Maske und probierte sie vor einem Spiegel. Es war das Gesicht eines Fuchses. Als sie ihrem eigenen Blick in den schrägstehenden Augenhöhlen des Tiers begegnete, durchfuhr sie ein solches Glücksgefühl, daß sie kaum noch Luft bekam. Sie sah sich um und betrachtete die Kunden und den jungen Verkäufer. Sie fühlte sich als ganz Andere. Sie hatte die Angst verloren. Ohne die Maske abzunehmen, ging sie zu dem jungen Mann, um sie zu kaufen. Er bückte sich nach einer Tüte, aber sie legte nur das Geld auf die Theke und ging. Lange streunte sie durch die Stadt. Dann radelte sie wieder nach Hause, immer noch mit der Maske vor dem Gesicht.

Von nun an hatte sie, wenn sie das Haus verließ, ihre Fuchsmaske auf. Sie ließ das Fahrrad stehen und fuhr mit der Straßenbahn. Niemand wollte neben ihr Platz nehmen, aber das machte ihr nichts aus. Sie setzte sich auf Parkbänke und in Cafés, und niemand versuchte, ein freundliches Geplauder mit ihr zu beginnen. Sie konnte gehen, wohin sie wollte, wann sie wollte, sie brauchte nicht mehr Orte mit vielen Menschen aufzusuchen oder sich an bestimmte Zeiten zu halten. Überall wurde sie in Ruhe gelassen. Es war eine wunderbare Freiheit.

Sie kaufte sich noch zwei Masken, eine Adlermaske und eine Tigermaske. Es waren alles Raubtiere, alle jagten den Menschen Angst ein, aber sie empfand sie in ihrem Wesen als sehr verschieden. Sie hingen an der Wand über ihrem Bett und flüsterten ihr zu und starrten sie blind mit ihren leeren Augen an. Sie lockten sie, neckten sie, ärgerten sie. Sie hörten nicht auf, bis sie eine herunternahm und vor ihrem Gesicht befestigte. Dann wurde sie vom Geist des Fuchses, des Adlers oder Tigers erfüllt.

Ihre Eltern versuchten sie zu überreden, die Masken nicht mehr zu tragen, wenn sie das Haus verließ. Und eines Tages, als sie mit ihrer Adlermaske unterwegs war, hängten ihre Eltern den Fuchs und den Tiger ab und warfen beide in den Müll. Als sie nach Hause kam, waren sie weg. Von da an trug sie immer die Adlermaske und weigerte sich, sie abzunehmen. Nur nachts, wenn sie ihre Tür abgeschlossen hatte, hängte sie vor dem Schlafen die Maske an die Wand.

Sie zog sich Schürfwunden zu, weil sie ständig die Maske trug. Sie klebte Schaumgummistreifen, mit denen man sonst Fenster abdichtet, an deren Ränder. Es half nichts. Sie bekam Druckstellen, die schmerzten und eiterten. Die Augen waren gereizt, weil das Gesichtsfeld seitlich begrenzt war, und abends taten sie ihr weh.

Ihre Mahlzeiten wollte sie nicht mehr zusammen mit ihren Eltern einnehmen, und so ließ die Mutter das Essen für sie auf dem Tisch stehen. Wenn sie gespült und die Küche verlassen hatte, ging Kristina hinein, sie achtete darauf, allein zu sein. Dann schüttete sie das Essen auf den Fußboden, schob die Adlermaske hoch, ging auf allen vieren und aß wie ein Tier. Als ihre Mutter eines Tages hereinplatzte und sah, wie ihre Tochter auf dem Küchenboden herumkroch und mit verschmiertem Gesicht die sorgfältig zubereiteten Kohlrouladen herunterschlang, schrie sie laut.

Die Mutter versprach, mit Kristina zu einem Hautarzt zu gehen, der ihr eine Salbe für die Wunden verschreiben würde. Der Arzt bat sie, die Maske abzunehmen, um ihr Gesicht besser sehen zu können. Aber sie behielt sie auf, denn sie hatte gleich verstanden, daß der Mann keineswegs Hautarzt war, sondern Psychiater. Sie saß ihm aufrecht auf dem Stuhl gegenüber. Ihre Augen beobachteten ihn hinter dem steifen Adlergesicht. Sie wußte, daß ihre Augen sich unter der Maske veränderten und daß sie einen Raubvogelblick bekam. Der Arzt konnte ihr nicht in die Augen schauen, er mußte ihrem Blick ausweichen.

Ein paar Tage später wurde sie abgeholt. Zwei Männer und eine Frau zwangen sie mitzukommen. Sie zogen sie, versuchten sie hochzuheben, und als sie sich im Flur wie ein Igel zusammenrollte, zogen sie ihr die Hosen herunter und steckten ein Zäpfchen in den Hintern. Sie verlor die Adlermaske bei diesem Kampf und war überzeugt, daß es dieser Verlust war und nicht das Zäpfchen, weshalb sie so schwach wurde, daß man sie schließlich in das wartende Auto tragen konnte.

Das Krankenhaus – nicht das, in dem sie geputzt hatte – lag außerhalb der Stadt. Es gab dort ältere Gebäude mit Abteilungen für alte Menschen, sowohl für solche, die im Alter verwirrt geworden waren, als auch für solche, die es schon sehr lange waren, vielleicht das ganze Leben. Es gab aber auch ein neues Hochhaus mit jüngeren Menschen, die auf verschiedenste Art und Weise verrückt geworden waren, durch Drogen, Alkohol, ein unglückliches Zuhause oder einfach so. Dorthin kam Kristina.

Die Adlermaske sah sie nie wieder. Sie lag auf dem Bett und versteckte sich unter der gelben Frotteedecke. Wenn sie das Klappern des Essenwagens und den ekligen Geruch des Großküchenessens roch, legte sie eine Hand übers Gesicht, öffnete vor den Augen einen Spalt zwischen Mittelfinger und Zeigefinger und ging in den Aufenthaltsraum. Wenn sie die Gabel in den Mund stecken wollte, öffnete sie einen Spalt zwischen Ringfinger und kleinem Finger. Wenn sie versuchte, direkt vom Teller, ohne Messer und Gabel, zu essen, nahmen sie ihr das Essen weg.

Eines Tages traf sie einen Mann in der Patientencaféteria. Sie hatte Probleme, ihr Tablett mit nur einer Hand zum Tisch zu tragen. Die andere Hand mußte sie sich ja vors Gesicht halten. Er kam nur auf sie zu, nahm das Tablett und stellte es auf einen Tisch. Dann setzte er sich ihr gegenüber. Er war groß und breit, trug Jeans, hatte blonde Haare, einen blonden Schnurrbart und ein rötliches Gesicht, entweder von der Sonne, vom Alkohol oder einem Medikament. Seine Augen waren wäßrig blau. Der Mann redete die ganze Zeit, und obwohl Kristina Gerede sonst nicht ausstehen konnte, störte es sie nicht. Seine Worte sprangen wie ein Wasserfall zwischen Felsen hindurch, er wechselte hin und her zwischen Themen und Assoziationen. Er hatte einen finnischen Akzent, und manchmal ging er ganz ins Finnische über. Sein Reden war wie ein Naturlaut, nicht störender als gurgelndes Wasser oder rauschender Wind. Er erwartete auch nicht, daß man ihm antwortete.

Kristina öffnete die Finger einen Spalt und blickte ihn an. Sie fand ihn schön mit seinem rosigen Gesicht und den hellblauen Augen. Und er fragte sie nicht, warum sie die Hand vors Gesicht hielt.

Sie gingen zusammen in den Krankenhauspark. Es war ein

klarer Septembertag, und sie hatten den Park fast für sich alleine. Die Schatten der Bäume zeichneten Netzmuster auf die Wiesen.

Er wollte mit ihr Minigolf spielen. Wenn sie den Schläger führte, nahm sie die Hand vom Gesicht. Sie bekam die Bälle nur selten in die Löcher, und er spielte sehr gut. Er schüttelte bekümmert den Kopf, weil sie so ungeschickt schlug.

Dann stellte er sich hinter sie, umfaßte sie mit seinen Armen und half ihr, den Schläger richtig zu halten. Sie spürte seinen Körper an ihrem – ein merkwürdiges Gefühl. Er hob und schwang ihre Hände und Arme in seiner Bewegung, nicht in ihrer. Er war viel größer, breiter und stärker als sie. Ihr war, als trüge sie einen großen, dicken Pelzmantel.

Plötzlich hielt er ganz still. Sie spürte seine Erektion im Rücken. Er rieb sich an ihr, atmete schwer in ihr Ohr und packte sie so fest an ihren Armen, daß sie den Golfschläger fallen ließ. Dann hob er sie ein wenig an, so daß ihre Füße nicht mehr den Boden berührten, und trug sie schnell über die Wiese in ein Zypressengehölz. Sie hing mit verschränkten Armen in seinem Griff, und ihre Zehen berührten das Gras.

Sie hätte keine Chance gehabt, auch wenn sie sich gewehrt hätte. Sie war klein und zart, und er war groß und stark. Aber sie leistete keinen Widerstand. Sie war von einer merkwürdigen Lähmung erfaßt. Sie rührte sich nicht, war wie paralysiert. Sie dachte an Tiere, die, von Schlangengift gelähmt, vollkommen bewegungslos, aber bei vollem Bewußtsein von der Schlange gefressen werden. Sie hielt die Hand vor die Augen, die Finger aneinandergepreßt, so daß sie nichts sehen konnte. Er machte mit ihr, was er wollte, sie vernahm die flüsternden Worte, die aus seinem Mund kamen, roch den eigenartigen Geruch seines Atems und den berauschenden Duft der Zypressen.

Als er gegangen war, blieb sie lange liegen und schaute in den blauen Septemberhimmel. Sie wunderte sich, daß sie noch lebte. Das Gefühl, aufgefressen zu werden, war ungeheuer stark gewesen.

Nach diesem Erlebnis hatte sie kein Mitleid mehr mit Tieren, die von einem Raubtier gefangen und gefressen werden. Sie meinte zu verstehen, wie die sich dabei fühlen. Eine Klarheit in der Angst. Unterwerfung. Schweigen. Der Geist des Beutetiers.

Ulrika

Im Frühjahr 1969 waren Karin und Åke Gattmann auf eine Reportagereise nach Indien gefahren. Karin schrieb Artikel für Dagens Nyheter, die später als Buch erschienen. Åke schrieb Gedichte, die in verschiedenen Feuilletons veröffentlicht und für einen Gedichtband redigiert wurden, der große Aufmerksamkeit erfuhr. Aber das wichtigste Ergebnis dieser Reise, was für ihr zukünftiges Leben entscheidende Bedeutung hatte, war Maja.

Karin hatte in einem Artikel über die erste Begegnung mit ihr geschrieben. Dieser Text wurde allerdings nicht in das Buch aufgenommen, das sie dann im Herbst publizierte. In dem Exemplar, das ich vor ein paar Jahren in einem Antiquariat fand, habe ich vergeblich danach gesucht. Vielleicht fiel der Artikel als zu privat aus dem Rahmen, vielleicht waren die Probleme mit Maja damals schon so offensichtlich, daß der Glanz der ersten Begegnung verblichen war. Aber im Archiv der Universitätsbibliothek von Göteborg habe ich ihn auf Mikrofilm gefunden. Das war insofern kein Problem, weil ich ziemlich genau angeben konnte, wann er erschienen war. Nach Beginn der Sommerferien, aber vor Mittsommer.

Majas dunkles Gesicht war das erste, was mich ansah, als ich die Zeitung aus dem Briefkasten holte. Ein Bild auf der ersten Seite, aufgenommen von Åke, das Maja im Gitterbett des Kinderheims zeigt, das Gesicht zwischen zwei Stäben. Sie hält eine Nuckelflasche, die mit einer langen Schnur am Bett angebunden ist. Åkes Kamera hat sie beim Trinken unterbrochen, sie blickt mit einem unergründlichen Ausdruck ihrer großen Augen in die Kamera, ein paar Fliegen sitzen auf dem Milchtropfen am Schnuller. Ein Streifen Sonne aus einer angelehnten Tür fällt über das Gesicht, die Hand, die Flasche und die Fliegen, alles andere liegt im Schatten. In diesem Saal sind neunundzwanzig Kinder, neunundzwanzig dicht beieinanderstehende Gitterbettchen mit ausgesetzten indischen Kleinkindern, die alle eine Nuckelflasche an einer Schnur haben. Kinderschwestern in Saris überwachen das Fotografieren aus einigen Metern Entfernung. Da ist Karin in Shorts und einem Hemd, mit einem schweißnassen Notizbuch in der Hand. Und natürlich Åke, der Fotograf. Aber keine dieser Personen ist auf dem Bild zu sehen. Nur Maja. Allein. Eingehüllt in ein großes Dunkel.

Das Bild ist in meiner Erinnerung verblaßt und überdeckt worden von all den anderen Bildern, die von ihr gemacht wurden, und die die Wände im Sommerhaus schmückten, Bilder einer wohlgenährten Maja auf sonnigen Wiesen, an Stränden und auf Bootsstegen im Kreise ihrer Familie. Als ich im Zeitungsarchiv der Universitätsbibliothek von Göteborg dieses erste Bild wiedererkannte, vermutlich das allererste Bild, das je von Maja gemacht worden war, fand ich es wichtiger als die vielen anderen. Das Bild von der kleinen, mageren Maja und dem großen Dunkel, das sie umgab.

Ich saß am Wegrand im Wiesenkerbel bei den Briefkästen und las. Ich war 12 Jahre alt. Wir waren vor kurzem nach Tångevik gekommen. Bisher nur meine Mutter und ich. Mein Vater hatte noch keine Ferien und kam nur am Wochenende. Gattmanns waren noch nicht da, was ungewöhnlich war, weil sie sonst immer gleich zu Beginn der Sommerferien anreisten. In diesem Jahr waren sie später dran wegen der Nacharbeiten zur Indienreise.

Ich las, wie Karin und Åke einem kleinen Mädchen in einem Kinderheim in Bangalore begegnet waren. Wie aus einem journalistischen Besuch unter vielen anderen etwas ganz anderes wurde. Wie sie in Bangalore blieben und Karin Tag für Tag in dieses Kinderheim zurückkehrte. Wie sie nach Hause nach Schweden fuhren, Papiere besorgten und nach einigen Wochen wieder nach Indien flogen, um die Kleine zu holen. Wie sie vom Flugplatz an gelben Löwenzahnwiesen vorbei nach Hause zu den wartenden Geschwistern fuhren. Es war im Mai, der Kuckuck rief, und so bekam das Mädchen den Namen Maja.

Ich faltete die Zeitung zusammen und blieb am Wegrand sitzen. Ich versuchte zu verstehen, was das, was ich gerade gelesen hatte, bedeutete. Anne-Marie hatte eine kleine Schwester bekommen. Das war, gelinde gesagt, unerwartet. Karin war 41 und war schon Mutter von vier Kindern. Ich hatte bisher nur von kinderlosen Menschen gehört, die Kinder adoptierten. Und die Adoption von ausländischen Kindern war immer noch ziemlich ungewöhnlich.

Aber meine Gedanken waren vor allem mit einer rein egoistischen Frage beschäftigt: Was würde das für meine Beziehung zu Anne-Marie bedeuten? Anne-Marie hatte in den Sommern, die wir zusammen waren, unerhört viel für mich bedeutet. Im Winter, wenn sie in Stockholm und ich in Göteborg wohnte, sehnte ich mich die ganze Zeit nach ihr. Mein Leben war in einen Winter- und einen Sommerteil eingeteilt. Der Winter war eine lange dunkle Zeit der Sehnsucht, der Langeweile und Verstellung. Der Sommer war das Zusammensein mit Anne-Marie, waren Gespräche, Spiele, Abenteuer und die Möglichkeit für mich, ich selbst zu sein.

In meiner Klasse fühlte ich mich nicht besonders wohl. Ich fand meine Klassenkameraden oberflächlich, langweilig und dumm. Ich tat mein Bestes, um dazuzugehören, war ziemlich schweigsam, meinte, was die anderen meinten, zog mich an wie sie und hörte die gleiche Musik wie alle, paßte mich ganz einfach an. Ich war feige, wollte nicht herausragen. Ich hatte gesehen, wie es denen erging, die irgendwie von der Norm abwichen.

Ich hatte auch eine sogenannte beste Freundin, die soziale Etikette in meiner Klasse verlangte das. Sie war ein schüchternes, farbloses Mädchen, das dennoch ausgesprochen hübsch war, wie ich später feststellte, als ich mir alte Klassenfotos ansah. Dunkle lange Haare, Alabasterhaut und perfekte Gesichtszüge, aber irgendwie war es ihr gelungen, sich total unsichtbar zu machen. Wir arbeiteten in den Stunden zusammen, verbrachten die Pausen gemeinsam und besuchten uns gegenseitig zu Hause, wenn wir eine Gruppenarbeit zu machen hatten, sonst jedoch nicht. Sie lebte allein mit ihrer Mutter, ihr Vater war tot. Sie bewunderte eine deutsche Schlagersängerin, von der ich noch nie etwas gehört hatte, und besaß alle Platten von ihr. Wir gingen neun Jahre in die gleiche Klasse, und ich habe keine Ahnung, wer sie war.

Wir waren das Alibi füreinander, wie homosexuelle Männer sich früher eine Freundin zulegten, die sie in der Öffentlichkeit zeigten, um so ihr Geheimnis wahren zu können. Indem wir in den Augen der anderen beste Freundinnen waren, gingen wir als normal durch. Ich erzählte ihr nie von Anne-Marie oder etwas anderes, was für mein Leben wichtig war, und sie war auch gar nicht neugierig. Sie hatte sicher ihre Geheimnisse. Ich habe nur keine Ahnung, welche. Ich war auch nicht neugierig.

Im Winter schrieben Anne-Marie und ich uns gelegentlich Briefe. Mir hätte eine häufigere Korrespondenz besser gefallen, aber Anne-Marie wartete immer lange mit ihren Antworten, und wenn ich dann wieder an der Reihe war, wollte ich nicht zeigen, wie sehr mir an den Briefen lag, und wartete deshalb mit meiner Antwort fast ebensolange wie sie. Wenn ich mich schließlich zum Schreiben hinsetzte, sprudelte ich über von Gedanken, die ich mitteilen wollte, meine Briefe wurden lang, oft zehn, zwölf Seiten, und ich mußte sie in die großen Umschläge meines Vaters stecken.

Anne-Maries Briefe habe ich aufgehoben. Sie sind kurz, geschrieben auf hastig herausgerissenen Schulheftblättern oder kleinen Notizzetteln. »Hallo. Sitze im Bus. Nilla sitzt neben mir und ißt Lakritze und hat eine schwarze Zunge. Wir wollen uns einen süßen Jungen anschauen, der irgendwo, ich weiß nicht wo, Fußball spielt. Jetzt müssen wir aussteigen.« Mehr Informationen enthielten ihre Briefe selten, während meine, soweit ich mich erinnere, komplizierte existentielle Fragen behandelten und eine Art Nacherzählung dessen waren, was wir im Sommer erlebt hatten: »Weißt du noch, wie wir...«, und dann folgte eine lange Beschreibung dessen, was wir gemacht hatten und was sie gesagt und was ich gesagt hatte. Ich weiß nicht, ob das für sie sehr amüsant zu lesen war, aber mir machte es großen Spaß, das zu schreiben. Ihre Briefe machten mich immer glücklich, wie kurz und hingehudelt sie auch waren.

Wir telefonierten nie. Es war eine unausgesprochene Vereinbarung, nachdem wir das Telefonieren einmal versucht hatten. Anne-Marie hatte mich eines Abends angerufen, als ich fernsah. Ich war völlig überrumpelt. Ich wußte nicht, was ich sagen sollte. Sie hatte sich auch nichts Bestimmtes ausgedacht, hatte wohl geglaubt, es würde von selbst gehen. Aber wir hatten kein Thema. Wir lebten im Winter in verschiedenen Welten und waren andere Menschen als im Sommer, und das wurde am Telefon deutlich. Nach einigen Minuten legten wir auf, beide ziemlich enttäuscht.

Meine Gefühle für Anne-Marie waren in vieler Hinsicht die einer Verliebten. Aber im Unterschied zu anderen Verliebtseinszuständen ging dieser nicht vorüber. Ich registrierte jedes Frühjahr die kleinen Zeichen der Natur: Jeder kleine Huflattich, jeder zurückkehrende Star war ein kleiner Pfeil, der in die richtige Richtung wies, Richtung Sommer, Richtung Anne-Marie.

Und jeden Sommer war ich gleichermaßen aufgeregt, sie wieder zu treffen. Die erste beängstigende Stunde, wenn ich sie als verändert erlebte, als andere Anne-Marie. Eine neue Frisur, ein neues Kleidungsstück, ein Stockholmer Modeausdruck, den ich von ihr noch nie gehört hatte, all das war bedrohlich. Und dann der erlösende Augenblick, ein Scherz, eine gemeinsame Erinnerung, ein explodierendes Kichern, das die Verbindung zwischen uns wiederherstellte.

Es gibt Menschen, die einen Schlüssel zu uns haben. Die Räume aufschließen können, die wir immer in uns haben, aber in denen wir noch nie waren. Zu diesen Menschen haben wir eine besondere Beziehung, und wenn sie das richtige Geschlecht und das einigermaßen passende Alter haben, verlieben wir uns. In anderen Fällen werden wir verzaubert, abhängig, wie immer man es nennen will, aber es ist eigentlich das gleiche. Anne-Marie war ein solcher Schlüsselmensch für mich, der erste, den ich kennengelernt habe. Deshalb bedeutete sie so viel für mich. Ich ahnte, daß ich ihr nicht so viel bedeutet habe, und meine ständige Angst war, daß sie irgendwie verschwinden könnte.

Jetzt hatte sie also eine kleine indische Schwester bekommen, sechzehn Monate alt. Der Altersunterschied war enorm groß, und die beiden würden nie auf diese schwesterliche Art miteinander umgehen wie sie und ich. Und doch verspürte ich eine diffuse Unruhe. Die Familie Gattmann war für mich so komplett gewesen. So vollendet. Zwei erfolgreiche kreative Eltern. Das Kulturerbe der Großeltern. Die schönen, begabten, selbständigen Kinder. Die goldene Familie, die in ihrem Honig- und Apfelmostglanz strahlte, was konnte da noch hinzukommen? Nichts. Nichts würde sie verbessern können.

Ich sah die Familie Gattmann wie ein Gebäude, das, von verschiedenen Generationen gebaut, jetzt mit Anne-Marie als leuchtender Turmspitze ihre größtmögliche Höhe erreicht hatte. Ein Gebäude, in dem ich als Besucherin willkommen war, ohne jedoch etwas beitragen zu können. Diese Familie brauchte absolut nichts mehr. Jeder neue, noch so kleine Stein, der zu diesem Gebäude hinzugefügt würde, brächte es zum Einsturz.

Ich stand vom Wegrand auf und beschloß, meine Unruhe für unbegründet zu halten. Wie oft war ich auf Anne-Maries Freundinnen in Stockholm eifersüchtig gewesen! Pia und Nilla, und wie sie alle hießen. Wie oft hatte ich ihre Postkarten in Gattmanns Briefkasten gefunden, wenn ich auf dem Weg zu Anne-Marie ihre Post mitnahm, und wie oft war ich sehr versucht gewesen, sie zu zerreißen! Ich hatte mir vorgestellt, daß Anne-Marie eine ihrer Freundinnen nach Tångevik mitnähme, ihr unsere Orte zeigte und unsere Geheimnisse erzählte. Aber dies alles war unbegründet. Anne-Marie war *meine* Sommerfreundin.

Eine kleine indische Schwester hatte keine Bedeutung dafür, was zwischen uns war. Natürlich würde Karin sich um sie kümmern, und Anne-Marie und ich würden zusammensein wie bisher. Nichts würde sich verändern.

So sprach ich zu mir selbst, als ich mit der Zeitung unter dem Arm über unser felsiges, undankbares Grundstück ging.

Mittsommer bei Gattmanns war eine in der Regel ziemlich schlichte Veranstaltung. Matjesheringe und Erdbeeren. Ein Spaziergang zum Tanzboden, wenn das Wetter schön war. Nur die engste Familie, höchstens ein Freund von Jens aus Stockholm war dabei. Die großen Mädchen hatten in den letzten Jahren Mittsommer mit anderen jungen Leuten auf der Insel Kannholmen gefeiert.

Mittsommer 1969 aber war anders. Åkes Brüder, Sven und Dan, beide Ärzte, waren mit ihren Familien da, außerdem Karins Mutter, eine uralte, magere Dame, die ich noch nie gesehen hatte und die nur aus Sehnen, Sonnenhut und Stock zu bestehen schien.

Gekommem war auch der Künstler Per Norin mit seiner Familie. Sie waren entfernt mit Karin verwandt, tauchten aber sonst nur beim jährlichen Krebsessen im August bei Gattmanns auf. Zudem war Jens' Freund Mårten mit seinen Eltern erschienen – sonst ließen sie nur ihr großes Motorboot an den Steg gleiten, legten kurz an, ließen den Sohn mit seinen Sachen an Land springen und verschwanden gleich wieder als schäumender Strich in der Ferne; aber dieses Mal waren sie vor Anker gegangen und blieben ein paar Tage.

Auf der Wiese jenseits der Straße waren mehrere Zelte aufgeschlagen worden, in denen die Jugendlichen wohnten. Die Erwachsenen drängten sich im Haus und auf den Booten.

In der Küche hatte man ein großes Heringsbuffet aufgetischt. Zum Essen saß man entweder auf der Veranda oder ebenerdig auf Decken. Per Norin schlenderte auf dem Grundstück herum und spielte Blockflöte. Sven Gattmanns Tochter sang amerikanische Protestsongs und begleitete sich auf der Gitarre. Das Ganze glich einem merkwürdigen Markt mit Zelten, Booten, Autos, Hunden, Kindern und Erwachsenen – und dann der große Mittsommerbaum, den man drüben auf der Wiese aufgestellt hatte.

Wir waren alle aus dem gleichen Grund da. Wir wollten Maja sehen.

Ausländische Adoptivkinder waren 1969 noch neu und spannend. Ausländer überhaupt. Wenn man heute im Zentrum von Göteborg an einer Kreuzung steht, muß man nicht lange warten, und es laufen an einem Somalier, Iraner, Gambier, Türken, Filipinos und so weiter vorbei, und keiner von ihnen verleitet einen, den Kopf zu wenden. Das war damals noch nicht so, was man bedenken muß, will man verstehen, warum Maja einen solchen Aufstand auslöste.

Wir hatten die andere Welt im Fernsehen gesehen. Asien. Afrika. Arme, hungrige, leidende Menschen. Den Kontrast zu unserem eigenen Leben. Die fürchterliche Ungerechtigkeit. Und jetzt gab es ein kleines Stück dieser Welt bei uns. Genau so einen Menschen, wie wir ihn im Fernsehen gesehen hatten. Vor knapp einem Monat war sie noch zwischen Dreck und Fliegen in einem übervölkerten Indien. Und nun. Hier! In Tångevik. Auf einer Sommerwiese mit Mittsommerbaum in Bohuslän.

Maja saß auf einer Decke mit einem Kranz aus Margeriten, Butterblumen und Klee im schwarzen Haar. Sie hatte ein kräftig gelbes Schürzenkleidchen an. Sie war dunkel, viel dunkler, als wir es uns ausgemalt hatten. Nicht einmal das Weiße in den Augen war ganz weiß, sondern bräunlich.

Karin saß neben ihr, bereit, Maja aufzufangen, falls sie umfallen sollte. Sie hatte soeben sitzen gelernt. Als sie nach Schweden gekommen war, lag sie nur da, völlig apathisch. Aber seit man sie hochgepäppelt hatte und Maja zu Kräften gekommen war, hatte sie in kürzester Zeit sitzen gelernt. Laufen konnte sie noch nicht, aber es würde bestimmt nicht lange dauern, bis sie auf ihren kleinen dunklen Beinchen umherstakste.

Bei ihrer neuen Familie würde sie Essen, Zärtlichkeit und Ermunterung bekommen. Und dazu Meerwasser, gesunde Natur, Vitamine und Proteine, Bilderbücher und Theaterbesuche, Puzzles und Kreiden, Geschwister und Freunde. Was sollte bei solchen Bedingungen noch schiefgehen?

Die alte Großmutter zeigte mit ihrem Stock auf die Kleine und sagte mit krächzender Stimme, was alle dachten:

»Was hat sie Glück gehabt! Ihr hättet ebensogut die im Bett nebenan nehmen können.«

»*Wir* haben Glück gehabt«, sagte Karin lächelnd.

»Sie hat innerhalb von einer Woche sitzen gelernt. Da wird sie in zwei Wochen laufen können«, sagte Jens optimistisch.

Aber das tat sie nicht. Sie lernte den ganzen Sommer lang nicht laufen. Sie lief erst, als sie zwei Jahre alt war. Und sprechen lernte sie nie.

Im Sommer, als Maja zweieinhalb war, machte sich niemand über das Sprechen Sorgen. Sie war spät dran und durfte sich in ihrem eigenen Tempo und ohne Streß entwickeln. Aber als sie drei war und immer noch kein einziges Wort gesagt hatte – nicht Mama, nicht Papa, nicht Lampe, nichts –, war klar, daß etwas nicht stimmte. Eine gründliche Untersuchung des Gehörs wurde vorgenommen. Es stellte sich heraus, was die Familie an und für sich die ganze Zeit gewußt hatte: daß Maja perfekt hörte. Es gab nichts Anormales an den Stimmbändern, dem Gaumen oder der Zunge. Åkes Schwägerin, eine Kinderpsychologin, besuchte die Familie oft, konnte aber auch keine besseren Ratschläge geben als alle anderen:

»Ruhig bleiben, abwarten«, sagte sie.

Ab und an sprach man von Gehirnschäden infolge von Unterernährung. Aber Maja war nicht zurückgeblieben. Sie verstand – manchmal geradezu gespenstisch gut –, was gesprochen wurde. Wenn Åke und Karin verabredeten, am folgenden Tag einen Badeausflug zu machen, saß Maja am nächsten Morgen auf der Verandatreppe, hatte ihre Schwimmweste an und ihren Eimer und Spaten in der Hand.

Besonders imponierte ihr Talent, Sachen zu finden. Ich

erinnere mich, wie Lis einmal ihr Plektrum verloren hatte und Eva beschuldigte, es genommen zu haben. Die Mädchen stritten sich oben in ihrem Zimmer, und Anne-Marie und ich saßen unten am Eßtisch und spielten Karten, mit Maja als Zuschauerin. Als wir am nächsten Tag mit dem Ruderboot zum Fischen hinausrudern wollten, Anne-Marie, Eva, Lis und ich, stand plötzlich Maja am Steg und hatte Lis' Plektrum auf der Handfläche. Sie hatte also einerseits unten das Gespräch der Mädchen im Oberstock gehört und andererseits ein Wort wie Plektrum verstanden, und sie hatte den kleinen Gegenstand gefunden.

Am Anfang waren alle begeistert von Majas magischer Fähigkeit, verlorengegangene Sachen wiederzufinden. Sie wurde mit Lob überschüttet und, wie Pippi Langstrumpf, ein »Sachensucher« genannt. Dann aber kam allmählich der Verdacht auf, daß Maja selbst die Sachen versteckte, um sie bei passender Gelegenheit wieder hervorzuholen. Aber man konnte es nicht beweisen, und nur Jens sprach es so direkt aus.

»Sie will nur gelobt werden«, sagte er.

Daß ein Kind gelobt werden will, ist völlig natürlich, aber wenn das wirklich Majas Wunsch war, dann zeigte sie es nicht. Sie schien von all dem Lob nicht im mindesten berührt. Es störte sie auch nicht. Ihr Gesichtsausdruck war so unergründlich und leer wie immer, kein Lächeln, kein Blinzeln, es war genau der Ausdruck, der die Ärzte einen Hörfehler vermuten ließ. Wenn man zu ihr sprach, hatte man das Gefühl, daß alles, was man sagte, vergeblich war, an ihr ablief wie Wasser. Erst später wurde klar, daß sie alles in sich aufgenommen hatte, bis ins kleinste Detail.

Eine andere Merkwürdigkeit war, daß Maja so abweisend zu Karin und Åke war. Sie ließ es zwar zu, daß sie sie hochnahmen und streichelten, aber sie beantwortete ihre Zärtlichkeiten nie. Sie saß schlaff wie eine Lumpenpuppe auf dem Schoß, den Blick leer in die Ferne gerichtet, und wartete, bis es vorbei war.

Für Karin und Åke war dies so schmerzhaft, daß sie nicht darüber reden konnten. Sie waren sonst erstaunlich offen, was ihre Probleme oder die der Kinder betraf, aber wenn Maja so passiv auf Karins Schoß saß, lächelte sie krampfhaft, legte die Arme des Mädchens um ihren Hals und sagte:

»Oh, wie ist es doch schön, wenn man sich drückt und streichelt!«

Das war schrecklich anzusehen, und am schrecklichsten war das Ende einer so einseitigen Umarmung, es gab gewissermaßen kein natürliches Ende wie bei einer richtigen Umarmung. Karin drückte und streichelte und wartete auf eine Erwiderung von Majas schlaffen Armen. Karin ließ sie langsam los, zögerte und fing hoffnungsvoll wieder an. Und dann schien sie eine Entscheidung zu treffen: Sie gab auf und ließ Maja los, die ihr fast vom Schoß fiel, um kurz darauf sehr schnell und lebendig zu verschwinden.

Die einzige, die Maja wirklich mochte, war Anne-Marie. Vielleicht deshalb, weil Anne-Marie die Jüngste war und ihr altersmäßig nahestand, auch wenn der Unterschied groß war; vielleicht aber auch weil Anne-Marie ziemlich kühl war. Sie war nicht so zärtlich wie die übrigen Familienmitglieder, und sie wurde selten wirklich böse. Allerdings konnte sie unversöhnlich und nachtragend sein. Ihre Gefühle hatten so etwas wie eine verzögerte Auslösung. Ihre Unversöhnlichkeit war manchmal völlig unerklärlich, und ich staunte immer, wenn ich verstand, was der Grund war. Es konnte etwas sein, was ich vor langer Zeit getan oder gesagt hatte und was sie damals mit einem Lachen quittiert hatte. Vielleicht war diese Unfähigkeit, seine Gefühle im richtigen Moment zu zeigen, etwas, was Maja von sich kannte.

Das Wichtigste war jedoch, glaube ich, daß Anne-Marie Maja in Ruhe ließ. Sie versuchte nie, Maja zu küssen. Sie lobte sie nicht wie Karin, ärgerte sich nicht über sie wie Eva, neckte sie nicht wie Jens. Sie behandelte sie, kurz gesagt, wie Luft. Und genau so wollte Maja wohl behandelt werden.

Mir ging sie manchmal ein bißchen auf die Nerven. Sie hängte sich immer an uns. Sie nahm nicht teil an dem, was wir machten, aber sie war immer da. Ein stummer registrierender Zuschauer. Wenn wir mit dem Kahn zum Angeln fuhren, wollte sie im Bug sitzen. Sie wollte selbst keine Angel, sie war zufrieden damit, uns beim Fischen zuzuschauen.

Manchmal mochten Anne-Marie und ich allein sein. Dann schloß Anne-Marie die Tür zu ihrem Zimmer. Maja protestierte nicht, aber wenn wir Stunden danach herauskamen, stand sie im Dunkel unter den Deckenbalken und wartete.

Genauso war es, wenn wir irgendwo hingingen und sie nicht dabeihaben wollten. »Du darfst nicht mitkommen«, sagte Anne-Marie einfach. Maja setzte sich folgsam an den Wegrand, und wenn wir nach langer Zeit zurückkamen, saß sie noch da wie ein treuer Hund. Ich bekam ein schlechtes Gewissen, aber Anne-Marie zuckte nur mit den Schultern.

Im Sommer, als Maja zweieinhalb war, hatte sie Erfolg als Sachensucherin.

Einen Sommer später zeigte sich ein neues Talent.

Vom ersten Tag an hatte Maja Wachskreiden, Pastellkreiden, Wasserfarben, Plakatfarben und Fingerfarben zur Verfügung gehabt. (Jedoch keine Filzstifte, die Karin irgendwie unkreativ und hemmend fand. Wenn ich mich recht erinnere, dann deshalb, weil man keine neuen Farben mit ihnen mischen kann.) Maja zeigte nicht das geringste Interesse an diesen Farben, nahm jedoch gerne einen Kuli von einem

Schreibtisch und machte nichtfigürliche Kritzeleien. Damit konnte sie sich stundenlang beschäftigen, was Karin bekümmerte, sie fand, große Kreiden und klare Farben eigneten sich besser für ein Kind in Majas Alter.

Eines Tages warf Åke einen Blick auf diese Kritzeleien und sah zu seinem großen Erstaunen, daß sie tatsächlich etwas darstellten. Kleine Tiere, ungefähr zwei Zentimeter groß, mit vier Beinen und langer, schmaler Schnauze, wanderten in langen Reihen auf dem Papier herum. Hunde. Oder *ein* Hund in Bewegung, wie auf einem Filmstreifen.

Åke ermunterte Maja, weiterzuzeichnen, aber Maja schien wie immer nichts zu hören. Sie zeichnete nur, wenn sie selbst es wollte. Gespannt wartete die Familie auf die nächste Gelegenheit.

Und erneut wurden es Hunde. Ein paar Bäume. Ein Haus. Karin brachte die Figuren mit einem Spaziergang in Verbindung, den sie und Maja kürzlich mit Lilla My gemacht hatten. Sie fragte Maja, aber nichts im Gesicht des Mädchens verriet, daß ihre Vermutung richtig war.

Die Zeichnungen wurden zahlreicher, etwa zehn pro Tag, und die Familie konnte in den kleinen Figuren sich selbst und Dinge, die sie alle erlebt hatten, erkennen. Das kleine Haus war der Kiosk, zu dem man ging, um Zeitungen und Süßigkeiten zu kaufen. Maja zeichnete immer auf die gleiche Weise, klein und detailliert. Oft wiederholte sie ein Motiv, wobei wir nie verstanden, warum sie es tat. Der Hund konnte ja in Bewegung sein, aber der Kiosk? Vielleicht wollte sie die Zeichnung nur verbessern, vielleicht sie im Gedächtnis behalten.

Diese Art zu zeichnen paßte überhaupt nicht zu Majas Alter. Die ersten Zeichnungen, die sie gemacht hatte, waren gegenständlich. Was war mit den Kopffüßlern? Mit dem ersten Gesicht aus vier Kreisen und Punkten für Augen, Nase und Mund? Hatte sie die normalen Stadien übersprungen? Oder sie ganz schnell und heimlich durchlaufen? Während ihrer Kritzelperiode hat sie oft selbst ihre Zeichnungen weggeworfen, wenn sie fertig waren. Karin holte sie manchmal aus dem Papierkorb oder dem Mülleimer, um zu sehen, ob Maja sich weiterentwickelt hatte, aber die Zeichnungen, die Maja in kleine Stücke riß und die Toilette hinunterspülte, bekam sie natürlich nie zu sehen.

Majas Zeichentalent entwickelte sich rasch. Ich hatte sie seit vorigem Sommer nicht gesehen und war sehr erstaunt, obwohl Anne-Marie mir in Briefen von ihren Fortschritten berichtet hatte.

Maja zeichnete schnell und konzentriert. Wenn sie fertig war, schaute sie die Reihen und Figuren noch einmal genau an. Danach schien sie alles Interesse für die Zeichnung zu verlieren, und wenn niemand sie hinderte, ging sie zum Mülleimer und warf sie hinein, oder sie versteckte sie.

Genau wie beim Sachensuchen schien sie völlig uninteressiert zu sein, gelobt zu werden. Sie hatte Spaß am Zeichnen, aber keinen Spaß daran, zu zeigen, was sie gemacht hatte, oder Lob zu hören.

Das Merkwürdigste an Majas Zeichnungen war jedoch nicht ihre frühreife Technik. Es war die Komposition der Bilder: kleine Figuren in Reihen. Und die Wiedergabe dessen, was sie erlebt hatte. Sie zeichnete kein Bild im normalen Sinn. Sondern ein System von Bildern. Eine Bildsprache.

Der Sommer 1972 war von Anfang an anders. Mein Vater wollte seine Arbeit über Parodontose beenden, und meine Mutter war vollauf damit beschäftigt, unser neues Haus bewohnbar zu machen – deshalb vermieteten wir in diesem Sommer unser Sommerhaus an eine Familie aus Borås.

Mit Gattmanns hatten wir verabredet, daß ich während der Sommerferien bei ihnen wohnen würde. Es paßte gut, weil Eva als Volontärin in einem Kibbuz in Israel war und sie deshalb ein Kind weniger als sonst hatten.

Ich freute mich darauf, bei Gattmanns zu sein, gewissermaßen als das Familienmitglied, das ich immer hatte sein wollen. Während des Frühjahrs wurde die Korrespondenz zwischen Anne-Marie und mir intensiver, und die Briefe veränderten sich. Wir diskutierten eingehend unsere Pläne für den kommenden Sommer: wie wir schlafen würden (Lis würde in Anne-Maries Kammer ziehen, und Anne-Marie und ich würden zusammen im Zimmer der großen Mädchen schlafen), was für Kleider wir mitnehmen wollten, was wir machen würden. Unsere Überlegungen kreisten hauptsächlich um das elternfreie Zelten auf Kannholmen an Mittsommer. Eva und Lis waren schon öfter mit ihren Freunden dort gewesen, Jens war letztes Jahr dabei, und jetzt erlaubten es unsere Eltern, daß auch Anne-Marie und ich mitfeiern durften. Meine Eltern hatte zunächst etwas gezögert – ich war fünfzehn –, aber da die einundzwanzigjährige Lis, die sie als reif und zuverlässig ansahen, mitkommen würde, gaben sie ihre Einverständnis.

Am ersten Tag der Sommerferien fuhr mein Vater mich nach Tångevik. Ich erinnere mich noch gut an die Fahrt. Das helle Grün der Bäume, die Wiesen, die von Wiesenkerbel schäumten, der spannende Geruch in Papas neuem Auto und Gilbert O'Sullivan im Autoradio. Am Tag zuvor hatte ich mich von meinen Klassenkameraden verabschiedet. Die Grundschule war zu Ende. Ich lehnte mich im weich gefederten Sitz zurück und spürte durch das offene Fenster den Wind im Haar. Ich fühlte, daß ich von etwas Altem zu etwas Neuem reiste.

Schon als wir meine Koffer ausluden, bemerkte ich eine

Veränderung. Lilla My trottete nicht wie sonst schnuppernd auf dem Grundstück umher. Sie war während des Winters gestorben, siebzehnjährig.

Karin kam heraus, sie trug Shorts, ein Baumwollhemd und Holzschuhe. Sie umarmte mich und drückte mich fest.

»Ulrika! Wie schön, dich den ganzen Sommer bei uns zu haben. Anne-Marie und die anderen sind mit dem Kahn zum Baden gefahren. Nur ich bin zu Hause. Kommt herein zum Kaffeetrinken. Ich habe einen Rhabarberkuchen gebacken.«

Als mein Vater nach einer schnellen Tasse Kaffee mit Kuchen und ein wenig pflichtschuldigem Geplauder wieder in die Stadt gefahren war, ging Karin mit mir in den Dachstock und zeigte mir das Zimmer, in dem Anne-Marie und ich wohnen würden.

Verglichen mit Anne-Maries kleiner Kammer schien dieses Zimmer richtig groß zu sein. Zwei Betten mit blau-weißen, porzellangemusterten Überwürfen standen in angenehmem Plauderabstand voneinander, dazwischen waren zwei Nachttische und ein Fenster. Im Fenster hing ein Mobile aus Miesmuscheln. Unter der Schräge standen zwei weißgestrichene, gepolsterte Stühle mit dem gleichen blauweißen Stoff wie die Bettüberwürfe und ein Sekretär aus Birkenholz mit geöffneter Klappe. Auf dem Sekretär stand ein Krug mit Margeriten. Die vergilbte Tapete zeigte deutliche Spuren der Plakate, die die älteren Schwestern dort aufgehängt hatten.

Es war ein heißer Tag, die Sonne hatte den ganzen Vormittag geschienen, und das Zimmer war stickig und heiß wie eine Sauna. Karin öffnete das Fenster und ließ mich allein.

Ich legte mich auf eines der Betten, sah auf das leere Bett neben mir und versuchte, mir Anne-Marie darin vorzustellen. Natürlich hatte ich schon bei ihr übernachtet. Aber nicht so, Nacht für Nacht, in einem Bett, das den ganzen Sommer meines sein würde. Wie eine Schwester.

Ich war gerade wieder aufgestanden, hatte meinen Koffer aufgemacht und wollte soeben meine Kleider in einen Schrank hängen, als ich den Motor des Kahns in der Bucht knattern hörte. Mit einem Kleid über dem Arm lief ich hinaus zum kleinen Fenster im Treppenhaus, aber sie waren schon zu weit in der Bucht und wurden vom Felsen verdeckt. Ich hörte ihre Rufe, als sie am Steg anlegten. Plötzlich dachte ich, ich sollte meinem Impuls widerstehen, hinunterzulaufen, zum Felsen hinaus, und ihnen entgegenzugehen. Es war das erste Mal, daß ich so etwas dachte, und der Gedanke erstaunte mich.

Ich zwang mich, ins Zimmer zurückzugehen – in *unser* Zimmer – und mein Kleid in den Schrank zu hängen. Es war aus indischer Baumwolle. Ich hatte es in einem kleinen Laden gefunden, als ich an einem grauen Tag im letzten Winter allein durch die Stadt streifte. Ich probierte es an, es sah so hübsch an mir aus, hohe Taille, tiefer Ausschnitt und viele kleine Knöpfe. Am nächsten Tag nahm ich Geld mit und kaufte es für diesen Sommer. Langsam und akribisch, aber wachsam für jedes Geräusch hängte ich alle meine Kleider auf.

Meine alte Unruhe, daß Anne-Marie sich verändert haben könnte, stellte sich ein, als ich ihre Schritte auf der Speichertreppe hörte. Sie ging langsam, sie schien es nicht eilig zu haben, mich zu begrüßen. Aber es war heiß, und sie war sicher müde nach einem Tag auf dem Wasser, tröstete ich mich.

Ich zwang mich, stehenzubleiben, wie festgefroren in der Bewegung, die eine Hand im Schrank, mit dem Rücken zur Tür, und erst als ich sie ins Zimmer kommen hörte, drehte ich mich um.

Fast hätte ich den Kleiderbügel fallen lassen. Dieses Mal hatte sie sich wirklich verändert. Das Rundliche in ihrem Gesicht war verschwunden, die Wangen- und Kieferknochen traten hervor, wie ich sogleich bemerkte. Ihre Zahnlükke war noch da, aber sie war nicht mehr lustig und kindlich, sondern sinnlich lockend, wenn sie sich ab und zu zwischen den Lippen zeigte. Brüste hatte sie nicht und würde vermutlich auch keine bekommen, ihr Körper war eher jungenhaft, aber irgend etwas an ihren Bewegungen war neu. Sicherer, rhythmischer. Sie war braungebrannt und trug einen Bikini. Die Haare waren noch naß vom Baden, und auf ihren Schultern lag ein Badetuch.

Ein betäubendes Gefühl der Unzulänglichkeit stieg in mir hoch. Ich kam mir kindlich, mißraten, plump vor. Plötzlich wollte ich nur noch weg, weg von den Betten mit den porzellangemusterten Überwürfen, weg von der schönen geschmeidigen Frau, deren Schwester ich nie sein würde.

Ich muß schockiert ausgesehen haben, und Anne-Marie blickte mich amüsiert an. Dann fing sie an zu lachen, ein schönes, weiches, nicht nur liebes Lachen, und nahm mich in die Arme. Sie roch nach Salz, und ihre nassen Haare an meiner Wange fühlten sich kühl an.

»Ulrika«, sagte sie nur und lachte weiter.

Sie lachte zu lange, und sie lachte falsch. Sie lachte *über* mich, nicht *mit* mir. Es war kein Lachen, in das man einfallen, das man mit ihr teilen konnte. Es tat weh, und dennoch konnte ich nicht widerstehen und beantwortete ihre Umarmung – aber ich spürte einen dumpfen Schmerz im Herzen.

»Hier werden wir wohnen. Toll, was?« sagte sie und warf sich der Länge nach auf das eine Bett, genau das, in dem ich sie mir vorgestellt hatte.

Ich legte mich auf das andere Bett, auf die Anne-Marie

zugewandte Seite. Ihr Kissen hatte einen nassen Fleck von den Haaren. Sie wandte mir das Gesicht zu, und wir sahen einander an. Die Muschelschalen des Mobiles bewegten sich leicht in der Zugluft des offenen Fensters, die Innenseiten glänzten im Sonnenlicht. Ganz allmählich fanden wir eine Wellenlänge. Aber ich erreichte nur einen Teil von ihr. Der Rest war eine abgelegene Gegend, unerreichbar für mich.

Ich weiß nicht, ob es am nächsten Morgen oder an einem der folgenden war, aber es war auf jeden Fall vor Mittsommer. Ich stand vor dem Spiegel im Waschraum und schminkte mich, ich hatte einen Slip und einen BH an. Anne-Marie kam herein und stellte sich neben mich. Ich sah von der Seite her ihr Spiegelbild an und hantierte weiter mit meiner Wimperntusche. Anne-Marie tuschte sich auch die Wimpern, was eigentlich unnötig war: Sie hatte lange schwarze Wimpern und dunkle Augenbrauen. Und dazu hellblonde Haare. Eine wunderbare und ungewöhnliche Kombination. Ich hatte helle Wimpern wie ein Schwein und eine Haarfarbe, die man, wenn man nett war, cendré nannte, und mausfarben, wenn man gemein sein wollte. Die Wimpern tuschte ich täglich, aber es war damals nicht modern, sich die Haare zu färben oder zu bleichen. Das machten nur ältliche Bedienungen.

Ich drückte vorsichtig ein bißchen blauen Glitzerlidschatten aus einem Tübchen und verteilte ihn auf dem Lid. Anne-Marie schminkte ihre Lippen mit Lipgloss. Sie hatte einen hübschen Mund. Die Lippen beschrieben einen lustigen Bogen nach unten, als ob Anne-Marie immer ein bißchen unzufrieden wäre.

Es war schrecklich für mich, sie so nah neben mir zu sehen, und ich zog ein wenig am BH-Träger, um uns beide an den einzigen körperlichen Bereich zu erinnern, wo ich überlegen war. Aber eigentlich war ich gar nicht froh über meinen großen Busen. Ich fand, er paßte nicht zu meinem Körper. Ich wußte, daß Männer große Brüste begehrenswert fanden, aber auf Fotos, die ich gesehen hatte, waren die große Brüste an großen schlanken Frauen und nicht an kleinen Dickerchen wie mir. An mir sahen sie völlig unmöglich aus. Im letzten Jahr hatten fremde Jungen und alte Männer mir Bemerkungen nachgerufen, die mich verwirrten, und ich betrachtete meine Brüste als einen fremden Gegenstand, der versehentlich an mich gehängt worden war. Es schien, als ob die grinsenden Kerle sie besser kannten als ich selbst.

Anne-Maries Brüste füllten ihre Körbchen nicht aus, obwohl sie die kleinste Größe trug. Aber das schien sie nicht zu stören.

Sie bürstete sich die Haare. Sie hatte sie den ganzen Winter nicht schneiden lassen, und so reichten sie ihr jetzt bis über die Taille. Obwohl die Haare so lang waren, waren sie dick und bildeten zwei große Wellen.

»Ich wäre gerne blond«, sagte ich.

»Wie du wohl damit aussehen würdest? Komm, laß sehen.«

Und dann hob sie die Haare der linken Seite über meinen Kopf und legte ihre Wange an meine, so daß ihre langen Haare für uns beide reichten. Da standen wir, die Gesichter eng aneinander gedrückt, eingerahmt von einer blonden Mähne. Ich spürte ihren Wangenknochen, ihre Haut, ihren Atem. Den Duft ihrer Haare, die wie ein Vorhang über mein linkes Auge fielen. Mir wurde schwindlig. Mein eigenes Gesicht verschwand im Spiegel, verschmolz mit dem Anne-Maries. Ich war ein Teil von ihr.

Dann fing Anne-Marie laut zu lachen an, und ich wurde wieder ich selbst. Aber das Erlebnis blieb in meinem Gedächtnis haften. Es war lustvoll und beängstigend zugleich.

Kristina

Sie wurde entlassen, als es Winter war. Sie weigerte sich, zu ihren Eltern zu ziehen, und der Arzt, den sie hin und wieder ein paar Minuten sah, fand auch, daß sie versuchen sollte, allein zu wohnen. Sie war einundzwanzig, und ihre Prognose war gut. Sie hatte damit aufgehört, eine Hand vors Gesicht zu halten, aß ordentlich mit Messer und Gabel und benahm sich normal. Sie war schweigsam und zurückhaltend, aber das war sie ja schon immer gewesen.

Nicht weit vom Krankenhaus bekam sie eine kleine Wohnung. Sie fuhr jeden Tag mit dem Bus ins Krankenhaus und nahm an der Beschäftigungstherapie teil. Sie konnte malen, backen und Tischtennis spielen. Sie konnte auch zusammen mit anderen Tagespatienten die Zeitung lesen und die Artikel mit ihnen diskutieren. Sie sagte fast nichts, aber das erwartete auch niemand. Es reichte, daß sie morgens erschien und an den Aktivitäten teilnahm.

Da sie alles prima schaffte, wurde sie sehr bald ganz entlassen. Nun wollte sie so weit weg wie möglich vom Krankenhaus. Die Sozialarbeiterin führte mit ihr ein Gespräch über ihre Zukunft. »Was möchtest du denn?« fragte sie. Kristina sagte, sie wolle auf dem Land leben. Die Sozialarbeiterin telefonierte herum und organisierte die Anmietung einer Hütte. An einem Sommertag fuhren sie hin, Kristina, die Sozialarbeiterin und eine Frau von der Gemeinde.

Die Hütte lag weit draußen auf einer Halbinsel. Eigentlich war es eine Insel, aber man hatte auf einem Steinwall eine Straßenverbindung gebaut. Da die Straße zu schmal für ein Auto war, mußten sie den letzten Kilometer zu Fuß gehen.

Sie folgten einem Weg, der durch Weiden mit Kühen, kleine Laubwäldchen und Schlehengehölze führte.

Die Hütte lag in einer Senke zwischen zwei Felshügeln, hinter einer ungemähten Wiese. Vor der Hütte befanden sich jede Menge Bretter, Schrott und Lumpen. Das Haus sah merkwürdig aus. Die Frau von der Gemeinde erzählte, es sei Anfang der fünfziger Jahre von einem Werftarbeiter gebaut worden. Er habe seine Freizeit hier verbracht und immer wieder mal ein paar Bretter angenagelt. Davor war auf dem Grundstück eine Kate gewesen. Der Brunnen mit seiner blankgeschliffenen Steinplatte und ein alter Erdkeller neben dem Felsen zeugten noch von dieser Zeit.

Im Innern bestand die Hütte aus einem einzigen Raum. Es gab einen Elektroherd mit zwei rostigen Platten und einem kleinen Backofen, eine Spüle mit Abfluß und einen uralten Kühlschrank. Der Boden war aus verschiedenen Linoleumstücken zusammengeflickt. Der kleine eiserne Ofen wurde ergänzt durch einen elektrischen Heizofen an der Wand mit sichtbaren Glühdrähten. In einer Ecke standen ein paar ausrangierte Möbel, und an den Wänden hingen Bilder mit Seemotiven in grellen, unsensiblen Farben.

Der Werftarbeiter hatte die Wände isoliert. Auf der Werft hatte er aufgehört, weil er das ganze Jahr in der Hütte wohnen und Bilder malen wollte. Aus seinem Künstlerleben war jedoch nichts geworden. Seine Neigung zum Alkohol hatte überhandgenommen, und so war auch die Gemeinde mit ihm in Kontakt geraten. Er hatte ganz einfach in dieser Hütte gelegen und sich langsam aber sicher zu Tode getrunken. Danach hatte sie leer gestanden, und es waren keine Erben aufgetaucht, die einen Anspruch angemeldet hatten.

Die Sozialarbeiterin war skeptisch. Sie schüttelte den Kopf, als die Frau von der Gemeinde die Tür zur Toilette auf der Rückseite des Häuschens öffnete. Unter dem Klositz stand ein Eimer, dessen Inhalt immer wieder vergraben werden mußte.

Die Sozialarbeiterin fand die Hütte zu primitiv und zu abgelegen. Es war weit bis zu einem Laden, zur Post, zur Bushaltestelle, und es gab kein Telefon. Nein, hierher wollte sie keine ehemalige Patientin schicken.

Für Kristina war alles sofort genau richtig. Das merkwürdig asymmetrische Äußere des Hauses, die kaputten Möbel, die häßlichen Bilder, der eklige Geruch, all dies bemerkte sie kaum. Sie sah das Gras, die Felsen, die Bäume. Sie hörte die Vögel singen, die Möwen schreien und den Wind rauschen. Hier wollte sie wohnen.

»Aber Kristina. Es ist schrecklich hart, so zu wohnen. Es gibt zum Beispiel keine Waschmaschine. Du mußt Bettwäsche und alles von Hand waschen.«

Kristina sah von einem der Felshügel auf die beiden Frauen. Sie hatte gerade das Meer entdeckt.

»Hier ist es schön«, sagte sie.

»Jetzt ist es hier schön. Aber denk an den Winter«, sagte die Sozialarbeiterin. »Weißt du, wie dunkel es ist ohne Straßenbeleuchtung?«

»Ja«, sagte die Frau von der Gemeinde. »Es ist nichts für jemanden, der Angst vor der Dunkelheit hat.«

Kristina lächelte.

»Ich mag die Dunkelheit«, sagte sie. »Habe sie immer gemocht.«

»Du hast kein Auto, keinen Führerschein. Wenn dir etwas passiert, wer kann dir helfen? Es sind zwei Kilometer bis zum nächsten Haus.«

Aber Kristina zeigte eine Entschlossenheit, die die Sozialarbeiterin bisher noch nie an ihr bemerkt hatte. Und sie erinnerte sich, wie gut sich Kristina als Tagespatientin bei der Hausarbeit und den praktischen Tätigkeiten angestellt hatte. Sie war geschickt, ordentlich und ausdauernd. Nur das mit den sozialen Kontakten hatte sie nicht geschafft. Vielleicht konnte sie hier leben, wenn man ab und zu nach ihr schaute.

Und dann zog sie hinaus. Das einzige, was sie mitnehmen wollte, war ihr Fahrrad. Ihr Vater brachte es ihr auf dem Autodach. Und dazu auch ihr Bett und Bettzeug, Haushaltsgegenstände und ein paar andere Dinge, von denen die Eltern glaubten, daß sie sie brauchen würde.

Seit ihrer frühesten Kindheit war Kristina nicht so glücklich gewesen wie jetzt. Einen Großteil des Tages verbrachte sie mit praktischen Dingen. Sie fuhr mit dem Fahrrad den weiten Weg zum Laden und kaufte ein. Sie machte im Ofen Feuer. In einer Schubkarre transportierte sie große Holzstükke von einer Weide, wo ein Bauer ein paar Birken gefällt und kleingesägt hatte. Dann spaltete sie die großen Stücke mit einer Axt. Auch ihr Bett hatte sie zu Brennholz gehauen und verbrannt. Sie wollte die Matratze lieber wie ein Nest auf dem Boden haben, mit Kissen darum. Aus den gräßlichen Gemälden des Werftarbeiters hatte sie gleich am ersten Tag ein Feuer gemacht.

Sie streifte an den Stränden umher, zwischen den Felsen und auf den Wiesen. Oft fand sie etwas Schönes, das sie mit nach Hause nahm: Muscheln, Federn, Strandgut. Sie legte ihre Schätze zuerst auf die Fensterbänke, und als es da voll wurde, auf den einzigen Tisch in der Hütte, so daß sie zum Essen an der Spüle sitzen mußte.

Sie kochte und spülte jeden Tag und scheuerte den zusammengestückelten Linoleumboden mit einer Wurzelbürste. Die Wäsche wusch sie im Freien in einer großen Plastikwanne, die sie im Laden gekauft und nach Hause geschafft hatte, indem sie sie über Sattel und Gepäckträger angebracht und das Fahrrad geschoben hatte.

Nilsson, der Bauer des nächstgelegenen Hofes, legte manchmal Netze aus. Hatte er genug Fische, rief er Kristina, wenn sie auf dem Rad vorbeikam, und sie konnte sich nehmen, was sie wollte. Sie bezahlte, indem sie hin und wieder ein frischgebackenes Brot in einer Tüte auf die Treppe legte. Kristina benützte Nilssons Briefkasten mit. Da sie fast nie Post bekam, fand sie es nicht nötig, einen eigenen Briefkasten aufzustellen.

So einfach war der Umgang mit den Nachbarn. Die Leute waren nicht sehr gesprächig, aber zufrieden mit einem Nikken als Gruß und ein paar kurzen Sätzen, wenn etwas gesagt werden mußte.

Sie brauchte nur sehr wenig Geld. Was sie vom Krankengeld übrig hatte, legte sie in eine Dose im Schrank.

Wenn sie an die Zeit zurückdachte, als sie mit Tiermasken vor dem Gesicht herumlief und die Leute erschreckte, schämte sie sich. In ihrer Brieftasche hatte sie noch einen Streifen Fotos, die sie am Hauptbahnhof gemacht hatte und die sie mit der Fuchsmaske zeigten. Sie konnte ihre eigenen Augen – traurige, ängstliche Augen – in dem bedrohlichen Gesicht erkennen. Das mit den Masken war nur eine bedauerliche Ersatzhandlung gewesen. Aber sie hatte die Masken damals gebraucht. Sie waren zu ihr gekommen – der Fuchs, der Adler und der Tiger – und hatten ihr ihren Geist gegeben. Die Masken waren inzwischen zerstört worden, aber den Geist der Tiere hatte sie behalten. Sie hatte die Tiere in sich, und wenn sie wollte – in der Hütte, im Laden oder auf den Wiesen –, konnte sie eines von ihnen werden und mit den Augen dieses Tiers sehen. Sie mußte lächeln, wenn sie daran dachte, denn diese Fähigkeit war ihr Geheimnis.

Zu bestimmten Zeiten veränderte sie den Tagesrhythmus. Sie schlief dann bis ein Uhr mittags und streifte nachts umher. Sie folgte den Spuren der Rehe über die Wiesen und Berge. Sie konnte sie direkt vor sich im Dunkeln gehen hören. Sie wiesen ihr den Weg. Manchmal wurde es still, dann war sie falsch gegangen. Dann mußte sie nur ganz ruhig stehenbleiben und in der schwarzen Nacht warten, bis sie sie wieder hörte. Sie kamen zurück und holten sie.

Die Pfade der Rehe verliefen quer über Wiesen, Äcker, Berge und Wälder. Die ganze Umgebung der Hütte war ein Netz aus Rehpfaden. Kristina wohnte mitten im Reich der Rehe. Und nach einer Weile stellte sie zu ihrer großen Verwunderung und Freude fest, daß sie auch den Geist des Rehs in sich trug, leicht und zitternd.

Manchmal umringten sie Schatten. Wenn sie morgens aufwachte, konnte es vorkommen, daß sie da waren, in der Hütte, in den Bergen, überall. Erst dünn, grau wie Rauch. Dann wurden sie dichter, dunkler. Sie kamen näher, krochen auf ihre Haut, legten sich um Hals und Arme. Aber sie wußte, wie sie die Schatten bekämpfen konnte. Sie hatte Tabletten, und wenn die Schatten sich näherten, erhöhte sie die Dosis und nahm drei statt einer pro Tag. Es war fast albern, wie wirksam das war. Sie bekam eine Art Panzer, einen Geruch, den die Schatten scheuten. Sie mochte es nicht, die hohen Dosen zu nehmen, sie wurde matt, und ihre Bewegungen folgten nicht exakt ihren Gedanken. Aber die Schatten verschwanden, und bald konnte sie die Dosis wieder senken.

Die Eltern kamen zu Besuch. Einsilbig antwortete sie auf die forschenden Fragen der Eltern, die auf der Stuhlkante saßen, die Kaffeetasse auf dem Schoß balancierten und am Inhalt nippten, als ob es Gift wäre. Die Blicke wanderten durch die

Stube, über das Nest mit den Decken auf dem Boden und die gefundenen Schätze auf den Fensterbrettern und dem Tisch. Als sie fragten, wohin das Bett gekommen sei, schüttelte Kristina nur den Kopf, und sie sagten nichts mehr. Sie waren nicht mehr aufdringlich, gaben ihr keine Ratschläge mehr, was sie tun oder lassen sollte. Dies hier war ihre Welt.

Kristina mochte die Eltern plötzlich lieber als je zuvor. Sie führte sie zu dem Tisch mit den Schätzen, zeigte ihnen den Schädel eines toten Rehbocks, ein Vogelnest und das zarte Skelett einer Spitzmaus und gab ihnen alles zum Anfassen. Ihre Mutter nahm die Kostbarkeiten mit zitternden Händen entgegen.

»Wie schön«, sagte sie andächtig. »Wo hast du das alles gefunden?«

»Hier draußen. Hier gibt es so viel.«

»Merkwürdig«, murmelte der Vater und beugte sich über die Schale eines Möweneis mit einem vertrockneten Fötus darin.

Kristina erzählte von den Tieren, die sie auf ihren Wanderungen sah, von den Rehen, den Hasen, den Strandelstern und den Quallen. Ihre Eltern lauschten verblüfft. Sie hatten ihre Tochter noch nie so lange sprechen hören.

Kristina bemerkte ihre hingerissenen Gesichter. Einen Moment lang erwog sie, ihnen zu erzählen, daß sie den Geist des Rehs in sich hatte, aber dann verstand sie, daß die Gesichter Freude ausdrückten, nicht Verständnis. Sie freuten sich, daß sie sich zurechtgefunden hatte und sich wohl fühlte, aber ihre Welt war ihnen fremd, und alles, was sie erzählt hatte, war unbegreiflich für sie. Kristina schwieg und spülte die Kaffeetassen. Dann begleitete sie die Eltern durch die Weide zum Auto.

Mit offenen Sinnen erlebte sie ihren ersten Winter in der Hütte. Die Äcker, die im Nebel schliefen, und das trostlose Heulen der Nebelhörner. Die verschiedenen Gelb- und Brauntöne der Natur. Der Schnee, der zwar fiel, aber nie richtig liegenblieb. Der feuchte Frost, der aus den Klippen riesige Pelztiere machte. Das Eis, das sich nachts auf die Buchten legte und dann von den Wellen zerbrochen wurde und in der nächsten Nacht von neuem anfing. Der Duft von Birkenholzrauch in der kalten Luft.

Als die Sozialarbeiterin zu Besuch kam, um zu sehen, wie es ihr in der Kälte erging, kam Kristina ihr auf der reifbedeckten Kuhweide entgegen. Sie hatte rosige Wangen, trug einen fußlangen Rock, zwei Wollpullover übereinander und einen Schal um den Kopf. In der Hütte tischte sie Tee und frischgebackenes Brot mit Honig von Nilssons Bienen vor dem Kaminfeuer auf. Sie erzählte, daß es ihr gutginge und sie keine Tabletten mehr nähme.

Dann zeigte sie ihre Schätze, die sich verändert hatten, seit die Sozialarbeiterin das letzte Mal dagewesen war. Sie machte jetzt etwas aus ihnen. Der Rehbockschädel hatte Daunen um die Hörner und ein großes schwarzes Auge auf die Stirn gemalt bekommen. Einen Knochen hatte sie mit kleinen Schneckenhäusern beklebt und mit einem kompliziert verschlungenen Muster bemalt.

»Du bist ja eine richtige Künstlerin, Kristina«, rief die Sozialarbeiterin aus, und Kristina lächelte.

Im folgenden Frühjahr kaufte sie das Kajak.

Ulrika

Als Anne-Marie und ich am Mittsommermorgen zum Boot kamen, war es etwa acht Uhr, und Gattmanns Bootssteg lag noch im langgestreckten Schatten des Berges – draußen auf dem Wasser aber war das Sonnenlicht blendend grell. Die Seeschwalben zogen kreischend über die Bucht. Das Meer war so still, daß die Felsen sich in ihm spiegelten. Lis und ihr Verlobter standen auf dem Steg und reichten Jens die Gepäckstücke, die er im Boot entgegennahm. Jens' Freund Mårten schlenderte am Strand umher, er trug Shorts und ein Ringerhemd und warf kleine Steine ins Wasser. Anne-Marie und ich reichten Jens unsere Sachen. Er verstaute sie zwischen Schlafsäcken, Zelten und Spirituskochern. »Reicht es noch für ein Bad, bevor wir abfahren?« rief Mårten.

»Nein«, antwortete Jens, aber Mårten war schon ins Wasser gelaufen, und immer noch in Shorts und Hemd, sprang er ins Wasser und tauchte. Einen Moment später kam er neben dem Boot wieder hoch, versuchte die Reling zu erreichen, indem er sich an einem der Fender hochzog. Der stampfende Motor lief schon, Jens machte gerade das hintere Tau los, und Lis saß im Bug, bereit zum Ablegen.

»Hör auf«, sagte Jens. »Geh auf den Steg und spring ins Boot, wenn du mitfahren willst.«

Aber Mårten gab nicht auf. Lange hing er seitlich am Boot und versuchte, so an Bord zu kommen, bis er schließlich erschöpft aufgab, ans Ufer schwamm und tropfnaß vom Steg aus an Bord sprang. Er lachte, vermutlich sollte sein Einfall einen Vorgeschmack auf die Vergnügungen des Abends geben. Seinetwegen hatten wir zehn Minuten Verspätung, was an sich unwesentlich schien – es war noch früh am Tag, der Laden in Hallvikshamn öffnete erst um neun Uhr –, aber im nachhinein ist mir der Gedanke gekommen, daß alles vielleicht anders gelaufen wäre, wenn wir zehn Minuten früher losgefahren wären.

In dem Moment, nachdem Mårten sich auf eine Bank gesetzt hatte, das Wasser von seinen Shorts bildete schon eine große Pfütze, und Jens Lis nun das Zeichen gab, loszumachen, kam eine kleine orangefarbene Gestalt die Treppe heruntergesaust, lief auf den Steg hinaus und blieb erst an dessen äußerstem Ende stehen.

»Guckt mal, sie glaubt, sie darf mitkommen«, sagte Mårten grinsend.

»Geh zurück, Maja!« schrie Anne-Marie.

Aber sie blieb stehen. Sie trug ihre Schwimmweste über dem braunen Velouranzug, alle Riemen waren ordentlich eingehakt und zugezogen. Die schwarzen Haare standen ab, sie kam wohl direkt aus dem Bett, so daß Karin sie nicht hatte kämmen können. Sie richtete ihre schwarzen Augen auf Anne-Marie.

»Geh zurück!«

Wir schrien alle, um den Bootsmotor zu überstimmen, und wedelten abwehrend mit den Händen, als wollten wir hartnäckige Wespen verscheuchen. Aber Maja blieb stehen.

»Ich bring sie rauf. Wartet hier«, sagte Anne-Marie. Jens machte den Motor aus, und Anne-Marie zog das Boot zum Steg und sprang an Land. Sie nahm Maja bei der Hand und zog sie über den Steg in Richtung der Felsentreppe. Aber Maja wehrte sich. Sie war in die Knie gegangen, um sich so schwer wie möglich zu machen, und bewegte sich keinen Schritt. Anne-Marie zerrte sie Zentimeter für Zentimeter über die Stegplanken. Es war ein wortloser Kampf, man hörte nur Anne-Maries Keuchen. Mårten hatte ein Paar trockene Jeans aus seiner Tasche gezogen. Er fand auch eine Tüte Chips und reichte sie im Boot herum.

»Du tust ihr weh!« rief Lis Anne-Marie zu. »Sie bekommt Spreißel von den Planken. Trag sie lieber!«

Anne-Marie versuchte Maja hochzuheben, bekam aber sofort einen Schlag ins Gesicht und wurde heftig an den Haaren gezogen. Wütend ließ sie Maja los, die mit einem Plumps auf den Steg fiel.

»Mein Gott, Anne-Marie!« rief Lis. »Geh doch Mama holen!«

»Mama bekommt sie im Leben nicht hinauf«, sagte Jens. »Wenn Anne-Marie es nicht schafft, dann schafft es niemand. Sie will mit dir zusammensein, Anne-Marie.«

Maja stand wieder auf den Füßen, ganz außen am Steg. Sie hatte sich weh getan, als Anne-Marie sie fallen gelassen hatte. Ihren Mund kniff sie fest zusammen und rieb sich das Bein, gab aber keinen Laut von sich.

Mårten warf inzwischen den Möwen Chips zu.

»Ein starkes Mädel habt ihr da«, sagte er lachend.

»Wir nehmen sie mit, sonst kommen wir nie weg«, sagte Jens seufzend. »Geh rauf und sag Mama Bescheid.«

Anne-Marie verdrehte die Augen und stolperte auf dem Steg umher, als ob sie am Zusammenbrechen wäre.

»Mach schon«, rief Jens.

Anne-Marie zuckte resigniert mit den Schultern und lief in Riesenschritten die Treppe hinauf. Kurze Zeit später war sie wieder da.

»Okay?« fragte Jens.

»Okay.« Anne-Marie hob Maja an Bord und sprang dann mit dem Tau hinterher.

Karin sagte später, sie habe nie ihre Zustimmung gegeben. Sie habe geschlafen und sei noch nicht richtig klar im Kopf gewesen, als Anne-Marie sie geweckt habe. Sie habe gar nicht richtig verstanden, was Anne-Marie gesagt habe.

Nach dem, was Anne-Marie wiederum sagte, habe Karin zwar im Bett gelegen, sei jedoch wach gewesen. Da sie nie sehr tief schlafe, sei sie sicher vom Bootsmotor und den lauten Stimmen der Kinder geweckt worden. Åke habe im Bett daneben tief geschlafen, aber Karin sei wach gewesen und habe widerwillig, aber deutlich geantwortet: »Ja, ja, dann laßt sie eben mitfahren.«

Anne-Marie setzte sich mit Maja auf dem Schoß auf den Boden des Boots. Jens startete noch einmal den Motor, legte den Rückwärtsgang ein und fuhr dann in einem weiten Bogen aus der Bucht.

Wir hielten in Hallvikshamn, um Proviant einzukaufen. Es war zwar erst halb zehn, und doch war der Hafen voller Leute. Die meisten waren schon am Tag zuvor angekommen. Die Boote lagen aneinander vertäut nebeneinander und füllten fast das ganze Hafenbecken aus. Die Leute saßen in ihren Booten und frühstückten oder lagen auf Deck und sonnten sich, während die Nachbarn vom Boot nebenan auf dem Weg zum Kai über sie hinwegsteigen mußten. Jede Menge Quallen waren angetrieben worden, sie lagen, von den Booten eingeschlossen, im ölig glänzenden Wasser und vermischten sich mit allem möglichen Müll zu einer dicken Suppe.

»Igitt, wie kann man bloß hier liegen«, sagte Stefan verächtlich.

»Das gefällt ihnen, wie man sieht. Die Leute mögen es, wie Sardinen in der Büchse zu liegen.«

»Die Leute spinnen.«

Sie zählten sich nicht zu den »Leuten«. Niemand von uns gehörte damals zu den »Leuten«.

Da wir nicht anlegen konnten, ließ Jens uns an der Treppe bei der Tanksäule aussteigen und fuhr dann wieder weg, um uns eine halbe Stunde später wieder abholen zu kommen. Wir kauften Essen und Bier im Laden, füllten den Kanister mit Diesel, am Kiosk holten wir Eis. Anne-Marie wollte ein Eis am Stiel für Maja haben, aber Mårten kaufte ihr eine große Waffeltüte.

»Die schmilzt, bevor sie die Hälfte gegessen hat«, protestierte Anne-Marie.

»Macht nichts. Kleine Kinder brauchen großes Eis«, sagte Mårten.

Er übernahm dann die Waffel, als Maja nicht mehr konnte.

Überall waren so lange Schlangen, daß alles erheblich länger als eine halbe Stunde dauerte, und Jens mußte eine ganze Weile mit dem Boot Kreise drehen, ehe wir zum Abfahren bereit waren.

In den Geschäften hatten wir niemanden getroffen, den wir kannten, aber als wir nach Kannholmen kamen, waren dort schon zwei Boote am Strand hochgezogen. Kannholmen ist die letzte in einer kleinen Gruppe von Inseln und Schären, eine Dreiviertelstunde gemächlicher Bootsfahrt von Hallvikshamn entfernt, und ist die einzige Insel weit und breit, auf der man ein Zelt aufschlagen kann. Die anderen sind nur kahle Felsen. Auf Kannholmen aber gibt es eine flache Grasfläche, wo die Erde tief genug ist, um einen Zelthering einzuschlagen. Um diese Grasfläche herum erheben sich Felswände wie Mauern um einen Burghof. Es ist ein völlig geschützter und guter Platz, den man kennen muß, da man ihn nämlich vom Meer aus nicht sieht.

Auf einer Seite der Insel gibt es einen kleinen Strand mit wunderbaren weich gerundeten Felsen, auf denen man sitzen und den Sonnenuntergang im Meer betrachten kann.

Der Rest der Insel besteht aus Felsen, Felsspalten, kleinen Tümpeln, sumpfigen Strandwiesen. Es ist keine große Insel, in knapp einer Stunde hat man sie umrundet.

Jetzt standen schon zwei Zelte da, und deren Bewohner saßen davor im Gras und tranken Bier. Wir stellten unsere Zelte auf. Lis und Stefan hatten eines, Mårten und Jens eines, und Anne-Marie und ich eines.

Weitere Boote kamen an, und weitere Zelte wurden aufgeschlagen, so daß bald ein richtiges kleines Lager mit bunten Zweimannzelten die Wiese bedeckte.

Wir nahmen ein einfaches Mittagessen zu uns, bestehend aus Brot, mit dem Fahrtenmesser aufgeschnittener Wurst, Pfirsichen und Bier. Dann gingen Anne-Marie, Maja und ich zum Baden, während Lis und Stefan im Zelt verschwanden. Mårten und Jens legten am Ufer das Bier kalt und verschwanden dann über den Felsen auf die andere Seite der Insel.

Anne-Marie kannte, im Gegensatz zu mir, ein paar der Camper flüchtig durch ihre Geschwister. Sie sprach mit dem und jenem, und viele der Jungen wollten mit ihr reden. Ich verstand sie gut. Anne-Marie sah wirklich toll aus, wenn sie im Bikini, mit Maja an der Hand, zwischen den Zelten umherlief. Lange schlanke Beine. Blonde Haare, in denen der Wind spielte. Braune glänzende Haut.

Ich trug meinen schockrosa Bikini. Ich hatte in den letzten Tagen stundenlang in der Sonne gelegen, um an Mittsommer braun zu sein, was zur Folge hatte, daß meine Haut die gleiche giftig rosa Farbe wie der Bikini hatte. Jetzt wurde mir plötzlich bewußt, daß dieses viele Rosa zusammenschmolz und ich mit meinen Extrapfunden um die Taille und die Oberschenkel aussah wie ein gebrühtes Schweinchen. Meine großen Brüste hüpften und wabbelten, als hätten sie ein Eigenleben, wie zwei ungebärdige Ferkelchen, die in der Wiege des Bikinioberteils schaukelten.

Ich strich mit den Fingern durch die Haare, damit sie nicht so platt anlagen, und spürte, daß sie schon wieder fettig wurden, obwohl ich sie am Abend zuvor gewaschen hatte. Und jetzt würde beim Baden auch noch Salz hineinkommen. Heute abend hingen die Haare in klebrigen Strähnen herunter, dachte ich bekümmert. Ich versuchte, den Kopf über Wasser zu halten, aber es ging nicht, Anne-Marie schwamm die ganze Zeit unter Wasser und zog mich an den Beinen, damit ich untertauchte.

Nach dem Baden wollte Anne-Marie eine Siesta halten. Ich hatte auch ein starkes Bedürfnis, mich auszuruhen. Wir waren früh aufgestanden, die Sonne schien heiß, und wir hatten Bier getrunken. Wir hängten die Badesachen zum Trocknen auf die Zeltleinen, krochen in unser rotes Zelt und breiteten die Badetücher über die Schlafsäcke. Dann legten wir uns in Slips und Hemdchen mit der kleinen nackten Maja zwischen uns zum Schlafen.

Ich war schrecklich müde und nickte sofort ein. Nach einer Stunde wachte ich wieder auf. Ich hatte tief und traumlos geschlafen, war immer noch müde und wurde nicht richtig wach. Ich lag in einer Art Halbschlaf und schaute auf die beiden anderen, die noch neben mir schliefen. Es war heiß und stickig, aber ich hatte mich an die schlechte Luft gewöhnt.

Ich erinnere mich sehr gut an die Stimmung im Zelt. An das warme Halbdunkel, das rote Tuch, das einen magischen Glanz auf die Schlafenden warf, den Geruch nach Gras und Schweiß. Anne-Marie lag auf der Seite, mir zugewandt, den Mund ein wenig geöffnet, den Arm gebeugt und die Hand auf dem Badetuch. Die langen, leicht gebogenen Finger, ganz entspannt, eine Hand zum Zeichnen. Die Lippen, rosafarben in dem merkwürdigen Licht hier, die weiche Linie des Amorbogens. Die nassen Haare waren aus der Stirn gestrichen. Ihr Gesicht glich einer weichen, reifen Frucht. Maja lag daneben, den Kopf ein bißchen weiter unten, auf der Höhe des Nabels von Anne-Marie. Maja lag auf dem Rükken, die Arme zur Seite gestreckt, wie kleine Kinder oft schlafen. Ganz nackt, mit dunkelbrauner, seidenglänzender Haut. Von draußen hörte ich die Stimmen der anderen, irgendwo weit weg Jens mit seiner Mundharmonika und das Schreien der Möwen. Die Zeltplane bewegte sich leicht. Die Schlafenden atmeten friedlich neben mir, zwei Embryos im geborgenen roten Schoß einer Gebärmutter.

Dann wachte Maja mit einem Ruck auf, krabbelte zur Zeltöffnung und verschwand wie der Blitz.

»Sie muß pinkeln«, murmelte Anne-Marie. »Ich auch. Wie lange haben wir geschlafen? Wie spät ist es?«

Es war zwanzig nach vier. Wir standen auf, um Mittsommer zu feiern.

Ich weiß nicht, welche genauen Erwartungen ich an das Mittsommerfest auf Kannholmen hatte. Ich erinnere mich nur, daß ich erwartungsvoll war. Daß ich darüber nachdachte, was ich anziehen würde (das heißt: welche abgetragenen Jeans, welches verwaschene T-Shirt und welchen ausgeleierten Pulli). Ich hatte keine klaren Wünsche, die sich auf irgendeinen Jungen gerichtet hätten, in den ich verliebt war oder so. Ich glaube, ich hatte eine diffuse, kribbelnde Vorstellung, daß etwas passieren würde, daß ich eine andere Ulrika sein würde, wenn ich nach Hause fuhr.

Zu meiner Vorstellung gehörte jedoch, da bin ich sicher, daß ich den ganzen Abend mit Anne-Marie zusammen sein würde. Wir beide wären uns nah und teilten Geheimnisse und Abenteuer, die uns dann verbänden. So aber kam es nicht.

Anne-Marie bewegte sich wie ein Fisch im Wasser zwischen all den unbekannten Menschen. Sie schmuste mal mit dem einen, mal mit einem anderen. Sie war flüchtig und nicht zu halten, kabbelte sich und scherzte.

Ich kam mit zwei älteren Jungen ins Gespräch. Sie fragten mich lauter tiefsinnige Sachen, und ich redete so intelligent ich nur konnte und genoß die Aufmerksamkeit, bis ich plötzlich ein sehr unangenehmes Gefühl bekam, sie ansah und bemerkte, daß sie sich die ganze Zeit über mich lustig gemacht hatten. Mitten im Satz hörte ich auf zu reden und ging davon.

»Nein, nein. Warte. Sprich doch weiter«, riefen sie mir hinterher. »Wie war es genau? Du hast das Bier stehenlassen!«

Ich setzte mich zu Lis und Stefan, aber die hatten nur Augen füreinander, also ging ich weiter zu einer kleinen Gruppe von Mädchen, die unten am Strand Würstchen grillten. Sie redeten und lachten, aber als ich mich zu ihnen setzte, wurde die Stimmung gedrückt.

»Bist du die Schwester von Lis und Eva?« fragte eine von ihnen.

»Nein. Ich bin eine Freundin von Anne-Marie. Ich wohne bei ihnen.«

»Aha«, sagte das Mädchen, das damit offenbar genug mit mir geredet zu haben glaubte. Die Gruppe nahm ihr fröhliches Gespräch wieder auf und schien mich nicht mehr zu beachten.

Plötzlich standen alle auf, um am anderen Strand baden zu gehen, und niemand fragte, ob ich Lust hätte, mitzukommen. Ich konnte mich ihnen nicht einfach anschließen. Vielleicht wollten sie mich loswerden und liefen deshalb so schnell davon.

Ich blieb eine Weile am heruntergebrannten Feuer sitzen und sah die Glut in der Asche flackern. Ein sturzbetrunkener

Junge torkelte vorbei und beugte sich mit glasigem Blick über mich.

»Mein Gott, siehst du traurig aus«, sagte er, schüttelte den Kopf und ging davon.

Ich versuchte erneut, mit Anne-Marie in Kontakt zu kommen. Sie lief kichernd zwischen den Zelten umher, betrunken, aber betörend schön in abgeschnittenen Jeans und weißem T-Shirt, sie surfte gewissermaßen auf der Bewunderung und dem Begehren der anderen. Reichtum war das Wort, das in meinem Kopf auftauchte, als ich an der Felswand ins Gras sank und sie beobachtete. Sie war reich, besaß ein Übermaß an Schönheit und Selbstvertrauen. Sie war sich selbst genug. Sie brauchte niemanden – und mich am allerwenigsten. Ich kam mir vor wie eine dünne Schale um ein leeres schwarzes Loch, eine dunkle Höhle von Einsamkeit und Häßlichkeit. Neben mir saß ein sich küssendes Paar.

Maja lief immer noch nackt herum, obwohl es inzwischen Abend war. Jemand hatte ihr die zerzausten Haare gekämmt, einen geraden Scheitel gezogen und zwei ordentliche Schwänzchen über den Ohren gebunden.

Die Felswand hinter mir hatte den ganzen Tag Sonne gespeichert und gab Wärme ab wie ein großes Tier. Ich lehnte mich an sie und schloß die Augen.

Oh, Anne-Marie. Meine goldene Anne-Marie, meine Honig-Anne-Marie. Wo bist du? Das ist nicht meine Anne-Marie, das ist eine Fremde. Komm zu mir zurück, Anne-Marie, Honig-Anne-Marie!

»Mein Gott, siehst du traurig aus.«

Es war wieder der betrunkene Junge. Ich wandte mein Gesicht von ihm ab. Aber er blieb und redete.

»Willst du heulen? Hat dein Typ Schluß gemacht? Nein, *so was* von traurig, ich habe ja noch nie jemanden so traurig gesehen.«

Wieder stand ich auf und ging. Ich schlenderte über die Felsen, kreuz und quer über die Insel. Hatte ich bisher versucht, mich irgendwo anzuschließen, wich ich den Leuten jetzt aus. Ich wollte allein sein. Wenn ich jemanden sah oder Stimmen hörte, schlug ich schnell eine andere Richtung ein.

Ich blieb einen Moment am Strand stehen und schaute übers offene Meer und zu den kleinen Schären, die sich gegen den roten Abendhimmel abzeichneten. Vögel schrien irgendwo über dem Wasser. Zwischen den Schreien hörte ich die langgezogenen, vibrierenden Töne eines Mundharmonikablues. An einer Seite des Berges, mit weich gewölbten Felsen als Rückenstütze, vor der Umwelt verborgen und mit Aussicht auf das Sonnenuntergangsmeer, saßen Jens, Mårten und ein Junge, den ich noch nicht gesehen hatte. Neben ihnen stand ein Kasten Bier. Als Jens mich sah, machte er eine Pause, winkte mich zu sich und spielte dann weiter.

Ich ging hin zu ihnen und setzte mich wortlos auf den Felsen. Zum ersten Mal an diesem Mittsommerabend fühlte ich mich weder vertrieben, ausgeschlossen noch verhöhnt. Ich saß da, blickte auf das rote Meer, das mit zunehmender Dämmerung immer blasser und grauer wurde, und lauschte der zitternden Harmonikamelodie. Auf einmal konnte ich meine Wehmut fast genießen. Die ganze Zeit kreisten Vögel über uns, erst entfernt, allmählich aber immer näher.

»Sind die Vögel um die Tageszeit denn wach?« fragte ich.

Jens schaute hoch, hörte auf zu spielen.

»Ich glaube nicht.«

»Nein, irgendwie ist es komisch«, stimmte Mårten zu.

»Nachts ist es doch normalerweise ganz still. Vögel schreien doch sonst nicht so, oder?«

»Die Vögel verstummen, wenn die Sonne untergeht«, sagte der Dritte ruhig und philosophisch.

»Und warum fliegen und schreien die hier?« fragte Mårten.

»Was sind es denn für Vögel?«

»Möwen. Seeschwalben. Vielleicht noch andere.«

»Interessant, daß verschiedene Arten zusammenarbeiten«, sagte der Dritte.

Plötzlich schoß eine der Seeschwalben im Sturzflug herab. Sie flog so dicht über unseren Köpfen, daß wir den Luftzug ihrer Flügel spüren konnten, gleichzeitig gab sie ein ohrenbetäubendes »iiii« von sich.

»Jesses«, murmelte Mårten.

»Irgend etwas ist heute abend komisch mit den Vögeln«, sagte ich.

»Nein, das Komische sind wir«, sagte Jens, »die Insel gehört den Vögeln. Sie haben Nester und Junge in den Felsspalten. Sie wollen uns vertreiben. Aber bis morgen müssen sie uns aushalten.«

Wir blieben sitzen, und bald waren wir von einer ganzen Wolke schreiender Seeschwalben umgeben. Sie taten uns nichts, flogen nur über unseren Köpfen, umkreisten einander, jede in ihrer Bahn, wie Planeten eines komplizierten Sonnensystems. Eine ließ einen Klecks auf Mårtens Schulter fallen. Jens fing an zu lachen, wir anderen lachten auch. Wir saßen zwischen den flatternden Flügeln, duckten uns, hielten die Hände über die Köpfe und lachten.

Plötzlich schrie der Dritte auf. Ein Vogel flog von ihm hoch. Es war eine normale Seeschwalbe, aber aus der Nähe sah sie viel größer aus. Die Flügel fegten die Nachtluft in Wellen über uns, und einen Moment lang vernahmen wir den Geruch, einen derben Geruch nach Fisch, Kot und Federn.

»Sie hat mir auf den Schädel gehackt«, schrie der Junge. Wir flohen über den Berg zu einer anderen Felsspalte. Die

Vögel folgten uns, kreisten weiter über uns, hielten jetzt jedoch Abstand.

»Wir saßen bestimmt in der Nähe eines Nests«, sagte Jens. »Wie geht es deinem Schädel?«

Wir untersuchten seinen Kopf, fanden aber keine Wunde.

»Ich habe richtig Angst bekommen«, murmelte er.

Die Möwen saßen auf den Felsplatten neben uns. Sie beobachteten uns, kamen jedoch nicht näher.

»Seht ihr, was sie für eklige Augen haben?« sagte Mårten. »Irgendwie raubgierig. Iih, ich finde sie widerlich.«

»Sie finden dich vielleicht genauso widerlich«, sagte Jens.

»Ich geh jetzt schlafen«, sagte Mårten. »Das ist ja wie bei Hitchcock.«

Er und der Junge, dem der Vogel auf den Kopf gehackt hatte, standen auf und gingen. Jens und ich blieben sitzen.

Die Mittsommernacht war hell und merkwürdig still. Über dem Meer war es eigentlich nicht richtig dunkel, mehr wie ein bewölkter Tag, die Wasserfläche war metallisch matt.

Bisher hatte Mårten zwischen Jens und mir gesessen, und sein Platz war jetzt leer. Wir verringerten den Abstand Stück für Stück, indem wir beim Reden näher rückten. Jens hatte seine Hand auf den angezogenen Knien liegen, und als ich diese Hand ansah, die sich gegen das Meer abzeichnete, erinnerte ich mich an Anne-Maries Hand im Zelt während des Mittagsschlafs. Die langen Finger, das schmale Handgelenk. Sie beide hatten genau die gleichen Hände.

Ich beobachtete aus den Augenwinkeln sein Gesicht. Er blickte über das Meer und redete so konzentriert, daß er nicht bemerkte, wie ich ihn beobachtete. Erst jetzt, in der grauen Dämmerung, die alle irreführenden Einzelheiten auslöschte, sah ich, wie ähnlich Anne-Marie und er einander waren. Seine Haare hatten einen dunkleren Ton, aber sonst war alles gleich: die dunklen Augenbrauen, die Wangenknochen, der wohlgeformte Mund.

Er drehte sich zu mir, unsere Augen trafen sich. Er legte einen Arm um mich, zog mich an sich und strich mir über den Oberarm.

»Frierst du?« fragte er.

»Nein«, log ich.

»Du hast Gänsehaut. Die Härchen auf deinen Armen stehen ab, ich spüre es.«

»Ich spüre nichts.«

»Ich hole meinen Schlafsack, da können wir hineinkriechen. Wir können heute nacht hier schlafen. Das ist viel schöner, als im Zelt zu liegen.«

Er verschwand über den Klippen und kam mit einem der schweren militärgrünen Schlafsäcke der Familie Gattmann zurück. Er holte ihn aus der Hülle, rollte ihn auf dem Felsen aus und überlegte, wie er ihn hinlegen sollte. Er zog ihn hin und her, bis er einen Platz gefunden hatte, an dem die Felsform passend zu sein schien.

»So ist es, glaube ich, gut. Meinst du nicht?«

Das Ganze hatte etwas Feierliches, was mir ein wenig angst machte. Er zog den Reißverschluß auf, legte sich hin und machte mir ein Zeichen, auch zu kommen.

»Ich paß nicht mit rein«, sagte ich.

»Komm, versuch es doch.«

Ich mußte mich ganz, ganz dicht neben ihn legen. Er half mir, indem er mich mit der einen Hand an sich drückte und mit der anderen hinter meinem Rücken den Reißverschluß hochzog.

»Siehst du. Es ging doch«, sagte er triumphierend.

Der Schlafsack war warm und voller Düfte. Er roch nach Salz, Erde, Gras und Duftresten von allen möglichen Abenteuern. Sein Gesicht war so nah an meinem, daß es ganz natürlich war, als er mich küßte.

Der Schlafsack war wie eine äußere Kraft, die sanft, aber bestimmt unsere Körper aneinanderdrückte. Man konnte sich dem nicht entziehen. Mund an Mund, Brust an Brust, Geschlecht an Geschlecht. Mein Herz schlug so heftig, daß es mir wie ein fremdes Wesen vorkam, ein Tier, das in meinen Körper eingeschlossen war. Jens' Zunge füllte meinen Mund aus, als ob sie immer dagewesen wäre. Sein Bein war zwischen meine Beine geglitten und schien dort hinzugehören. Unsere körperlichen Grenzen existierten nicht mehr. Wir bestanden beide aus einer zähflüssigen warmen Masse, die den Schlafsack ausfüllte.

Dann hörte ich plötzlich einen kurzen Schrei. Ich öffnete die Augen und sah eine große Möwe, die sich auf eine Steinplatte schräg oberhalb von uns gesetzt hatte. Jens hatte meine Jeans aufgeknöpft und war gerade dabei, sie mir auszuziehen. Die Möwe war nur ein paar Meter von uns entfernt, so aus der Nähe kam sie einem riesig vor. Sie sah uns an, und ich konnte im Dunkel ihren Blick sehen, der mir sehr fremd schien. Da war nichts von dem ruhigen braunen Dunkel wie in den Augen von Hunden und Pferden, nichts von der grellgrünen Rätselhaftigkeit wie in den Augen von Katzen oder dem wachen Glitzern wie in den schwarzen Knopfaugen von Mäusen und Hamstern. Der Blick in den wäßrigen Augen war eiskalt, ein Blick, der einem böse vorkommen konnte, jedoch jenseits von Böse war, jenseits von allem Menschlichen und Verstehbaren. Ein Fenster in leere, einsame Räume.

Die Möwe öffnete den Schnabel, hob den Kopf und schrie erneut. Und dieser Schrei hob mich, zog mich gleichsam aus diesem gemeinsamen Sirupkörper – und ich hatte das Gefühl, neben uns zu stehen und das Paar im Schlafsack zu betrachten. Die beiden kamen mir lächerlich vor, mit denen wollte ich nichts zu tun haben.

»Was ist denn?« fragte Jens an meinem Hals. »Sind es schon wieder die Vögel?«

Mit einem Mal war es unangenehm warm und eng im Schlafsack. Mein Körper gehörte wieder mir. Ich zog den Reißverschluß auf, so daß ich herausschlüpfen konnte. Die Nachtluft kühlte meinen nackten Unterkörper und ich zog rasch Slip und Jeans hoch.

Die Möwe flatterte auf und ließ sich ein paar Meter weiter nieder.

Ich saß auf der Klippe und schaute übers Meer.

»Es wird schon wieder hell«, sagte ich.

Bei den Zelten auf der anderen Seite der Insel war es jetzt still. In diesem Augenblick wurde ich gewahr, daß wir die ganze Zeit Geräusche von dort gehört hatten, Lachen, Rufe, Transistormusik. Auch die Vögel waren still.

Der Tag graute, und ich saß da und beobachtete, wie die Welt langsam nicht vom Dunkeln ins Helle überging, sondern von Schwarzweiß in Farbe, von matt nach glänzend. Das Meer bekam wieder sein Glitzern, die Klippen wurden wieder rosa und aprikosenfarben. Die Seeschwalben, die in einer kleinen aufgeplusterten Schar auf dem Wasser lagen, hatten blutrote Schnäbel, Schnäbel, die endlich geschlossen waren, still.

Jens war eingeschlafen. Ich kroch neben ihn in den Schlafsack und da, eng an seinen Rücken geschmiegt, die Arme um seinen Bauch gelegt, in einer Welt, die die Farbe aus der Luft sog, schlief ich ein.

Ich erwachte, weil ich Lachen und Schreien hörte. Unterhalb von uns badeten ein paar Mädchen nackt. Ihre Körper machten auf dem Wasser Kreise, die sie wie Zielscheiben auf der stillen Wasseroberfläche umringten. Ich beobachtete sie schläfrig und muß noch einmal eingenickt sein, denn als ich wieder aufwachte, waren die Mädchen weg, und es war viel wärmer. Der Platz, an dem wir schliefen, lag in der prallen Sonne, unsere Körper klebten vor Schweiß.

Im Zeltlager schlenderten Leute umher, verkatert und müde. Mårten und der Junge, den eine Möwe angegriffen hatte, saßen vor Jens' Zelt, tranken abgestandene Cola und aßen Vanillewaffeln. Jens setzte sich zu ihnen und beteiligte sich an ihrem ekligen Frühstück.

Ich suchte Anne-Marie und fand sie in unserem Zelt. Sie schlief im roten Licht, lag zusammengerollt auf der Seite und hatte nur einen Slip an. Die Warzen ihrer winzigen Brüste sahen aus wie Rosenknospen aus Marzipan. Die Haare waren zerzaust. Das ganze Zelt stank nach Bier, Schweiß und schlechtem Atem.

Ich kroch rückwärts wieder hinaus, verhedderte mich jedoch in der Öffnung, so daß das ganze Zelt wackelte und sie aufwachte.

»Wo warst du denn?« fragte sie blinzelnd.

»Ich habe draußen geschlafen. Am äußeren Strand, direkt am Meer. Ist Maja schon wach?«

»Ich weiß nicht. Ich denke schon.« Anne-Marie zog ein Hemd an und kroch nach draußen.

Stefan kniete vor seinem Zelt und kochte auf einem Spirituskocher Teewasser. Als Lis uns sah, richtete sie zwei Plastikbecher mit Teebeuteln und reichte sie uns. Sie sah ganz munter aus, die dicken, braunen Haare hatte sie im Nacken zu einem Schwanz gebunden. Stefan schien auch gutgelaunt zu sein. Sie tranken nicht mehr so unkontrolliert wie die Teenies. Seit sie sich kannten, tranken sie wie erwachsene Menschen, ein, zwei Bier am Abend, mehr nicht.

»Das Wasser ist gleich heiß«, sagte sie. »Ihr könnt Maja

wecken. Ich habe unten am Wasser einen Orangensaft für sie kühl gelegt.«

»Schläft sie denn noch?«

Anne-Marie schob den Stoff von Lis' und Stefans Zelt beiseite und sah hinein.

»Sie ist nicht da«, konstatierte sie. »Sie ist schon draußen.«

Lis drehte sich um, den Griff des Wassertopfes aus Aluminium in der Hand, und betrachtete Anne-Marie mit schmaler werdenden, nachdenklichen Augen, die eine merkwürdige Farbe hatten, grünbraun, wie Algen. Nach einer Pause sagte sie:

»Warum sollte sie in unserem Zelt sein? Sie hat doch in eurem Zelt geschlafen, oder nicht?«

Wieder entstand eine Pause. Aus dem Wassertopf dampfte es. Lis merkte plötzlich, daß jetzt auch der Griff heiß wurde, und stellte den Topf schnell auf den Boden. Anne-Marie blickte jeden von uns nacheinander an, als suchte sie Hilfe.

»Nein«, sagte sie schließlich. »Nein, sie hat nicht in unserem Zelt geschlafen.«

»Jens«, rief Lis. »Hat Maja in eurem Zelt geschlafen?«

Jens zuckte die Schultern, er hatte den Mund voller Kekse.

»Hat sie?« fragte er an Mårten gewandt.

»Nein, nicht daß ich wüßte«, sagte Mårten. »Björn, hast du das kleine dunkle Mädchen gesehen?«

Björn hieß der Junge, dem der Vogel auf den Kopf gehackt hatte. Auch er zuckte mit den Schultern. Er war noch nicht richtig wach und schien nicht zu verstehen, wovon wir sprachen.

»Aber wo hat sie dann geschlafen? Wo ist sie?« fragte Lis und lief erst einmal um die Zelte und auf den nächsten Hügel.

»Anne-Marie«, sagte Stefan ruhig. »Denk mal nach. Maja hat doch bei dir geschlafen, oder?«

»Ich glaube nicht.« Anne-Maries Stimme klang schwach und angestrengt, als wäre sie es nicht gewohnt zu reden.

»Ulrika. Sie hat doch in eurem Zelt geschlafen. Oder?«

»Ich weiß nicht«, antwortete ich. »Ich habe ja selbst nicht da geschlafen. Ich habe im Freien geschlafen.«

Lis kam außer Atem und ohne Maja zurück.

»Okay«, sagte sie beherrscht. »Jetzt müssen wir gründlich suchen. Wo war sie denn zuletzt?«

»Sie lief zwischen den Zelten umher«, sagte Stefan.

»Hat jemand sie noch woanders gesehen?« fragte Lis. Niemand hatte sie gesehen.

»Ich habe ihr den Velouroverall angezogen. Das war schon ziemlich spät«, sagte Anne-Marie. »Wir sind ins Zelt, und ich habe ihr den Overall angezogen, dann ist sie wieder rausgelaufen.«

»Wir schauen in allen Zelten nach. Los jetzt. Fragt alle, wo sie Maja zuletzt gesehen haben.«

Innerhalb weniger Minuten schlug die Stimmung im Zeltlager von dösiger Katerstimmung in volle Aktivität um.

Sehr schnell war klar, daß Maja in keinem der Zelte war. Alle erinnerten sich an das kleine Mädchen, das sich zwischen den Zelten herumgetrieben hatte. Niemand erinnerte sich, wann sie verschwunden war, sie schien die ganze Nacht dagewesen zu sein, solange jemand wach war. Aber niemand konnte sagen, in welches Zelt sie sich zum Schlafen gelegt hatte. Lis versammelte alle am Strand und gab Anweisungen.

»Wir verteilen uns über die Insel und suchen. Schaut in alle Felsspalten. Macht euch keine Gedanken, daß sie nicht antwortet, wenn man ruft. Maja antwortet nie, wenn man ruft.«

Wir liefen kreuz und quer über die Insel, ungefähr dreißig junge Leute. Der Vormittag war heiß und windstill. Wir suchten in jeder Felsspalte, unter jedem Busch, hinter jedem Stein.

Allmählich entstand eine Art Hektik. Die Ungewißheit war unerträglich, und wir beschleunigten unsere Suche. Wir liefen schneller. Wir rannten durch eine Landschaft mit einer unbarmherzig grellen Farbskala, die sich der Hitze und der Panik verdankte. Die Sonne flimmerte in weißglühender Hitze, der Himmel brannte blau wie eine Gasflamme, die Krähenbeere leuchtete giftgrün, das Heidekraut schreiend lila. Wir schwitzten wie verrückt, tranken hastig aus lauwarmen Limoflaschen, liefen ins Wasser, um das Gesicht zu kühlen, und suchten weiter.

Wir suchten Stunde um Stunde, bis wir die Wahrheit akzeptieren mußten. Die kleine Insel war abgesucht, nicht nur einmal, sondern zehnmal, zwanzigmal. Es gab keine Verstecke mehr, Maja war nicht auf der Insel. Einer nach dem anderen sanken wir am Strand neben den hochgezogenen Booten in den Sand. Wir schauten übers Meer. Ohne daß wir es aussprachen, war uns klar, daß sie dort sein mußte.

Irgendwann im Lauf der Nacht war Maja vom Zeltlager weggelaufen. Vielleicht war sie auf einer Felsplatte ausgerutscht und ins Wasser gefallen. Vielleicht war sie ans Ufer gegangen, um zu baden, und dann zu weit hinausgelaufen. Hatte sie geschrien? Maja rief nie um Hilfe. Manchmal schrie sie aus Wut, ganz selten vor Schmerz. Noch nie hatte sie jemand aus Angst schreien hören. Sie biß die Zähne zusammen, kämpfte lautlos. Hatte sie das auch diesmal gemacht? Und wenn sie geschrien hätte, wäre sie gehört worden? Im Lärm dieser betrunkenen, lauten jungen Leute, der plärrenden Radios, der schreienden Vögel. Nein, wir hätten sie nicht gehört.

Und keine von uns war ihre Mutter. Denn ihre Mutter hätte, auch im Rausch, ihrer Geilheit, ihrer Freude, Trauer oder Wut, doch an sie gedacht und sich gefragt, wo sie war. Der Mutterinstinkt hätte sich wie ein Suchradar gedreht, jede Bewegung der Kleinen registriert. So funktioniert das, wie ich jetzt weiß, da ich selbst Kinder habe. Das Kind ist immer da, im Augenwinkel, in den Gedanken, selbst im Schlaf. Wenn man sich entspannen will und weiß, daß das Kind bei jemand anderem sicher aufgehoben ist, dreht sich das Radar dennoch. Man kann es nicht abstellen. Das ist die verdammte Unfreiheit.

Aber wir – wir waren noch frei, kinderlos und wie die meisten Jugendlichen vollauf mit uns selbst beschäftigt. Unser Verliebtsein, unsere Enttäuschungen, unsere neuen Erfahrungen, unsere Musik, unsere dicken Oberschenkel, zu großen oder zu kleinen Brüste, Pickel, Fettpölsterchen, damit war unsere Welt ausgefüllt.

Es war absolut windstill. Draußen auf dem Meer lagen die Segelboote mit schlaffen Segeln, unbeweglich, als seien sie im Eis eingefroren. Das Meer war glatt und geheimnisvoll und gab nicht preis, was es unter der glitzernden Oberfläche verbarg.

Gegen fünf Uhr bauten wir schweigend die Zelte ab. Ein Boot nach dem anderen verließ den Strand. Gattmanns Kahn verließ als letzter Kannholmen. Wir fuhren nach Hause, um die Küstenwache zu alarmieren. Aber auf welche Rettung konnte man denn noch hoffen?

Ich weiß noch, daß Anne-Marie und ich uns auf der Heimfahrt gegenübersaßen. Sie sah über meine Schulter in die Ferne. Ich sah zu Boden, auf die Bretter, wo der Lack abblätterte und sich Blasen bildeten. Mein Blick wanderte über das Durcheinander aus Füßen, Plastiktüten, Zelten und Schlafsäcken. Direkt neben Anne-Maries Füßen, halb unter der Bank, lag Majas orangefarbene Schwimmweste. Anne-Marie muß eine Bewegung in meinem Gesicht bemerkt haben, sie folgte meinem Blick. Schnell und intuitiv gab sie der Schwimmweste einen Tritt, so daß sie ganz unter der Bank verschwand.

Ich hätte natürlich nach Hause fahren müssen. Aber in den ersten Tagen schien überhaupt keiner zu bemerken, daß ich da war. Es herrschte ein einziges Chaos. Hubschrauber knatterten über den kobaltblauen Himmel. Telefone klingelten. Die Männer vom Rettungsdienst schüttelten nur die Köpfe. Die Nachbarn fuhren mit ihren kleinen Booten hinaus und kehrten mit bedauernden Gesichtern zurück. Anne-Marie lag in unserem gemeinsamen Zimmer auf dem Bett, den Rücken meinem Bett zugewandt, das Gesicht im Kissen, gelähmt von Schuldgefühlen und Verzweiflung. Ich versuchte, mich klein zu machen und sowenig wie möglich aufzufallen.

Karin und Åke Gattmann waren öffentliche Personen. Auch Maja war so etwas wie eine öffentliche Person. Durch Karins Artikel in Dagens Nyheter und eine Dokumentation im Fernsehen war sie eine Art Adoptivkind des ganzen Landes geworden, was man im letzten Jahr noch ein wenig heruntergespielt hatte.

Am ersten Tag waren die Journalisten noch zurückhaltend. Die Nachricht, daß ein vierjähriges Mädchen von einer Insel vor Hallvikshamn verschwunden war, brachte mittelgroße Schlagzeilen, und im Radio und Fernsehen wurde sie überhaupt nicht erwähnt.

Am zweiten Tag beschlossen die Lokalzeitungen, die Namen des Mädchens und der Eltern zu veröffentlichen, und kurze Zeit später war die Boulevardpresse vor Ort. Karin wurde auf dem Steg fotografiert, die Hand über den Augen, aufs Wasser blickend – wie das Denkmal der wartenden Seemannsfrau. Das Bild zierte am nächsten Tag die erste Seite.

Bei der Konkurrenz waren es Lis und Stefan, die sich weinend in den Armen lagen. In der Mitte der Zeitung war ein großes Bild von einem abgenutzten Teddy, der auf dem Boden vor Gattmanns Haus lag, mit seinen runden Knopfaugen ins Leere starrte und die Arme pathetisch in die Luft reckte. Ich erkannte sofort Anne-Maries alten Brumle und bekam so die Erklärung für den merkwürdigen Besuch eines Mannes mit großer Schultertasche, der am Tag zuvor in der Küche aufgetaucht war und darum gebeten hatte, Majas Spielsachen sehen zu dürfen. Da Maja nie mit Spielsachen spielte, hatte ich ihm nicht helfen können, aber er hatte selbst die Kiste mit den alten Spielsachen der großen Kinder gefunden und sehr höflich gebeten, ein paar Sachen für eine Weile ausleihen zu dürfen, was ich ihm gestattete. Brumle war offenbar genau das, was der Fotograf brauchte. Nun lag er da, aus einem vieljährigen Schlaf in der Kiste erweckt, und streckte seine abgewetzten Arme nach einem kleinen Mädchen, das ihn nie auch nur eines Blickes gewürdigt hatte.

Am dritten Tag veränderte sich die Suche. Niemand sprach es aus, alle wußten es: Man suchte nicht mehr nach einem lebendigen Kind. Man suchte nach einem toten Körper.

Und dann wurde auch diese Suche abgebrochen. Kannholmen liegt am äußeren Rand der Schären zum offenen Meer hin, wo starke Strömungen herrschen. Man mußte konstatieren, daß das kleine Mädchen trotz eifriger Suche nicht gefunden werden konnte, weder tot noch lebendig. Sie war ganz einfach weg.

Die Familienmitglieder zogen sich zurück. Åke schloß sich in seiner Schreibstube ein, ohne daß jedoch Schreibmaschinengeklapper zu hören war. Ab und zu kam er in die Küche und holte eine neue Flasche Wein. Seine Eltern, Tor und Sigrid, blieben in ihren Zimmern im ersten Stock. Karin saß auf einem Liegestuhl unten auf dem Steg und sah übers Meer, Stunde um Stunde. Lis war meistens bei Stefan. Jens verschwand auf seinem Moped und war irgendwo bei einem Freund. Anne-Marie lag auf ihrem Bett.

Einmal, ein einziges Mal, stieß Karin Anschuldigungen gegen uns hervor. Sie hatte sich über einen unsensiblen Zeitungsartikel geärgert, und die Worte kamen ungezügelt über ihre Lippen.

»Wie konntet ihr nur? Wie konntet ihr sie vergessen?« schluchzte sie.

Es war früh am Morgen, nach einer durchwachten Nacht, wir saßen mit unseren Teebechern auf der Treppe, Anne-Marie, Jens und ich. Überall lag Tau. Karin stand auf der obersten Treppenstufe, und wir sahen zu ihr hoch, ihr Gesicht war fast nicht wiederzuerkennen, nachdem sie mehrere Tage geweint hatte, es war geschwollen, rot, faltig. Es war ein fürchterliches Gefühl, sie die Anschuldigungen aussprechen zu hören, gerade weil sie so lange geschwiegen hatte. Wir duckten uns, rückten zueinander wie schuldbewußte Hundewelpen. Jens, der neben mir saß, legte seinen Arm um meine Schultern, und Anne-Marie, eine Stufe tiefer, lehnte sich an meine Knie.

Mein Vater kam. Er parkte sein Auto unter der Eiche, ging die Holztreppe hoch und klopfte an. Sein Klopfen war so vorsichtig und diskret, daß niemand ihn hörte. Ich stieß ihn fast um, als ich zufällig die Tür öffnete, um hinauszugehen.

Ich erkannte ihn nicht. Es war drei Wochen her, daß ich ihn zuletzt gesehen hatte, und es war so viel geschehen. Außerdem war ich in keiner Weise darauf vorbereitet, ihn da auf der Treppe stehen zu sehen. Er konnte seine Ankunft nicht ankündigen, weil die Familie Gattmann das Telefon aus der Steckdose gezogen hatte und es nur einsteckte, wenn

Karin ihren täglichen Anruf beim Rettungsdienst machte. Erst hielt ich ihn für einen Journalisten oder einen freiwilligen Helfer, den ich gerade mit einer der höflichen, kühlen Redewendungen, die ich in der vergangenen Woche gelernt hatte, abweisen wollte – da erkannte ich ihn. Mir wurde für einen Moment schwindlig. Ich hatte mich so mit der Familie Gattmann vereint, daß ich beim Anblick meines Vaters nicht genau wußte, wohin ich gehörte. Meine eigene Familie, mein Vater, meine Mutter, das kleine Sommerhäuschen, das Haus in der Stadt, alles war in wenigen Wochen verblichen.

»Ich habe dich telefonisch nicht erreicht. Ich verstehe, daß sie keine Anrufe wollen. Du möchtest bestimmt nach Hause kommen. Es ist nicht in Ordnung, daß du hier bist, wo das alles passiert ist.«

Sein kurzärmeliges Hemd hatte große Schweißflecke unter den Armen. Ich sah, wie bleich seine Arme, verglichen mit meinen, waren. Ich ließ ihn eintreten und führte ihn durchs Haus auf die Veranda. Ich bat ihn, sich zu setzen, und holte aus dem Kühlschrank kalten Saft. Wir saßen nebeneinander unter dem gelben Sonnenschirm und tranken Schlehensaft aus der letztjährigen Ernte.

»Es muß schrecklich sein für sie. Und für dich auch«, sagte mein Vater und rührte mit dem langstieligen Löffel, so daß die Eiswürfel klirrten. »Ich habe in der Zeitung etwas gelesen, was du gesagt hast.«

»Ja?« sagte ich erstaunt.

Ich wußte nicht, was ich laut einer Zeitung gesagt haben soll. Ich hatte mit so vielen Journalisten geredet, natürlich hatte jemand mich zitiert.

»Ja, du sagtest, das sei der schlimmste Tag deines Lebens gewesen, der Tag, an dem ihr draußen auf der Insel gesucht habt.«

»Ja«, sagte ich, »das stimmt. Das war der schlimmste Tag.«

»Ich kann dich gut verstehen«, sagte mein Vater. »Wo sind denn die anderen. Sind sie nicht zu Hause?«

Ich mußte nachdenken. In den letzten Tagen hatte ich mich daran gewöhnt, allein zu sein, die anderen schlossen sich ein oder verschwanden irgendwohin. Wir nahmen keine gemeinsamen Mahlzeiten mehr ein. Jeder nahm sich etwas in der Küche, wie es sich gerade ergab.

»Sie wollen in Ruhe gelassen werden«, sagte ich.

Mein Vater nickte und nahm einen großen Schluck Saft.

»Diese Familie trägt Trauer«, sagte er. »Du solltest nicht hierbleiben. Wir packen deine Sachen und verabschieden uns. Dann fahren wir.«

»Ich weiß nicht«, murmelte ich und schaute in den gelben Sonnenschirm. Ich versuchte nachzudenken. »Irgendwie kommt es mir nicht richtig vor. Als wollte ich mich drükken.«

»Drücken?« wiederholte er erstaunt. »Wovor denn?«

Vor der Schuld, dachte ich. Erst hatte ich mich vor der Verantwortung gedrückt. Wir alle hatten uns vor der Verantwortung gedrückt. Und was dann geschehen war, hatte mich an diese Familie gebunden. Ich gehörte jetzt zu ihr. Ja, erstmals war ich wirklich Mitglied einer Familie, wie ich es mir lange gewunscht hatte.

Ich antwortete nicht. Schweigend saßen wir nebeneinander in dem kleinen Stück Schatten unter dem Sonnenschirm und blickten über den Fjord, wo Segelboote in allen Größen vorbeifuhren. Eine leichte Brise spielte mit den Fransen des Sonnenschirms, und durch die offene Tür wehte der Zitronenduft der Rosengeranie auf dem Küchentisch.

»Tja, vielleicht ist es besser, wenn du jetzt packst, Ulrika. Ich würde gerne ein paar Worte mit Karin und Åke sprechen, aber wenn du meinst, daß es jetzt nicht recht ist... Ich rufe sie später an. Du kannst dich ja verabschieden. Ich warte im Auto auf dich«, sagte mein Vater, stand auf und ging hinein.

Nachdem ich auf der sonnigen Veranda gesessen hatte, kam mir das Haus völlig dunkel vor. Ich war wie geblendet und sah deshalb nicht, daß im Gang zwischen Garderobe und Küche jemand stand. Ich schrie auf vor Schreck, als ich den harten Griff am Oberarm spürte. Ich erkannte Anne-Marie nicht sofort.

»Fahr nicht. Bitte, fahr nicht. Ich weiß nicht, was ich mache, wenn du fährst«, flüsterte sie.

Jetzt sah ich sie deutlicher. Sie war ungeschminkt, hatte zerzauste Haare und nur einen Slip und ein fleckiges Hemdchen an. Sie sah wie ein sehr viel jüngeres Mädchen aus. Offenbar hatte sie in der Dunkelheit gestanden und mir und meinem Vater durch die offene Verandatür zugehört. Ich umarmte sie und strich ihr über die langen zerzausten Haare.

»Wenn du willst, bleibe ich«, sagte ich.

Mein Vater zog sich vorsichtig aus dem Flur zurück. Über Anne-Maries Schulter konnte ich ihn im matten Licht, das durch das Rollo hereinschien, sehen. Er spannte die Halsmuskeln an und betrachtete seinen Daumennagel. Ich ging zu ihm.

»Ich kann jetzt nicht fahren«, sagte ich.

Er nickte.

»Nein, nein, wie du meinst. Du kannst ja anrufen, wenn du es dir anders überlegt hast.«

Er wandte sich Anne-Marie zu und wollte etwas sagen. »Herzliches Beileid« war nicht richtig, und alles, was mit Hoffnung zu tun hatte, war auch falsch.

»Wenn Ulrika euch zur Last fällt, könnt ihr sie nach Hause schicken. Grüß deine Eltern von mir. Ich weiß, wie euch zumute ist«, fügte er hinzu, obwohl er das natürlich nicht wissen konnte.

Anne-Marie und ich standen nebeneinander in der dunklen Halle und hörten das Auto starten und wegfahren. Dann gingen wir zusammen ins Dachgeschoß und legten uns eng umschlungen auf Anne-Maries ungemachtes Bett. Wir schliefen in der stickigen warmen Luft, und im Moment des Einschlafens spürte ich, daß Anne-Maries Wange an meiner lag und ihr blondes Haar über meine Stirn hing und mir ins Gesicht fiel.

Der Juli war in diesem Jahr sehr heiß. Vor allen Fenstern waren die verblichenen Rollos heruntergezogen. Die Bewohner bewegten sich durch eine sirupgelbe Dämmerung, glitten ohne zu sprechen aneinander vorbei, wie Fische in einem trüben Aquarium. Vom Meer hörte man die Motoren der Boote. Nichts passierte. Der Rettungsdienst meldete sich nicht mehr. Die Zeitungen hatten das Interesse verloren. Maja war weg. Nicht tot. Nicht lebendig. Nur weg. Wir befanden uns in einem Vakuum. Wir konnten nicht trauern, uns nicht freuen. Wir schalteten uns aus, liefen auf Sparflamme, schoben unsere Gefühle auf. Der säuerliche Geruch der Rosengeranie erfüllte das Untergeschoß und mischte sich mit dem Gestank verdorbener Essensreste. Überall standen ungespülte Gläser und Teller, leere Bierdosen und Limoflaschen herum.

Karin saß im Schaukelstuhl und hatte die Arme um sich geschlungen. An der Wand über ihr hing, schwarzweiß vergrößert, Maja mit dem Mittsommerkranz auf dem Kopf. Åke schloß sich in seine Schreibstube ein und trank. Lis verbrachte die meiste Zeit bei Stefan. Manchmal kamen sie mit dem Auto von Stefans Vater und brachten Lebensmittel aus dem Supermarkt in Hallvikshamn, fertiggegrillte Spare-ribs und Hähnchen, Erdbeeren, Schinken, Gemüse für Salat, Essen, das keiner großen Anstrengung bedurfte. Jens verschwand auf seinem Moped und kam nachts oder am nächsten Tag wieder.

Tor und Sigrid, Åkes Eltern, hielten sich hauptsächlich im ersten Stock auf. Wenn sie die knarrende Treppe herunterkamen, um sich regelmäßig ihre Mahlzeiten zu bereiten, waren sie immer zu zweit. Wenn ich dann in die Küche kam, boten sie mir an, mit ihnen zu essen, was ich immer dankend ablehnte. Die beiden Alten aßen als einzige normal. Sie schälten Kartoffeln, nahmen ihr Essen zu sich, spülten und kehrten, machten ihre Verrichtungen gemeinsam und sprachen leise miteinander. Dann gingen sie wieder zusammen die Treppe hinauf und schlossen leise die Tür zu ihrem Schlafzimmer. Ich hatte das Gefühl, daß diese beiden dem Haus Gewicht und Stabilität gaben. Ohne ihre stille Gegenwart hätte alles sich längst aufgelöst und wäre in Unwirklichkeit zerflossen.

In dem Raum unter der Bodentreppe hatte Anne-Marie stapelweise alte Jahrgänge von Superman und anderen Comics gefunden und sie in unser Zimmer geschleppt. Sie verbrachte die Tage auf ihrem Bett liegend, im Slip und ihrem fleckigen Hemdchen, sie las ständig und hatte die Heftchen um sie herum auf der Matratze verteilt. Sie kroch in die Geschichten der Serien wie in eine schützende Höhle, und wenn sie ein Heft zu Ende gelesen hatte und wieder in ihre Welt gezwungen wurde, griff sie, ohne aufzuschauen, mit einer Hand nach einem neuen und legte mit der anderen das alte weg. Für mein Gefühl hatte sie alle Hefte oft gelesen. Inzwischen hatten wir die Betten zu einem Doppelbett zusammengeschoben. Nachts klebten die Seiten der Comics an meinem schweißnassen Körper fest. Manchmal kroch Anne-

Marie zu mir und klammerte sich an mich, fest und angsterfüllt.

Eines Abends lagen wir, ohne miteinander zu sprechen, auf unseren Betten. Es dämmerte, aber niemand machte mehr Licht. Tagsüber schlossen wir die Sonne aus, und wenn abends die Dunkelheit kam, war sie willkommen und ersehnt. Wenn man die Buchstaben in den Sprechblasen nicht mehr entziffern konnte, legte Anne-Marie das Heftchen weg, schloß die Augen und ließ die Dämmerung die Konturen auflösen.

Die Speichertreppe knarrte, und ein leises Klopfen war an der Tür zu hören, die kurz darauf aufglitt. Jens stand da, kam aber nicht sofort herein, sondern blieb einen Moment im Dunkel des Speichers stehen.

»Störe ich?« fragte er leise.

»Nein, komm rein«, sagte Anne-Marie.

Er schloß vorsichtig, fast lautlos die Tür hinter sich und setzte sich auf einen der beiden Stühle an der Wand. Dann holte er seine Mundharmonika heraus und spielte einen Blues. Die Harmonika klagte und heulte, suhlte sich im Schmerz, sein Fuß schlug den Takt auf den Bodenbrettern. Anne-Marie lag halb auf ihrem Kissen, hatte die Augen geschlossen und schwieg, Arme und Beine ausgestreckt, als sei sie tot. Nur ihre rechte Handfläche war am Leben und schlug fast unmerklich den gleichen Takt auf ihren Oberschenkel wie der Fuß auf den Boden.

Nach einem letzten, vibrierenden Ton legte Jens die Mundharmonika auf den Sekretär. Er drehte eine Zigarette, und zündete sie an. Er setzte sich auf die Bettkante, zog und reichte Anne-Marie die Zigarette. Sie hob den Kopf vom Kissen, nahm einen Zug, reichte mir dann die Zigarette weiter und blinzelte in den würzigen Rauch hinein.

»Beim ersten Mal merkst du nichts«, sagte Jens, als ich

zögerte. »Es dauert, bis man diese Gefühle in sich findet.« Ich führte die Zigarette zum Mund, dann wanderte sie weiter. Jedesmal, wenn einer von uns zog, glühte die Zigarette wie ein rotes, blinzelndes Auge in der Dunkelheit. Als sie wieder zu Anne-Marie kam und sie den Kopf schüttelte, fand ich es auch besser, den Kopf zu schütteln, obwohl ich nichts spürte.

»Ist es nicht merkwürdig, daß wir die gleiche Familie sind wie die, bevor Maja kam«, sagte Anne-Marie plötzlich. »Ich finde, wir haben uns total verändert, wir sind eine komplett andere Familie. So eine, über die man liest oder wie man sie im Film sieht.«

»Ich finde, ihr wart schon immer so eine Familie, über die man liest oder die man im Film sieht«, sagte ich. »Allerdings ist der Film jetzt ein anderer.«

Ein Film, in dem ich vorkomme, dachte ich.

Das Fenster war offen, und die Nachtfalter flogen weich und raschelnd gegen die Außenseite des Rollos. Die Zigarette in Jens' Hand war jetzt so heruntergebrannt, daß er sie nicht mehr halten konnte. Er nahm einen letzten Zug und drückte sie an der Schuhsohle aus. Dann zog er die Schuhe und den Pulli aus, rollte den Pulli zu einem Kissen und legte sich neben uns ins Bett. Wir lagen schweigend da. Hin und wieder hörten wir ein Motorboot draußen auf dem Meer brummen, dumpf und eintönig wie eine Hummel.

»Ich habe über diese Nacht nachgedacht, die Mittsommernacht«, sagte Jens nach einer Weile. »Irgend etwas war merkwürdig mit den Vögeln, oder nicht?«

»Es ist schließlich eine Vogelinsel«, sagte ich. »Die Vögel sind nicht an die Menschen gewöhnt. Darf man da wirklich zelten?«

»Vermutlich nicht. Aber es ist ja nur einmal im Jahr. Wir stören ja auch keine Nester oder so. Und ich war schon öfter dort, und da schienen sie es nicht so übelzunehmen. Sie flogen nur weg. Aber diesmal war etwas merkwürdig mit ihnen. Sie blieben und beobachteten uns. Griffen uns sogar an.«

»Weil wir auf der Außenseite waren. Sie haben dort ihre Nester, das hast du selbst gesagt«, sagte ich.

»Bei den Zelten war es genauso«, sagte Anne-Marie. »Obwohl wir darüber nicht nachdachten. Überall auf den Felsen saßen Vögel. Ich erinnere mich jetzt daran.«

»Aber machen sie das nicht immer?« fragte ich. »Sind denn nicht immer Vögel in der Nähe? Seeschwalben in der Luft, Möwen auf den Klippen, Enten, die neben Booten und Stegen schwimmen? Sie sind doch immer um uns, oder nicht?«

»Ja, das stimmt«, sagte Jens. »Vögel sind die perfekten Spione. Man hat sie immer um sich, aber man denkt nicht darüber nach, daß sie da sind. Deshalb hatte Odin zwei Raben als Späher.«

Ich mußte an die Möwe denken, die auf der Klippe saß, als Jens und ich im Schlafsack lagen. Ich sah sie ganz deutlich vor mir, und ich war nicht sicher, ob es wirklich eine Erinnerung oder etwas anderes war. Das eiskalte helle Auge, das mich fixierte. Der Schrei, der mir das Gefühl gab, zu steigen. Mit einem Mal merkte ich, daß das gleiche passierte, als ich jetzt daran dachte. Auf merkwurdige Art war ich ein bißchen höher.

»Man kommt irgendwie in die Höhe«, sagte ich erstaunt.

»Das kann man sagen«, bemerkte Jens lachend.

»Deswegen heißt es doch, daß man high ist«, sagte Anne-Marie.

Jens setzte sich auf und spielte wieder auf der Mundharmonika, und wir lagen in der Dunkelheit und hörten zu. Ich spürte, wie die Töne sich wie ein Werkzeug aus einem bestimmten Material durch meine Gedanken bewegten und etwas mit ihnen machten, etwas Reelles, das man fast anfassen konnte. Eine Weile dachte ich, daß wir drei miteinander redeten, daß wir ein sehr gutes Gespräch hatten, und ich wollte etwas Wichtiges sagen, aber als ich die Worte suchte, stellte ich fest, daß wir überhaupt nicht miteinander sprachen. Nur die Musik wanderte in mich hinein und dann wieder heraus. Anne-Marie schlief neben mir, Jens war gegangen, aber die Musik lebte in meinem Kopf weiter.

Ich schlief dann ein und träumte wunderbar in Gelb und Rosa, Anne-Marie und ich saßen dicht beieinander im Bug eines Bootes und hatten die Beine über die Reling gehängt. Wir sausten über ein Sonnenuntergangsmeer, schnell, aber geräuschlos, die Füße in einer Kaskade aus rosarotem Wasser.

Ich wurde nachts wach und sah, daß Anne-Marie mit der Hand unter dem Kinn schlief. Die Stimmung des Traums war noch da. Ein Gefühl von Bewegung, als würden wir vorwärtsgeschoben, von einer lautlosen Kraft getrieben.

Als ich das nächste Mal aufwachte, war es gräulich hell im Zimmer. Alles war traurig und völlig bewegungslos.

Am nächsten Tag kam Eva aus Israel zurück. Sie kam von draußen her, in das Haus mit den heruntergelassenen Rollos. Da stand sie mit ihrem Rucksack neben sich, sonnengebräunt, sommersprossig und mit einem Schnupftuch in den braunen Haaren. Sie hatte ein Haus verlassen, wo Fenster und Türen meist offen standen, wo die Treppe ständig unter raschen Schritten knarrte und wo Gäste kamen und gingen. Sie kehrte in ein Haus zurück, in dem alles stillstand, wo die Menschen unbeweglich in einem gelblichen Halbdunkel saßen, wie prähistorische Insekten im Bernstein. Als sie ihr und Lis' Zimmer verlassen hatte, war es aufgeräumt und sauber, mit frischen Blumen und blauweißen, porzellangemusterten Tagesdecken auf den Betten, und als sie zurückkehrte, traf sie ein Inferno aus zusammengeknäulter, schmutziger Bettwäsche, Comicheftchen, Coladosen und Folientüten mit halbgegessenen, schimmelnden Spare-ribs an. Daran mußte ich zuerst denken, als sie da unten stand und uns rief. Ich setzte mich im Bett auf, sah den ganzen Müll und dachte: »Mein Gott, wir haben ihr Mädchenzimmer zerstört.«

Aber Eva betrat nicht einmal das Zimmer, das einmal ihres und Lis' Zimmer war und das nun von Anne-Marie und mir bewohnt wurde. Sie installierte sich im Gästehäuschen. Trug ihren Rucksack hin und rollte ihren Schlafsack auf dem Bett aus, als ob sie immer noch Kibbuzvolontärin wäre.

Dann versuchte sie, mit Åke zu reden. Ich hörte, daß sie eine ganze Weile an die Tür seiner Schreibstube klopfte. Ob er zu betrunken war, um seiner Tochter gegenübertreten zu wollen, oder ob er einfach schlief, weiß ich nicht, aber Åke öffnete ihr nicht. Ich stand am Fenster der Dachkammer und sah, daß sie vor seiner Stube wartete und irgendwann aufgab, sich dann auf einen Stein setzte und verzweifelt Gras aus dem Boden rupfte, eine Fremde in der eigenen Familie. Es muß merkwürdig sein: Man verreist für ein paar Wochen, und bei der Rückkehr ist alles anders. Eine Schwester ist weg und eine andere dazugekommen.

Aber irgendwie brachte sie auch Kraft mit. Eva kochte und versammelte uns alle zu einer gemeinsamen Mahlzeit auf der Veranda. Sie erzählte von ihrer Arbeit im Kibbuz, von riesigem Unkraut auf den Baumwollfeldern, und wie sie und eine englische Freundin nach Elat getrampt waren, und es gelang ihr tatsächlich, eine Art Gespräch in Gang zu bekommen. Aber sie zerstörte auch alles wieder, indem sie vorschlug, nach Kannholmen zu fahren und eine Art Gedenkstunde für Maja abzuhalten. Niemand wollte an so etwas teilnehmen. Åke verließ den Raum, und Karin tat so, als hätte sie es nicht gehört.

Wir rauchten den ganzen Sommer Marihuanazigaretten, Jens, Anne-Marie und ich. Ich weiß nicht, woher Jens das Zeug hatte. Es waren immer nur wir drei, und wir ließen niemand anderen daran teilhaben.

Am Freitag, dem 4. August, wurde Maja gefunden. Rolf und Ulla Magnusson waren an einem stillen, schönen Abend zusammen mit ihrem ältesten Sohn Reine im Boot hinausgefahren, um Netze auszulegen. Kurz vor acht waren sie von zu Hause aufgebrochen und etwa Viertel nach acht zum ersten Mal am Muschelstrand vorbeigefahren. Ihnen war dabei nichts aufgefallen, aber sie hatten auch hauptsächlich nach vorne in die nächste Bucht geschaut, wo sie ihr Netz auslegen wollten, und sich dabei ziemlich lebhaft unterhalten. Vielleicht fiel das Licht auch anders, es ändert sich ja ziemlich schnell vor Sonnenuntergang. Sie legten ihre Netze dort aus, wo sie sie immer auslegten, und erst auf dem Heimweg, als sie wieder am Muschelstrand vorbeifuhren, entdeckten sie sie.

Am Ende des Strandes, wo die Felsen fast senkrecht ins Meer stürzen, stand auf einem Felsvorsprung ein Kind. Wenn die letzten Strahlen der Sonne nicht gerade da hingefallen wären, hätten sie es vielleicht gar nicht bemerkt. Mit ihrer dunklen Haut, ihren schwarzen Haaren und dem braunen Overall verschmolz das Kind fast mit dem Felsen.

Ulla Magnusson entdeckte sie. Sie dachte, sie sähe nicht richtig.

»Da konnte doch niemand stehen, weder ein Kind noch ein Erwachsener«, sagte sie, als sie später berichtete, wie sie reagiert hatte. Von ihrem Aussichtspunkt im Boot aus war das ein Ort, auf dem sich unmöglich ein Mensch aufhalten konnte. Der Fels schien glatt wie eine Wand zu sein, und sie hatte den Eindruck, daß die Füße des Mädchens keinerlei Halt hatten, daß sie vielmehr vor dem Felsen schwebte. Aber als sie ihren Mann auf ihre Beobachtung aufmerksam gemacht hatte und sie näher heranfuhren, sahen sie, daß das Mädchen auf einem Felsabsatz stand, der gerade breit genug war für ihre kleinen Füße. Niemand sonst tauchte in der Nähe auf, weder am Strand noch auf dem Berg oder in einem Boot.

»Es war schrecklich, ein so kleines Kind in einer so gefährlichen Situation zu sehen. Ein falscher Schritt, eine unvorsichtige Bewegung, und sie wäre ins Meer gestürzt. Ja, damit haben wir gerechnet. Ins Wasser zu springen und sie vor dem Ertrinken zu retten, davon sprachen wir, als wir da im Boot saßen. Wir dachten, sie würde jeden Moment herunterfallen«, sagte Ulla. Aber das Mädchen fiel nicht. Es stand still, absolut still, auf eine Art, die sehr ungewöhnlich für kleine Kinder ist. Sie lehnte sich an den Fels und schaute auf die Familie im Boot herunter.

Rolf machte den Motor des kleinen Außenborders aus, und schon schaukelte das Boot neben der Felswand. Die drei im Boot riefen, um die Eltern des Mädchens auf die Gefahr aufmerksam zu machen, falls die sich in Rufweite befanden. Aber kein Mensch zeigte sich, und ihnen wurde klar, daß sie das Mädchen retten mußten. Da begriffen sie, daß die Situation wirklich unmöglich war. Es gab keinen Weg zu dem Vorsprung, wo das Mädchen stand. Der Fels fiel unter ihr genauso steil ab wie über ihr. Wie war sie nur dort hingekommen? War sie ganz über den Rand gefallen und durch ein märchenhaftes Glück auf dem Absatz gelandet? Auch das schien unwahrscheinlich, der Absatz war dafür viel zu schmal.

Der Sohn Reine ging an Land. Vom Bug sprang er ins seichte Wasser an der Muschelbank und lief über den Strand, durch die Wacholderbüsche und dann weiter den Berg hoch. Vorsichtig näherte er sich dem Felsrand, untersuchte die steile Wand, die ihn von dem Mädchen weiter unten trennte, und mußte feststellen, daß der Felsvorsprung so unzugänglich war, wie es von unten ausgesehen hatte.

Inzwischen hatten Rolf und Ulla ein vorbeifahrendes größeres Motorboot mit Funkverbindung an Bord herbeigerufen. Die Rettungsmannschaft war schnell vor Ort, aber auch für sie war es schwierig, das Mädchen zu erreichen, und als es dunkel wurde, stand das Kind immer noch auf dem Felsabsatz. Eine ganze Armada von größeren und kleineren Booten hatte sich inzwischen in der Bucht vor dem Muschelstrand versammelt, sie lagen da vor Anker oder fuhren in kleinen Kreisen, um das Drama am Berg zu verfolgen. Die Laternen spiegelten sich im schwarzen Wasser. Die Motoren brummten und rührten Wirbel und Wellen auf. Die Menschen riefen einander und dem kleinen Mädchen etwas zu, es stand wie gelähmt da, wie von den starken Scheinwerfern an den Fels gepreßt.

Oben auf dem Berg standen viele Menschen – das Gerücht, daß am Muschelstrand ein Kind gefunden worden war, hatte sich schnell verbreitet. Ich war mit der Familie Gattmann herbeigeeilt und drängte mich mit den anderen im Heidekraut. Im Schein der Taschenlampen erkannte ich viele bekannte Gesichter: die gleichen Menschen, die man auch beim Mittsommerbaum auf dem Tanzboden sah und beim Hochsommerfest Ende Juli in der Schule. Die gleiche lächerlich heterogene Gruppe aus Sommergästen und Einheimischen, an einem Abend vereint, das gleiche Gefühl aus Gemeinschaft und Erwartung und Feststimmung. Es war absurd.

Alle hielten den Atem an, als es endlich gelang, einen Feuerwehrmann auf den Absatz herabzulassen. Mit dem Mädchen im Arm wurde er dann auf den Berggipfel hochgezogen. Als sie beide über den Rand kamen, brach Jubel los, bei den Menschen auf dem Berg, am Strand und in den Booten.

Karin umarmte Maja, weinend und zitternd, dann hielt sie das Mädchen auf Armeslänge von sich, um sie anzuschauen. Sie blickte wieder und wieder dieses Kind an, als ob sie ihren Augen nicht traute.

Das Wunder, um das sie gebetet hatte, war geschehen. Sie hatte ihre Tochter von den Toten wiederbekommen, heil und gesund. Sie streichelte über den kleinen Körper, das dunkle Gesicht, die Hände, die Haare, als ob das Zeugnis ihrer Augen nicht genügen würde und sie sich auch mit den Fingern vergewissern müßte. »Bist du es, Maja?« fragte sie immer wieder.

Aber natürlich war es Maja. Es bestand kein Zweifel. Sie sah aus wie immer. Vielleicht zweifelte Karin gerade deshalb. Wenn ein Kind von einer Insel weit draußen im Meer verschwindet und sechs Wochen später auf einem unzugänglichen Felsvorsprung am Festland wiedergefunden wird, erwartet man doch eine Veränderung an diesem Kind. Daß es schmutzig, hungrig, verletzt, geschockt ist – gleichwie, nur nicht: daß das Kind völlig unverändert ist.

Mitten in diesem Chaos aus Feuerwehrleuten und Polizisten, Sommergästen und Einheimischen, knatternden Bootsmotoren, schreienden Stimmen und geschwenkten Taschenlampen stand Maja, ruhig und schweigsam. Sie trug den gleichen braunen Velouroverall, den sie angehabt hatte, als sie verschwand. Er war sauber, ohne einen Fleck. Genau wie an Mittsommer war sie barfuß. Ihre Haare waren zu zwei Schwänzchen über den Ohren gebunden. Das Haar am Hinterkopf war ein wenig zerzaust, weil sie sich an den Felsen gelehnt hatte, aber der Scheitel war ganz gerade. Sie war nicht dünner geworden und hatte keine Wunden oder Verletzungen. Sie sah genau so aus, wie wir sie zuletzt gesehen hatten.

Und obwohl Karin genau darum gebetet hatte – »O Gott, gib mir mein Kind zurück, unberührt und unverletzt« –, schien ihr Kopf nicht zu begreifen, daß ihr Gebet erhört worden war. Die ganze Zeit fuhren ihre Hände über Majas Körper. Sie zog den Reißverschluß auf und den Overall herunter, um eventuelle Verletzungen zu finden. Sie rieb ihre Hände und schaute tief in Majas schwarze Augen. Sie suchte nach etwas, das anders war, nach einem Zeichen, das es vorher nicht gegeben hatte.

Und endlich fand sie etwas. Über der kirschroten Kugel des linken Schwänzchens im Haar steckte eine kleine, schneeweiße Daune. Das war alles.

Wir versammelten uns in der Küche, um schnell etwas Eßbares für Maja zu suchen. Wir fanden Käsechips, Schokoladenkekse, Yoghurt und ein halbes Paket Eis. Karin tischte alles auf, und wir setzten uns um den Tisch und schauten zu, wie Maja aß. Sie nahm pflichtschuldig von allem etwas, aber schien nicht hungrig zu sein. Åke trug sie ins Schlafzimmer und legte sie in sein und Karins Bett.

Die Geschwister Gattmann und ich saßen noch eine Weile am Küchentisch und sprachen miteinander. Alles war so überwältigend. Wir konnten es einfach nicht glauben. Daß sie zurückgekommen war. Anne-Marie gestand, sie habe Abend für Abend zu Gott gebetet, und dies, fand sie, sei der Beweis dafür, daß es Gott wirklich gab und er unsere Gebete erhörte.

Es wurde schon wieder hell, als wir endlich schlafen gingen. Ich wollte gerade im Dachzimmer neben Anne-Marie ins Bett kriechen, da hörte ich, daß unten die offene Verandatür im Morgenwind schlug, und ich eilte hinunter, um sie zu schließen.

Die Vögel hatten schon ihr Morgenkonzert begonnen, und die Berge auf der anderen Seite des Fjords leuchteten rosafarben. Ich ging durchs Wohnzimmer zurück und sah, daß die Tür zu Åkes und Karins Zimmer offenstand. Sie lagen eng aneinandergeschmiegt im Doppelbett, mit Maja zwischen sich. Sie hatten die Decken mit den großgemusterten Marimekkobezügen hochgezogen und schützend um sich gewickelt. Die Körper der beiden Erwachsenen hoben sich schwach in einem ruhigen Rhythmus. Aber in der Morgendämmerung konnte ich das dunkle Gesicht auf dem Kissen und das Weiße in Majas Augen leuchten sehen. Sie lag wach, unbeweglich und still, und starrte ins Zimmer.

Als ich in die Dachkammer kam, hatte Anne-Marie unsere Betten auseinandergezogen, die nun beide wieder an der Wand standen.

Ein paar Stunden später hörte ich Tor und Sigrid. Sie wachten immer zuerst auf und machten sich ihr Frühstück, das sie auf der Veranda einnahmen. Sie hatten während des nächtlichen Tumults geschlafen, und niemand hatte sie geweckt, sie hatten also keine Ahnung, daß Maja wieder da war.

Ich stelle mir vor, wie sie unter dem gelben Sonnenschirm in der Morgensonne saßen. Tor mit seinem Strohhut, Sigrid in einem ihrer weiten Batikkleider. Während wir anderen noch tief schliefen, rührten sie in ihren Teetassen, köpften ihre weichen Eier und entgräteten die Sardinen. Tor brockte kleine Stücke von seinem Brot ab und warf sie über das Verandageländer auf die Steinplatte, wo sie von den Möwen aufgefangen wurden. Sigrid mochte das nicht, und er versuchte auch, es bleibenzulassen, aber wenn er in Gedanken war, machte er es doch.

»Hast du die Zeitung geholt?« fragte Sigrid.

Normalerweise ging Tor zu den Briefkästen und holte die Zeitung, während Sigrid das Frühstück richtete. Das war eine Gewohnheit, die seit Majas Verschwinden zu den übrigen Gewohnheiten dazugekommen war. Davor hatte meistens Maja die Zeitung geholt.

»Nein, möchtest du sie?«

Er stand auf, aber Sigrid legte ihre Hand auf seinen Arm.

»Bleib sitzen. Du kannst sie später holen.«

In dem Moment kam Maja mit der Zeitung in der Hand auf die Veranda. Sie legte sie neben Tors Teetasse auf den Tisch und sah ihn mit ihrem ausdruckslosen, merkwürdigen Blick an.

Tor sah sie auch an, machte einen zitternden Versuch aufzustehen und sank wieder in den Stuhl zurück, schwer und unbeholfen. Dabei griff er so heftig nach der Tischkante, daß die Teetasse umfiel und der Tee über die Zeitung, seine Bermudashorts und die blauädrigen Beine lief. Maja bekam Angst und lief ins Haus und die Treppe hinauf unters Dach.

Als ich aufwachte, saß sie zusammengekauert am Fußende von Anne-Maries Bett. Sie hopste ein wenig, damit das Schaukeln der Federn Anne-Marie weckte, und als ihr das gelungen war, sprang sie rasch vom Bett und wartete.

Sigrid und Karin sprachen unten in der Halle leise und intensiv miteinander. Tor saß immer noch auf seinem Stuhl auf der Veranda, und als wir hinaustraten, war er über dem Tisch zusammengesunken. Der Strohhut war vom Kopf gefallen, und sein Gesicht lag in der aufgeweichten Zeitung. Seine Augen waren offen, aber sein Blick war sonderbar, und er antwortete nicht, als wir ihn ansprachen.

Karin rief einen Krankenwagen. Åke und Sigrid fuhren mit ins Krankenhaus nach Uddevalla. Gegen Mittag rief Åke an und sagte, daß Tor dort bleiben müsse. Er hatte einen Gehirnschlag.

Karin machte sich Vorwürfe, daß sie Tor und Sigrid nicht vorbereitet hatte. Aber als wir spät am Abend die Nachricht von einem Kind auf dem Felsabsatz bekamen, glaubte niemand im Ernst daran, daß es sich um Maja handelte. Karin und Åke wollten bei den beiden alten Leutchen keine falschen Hoffnungen wecken. Und als wir dann mit Maja kamen, war es mitten in der Nacht, und alle waren aufgeregt und müde. Wir hatten gedacht, daß Maja erschöpft war und genauso lange schlafen würde wie wir. Wir hatten vergessen, daß sie kaum Schlaf brauchte und immer, egal wie lange sie aufblieb, bei Sonnenaufgang aufwachte und ins Freie lief. Ich erinnerte mich an ihre leuchtenden Augen im Morgendunkel und dachte, daß sie vermutlich die ganze Nacht nicht geschlafen hatte. Wahrscheinlich hatte sie unbeweglich zwischen Åke und Karin gelegen und nur darauf gewartet, die Treppe unter den Schritten der Großeltern knarren zu hören.

Einige Tage später wurde Tor ins Krankenhaus nach Stockholm verlegt, und Sigrid reiste nach Hause in die Wohnung am Valhallavägen, um ihn täglich besuchen zu können. Er war rechtsseitig gelähmt und konnte nicht mehr sprechen. Der behandelnde Arzt war der Sohn eines Freundes von Tor und Sigrid. In einem langen Gespräch mit Åke erklärte er, daß Tor eventuell wieder gesund werden könnte, aber in seinem Alter, mit zweiundachtzig, durfte man keine allzu großen Hoffnungen haben.

Majas Rückkehr wurde nicht der Leckerbissen für die Zeitungen, wie man hätte vermuten können. Karin und Åke hatten aus der Invasion bei Majas Verschwinden gelernt. Karin, die ihr ganzes Berufsleben lang für eine Tageszeitung gearbeitet hatte, erlebte erstmals, wie anders die Boulevardpresse arbeitete, und war von deren Methoden kalt erwischt worden. Diesmal war sie auf der Hut. Die Türen blieben verschlossen, das Telefon wurde herausgezogen, und alle mußten versprechen, nicht mit Journalisten zu reden.

Die Polizei war sehr sparsam mit ihren Kommentaren. Die Informationen waren zu knapp und undramatisch, um für eine erste Seite zu taugen. Es gab nur kleine Artikel im Inneren, wo einfach mitgeteilt wurde, daß Maja wohlbehalten wiedergefunden und die Suche abgeblasen worden war. Nichts darüber, wo oder wie sie gefunden wurde.

Irgendwie nahm diese Nachricht dem Verschwinden etwas von seiner Dramatik. Ich glaube, die Leute dachten, die Zeitungen hätten übertrieben: Maja sei eigentlich nie richtig verschwunden gewesen, es habe sich vielmehr um einen Sorgerechtsstreit gehandelt, einen Ehe- oder Familienkrach, in dem ein Kind eine Rolle gespielt habe.

Der Sommer dauerte an. Bei einer ärztlichen Untersuchung wurde festgestellt, daß Maja nicht verletzt und auch keinerlei sexuellen Übergriffen ausgesetzt gewesen war. Sie blieb aber stumm, unzugänglich, auf merkwürdige Art ausweichend und aufdringlich zugleich, also genau wie immer. Vielleicht war sie ein bißchen trauriger, nachdenklicher.

Am Anfang beschäftigte sich Karin sehr viel mit ihr. Sie saß auf dem blauweißen Sofa im Wohnzimmer, und Maja stand vor ihr. Karin fragte, tröstete, streichelte ihr die Wangen, umarmte sie. Und Maja blieb stehen und ließ sich umarmen, wartete mit leerem, in die Ferne gerichtetem Blick, bis Karin fertig war. Und wenn Karin nicht mehr konnte und sich erschöpft mit einem Lächeln und einem Seufzer zurücklehnte, lief Maja sofort davon, entweder hinaus ins Freie oder hinauf zu Anne-Marie.

»Wie soll ich sie denn trösten, wenn ich nicht weiß, was ihr zugestoßen ist?« sagte Karin.

Wir saßen in der Küche und tranken Tee. Karin hatte Maja in ihr eigenes Bett in ihr und Åkes Zimmer gelegt.

»Sie braucht nicht getröstet zu werden. Maja hat noch nie Trost gewollt«, sagte Jens.

»Sie war bei jemandem, so viel ist sicher«, fuhr Karin fort. »Bei jemandem, der ihr zu essen gegeben hat, sie gekämmt und ihre Kleider gewaschen hat.«

»Jemand, der sie auf einen Felsvorsprung fünfzehn Meter über dem Wasser gestellt hat und abgehauen ist«, sagte Åke. »Ein Wahnsinniger. Alle Zeitungen hatten ihr Foto auf der ersten Seite. Dieser Mensch muß doch gewußt haben, daß wir sie suchen.«

»Wer immer es war, er oder sie hat sie auf jeden Fall gut behandelt«, murmelte Karin.

Sie nahm die große gefütterte Haube von der Teekanne und schenkte nach. Dabei bemerkte Lis ein zusammengefaltetes Papier auf dem Tisch. Niemand hatte es gesehen, weil die Teekanne darauf gestanden hatte.

»Ich habe den Korkuntersetzer nicht gefunden«, sagte Eva entschuldigend.

Lis wickelte das teefleckige Papier auf und betrachtete es mit gerunzelter Stirn. Karin beugte sich zu ihr und schob die Brille auf der Nase zurecht.

»Eine Zeichnung von Maja«, sagte Karin. »Sie zeichnet immer noch. Ein gutes Zeichen, finde ich. Sie saß heute lange auf der Treppe und hat gezeichnet. Hm. Winzigklein, wie immer.«

Wir beugten uns alle über den Tisch, um das Blatt, das Lis unter die Lampe hielt, zu sehen.

»Was ist es denn?« fragte ich.

»Es sind Vögel«, sagte Jens. »Seht ihr das nicht? Schnäbel, Flügel. Fliegende Vögel.«

»Wie merkwürdig. Wartet, ich schau mal nach, ob die anderen Blätter noch auf der Treppe liegen.«

Karin ging in die Halle und kam mit einer ganzen Menge zerknüllter Papierbälle wieder.

»Ich habe sie gefunden. Sie hat sie zwischen das Treppengeländer und die Wand gestopft.«

Karin schob die Teetassen zur Seite, legte die Papierbälle auf den Tisch und strich sie glatt. Auf allen war das gleiche zu sehen: Kleine Vogelfiguren, ein oder zwei Zentimeter groß, in Reihen, die von links nach rechts auf dem Papier nach oben wanderten. Manchmal verließen sie ihre Reihen, knäulten sich, versammelten sich zu einem Wirrwarr aus ausgebreiteten Flügeln und Schnäbeln.

»Wartet«, sagte Karin. »Sie hat noch mehr Blätter unter ihrem Bett.«

Sie schlich ins Schlafzimmer und kam mit Stapeln von staubigen Blättern wieder.

»Mein Schreibmaschinenpapier. Wie ist sie denn da drangekommen?« fragte Åke.

Karin breitete alles auf dem Tisch aus. Jedes Blatt war mit den gleichen Tintenfiguren bedeckt. Stehende Vögel, nistende Vögel, fliegende Vögel. Vögel in wirbelnden Scharen. Tausende von Vögeln.

Kristina

Es war Ende April, das Meer lag still und glatt vor ihr. Sie war auf Schatzsuche. Sie ging mit ihrem Korb am Arm langsam den Strand entlang. Es war nichts darin.

Als sie vor einem Jahr mit dem Sammeln begann, füllte der Korb sich schnell. Sie sah so viel Schönes und Besonderes und nahm alles mit. Inzwischen war sie wählerischer geworden. Sie drehte eine Muschel um und ließ sie liegen. Eine große Krabbenklaue bewegte sie mit der Spitze ihres Turnschuhs. Nein, nicht alles, was besonders aussah, war auch besonders. Und viele Sachen am Strand waren schön, wurden aber uninteressant, wenn sie in ihre Hütte kamen.

Sie suchte nach Dingen, in denen der Geist des Tieres oder der Pflanze noch vorhanden war. Diese Dinge hatten eine Stimme. Wenn sie so etwas in der Hand hielt und umdrehte, sprach es manchmal zu ihr. Auch Steine konnten einen Geist haben, auch sie konnten sprechen – das hatte sie erst kürzlich entdeckt. Deren Stimmen waren leise und murmelnd und legten sich so tief in ihre Seele, daß man ganz rein von Gedanken und Gefühlen sein mußte, um sie zu vernehmen.

Die Gegenstände, die sie gesammelt hatte, besaßen kein eigenes Leben mehr. Es waren Reste, Erinnerungen. Sie hatten nur ihre Stimmen. Und die Stimmen wollten, daß sie etwas mit ihnen machte. Wollten, daß sie die Dinge zusammenfügte, sie bemalte, damit ein neuer Zusammenhang entstand. Sie erschuf sie zu Wesen, und das neue Leben war still, geheimnisvoll und konzentriert. Die Wesen liebten sie, weil sie deren Schöpferin war, und sie liebte die Wesen, weil sie ihre Geschöpfe waren.

Aber heute war alles still und ihr Korb leer. Sie war an den

Fels am Ende des Strandes gekommen. Sie setzte sich auf einen Stein, umgeben von Strandroggen, und schaute auf die Inseln weiter draußen. Sie fand es schade, daß sie dort nicht hin konnte. Da gab es Strände und Klippen, die sie noch nie besucht hatte, Gegenstände, die sprachen, ohne daß sie hören konnte. Und hinter den Inseln lag wohl das offene Meer.

Da kam ein Junge in einem Kajak angepaddelt. Ganz plötzlich tauchte er hinter der Landzunge auf, völlig geräuschlos, als ob er nicht menschlich wäre. Man hört Menschen immer, die sich nähern. Man hört ihre Schritte, ihre Stimmen, ihre Atemzüge, das Rascheln ihrer Kleider. Es nützt nichts, wenn sie leise zu sein versuchen, die Umgebung verrät sie. Man hört es an den Vögeln, den Bäumen, am Gras. Alles in der Natur verändert sich, wenn ein Mensch kommt. Aber dieser Junge tauchte einfach auf, wie eine neue Gestalt, die plötzlich auf einem Gemälde erscheint. Er hatte etwas fast Unwirkliches.

Der Junge hielt aufs Ufer zu. Er paddelte kräftig, zerschnitt die Wasseroberfläche in einer Linie auf sie zu, das Wasser verdoppelte sein Bild. Und schon stieß das Kajak auf den Grund. Er kletterte heraus und zog es auf den Strand. Sie saß so still zwischen dem Strandroggen, daß er sie nicht sah. Aufmerksam betrachtete sie das schmale, weiße Fahrzeug. Nur eine dünne Schale, wie eine leere Samenhülse. Daß man sich in etwas so Einfachem übers Wasser bewegen konnte.

Sobald er aus dem Kajak geklettert war, wurde er wieder Mensch. Seine Schritte knirschten im Sand, er wischte sich den Schweiß aus der Stirn, zog die Nase hoch. Aber sein lautloses Auftauchen hatte ihn zu etwas Besonderem gemacht. Sie ängstigte sich nicht vor ihm.

Sie sprach ihn an, da bemerkte er sie und zuckte zusammen. Er war vielleicht siebzehn oder achtzehn Jahre alt. Er trug eine rote Schwimmweste. Sie fragte ihn nach dem Kajak. Ob Paddeln schwierig sei, ob ein Kajak teuer sei und wo man eines kaufen könne.

Er antwortete, es sei nicht schwer, wenn man es einmal gelernt habe. Wenn sie interessiert sei, könne sie dieses kaufen. Er wolle verreisen und brauche Geld.

»Wieviel kostet es?« fragte sie.

Er verzog das Gesicht, als würde er sich auf eine schwierige Rechnung konzentrieren. Dann öffnete er die Hände und schlug eine Summe vor.

Wie ein Blitz war Kristina von ihrem Stein aufgestanden und lief nun den Strand entlang. Den Korb ließ sie liegen.

»Warte hier!« rief sie ihm zu.

Fünf Minuten später war sie mit der verlangten Summe zurück.

Er zeigte ihr, wie man paddelte, und sie erklärte ihm den Weg zur Bushaltestelle. Er nahm das Geld und ging auf die Klippen zu. Als er ein Stück gegangen war, zog er die Schwimmweste aus und sagte, daß sie im Preis inbegriffen sei. Beide lachten, erstaunt darüber, wie leicht das Geschäft gelaufen war.

Paddeln war schwieriger, als sie gedacht hatte. Schon allein in die Öffnung des Kajaks zu kommen war anfangs fast unmoglich. Immer wieder landete sie im kalten Wasser, so daß sie beschloß, mit dem Training bis Juni zu warten. Aber dann kam plötzlich eine Hitzewelle, und das Wasser erwärmte sich langsam. Sie trainierte in der Bucht.

Als es Sommer wurde, begab sie sich allmählich auf längere Fahrten. Sie änderte ihren Tagesrhythmus und stand in der Morgendämmerung auf. Sie hielt sich immer nah an der Küste, fuhr dicht an den Klippen entlang.

Sie überraschte die Tiere wie nie zuvor. Sie tauchte direkt

neben dem Reiher auf, der jeden Morgen auf dem gleichen Felsabsatz saß. Er streckte seinen schlangenartigen Hals und sah sie erstaunt an, und ehe er Angst bekommen und die Flucht ergreifen konnte, war sie schon vorbei. Für den Reiher war sie genauso unwirklich, wie der Junge es damals für sie gewesen war. Sie überraschte auch Menschen, die ihre Boote in kleine, unzugängliche Buchten gelegt hatten und sich allein auf der Welt dünkten. Sie sonnten sich nackt, pinkelten und liebten sich.

Eines Tages sah sie einen Nerz, der nur einen Meter neben dem Kajak schwamm. Er schaute mit seinen schwarzen, glänzenden Augen schräg zu ihr auf. Sie ließ das Paddel ruhen, und so trieben sie eine Weile nebeneinanderher, der Nerz sah sie die ganze Zeit an und schwamm mit wirbelnden Pfoten geradeaus. Plötzlich war er verschwunden, wie nie dagewesen.

Sie fuhr jetzt mit dem Kajak statt mit dem Fahrrad zum Laden. Die Waren verstaute sie vorne neben den Beinen, obschon es eigentlich keinen Platz für Lasten gab.

Sie fuhr die Küste herauf und herunter, fand neue Strände, neue Wiesen, neue Berge, und wenn sie nach Hause kam, hatte sie oft Schätze dabei. Die Schwimmweste ließ sie zu Hause. Sie hatte sie am Anfang verwendet, weil der Junge sie beim Paddeln getragen hatte, aber nun hatte sie das Gefühl, es auf ihre Art machen zu wollen. Sie hatte sich mehrmals die Situation vorgestellt, zu kentern, ins Wasser zu fallen und das Kajak zu verlieren. Sie fand den Gedanken nicht erschreckend. Gegen die Wellen und die Kälte zu kämpfen, zu ermatten und schließlich zu ertrinken, nein, davor hatte sie keine Angst. Das wäre eine gute Art zu sterben, vielleicht die allerbeste.

Sie ließ die Küste hinter sich und überquerte das offene Wasser zur nächstgelegenen Insel. Sie umrundete sie, und dabei sah sie, wie das Meer sich öffnete und sich mit dem Himmel vereinte. Weit draußen konnte sie noch kleine Inseln und Schären erkennen.

An einem richtig heißen Hochsommertag, als die Hitze über dem Wasser flimmerte und nicht das kleinste Windchen die Oberfläche kräuselte, zog sie ihren Bikini an und machte sich auf den Weg. Sie paddelte zu den Inseln hinüber, fuhr an ihnen vorbei und dann geradewegs hinaus auf die kleine Schäre zu. Schon von weitem konnte sie die Vogelschreie hören. Als sie die Schäre erreichte, sah sie, daß man an den abschüssigen Felsplatten leicht an Land gehen konnte.

Die Schäre wurde ihr Lieblingsplatz, auch wenn es nicht oft so windstill war, daß sie hinausfahren konnte. Menschen waren hier nie, nur Vögel. Da draußen hatten sie ihre Nester, und dort konnte sie Eiderdaunen finden, die sie in Tüten sammelte. Wenn sie nach so einer Fahrt nach Hause kam, mußte sie das Kajak vom Vogelkot säubern.

Der Sommer ging zu Ende, der September war windig, aber Anfang Oktober kamen noch ein paar klare Tage, das Meer war wie dunkles Glas, und die Sonne verbreitete goldene Strahlen, die nicht mehr wärmten. Sie nutzte die Tage, so gut sie konnte. Stand in der Dämmerung auf, nahm sich Brote und Tee mit und paddelte hinaus.

Sie erlebte ein fast überirdisches Glück. Sie genoß ihren schlanken, speerartigen Unterleib, die Nähe des Meeres und den Rhythmus der Paddel. Sie konnte sich nicht vorstellen, daß es einmal eine Zeit gegeben hatte, da sie das Kajak noch nicht hatte. Eine Zeit, in der sie immer zu Fuß ging, auf schweren Füßen über harte Erde wanderte. Sie fürchtete sich jetzt vor dem Winter, weil er sie dieser neuen Art, sich fortzubewegen, berauben würde. Oder konnte sie vielleicht auch dann noch paddeln? Die Eskimos verwendeten dieses

Fahrzeug schließlich im arktischen Klima. Der letzte Winter war eisfrei gewesen, und vielleicht würde es ja wieder so.

Nach den klaren Tagen aber kamen die Herbststürme. Und als die sich gelegt hatten, war es so kalt und regnerisch und unwirtlich, daß sie nur noch ein paar kleinere Touren an den Stränden entlang machte, um dann ihr Fahrzeug zu ihrem Grundstück hinaufzutragen, es auf zwei Hölzer an die Wand zu stellen und mit einer Plane abzudecken.

An den Wintertagen hatte sie nun reichlich Zeit, ihre Sammlungen zu ordnen. Ihre Hütte glich mehr und mehr einer Werkstatt mit einem Lager für Arbeitsmaterial.

An allen Wänden standen selbstgeschreinerte Regale, auf denen sie teilweise ihre Funde aufbewahrte. In Schachteln sortiert, lagen Skeletteile, Zähne und Hörner von verschiedenen Tieren, Pelzstücke von Hasen, Wolle von Schafen und Roßhaar. Schnecken und Muscheln. Getrocknete Seesterne und Seeigel. Klauen und Panzer von Schalentieren. Federn und Daunen. Eierschalen. Auch Treibholz, Zweige, Wurzeln, Eicheln, Steine. Getrocknete Pflanzen und Pilze. Tote Käfer und Schmetterlinge. Vogel- und Wespennester.

Alles war an seinem Platz, und sie kannte jeden Gegenstand.

Ab und zu fuhr sie in die Stadt und kaufte in verschiedenen Geschäften Material ein. Kleine Dosen mit Farbe, schwarz, rot, silber und gold im Hobbyladen. Paspeln und Fransen im Geschäft für Nähzubehör. Kupferdraht im Eisenwarengeschäft. Lederschnüre beim Schuhmacher. Aluminiumfolie im Supermarkt. Auch dieses Material bewahrte sie in Schachteln und Kartons auf.

Auf anderen Regalen stapelten sich ihre fertigen Werke. Merkwürdige Objekte mit einer makabren Ausstrahlung von Tod und Vergänglichkeit, in denen gleichzeitig ein mystisches unerreichbares Leben zu vibrieren schien.

Am Fenster standen die einzigen Möbel, die sie nicht verbrannt hatte: der Tisch und ein Stuhl. Hier saß sie an den dunklen Abenden und arbeitete. Danach kroch sie in ihr Nest aus Decken und Kissen. Bevor sie einschlief, dachte sie an das Kajak, das sein Bett so nahe an ihrem hatte. Eingehüllt in die Plane, schlummerte es auf der anderen Seite der Wand und teilte ihre Träume vom Sommer, dem Meer und den Vögeln.

Ulrika

Als Maja zurückkam, hatten wir noch zwei Wochen Sommerferien, zwei Wochen, bis mein Vater mich abholen und wir in unser Haus nach Göteborg fahren würden, zwei Wochen, bis ich aufs Gymnasium in eine ganz neue Schule mit neuen Klassenkameraden ginge. Die Familie Gattmann würde nach Stockholm zurückfahren. Maja war wieder da, und alles hätte so sein müssen wie zuvor.

Aber das war es nicht. Irgend etwas war anders. Die Familienmitglieder, die Maja bisher als Zentrum der Familie behandelt hatten, schienen einen Bogen um sie zu machen. Sie sahen sie unsicher an und berührten sie vorsichtiger. Und doch war sie wie zuvor. Manchmal hatte ich das Gefühl, daß gerade ihre Unveränderlichkeit, diese fast gespenstische Unzerstörbarkeit wie eine Glasglocke über ihr ruhte und sie nicht sichtbar, aber unerbittlich von der restlichen Familie trennte.

Immer noch hängte sie sich an Anne-Marie und mich, egal wo wir waren, und ich hatte den Eindruck, daß sie Anne-Marie ziemlich lästig war, obschon sie freundlicher als früher mit Maja umging. Sie ließ sie meistens mitkommen, und wenn sie Maja bat, uns in Ruhe zu lassen, dann tat sie das nicht mehr in kurzem Befehlston, sondern umständlich und bittend.

Eines Abends wurde ich Zeuge, wie Maja hinter Åke herging, der gerade eine Kiste Vino Tinto von seinem Auto zur Schreibstube trug. Sie ging dicht hinter ihm. Blieb er stehen, blieb sie auch stehen. Sie blickten sich wortlos an. Er ging weiter, nun schneller, und sie folgte ihm auf den Fersen. Das letzte Stück zur Hütte lief er mit der schweren Kiste auf dem

Arm. Er öffnete die Tür mit dem Ellbogen. Bevor er hineinschlüpfte und die Tür hinter sich zuschlug, warf er einen Blick zurück über die Schulter. Ich sah nur sekundenlang sein Gesicht, aber ich sehe es immer noch vor mir. Er hatte Angst vor Maja.

Karin versah sie umsichtig mit Essen, aber die fruchtlosen Zärtlichkeitsbezeugungen hatte sie eingestellt. Ein rasches Streichen über die schwarzen glänzenden Haare war schon die ganze Zärtlichkeit.

Wir anderen hatten Maja oft auf dem Schoß gehabt, wenn wir abends im Wohnzimmer saßen und miteinander redeten. Sie hatte widerspruchslos dagesessen, sich einem an die Brust gelehnt wie in einen bequemen Sessel und sich willig auf einen anderen Schoß verpflanzen lassen, wenn man aufstehen wollte. Jetzt saß sie allein auf dem blauweißen Sofa, mit einem kleinen Kreis von Leere um sich herum. Sie war wie ein Tierjunges, das zu seiner Mutter zurückgekommen war, nachdem Menschenhände es berührt hatten. Wir empfanden eine Scheu vor ihr, als sendete sie den Geruch einer fremden Art aus.

Sie trug eine Sonnenbrille mit einem Gestell aus rosa Plastik, die Jens ihr an einer Tankstelle gekauft hatte. Sie war natürlich von ganz schlechter Qualität, und das eine dunkle Plastikglas war fast umgehend aus dem Gestell gefallen und ließ sich auch nicht mehr befestigen. Aber Maja liebte sie sehr und hatte sie immer auf, bei jedem Wetter, drinnen wie draußen. Sie sah merkwürdig aus mit dieser Brille, das rechte Auge war von einem dunklen Glas bedeckt, das linke leuchtete mit dem kontrastierenden Weiß aus dem knallrosa Gestell.

Wenn Maja sich durch die Zurückhaltung der Familie verletzt fühlte, zeigte sie das ebenso wenig, wie sie ein anderes Gefühl zeigte. Sie saß in ihrer Sofaecke mit ihrer einäugigen Sonnenbrille und zeichnete ihre kleinen geflügelten Figuren.

Wenn ich behaupte, daß Maja unverändert war, dann stimmt das nicht ganz. Es gab eine Veränderung – die hätte ich fast vergessen. Vielleicht war es gar nichts Neues, vielleicht bemerkten wir es nur jetzt erst, aber wir nahmen es zum ersten Mal ein paar Tage nach ihrer Rückkehr wahr.

Wir waren unten am Strand und badeten, Anne-Marie, Maja, Jens und ich. Maja saß nackt mit ihrem Eimer und ihrem Spaten im Sand, wir anderen sprangen einer nach dem anderen vom Steg und lagen dann wassertretend im Wasser und unterhielten uns. Ab und zu schauten wir zum Strand, um ein Auge auf Maja zu haben. Plötzlich ließ sie den Spaten fallen, rannte über den Strand, auf den Steg hinaus und sprang. Sie plumpste ein paar Meter von uns entfernt ins tiefe Wasser, verschwand einen Moment, und kurz darauf tauchte ihr schwarzer Kopf wieder auf. Sie schwamm mit strampelnden, ruckartigen Bewegungen durch das tiefe Wasser, an uns vorbei und ans Ufer. Dann ging sie über den Strand, hockte sich hin und buddelte weiter, das Wasser tropfte ihr von den schwarzen Rattenschwänzchen. Das Ganze war so schnell vor sich gegangen, daß wir kaum reagieren konnten.

»Sie ist vom Steg gesprungen. Sie ist geschwommen«, sagte ich erstaunt.

Niemand hatte Maja je schwimmen gesehen.

»Was heißt hier geschwommen. Eher gestrampelt«, sagte Jens.

Während wir noch am Ufer standen und die Sache diskutierten, stand Maja auf, lief auf den Steg hinaus, und ehe jemand sie hätte hindern können, wiederholte sie das Ganze noch einmal. War vom Steg gesprungen und auf ihre merkwürdige Art zurück ans Ufer geschwommen. Von da an machte sie das immer, wenn wir badeten, und wir gewöhnten uns daran.

Es war Nachmittag und warm. Anne-Marie und ich lagen auf unseren Betten und redeten. Das Dachzimmer war wieder aufgeräumt und sauber, im Krug auf dem Sekretär standen frische Blumen. Die Betten standen an ihren alten Plätzen.

Anne-Maries lange Haare waren frisch gewaschen und gekämmt und fielen wie ein Vorhang aus Seide über ihre nackten Schultern. Sie war braungebrannt, die Lippen glänzten von Lipgloss, und sie roch kühl und frisch nach ihrem Deodorant. Man konnte sich kaum vorstellen, daß sie vor ein paar Wochen, an mich geklammert, auf dem Bett gelegen hatte, mit ungewaschenen, zerzausten Haaren, und nächtelang an meiner Schulter geweint hatte.

Die Comichefte waren verschwunden. Ich nehme an, daß Karin sie weggeworfen hatte, sie waren zu fleckig und zerfetzt, um noch jemanden zu erfreuen, und sie gehörten eigentlich auch nicht zu der Literatur, der man sich in der Familie Gattmann widmete. Die Comics waren in einer dunklen Ecke unter der Treppe verstaut und wurden nur hervorgeholt, wenn man nichts anderes lesen konnte, zum Beispiel wenn die Kinder krank waren oder wenn es lange regnete. Ich erinnere mich immer noch an die Geschichten. Die schwarzweißen Bildkästchen mit harten Schatten und überraschenden Perspektiven. Männer mit kantigen Kieferpartien und großbusige Frauen. Die Schatten der Wolkenkratzer über engen Straßenschluchten und das Dunkel des Dschungels. Eine Welt in Finsternis. Ich habe solche Heftchen nie wirklich gelesen, weder davor noch danach, und wenn sie mir zufällig einmal unter die Augen kommen, verbinde ich sie immer mit der Zeit, in der Maja verschwunden war.

Meine letzte Woche bei Gattmanns war angebrochen. Meine Mutter hatte angerufen und erzählt, daß man mich, wie erhofft, in dem Gymnasium angenommen hatte. Es war eine Schule mitten in der Stadt, und man konnte in der großen Pause in eines der Cafés auf der Aveny gehen. Ich erzählte Anne-Marie, wie sehr ich mich freute, gerade auf dieser Schule angenommen worden zu sein.

»Bist du auch auf die Schule gekommen, für die du dich angemeldet hast?« fragte ich.

»Ja«, sagte sie. »Aber ich werde nicht hingehen.«

»Was machst du statt dessen?«

»Nichts. Ich nehme ein Sabbatjahr.«

»Wie? Willst du nur zu Hause sein, oder was?«

»Nein, ich gehe vielleicht arbeiten.«

Zu jener Zeit »ging« man arbeiten.

»Oder ich gehe ins Ausland.«

»Wohin?« fragte ich verblüfft.

»Ich weiß nicht. Vielleicht nach Israel. Jobbe in einem Kibbuz wie Eva.«

»Aber sie war doch nur in den Sommerferien dort.«

»Man kann ein ganzes Jahr dort arbeiten, wenn man will. Wir fahren vielleicht zusammen. Oder ich fahre nach England oder Frankreich und arbeite als Aupair-Mädchen. Ich weiß es noch nicht.«

»Erlauben Karin und Åke dir das?«

Sie lachte.

»Die werden mich nicht hindern können. Ach, ich habe keine Lust mehr, in die Schule zu gehen. Auf jeden Fall nicht auf den naturwissenschaftlichen Zweig wie Jens, das ist schrecklich. Immer nur lernen, lernen. Aber er hat ja nur noch ein Jahr, er wird also weitermachen.«

»Das mit dem Sabbatjahr ist vielleicht nicht so schlecht«, sagte ich nachdenklich.

Ich konnte es mir allerdings nicht vorstellen. Ein Jahr später auf dem Gymnasium anzufangen, ein Jahr älter zu sein als alle anderen. Irgendwie wäre das, als würde man nicht mitkommen. Ich hatte es eilig. Ich wollte schnell eine Ausbildung machen. Das Gymnasium und dann die Universität. Ich freute mich so auf die Universität. Ich konnte mir nicht vorstellen, mich wegen eines Sabbatjahrs zu verspäten. Ich wollte auch in die Welt hinaus, aber das mußte in den Ferien sein.

»Aber wir sehen uns doch im nächsten Sommer?« fragte ich.

»Wenn ich hier bin.«

»Wirst du nächsten Sommer nicht hier sein?«

»Woher soll ich das wissen? Vielleicht bin ich auf der anderen Seite des Globus. In Australien oder so.«

»Hast du nicht gerade von England oder Frankreich gesprochen? Und Israel?« sagte ich verwirrt.

»Ich weiß es nicht, Ulrika. Ich weiß überhaupt nichts. Es ist eigentlich auch egal. Ich will einfach weg von hier. Ich habe alles so satt.«

»Aber Tångevik ist der schönste Ort der Welt. Und niemand hat ein so schönes Haus wie ihr.«

»Ach was.«

Ihre Gleichgültigkeit verletzte mich. Ich liebte dieses Haus.

Eines Tages, als Maja verschwunden war, hatte ich allein einen Spaziergang zu unserem eigenen Sommerhaus gemacht. Ich war den ganzen Sommer noch nicht dort gewesen.

Die Familie aus Borås hatte dem Ort schon seinen Stempel aufgedrückt. Auf dem Rasen stand ein großes wassergefülltes Plastikbecken, sie hatten neue Gartenmöbel gekauft und tatsächlich einen kleinen Garten mit Gemüse angelegt. Auf dem Gartentisch erkannte ich die spanische Glasflasche, die immer in einer Ecke der Stube mit ein paar trockenen Zweigen gestanden hatten. Jetzt war sie in ein Aquarium verwandelt worden, war mit grünlichem Wasser und Tang gefüllt, und vermutlich schwammen auch irgendwelche Tiere darin.

Die Frau aus Borås, die offensichtlich schwanger war, kniete im Garten und tunkte ihren großen Bauch ins Karottengrün. Sie war so beschäftigt, daß sie mich nicht bemerkte. Man hörte Kinderstimmen, dann tauchten zwei Jungen auf. Der eine fuhr den anderen in der alten Schubkarre meines Vaters und kippte ihn lachend am Planschbecken aus.

Ich erinnerte mich, wie sehr meine Eltern versucht hatten, auf diesem Grundstück etwas zum Wachsen zu bringen. Ich erinnerte mich an die unsichtbaren Hohlräume, die eine Fuhre Erde nach der anderen verschluckt hatten. Und dann kam diese Familie und zog Gemüse und verwendete die Schubkarre als Spielzeug. Vielleicht waren sie von einer anderen Rasse, irgendwie fruchtbarer. Vielleicht waren die Hohlräume endlich aufgefüllt, und sie waren im genau richtigen Sommer gekommen. In weniger als zwei Monaten war diese Familie hier heimischer geworden, als wir es je waren. Ich konnte mir nicht vorstellen, daß wir je wiederkommen würden.

Meine Vorahnung erwies sich als richtig. Die Arbeit meines Vaters nahm immer mehr Zeit in Anspruch, und da meine Eltern nun ein Haus mit Garten in der Stadt gekauft hatten, fanden sie, daß wir eigentlich kein Sommerhaus mehr brauchten. Im folgenden Winter verkauften sie das Häuschen an die Familie aus Borås. Aber das wußte ich natürlich noch nicht, als ich damals am Zaun stand. Ich verspürte nur eine merkwürdige Gefühlsmischung. Wehmut über etwas Verlorenes, das ich eigentlich nie richtig besessen hatte. Und eine Art trockener Bestätigung von etwas immer schon Gewußtem: Ich gehörte nicht hierher, das war nicht mein Platz.

Ich ging zu Gattmanns zurück, und als ich das braune Haus auf dem Felsen zwischen den Eichen sah, war ich von der Wärme des Nachhausekommens erfüllt.

»Wir können uns auf jeden Fall schreiben«, sagte ich zu Anne-Marie.

»Ja. Aber du weißt, wie das bei mir ist mit dem Briefeschreiben. Nun, wir bleiben in Kontakt, das ist klar.«

Was für ein schrecklicher Ausdruck: »in Kontakt bleiben«. Ich sah Anne-Marie an, wie sie da auf ihrem Bett lag, auf dem Bauch, die Hände unterm Kinn, und wie sie lächelnd ins Kopfteil des Bettes schaute. Aber sie sah etwas anderes, etwas, das ich nicht sehen konnte. Sie entfernte sich schon von mir.

Ein Auto bremste vor dem Haus. Es waren Lis und Stefan, die im Auto von Stefans Vater aus der Stadt kamen, wo sie eine Wohnung gesucht hatten. Und sie waren fündig geworden: eine Einzimmerwohnung in einem Abrißhaus in Gårda in Göteborg. So machte man das damals. Man fuhr in die Stadt und organisierte sich eine Wohnung oder eine Arbeit. Elende Wohnungen, langweilige und schmutzige Arbeiten, aber es gab sie. Jetzt brauchten sie Möbel und Hausrat, und Sigrid hatte ihnen erlaubt, ihre Schlafzimmerkommode zu nehmen.

Lis schaute rasch bei uns herein und sagte hallo. Sie hatte es eilig, mußte wieder in die Stadt, irgendwo einen Schlüssel holen oder abgeben. Sie hatte rosige Wangen, und ihre Augen glänzten. Wenn ich zurückdenke, dann war sie da schon schwanger gewesen, auch wenn sie es selbst noch kaum wußte.

Anne-Marie und ich lagen auf unseren Betten und hörten, wie sie im Stockwerk unter uns mit der Kommode kämpften. Als sie sie endlich die Treppe hinunter und nach draußen gebracht hatten, kam Åke aus seiner Schreibstube, um ihnen zu helfen. Sein Oberkörper war nackt, und seine Khakishorts waren eklig verschmutzt. Wir beobachteten alle drei vom offenen Fenster aus, und Anne-Marie lachte. Åke war viel zu betrunken, um eine Hilfe sein zu können. Er war dauernd im Weg und hängte sich nur an das sowieso schon schwere Möbel. Lis und Stefan hatten große Mühe, so zum Auto zu kommen. Mit vereinten Kräften stemmten sie die Kommode auf den Dachträger und schnürten sie fest, während Åke die ganze Zeit lallend um sie herumhing. Sobald sie fertig waren, setzten sie sich ins Auto, winkten stürmisch und wollten davon.

In dem Moment, da das Auto anfuhr, beugte Åke sich zur Autotür, um etwas durch das offene Fenster zu sagen, wurde aber zur Seite geworfen und rollte auf die Erde. Lis und Stefan hielten nicht an. Entweder hatten sie nicht gesehen, was passiert war, oder es war ihnen egal.

Langsam kam Åke wieder auf die Füße, schmutzig und mit einer blutenden Schürfwunde am Arm. Er blieb einen Moment stehen und hielt sich an einem Eichenstamm fest. Dann sah er um sich, zielte auf die Schreibstube und machte sich torkelnd auf den Weg.

Anne-Marie lachte laut. Åke hörte sie und blieb auf dem Pfad zwischen den Felshügeln stehen. Er wandte sich in alle Richtungen, schien aber nicht zu wissen, woher das Lachen kam. Dann nahm er seinen schwankenden Gang wieder auf und verschanzte sich in seiner kleinen Hütte.

Ein paar Tage danach wurde ich von meinem Vater abgeholt.

Eine erheblich dezimierte Familie verabschiedete mich.

Åke hatte einige Tage zuvor Besuch von einem guten Freund bekommen. Sie waren nach Göteborg gefahren, um in eine Kneipe zu gehen, und waren seither nicht wiedergekommen. Sigrid wachte an Tors Krankenbett. Eva suchte eine Wohnung in Stockholm, und Lis war schon ausgezogen. Karin, Jens und Anne-Marie umarmten mich vor dem Haus zum Abschied. Maja saß auf der Treppe. Sie sah mit dem rechten, unbedeckten Auge zu mir auf, und ich beugte mich über sie.

»Tschüs, Maja, hoffentlich sehen wir uns bald wieder«, sagte ich und gab ihr einen Kuß auf die Wange.

Sie zuckte zusammen, als hätte ich sie gebissen, und lief ins Haus.

Ich fuhr nach Hause – nach Göteborg – und ging aufs Gymnasium. Die Schule gefiel mir. Endlich lernten wir etwas Richtiges. Es gab keine Dummköpfe und Störenfriede mehr, die Lehrer konnten in den Stunden unterrichten und mußten nicht nur für Ordnung sorgen. Ich hatte mehr Freunde als je zuvor.

Im November kam eine Ansichtskarte von Anne-Marie. Sie war in Kalifornien und arbeitete als Au-pair-Mädchen bei einer schwedischen Familie. Da sie keine Adresse auf die Karte geschrieben hatte, konnte ich ihr nicht antworten. Einen Monat später bekam ich eine Weihnachtskarte. Da hatte sie die schwedische Familie bereits verlassen und arbeitete in einer Reinigung in Texas. Danach hörte ich nichts mehr.

Noch viele Jahre benutzte ich die Wimperntusche, die Anne-Marie verwendet hatte. Selbstverständlich glaubte ich nicht, daß ich so ihre natürlich dunklen, langen Wimpern bekommen würde, aber es war eine Art Bekräftigung unserer Zusammengehörigkeit. Ich trug auch eine Bluse, die ich von ihr geerbt hatte, ein dünnes Blüschen aus Baumwollkrepp. Sie war am schönsten, wenn sie frisch gewaschen war, weil der Stoff sich zusammenzog und die Bluse eng anlag. Sie war weinrot, eine Farbe, die noch nie in meiner Garderobe vorgekommen war, die Anne-Marie jedoch häufig trug. Diese Bluse hatte ich an, sooft es nur ging. Im Winter, wenn es in unserer alten Schule nicht so warm war, trug ich sie direkt auf dem Körper, unter den gestrickten Pullovern oder den dicken Flanellhemden.

Mir gefiel es, wie gesagt, sehr gut im Gymnasium, und ich dachte deshalb nicht mehr so oft an Anne-Marie wie sonst im Winter. Meine Sehnsucht hatte sich zurückgezogen, war fast unsichtbar geworden. Ich trug sie wie die weinrote Bluse, direkt auf der Haut, unter allem anderen.

Als der Sommer näher rückte, schlug mein Vater vor, zusammen mit der Familie nach Mallorca zu fahren. Es war das erste Mal, daß er genug Zeit und Geld für Ferien im Ausland zu haben glaubte. Er hatte zwei Jahre lang intensiv gearbeitet, tagein, tagaus, ohne einen richtigen Ruhetag. Jetzt war er fertig mit seiner Arbeit, er hatte die Anstellung, die er angestrebt hatte, und wollte sich für ein paar Ferienwochen auf seinen Lorbeeren ausruhen.

Ich betrachtete die Reise nach Mallorca mit gemischten Gefühlen. Ich war überglücklich, ins Ausland reisen zu dürfen und einen der exotischen Plätze, die ich bisher immer nur in den Reisekatalogen gesehen hatte, in Wirklichkeit zu erleben. Aber ich wollte auch nicht weg sein, falls Anne-Marie sich melden und mich bitten würde, nach Tångevik zu kommen. Außer den zwei Ansichtskarten hatte ich nichts von ihr gehört. Ich wußte nicht, ob sie wieder in Schweden oder noch in Amerika war. Natürlich hätte ich ans Telefon gehen und in Stockholm anrufen können. Aber es war ein ungeschriebenes Gesetz, uns gegenseitig nicht anzurufen. Und wenn sie zurück war und mich treffen wollte, mußte sie mit mir Kontakt aufnehmen. Ich wartete auf diesen möglichen Anruf oder Brief und zeigte deshalb nicht die Begeisterung, die man erwarten durfte, als mein Vater die Reise nach Mallorca vorschlug. Er hatte meine Gedanken gelesen.

»Wenn du an Gattmanns denkst, dann erwarte dir nicht allzuviel. Åke und Karin haben die Scheidung eingereicht. Er wohnt jetzt wohl in Göteborg, bei so einer Frau. Es ist sehr unwahrscheinlich, daß sie diesen Sommer nach Tångevik fahren. Ich glaube, augenblicklich wollen weder Karin noch Åke dorthin, und Sigrid wird kaum alleine dort sein, jetzt wo Tor nicht mehr ist.«

Tor war im Winter gestorben, das hatten wir in der Zeitung gelesen. Wir hatten auch gelesen, daß Lis und Stefan ein Kind bekommen hatten. Zusammen mit den beiden Ansichtskarten von Anne-Marie waren das die einzigen Informationen, die ich über die Familie Gattmann hatte. Die Scheidung war eine Neuigkeit, die mein Vater bisher verschwiegen hatte. (Woher wußte er davon überhaupt? Und woher wußte er das mit Åke und dieser Frau? Es sah ihm nicht ähnlich, diese Art Klatsch zu kennen.)

»Ich könnte mir denken, daß sie das große Haus verkaufen. Sie können jeden Preis dafür verlangen. Strandgrundstück und Bootssteg und alles. Sie können es natürlich auch vermieten.«

Ich flog also mit nach Mallorca, machte mit meinen Eltern Gruppenausflüge, ging mit zwei dicken Schwestern aus Falun in die Diskothek und hatte einen Schwarm hübscher spanischer Jungen hinter mir, wenn ich über den Strand spazierte. Letzteres stärkte mein Selbstvertrauen enorm, bis ich feststellte, daß auch die beiden Dickerchen intensiv hofiert wurden, ja, sogar meine Mutter in ihrem albernen Sonnenhut und dem großblumigen Frottéekleid hatte einen Verehrer, der halb so alt war wie sie und der aufmunternde spanische Sachen rief, wenn sie an dem Café vorbeikam, wo er immer saß.

Eines Abends, als ich mit meinen Eltern in einem kleinen Restaurant mit Flamencotanz saß, hörte ich, wie sie über Majas Verschwinden sprachen. Ich hatte meinen Stuhl dem auftretenden Paar zugedreht und mich deshalb von meinen Eltern weggewandt. Das Orchester spielte, einer der Gitarristen sang, daß die Decke sich hob, und meine Eltern glaubten wohl, daß ich nicht hörte, was sie sprachen. Aber um sich gegenseitig zu verstehen, mußten sie auch ziemlich laut reden, und sie hatten eine ganze Menge Wein getrunken, weshalb sie ihre Lautstärke nicht mehr so ganz unter Kontrolle hatten. Auf jeden Fall hörte ich meine Mutter sagen, daß Majas Verschwinden doch sehr merkwürdig gewesen wäre und daß erstaunlich wenig darüber in der Zeitung gestanden hätte, als sie gefunden wurde. Mein Vater murmelte etwas, und aus dem Augenwinkel sah ich, wie er zu mir herüberschaute. Ich starrte das Flamencopaar an, als wäre ich völlig gefangen von ihrem albernen Getanze, und lauschte auf die Antwort meines Vaters. Er kam mit einer verblüffenden Theorie: Åke und Karin hätten sich schon im letzten Sommer trennen wollen und Majas Verschwinden sei die Folge eines Sorgerechtsstreit gewesen. Åke hatte sie vielleicht bei seiner Geliebten versteckt, oder Karin hatte sie bei einer Freundin untergebracht.

Das alles war so wahnsinnig, daß ich an mich halten mußte, um mich nicht umzudrehen und laut zu lachen. Karin und Åke hatten bis zu Majas Verschwinden eine harmonische, gleichberechtigte, ganz perfekte Ehe gelebt, soweit ich das jedenfalls mit meiner beschränkten Erfahrung beurteilen konnte. Die Trauer über Majas Verschwinden war bei beiden unendlich groß gewesen, und es war völlig undenkbar, daß einer Theater gespielt hatte. Außerdem vergaß mein Vater die Umstände, unter denen Maja wiedergefunden wurde, diesen unmöglichen Felsvorsprung am Muschelstrand zum Beispiel. Sollte jemand eine so gefährliche Situation inszeniert haben? Und wozu?

Ich brauchte nichts zu sagen, denn meine Mutter kam mit den gleichen Einwänden. Aber aus den Bruchstücken, die ich hören konnte, verstand ich, daß mein Vater nicht an die Geschichte mit dem Felsvorsprung glaubte. Er hatte sie nur von mir gehört und fand offenbar, daß ich das Ganze dramatisiert hatte.

Es konnte schon erniedrigend sein, wenn einem nicht geglaubt wurde, aber mir machte das nicht soviel aus. Es war ja wirklich eine Geschichte, die man – zugegeben – kaum glauben konnte. Man mußte alles erlebt haben, die Trauer, die Schuldgefühle und den merkwürdigen Abend, als Maja von der Rettungsmannschaft hochgezogen wurde. Ich war dabeigewesen. Meine Eltern nicht. Ich nahm ihnen ihr Gespräch nicht übel.

Es war das einzige Mal, daß ich sie über Majas Verschwinden sprechen hörte.

Kristina

Kristina schiebt das Kajak ins Wasser. Vorsichtig folgt sie dann selbst über die abschüssige Felsplatte mit ihren glatten, rostroten Algen. Sie legt die Tüte mit den Daunen in die Öffnung und drückt sie nach vorn in eine Ecke. Dann klettert sie selbst hinein und stößt sich mit dem Paddel ab.

Die Wolke aus Vögeln folgt ihr ein Stück. Die Unterseiten ihrer weißen Körper färben sich orange von einer Sonne, die noch nicht zu sehen ist. Das Meer glitzert. Die Welt ist nicht mehr grau. Sie nähert sich der Gruppe von größeren Inseln, und als sie die nächstgelegene erreicht, geht die Sonne auf. Einige Seeschwalben fliegen mit weit aufgerissenen roten Schnäbeln auf sie zu. Als ob sie ein Fisch wäre, den sie verschlucken können. Sie folgt den Konturen der kleinen Insel. In der ruhigen Bucht auf der Innenseite der Insel steht ein ganzes kleines Lager von bunten Zelten, roten, blauen, orangefarbenen. Häßlich sieht das aus. Sie verabscheut so grelle Farben. Am Strand liegen hochgezogene Boote, leere Bierdosen und sandige Badetücher, das Lagerfeuer ist verkohlt. Sie liegt nun still mitten in der Bucht, treibt langsam auf dem ruhigen Wasser und betrachtet die Szenerie.

Auf dieser Insel ist sie schon oft gewesen. Es gibt hier einen hübschen kleinen Strand, wo man das Kajak gut hochziehen kann. An der Außenseite gibt es reichlich Vogelnester, wo sie schon oft Daunen, Federn und Eierschalen gesammelt hat.

Da bewegt sich das Tuch von einem der Zelte. Durch die Öffnung kriecht etwas heraus. Ein Hund? Nein, jetzt steht es auf. Ein Kind. Ein kleines Mädchen mit dunklem Gesicht, braunen Kleidern und schwarzen, zerzausten Rattenschwänzchen. Sie kneift die Augen gegen das Morgenlicht zusammen und läuft dann zum Strand. Mit schläfrigen, ungeschickten Bewegungen zieht sie am Ring des Reißverschlusses und streift den Overall ab. Dann hockt sie sich hin und pinkelt in den Sand. Kristina liegt still in der Bucht und schaut auf diesen nackten, gebeugten Rücken.

Die Kleine steht fröstelnd auf. Der Morgen ist kühl, der Strand liegt im Schatten. Sie hat das Kajak in der Bucht noch nicht entdeckt. Mit einiger Mühe gelingt es ihr, den Overall, den sie in den Sand geworfen hat, wieder auf die richtige Seite zu wenden. Sie schüttelt den Sand heraus und zieht ihn wieder an. Sie scheint alles selbst machen zu können, obwohl sie noch so klein ist. Sie hat keinen Erwachsenen in einem der Zelte geweckt und um Hilfe gebeten.

Die Wellen haben das Kajak weiter in die Bucht getrieben. Kristina kann das Mädchen jetzt besser sehen. Der braune, weiche Anzug ist wie ein Hasenfell, ihre schwarzen, zerzausten Haare sind wie eine Mähne.

Irgendwo in Kristinas Zwerchfell beginnt sich etwas zu bewegen. Es ist wie ein Jaulen, ein langgezogenes, sehnsuchtsvolles, völlig lautloses Jaulen, das in ihr nach oben drängt. Aber es ist nur ein Gefühl. Sie sitzt völlig still, die Wellen glucksen an die Seiten des Kajaks.

Und doch muß das Mädchen es gehört haben. Sie hält auf dem Weg zu den Zelten inne, dreht sich um und sieht Kristina. Sie hebt die Hand über die Augen. Die niedrige Sonne blendet sie. Langsam geht sie wieder zum Strand zurück.

Kristina spürt, wie etwas aus ihrem Körper gezogen wird, gedehnt wird von der Sehnsucht, wie der orangerosa Inhalt einer Miesmuschel, wenn man ihn aus der Schale zieht. Dieses weiche unförmige Fleisch mit dem kleinen festen Kern – dem Herzen –, dem einzigen, was fest genug ist, um den Angelhaken durchzustecken. Das Kind steht am Strand und beobachtet sie mit festem Blick.

»Wenn sie etwas sagt, ist es vorbei«, denkt Kristina.

»Wenn sie Hallo sagt oder ihre Eltern im Zelt ruft.«

Aber das Mädchen gibt keinen Laut von sich. Das Wasser in der Bucht ist rot von der gerade aufgegangenen Sonne, und die Wellen zeichnen ein Netz aus wiegenden Schatten auf die weiße Seite des Kajaks.

Das Kajak schaukelt näher heran. Kristina und das Mädchen schauen sich an. Zwischen ihnen glitzert es.

Das Mädchen wickelt die Beine des Overalls hoch und geht ein Stück ins Wasser. Kristina bewegt ganz leicht das Paddel und gleitet ein ganz winziges Stück weiter. Jetzt sind sie direkt nebeneinander.

Das Mädchen ist schwarz und braun, nur die Kugeln an den Haargummis leuchten wie zwei hellrote Signalflecken in den zerzausten Schwänzchen. Was hat dieses dunkelbraune Tierjunge mit den Menschen in den grellen Zelten zu schaffen? Sie sind ihr egal, sie schaut sich nicht um, ruft sie nicht. Nein, sie gehört nicht hierher.

Tropfen gleiten am Blatt des Paddels entlang, zittern und fallen ins Wasser. Das Mädchen streicht mit der Hand über das Kanu und schaut zu ihr auf. Einen Moment überlegt Kristina, wie sie die Kleine hochnehmen soll, ohne daß das Kajak kentert. Und wo soll sie sitzen? In der Öffnung ist nur für eine Platz.

Sie steigt heraus, nimmt die Kleine hoch, legt deren Arme um ihren Hals und klettert vorsichtig wieder in das Kajak. Das Mädchen ist vollkommen still und folgt ihren Bewegungen so weich, daß der schwierige Balanceakt gelingt. Das Mädchen sitzt jetzt auf Kristinas Schoß, ihr zugewandt, die Beine um ihre Hüften. Es gibt nur Platz für eine, aber es ist auch nur eine. Ein großes Wesen. Da sitzen sie, Brust an Brust, und die Herzen schlagen aneinander.

Kristina paddelt in die Bucht hinaus. Als sie die Klippe

umrundet hat, dreht sie sich um und schaut an Land. Die bunten Zelte liegen still und schlafend da.

Niemand hat sie gesehen.

Ulrika

Es war Samstagmorgen. Ich mußte die Jungen erst am Montag nachmittag abholen. Wir machen das immer so: Anders fährt sie am Montag nach dem Wochenende bei ihm in die Schule, und ich hole sie am Nachmittag vom Hort ab.

Ich wurde früh wach, und mein erstes Gefühl, nachdem ich die Augen aufgeschlagen hatte, war Erstaunen. Ich wache nie von allein früh auf, und nicht einmal mit Hilfe eines Weckers stehe ich um diese Zeit auf. Ich hatte am Abend zuvor vergessen, die Rollos herunterzuziehen, und der rötliche Schein der eben aufgehenden Sonne fiel auf meine weißen Schranktüren.

Dann fiel mir der Besuch in Mickey's Inn vom Abend wieder ein, und mir wurde klar, daß ich zuviel getrunken hatte und daß das eher der Grund für mein frühes Aufwachen war als die offenen Rollos.

Nach so einem Abend schlafe ich nicht wie andere Leute bis in den Vormittag. Ich schlafe sehr leicht, werde nachts immer wieder wach, gebe es bei Sonnenaufgang auf, noch einmal einzuschlafen, und stehe auf, unverschämt munter und voller Energie. Ich räume auf, jogge, fahre ins Hallenbad und täusche alle, sogar mich selbst. Um vier, fünf Uhr nachmittags falle ich dann wie tot um und schlafe vierundzwanzig Stunden. Jetzt war ich hellwach, weil ich eigentlich nie richtig eingeschlafen war. Das Fest ging in meinem Körper weiter, und die Träume waren nicht die sorgsam inszenierten Vorstellungen des Tiefschlafs, sondern abgehackte, unzusammenhängende Sequenzen, wie Werbespots für ganz verschiedene Produkte.

Ich duschte und frühstückte. Eine leicht getoastete Scheibe Vollkornbrot mit Quark, Tomate und Basilikum, Orangensaft und Kaffee. Von der Straße hörte ich das schwere Motorengeräusch eines alten Lastwagens und hatte das Gefühl, ich sei im Ausland und so früh auf, weil ich irgendwohin unterwegs war.

Und warum nicht? Warum sollte ich nicht irgendwohin unterwegs sein? Mein Auto stand vollgetankt unten auf der Straße, ich mußte erst am Montagnachmittag wieder zurück sein. Ich konnte bis Kopenhagen und weiter fahren.

Aber ich wollte nicht nach Kopenhagen. Ich füllte in der Waschküche eine Maschine mit Wäsche und machte, während sie lief, einen langen Spaziergang im Schloßpark, aß ein ordentliches Mittagessen, während der Trockner lief, und als ich die trockene Wäsche herausnahm, wußte ich, wohin ich fahren wollte.

Die trunkenen Traumsequenzen der Nacht hatten mir den Weg gewiesen. Ich war vor kurzem mit den Jungen dort gewesen, aber im Traum war es eine andere Zeit, und das Haus, das wir neulich leer angetroffen hatten, war in meiner Traumwelt mit den Menschen bevölkert, die einmal dort gewohnt haben. Ich verspürte plötzlich eine unwiderstehliche Sehnsucht, noch einmal durch die Verandafenster zu schauen, den Blick über die blaugestrichenen Küchenschränke gleiten zu lassen, die breitgestreiften Sofas, das Bild mit dem Schiff, die Jugendstillampe und den weißen Schaukelstuhl mit dem orientalischen Kissen. Es war, als hätte ich mich beim letzten Mal nicht satt gesehen. Ich war nicht fertig. Ich wollte es noch einmal sehen, ohne die Jungen, in aller Ruhe.

Ich hatte die Autobahn fast für mich, und ich fuhr schnell, als ob das Haus verschwinden könnte, wenn ich zu spät käme.

Ich parkte unter der großen Eiche an der Straße. Es war

mild, die Bäume waren noch grün, aber man spürte schon den Herbst. Die kristallklare Luft und die scharfen Schatten machten die Welt beinahe surreal deutlich.

Auch dieses Mal stand kein Auto vor dem Haus. Ich ging die Treppenstufen aus Baumstämmen hinauf, dann ums Haus und auf die Veranda. Eine Weile stand ich still mit dem Rücken zum Haus und genoß die Aussicht über den Fjord, ein wenig überrascht, wie schön sie war, als hätte ich das nicht richtig zu schätzen gewußt, als ich jung war.

Der Blick durch das Fenster war dieses Mal nicht so überwältigend, weil ich vorbereitet war. Während ich da stand, die Nase ans Fenster gedrückt wie ein kleines Kind am Schaufenster eines Spielwarengeschäftes, mußte ich plötzlich an die Muschel denken.

Ich weiß nicht, woher der Geruch kam, dieser merkwürdige Geruch nach eingeschlossenem Meer, vermodertem Tang und altem Fisch, Teer, Feuchtigkeit und Dunkelheit, aber so hatte es immer unter Gattmanns Veranda gerochen. So roch es, als Anne-Marie und ich im allerersten Sommer auf den Steinplatten umherkrochen, als wir miteinander spielten und ich ihr Gesicht in den Lichtstreifen der Fußbodenritzen sah. So roch es, wenn wir uns versteckten, um den älteren Schwestern und ihren Freunden hinterherzuspionieren, oder wenn wir unter die Veranda krochen, um ein Messer oder einen Stift zu holen, der zwischen die Bodenbretter gefallen war. Oder wenn das Haus, was ganz selten vorkam, abgeschlossen war und man den Ersatzschlüssel aus der riesigen Muschel hinten beim Steinfundament holen mußte. Und so roch es auch jetzt, als ich auf allen vieren auf dem kalten feuchten Fels lag und die Augen an die Dunkelheit zu gewöhnen versuchte.

Ich sah alte Reusen, einen Muschelrechen und eine Hummerreuse, die rochen natürlich nach altem Fisch. Und dort, überzogen mit einer dünnen, grünlichen Moosschicht, lag die große Muschel auf ihrem Platz. Ursprünglich stammte sie bestimmt von einem exotischen Strand. Ich nahm sie und schüttelte sie vorsichtig. Ein hohles Klirren war zu hören, und aus dem geheimnisvollen, perlmutternen Innern kam der Schlüssel gerutscht und landete in meiner Hand.

Der Schlüssel schien sehr lange nicht verwendet worden zu sein. Ich mußte eine Schicht Rost abkratzen, ehe ich ihn in die Tür an der Vorderseite des Hauses stecken konnte. Als er dann drin war, konnte man ihn leicht umdrehen. Mit der Hand auf der Klinke hielt ich einen Moment inne und lauschte. Alles war vollkommen still. Keine Motorengeräusche, weder von Autos noch von Booten. Keine Schritte oder Stimmen aus dem Innern des Hauses. Ich drückte die Klinke und trat ein.

Es war ein traumhaftes, übernatürliches Gefühl, durch diese Räume zu gehen, die genau so aussahen wie vor fünfundzwanzig Jahren. Die Erinnerungen lösten sich wie ein Duft von jedem Gegenstand. Manche waren so stark und aufdringlich, daß ich mich schützen mußte, sie überfielen mich mit ganzen Serien von Ereignissen, Stimmen, wirbelnden Gefühlen. Andere waren schwächer, kaum wahrnehmbar, und lösten nur ein leichtes Zittern irgendwo tief in mir aus.

Nach einer Weile verschwand das Gefühl von Unwirklichkeit. Ich stellte fest, daß doch einige Dinge verändert waren. Manche Möbel fehlten, auch wenn ich nicht genau sagen konnte, welche, und all diese kleinen Dinge, die sich schnell an einem Ort, an dem Menschen leben, verteilen, fehlten auch. Es war leerer, mehr Platz in den Räumen, und mir wurde klar, daß genau das dem Haus eben noch seinen traumhaften Charakter verliehen hatte.

Im Stockwerk von Sigrid und Tor fehlte nichts, abgesehen

von der Kommode, die Lis und Stefan damals hinuntergetragen hatten, und ein Bild, von dem Åke, soweit ich mich erinnere, gesagt hatte, es sei viel zu wertvoll, um in einem unbewachten Sommerhaus zu hängen.

Die kleine Dachkammer, die einmal Anne-Maries Zimmer gewesen war, stand voller Gerümpel. Aber das Zimmer der großen Mädchen, das im letzten gemeinsamen Sommer mein und Anne-Maries Zimmer gewesen war, hatte sich gegenüber damals nicht verändert. Die Bettüberwürfe mit dem blauweißen Porzellanmuster waren von der Sonne verblichen. Ich zog einen Überwurf hinten an der Wand weg, von Anne-Maries Bett. Unter ihm war das Bett mit ganz weißer Bettwäsche bezogen, von der zeitlosen Art wie oft in Hotels. Hatte es die damals schon gegeben? Ich wußte es nicht mehr. Sie sah neu aus, glänzend weiß und glatt, als ob sie noch nie jemand benutzt hätte.

Als ich jetzt da am Bett stand, merkte ich plötzlich, wie unglaublich müde ich war. Ich schaute auf meine Armbanduhr, und ja, es war zehn vor fünf, genau die Zeit, in der ich normalerweise für das Wachsein bezahlen muß, das ich auf Kredit genommen habe. Wie Schneewittchen bei den sieben Zwergen kroch ich in das fremde Bett. Ich registrierte, daß das Mobile aus Muschelschalen immer noch am Fenster hing, und schloß die Augen.

Bevor ich einschlief, hatte ich eine Vision von Anne-Marie mit dem Mund voller Kirschen. Ihr schöner Mund war verzogen, spuckte drei Steine aus und lachte. Grüne Schatten wehten über ihrer Stirn und ihren Wangen.

Das Mädchen schien zu verstehen, daß sie ihre Bewegungen behinderte. Sie drückte sich an Kristina, legte das Gesicht an den Hals und machte sich so flach und klein wie möglich. Zunächst spürte Kristina die angespannten Muskeln der Kleinen, aber bald entspannte sie sich und folgte dem Rhythmus des Paddelns, schaukelte hin und her. Die ruhigen Atemzüge machten Kristinas Pullover warm und feucht. Sie sah auf das Gesicht unter den schwarzen Haaren. Die Lider waren geschlossen, der Mund leicht geöffnet. Das Mädchen war an ihrer Brust eingeschlafen.

Als sie mit dem schlafenden Mädchen auf dem Arm den Strand entlanggging, schaute sie ihr Gesicht an. Man mußte sie von der Nähe betrachten, um ihre Gesichtszüge richtig zu erkennen. Sie war so dunkel. Die Nase war fein geschnitten, die Augenbrauen dick. Wie alt mochte sie sein? Zwei Jahre? Vielleicht drei?

Die Sonne stand jetzt hoch am Himmel, aber in der Hütte war es schattig und kühl. Alle Fenster waren mit Decken zugehängt. Kristina mochte das Sonnenglitzern auf dem Wasser und das Lichtspiel im Laub, aber im Haus wollte sie keine Sonne haben. Sie konnte mit den Dingen besser im Dunkeln oder beim Schein der Lampe arbeiten. Es war schwierig, ihnen im Sonnenlicht zu lauschen. Die Sonne beeinflußte irgendwie die Oberfläche. Die Dinge verschlossen sich, schützten sich hinter einer Haut.

Vorsichtig legte sie die Kleine auf die Decken auf dem Boden und sich selbst daneben. Das Mädchen roch nach Sonne und Salz. Es war noch Nacht gewesen, als Kristina aufgestanden war. Jetzt spürte sie, wie müde sie nach der langen Paddeltour war. Mit dem Gesicht im Haar des Mädchens schlief sie ein.

Auch im Schlaf war sie sich der Gegenwart des Mädchens bewußt. Ihrer Atemzüge, des Geruchs ihrer Haare, der zarten Haut.

Als sie aufwachte, war es heller Tag. Das scharfe Sonnenlicht zwang sich durch die Ritzen der Decken und zeichnete weiße Linien auf den Boden. Eine Fliege summte, eingesperrt zwischen Decke und Fenster. Es war warm, und Kristinas Arm, der an der Schulter des Mädchens lag, klebte vor Schweiß.

Sie war hungrig. Während das Mädchen noch schlief, machte sie etwas zu essen. Omelett, gebratene Champignons, Tomaten, Käse und Brot. Sie drehte den Stuhl mit dem Rücken zum Tisch und stellte den Teller auf den Schoß. Sie aß und sah dabei das Mädchen an.

Das Mädchen wurde wach. Das Weiße in ihren Augen leuchtete im Dunkel der Hütte. Eine ganze Weile lag sie still und schaute nur. Dann setzte sie sich auf, kratzte sich die zerzausten Haare und blickte Kristina an.

Kristina hielt mit der Gabel zwischen Teller und Mund inne. Sie hielt sich vollkommen ruhig, wie sie es immer machte, wenn ein Reh sie entdeckte. Was würde das Mädchen jetzt machen? Weinen?

Nein. Das Mädchen stand auf. Sie machte ein paar Schritte im Zimmer und schaute sich um. Ihr Blick war voller Staunen, fragend.

Langsam ließ Kristina die Gabel sinken und stellte den Teller auf den Tisch. Sie winkte das Mädchen zu sich und zeigte auf die Pfanne mit dem Omelett. Das Mädchen sah hin, kam jedoch nicht. Sie ging statt dessen mit langsamen, vorsichtigen Schritten in der Hütte umher. Zögernd ging sie an den Regalen mit Kristinas Werken entlang und schaute jeden Gegenstand lange an. Manchmal streckte sie die Hand aus, wie um etwas zu berühren, aber ihre Finger blieben in der Luft, wie gebremst durch etwas, um sich dann respektvoll zurückzuziehen.

Als sie nach einer halben Stunde mit dieser Erforschung fertig zu sein schien, ging sie zu Kristina, die aufstand und ihr den einzigen Stuhl in der Hütte überließ. Das Mädchen schien den Stuhl nicht zu bemerken. Sie nahm den Teller mit dem inzwischen kalten Omelett und Gemüse, den Kristina für sie gerichtet hatte, trug ihn zu dem Haufen mit Dekken, setzte sich hin und aß mit gutem Appetit, den Blick noch immer auf Kristinas Objekte gerichtet.

Die Wanduhr über dem Kühlschrank zeigte Viertel vor drei. Kristina dachte an das Kajak. Sie hatte es nicht richtig auf den Strand gezogen, es nur provisorisch hochgeschubst, weil sie das schlafende Mädchen im Arm gehabt hatte. In ein paar Stunden würde das Wasser steigen und vielleicht das Kajak mitnehmen. Sie mußte zum Strand hinunter.

»Bleib hier«, sagte sie zu dem Mädchen. »Ich muß das Kajak auf den Strand ziehen. Ich bin gleich wieder da.«

Ihr fiel ein, daß sie eine Tüte Pfirsiche im Kühlschrank hatte. Sie legte sie in eine Schale und stellte sie neben das Mädchen auf den Boden.

»Bitteschön.«

Das Mädchen antwortete ihr nicht, und Kristina vermutete, daß sie kein Schwedisch verstand.

»Gleich wieder da«, wiederholte sie und hoffte, die Pfirsiche würden die Kleine beschäftigen.

Sie lief zum Strand, zog das Kajak auf sicheres Gelände und lief wieder zurück.

Das Mädchen saß noch, wo sie es verlassen hatte. Sie aß einen Pfirsich, der Saft lief ihr übers Kinn. Als sie das Gesicht des Mädchens mit Haushaltspapier abwischte, merkte sie, daß ihre Hände zitterten. Nach dem schnellen Lauf war sie außer Atem. Sie hatte solche Angst gehabt, das Kajak zu verlieren, aber während sie weg war, hatte sie genausoviel Angst gehabt, das Mädchen zu verlieren.

Sie holte einen Kamm, machte vorsichtig die Haargummis mit den roten Kugeln los und kämmte die Haare des Mädchens. Es dauerte lang, denn die Haare waren zerzaust, und sie hatte Angst, ihr weh zu tun. Mit kleinen Strichen von unten nach oben entwirrte sie die Haare, und das Mädchen gab keinen Laut des Protests von sich. Dann scheitelte sie die Haare und band mit den Haargummis zwei Rattenschwänzchen.

Was konnte sie tun, um sie zu behalten?

Das Mädchen war offensichtlich an den Schätzen interessiert. Kristina zeigte ihr, was sie in ihren Schachteln hatte. Sie legte eine Eierschale auf ihre Hand und bat sie, sie zu halten. Sie erzählte, daß sie von einer Schäre weit draußen im Meer stammte.

»Du kannst sie jetzt wieder zurücklegen. Nein, laß sie auf dem Regal liegen. Ich möchte sie eine Weile anschauen. Siehst du das Vogelnest mit der Wolle? Leg sie dort hin, auf die Wolle.«

Das Mädchen tat genau, was sie sagte: Sie verstand also Schwedisch.

Kristina setzte sich an den Tisch und fing an zu arbeiten. Sie ließ das Mädchen die Dinge in den Schachteln anschauen, was sie noch nie jemanden hatte machen lassen. Das Mädchen nahm vorsichtig ein Stück Knochen, eine Muschel oder eine Eierschale und betrachtete sie lange auf der Handfläche. Kristina wußte, daß sie die Stimmen hörte.

Sie verbrachten den restlichen Tag auf diese Weise, jede in ihre Beschäftigung versunken. Draußen war strahlender Sonnenschein, die Luft war erfüllt vom Lärm der Menschen.

Motorboote heulten auf dem Meer, und irgendwo oben in der Luft kreiste ein knatternder Hubschrauber.

Erst als die Dämmerung kam, verließen sie die Hütte. Kristina ging entlang der Rehwechsel, und das Mädchen folgte ihr. So fanden sie die schlanken Tiere, die auf den Lichtungen grasten. Sie standen still im Dunkel der grauen Sommernacht, bis die Rehe sie bemerkten, ihnen ihre schönen Köpfe zuwandten und dann mit langen Sprüngen verschwanden.

Als sie sich auf dem Lager aus Decken wieder zur Ruhe legten, war es mitten in der Nacht. Das Mädchen schlief ein, sobald sie sich hingelegt hatte. Kristina lag wach und sah sie an.

Den ganzen Tag war sie mit dem Mädchen zusammengewesen. Von Sonnenaufgang bis Sonnenuntergang. Das Mädchen war in der Hütte geblieben und hatte gewartet, als Kristina zum Kajak hinuntergegangen war. Sie hatte zugehört, als Kristina ihr von ihren Funden in den Schachteln erzählte, und offensichtlich alles verstanden. Sie hatte im Kajak auf ihrem Schoß gesessen, sie war ihr auf den Rehpfaden gefolgt. Sie hatte Kristinas Essen gegessen. Sie hatte sich kämmen lassen. War neben Kristina auf das Lager aus Decken gekrochen. Hatte Kristina mit großen schwarzen Augen angesehen. Ihr zugelacht. Aber kein Wort – kein einziges Wort – hatte sie den ganzen Tag von sich gegeben.

In den nächsten Tagen blieben sie im Haus. Das Wetter war schön, das Meer ruhig, aber draußen war großer Lärm. Motorboote fuhren um die Inseln herum, und Menschen riefen und schrien sich von den Booten aus etwas zu. Ein Hubschrauber kreiste in niedriger Höhe. Er machte einen ohrenbetäubenden Lärm und kräuselte die stille Meeresoberfläche zu flirrenden, unruhigen Mustern.

Kristina verkehrte wieder einmal ihren Tagesrhythmus. Wenn die Sonne hoch am Himmel stand, schliefen sie beide auf dem Stapel aus alten Decken. Wenn die Sonne unterging, standen sie auf. Kristina machte etwas zu essen und beschäftigte sich in der Hütte, und in der Dämmerung gingen sie dann hinaus.

Sie wanderten an den Stränden entlang und über die Klippen. Die Sommernacht war hell genug. Sie paddelten in den Fjord hinein, die langen Fahrten nach draußen mußten noch warten. Müde von den nächtlichen Wanderungen saßen sie dann aneinandergelehnt auf einer Klippe und sahen, wie der Himmel rosig und neu wurde. Und wenn die ersten Sonnenstrahlen die Vögel in den alten Eichen um die Hütte weckten, zogen sie sich ins Dunkel zurück und kuschelten sich auf die Decken wie zwei zufriedene Nachttiere in ihrer Höhle.

Nach einigen Tagen kehrte draußen wieder Ruhe ein. Die Motorgeräusche auf dem Fjord waren wieder wie vorher. Das Wetter war immer noch klar und beständig. Kristina packte Proviant ein, und ehe die Sonne aufgegangen war, machten sie sich im Kajak auf den Weg, aus der Mündung des Fjords hinaus, an den Inseln vorbei, bis das Meer sich vor ihnen ausbreitete, offen, frei und gewaltig, aber immer noch ruhig. Merkwürdig ruhig. Als befänden sie sich auf einem fernen Saragossameer und nicht im windigen Bohuslän. Das Mädchen schaukelte mit in Kristinas paddelnden Bewegungen. Den stummen Mund an ihrer pochenden Brust. Der schwarze Kopf, der die Sicht begrenzte. Die Bürde, die sie von nun an immer tragen mußte.

Sie hatte sich bereits daran gewöhnt. Wenn das Mädchen im Schlaf von ihr wegrollte, wachte Kristina auf und war unruhig. Sie suchte mit der Hand, ohne zu wissen, was sie suchte. Schlief wieder ein, wenn sie den warmen Körper fand.

Sie fuhren an den Eiderenten vorbei, die auf den flachen Klippen schliefen, zusammengerollt wie braune Katzen im Dämmerungsdunkel, und erreichten dann die äußersten Schären, die so klein sind, daß keine Boote anlegen. Für Bootsmenschen sind sie nur ein paar Felsen, die aus dem Meer ragen, mit einer heimtückischen Umgebung aus unsichtbaren Unterwasserklippen, ein gefürchteter Grund, von dem man sich möglichst fernhält. Nach einer langen sonnigen und windstillen Zeit war der Wasserstand niedrig, und man sah soviel wie sonst nie von der Schäre über das Wasser ragen.

Kristina ließ das Kajak langsam über die wogenden Tangwälder gleiten. Das Mädchen hing an ihrem einen Arm und blickte in die Unterwasserwelt. Sie sah etwas da unten, einen Fisch oder eine Krabbe, lachte und warf sich plötzlich zur Seite, um besser sehen zu können. Kristina spürte die Muskelspannung im Körper des Mädchens und ihre fest drückenden Arme, da kenterte das Kajak. Im nächsten Moment war sie unter Wasser. Das Mädchen hatte beim Fallen losgelassen. Kristina sah den Tang unter sich, das Wasser war etwa einen Meter tief – und sie konnte stehen. Aber der Grund war uneben, der Tang glatt. Sie rutschte aus, und immer wieder tauchte sie unter und schluckte Wasser. Die ganze Zeit tastete sie nach dem Mädchen, das irgendwo in der Nähe sein mußte.

Als sie auf die Füße kam, war das Mädchen nicht da. Ihre Brust schnürte sich zusammen. Sie tauchte und hielt die Augen unter Wasser offen. Alles, was sie sehen konnte, waren diese Wälder aus senfgelbem Tang. Sie kam wieder an die Oberfläche. Da entdeckte sie das Mädchen. Mit Händen und Füßen strampelnd, schwamm sie zur Schäre. Als sie dort war, krabbelte sie vorsichtig den glatten Felsen hinauf. Kristina kam mit dem Kajak hinterher. Sie hob es hoch, leerte das Wasser aus und ließ es zwischen zwei Steinen am Ufer.

Das Mädchen saß auf dem Felsen, glänzend vom Wasser wie ein Nerz. Sie schüttelte den Kopf, daß die Wassertropfen aus den Zöpfchen flogen. Aber sie weinte nicht. Sie zog sich den nassen Velouroverall und das Unterhöschen aus. Kristina wrang beides aus und legte es zum Trocknen auf die Steine. Es war gut zu wissen, daß das Mädchen schwimmen konnte. Also konnten sie auf der Schäre auf Entdeckungsreise gehen. Natürlich waren sie von Vögeln umringt, aber die waren nicht so aggressiv wie sonst. Sie machten nicht diese Sturzflüge mit offenen Schnäbeln, die Kristina am Anfang so erschreckt hatten. Jetzt schienen sie nur neugierig zu sein, nicht bedrohlich. Sie kreisten vor allem um das Mädchen, und Kristina hielt sich bereit, sie zu trösten, falls sie Angst bekommen sollte.

Aber das Mädchen zeigte keinerlei Anzeichen von Angst. Im Gegenteil, es schien ihr zu gefallen. Ganz nackt stand sie zwischen den wirbelnden Vögeln. Ihre dunkle Haut und die weißen Federn glitzerten in der Sonne um die Wette. Sie streckte die Hände nach den Flügeln aus und lachte, wenn sie ihre Finger berührten. Dann lief sie über die runden Steine, und die Vögel folgten ihr, sie lief im Kreis, im Zickzack, schneller, langsamer, sie gluckste vor Vergnügen, und die ganze Zeit folgten ihr die Vögel. Sie schienen ein Spiel zu spielen, die Vögel und sie.

Als sie ihren aufgeweichten Proviant aßen, warf das Mädchen den Vögeln Brotkrumen zu, und sie fingen sie in der Luft auf. Sie legte ein Stück Brot auf ihren Kopf. Eine Seeschwalbe ließ sich dort nieder, aß vom Brot und blieb dann sitzen, die roten Füße im schwarzen Haar. Sie blinzelte mit ihren Glasperlenaugen, und statt eines Schreis gab sie ein sanftes Gurren von sich. Das Mädchen saß still, mit geschlossenen Augen und einem nach innen gerichteten Lächeln.

Kristina hatte noch nie gesehen, daß Vögel sich so verhalten. Sie konnte kaum glauben, was sie sah.

Zunächst hatte sie sich nicht klargemacht, warum das Mädchen ihr Geheimnis bleiben mußte. Es war ein intuitives Gefühl gewesen, von Anfang an, von dem Moment an, als die Kleine aus dem Zelt kroch und in den Sand pinkelte. Das Mädchen gehörte nicht zu den Menschen in den Zelten. Sie gehörte nicht zu den Leuten in den Sportbooten und nicht zu denen im Laden, den gaffenden, aufdringlichen Klatschmäulern. Kristina traf notgedrungen hin und wieder beim Einkaufen mit ihnen zusammen, aber sie verließ sie so schnell wie möglich wieder. Nein, die Kleine gehörte in die andere Welt. Zu den Rehen, den Vögeln, den Muscheln, den Knochenstücken. Dessen war sich Kristina vollkommen sicher, nachdem sie die Seeschwalbe in den Haaren des Mädchens gesehen hatte.

Ansonsten war ja ihre Stummheit das allerbeste Zeichen. Daß sie sich vom Gerede abgewandt hatte. Sich anders ausgerichtet hatte.

Kristina vermied es, das Mädchen mit Worten anzusprechen, was auch meist nicht nötig war. Sie tauschten Blicke, berührten Dinge und sich gegenseitig. Es war nicht schwer zu verstehen, was die andere wollte. Wenn sie einander riefen, verwendeten sie einen schnalzenden Laut. Das Mädchen hatte damit begonnen. Wenn sie etwas Schönes gefunden hatte, das sie Kristina zeigen wollte, machte sie einen leisen, knallenden Laut mit der Zunge, wie ein Eichhörnchen. Es klang eifrig, zufrieden und lockend zugleich. Kristina versuchte es nachzumachen. Es fiel ihr schwer, den Laut hervorzubringen, aber sie fand ihre eigene Variante, und das Mädchen hörte darauf.

Kristina wußte, daß die stumme und die gesprächige Welt auseinandergehalten werden mußten. Deshalb zeigte sie nur selten jemandem ihre Sachen. Die stumme Welt zog sich rasch zurück, wenn die gesprächige sich näherte. Alles, was der stummen Welt angehörte, mußte geschützt werden.

Wenn sie zum Laden radelte oder paddelte, ließ sie das Mädchen zu Hause. Sie wußte, wie die Frauen an der Kasse zu Kindern sein konnten. Wie sie sich aufdrängten, ihre Haare anfaßten, ihnen Süßigkeiten in den Mund steckten. Ihr dunkles kleines Mädchen würde das nicht ausstehen können. Es würden vielleicht Fragen gestellt werden. Möglicherweise müßte sie jemandem an einem Schreibtisch gegenübersitzen. Die Sozialarbeiterin würde wieder vorbeikommen, sie würde wieder beobachtet werden. Nein, sie wollte das Mädchen für sich behalten.

Bevor sie zum Laden fuhr, zeigte sie auf der Wanduhr, wann sie wieder zurück sein würde, aber das Mädchen war natürlich noch zu klein, um das zu verstehen. Kristina beeilte sich, so gut es ging, und war immer besorgt, daß der Kleinen etwas passieren konnte, während sie weg war. Sie hatte einen großen Stein auf den Brunnendeckel gerollt und dort Messer, Werkzeug und Streichhölzer versteckt. Aber es passierte nie etwas, außer, daß das Mädchen einschlief. Wenn Kristina mit ihrem vollbepackten Rucksack nach Hause kam, fand sie die Kleine oft friedlich schlummernd auf den Decken, mit einem Fund aus den Schachteln neben sich.

Eines Tages hatte sie einen Stift gefunden. Als Kristina vom Einkaufen zurückkam, saß sie auf den Decken und kritzelte an die Wand: jede Menge winzigkleiner Vögel.

Als sie merkte, daß Kristina nicht böse wurde, arbeitete sie weiter an ihrem Werk. Ab und zu, wenn Kristina an ihren Sachen arbeitete oder etwas zu erledigen hatte, nahm das Mädchen den Stift und zeichnete Vögel an die Wände.

Das Mädchen hatte ein spezielles Verhältnis zu Vögeln. Und genau wie Kristina konnte sie in der Dunkelheit Kontakt zu den Rehen finden, sich den Hasen nähern, ohne sie zu verscheuchen, und sie brachte den sonst so scheuen Fuchs dazu, sich zu zeigen. Die Vögel aber schienen ihr am nächsten zu sein. Wenn sie zu den äußersten Inseln kamen, scharten sich alle um sie, und in ihren Schreien war ein Ton von Jubel und Freude, wie ihn Kristina nie gehört hatte, wenn sie allein dort war.

Die Vögel saßen auf den ausgestreckten Armen und Händen der Kleinen. Sie konnte sie ganz nah an ihr Gesicht halten, und dabei entströmten ihren Lippen Laute, die so merkwürdig waren, daß Kristina kaum glauben mochte, daß ein Mensch sie hervorbrachte, Laute, die nicht im Mund geformt zu werden schienen, sondern weiter unten, in der Brust, irgendwo tief im Innern, und die dann wie ein Wind herausströmten. Und der Vogel hörte ihr zu, saß ganz ruhig da, mit schräggelegtem Kopf und Augen wie schwarzen Tropfen.

Kristina wusch den braunen Overall des Mädchens zusammen mit ihren Sachen in der großen Wanne und hängte ihn auf die Wäscheleine zwischen dem Apfelbaum und der Eberesche. Das warme, sonnige Wetter hielt an, und die Kleider waren immer trocken, wenn es Zeit für eine Paddeltour oder einen Spaziergang in der Dämmerung wurde.

Manchmal badete sie auch das Mädchen in der Wanne. Besonders die Füße waren sehr schmutzig.

Das Mädchen hatte keine Schuhe angehabt. Sie war barfuß gewesen, als sie aus dem Zelt kroch. Kristina hatte überlegt, ob sie ein Paar Kinderschuhe kaufen sollte, hatte aber keine Ahnung, welche Größe sie hätte nehmen müssen. Aber das Mädchen kam offenbar gut ohne Schuhe zurecht, und so verschob sie das Problem auf den Herbst.

Kristina fand, daß sie sich in einer aufsteigenden Glücksspirale befand, die sie fast beängstigte. Wo würde das enden? Alles hatte begonnen, als sie die Hütte hier draußen bekam. Und als sie dann die Stimmen in den Dingen entdeckte und mit der Arbeit an ihren Objekten anfing, war es noch ein Stück weitergegangen. Dann kam das Kajak wie ein weißer Pfeil und schleuderte sie noch höher. Und jetzt das Mädchen! Sie stieg immer höher in einem Turm aus Glas und Licht.

Dann, eines Morgens, geschah etwas. Ein Hauch von Kälte. Ein Schatten. Er war noch weit von Kristina entfernt, aber er näherte sich. Es war ein unangenehmes, aber wohlbekanntes Gefühl. In der ersten Zeit in der Hütte hatten die Schatten sie oft gejagt. Sie hatte immer noch ihre Tabletten und wußte, daß sie halfen. Sie bewirkten, daß die Schatten sich zurückzogen. Und doch verabscheute sie die Pillen und vermied sie so lange wie möglich. Sie beeinträchtigten ihre Sinne, zerstörten ihre Instinkte. Sie schützten sie vor den Schatten, aber sie trennten sie auch von der Natur, von ihren nächtlichen Träumen, von den flüsternden Stimmen in Muscheln und Federn.

Schließlich nahm sie sie doch. Sie wollte nicht das Risiko eingehen, wieder ein Schattenwesen zu werden, eine, die sich einschloß und das Gesicht hinter Masken verbarg. Das Mädchen sollte sie so nicht sehen.

Sie paddelten in der Morgendämmerung in den Fjord hinein und eine leichte Brise malte matte Muster aufs Wasser. Es war nur eine Brise, kein richtiger Wind, aber sie reichte, daß man sich nicht im Kajak ins offene Wasser begab.

Sie folgten der Küste. Entlang der kargen Heidelandschaft mit Felsen und Erika, hin und wieder durchbrochen von Schluchten, in denen sich die ganze Fruchtbarkeit zu konzentrieren schien. Ein dschungelähnliches Grün erfüllte sie, und die Kronen der Bäume quollen über die grauen Felsen, als ob der Druck von unten zu groß geworden und die Vegetation übergekocht wäre.

Die Küste wurde steiler, und die Felsen bekamen eine dunklere Farbe. Hohe, senkrechte Felswände erhoben sich aus dem grauen Fjord wie die Mauern der uneinnehmbaren Burg eines Zauberers. Das Mädchen legte den Kopf in den Nacken und sah hinauf. Sie hing an Kristinas Oberarm und hinderte sie am Paddeln. Kristina ließ das Paddel ruhen und sah auch hinauf. Der Fels war schwarz und weiß, hier und da wellig geädert. Auf einem Absatz hoch oben saßen ein paar Seeschwalben. Eine Holzkeule ragte aus der Wand.

Kristina setzte das Mädchen wieder richtig hin und paddelte weiter. Ein großer, fast quadratischer Felsblock vor der Wand zwang sie zu einer Kursänderung. Hinter dem Felsblock wurde ein kleiner Strand sichtbar. Hier gingen sie an Land und zogen das Kajak hoch, aus dem Kristina jetzt zwei Körbe holte. Das Mädchen hatte nun einen eigenen. Mit den Körben am Arm machten sie sich auf die Suche.

Kristina konnte sich nicht erinnern, hier je an Land gegangen zu sein. Es war ein Ort, den sie im Gedächtnis behalten hätte. Die senkrechte, schwarze Wand und daneben die geometrischen Blöcke mit scharfen Kanten. Sie lagen neben der Wand, kreuz und quer, manche hochkant, als wären sie mitten in ihrer rollenden Bewegung aufgehalten worden. Sie schienen aus einer anderen Steinart als die schwarze Wand zu bestehen. Eine große braune Bruchstelle hoch oben zeigte, wo die Quader gesessen hatten, bevor sie abgestürzt waren. Eine noch nicht verheilte Wunde.

Kristina suchte mit ihren Augen den Boden ab. Ausläufer von Fingerkraut krochen über den Sand, und der Strandkohl breitete seine gummiartigen, von Tau überzogenen Blätter aus. Berge von Muschelschalen bedeckten den Strand.

Das Mädchen drängte sich durch die dicke Wand aus Pflanzen, die den Eingang zu einer Felsspalte verschloß, und verschwand zwischen zwei Wacholderbüschen. Der Korb blieb stecken, er ragte heraus, was merkwürdig aussah, das Mädchen zerrte und zog und bekam ihn schließlich hinein. Kristina spazierte über den Strand. Die Fliegen surrten im schwarzen, von der Sonne getrockneten Tang.

Das Mädchen kam mit ihrem Korb zurück. Kristina warf einen Blick hinein, er war noch leer. Das Mädchen hob Muscheln und Steine auf, schaute sie an, hielt sie in der Hand, lauschte, wartete, wie sie es Kristina hatte machen sehen. Aber nichts, nein, heute morgen schien nichts zu sprechen. Sie gab auf, ließ den Korb fallen und kletterte gewandt auf einen der Steinblöcke hinauf. Dann auf der anderen Seite wieder herunter und verschwand in einem Felsspalt.

Kristina folgte ihr, um zu sehen, wo sie abgeblieben war. Sie hörte das gedämpfte Lachen des Mädchens wie Vogelgezwitscher unter den Steinen und dann ein schmatzendes Geräusch, laut und eifrig.

Als sie nach Hause paddelten, waren die Körbe noch immer leer, aber Kristina wußte, daß sie den schönsten Schatz des Sommers gefunden hatten. Jetzt hatten sie eine Freistatt, einen kühlen Unterschlupf, wo sie vor der Sonne und den Menschen geschützt waren. Und wenn sie nun draußen bei den Schären waren, paddelten sie hierher, oder sie kamen über Land, indem sie über die Berge wanderten.

Sie krochen durch den natürlich geschaffenen Gang, unter den Steinblöcken entlang, den Fels hinauf bis zu einer Stelle, wo der Untergrund flach wurde und der Gang endete. Diesen Platz polsterten sie mit Farnen und Daunen aus und bauten sich so ein Nest.

In ihm war es wie in einer eigenen Welt, der Fels war warm, braunrot, wie altes Gold. Die Sonne drang durch die Ritzen zwischen den Steinen.

Der Aufstieg war steil, und an einer Stelle mußte Kristina durch einen engen Spalt robben. Sie hatte, wenn sie die Tabletten nahm, nicht ihre normale Gewandtheit und Kraft. Wenn sie neben dem Mädchen auf das Daunenbett sank, war sie erschöpft, Hände und Knie waren aufgekratzt.

Sie lagen da und scherzten und spielten, ohne Worte zu machen, schnappten sich leicht, kitzelten sich, bliesen einander auf die Haut. Durch eine Öffnung zwischen zwei Steinblöcken konnten sie sehen, wie die schwarze Felswand ins Meer stürzte. Manchmal lagen sie lange still nebeneinander und sahen zu, wie sich die Seeschwalben auf den schmalen Felsabsätzen niederließen.

Allmählich wurden sie müde. Kristina legte den Arm um das Mädchen, und zum Plätschern der Wellen und dem Schreien der Seeschwalben glitten sie in einen gemeinsamen Mittagsschlaf. Sie schliefen ein paar Stunden, eng aneinandergeschmiegt, und wenn die Sonne unterzugehen begann, machten sie sich auf den Heimweg.

Ulrika

Ich träumte, ich stand bei Gattmanns auf der Veranda und schaute durchs Fenster. Draußen war es dunkel und kühl. Drinnen brannte die Jugendstillampe über dem Eßtisch, und in deren warmem Lichtkreis sah ich Anders und Åse zusammen mit Jonatan, Max und der kleinen Hedda zu Abend essen. Hedda saß in einem hohen Kinderstuhl, und Åse fütterte sie mit Stückchen einer dicken Scheibe Brot. Anders saß auf der anderen Seite von ihr, die Jungen mit dem Rücken zu mir. Es roch bis hinaus auf die Veranda nach frisch gebakkenem Brot.

Ich klopfte an die Scheibe, aber sie schienen nichts zu merken. Da spürte ich, wie der Boden von schweren Schritten, die näher kamen, vibrierte, und klopfte fester ans Fenster.

Anders stand auf, beugte sich über den Tisch und schaute mich erstaunt an. Åse legte ihre Hand auf seinen Unterarm und hielt ihn fest. Die andere Hand hielt sie über Heddas Augen, wie um sie vor einem schrecklichen Anblick zu schützen. Die schweren Schritte waren dicht hinter mir auf dem Holzboden der Veranda zu hören. Die Jungen drehten sich zu mir um. Sie sahen zuerst mich an, dann etwas hinter mir, erstaunt und erschrocken. Ich schloß die Augen und hielt mich mit aller Kraft am Fensterblech fest.

Als ich aufwachte, dauerte es eine Weile, bis ich wußte, wo ich war. Mir kam es vor, als wachte ich aus einem Traum auf, und mußte feststellen, in einem anderen Traum zu sein.

Es war dunkel. Das Fenster im Zimmer befand sich an der falschen Stelle. Ich sah das andere Bett an der gegenüberliegenden Wand und wußte nun wieder, daß ich in Gattmanns Haus war. Ich war gegen fünf in Anne-Maries altes Bett gekrochen, und nun mußte es Abend sein. Ich war unglaublich verwirrt.

Ich konnte jetzt nicht nach Hause fahren. Was für eine wahnsinnige Idee, hier einzudringen! Überhaupt hierherzufahren. Am besten wäre es, wieder einzuschlafen und dann nach Hause zu fahren, wenn es wieder hell geworden war.

Aber ich konnte nicht wieder einschlafen. Es war kalt im Zimmer. Ich stand auf und fror schrecklich, als ich die Decke zurückschlug. Plötzlich wußte ich, was mich so verwirrt hatte, als ich aufwachte. Der Duft nach frischgebackenem Brot aus dem Traum war noch immer da!

Ich zog Schuhe und Jacke an, ging aus dem Zimmer und die steile Treppe hinunter.

Im oberen Flur, in Sigrids und Tors Stockwerk, blieb ich stehen. Ja, es roch wirklich nach frisch gebackenem Brot. Und ich hörte ein Geräusch, das schwach und schwer zu identifizieren war. Wie die Tropfen eines schwachen Regens. Oder das trippelnde, raschelnde Geräusch von Mäusefüßen.

Stufe für Stufe ging ich die Treppe hinunter. Manchmal verstummte das Geräusch, und wenn ich selbst einen Moment stehenblieb – wartend, lauschend –, dann fing es wieder an. Schnell. Langsam. Schnell. Mir war klar, daß dieses Geräusch weder vom Regen noch von Mäusen stammte. Die Geräusche der Natur klingen nicht so. Die Natur ist zielgerichteter, zögert nicht. Dieses Davonlaufen und Innehalten, Vortasten und wieder Weiterlaufen konnte nur von einem Menschen stammen. Ich ging durch den unteren Flur. In der Küche und im Wohnzimmer war es vollkommen dunkel. Das Geräusch kam aus dem Zimmer von Karin und Åke. Ich näherte mich ihm und blieb in der Türöffnung stehen. Ich betrachtete den Ursprung dieses merkwürdigen Geräuschs. Ich erstaunte, daß ich es nicht schon früher erkannt hatte, es war nämlich ein Geräusch, das ich selbst oft hervorbringe.

Das diskrete, unregelmäßige Prasseln kam von der Tastatur eines tragbaren Computers.

Bis auf das mondscheinartige Licht vom Bildschirm war das Zimmer dunkel, und der Mann, der schrieb, saß mit dem Rücken zu mir. Er machte wieder eine Pause, drehte sich um und sah mich.

Ich verstehe seine Reaktion voll und ganz. Er zuckte zusammen, heftig und krampfartig, als hätte er eine ganze Reihe von Stromschlägen bekommen, und so sagte ich ganz schnell:

»Ich bin es nur.«

Ich suchte nach dem Lichtschalter und fand ihn.

»Was zum Teufel«, sagte der Mann, als die Lampe ihr Licht auf uns warf.

Da erkannte ich ihn. Er trug eine Brille mit schmalem, ovalem Gestell, und seine Haare waren grau – lustig grau. Als ob eine Schicht matten, feinen Staubs sich auf den blonden Kopf gelegt hätte. Ich hatte das Gefühl, als könnte ich mich vorbeugen und den Staub wegpusten. Ansonsten sah er aus wie früher. Dunkle Augenbrauen, eine frische, bräunliche Gesichtsfarbe. Etwas schwerere, markantere Gesichtszüge.

»Jens«, sagte ich. »Ich weiß nicht, was ich sagen soll. Ich bitte vielmals um Verzeihung.«

Er zuckte zusammen, als ich seinen Namen sagte. Er hatte mich noch nicht erkannt. Und wie auch? Als wir uns das letzte Mal sahen, war ich fünfzehn. Jetzt war ich neununddreißig. Für mich war es leicht zu erraten, daß der Mann, der sich in diesem Haus befand, Jens sein konnte, schließlich hatte er einmal hier gewohnt. Für ihn war es ungleich schwieriger, herauszufinden, daß eine Fremde, die plötzlich die Treppe herunterkam, das Nachbarsmädchen sein konnte, das vor fünfundzwanzig Jahren hier zu Gast war.

Ich ließ ihm ein wenig Zeit. Aber er erkannte mich noch immer nicht. Das verletzte mich, ich weiß eigentlich nicht, warum. Weil ich älter geworden war? Daß ich ihm so wenig bedeutet hatte? Nein, ich weiß nicht, warum es mich verletzte. Es war doch völlig natürlich, daß er mich nicht erkannte.

Also mußte ich ihm erzählen, wer ich war. Und es reichte nicht der Name – mein Vor- und Nachname –, ich mußte ihn auch an das Sommerhaus erinnern, in dem meine Familie gewohnt hatte, daß ich Anne-Maries Sommerfreundin war, daß ich im Sommer 1972 bei ihnen gewohnt hatte. Den Schlafsack auf Kannholmen erwähnte ich nicht, ein wenig durfte er noch selbst nachdenken.

Er nickte langsam. Jetzt wußte er, wer ich war. Aber er hatte immer noch Angst vor mir und beobachtete mich die ganze Zeit aufmerksam. Als ob ich eine Wahnsinnige wäre, die etwas Gefährliches machen konnte, kaum daß man ihr den Rücken zuwandte.

»Es tut mir leid, daß ich dich erschreckt habe. Ich weiß nicht, warum ich mich so schlecht benommen habe. Es war eine Art Eingebung, hierherzufahren. Ich habe den Reserveschlüssel aus der Muschel unter der Veranda genommen. Hier drinnen habe ich nichts angefaßt. Ich wollte mich nur umsehen, und dann wurde ich so wahnsinnig müde. Ich war gestern abend sehr lange auf. Ich habe mich in Anne-Maries altes Bett gelegt und bin eingeschlafen.«

Jetzt entspannte er sich ein wenig.

»Du hast dich in Anne-Maries altes Bett gelegt?«

Er schaute zu Boden, kratzte sich am Kinn, und als er wieder hochsah, waren seine Gesichtszüge etwas weicher. So etwas wie ein Lächeln lag in seinen Mundwinkeln.

»Hast du erst noch andere Betten ausprobiert? Wie Schneewittchen? Wir haben darüber einmal einen Werbefilm gemacht.«

»War das der Film für das Bett? Erst ein hartes Holzbett, dann ein weiches, in dem man fast verschwindet, und dann endlich ein richtiges?«

»Hast du ihn gesehen?«

»Ja. War ziemlich lustig.«

»Meine Idee.«

»Du arbeitest also in der Werbung?«

»Ja. Möchtest du Tee? Ich habe Brot gebacken. Ich glaube, es ist jetzt nicht mehr heiß.«

Jens machte Tee, und ich saß am Küchentisch und schaute ihm zu. Er trug Jeans und einen marineblauen Strickpullover mit Kragen – er sah aus wie ein Second-Hand-Fund aus den vierziger Jahren, war jedoch wohl etwas viel Exklusiveres. Die ovale Brille mit dem roten Gestell hatte er gegen eine mit kreisrundem, orangefarbenem Gestell getauscht. Er redete entspannt und unterhaltsam, während er mit Wasserkessel und Teetassen hantierte. Ab und zu warf er mir einen raschen Blick über die Schulter zu. Er besaß eine Art professionelle Freundlichkeit, sanft, aber kühl und unverbindlich. Ich beneide Leute, die so nett sein können! Ich selbst bin wie eine Muschel – hart und verschlossen, bis jemand mich aufbricht und der ganze Schleim herauskommt. Klatsch! Das ist nun wirklich nicht nett.

Auf dem Tisch standen zwei Kerzen in Zinnleuchtern. Jens zündete sie an, löschte die Deckenlampe, setzte sich an den Tisch und schenkte uns Tee ein. Ich strich Butter auf eine Brotscheibe und zögerte einen Moment, bevor ich sie in den Mund steckte – das mache ich oft, wenn ich bei fremden Leuten esse. Als Kind wollte ich nie etwas essen, wenn wir eingeladen waren. Weder Kuchen, Eis noch Torte. Ich galt als verwöhnt, und meine Mutter schämte sich für mich. Jetzt weiß ich, daß meine Reaktion natürlich ist. Das Essen fremder Menschen zu sich zu nehmen ist eine ernste Angelegenheit. Wenn deren Essen in meinen Magen gelangt, haben sie Macht über mich. Essen heißt: sich ausliefern. Deshalb haben sich Bergverschleppte auch oft geweigert, das Essen der Trolle zu essen, ganz egal wie hungrig sie waren.

»Das Haus gehört euch also noch?« sagte ich.

Das Brot war noch warm, ein bißchen teigig in der Mitte und sehr gut.

»Es gehört meiner Mutter. Aber sie ist nie hier. Sie wohnt auf Gotland. Sie ist in ein Kloster gegangen, könnte man sagen. Aber heute nennt man das offenbar nicht mehr so. Sie spricht von Kommunität oder so. Sie wohnt mit sieben anderen katholischen Frauen auf einem Hof, wo sie Schafe züchten und Gemüse anbauen. Ich habe sie seit einigen Jahren nicht mehr gesehen. Sie will nicht, daß man sie besucht. Aber wir telefonieren ab und zu. Ich glaube, es geht ihr ganz gut. Sie klingt fröhlich, wie schon seit Jahren nicht mehr.«

»Und Åke? Wo wohnt er?«

»Åke ist tot.«

»Ich habe gelesen, daß er einen Herzanfall hatte«, sagte ich.

Ich erinnerte mich an eine Schlagzeile und an ein Foto von einem mageren Åke und einer Frau mit einer blondierten, etwas billigen Frisur.

»Den hat er überlebt. Es ist ein Jammer, daß er damals nicht gestorben ist. Ja, wirklich. Da hat man ihn noch respektiert. Er hätte schöne Nachrufe bekommen, und die Kulturpromis wären gefragt worden: Was fällt euch zu Åke Gattmann ein? Und es wären ihnen nur freundliche Sachen eingefallen. Niemand hätte gesagt, daß es schon Jahre her war, seit er etwas veröffentlicht hatte. Er war ja so unglaublich produktiv gewesen, und man hätte wohl geschrieben, daß er mitten in einer kreativen Pause gestorben wäre.

Aber er wurde gerettet. Mona, mit der er zusammenwohnte, fand ihn auf der Toilette und brachte ihn ins Krankenhaus, wo sie ihn wieder auf die Beine bekommen haben. In den Zeitungen behauptete er, er sei schon auf der anderen Seite gewesen und wiedererweckt worden. Ich glaube, da hat er dramatisiert. Aber ich habe oft darüber nachgedacht, ob Mona es nicht bereut hat, daß sie ihn wieder reanimiert haben. Er hat sich zu Tode gesoffen, und als sie schließlich nicht mehr konnte, gab es keinen Boden mehr für ihn. Keine trockenen Perioden mehr. Immer nur abwärts. Eine winzige Sozialwohnung. Und dann das auch nicht mehr. Die Straße. Er ist 1989 erfroren. Kannst du dir das vorstellen? Mein Vater war Penner geworden. Das erfuhren wir allerdings erst durch den Totenschein. Wir hatten in den letzten Jahren keinerlei Kontakt mit ihm, weder ich, meine Mutter noch meine Geschwister.«

Ich versuchte, mir Åke Gattmann als Penner vorzustellen. Zu meiner Überraschung war das nicht allzu schwer. Ich stellte mir das rosige Gesicht noch rosiger vor, rotgeschwollen und unrasiert, und die blonden, zerzausten Haare noch zerzauster, grau und verfilzt. Dieses etwas angeberische Gehabe, das er an sich hatte, diese Großspurigkeit, die ich für Selbstvertrauen gehalten habe – das habe ich oft bei Alkoholikern erlebt. »Ich bin wer, ich bin nicht so beschissen, wie ich aussehe.« Die reine Selbstbehauptung. Und plötzlich kam mir der Gedanke, daß ich ihn sehr wohl gesehen haben konnte. Auf einer Bank im Brunnspark oder so. Ein ungepflegtes, stinkendes Etwas, an dem ich mit raschen Schritten vorübergeeilt war. Åke Gattmann. Guter Gott.

»Und wer kümmert sich jetzt um das Haus?« fragte ich. »Es ist ja sehr gut gepflegt.«

»Eva und ihr Mann. Sie arbeiten beide in einer Volkshochschule in Småland, aber sie sind jeden Sommer ein paar Wochen hier und machen und tun. Und Lis und Stefan kommen hin und wieder auch übers Wochenende, sie haben ja ein eigenes Sommerhaus in Koster. Und eine große Familie mit vier Kindern. Sie haben so viel Zeit nicht. Soll ich noch Brot aufschneiden?«

»Ja, gern. Es schmeckt wunderbar.«

Er nahm eine Kerze mit zur Spüle, um etwas zu sehen. Sein riesiger Schatten bewegte sich über die blauen Schranktüren.

»Ich mußte backen. Ohne Auto komme ich nicht bis zum Laden.«

»Und Anne-Marie?«

»Anne-Marie lebt in den USA. Sie ist zehn, zwölf Jahre nicht in Schweden gewesen. Es gefällt ihr hier nicht mehr. Nein, das Haus steht meistens leer.«

»Merkwürdig, daß es so gut erhalten ist. Der Stoff auf dem Sofa ist wohl noch der gleiche wie damals? Er ist fast nicht zerschlissen. Es muß beste Qualität gewesen sein.«

»Wohl eher, weil nie jemand darauf sitzt.«

Er stellte die Kerze und den Korb mit dem aufgeschnittenen Brot auf den Tisch. Dann holte er eine Flasche und zwei Weingläser aus einem Schrank im Dunkeln. Er schlitzte die Metallhülse auf und drehte den Korkenzieher rasch hinein. »Irgendwie ein bißchen schade«, sagte er mit aufeinandergepreßten Zähnen und zog den Korken heraus.

»Ihr habt nie darüber nachgedacht, es zu verkaufen? Oder es zu vermieten?«

Er schüttelte den Kopf und lächelte vor sich hin. Ohne zu fragen, schenkte er zwei Gläser ein.

»Nein. Mutter hat nie ein Wort darüber verloren. Manchmal frage ich mich, ob sie überhaupt noch weiß, daß sie ein Haus in Tångevik hat. Sie ist bestimmt seit zwanzig Jahren nicht hiergewesen. Der Sommer 1972, als du hier gewohnt hast – das war der letzte Sommer, in dem wir alle hier waren.«

Ich nippte am Wein.

»Ich habe mich so oft gefragt: Was ist aus Maja geworden? Hat sie je sprechen gelernt?«

Jens schüttelte den Kopf.

»Nein. Nie. Meine Eltern ließen sich scheiden, wie du weißt. Vater wohnte in Göteborg. Er zog mit Mona zusammen, zog wieder aus und wieder ein, viele Umzüge und viele Frauen, aber zu Mona kehrte er immer wieder zurück. Bis auch das zu Ende ging und nur noch der Alkohol zählte. Mutter hatte das Sorgerecht für Maja, und plötzlich war Maja ihr einziges Kind. Anne-Marie verschwand in die USA und blieb dort, Eva und Lis begannen schon ihr Erwachsenenleben zu leben. Ich blieb noch ein Jahr, bis ich mit dem Gymnasium fertig war, einen Studienkredit aufnehmen und auf eigenen Beinen stehen konnte. Nachdem ich ausgezogen war, wurde das Haus in Bromma viel zu groß für Mutter und Maja. Sie verkaufte es, zog in eine Wohnung auf Kungsholmen, kündigte bei Dagens Nyheter und ließ sich einen Vertrag als Freie geben. Am Anfang war das kein großer Unterschied, sie hatte immer viel zu Hause gearbeitet. Aber sie widmete Maja deutlich mehr Zeit als früher. Sie fuhr zu allen möglichen Ärzten mit ihr und bekam schließlich die Diagnose: Autismus. Ich weiß nicht, ob die wirklich richtig war, aber Maja war zweifellos nicht normal, und irgendwie mußte man die Sache schließlich benennen.

Maja beanspruchte immer mehr von Mutters Zeit. Sie bekam einen Zuschuß von der Krankenkasse, weil sie Maja versorgte und deshalb weniger schreiben konnte. DN interessierte sie auch nicht mehr besonders. Sie schrieb immer mehr über Religion, und solange es um Buddhismus und primitive Religionen ging, war das okay, aber als sie sich aufs Christentum spezialisierte, bekamen sie genug. Ihr Vertrag mit DN lief aus, und so suchte sie Kontakt zu christlichen Zeitschriften. Die waren weniger großzügig, und ihr Lebensstandard verschlechterte sich. Aber das war ihr, glaube ich, ziemlich egal. Sie widmete sich nur Maja und ihren religiösen Grübeleien. Einmal hat sie sich von mir Geld für eine Reise geliehen. Sie und Maja reisten viel in Südeuropa und besuchten Klöster und heilige Orte. Sie waren auf die billigste Art unterwegs, trampten und fuhren mit dem Zug. Beantragten Stipendien. Wohnten in Klöstern und machten Hausarbeit gegen Bezahlung.

Mutter suchte immer noch neue Methoden, mit denen man Maja hätte helfen können. Einmal hoffte sie sehr auf einen Hypnotiseur, der versuchte, Maja in ihre Säuglingszeit im Kinderheim in Bangalore zurückzuführen. Es gelang nicht. Dann versuchte er, sie den Sommer, in dem sie verschwunden war, noch einmal erleben zu lassen. Auch das gelang nicht. Er war noch nie einem Menschen begegnet, der so unempfänglich für Hypnose war.

Als Maja zwölf war, zog Mutter mit ihr nach Varberg. Sie hatte nämlich Kontakt zu einem Arzt gefunden, der sich auf Autismus spezialisiert hatte und in Zusammenarbeit mit dem Krankenhaus in Varberg ein Forschungsprojekt leitete. Mutter glaubte sehr an ihn und kannte ihn gut. Vielleicht hatten sie sogar eine Art Verhältnis miteinander. Er war jedenfalls der Grund dafür, daß sie nach Varberg zog und sich in einer kleinen Zweizimmerwohnung in der Nähe des Krankenhauses niederließ. Doch auch ihm gelang es nicht, irgendwelche sichtbaren Ergebnisse mit Maja zu erreichen, obwohl er darüber in seinen Berichten schrieb. Nach einem Jahr wurde sein Autismusprojekt gestrichen, und er zog in die USA. Er war so ein Karrieretyp, glaube ich. Aber Mutter und Maja blieben noch ein paar Jahre in Varberg. Sie führten wohl ein sehr isoliertes Leben, was aber für beide nicht gut war.

Ein paar Jahre später geriet Mutter in eine Art Krise und landete in der Psychiatrie. Depression mit neurosenähnlichen Symptomen, sagte der Arzt, mit dem ich damals sprach. Währenddessen wohnte Maja in einem Pflegeheim, das über einige Jahre als Entlastung für Mutter fungierte.«

»Wo ist Maja jetzt?« fragte ich.

»Als sie dreiundzwanzig war, kam sie in eine therapeutische Wohngemeinschaft. Da wohnt sie noch. Es geht ihr recht gut, glaube ich. Aber was ist mit dir, Ulrika, wie geht es dir? Was tust du?«

»Ich bin Ethnologin. Befasse mich mit Bergverschleppungsmythen. Geschieden. Zwei Söhne, sechs und neun Jahre. Und du?«

Er lachte.

»Sind wir schon fertig mit dir?«

»Wir können darauf zurückkommen«, sagte ich und trank etwas Wein. »Soweit ich mich erinnere, bist du auf dem naturwissenschaftlichen Zweig gewesen. War das eine gute Voraussetzung für die Werbebranche?«

»O ja, weiß Gott. Die Fachkenntnisse habe ich oft brauchen können. Aber ich dachte damals noch nicht an Werbung, und auch nicht an eine naturwissenschaftliche Karriere. Ich habe das wohl hauptsächlich gemacht, weil es am schwierigsten war. Ich wollte wissen, ob ich es schaffe. Dann habe ich ein Semester Philosophie studiert und bin danach auf die Journalistenschule gegangen. Während dieser Zeit habe ich einen Gedichtband publiziert. Und dank dieses Gedichtbandes wurde ich in einem merkwürdigen Zeitungsartikel erwähnt.«

»Ach ja? Ich wußte nicht, daß du Gedichte geschrieben hast«, sagte ich. Ich staunte, daß mir das entgangen war. Ich machte nämlich immer einen Satz, wenn ich den Namen Gattmann in der Zeitung las. Aber das war vermutlich zu einer Zeit geschehen, wo ich zu sehr mit mir beschäftigt war.

»Das war aber sicher nicht nur wegen des Gedichtbandes, bestimmt eher wegen meines Namens. Jens Gattmann. Der Sohn von Åke Gattmann. Dieser Zeitungsartikel hat mein Schicksal besiegelt, vermute ich.«

»Wieso das?«

»Jemand bei der Zeitung hatte die glänzende Idee, die Elite von morgen zu versammeln. Wem werden wir in Zukunft glauben, wurde gefragt, und dann ging man los und stellte eine Gruppe junger Leute zusammen, die sich auf verschiedensten Gebieten ausgezeichnet hatten. Wir wurden alle in die Redaktion eingeladen, sie organisierten Fahrt und Hotel. Dann steckte man uns zusammen, machte ein Gruppenbild, und sie interviewten uns. Mein Gott, was für eine Truppe!«

Er lachte.

»Es gab da ein blasses dreizehnjähriges Mädchen, das Symphonien komponierte, aber fast kein Wort herausbrachte. Dann erinnere ich mich an einen aus Dalarna, einen untersetzten kleinen Kerl von neunzehn Jahren, der unser neuer Jussi Björling werden sollte. Er verschränkte dauernd seine Hände auf dem Rücken und klang wie ein Brummbär.

Und dann war da ein unwahrscheinlich selbstsicheres Mädchen, das dem Jugendverband der Liberalen angehörte und überzeugt davon war, die erste weibliche Finanzministerin Schwedens zu werden. Nicht Staatsministerin, Finanzministerin wollte sie werden. Sie hatte nämlich die perfekte Lösung für die ökonomischen Probleme des Landes. Auch für alles andere hatte sie eine perfekte Lösung, und sie parierte alle Einwände schnell und wohlformuliert und mit eiskaltem Lächeln. Man bekam Gänsehaut, wenn man sie hörte.

Und dann – mein Gott, das war wirklich eine unglaubliche Versammlung – war da der neue Stenmark aus Växjö. Er war zehn und fuhr jedes Wochenende in die italienischen Alpen. Er hatte schon mit zwei Jahren auf Skiern gestanden.

Und dann gab es da ein widerliches Mädchen, das ständig die Haare schüttelte, ihre Brust herausdrückte und ganz hinterhältig aussah. Sie hatte in der Schülerorganisation Karriere gemacht und nannte sich eine Feministin. Ich erinnere mich nicht mehr, auf welchem Gebiet sie ganz nach oben wollte.

Ja, und schließlich war natürlich auch so ein kleiner, glatter Verkäufertyp dabei, der seinen Kameraden das Taschengeld abluchste und beim Nachbarn Äpfel klaute und sie einem anderen Nachbarn verkaufte und der vier Jahre in Folge den ersten Preis beim Verkauf der Weihnachtszeitung gewonnen hatte.

An alle erinnere ich mich nicht. Wir waren fünfzehn. Und ich war also der zukünftige Schriftsteller. Es war alles völlig absurd. Erst das Fotografieren. Wir wurden weit weg zu einer Straßenbaustelle gefahren. Dort mußten wir uns auf eine frisch asphaltierte Straße stellen, die irgendwo zwischen den Feldern verschwand und noch nicht für den Verkehr freigegeben war, und siegessicher in die Kamera schauen. The dream team. Dann wieder zurück in die Redaktion zu Einzelinterviews. Wir mußten in einem Wartezimmer sitzen und glotzten uns gegenseitig an, und dann ging es einzeln zu einem Journalisten. Und dann wurde die Gruppendiskussion aufgezeichnet. Wir sollten miteinander über die Zukunft sprechen, alle fünfzehn. Daraus wurden mehrere verständige und kluge Monologe, denn keiner diskutierte mit jemandem. Abgesehen von dem Feministenmädchen, das sich irgendwie mit dem neuen Jussi Björling stritt und sich beinahe auf ihn gestürzt hätte. Ich verstand gar nicht, warum. Er hatte kaum etwas gesagt und schien so gutmütig. Aber sie fühlte sich von ihm unglaublich provoziert. Er hat wohl eine Art Vaterkomplex in ihr ausgelöst.

Am Abend gab es ein großes Essen in einem gemieteten Festsaal. Da saßen all die kleinen Genies, Klein-Stenmark und Klein-Jussi und die ganze Bande. Wir sollten zwar unter uns sein und uns entspannen, aber die Journalisten konnten sich nicht beherrschen. Sie schauten zur Tür herein und winkten und lachten. Sie wollten wohl etwas von der funkelnden, begabten Tischkonversation aufschnappen, die jetzt ausbrechen würde. Doch niemand sagte ein Wort. Es war die absolut schweigsamste Mahlzeit, die ich je erlebt habe. Das Liberalenmädchen linste ab und zu hinüber zu den Journalisten, aber als sie merkte, daß niemand ihre weisen Worte dokumentieren würde, fand sie es nicht mehr lohnenswert, den Mund zu öffnen. Das Feministenmädchen schien ihr Pulver verschossen zu haben und sah nur noch müde aus. Wir aßen und kauten, und das Besteck klirrte auf den Tellern. Es gab Truthahn, glaube ich.«

»Jetzt mußt du erzählen, wer das alles war.«

»Wie sie hießen, meinst du? Mein Gott, das weiß ich nicht mehr.«

»Aber war denn niemand dabei, der später berühmt wurde?«

»Niemand. Nicht aus einem dieser fünfzehn wurde später etwas. Auf jeden Fall wurde keiner so berühmt, daß man es erfahren hätte. Ich habe keinen je in den Medien gesehen. Aber wie auch. Zur Elite von morgen ernannt zu werden! Das reicht wohl aus, um einen total runterzuziehen. Mir wurde richtig schlecht, als ich die ganze Gruppe in der Mitte der Zeitung sah und weiter hinten mein eigenes Bild – ernsthafter junger Poet mit schwermütigem Blick unter einem wilden blonden Schopf. Und dann die Präsentation, bei der die Namen meiner Eltern genannt wurden. Und der meines Großvaters auch.«

Er füllte beim Reden unsere Gläser. Die roten Schatten des Weins schaukelten über den Tisch. Vor den Fenstern und der Verandatür war ein kompaktes Dunkel, ohne den geringsten Lichtwechsel.

»Mir wurde von dem Artikel richtig übel«, fuhr Jens fort. »Ich war im zweiten Semester auf der Journalistenschule und feilte damals an meinem zweiten Gedichtband, aber ich entschied: nein, nie wieder. Nie. Ich verließ die Journalistenschule mitten im Semester, arbeitete bei der Post, und kaum hatte ich ein bißchen was verdient, ging ich ein paar Jahre auf Reisen. Marokko, Indien, Australien, was man so macht.

Einmal blieb ich auf dem Heimweg einen ganzen Tag in Singapur hängen, bis ich einen Platz in einem Flugzeug nach Hause bekam. Weiter schlimm war das nicht, der Flugplatz ist wie eine ganze Stadt, man könnte da sein ganzes Leben verbringen. Ich trieb mich in den verschiedenen Stockwerken herum. Sie machten gerade für irgendein japanisches Auto Reklame. Man sah die Plakate überall, und ich lebte diesen ganzen Tag mit diesen Plakaten. Und ich dachte an all die Menschen, die diese Plakate sahen, die Hunderttausende von Menschen, die hier vorbeiströmten und diesen japanischen Markennamen sahen. Ich lag mit dem Kopf auf meinem Rucksack auf einer Bank und sah die Menschenmenge und die Plakate, und ich dachte darüber nach, wie es wäre, Hunderttausende von Menschen zu beeinflussen, Millionen Menschen. Anstelle der zweihundert, die vielleicht meine Gedichte lasen. Was für eine Macht! Ich beschloß, in der

Werbung zu arbeiten, wenn ich wieder zu Hause war. Und das habe ich gemacht. Zwölf Jahre in einem Werbebüro – und seither selbständig.«

»War es so wunderbar, wie du gedacht hast?«

Er beugte sich vor. Die Augen glänzten hinter der runden Brille.

»Besser! Weißt du, Werbung, das war ... verbotene Frucht! Richtig dirty. Kommerziell. Und das mit dem Beeinflussen, ohne selbst gesehen zu werden, das paßte mir perfekt. Meine Eltern waren prominent gewesen, was mich überhaupt nicht lockte. Ich mag es, anonym durch die Stadt zu gehen und große Plakate mit meiner Idee zu sehen und zu merken, daß alle hinschauen, aber daß niemand mich anschaut.«

»Seither habe ich auch anderes gemacht«, fuhr er fort. »Fürs Fernsehen geschrieben. Comedysketche, Seifenopern. Unternehmensprofile. Alles mögliche. Sogar einen Liedtext für das Schlagerfestival habe ich geschrieben.

Heutzutage ist es ja völlig okay, solche Sachen zu machen. Man ist kein böser Bube mehr. Und irgendwie macht es so weniger Spaß. Ich wurde neulich von einer Studentin interviewt, die eine Arbeit über Geschlechterrollen in Seifenopern schreiben wollte. Ich dachte, sie würde so von oben herab daherkommen, aber so war es nicht. Sie fragte mich nach meinen Arbeitsmethoden, wie ich recherchiere, wie ich Charaktere forme. Und sie hörte genau und ernsthaft zu. Sie behandelte mich respektvoll, fast mit Ehrfurcht. Wie einen alten Meister in einer exklusiven Handwerkerzunft. Und irgendwie hatte sie ja völlig recht. Dennoch irritierte mich das Ganze spürbar. In letzter Zeit habe ich mich danach gesehnt, etwas ganz anderes zu schreiben. Also habe ich mein Notebook genommen und bin hierhergefahren. Meine Frau hat mich abgesetzt, mit einem Vorrat an Lebensmitteln und dem Versprechen, mich am nächsten Montag wieder abzuholen. Sie macht einen Kurs in Kopenhagen.«

»Deshalb habe ich dein Auto nicht gesehen.«

»Ja. Ich bin hier total isoliert«, sagte er mit einem Lachen. »Oder *war* es«, fügte er hinzu.

»Ich störe dich.«

»Nein.«

Er streckte schnell die Hand über den Tisch und ließ sie einen Moment auf meinem Unterarm ruhen.

»Es ist schön, jemanden zum Reden zu haben. Ich fing schon an, verrückt zu werden. Ja, ich dachte schon, ich werde verrückt, als ich nach dem Spaziergang nach Hause kam und merkte, daß die Tür offen war. Und als die Treppe knarrte und du in der Dunkelheit standest, bin ich vor Angst fast gestorben.«

»Das verstehe ich sehr gut«, sagte ich. »Ich schäme mich auch schrecklich. Ich weiß wirklich nicht, warum ich hierhergefahren und dann eingedrungen bin. Ich war vor einer Weile mit meinen beiden Söhnen hier. Ich wollte ihnen die Gegend zeigen. Das Sommerhaus, in dem ich als Kind gewohnt habe, den Strand, an dem ich gebadet habe. Das Haus, in dem meine Freundin gewohnt hat. Du weißt schon. Die beiden Jungen hat das nicht sehr interessiert. Wie die meisten Kinder können sie sich nicht vorstellen, daß ihre Eltern auch einmal Kinder waren. Sie wissen es natürlich, aber sie können es sich nicht vorstellen.«

»Ja, ich weiß«, sagte Jens. »Meine Mutter hat oft davon erzählt, wie sie Kind war. Wenn ich mir sie als Kind vorstellen sollte, sah ich den Kopf meiner erwachsenen Mutter auf dem Körper eines kleinen Mädchens. Das mit dem kleineren Körper konnte ich verstehen, aber ich konnte mir nicht vorstellen, daß sie ein anderes *Gesicht* hatte.«

»Man muß selbst älter werden«, sagte ich. »Die großen

Veränderungen miterleben, die mit dem eigenen Körper und der eigenen Persönlichkeit geschehen, bevor man ernsthaft verstehen kann, daß auch andere sich verändern. Das, was ich meinen Söhnen erzählte, war total abstrakt. ›Zum Beispiel hier am Strand habe ich im Sand gebuddelt. Der schwarze Stein war eine Burg, und ich habe einen Wallgraben darum gebaut‹ – und so weiter. Für sie war es bestimmt genauso lustig wie Wikingergräber und Runensteine anzuschauen, könnte ich mir denken. Die Zeit, als man selbst noch nicht geboren war, ich weiß noch genau, wie uninteressant die war. So unwirklich. Eigentlich wußte ich ja, daß sie so reagieren würden. Ich hatte eigentlich einen Angelausflug geplant. Wir hatten Jonatans Angel dabei. Als ich unser Sommerhaus sah, verspürte ich nichts. Es war so verändert. Total umgebaut. Das Grundstück aufgeteilt. Drum herum lagen mehrere Häuschen. Aber als ich hierher zu eurem Haus kam, kamen doch starke Gefühle in mir hoch. Es war, als ob das hier mein wirkliches Zuhause gewesen wäre. Weißt du, daß ich mir immer gewünscht habe, zu eurer Familie zu gehören?«

Seine dunklen Augenbrauen hoben sich erstaunt.

»Warum denn?«

»Ich weiß nicht. Nicht weil ihr berühmt wart oder so. Weil ihr diese Geschichte hattet. Ein Erbe.«

»Das hattet ihr doch auch. Das haben doch alle Familien. Auch wenn das Erbe unterschiedlich aussieht.«

»Aber ich konnte mich nie mit dem Erbe meiner Eltern identifizieren. Ich erkenne nichts wieder. Wenn ich aber zu euch kam, fühlte ich mich sofort wie zu Hause. Eine Zeitlang hatte ich einen Tagtraum, in dem ich Papiere fand, die bewiesen, daß ich Anne-Maries Zwillingsschwester war. Und daß Karin und Åke mich nach der Geburt zur Adoption gegeben hatten.«

»Wie bist du denn auf die Idee gekommen?«

Er stellte sein Glas hin und betrachtete mich forschend.

»Solche Phantasien haben doch die meisten Kinder. Das ist ganz normal. Daß man daran zweifelt, daß man das richtige Kind seiner Eltern ist? Das ist eine Art Befreiungsprozeß. Dieser Tagtraum war angenehm, aber er enthielt auch etwas Unangenehmes. Denn wenn sie mich zur Adoption gegeben haben – warum? Und warum haben sie Anne-Marie behalten und nicht mich? Die Antwort war natürlich, daß ich nicht gut genug war. Sie hatten Anne-Marie behalten, weil sie hübscher, netter, besser war.«

»Woher in aller Welt hast du das gehabt, Ulrika?«

»Woher hat man so etwas. Aus seinem Inneren natürlich. Ein Gefühl. Ich spürte eine so starke Verwandtschaft mit euch allen. Euer Interesse für Kultur und gesellschaftliches Leben. Eure Art, zu diskutieren und miteinander zu sprechen. Großes und Kleines zu verbinden, ein Muster im Dasein zu sehen. Das gab es zu Hause bei mir überhaupt nicht. So sprachen wir nie miteinander. Bei euch fand ich etwas sehr Wichtiges. Und dann war es plötzlich weg. Ihr wart einfach verschwunden. Zwei Ansichtskarten von Anne-Marie. Und dann das totale Schweigen.«

Ich sprach schnell, eifrig, stolperte über die Worte.

»Ich glaube, seitdem habe ich immer nach euch gesucht, auch wenn mir das nicht richtig bewußt war. Weißt du, daß ich mein Wohnzimmer fast genau wie dieses Zimmer hier nebenan eingerichtet habe? Ich hatte überhaupt nicht darüber nachgedacht, bis ich neulich, als ich mit den Jungen hier war, durchs Fenster geschaut habe.«

»Es wird dich vielleicht amüsieren«, sagte er und verteilte den letzten Schluck Wein auf unsere beiden Gläser, »daß ich manchmal gerne mit dir getauscht hätte. Wenn ich deinen Vater sah, dachte ich, das ist so ein ganz normaler Vater, den man zum Elternabend schicken kann, ohne sich schämen zu müssen. In unserer Familie war vieles toll, da hast du schon recht, und ich bin dankbar für meine Erziehung. Aber für meine Kinder habe ich mir geschworen, nie prominent zu werden. Es war ekelhaft, prominente Eltern zu haben. Es war, als wüßten andere immer mehr über einen als man selbst.

In der Oberstufe hatte ich einen Geschichtslehrer, der offenbar alles über meine Eltern wußte. Er hatte jedes Buch gelesen, jeden Zeitungsartikel, jede Diskussion im Fernsehen verfolgt, an der sie teilgenommen hatten. Er wußte natürlich, daß sie mit der Linken sympathisierten, und ich bin mir nicht sicher, ob es deshalb war oder einen anderen Grund hatte, aber er haßte sie offensichtlich. Als wir die russische Geschichte durchnahmen, erzählte er, daß Millionen Menschen Opfer von Stalins Terror geworden waren, und sagte dann mit einem Seitenblick auf mich: ›Hat dein Vater dir das auch erzählt, Jens?‹ Er deutete eine öffentliche Diskussion an, in die mein Vater sich eingemischt hatte, und redete mit mir, als würde ich mich auskennen, was ich natürlich nicht tat. Meine Eltern redeten nie über Politik mit uns. Ich schämte mich. Ich schämte mich, weil ich nicht wußte, was meine Eltern machten, schämte mich, weil es offensichtlich etwas Empörendes war, schämte mich, daß ich sie nicht verteidigen konnte.

Als ich in der Mittelstufe war, gab es in der Presse eine Diskussion über einen Film mit Sexszenen, in die mein Vater sich natürlich einmischen mußte. In einem Artikel schrieb er einen provozierenden Satz, der ein ganz bestimmtes Wort enthielt, und sicher war er sich des Effektes bewußt. Er reizte jede Menge anderer Meinungsmacher, die Diskussion nahm immer heftigere Formen an, und der Satz mit dem bestimmten Wort wurde überall zitiert. Jedes Kind auf dem Schulhof kannte ihn, aber die Mädchen sagten, mein Vater sei eklig.

Ich wünschte mir so sehr, einen normalen Vater mit einer normalen Arbeit zu haben, so daß ich anderen hätte erzählen können, was mein Vater arbeitete – und nicht sie es mir. Verstehst du?«

»Ja«, sagte ich. »Das verstehe ich.«

»Was hast du dann gemacht? Nach diesem letzten Sommer?« fragte er.

»Ich ging aufs Gymnasium. Es war vielleicht ganz gut für mich, daß Anne-Marie weg war. Bis dahin hatte ich die Schule nur ausgehalten, weil ich mich nach ihr sehnen konnte. Jetzt mußte ich mir eigene Freunde in der Klasse suchen. Dann habe ich alles mögliche an der Uni studiert. Schließlich fand ich, was ich machen wollte. Ich schrieb eine ethnologische Doktorarbeit über Bergentrückungsmythen. Und seither forsche ich darüber. Ich habe alles etwas ausgeweitet und vergleiche die Mythen mit modernen Erzählungen von Leuten, die von Raumschiffen entführt wurden. Am liebsten würde ich einmal in die USA reisen, dort gibt es ja viele solcher Erzählungen. Aber damit muß ich warten, bis die Jungen größer sind.«

»Ich glaube, ich weiß gar nicht so recht, was Bergentrükkung ist«, sagte Jens.

Ich erklärte es ihm. Da es ihn offenbar interessierte, erzählte ich ihm auch ein paar Bergverschleppungsgeschichten. Die Kratzspuren auf der Fensterbank, der verzauberte Grubenarbeiter und viele andere. Wenn man mich nicht bremst, mache ich immer weiter. Und Jens bremste mich nicht. Er saß im Schein der Kerze mir gegenüber und hörte zu. Nachdem die letzte Kerze heruntergebrannt und sein Gesicht im Dunkeln verschwunden war, schwieg ich. Es war mitten in der Nacht.

Wir sagten uns gute Nacht, Jens zog sich in das Zimmer von Åke und Karin zurück, wo er sich eingerichtet hatte, und ich ging die knarrenden Treppen zum Dachboden hinauf und legte mich in der kühlen Dachkammer wieder in Anne-Maries Bett. Jens hatte mir einen elektrischen Heizlüfter mitgegeben. Ich lag noch lange wach und lauschte auf das brausende Geräusch, dann schlief ich ein.

Es gibt eine Bergverschleppungsgeschichte, die ich Jens nicht erzählt habe. Eine Geschichte, die er selbst kennt. Und ich bin sicher, daß er die ganze Zeit an diese Geschichte gedacht hat.

Ich erwachte in einer Welt aus Sonne und Stille. Die Perlmuttflächen der Muscheln des Mobiles glitzerten leicht am Fenster. Ich hatte lange geschlafen.

Ich zog mich an und ging hinunter. Das unregelmäßige Geräusch war auch heute zu hören, und auch dieses Mal mußte ich lächeln. Ich hätte den Rhythmus sofort erkennen müssen. In diesem Haus hatte ich ihn zum ersten Mal gehört. Karins Schreibmaschinengeklapper von der Veranda. Schnell und langsam, sicher und zögerlich. Der Rhythmus eines suchenden, reflektierenden Menschen. Ein Rhythmus, den ich mir zu eigen gemacht habe.

»Nimm dir in der Küche, was du möchtest. Ich habe schon gefrühstückt«, rief Jens.

In der Küche sah man keine Spur davon. Keinen Krümel, keinen Teelöffel. Das Abtropfgestell war leer, die Spüle trokken und glänzend. Kein Wunder, daß ich das Haus für unbewohnt hielt, als ich mich gestern hier herumtrieb.

Ich schnitt mir eine Scheibe von Jens' Brot und kochte Kaffee.

Auf dem Fensterbrett lag ein zusammengefaltetes Papier. Ich faltete es auf. Ein Zeitungsausschnitt. Er trug die Überschrift: »Tote Frau nach vierundzwanzig Jahren gefunden«, daneben war ein Bild der Felsblöcke am Muschelstrand, vom Meer aus gesehen. Ich las den Artikel, während das Kaffeewasser heiß wurde. Da stand, daß Kinder »beim Spielen den makabren Fund gemacht hatten«. Der Ausschnitt mußte aus dem Bohusläningen, der Lokalzeitung, sein. In der Göteborgs- Posten hatte ich nichts über den Fall gelesen. Max und Jonatan würden sich freuen, wenn ich ihnen den Artikel zeigte. Sie waren schwer enttäuscht gewesen, als sie in der Schule von ihrer Entdeckung erzählten und niemand ihnen geglaubt hatte, weder Lehrer noch Klassenkameraden.

Gestern abend hätte ich Jens fast von dieser Geschichte erzählt, hatte aber in letzter Sekunde davon abgesehen. Die Frau, um die es ging, war im gleichen Jahr wie Maja verschwunden. Ich wußte nicht, ob Jens sich an Majas Verschwinden erinnerte. An die heißen Höllenwochen. An das Gefühl des Fremdseins, als sie wiederkam. Ein Skelett an dem Ort, wo sie gefunden wurde, nein, das mußte ich nicht erzählen. Aber er hatte darüber gelesen und sich vielleicht die gleichen Gedanken gemacht wie ich, da er den Artikel aufgehoben hatte. Ich faltete ihn zusammen und legte ihn wieder ans Fenster.

Nachdem ich gefrühstückt hatte, schenkte ich mir Kaffee nach und ging mit der Tasse ins Wohnzimmer. Die Morgensonne fiel in Vierecken aus gelbem Licht über die Bodendielen. Ich blickte über den Fjord. Draußen war es immer noch schön. Ich ging ins Schlafzimmer, wo Jens saß. An den Türrahmen gelehnt, trank ich meinen Kaffee und betrachtete seinen Rücken, während er schrieb. Er trug jetzt ein kariertes Hemd. Er hatte das Rollo heruntergezogen, damit das Sonnenlicht ihn nicht blendete. Das durchleuchtete Gewebe mit der gelblich gewachsten Oberfläche erinnerte mich an die sorgenschweren Wochen, als Maja verschwunden war.

Ich sah auf den Bildschirm, aber von da, wo ich stand, konnte ich nichts lesen.

»Du bist fleißig«, sagte ich.

»Ja, aber jetzt mache ich eine Pause.«

Er schaltete den Computer aus und drehte sich zu mir um. Er nahm die Brille ab, rieb sich die Augen und setzte sie wieder auf.

»Ich muß mich ein bißchen bewegen. Sollen wir einen Spaziergang machen?«

»Ich glaube, ich sollte jetzt nach Hause fahren«, sagte ich.

»Hat das nicht noch ein bißchen Zeit? Es ist so schön draußen. Wir könnten einen wunderbaren, langen Herbstspaziergang machen.«

Ich zögerte und sah ihn über den Rand der Tasse an. Wieder hatte ich Lust, zu ihm zu gehen und den matten Staub von seinen Haaren zu blasen.

»Ich würde dir gerne etwas erzählen«, fügte er hinzu.

»Okay.«

Draußen war es mild, fast warm. Wir hatten Wollpullover an, aber keine Jacken. Wir gingen ein Stück die große Straße entlang und bogen dann auf einen kleinen Weg. Zwischen den verwelkten, braunrosafarbenen Erikabüscheln hatten Spinnen Tausende von Netzen so dicht gewebt, daß es aussah, als hätte sich während der Nacht ein riesiges Netz vom Himmel heruntergesenkt und die ganze Gegend eingesponnen. Überall vibrierten die taubenetzten Fäden im leichten Wind.

»Ich habe über deinen Wunschtraum nachgedacht«, sagte Jens. »Daß du Karins und Åkes weggegebenes Kind wärst. Hast du etwa jemanden darüber reden hören?«

»Nein«, antwortete ich lächelnd. »Ich verstehe nicht, warum du daran so festhältst. Es ist eine ganz normale Phantasie bei Jugendlichen, die zur Entwicklung gehört. Weißt du das nicht?«

»Ich will dir erzählen, warum ich frage. Etwa ein Jahr nach Vaters Tod rief Mona mich an, die Frau, mit der er zusammengelebt hat. Sie sagte, sie hätte bei sich zu Hause noch Papiere von Åke. Sie wußte nicht, was sie damit machen sollte, und fragte, ob ich sie haben wollte. Ich bat sie, mir alles zu schicken, und mußte ein großes Paket bei der Post abholen. Åke hatte ganz offenbar Ambitionen gehabt, ein Comeback als Schriftsteller zu versuchen. Ich fand Entwürfe und Notizen, aber nichts Fertiges. Es war auch ganz anders als alles, was er früher gemacht hatte. Persönlicher, mehr nach innen gewandt. Der Stil war anders. Tastend und demütig. Ich möchte wirklich wissen, was daraus geworden wäre – er hat eben nur soviel getrunken.«

»Schrieb er an einem Roman?«

»Schwer zu sagen. Es war sehr unstrukturiert. Nur kurze Texte auf einzelnen Zetteln. Kryptische Formulierungen. Einiges glich eher Gedichten. Anderes war mehr Prosa. Aber alles kreiste um ein und dasselbe Thema. Ein weggegebenes Kind.«

»Was für ein Kind denn?«

»Das habe ich mich auch gefragt. Ob er wohl an Maja gedacht hat? Mutter hatte ja das Sorgerecht für sie bekommen, und sie verwendete all ihre Zeit und Energie darauf, ihr ein gutes Leben zu ermöglichen, während Vater den Kontakt zu ihr verloren hatte. Ich legte jedenfalls alle Zettel auf dem Boden aus, als ob ich sie wie ein Puzzle zusammenfügen könnte. Und mir wurde klar, daß es sich um ein Kind mit weißer Haut handelte. Überhaupt war viel von Weiß die Rede. Weiße Haut, weiße Kittel, weiße Wände, weißer Schnee, weiße Daunen.

Aus den Texten sprach eine große Trauer. Ich spürte, daß

Vater über etwas schrieb, worüber er noch nie erzählt hatte. Etwas, worüber in seiner normalen Sprache nicht gesprochen werden konnte. Die vielen Zettel, die halben Sätze, das Durchstreichen war eine Suche nach einer neuen Ausdrucksweise.

Ich rief Mona an, aber sie wußte überhaupt nicht, worum es ging. Vater hatte ihr nie etwas gezeigt, und sie hatte sich auch nicht sehr dafür interessiert. Und er hatte mit ihr nie über ein Kind gesprochen.

Dann fuhr ich zu Mutter. Sie war nach Stockholm zurückgezogen, und zwar nach der Zeit in Varberg, aber vor Gotland. Wir sahen uns selten. Sie traf sich nur mit den Freunden aus der katholischen Gemeinde. Sie wohnte mit ein paar wenigen Möbeln in einer Einzimmerwohnung und hatte nur ein Kruzifix an der Wand. Wir saßen in ihrer winzigen Küche und tranken Hagebuttentee. Ich erzählte ihr von Vaters Zetteln und fragte sie, ob sie etwas über ein weggegebenes Kind wußte. Und sie sagte: ›Ja sicher. Er meint Lena.‹ Ich fragte sie, wer Lena war, und sie antwortete, als ob es völlig selbstverständlich wäre: ›Deine Schwester.‹ «

»Deine Schwester?« wiederholte ich.

»Das sagte sie. Ich wußte ja, daß sie ein bißchen merkwürdig war, zurückgezogen und religiös und so, aber jetzt hatte ich das Gefühl, daß es ernst war. Ich fürchtete, sie sei verrückt geworden. Aber dann hat sie mir alles erzählt. Ruhig und distanziert, als spräche sie über jemand anderen, nicht über sich.«

Jens machte eine Pause und blieb stehen, um den Pullover auszuziehen. Es war warm in der Sonne. Er hängte den Pullover über die Schultern und verknotete die Ärmel auf der Brust. Ich wartete ungeduldig auf die Fortsetzung.

»Ich wußte, daß sie und Vater sich früh kennengelernt und

auch sehr jung geheiratet hatten. Mutter war erst siebzehn, und sie brauchten eine Sondergenehmigung.«

»Weil sie schwanger war?« fragte ich.

»Der Gedanke lag nahe. Aber Eva kam erst viele Jahre später zur Welt. Ich dachte also immer, daß diese erste Schwangerschaft mit einer Fehlgeburt geendet hatte oder alles ganz einfach falscher Alarm gewesen war.

Aber es war keine Fehlgeburt. Das Kind wurde geboren. Ein Mädchen. Sie hatte einen schweren Geburtsfehler. Mutter wußte nicht genau, was es war. Aber nach Aussage der Ärzte würde sie nie ein normales Leben führen können. Mutter durfte sie nicht sehen. Ich fragte sie, warum. Und sie antwortete: ›Entweder weil sie aussah wie ein Monster und man mir den Schock ersparen wollte. Oder weil sie so süß war, daß ich sie nicht hergegeben hätte.‹

Aber sie mußte sie hergeben, das hatte der Arzt entschieden. Mutter weigerte sich. Der Arzt sprach lange mit ihr. Dann sprach er mit Vater und konnte ihn überreden. Sprach mit Vaters Eltern und mit Mutters Eltern. Und alle versuchten der Reihe nach, Mutter zu überreden. Sie war jung, fast selbst noch ein Kind. Ihr ganzes Leben würde zerstört. Wo sie doch so viele Talente hatte. Sie würde dem Kind nicht die Fürsorge geben können, die es brauchte. Es gab Institutionen, die darauf spezialisiert waren, sich um solche Kinder zu kümmern. Die Argumente hagelten nur so auf Mutter herab, die in einem Einzelzimmer im Krankenhaus lag. Alle vier Stunden wurden ihre Brüste mit einer Abpumpmaschine gemolken. Mehrmals am Tag kam jemand, ein Verwandter, ein Arzt, ein Experte, zu ihr, und alle erklärten, was das Beste für sie, das Kind und für den Vater sei. Sie sagte immer nein. Schließlich konnte Vater sie überreden. Er hatte ein Papier dabei, und sie unterschrieb. Er hätte sie sonst verlassen. Er sagte das nicht, aber sie sah es ihm an. Sie waren frisch verheiratet, aber er wäre nicht bei ihr geblieben, wenn sie das Kind behalten hätte. Davon war sie überzeugt.

Als sie unterschrieben hatte, küßte er sie und rannte fast aus dem Zimmer, mit dem Papier in der Hand. Da bekam sie eine Art Nervenzusammenbruch. Sie schrie und weinte und riß die Laken und Kopfkissenbezüge in Fetzen. Dann riß sie die Kissen auf und schüttelte sie, daß alle Daunen herausflogen. Als Vater zusammen mit einer Schwester wiederkam, stand sie im Bett und schüttelte die Kissen. Das ganze Zimmer war voller Daunen, als würde es schneien. Diese Szene muß es gewesen sein, die immer wieder in Vaters Gedichten auftauchte.«

»Und das Mädchen wurde also weggegeben?« fragte ich.

»Ja, sie kam in ein Pflegeheim. Meine Eltern haben sie nie besucht. Auch auf Anraten der Ärzte: sie nicht mit Besuchen zu ›verwirren‹. Das Mädchen wurde vom Personal Lena genannt, und durch eine weitere Unterschrift bestätigten meine Eltern diesen Namen. Als Lena fünf war, starb sie an einer Grippe. Ihr Immunsystem war sehr schwach. Da war Mutter schon mit Eva schwanger.

Als Mutter mir das alles erzählte, hatte ich das Gefühl, daß sie damit fertig war. Und ich verstand, daß sie all die Jahre damit zu tun gehabt hatte. Ihr Grübeln, ihre Pilgerfahrten, ihre Klosteraufenthalte – das war die Buße für die Unterschrift. Und nun hatte sie offenbar Vergebung erfahren. Oder sah es anders. Als sie mir erzählte, wie Vater damals mit dem vermaledeiten Papier in der Hand vor ihr gestanden hatte, lachte sie sogar ein wenig. Sie sprach beinahe zärtlich von der Schwäche und der Angst, die sie in seinem Gesicht gesehen hatte, und mir war, als sei sie am Ende eines sehr langen Wegs angekommen. Es war der gleiche Weg, den Vater begonnen hatte, als er vorsichtig seine Zettel beschrieb. Aber er kam nie weiter.«

»Und wann fing Karin an, diesen Weg zu gehen?« fragte ich. »Als sie Maja adoptierten?«

»Ich weiß nicht, wie bewußt das damals war.«

Ich sah das Zeitungsbild vor mir: Maja mit der festgebundenen Flasche, das Gitterbett, die Fliegen.

»Aber«, sagte ich, »als sie in diesem Kinderheim in Bangalore standen und das kleine Mädchen im Gitterbett sahen, da müssen sie doch an das andere Kind in dem anderen Heim gedacht haben. Oder nicht?«

»Vielleicht. Obwohl ich glaube, daß sie dort auch an vieles andere gedacht haben. Sie waren Journalisten. Sie wollten Material sammeln, berichten. Ich glaube, sie sahen ihr eigenes Leben in diesem Zusammenhang als völlig nebensächlich an. Lenas Geburt lag sehr lange zurück. Sie hatten seither vier Kinder bekommen, sich zu fähigen, geachteten Journalisten entwickelt. Nein, ich glaube nicht, daß sie da an Lena dachten. Sie hatten eine größere Perspektive. Sie sahen mit scharfem und kritischem Blick auf die Welt und die Menschen, nicht in sich hinein.«

Wir gingen einen kleinen Weg entlang, der früher einmal eine Straße gewesen war. Früher fuhr man hier mit Autos, Traktoren und Heuwagen. Jetzt gab es in der Nähe eine neue und bessere Straße, und die alte Straße war zu einem Fußweg zugewachsen. Wir konnten bald nicht mehr nebeneinander gehen. Ich ging voraus, Jens folgte mir. Ich sah zu Boden und sah die ganze Zeit die alte Straße, die es nicht mehr gab: die grauweißen, ausgefahrenen Radspuren aus gepreßtem Muschelsand und in der Mitte den Grasstreifen mit Breitwegerich.

»Ich muß die ganze Zeit an die Wechselbalggeschichten denken«, sagte ich. »Du weißt schon, die Trolle nehmen der Mutter das Kind weg und legen ihr eigenes Trolljunges in die Wiege. In den meisten Geschichten macht die Mutter etwas

Böses mit diesem Trollkind – verbrennt es mit der Feuerzange oder so –, und dann kommt die Trollmutter, um ihr Kind zu schützen, und gibt ihr das eigene Kind zurück. Man kann die Tragödien nur ahnen, die in Wirklichkeit hinter solchen Geschichten steckten. Kinder, die bei der Geburt normal schienen und bei denen man dann eine Behinderung bemerkt hat. Selma Lagerlöf hat eine mehr christlich humanistische Variante dieser Geschichte geschrieben, von der Mutter, die versucht, lieb zu dem bösen Wechselbalg zu sein, und als sie schließlich belohnt wird und ihr eigenes Kind zurückbekommt, stellt sich heraus, daß ihr Kind in einer Parallelwelt gelebt hat, die von ihren Taten gesteuert wurde. Wenn sie es nicht mehr aushielt und das Trolljunge schlug, dann schlug die Trollmutter im Berg ihr Menschenkind, und wenn sie das Trollkind gut behandelte, dann behandelte auch die Trollmutter ihr Kind gut.«

»Ja, die Geschichte habe ich vor langer Zeit einmal gelesen«, sagte Jens. »Eine starke Geschichte.«

»Ich finde, man kann die Adoption von Maja als so eine Wechselbalggeschichte sehen.«

»Du meinst, Mutter hat versucht, Lena im Pflegeheim nachträglich ein liebevolles Dasein zu geben, indem sie sich um Maja gekümmert hat? Daß sie versucht hat, die Vergangenheit rückwirkend zu beeinflussen?«

»Ja. Das geht natürlich nicht, und dennoch tun wir das ständig. Ist nicht das ganze Erwachsenenleben ein einziger Versuch, die Geschehnisse der Kindheit und Jugend umzugestalten? Sie zu wiederholen, zu verbessern, sie zu schmirgeln und zu feilen, bis sie mit der Vorstellung, die wir von Moral, Glück und Ästhetik haben, übereinstimmen? Natürlich macht man das nicht bewußt. Mir war zum Beispiel nicht bewußt, daß ich mein Wohnzimmer nach dem Zimmer in eurem Sommerhaus eingerichtet habe.«

»Aber«, sagte Jens, »wenn es so war, wenn Mutter Lenas Leben umgestalten wollte, indem sie einem anderen verlassenen Kind ihre Liebe gab, muß es doch schrecklich für sie gewesen sein, daß Maja diese Liebe nicht annahm. Maja hat sie von sich gestoßen. Sie wollte nicht geküßt und gestreichelt werden. Mutter muß das wie eine Strafe empfunden haben.«

»Und das Entsetzliche ist ja, daß auch dieses Kind verschwand«, fügte ich hinzu.

Er schwieg eine Weile. Ich hörte nur seine Schritte hinter mir auf dem Weg. Dann sagte er:

»Ich habe damals mit Mutter darüber gesprochen, als wir in ihrer kleinen Küche Hagebuttentee tranken. Wir sprachen das erste Mal über Majas Verschwinden, das wir bislang nie mit einem Wort erwähnt hatten. Es schien so sinnlos. Alles war so unerklärlich. Nur Fragen, keine Antworten. Aber nun brachte sie selbst die Rede darauf. Sie sagte, sie wisse nun, wo Maja in diesen Wochen war. Ich war natürlich sehr überrascht und fragte: Wo denn? Sie hatte die ganze Zeit so klar und vernünftig gesprochen, ich war nicht auf ihre Antwort vorbereitet. Sie lächelte mich still an und sagte: Verstehst du es denn nicht? Bei Lena natürlich.

Mir wurde ganz kalt, denn ich wußte auf einmal, daß sie verrückt war. Ich nahm mich zusammen und sagte so ruhig wie möglich: Wieso meinst du das? Und sie antwortete: Die Daune in ihrem Zöpfchen. Die kleine weiße Daune. Das war ein Gruß von Lena. Sie sah dabei so friedlich und glücklich aus, ich wollte ihr nicht widersprechen.«

»Sie muß die Daunen aus den aufgeschlitzten Kissen als das einzig Positive in dem ganzen Geschehen betrachtet haben«, bemerkte ich. »Dieser wilde aufrührerische Schneefall war ihr verzweifelter Protest, das Nein, das sie in sich bewahrt hatte.«

Wir gingen auf dem Pfad, und ich sah die beiden Wege, den vorhandenen und den nicht mehr vorhandenen wie auf einem doppelt belichteten Foto. Manchmal gingen sie auseinander. Der neue kleine Pfad machte Abkürzungen, die der alte nicht hatte machen können, oder er mußte Umwege machen und Büschen ausweichen, die früher noch nicht hier gestanden hatten.

Ich bemerkte, daß wir die ganze Zeit von den Büschen nach links gedrückt wurden. Es gab so etwas wie einen Druck aus dem Wald, dem der Pfad nicht standhalten konnte. Nach einer Weile war er ganz getrennt von der Streckenführung der alten Straße, verdrängt von der Vegetation. Mir wurde klar, wie das vor sich ging: Blieb ich an einer Brombeerranke hängen, machte ich einen Schritt nach links. Wenn ich das nächste Mal Brombeerranken sah, wich ich rechtzeitig nach links aus. Und schließlich ging ich ganz links vom Weg im Gras weiter.

»Da oben ist der Tümpel, in dem wir kleine Frösche gefangen haben. Erinnerst du dich?« fragte Jens.

Wir öffneten ein Gatter und kamen auf das Weideland. Es war also noch nicht alles zugewachsen. Hier grasten offensichtlich Pferde, denn ab und zu sah man Pferdeäpfel. Die herbstlich offene Landschaft mit dem gelben Gras, den langen Steinmauern und den brennenden Hagebuttensträuchern erinnerte mich an England. Wären da nicht die umliegenden grauen Berge, es könnte jeden Moment eine Jagdgesellschaft zu Pferde herbeisprengen.

»Es gibt noch etwas, an das ich viel gedacht habe«, fuhr Jens fort. Er ging jetzt neben mir, und ich konnte ihn sehen, während er sprach. »Dies war im Frühjahr 1973, also im Jahr nach Majas Verschwinden. Vater hatte schon den ganzen Winter über in Göteborg gewohnt. Er und Mutter waren noch nicht geschieden. Wir wußten noch nicht genau, wie es weitergehen würde. Ob er zu Mutter, Maja und mir zurückkommen würde oder ob er da bliebe, wo er war. Wir sollten auf jeden Fall zu ihm fahren und ihn besuchen, was seine Idee gewesen war. Er wollte uns nicht zu Hause treffen – wir wußten gar nicht, wo er wohnte, und er sagte es uns auch nicht –, sondern in einem Restaurant. Er wollte uns in einem Chinarestaurant zum Essen einladen. Wir hatten ihn nicht gesehen, seit er im Jahr zuvor ausgezogen war, nur mit ihm telefoniert.

Das Unternehmen mißlang von Anfang an. Wir fanden das Chinarestaurant nicht, Vater hatte uns nur eine ungenaue Wegbeschreibung gegeben, aber gesagt, es sei leicht, in der Nähe der Hauptstraße, jeder wisse, wo das Restaurant Ming sei. Die Leute, die wir fragten, wußten es nicht, und als wir es endlich fanden, hatte Vater schon eine dreiviertel Stunde gewartet und eine Menge Sake getrunken. Dann stritten er und Mutter sich während des ganzen Essens. Vater war betrunken und laut, und Mutter weinte. Ich ging mit Maja zum Aquarium und fütterte die Goldfische mit Reiskörnern und Pekingente. Die Chinesen taten, als merkten sie nichts, schlichen aber um uns herum, hoben die Scherben von einem Glas auf, das Vater umgeworfen hatte, lächelten und verbeugten sich. Wir waren die einzigen Gäste. Als Vater bezahlen wollte, hatte er nicht genug Geld, und Mutter mußte etwas dazulegen.

Als wir uns von Vater verabschiedet hatten und zurück zum Bahnhof gingen, Mutter, Maja und ich, kamen wir an einer kleinen Galerie vorbei. Sie lag im Kellergeschoß, und wir hätten sie überhaupt nicht gesehen, wäre nicht Maja wie angewurzelt vor dem Fenster stehengeblieben. Sie weigerte sich weiterzugehen. Sie hatte da drinnen etwas gesehen, was sie interessierte. Wir hatten noch viel Zeit, bis unser Zug fuhr – wir hatten nicht damit gerechnet, daß unser Treffen mit Vater ein so abruptes Ende fände –, und Mutter schlug vor, hineinzugehen.

Es war eine merkwürdige Ausstellung: lauter Objekte, die hauptsächlich aus Naturmaterialien bestanden. Ich erinnere mich an einen Rehschädel mit einer Haube aus glänzender Alufolie, die Hörner waren mit Daunen umwickelt. Vogelnester, die mit Distelkugeln und Wespennestern gefüllt waren. Ein Käfig aus Zweigen, der einen abgerissenen Vogelflügel enthielt, und einen anderen Käfig mit einem vergoldeten Ei. Ein großes Fischskelett, das in einen Mantel aus geflochtenem Gras und Silberfäden gehüllt war.

Die Objekte hätten primitive Stammeskunst sein können, wären da nicht Gold- und Silberfäden und Alufolie mit verarbeitet gewesen, was mich an das Weltraumzeitalter denken ließ.

Meine Mutter war hingerissen und wollte wissen, wer die Sachen gemacht hatte. Die Galeristin nannte den Namen der Künstlerin: Kristina Lindäng. Mutter fragte, ob es ein Informationsblatt gäbe. Die Frau zeigte auf einen Tisch im hintersten Raum.

Auf dem Tisch stand ein Porträtfoto in einem Rahmen. Es zeigte ein junges Mädchen mit langem, mittelgescheiteltem Haar und großen, ernsten Augen. Neben dem Foto brannte eine Kerze. Das Ganze sah irgendwie wie ein Altar aus. Auf dem Tisch lag ein Stapel mit Informationsblättern, doch nicht mit der üblichen Auflistung von Kunstschulen, Stipendien und Ausstellungen, es waren nur ein paar Zeilen, Namen, Geburtsdatum und Wohnort verzeichnet. Und die höchst erstaunliche Information, daß die Künstlerin seit November 1972 verschwunden und vermutlich tot sei.

Meine Mutter fragte die Galeristin, wie sie an die Kunstwerke gekommen sei. Die Frau erzählte, eine Sozialarbeiterin im Krankenhaus von Lillhagen habe sie überredet, diese Ausstellung zu zeigen. Eine ehemalige Patientin von ihr habe die Objekte gemacht.

Das Allermerkwürdigste aber war Majas Reaktion. Karin hatte sie oft in Museen, ins Kindertheater, in alles mögliche geschleppt. Maja hatte sich nie für etwas interessiert. Dieses Mal war es anders. Sie schien von diesen Kunstwerken völlig verhext zu sein. Erst ging sie langsam von einem Objekt zum nächsten, betrachtete sie lange mit großen Augen und streckte vorsichtig die Hand aus und berührte sie.

Dann schien sie etwas zu suchen. Sie lief immer wieder durch die Ausstellungsräume und sah sich überall um, und als sie nicht fand, was sie suchte, wollte sie ins Büro der Galeristin. Wir konnten sie davon nicht abhalten, sie wollte da hinein. Und als sie es geschafft hatte, suchte sie unter dem Schreibtisch und in den Schränken, in einer Besenkammer und auf der Toilette. Dabei schnalzte sie die ganze Zeit mit der Zunge wie ein Eichhörnchen. Diesen Laut hatten wir noch nie von ihr gehört. Sie benahm sich wirklich sehr merkwürdig. Als wir gehen wollten, weigerte sie sich, mitzukommen. Wir mußten sie zum Zug tragen, und sie biß und trat uns.«

Wir waren an den Wiesen vorbei und draußen in den Felsen, jetzt wieder auf dem Weg nach Norden. Die warmen Düfte von trockenem Gras und vermodernden Pflanzen folgten uns noch eine Weile und gingen dann über in den kalten Geruch des Meeres.

Ich war ein bißchen verärgert darüber, daß Jens damals in Göteborg war, ohne sich bei mir gemeldet zu haben. Wie glücklich wäre ich gewesen, wenn er mich angerufen und ein kurzes Treffen vorgeschlagen hätte. Ich wäre überallhin gekommen und hätte alle anderen Pläne aufgegeben. Ein Treffen mit Jens wäre ähnlich wunderbar gewesen wie ein Treffen mit Anne-Marie.

Unsere Wanderung wurde allmählich anstrengend, und unser Gespräch war versiegt. Wir gingen wieder jeder für sich, Jens voraus. Ich bemerkte, daß er sich recht ungelenk bewegte und sogar ein bißchen außer Atem kam. Als sich bei einer Bewegung sein Hemd einen Spalt öffnete, sah ich, daß er die Andeutung eines Bauches hatte, was mich erstaunte. Er war mir bisher unverschämt gut erhalten und durchtrainiert vorgekommen. Ich ging an ihm vorbei und merkte, daß er Mühe hatte, mit mir mitzuhalten, was mich, ich muß es bekennen, ein wenig freute.

Auf einem hohen Felshügel blieb ich stehen, wartete auf ihn und tat taktvoll so, als bewunderte ich die Aussicht. Ich mußte übrigens gar nicht so tun, es war wirklich ein phantastischer Anblick: Der Fjord öffnete sich zur gewaltigen Weite des offenen Meers, Inseln mit einzelnen Häusern glänzten in der Sonne, weiß wie Zuckerstücke. Als ich da stand, tauchte der Name Kristina Lindäng in meinem Kopf auf. Ich wußte, daß ich ihn schon einmal gehört hatte, wußte aber nicht mehr, wo.

Wir gingen weiter, und als wir einen steilen Abhang hinunterkamen, erkannte ich die Schlucht unter uns. Es war die Schlucht, die zum Muschelstrand führte. Wir waren einen großen Umweg gegangen, aber waren doch hier gelandet.

Wir bahnten uns einen Weg durch kleine Eichen, Wacholder und Geißblattranken. Wieder hatte ich dieses merkwürdige Gefühl, meilenweit von einem Urwald umgeben zu sein und gleichzeitig diesen starken Geruch von Salzwasser, Tang und Muscheln wahrzunehmen.

Wir drängten uns durch die Wacholderwand, an der einzigen Stelle, wo es möglich war, direkt am Felsen. Auch Jens wußte das noch, er ging direkt zur richtigen Stelle.

Geblendet vom hellen Licht, standen wir am Strand. Es war Ebbe, und man sah die Muschelbänke draußen in der

Bucht. Kissen von schmutzigem Meeresschaum zitterten am Ufer. Ich betrachtete die großen Steinblöcke entlang der felsigen Wand. Die Bruchflächen über ihnen, die Stelle, wo sie einmal angewachsen waren, leuchteten in einer rotbraunen, fleischigen Farbe, die sich von der übrigen Oberfläche der Klippen unterschied. Und da kam mir plötzlich, wo ich den Namen Kristina Lindäng schon einmal gehört hatte. So hieß sie, die Frau, die Max unter den Felsblöcken gefunden hatte. Das Skelett.

Ich erzählte Jens von unserer Entdeckung.

»Du hast sie also gefunden?« sagte er erstaunt.

»Max. Mein Sohn«, berichtigte ich.

»Ich habe im Bohusläningen darüber gelesen. Ich habe die Zeitung an einer Tankstelle auf dem Weg hierher gekauft. Ich las ihren Namen, und da fiel mir diese Ausstellung wieder ein. Ich war nicht sicher, nicht ganz sicher, aber ich glaube, das Mädchen, das diese merkwürdigen Gegenstände gemacht hatte, hieß so. Kristina Lindäng. Ist es wirklich wahr, daß du sie gefunden hast, Ulrika?«

»Mein Sohn«, sagte ich noch einmal.

»Aber daß niemand sie bis dahin gefunden hat?« murmelte er.

»Außer dir und mir gibt es nicht viele, die den Landweg hierher kennen«, sagte ich. »Und mit einem Boot kommt man ja auch kaum herein. Man bleibt draußen und sammelt Muscheln, aber man geht nicht an Land, es wird ja so flach. Und ein Badestrand ist es auch nicht. Hier ist wohl nur sehr selten jemand.«

Er setzte sich auf einen Stein direkt neben einen dieser Riesentöpfe aus der Eiszeit. Sie waren voller Wasser. Seegras wuchs in ihnen. An deren Wasseroberfläche hatte sich Salz in glänzenden Ringen abgelagert.

Ich blickte ihn an und fragte mich, ob Anne-Marie wohl

auch schon grauhaarig war. Ich konnte es mir nicht vorstellen.

»Warst du selbst auch drin?« fragte er.

Ich schüttelte den Kopf und verzog das Gesicht.

»Nein, nein, nie im Leben. Nur die Jungen waren dort.«

»Ich bin hineingekrochen«, sagte er.

Ich starrte ihn an.

»Du? Wann denn?«

»Neulich. Ja, ich konnte es nicht lassen, nachdem ich das in der Zeitung gelesen hatte. Daß es wirklich einen Gang gab, konnte ich einfach nicht glauben. Daß wir den nie gefunden haben. Ich bin bis ganz hinauf gekrochen. Überall sind Öffnungen und Ritzen, es ist nicht besonders dunkel. Allerdings ziemlich eng für einen Erwachsenen. Wenn man ganz oben ist, gibt es einen ziemlich großen ebenen Raum. Offenbar ist dein Sohn dort auf den Fund gestoßen. Es gibt hier eine Öffnung zum Fels hin, auf der gleichen Höhe wie der Felsvorsprung, auf dem Maja stand.«

Er ging ein paar Schritte, damit wir die Felswand sehen konnten, die jenseits der Felsblöcke ins Meer fiel. So wie das Licht gerade fiel, konnte man den Vorsprung kaum sehen. Aber ein paar zusammengekauerte Seeschwalben, die dort saßen, zeigten an, wo er war.

Kristina

Es waren die Tabletten. Sie hätte sie nicht nehmen sollen.

Sie waren wie immer zusammen eingeschlafen, dicht aneinandergeschmiegt in der Höhle mit den aprikosenfarbenen Wänden.

Sie waren auf dem Landweg gegangen, die Wanderung über die Berge war heiß und ermüdend gewesen. Einmal sahen sie zwei Männer, die unterwegs waren zu einem Segelboot, das unten in einer Bucht vertäut lag. Schnell hatte das Mädchen sich hinter einen großen Stein geduckt, wo sie still wie ein Hasenjunges lag, bis die Männer vorbei waren. Kristina hatte nie zu ihr gesagt, daß sie sich vor Menschen verstecken sollte. Sie hatte es von allein gemacht.

In der Höhle hatte das Mädchen sie lange wach gehalten, sie mit Daunen gekitzelt und gelacht. Aber dann war sie schließlich zur Ruhe gekommen, und Kristina hatte ihre regelmäßigen Atemzüge gehört.

Als sie aufwachte, war die ganze Welt verändert. Keine Sonnenstrahlen drangen mehr durch die Ritzen der Felsblöcke und entlockten den Wänden ein Glitzern. Von draußen kam nur gelbgraues Dämmerungslicht, das den Großteil der Höhle im Dunkeln ließ.

Der Platz neben ihr war leer. Es war das erste Mal seit sechs Wochen, daß sie ohne den kleinen warmen Körper neben sich aufwachte.

Kristina tastete im Dunkeln von einer Wand zu anderen und fühlte das Lager aus Daunen und Farnen ab. Das Mädchen war nicht da.

Die Geräusche draußen. Rufe. Ein Bootsmotor. Wie hatte

sie bei diesem Lärm nur schlafen können? Sie wachte doch sonst beim leisesten Knacken auf? Die Tabletten!

Sie kroch zur Öffnung, die zur steilen Felswand hin lag, wo immer die Seeschwalben saßen, und schaute hinaus.

Es waren keine Vögel da. Aber auf einem Felsvorsprung stand das Mädchen.

Sie stand unbeweglich, den Rücken an die Wand gepreßt, und starrte ins Wasser hinunter. Der Vorsprung war gerade so breit, daß ihre Füße Platz hatten.

Kristina schnalzte leise, so wie sie es machten, wenn sie einander riefen. Das Mädchen sah sie mit aufgerissenen, entsetzten Augen an, blieb jedoch stehen. Sie traute sich nicht, zurückzugehen. Konnte nicht. Sie hatte den Felsabsatz vermutlich erreicht, indem sie sich aus der Öffnung zwischen den Felsblöcken gezwängt hatte. Sie war irgendwo auf der Felswand gelandet und dann weitergeklettert, indem sie Füße und Hände auf Ausbuchtungen setzte, vorwärts, den Blick nach vorn gerichtet. Zurück würde sie dann mit den Füßen voran klettern müssen, ohne zu sehen, wohin sie sie setzte. Sie befand sich an einem Platz, an den man mit großem Glück gelangen konnte, aber nicht wieder weg.

Wie lange stand sie schon da? Gewiß war sie vor Kristina aufgewacht, hatte vermutlich versucht, sie zu wecken, was ihr jedoch nicht gelungen war. Durch die Öffnung hatte sie die Seeschwalben auf dem Felsabsatz gesehen und zu ihnen hinaufgelangen wollen.

Kristina dachte intensiv darüber nach, wie sie das Mädchen retten konnte. Wären sie allein gewesen, hätte sie das Mädchen gelockt zu springen. Es war hoch, aber das Wasser war so nah an der Felswand und tief genug, und das Mädchen konnte schwimmen wie ein Fisch. Kristina wäre hinausgeschwommen und hätte sie, im Wasser liegend, gelockt, wie eine Alkvogelmutter ihre Jungen lockt, den Sprung von der Klippe zu wagen. Und wenn sie dann gesprungen wäre, hätte Kristina neben ihr schwimmen können, ganz nah, um die großen Felsblöcke herum und ans Ufer. Das hätte sie gemacht, wenn sie allein gewesen wären. Es wäre gegangen. Die Kleine hätte sich getraut. Nicht gleich, aber am Ende doch. Ihr Vertrauen wäre groß genug gewesen.

Aber sie waren nicht allein. Von ihrem Platz unter dem Felsblock konnte sie nicht zum Meer sehen, nur den Felsen hinauf. Aber sie hörte die schrillen, aufgeregten Stimmen und den Motor eines Außenborders.

Bald hörte sie weitere Boote, weitere Stimmen. Oben auf dem Rand des Felsens tauchten jetzt Menschen auf. Es wurde dunkel, und die Klippen wurden von Taschenlampen und starken Scheinwerfern erleuchtet. Das Mädchen stand, an die Felswand gepreßt, und wurde von den Lichtkegeln durchbohrt wie ein aufgespießtes Insekt. Sie hatte Todesangst. Aber sie gab keinen Laut von sich.

Ein Mann mit einem Tau um den Bauch wurde zu dem Mädchen herabgelassen, packte sie in einem festen Griff und wurde wieder hochgezogen. Der Jubel der Menschen hallte über den Fjord.

Die Bootsmotoren jaulten auf, entfernten sich. Die Stimmen auf dem Felsen verschwanden. Alles wurde still. Sie war weg.

Sie lebte weiter wie bisher. Paddelte in den Fjord und zu den Schären hinaus, wenn das Wetter es zuließ. Wanderte über die Felsen und Wiesen. Sammelte Schätze in ihren Korb. Sie saß am Tisch und fügte die Hinterlassenschaften der Natur zusammen, erweckte Totes zum Leben. Sie radelte zum Laden, wusch ihre Kleider, backte Brot.

Aber sie befand sich nicht mehr in einem Turm aus Glas

und Licht. Kristina spürte die Einsamkeit – und das war ein neues Gefühl für sie. Sie hatte immer gedacht, alles zu haben, was sie brauchte. Ihr Problem lag darin, das Unnötige abzuwehren, sich gegen das Schädliche zu schützen. Sie hatte sich oft von den Menschen weggesehnt. Zum ersten Mal in ihrem Leben sehnte sie sich *nach* einem Menschen. Zum ersten Mal verspürte sie Verlust.

Über ihre Welt hatte sich eine Reifschicht von Trauer gelegt. Alle Orte, wo sie mit dem Mädchen gewesen war, Steine, auf denen die Kleine gesessen hatte, Berge, auf die sie geklettert war, Wiesen und Strände, über die sie gelaufen war, alles war mit diesem matten Reif überzogen.

Der Sommer ging zu Ende. Im Fjord wurde es still. Das Wasser wurde schwarz, und Regenschauer zogen über die Berge.

Jedesmal, wenn sie auf den Decken auf dem Boden aufwachte, wollte sie die Hand ausstrecken und nach dem Mädchen greifen. Der Reflex war noch da, obwohl sie alles wußte. Da, bevor sie richtig wach war, war ihre Erinnerung an das Mädchen so stark – an ihren Duft, ihre zarte Haut, den kitzelnden Hauch ihres Atems. Sie blieb lange mit geschlossenen Augen liegen, um das festzuhalten. Wenn sie die Augen aufschlug, sah sie nur einen leeren Fleck. Aber an den Wänden waren noch die vielen kleinen Vogelfiguren.

Langsam wurde es um sie herum dunkler und dunkler. Sie holte das Kajak an Land, wickelte es in seine Plane und verzurrte es an der Hauswand.

Das Dunkel drang in sie ein, grub sich in sie, höhlte sie aus, erfüllte ihre leere Brusthöhle.

Noch nie hatten die Dinge so wie jetzt zu ihr gesprochen. Sie konnte ihre Stimmen hören, kaum daß sie die Hütte betrat. Sie flüsterten und riefen aus ihren Schachteln.

Sie legte sie auf den Tisch – Krabbenschilde, Elsterfedern, Bäusche aus Hasenfell, das dünne Skelett eines Möwenkopfes. Sie sprachen zu ihr vom Verwelken, von Auflösung, Austrocknung, Verfall.

»Faß uns an«, baten sie. »Weck uns auf. Gib uns Leben.«

Und sie nahm sie auf, fügte sie mit Leim und Kupferdraht und Lederriemen zusammen, so daß ihre Stimmen sich einander näherten, ineinanderflossen, neue Stimmen wurden.

»Beschütze uns. Stärke uns«, flüsterten sie.

Und sie malte schützende Zeichen auf sie, flocht Käfige aus Zweigen, gab ihnen Helme aus Aluminium und Mäntel aus Gras und Silberfäden.

Sie arbeitete, bis sie nicht mehr konnte, und dann legte sie sich auf den Boden und schlief lange.

Eines Tages machte sie sich eine Thermosflasche mit Tee. Sie packte die Thermosflasche und die Tablettenschachtel in den Rucksack und wanderte über die regennassen Berge zum Strand mit der Felsengrotte.

Sie kroch den Gang zum Daunenlager hinauf. In der Öffnung zwischen den Steinen konnte sie eine große Seeschwalbe auf der Felswand sitzen sehen, die sich wegen des Regens aufplusterte.

Sie schenkte sich heißen Tee ein, nahm die Tabletten, eine nach der anderen, und schluckte sie mit dem Tee hinunter. Sie ließ sich Zeit. Sie hörte erst auf, als die Schachtel leer war. Dann legte sie sich hin. Sie fror nicht mehr.

Es wurde dunkler in der Grotte. Die Seeschwalbe hatte sich direkt vor die Öffnung gesetzt. Der Wind hob die Daunen in ihrem Federkleid und ließ sie zittern. Der Blick ihres Auges war aus gelbem, kaltem Glas.

»Ich kann etwas zu essen machen«, sagte ich. »Wenn du noch schreiben willst.«

Jens stand vor dem Küchenschrank und betrachtete nachdenklich, was es noch gab. »Ausgezeichnet«, sagte er und drehte sich dankbar zu mir um. »Meine Frau kommt morgen und holt mich ab, und ich möchte bis dahin gerne fertig sein.«

Ich zog eine karierte Schürze an, die auf einem Haken an der Tür hing, verschaffte mir einen Überblick über den Inhalt des Vorrats- und des Kühlschranks, und dann verwendete ich meine ganze Phantasie darauf, aus Vorhandenem etwas Interessantes zu machen. Gewürze und orientalische Pasta gab es reichlich, und dazu ein wenig Wurzelgemüse. Ich machte einen Eintopf aus Blumenkohl, Kohlrüben, Möhren, Äpfeln und Dosentomaten und würzte mit Curry und Chili. Dazu machte ich Couscous. Ich suchte einen Untersetzer und stellte den Topf auf den Tisch, fand im Kühlschrank ein Bier und lockerte das Couscous mit etwas Frühstücksmargarine auf.

»Das Essen ist fertig«, rief ich dann.

»Mhm. Ich brauche noch einen winzigkleinen Moment«, antwortete er.

Es war wie in einer alten Ehe, und mir kam der Gedanke daran gar nicht abwegig vor. Wenn Maja in jenem Sommer nicht verschwunden wäre, wenn die Familie sich nicht so plötzlich aufgelöst hätte, wenn sie alle im folgenden Sommer wiedergekommen wären und mich eingeladen hätten und ich mit meinem neuen Selbstvertrauen und dem spät erwachten Interesse an Jungen hingefahren wäre …

Nein, so wäre es nicht gewesen. Denn eine Jugendliebschaft hätte kaum zu einer Ehe geführt, und so eine Ehe hätte kaum so viele Jahre gehalten, ja wäre schon seit vielen Jahren zu Ende. »Jetzt solltest du kommen, sonst wird es kalt«, rief ich.

»Ich komme.«

Ich fing an zu essen. Das diskrete Trappeln in Jens' Büro war von einem anderen Geräusch abgelöst worden: dem monotonen Brummen des Druckers.

»Muß der an sein, während wir essen?« bemerkte ich, als er endlich auftauchte.

Er hatte wieder die Brille mit dem orangefarbenen Gestell auf. Er ging zurück und schloß die Tür zum Schlafzimmer.

»Gut so, ja?«

Während der Mahlzeit sprach er auf diese leichte, professionell-freundliche Art, begleitet vom gedämpften Lärm des Druckers. Als der plötzlich verstummte, machte er eine Pause und sprach dann weiter. Die Herbstsonne fiel auf das alte Holz der Tischplatte und verwandelte das Bier in den Gläsern in Gold.

Nach dem Essen ging er ins Schlafzimmer und kehrte mit einem Stapel Papier zurück.

»Hier hast du etwas zu lesen, während ich abwasche«, sagte er. »Ich glaube, es ist warm genug, daß du auf der Veranda sitzen kannst.«

Er holte einen Gartenstuhl aus einem Schrank in der Halle, trug ihn auf die Veranda und klappte ihn auf.

»So«, sagte er und drückte ihn ein wenig, um zu sehen, ob er stabil stand.

Ich hängte meine Jacke über die Schultern und setzte mich mit dem Papierstapel auf dem Schoß auf den Gartenstuhl. Das Wasser im Fjord war dunkelblau und wechselte die Farbe, als hätte jemand einen großen Ballen schwerer, altmodischer Seide zwischen den Felsen ausgelegt. Von der Küche hörte ich, daß Jens Wasser laufen ließ. Ansonsten war die Welt still.

Ich richtete den Blick auf das oberste Blatt. Da stand nur ein Wort: *Kristina*. Auf dem nächsten Blatt begann der Text: »*Sie bewegt sich in einer grauen Welt. Die Sonne ist noch nicht aufgegangen. Sie liebt diese Welt ohne Licht und Dunkel, eine Welt ohne Schatten, ohne Farben. Nichts ist wirklich sichtbar, und nichts ist wirklich verborgen, alles ist Ahnung, Verwechslung.*«

Ich las zerstreut und schaute ab und zu über den Fjord und die Felsen. Dann wurde ich immer tiefer in die Erzählung hineingezogen. Als ich zu Ende gelesen hatte, war die Sonne untergegangen, und die Veranda lag im Schatten. Es war kalt.

Ich klappte den Stuhl zusammen und nahm ihn mit hinein. Die Küche war leer. Der Tisch abgedeckt, das Geschirr abgetrocknet und weggeräumt. Nicht ein Wassertropfen auf der Spüle.

Ich ging weiter in die Halle und stellte den Gartenstuhl in den Schrank unter der Treppe. Als ich ihn hineinschob, merkte ich, daß er gegen etwas stieß und etwas umfiel. Ich konnte einen Stapel Comichefte ausmachen. Sie sollten sie nicht so schlampig aufbewahren, dachte ich. Manche sind inzwischen vielleicht wertvoll.

Jens saß im Wohnzimmer im Schaukelstuhl und schaute aus dem Fenster. Er lehnte den Kopf an das kleine orientalische Kissen mit den Troddeln und schaukelte langsam vor und zurück. Sein Blick war weit weg auf der anderen Seite des Fjords, droben zwischen den Spitzen der Berge, wo die Sonne noch schien und neue Farbtöne aus den Klippen herausholte. Wenn er es denn sah. Er trug weder die rote noch die orangefarbene Brille. Auf dem Tisch standen eine Teekanne, zugedeckt mit der alten karierten, wattierten Teehaube, die die Familie früher benutzte, und zwei Keramikbecher.

»Meinst du, so war es?« fragte ich und hielt ihm den Stapel Papier vor die Nase. »Eine verrückte Kidnapperin in einem lautlosen Kajak?«

»Vielleicht.«

»Die Vermutung ist gut«, sagte ich und legte die Papiere auf den Tisch. »Es klingt wahrscheinlich.«

»Wahrscheinlicher als deine Bergverschleppungsgeschichten. Und es ist mehr als eine Vermutung. Ich habe ein bißchen recherchiert. Per Telefon.«

Er machte eine Geste in Richtung des Handys auf der Seemannskiste.

»Ich habe herausgefunden, wer die Besitzerin der Galerie war, die Kristina Lindängs Sachen ausgestellt hatte. Und durch sie bekam ich Kontakt zu der Sozialarbeiterin, Gudrun Samuelson, die die Ausstellung angeregt hatte. Die beiden waren befreundet, deshalb ließ die Galeristin sich überreden. Es war ja keine Ausstellung, bei der man etwas kaufen konnte. Ich hatte ein langes Gespräch mit Gudrun Samuelson. Sie ist jetzt pensioniert, erinnert sich jedoch noch sehr gut an Kristina.«

»Gründet sich deine Geschichte auf ihre Angaben?«

»Zum Teil. Möchtest du Tee?«

Ich nickte und setzte mich auf das blauweiß gestreifte Sofa. Er nahm die Haube ab und schenkte uns Tee ein. In den dunklen Keramikbechern konnte man nicht sehen, was für eine Farbe er hatte, aber vom Geschmack her war es grüner Tee.

»Sie hat mir eine ganze Reihe von Fakten über Kristinas biographischen Hintergrund geliefert. Sie erzählte, daß Kristina auf unserer Seite des Fjords wohnte, ganz draußen auf der Landzunge. Auf der Kalvön, wie die Insel heißt, obwohl es eigentlich keine Insel mehr ist. Es sind nur zwanzig Meter bis zum Land, und viele Jahre lang gab es eine feste Verbindung. Aber es war schon immer ein abgelegener Platz gewesen. Hauptsächlich Viehweiden.«

»Warst du dort?« fragte ich.

»Nein, aber Gudrun Samuelson war vor einigen Jahren draußen und sagte, es gäbe dort nichts zu sehen. Die Hütte sei schon seit langem abgerissen. Irgend jemand habe die ganze Insel gekauft, eine Luxusvilla hingestellt und die Verbindungsstraße für Unbefugte gesperrt.«

»Kannte sie Kristina gut?«

»Niemand hat Kristina gut gekannt. Aber sie wußte eine ganze Menge über ihren Hintergrund, und sie versuchte, mit ihr in Kontakt zu bleiben, nachdem sie dort hinausgezogen war – was schwierig war, weil sie kein Telefon hatte.

Gudrun Samuelson erzählte, sie habe sich große Sorgen gemacht, als Kristina verschwunden war. Sie war bei ihrem letzten Besuch so deprimiert gewesen. Sie hatte auf einem Stapel Decken auf dem Boden gelegen und an die Wand gestarrt. Vor die Fenster hatte sie Stoffe gehängt, so daß es fast dunkel in der Hütte war. Es war unaufgeräumt, und im Kühlschrank war kaum etwas zu essen, was Gudrun erstaunte. Kristina war sonst immer sehr ordentlich gewesen.

Aber all das merkte sie erst nach einer Weile. Das erste, was sie sah, als sie eintrat, waren die Objekte. Hunderte. Auf allen Flächen, wo man etwas hinstellen konnte, waren die merkwürdigen Gegenstände aus Federn, Knochen, Muscheln und Gras. Sie konnte sie nicht deutlich sehen, weil es so dunkel in der Hütte war, aber sie sah genug, um zu verstehen, daß dies keine harmlosen Therapiearbeiten mehr waren. Es war – um es mit ihren Worten zu sagen – ›erschütternde, tief bewegende Kunst‹.

Das Dunkel in der Hütte hatte außerdem eine merkwürdige Sinnestäuschung hervorgebracht. Es war ihr so vorgekommen, als ob die Sachen irgendwie vibrierten, nur ein ganz, ganz kleines bißchen. Als ob sie atmeten und zitterten. Als ob sie wirklich lebten. Und gleichzeitig hatte sie das genau entgegengesetzte Gefühl gehabt. Daß sie tot waren. Daß es die totesten Gegenstände waren, die sie je gesehen hatte. Sie waren – um noch einmal Gudrun Samuelson zu zitieren – ›wie der Tod selbst. Sie strahlten Tod aus. Sie atmeten Tod‹. Ich erinnere mich, daß ich die Objekte in der Galerie auch so empfunden habe. Genau so.

Erst hatte sie geglaubt, allein in der Hütte zu sein. Und als sie dann Kristina auf den Decken bemerkte, war ihr erster Gedanke gewesen, sie sei tot. Sie hatte sie angesprochen, ohne eine Antwort zu bekommen. Da hatte Gudrun sich über sie gebeugt und gesehen, daß sie lebte. Sie hatte nur an die Wand gestarrt. Und Gudrun hatte gesehen, was sie anstarrte: kleine Vogelfiguren, mit einem Kugelschreiber an die Wand gekritzelt.

Ich bat sie, die Vögel zu beschreiben, aber sie konnte sich nur schlecht erinnern. Sie waren sehr klein, ›knausrig‹ gezeichnet. Ich fragte sie, ob sie möglicherweise von jemand anders als Kristina stammen konnten. Vielleicht von einem Kind? Nach Gudrun Samuelsons Aussage war das wenig wahrscheinlich, weil Kristina nie Besuch in ihrer Hütte empfing. Ich fragte sie, ob das Gekritzel ihr kindlich vorgekommen sei, und damit war sie einverstanden, und sie sagte: ›Kristina war in vieler Hinsicht wie ein Kind.‹ Und ihr künstlerischer Ausdruck konnte sich rasch verändern. Wenn die Objekte, die Gudrun in der Hütte gesehen hatte, das Ergebnis einer explosiven künstlerischen Entwicklung waren, so war das primitive Gekritzel vielleicht ein ebenso plötzlicher Rückschritt. Ausdruck für das mentale Wellental, in dem sie sich offensichtlich befand.«

»Hat sie Kristina nach dem Gekritzel gefragt?« wollte ich wissen.

»Es war nicht möglich, mit ihr in Kontakt zu kommen. Gudrun Samuelson hatte den Eindruck, daß Kristina ihr Medikament überdosiert hatte. Als sie nach Hause fuhr, hatte sie zwei Beschlüsse gefaßt: daß Kristina in Behandlung mußte. Und daß ihre Kunstgegenstände in einer Ausstellung einem Publikum zugänglich gemacht werden mußten.

Aber es kam zu keiner Behandlung mehr. Als Gudrun in Begleitung zweier Sanitäter wiederkam, war Kristina verschwunden. In der ganzen Hütte gab es keine Tablettenschachtel mehr, obwohl sie nach Aussage ihres Arztes noch zwei Schachteln vom letzten Rezept haben mußte. Ihre Brieftasche und andere persönliche Sachen waren jedoch da. Alles deutete auf Selbstmord hin.

Daß der Körper nie gefunden wurde, war natürlich eine doppelte Tragödie für die Eltern. Gudrun hatte Kontakt mit ihnen gehabt, von dem Moment an, wo Kristina ins Krankenhaus gekommen war. Unter anderem ihretwegen war Gudrun so hartnäckig gewesen, ihren Traum von einer Kunstausstellung zu verwirklichen. Sie haben auch später sporadisch den Kontakt gehalten. Der Vater lebte nicht mehr, aber mit der Mutter hatte sie kurz vor meinem Anruf gesprochen. Sie war so froh, daß Kristina endlich gefunden worden war und sie ein richtiges Begräbnis bekam.«

»Aber ein Kind hatte sie nie bei Kristina gesehen?« fragte ich.

»Nein, aber sie war auch den ganzen Sommer nicht draußen gewesen. Sie fuhr nur ein, zwei Mal im Jahr hinaus.«

»Wann war sie das letzte Mal dort? Gab es in der Hütte nichts, was darauf hingedeutet hätte, daß dort ein Kind gelebt hatte?«

Er schüttelte den Kopf.

»Ich habe sie gefragt. Aber sie konnte sich an nichts Derartiges erinnern.«

»Hast du Maja mit dieser Geschichte konfrontiert?«

»Nein. Und ich glaube auch nicht, daß es Sinn hätte.«

»Wo lebt sie denn jetzt?«

»Ein wenig nördlich von Stenungssund. In einer therapeutischen Wohngemeinschaft für Erwachsene mit Verhaltensstörungen. Du hast doch dein Auto hier. Wir könnten morgen hinfahren. Ja, das könnten wir machen. Dann könntest du sie sehen. Ich versuche, Susanne zu erreichen und sie zu bitten, mich irgendwo dort abzuholen. Und du kannst dann nach Göteborg zurückfahren.«

»Ich muß meine Söhne vor sechs abholen.«

»Kein Problem.«

Jens nahm das Handy und versuchte anzurufen, aber es gab keine Verbindung, er mußte es später noch einmal versuchen.

Er kramte ein altes Kartenspiel hervor, und dann spielten wir Kartenspiele, die wir beide vergessen zu haben glaubten, an die wir uns jedoch beim Spielen Stück für Stück erinnerten. Manchmal sagten wir: »Nein, so kann es nicht gehen. So kann ja keiner gewinnen.« Oder uns wurde plötzlich klar: »Was soll das denn?« Und dann fiel einem von uns ein, wie es war, und dem anderen fiel noch etwas ein, und dann klappte es. Merkwürdigerweise hatten wir großen Spaß.

Als es dunkel wurde, machten wir Kerzen an und öffneten eine Flasche Wein. Jens erreichte seine Frau, und sie verabredeten sich an der Shelltankstelle in Stenungssund um drei Uhr am nächsten Tag.

Mir fiel ein, daß ich die Jungen anrufen und ihnen gute Nacht sagen konnte – das hatte ich am Abend zuvor nicht gemacht. Es ging ihnen gut. Sie waren im Wasserpalast in Lerum gewesen, und am Abend hatten sie zwei Videos nacheinander gesehen, sie hatten gar nicht bemerkt, daß ich bisher nicht angerufen hatte. Jens hatte mir den Zeitungsausschnitt gegeben, und ich versprach ihnen, daß sie ihn bekämen. Anders kam an den Apparat.

»Und wo treibst du dich rum?« fragte er bitter.

»Ich besuche einen Jugendfreund in Tångevik«, sagte ich.

»Du hast gestern abend nicht angerufen.«

»Ich weiß, aber die Jungen sind nicht mehr so wild auf dieses Gute-Nacht-Sagen.«

»Jemand hat dich mit einem billigen Typen in Mickey's Inn gesehen. Nicht daß es mich etwas anginge, aber weißt du, was das für ein Ort ist? Weißt du, was für Typen da verkehren? Heimliche Alkoholiker und Leute, die einen schnellen Schuß suchen. Tragische Gestalten, die meisten.«

»Keine Ahnung. Ich bin da noch nie gewesen. Aber du kennst die Kneipe offenbar recht gut.«

»Es ist mir scheißegal, was du machst, Ulrika. Ich denke an die Jungen. Du weißt, daß Åse eine tolle Frau ist, und es geht ihnen hier gut. Das weißt du doch? Du mußt dir nie Sorgen machen. Aber ich weiß überhaupt nicht, was du so machst.«

»O doch, das weißt du. Ich forsche über Bergverschleppungen.«

Er schnaubte hörbar.

»Du holst sie morgen hoffentlich pünktlich ab.«

»Selbstverständlich.«

»Du klingst, als hättest du getrunken«, sagte er und legte auf.

Jens stand auf der Veranda, und ich ging hinaus zu ihm. Der Sternenhimmel war so überwältigend, wie er nur im Herbst auf dem Land sein kann. Man sah immer mehr Sterne, je länger man schaute. Das Meer war in der Dunkelheit nicht auszumachen, aber man spürte seine Nähe als salzigen Hauch im Gesicht.

»Weißt du noch, wie du mir die Sternbilder gezeigt hast?« fragte ich.

Das wußte er nicht mehr. Er wußte nicht einmal mehr, wie die Sternbilder hießen, und konnte mir außer dem großen Wagen keines mehr zeigen.

»Ich empfand es als so befreiend, daß das mit den Sternbildern eine Erfindung der Menschen war. Nur eine Interpretation. Ich habe mir dann meine eigenen Sternbilder gemacht. Das Pferd, zum Beispiel«, sagte ich.

Und ich zeigte es ihm. Er schaffte es nicht, ein Pferd zu sehen, so sehr ich es ihm auch erklärte.

»Was wirst du mit deinem Manuskript machen?« fragte ich.

»Ich weiß nicht. Ich lege es eine Weile beiseite. Hole es hervor und arbeite dann weiter daran. Vielleicht wird es ein Buch. Oder gar nichts.«

Ich schaute ihn an, wie er da stand im schwachen Licht des Mondes und der Sterne. Es war eigentlich gar kein Licht. Mehr wie die weißen Schatten auf einem Negativ. Er stand nach vorne gebeugt, die Unterarme auf das Verandageländer gestützt, das Weinglas in beiden Händen.

Er hatte mir viel erzählt. Und doch war er selbst merkwürdig unsichtbar geblieben. Über sein derzeitiges Leben hatte er nicht viel gesagt, nebenbei aber zwei halbwüchsige Töchter erwähnt. Eine Frau, die in Kopenhagen einen Kurs machte. Ich fragte mich, wer er eigentlich war. Gewandt, eloquent, angenehm im Umgang. Pedantisch – nicht ein Krümel in der Küche. Er hatte Phantasie – er hatte sich in die Welt einer kranken Frau hineinversetzt. Und keine Spuren von Klaustrophobie – er war den ganzen Gang unter den Felsblöcken entlanggekrochen.

Er sprach auf zweierlei Weise. Die eine war wie eine Art Präsentation. Ich hatte dann das Gefühl, daß er das, was er sagte, schon hundertmal allen möglichen Leuten erzählt hatte. Wie er von seiner Berufswahl sprach, von den Autoplakaten auf dem Flugplatz in Singapur, dem Zeitungsartikel über die Elite von morgen. Aber als er von Karins und Åkes weggegebenem Kind sprach, da klang er anders. Als spräche er die Worte zum ersten Mal aus. Als wäre ich ein Zuhörer und nicht Publikum.

Er drehte sich zu mir um und betrachtete mich forschend, vielleicht dachte er ähnlich über mich. Mir wurde klar, daß ich auch nicht viel über mich erzählt hatte. Ich hatte über meine Forschungen erzählt, aber nichts Persönliches. Und eigentlich spielte das auch keine Rolle. Unsere jetzigen Leben waren hier draußen unerheblich.

»Merkwürdig, daß wir beide hier sind«, sagte er. »Und daß so viele Jahre vergangen sind. Es kommt einem unwirklich vor.«

Dann tat ich, was ich schon lange wollte. Ich beugte mich vor und blies langsam über seine Haare.

Zum dritten Mal erwachte ich im Sommerhaus der Familie Gattmann. Ich hatte mich an Anne-Maries Bett und die Dachkammer gewöhnt und war deshalb in den ersten Sekunden des Aufwachens erstaunt, daß sowohl das Muschelschalenmobile als auch die feuchte Kälte fehlten. Dann sah ich das zusammengeklappte Notebook und den Drucker auf dem Tisch, und alles fiel mir wieder ein.

Jens war schon aufgestanden, aber das Doppelbett war auf seiner Seite noch immer angenehm warm. Ich rollte mich auf seinen Platz und legte das Gesicht auf das Kissen, wo sein Geruch noch zu spüren war. Er roch wirklich unglaublich gut. Mit seinen schicken Brillen, teuren Pullovern und seiner glänzenden Küche machte er nicht den Eindruck, als würde er überhaupt nach etwas riechen, aber das tat er. Ich hatte das nicht gedacht, bis ich mich am Abend vorgebeugt und über seine Haare gepustet hatte. Hatte er auch schon so gerochen, als er jung war? Ich erinnerte mich nicht mehr. Vielleicht war sein Geruch etwas, das im Lauf der Jahre entstanden war, wie die grauen Haare und seine Sehnsucht, etwas anderes als Werbetexte zu schreiben.

Ich bin überzeugt davon, daß wir von Gerüchen gesteuert werden. Wir finden immer jede Menge rationaler Gründe, warum wir Menschen mögen oder nicht mögen, aber sie stimmen alle nicht. Wir lassen uns vom Geruch leiten. Bevor ich Anders kennenlernte, war ich mit einem egoistischen, erzlangweiligen Doktoranden zusammen, der an einer Arbeit über die Lebensumstände von Einwandererkindern schrieb (und, soweit ich weiß, immer noch schreibt), und jedesmal, wenn ich Schluß machen wollte, fiel ich wieder auf ihn herein, weil der Kerl so sündhaft gut roch. Es war wie eine Droge. Eigentlich wäre das ja auch ein Thema für eine Doktorarbeit. »Die Bedeutung des Geruchs für menschliche Beziehungen«. Vermutlich ein völlig unerforschtes Gebiet.

Aber jetzt roch es nach Kaffee. Ich ging hinauf in Tors und Sigrids Stockwerk und duschte und wusch mir die Haare. Ich trocknete mich mit Jens' feuchtem Badetuch ab, das über einem Stuhl in der Halle oben hing. Ich wußte nicht, wie seine Frau aussah, aber ich wäre jede Wette eingegangen, daß sie ziemlich mager war. Aus seiner Art, mich anzufassen, schloß ich, daß er nicht gerade verwöhnt war, was weibliche Rundungen betraf. Die meisten Männer lieben rundliche Frauen, wenn sie allein mit ihnen sind. Aber in der Öffentlichkeit wollen sie eine schlanke Dame an ihrer Seite haben. Schlanke Frauen verleihen einen besseren Status, und die Kleidung sieht an ihnen attraktiver aus. Ich tuschte meine

Wimpern vor dem Spiegel, vor dem Anne-Marie und ich einmal gestanden und uns geschminkt hatten. Gerne hätte ich etwas anderes zum Anziehen dabei gehabt, aber wie hätte ich ahnen können, daß ich drei Tage hierbliebe, wo ich nur durch Gattmanns Verandafenster schauen wollte?

Wir frühstückten und wuschen zusammen ab. Ab und zu berührten wir uns leicht, sahen uns an, sagten aber fast nichts. Wir hatten an den anderen Tagen so viel geredet, das Schweigen war eine Wohltat.

Dann bereiteten wir den Aufbruch vor. Jens faltete die Laken des Doppelbetts und packte sie in einen exklusiven Koffer aus geriffeltem Aluminium. Das Notebook legte er in seinen speziellen Koffer und den Drucker in einen anderen. Es dauerte zwei Minuten, und dann sah das Zimmer aus, als hätte er nie da gewohnt. In der Küche packte er ein paar Lebensmittel in eine Plastiktüte. Mein Gepäck bestand aus dem Zeitungsartikel und dem Manuskript, das ich von ihm bekommen hatte.

Wir verstauten die Sachen in meinem Auto. In letzter Sekunde spürte ich, daß ich den rostigen Reserveschlüssel noch in meiner Jackentasche hatte. Ich kroch unter die Veranda und legte ihn wieder in die Muschel, obwohl Jens es unnötig fand, ihn zurückzulegen; weder Lis noch Eva erinnerten sich an das Versteck in der Muschel, aber ich bestand darauf, daß er an seinen Platz zurückkam.

»Du brauchst keine Angst zu haben«, sagte ich, nachdem ich aus dem merkwürdigen Meeres- und Erdgeruch unter der Veranda herausgekrochen war und meine Knie und Arme abgebürstet hatte. »Ich werde diesen Schlüssel nicht mehr benutzen. Ich finde nur, man sollte die Dinge dorthin zurücklegen, wo man sie weggenommen hat.«

Er lächelte, sagte jedoch nichts und stieg in mein Auto ein.

Von weitem sah das Haus aus wie ein normales, unansehnliches einstöckiges Haus. Es lag wie hingeworfen in einer flachen Gegend mit gelb gewordenen Wiesen. Weiter hinten sah man eine längliche Bucht und Schwäne.

Wir gingen um das Haus herum und stellten fest, daß es größer war, als man dachte. Zwei gleichartige Gebäudekomplexe schoben sich wie Flügel aus dem ersten und umschlossen eine Terrasse aus grauem Holz, das von weitem wie Seide aussah, und auf der sich eine gemauerte Feuerstelle befand. Das Gebäude wirkte von dieser Seite sehr viel offener und einladender, es gab viele Fenster und Türen.

Jens ging über die Terrasse und klopfte leicht an eine der Türen. Die Gardine vor dem Fenster wurde ein wenig beiseite gezogen. Halb verborgen hinter dem weißen Baumwollstoff sah ich sie. Vielleicht war es der Kontrast zwischen der weißen Gardine und dem Schwarz ihrer Haare und ihrer Haut oder vielleicht auch das Verschleierte: Das Gesicht hinter dem Fenster kam mir auf jeden Fall unglaublich exotisch und fremd vor. In meiner Erinnerung war sie so dunkel nicht gewesen.

Mit einem Auge beobachtete sie uns. Das andere verschwand im Schatten hinter der Gardine. Unwillkürlich dachte ich an die kaputte Spielzeugbrille, die sie trug, als ich sie zum letzten Mal gesehen hatte, mit der sie den gleichen einäugigen Blick gehabt hatte.

Dann fiel die Gardine wieder und verbarg sie ganz. Ich hörte, wie sich drinnen Schritte der Tür näherten. Eine unformulierte Frage, die ich auf dem Weg hierher vage in meinem Hinterkopf bewegt hatte, kam mir plötzlich deutlich zu Bewußtsein. Ob sie wohl gefährlich ist? Gewalttätig? Ich warf Jens rasch einen fragenden Blick zu. Er antwortete mit einem Blinzeln und einem Lächeln des Verstehens. Dann schaute er zur Öffnung und sagte:

»Hallo, Maja.«

Ich sah hin. Sie hatte die Tür so leise geöffnet, daß ich es nicht gehört hatte. Sie stand vor uns, sehr schmal und zart, dunkelhäutig wie eine Afrikanerin. Die dicken, leicht welligen Haare hatte sie zu einem Schwanz gebunden, der ihr bis zur Taille reichte. Sie trug Jeans und einen roten Collegepulli mit weißem Aufdruck. Der Pulli war billig und häßlich, vermutlich in irgendeinem Großmarkt gekauft, aber ihre dunkle Farbe ließ das Rot glühen und die dummen weißen Buchstaben wie geheime Zeichen leuchten. An den Füßen trug sie Turnschuhe. Kaum zu glauben, daß sie achtundzwanzig war. Sie war zart wie eine Vierzehnjährige.

»Das ist Ulrika. Du erinnerst dich bestimmt an sie von Tångevik?« sagte Jens.

Unsicher streckte ich die Hand aus. Ich hielt sie ihr nur einen Augenblick hin, aber mir kam es wie eine Ewigkeit vor, bis sie langsam den Arm hob. Aus dem viel zu langen Pulli kam die schmalste Hand, die ich je gesehen hatte. Ich faßte sie leicht an, weil ich das Gefühl hatte, ich könnte ihr weh tun, wenn ich sie zu fest drückte. Ich mußte fast lachen, als ich an meine Angst vor ihrer eventuellen Gewalttätigkeit dachte.

Jens begrüßte sie, indem er ganz leicht seine Hand auf ihren Oberarm legte.

»Dürfen wir ein bißchen hereinkommen?« fragte er.

Nichts in ihrem Gesicht verriet Ablehnung oder Freude. Sie schien die Frage nicht gehört zu haben. Aber Jens wiederholte sie nicht, wartete nur geduldig. Dann öffnete Maja die Tür ganz und glitt weich zur Seite, damit wir vorbeikamen.

»Danke«, sagte Jens.

Ihr Zimmer war einfach und hübsch möbliert, helles Holz, Textilien in Blaßrosa, Sonnengelb und Lindgrün. Es gab einen Vorraum und einen Waschraum mit Dusche und Toilette. Das Zimmer war groß. Ich hatte in ihm höchstens ein Bett und einen Schreibtisch erwartet, aber es war sogar

Platz für einen Eßtisch, eine Sitzgruppe und – da stutzte ich – ein Bücherregal, das bis zur Decke reichte und so voller Bücher war, daß viele quer lagen, damit sie untergebracht werden konnten.

»Liest …« Ich suchte nach dem richtigen Pronomen. Maja in der dritten Person anzusprechen war sicher unhöflich. Andererseits war wohl Jens derjenige, der antworten würde. Ich wandte mich dennoch an Maja: »Liest du?«

Maja stand vor mir, als hörte sie. Sie zog sich nicht zurück, aber ihr Gesicht blieb ausdruckslos.

»Sie verschlingt Bücher«, antwortete Jens.

Ich überflog die Titel im Regal. Viel Belletristik, bekannte Titel, die man oft sieht.

»Wie schön es bei dir ist«, sagte ich.

Ich meinte es ernst. Alles im Zimmer war geschmackvoll, harmonisch und gemütlich. Auf einer Kommode stand ein Zinnbecher mit getrocknetem Heidekraut. An den Wänden hingen ein paar Aquarelle mit Motiven aus Bohuslän. Das einzige, was anzeigte, daß es keine normale Wohnung war, war das Fehlen von Teppichen, wie mir nach einer Weile auffiel. Der Boden war mit einem Kunststoffbelag ausgelegt, der das Muster von cremeweißem Marmor hatte. Das gab dem Zimmer, im Kontrast zum skandinavischen Mobiliar, ein südländisches Flair.

»Wie geht es dir, Maja?« fragte Jens. »Gut?«

Die Frage fiel in sie hinein wie ein Stein in einen Brunnen.

»Maja«, sagte ich. »Bist du einmal bei einer Frau gewesen, die Kristina hieß? Die Sachen aus Muschelschalen, Knochen und Federn gemacht hat?«

Ein Kräuseln auf der Oberfläche?

»Eine Frau mit langen Haaren«, fuhr ich fort. »Hast du in ihrer Hütte gewohnt, als du klein warst? Hat sie dich in ihrem Kajak mitgenommen?«

Ein leises Geräusch war zu hören, als sie die Luft in einem langen Atem aus ihrer Nase preßte. Einen Moment lang hatte ich das Gefühl, als sei das die Einleitung zu einer Äußerung. Als sie wieder einatmete, beobachtete ich sie gespannt. Dann atmete sie erneut langsam durch die Nase aus. Ein Geräusch wie bei einem schlafenden Menschen. Tief und ruhig. Majas Augen aber waren offen, und sie wich meinem Blick nicht aus. Sie sah mich direkt an. Ihr Gesichtsausdruck war gespannt und abwartend, als hätte sie eine Frage gestellt, die ich beantworten müßte.

Die Sekunden vergingen, und das Schweigen wurde immer schwerer, schließlich fast unerträglich. Ich war dankbar, als Jens es brach.

»Ulrika ist noch nie hier gewesen. Sie möchte sich vielleicht umschauen. Ist es recht, wenn wir ein bißchen durchs Haus gehen?«

Er gab Maja drei Sekunden, um ihre Ablehnung zu zeigen oder uns am Gehen zu hindern. Dann nahm er ihr Schweigen für Zustimmung.

»Also machen wir das. Komm, Ulrika.«

Wir gingen durch eine andere Tür hinaus und kamen in einen Flur. Maja blieb in ihrem Zimmer.

»Wann hat sie lesen gelernt?« fragte ich.

»Sie war elf, zwölf oder so, glaube ich. Mutter hatte sie von der Sonderschule genommen, es hatte keinen Sinn. Sie unterrichtete sie selbst, probierte verschiedene Methoden zum Lesenlernen aus. Aber Maja war nicht interessiert. Wollte keine Buchstaben abschreiben. Sie blieb bei ihrer Zeichensprache.«

»Ja?«

»Und dann stellte Mutter fest, daß sie es konnte. Sie hatte sich Bücher und Zeitungen besorgt. Erst glaubte Mutter, es sei Bluff. Sie testete sie, indem sie kleine Nachrichten schrieb und darum bat, bestimmte Sachen zu holen. Und Maja kam mit genau den richtigen Dingen zurück.«

»Schreibt sie auch?«

»Kein Wort. Es ist wie mit der Sprache. Nur input. Kein output.«

Er blieb vor einer offenen Tür stehen. In dem Raum saß ein junger Mann am Computer. Daneben war noch ein Computer, an dem niemand saß.

»Sie haben versucht, sie dazu zu bringen, die Computer zu benutzen«, sagte Jens. »Bei einem der Programme muß man eine bestimmte Eingabe machen, damit der Computer tut, was man will. Sie ist daran nicht besonders interessiert, aber sie kann schon mal hier sitzen, ein bißchen herumspielen und sehen, was auf dem Bildschirm passiert. Aber sobald sie etwas schreiben soll, hört sie auf. Nicht einmal mit dem Computer will sie reden.«

»Aber Jens, die ganzen Bücher, hat sie die wirklich gelesen?«

»Ja, die meisten.«

»Versteht sie denn, was sie liest?«

Er zuckte mit den Schultern.

»Irgend etwas muß sie davon haben. Doch, ich glaube, sie versteht sie. Ich glaube tatsächlich, daß sie ganz genau versteht, was sie liest, und auch, was sie hört. Es ist, als würde sie denken: Okay, ich kenne eure Welt und akzeptiere, daß ich in ihr leben muß. Aber verlangt nicht von mir, daß ich an dem Spektakel teilnehme.«

Wir gingen weiter in eine Küche, die geräumig und mit allen nur denkbaren Haushaltsmaschinen ausgerüstet war. An der Arbeitsplatte stand eine dicke mürrische Frau und bepinselte Rosinenbrötchen auf einem Backblech. Eine rothaarige Frau räumte die Spülmaschine aus. Jens grüßte mit einem Nicken. Die Rothaarige, die offenbar zum Personal gehörte, wechselte ein paar Worte mit Jens. Die Dicke guckte verdrießlich.

Wir setzten unsere Hausbegehung fort und gingen in die gekachelte Waschküche, wo eine große Waschmaschine lief. Etwas Rosafarbenes drehte sich hinter der runden Scheibe. Jens zog mich an sich, küßte mich leicht auf die Stirn, umarmte mich und blieb stehen, ganz still. Noch durch den parfümierten Geruch des Waschmittels nahm ich seinen Duft wahr.

»Was wohnen hier für Leute?« fragte ich in seinen Pullover hinein.

»Jüngere Leute – zwischen achtzehn und vierzig. Vier Männer und zwei Frauen. Es gibt einen Jungen, Andreas, er ist autistisch, hat aber in den letzten Jahren große Fortschritte gemacht. Als Kind war er völlig in sich gefangen. Er ist jetzt fast normal. Ein wunderbarer Künstler. Du wirst seine Sachen im Atelier sehen.« Er sprach in meine Haare und drehte uns beide von rechts nach links. Ich atmete ihn ein, sog ihn beherrscht und gierig zugleich ein wie ein Kokainsüchtiger seinen Stoff.

»Die anderen sind, glaube ich, psychotisch. Aber alle sind ruhig und lieb. Das ist die Voraussetzung dafür, hier aufgenommen zu werden. Daß man nicht randaliert oder so. Aber ich nehme auch an, daß sie alle ziemlich mit Medikamenten gedopt sind.«

Wir kamen in ein großes Wohnzimmer mit Fenstern zur Terrasse, einem weißgekalkten offenen Kamin und Sofas mit Josef-Frank-Stoffen. Ich verstand gut, daß man hier keine Randalierer haben wollte.

Ich hatte geglaubt, Majas Zimmer sei von Karin oder möglicherweise ihr selbst eingerichtet worden. Aber jetzt sah ich, daß dieselbe Person dieses Wohnzimmer und vermutlich auch alle anderen Zimmer eingerichtet hatte. Die

Wände schmückten alle ähnliche Aquarelle wie bei Maja. Ein Einrichtungsprofi – was mich ein wenig enttäuschte. Ich hatte gedacht, Majas Zimmer drückte etwas von ihr aus. Aber nicht einmal die Bilder an den Wänden hatte sie selbst ausgesucht. Und ihre Kleider – vermutlich war es einfach das erstbeste, was sie gesehen hatte, als sie in den Großmarkt kam. Sie hatte sich nicht einmal die Mühe gemacht, einen Pulli in der richtigen Größe zu suchen. Wenn nicht jemand anders die Kleider für sie gekauft hatte. Als ich darüber nachdachte, fiel mir auf, daß nichts in ihrem Zimmer persönlich war. Eigentlich auch nicht die Bücher. Internationale Bestseller, die ein Buchclub ausgesucht hatte.

Auf dem Sofa saß ein Junge mit glattrasiertem Schädel und einem Ring im Ohr und sah fern. Er wirkte ungeduldig und hatte die Fernbedienung auf den Apparat gerichtet, als wollte er jeden Moment den Kanal wechseln. Er war groß und muskulös, und ich fühlte mich in seiner Gegenwart etwas unbehaglich.

»Hallo, Andreas. Das ist Ulrika, eine alte Freundin von Maja und mir. Hast du Lust, uns das Atelier zu zeigen?« fragte Jens freundlich.

Andreas stand schnell auf und ging mit uns, ohne die Fernbedienung aus der Hand zu geben.

Das Atelier war ein großer heller Raum. Der hintere Teil war zum Musikhören, mit Kissen auf dem Boden und einer Stereoanlage. Der Rest des Raumes wurde von einem großen Tisch eingenommen, der offenbar Arbeitsplatz für verschiedene Aktivitäten war: Schreinern, Malen, Töpfern. Zwei Männer arbeiteten zusammen am Modell eines Segelschiffs.

»Hast du in letzter Zeit etwas Interessantes gemacht?« fragte Jens, und Andreas holte ein paar aufgespannte Leinwände hervor, die an der Wand standen.

Es waren surrealistische Motive, mit großem technischen Können ausgeführt: Menschen in Tunnels, auf Wendeltreppen und hohen Türmen. Wir gaben unserer Bewunderung Ausdruck.

»Hat Maja etwas gemacht?« fragte Jens.

Andreas lachte.

»Da drüben hat sie ein paar Sachen«, sagte er.

Er ging zu einem kleinen Regal unter einem Tisch und zog eine Menge Papiere heraus. Jens blätterte sie langsam durch und reichte sie mir, nachdem er sie angeschaut hatte. Es waren Vögel. Die gleichen Vögel, die sie als kleines Kind gezeichnet hatte. ›Knausrig‹, wie die Sozialarbeiterin es genannt hatte. Aber es waren eindeutig Vögel. Reihe für Reihe. Blatt für Blatt. Tausende von Vögeln.

»Aha«, sagte Jens. »Nicht gerade etwas Neues.«

Andreas lachte laut. Er hatte ein unangenehm polterndes Lachen.

»Sie macht dreißig solcher Blätter am Tag, wirklich.«

»Das macht sie, seit sie vier Jahre alt ist«, sagte Jens.

»Wie viele Blätter es wohl werden? Ein ganzer Wald vermutlich.«

»Und nicht zwei Vögel sind gleich«, bemerkte Andreas.

Ich blätterte zurück und betrachtete die Vögel noch einmal. Beim ersten Hinsehen kamen sie einem unglaublich gleich vor, als wären sie gestempelt. Aber schaute man genau, dann sah man, daß immer ein Detail sie unterschied. Andreas hatte recht. Es gab keine zwei gleichen Vögel. Sie standen aufrecht, hockten in einer geduckten, brütenden Stellung, schwebten, flatterten. Hielten die Flügel verschieden, drehten den Kopf verschieden. Einige waren klein und niedlich, vielleicht Seeschwalben oder Lachmöwen, andere kräftiger, wie große Möwen oder vielleicht Eiderenten.

Ich reichte Jens den Papierstapel, und er steckte ihn wieder unter den Tisch. Die rothaarige Frau schaute herein und fragte, ob wir frische Rosinenbrötchen wollten.

In der Küche versammelten sich die Bewohner des Hauses um den großen Holztisch, Maja kam als letzte. Bevor sie sich setzte, ging sie zum Kühlschrank, holte einen Krug mit rotem Saft heraus und schenkte sich ein Glas ein. Sie trank offenbar keinen Kaffee wie die anderen.

Es war eine schweigsame Kaffeerunde, bis Andreas anfing, die dicke Frau zu ärgern, die ein Gesicht wie eine Gewitterwolke machte. Je wütender sie wurde, desto lustiger fand er es. Die anderen baten ihn aufzuhören. Schließlich stand die Frau auf, ließ eine verblüffend lange Kanonade mit Flüchen, schmutzigen Schimpfwörtern und Beleidigungen los und schlurfte dann in den Flur hinaus. Kurz darauf hörte man eine Tür knallen.

Andreas lag auf dem Tisch und erstickte fast vor lauter Rosinenbrötchen und Lachen. Aus den Kommentaren der anderen schloß ich, daß dies nicht zum ersten Mal passiert war. Die anderen versuchten die ganze Zeit, ihn vom Lachen abzubringen, aber Andreas hatte sich in einen pathologischen Lachanfall gesteigert, den er nicht abbrechen konnte.

»Er ist zehn Jahre zurück«, sagte einer der Männer erläuternd zu mir.

Er meinte wohl, dachte ich, daß Andreas mental zehn Jahre jünger wäre als sein Körper. Er war vielleicht zweiundzwanzig, also innerlich zwölf. Ein stichelnder kleiner Bruder. Ich fragte mich, wie alt Maja wohl mental war. Dachte sie wie eine Achtundzwanzigjährige?

Maja hob den Blick von ihrem Saftglas und schaute Andreas über den Tisch hinweg an. In ihren Augen war kein Vorwurf. Sie schaute ihn nur an, offen, ausdruckslos und intensiv. Und Andreas hörte auf zu lachen, als ob ihn jemand mit der Fernbedienung, die neben ihm auf dem Tisch lag, ausgeschaltet hätte. Er sah verwirrt und schlaftrunken drein. Er streckte sich, blinzelte eine Lachträne weg und wischte sich die Krümel vom Mund.

Die Stimmung entspannte sich wieder, und jemand fragte mich, was ich arbeitete. Das gab mir mal wieder die Gelegenheit, ein paar Bergverschleppungsgeschichten zu erzählen, und die rothaarige Frau kam mit eigenen Beiträgen, unter anderem einer Version der Kratzspuren-auf-dem-Fensterbrett-Geschichte aus der hiesigen Gegend.

Wir dankten für Kaffee und Kuchen, verabschiedeten uns von Maja und verließen die Wohnung.

Das Wetter hatte sich unterdessen verändert, war nicht mehr so warm und angenehm wie die Tage zuvor, wo man ohne Jacke draußen sein und in einem Sonnenstuhl auf der Veranda sitzen konnte. Die Sonne schien immer noch, aber sie war blasser, metallischer, und in der Luft war ein Stich von Winter. Es war angenehm, ins Auto zu kommen.

»So«, sagte Jens, als ich auf die Hauptstraße einbog.

»Hast du Maja wiedererkannt?«

»Irgendwie ist sie ja noch die alte.«

»Es wird sich bei ihr nichts verbessern. Auf eine Entwicklung wie bei Andreas braucht man nicht mehr zu hoffen.«

»Manchmal ist Schweigen dem vorzuziehen«, sagte ich.

»Hast du gemerkt, wie schnell sie ihn still bekommen hat?«

»Ja. Nur ein Blick.«

»Ich habe darüber nachgedacht«, sagte Jens. »Sie selbst wird von niemandem beeinflußt. Aber sie hat eine merkwürdige Fähigkeit, andere zu beeinflussen. Obwohl sie nichts macht. Oder vielleicht deshalb. In der Provence habe ich einmal ein altes Nonnenkloster besucht, das nicht mehr bewohnt war. Man konnte es besichtigen und sehen, wie die Nonnen gelebt haben. In einer der Zellen war ein schwarzes

Stück Stoff auf der Außenseite des Fensters aufgespannt. Der Führer erzählte, daß es den Nonnen verboten war, einen Spiegel zu besitzen, weil man glaubte, das würde die sündige Eitelkeit befördern. Eine der Nonnen kam auf die Idee mit dem Stoff hinter dem Glas. In der schwarzen, glatten Fläche konnte man sich sehen. Von diesem Spiegelbild können sie freilich nicht sehr eitel geworden sein. Du weißt ja, wie man aussieht, wenn man sich in dunklen Fenstern anschaut: doppelt belichtet und merkwürdig.

Ich denke nur, daß Maja wie so ein schwarzer Spiegel ist. Ein anderer Mensch ist sonst immer ein Fenster, durch das man in eine andere Welt sieht. Aber Maja ist eine dunkle glatte Fläche, und alles, was man in ihr sieht, ist ein Bild von sich selbst. Fragt man sie etwas, bekommt man seine eigene Frage zurück. Du hast vorhin gemerkt, wie unangenehm das ist. Und wenn man sie umarmt, dann spürt man keine Zärtlichkeit und Gemeinsamkeit, sondern nur seine eigene Sehnsucht. Wird man wütend auf sie, begegnet man seiner eigenen Wut und Ohnmacht.

Wenn man Maja sieht, dann sieht man nur sein Spiegelbild, aber nicht klar wie in normalen Spiegeln, sondern dunkel, unscharf, ein Gespensterbild. Ein gruseliges Erlebnis ist das, es läßt niemanden unberührt.

Ich glaube, daß genau das in unserer Familie geschehen ist. Jeder hat sich selbst in dem schwarzen Spiegel gesehen. Und alle haben unterschiedlich darauf reagiert.«

Ich fuhr zur Shelltankstelle. Wir waren früh dran. Ich stieg aus, um zu tanken, Jens blieb im Auto. Eisige Winde zerrten an meinen Geldscheinen. Als ich versuchte, damit den Automaten zu füttern – er war wählerisch wie ein Kleinkind und spuckte sie immer wieder aus –, bremste auf der anderen

Seite ein Auto, und ein Mann stieg aus. Fast gleichzeitig holten wir die Zapfpistole aus unseren Tanksäulen. Er sah mich und grüßte fröhlich:

»Die Trolle haben dich noch nicht geholt, sehe ich.«

Es war Jan-Erik Liljegren, der Polizist, mit dem ich in Mickey's Inn war.

»Nein«, sagte ich. »Ich passe auf. Und wie geht es dir?«

»Phantastisch. Das Leben ist wunderbar. Es ist mir noch nie so gut gegangen«, brüllte er und tankte sein Auto voll.

Auf dem Beifahrersitz saß eine Frau. Ich überlegte, ob es wohl die Ehefrau war, die ihn zurückgenommen hatte, oder eine neue Frau. Eine der tragischen Figuren aus Mickey's Inn.

»Freut mich zu hören.« Ich mußte schreien, um das Brummen der Pumpen zu übertönen. »Du siehst richtig munter aus. Ist etwas passiert?«

»Jaaa... Oder nein. Eigentlich nicht.« Seine Antwort schien ihn selbst zu überraschen. »Es ist nicht direkt etwas Neues. Eher...« Er zuckte mit den Schultern und hängte die Zapfpistole zurück.

»Man muß nur ein bißchen Staub vom Alten wegblasen«, sagte ich.

Er nickte zustimmend und eifrig und schraubte den Tankdeckel zu.

»Du hast recht. Das Wichtigste ist schon passiert, man muß nur den Staub vom Alten wegblasen. So ist es.« Lachend und winkend stieg er ins Auto, startete und fuhr weiter durch sein wunderbares Leben.

Es war immer noch reichlich Zeit, bis Jens von seiner Frau abgeholt werden würde, und so fuhr ich ein Stück vor und stellte mich etwas abseits. Ich machte den Motor aus. Wir blickten auf unsere Armbanduhren und dann einander an.

»Was geschieht jetzt?« fragte er.

»Wir sitzen in einem Auto an der Shelltankstelle in Stenungssund. Wie ich sehen kann, ist das alles, was im Moment geschieht.«

»Und dann?«

»Dann kommt deine Frau und fährt dich nach Stockholm. Und ich fahre nach Göteborg und hole meine Söhne aus dem Hort ab.«

»Und dann?«

»Ich weiß nicht. Was möchtest du denn, daß geschieht.«

Er seufzte und schaute zum Autodach hoch.

»Ich bin nicht nur zum Schreiben nach Tångevik gefahren. Ich bin zum Nachdenken hingefahren. Ich muß über vieles in meinem Leben nachdenken. Ich stehe an einer Art Kreuzweg.«

Er seufzte wieder und sah betrübt aus. Ich versuchte ihn ein wenig aufzumuntern:

»Da steht man immer, finde ich. Ich hab schon immer am Kreuzweg gewohnt.« – Ich summte die Melodie des Liedes von Edvard Persson, und er lachte schief.

»Ich bin froh, daß ich hingefahren bin«, fuhr ich fort. »Ich bin dankbar, daß ich deine Erzählung über Kristina lesen durfte. Diese Wochen, als Maja verschwunden war, waren wie ein Loch in meinem Leben. Deine Erzählung hat es aufgefüllt.«

»Das war auch meine Absicht. Ich weiß nicht, ob es mir gelungen ist.«

Ich beugte mich zu ihm und roch ein wenig an seinem Hals.

»Du riechst göttlich. Aber das weißt du natürlich«, sagte ich.

»Nein«, sagte er lachend. »Wonach rieche ich?«

»Nach dir.«

Er strich mir über die Wange.

»Hat dir das noch niemand gesagt?« fragte ich. »Daß du so gut riechst.«

»Nein. Nicht direkt.«

Konnte das wahr sein? Vielleicht konnte nur ich diesen Geruch wahrnehmen.

Er sah wieder auf die Uhr. Dann holte er seine Brieftasche heraus und entnahm ihr eine Visitenkarte mit Adresse und Telefonnummer. Aus meiner Handtasche kramte ich eine Visitenkarte von mir hervor. Wir schauten uns und unsere Karten an. Etwas zögernd übergaben wir sie, wie zwei Kinder, die ihre liebsten Buchzeichen tauschen. Als er meine Karte in seine Brieftasche steckte, sah er etwas anderes, und sein Gesicht hellte sich auf.

»Oh, das muß ich dir noch zeigen.«

Er gab mir ein Amateurfoto. Es zeigte eine unglaublich dicke blonde Frau, die neben einem Gartengrill stand. Sie trug Shorts und ein T-Shirt, das Fett quoll nach allen Seiten. Der Körper war dem Grill zugewandt, aber sie hatte den Kopf gedreht und schaute direkt in die Kamera. »Weißt du, wer das ist?« fragte Jens.

»Keine Ahnung.«

»Das ist Anne-Marie.«

»Was?«

Er lachte über mein Erstaunen.

»Das ist nicht wahr.«

»Doch. Erkennst du sie nicht wieder?«

Ich beugte mich vor und hielt das Foto näher an die Windschutzscheibe. Ich betrachtete das Gesicht. Der schön abfallende Amorbogen. Ja, es war Anne-Maries Mund. Ein bißchen verzogen, als hätte sie drei Kirschen im Mund und würde jeden Moment die Steine ausspucken. Um die Augen hatte sie einen listigen Ausdruck. Ich hatte das Gefühl, als würde sie Verstecken spielen und den Betrachter necken.

Aus dem Innern dieser Riesenfrau sah Anne-Marie mich an. Meine goldene Anne-Marie. Die Honig-Anne-Marie. Bergentrückt in ihrem Fett.

»Guter Gott, das ist sie«, sagte ich.

»Du sprachst davon, in die USA zu reisen und Leute zu interviewen, die von Ufos gekidnappt wurden. Wenn du nach New Mexico kommst, kannst du sie besuchen. Sie würde sich wahnsinnig freuen, da bin ich sicher. Ruf sie an, wenn du hinfährst, ich kann dir die Nummer geben. Zu schreiben hat keinen Sinn, man bekommt nie eine Antwort. Aber ruf an. Oder fahr einfach vorbei, das ist das beste. Garantiert kannst du bei ihr wohnen. Sie hat genug Platz.«

»Hat sie eine Familie?«

»Sie hat drei Kinder. Ob einen Mann, weiß ich nicht. Sie war so oft verheiratet und geschieden und hat mit verschiedenen Männern zusammengelebt, daß ich den Überblick verloren habe. Aber es sind immer Männer mit viel Geld. Großen Häusern und vielen Autos.«

»Und viel Essen«, sagte ich.

»Falschem Essen vor allem, glaube ich. Sie ist fast nicht wiederzuerkennen, nicht wahr?«

»Aber man sieht, daß sie es ist. Sie hat so ein Strahlen«, sagte ich.

Das sah ich jetzt. Sogar auf diesem schlechten Foto, sogar in diesem fetten Körper hatte sie eine Art Strahlglanz, einen Blick in den Augen, einen Zug um den Mund, etwas Freches und Lockendes und Unerreichbares. Oder bildete ich mir das nur ein? War es nur, weil Jens gesagt hatte, es sei Anne-Marie? Bevor er es mir gesagt hatte, hatte ich doch nur eine übergewichtige Frau mittleren Alters ohne jede Ausstrahlung gesehen. War es vielleicht nur Anne-Maries Name, die Erinnerung, die er weckte, was da so strahlte?

»Anne-Marie strahlt, und ich rieche göttlich«, brummte Jens und steckte das Foto wieder ein.

»So ist es«, sagte ich. »Ihr gehört zur duftenden, strahlenden Familie. Der Familie mit dem Honig- und Apfelmostglanz.«

Ich küßte ihn, und im gleichen Moment hielt ein kleines japanisches Auto neben uns.

»Das ist Susanne. Nein, bleib sitzen, ich kann meine Sachen selbst rausholen.«

Jens stieg gleichzeitig mit der Frau im Auto nebenan aus. Sie öffnete die Heckklappe und half ihm, sein Gepäck von meinem Auto hinüberzutragen. Sie trug ein rostrotes Wolljackett und hatte kurze, schwarzgefärbte Haare, die um die Stirn und an den Schläfen in ausgefranste Zipfel geschnitten waren. Ihre Bewegungen waren flink und ökonomisch. Rasch packte sie ihr eigenes Gepäck um und verstaute die Sachen von Jens so, daß alles in dem winzigen Kofferraum unterkam. Sie war mager wie eine Bergziege.

Jens machte mir ein Zeichen, das Fenster herunterzukurbeln. Ich tat es, er beugte sich herunter und fuhr leicht mit dem Rücken des Zeigefingers über meine Wange und meinen Mund. Wir sahen uns an, aber keiner sagte etwas.

Dann drehte er sich um und ging zu Susannes Auto. Sie war schon auf der Beifahrerseite eingestiegen, und Jens setzte sich ans Steuer und rückte den Sitz in die richtige Position. Dieser Fahrerwechsel schien für beide selbstverständlich zu sein. Aber es war auch nichts Merkwürdiges, sie war ja schon von Kopenhagen hergefahren, und sie hatten noch den ganzen Weg bis Stockholm vor sich.

Jens startete und fuhr aus der Tankstelle hinaus, ich hinterher.

Die ganze Strecke bis nach Göteborg blieben wir auf der Autobahn beieinander. Manchmal überholte ich Jens, manchmal er mich. Am Anfang geschah es zufällig, dann wurde daraus ein Spiel. Wir fuhren nicht schnell, es war kein Wettrennen. Wir fuhren nur ab und zu aneinander vorbei und erhaschten einen sekundenschnellen Blick durch das Autofenster.

Bei der Einfahrt nach Göteborg glitt Jens' Auto auf eine andere Spur und flocht sich in den dicken Strom von Autos ein, die in einer Kurve auf die E20 nach Stockholm geleitet wurden.

Eine leichte Wolkendecke ruhte über der Stadt, aber über der Glasglocke schimmerte der weiße Himmel wie das Innere einer Muschelschale. Es war zwanzig vor vier. Ich konnte Max und Jonatan früh abholen. Ich sehnte mich nach ihnen.

Der Mann unter der Treppe

Das Haus

Es war früh am Morgen. Über den Feldern schwebte ein leichter Dunst, die Bäume des Waldes verschmolzen zu einer dunklen, kompakten Fläche, wie eine Theaterkulisse.

Fredrik hatte manchmal Schlafprobleme, dann wachte er gegen drei, vier Uhr auf und konnte nicht wieder einschlafen.

Er war dann in einem Zustand, der weder Tiefschlaf noch Traumschlaf war, den man aber auch nicht als Wachsein bezeichnen konnte. Ereignisse von ganz früher, an die er sich tagsüber nie erinnerte, tauchten so deutlich und detailliert vor ihm auf, als wären sie erst vor wenigen Sekunden passiert. Die Stimmen von Menschen wurden perfekt wiedergegeben, mit haarfeinen Abstufungen, als ob der Sprecher gerade den Raum verlassen hätte. Wichtiges und Unwichtiges vermischte sich, alles war ein einziges Durcheinander.

Auch Erinnerungen an Träume tauchten auf – unwichtige Träume, die er vor Jahren geträumt und sofort wieder vergessen hatte, schauten jetzt aus irgendwelchen Verstecken im Gehirn hervor, so deutlich wie beim ersten Mal.

Es war, als würde jemand in diesen Morgenstunden einen Löffel in sein Inneres stecken und umrühren, so daß alles aufwirbelte, bunt durcheinander. Es ermüdete ihn ungeheuer, er sehnte sich danach, schlafen zu können, aber sein Bewußtsein war wach und klar und registrierte alles, was geschah. Ja, er fühlte sich beinahe noch wacher als am Tage. So kristallklar und scharf, daß es weh tat und ihn anstrengte.

Es half nur, aufzustehen und so in den Zustand des normalen morgendlichen Wachseins zu gelangen.

Da stand er nun mit einem Becher Kaffee in der geräumigen, frisch renovierten Küche. Der Morgen vor dem Fenster war diesig, aber er wußte, daß es wieder sonnig werden würde. Das konnte er am Himmel über dem Wald sehen.

Im Stockwerk darüber schliefen seine Frau Paula und seine beiden kleinen Kinder.

Das Haus ruhte im Dunst, es schlief ebenfalls, aber es war kein stiller Schlaf. Das Haus war voller kleiner Geräusche, als würde es schnarchen, atmen, schnaufen und sich drehen, wie ein alter Mensch, dessen Körper seine Geschmeidigkeit verloren hat.

Es war ein großes, weißes Holzhaus, zu Beginn des letzten Jahrhunderts gebaut, hübsch zwischen Äckern und Wald gelegen. Mit dem Auto brauchte er eine Viertelstunde zu seinem Arbeitsplatz im Rathaus, eine halbe Stunde zum Meer und knapp eine Stunde nach Göteborg.

Sie wohnten erst seit ein paar Monaten hier.

Fredrik hatte während seiner Ausbildung an der Handelshochschule davon geträumt, Aktienmakler zu werden oder in einem internationalen Unternehmen zu arbeiten und im Ausland zu leben. Als er sich um die Stelle als Wirtschaftssekretär bei der Stadtverwaltung von Kungsvik bewarb, sollte das die erste Stufe auf seiner Karriereleiter sein. Aber als es dann ernst wurde zwischen ihm und Paula, waren ihm die Vorteile einer sicheren Stelle und fester Arbeitszeiten klargeworden. Das kannte Paula in ihrer Arbeit als Künstlerin nicht.

In den ersten beiden Jahren war er zwischen ihrer Wohnung in Göteborg und dem Rathaus in Kungsvik gependelt. Das ging schnell und war unproblematisch, und er hatte zunächst nicht daran gedacht, sich in der Kleinstadt niederzulassen, einem seiner Meinung nach tristen Nest.

Aber je länger er dort war, desto deutlicher wurden ihm die Vorteile einer kleinen Stadt wie Kungsvik. Keine Wartelisten für den Kindergarten, eine wunderbare Natur und niedrige Preise für Häuser und Grundstücke. Seit Fabian auf der Welt war, hatte er sich mit anderen Augen umgesehen, wenn er beruflich Gewerbetreibende in der Gemeinde besuchte. Er sah, wie schön es hier war, die Wälder und Felder, das Meer. Was er bisher als hoffnungslos abgelegenes plattes Land betrachtet hatte, wurde nun zu einem Ort, wo man leben und arbeiten konnte, wo man mit der Familie umherstreifen und baden gehen konnte, wo es Spielplätze für Fabian gab.

Fredrik war im Herbst durch seine Arbeit auf das Haus aufmerksam geworden. Das Haus sollte schnell verkauft werden, weil die Besitzer nach Kanada zogen. Der Preis war in Ordnung. Sie würden ein geräumiges, renoviertes Haus bekommen, es gab Platz für ein Atelier für Paula, einen großen Garten, und das zu einem Preis, für den sie in der Stadt höchstens ein kleines Reihenhaus in einem Vorort bekommen hätten.

Er hatte Paula mitgenommen, und sie war sofort begeistert von der verglasten Veranda und dem Zimmer dahinter, es würde ein wunderbares Atelier werden. Ihm hatte es besonders der Balkon über der Veranda angetan, von da hatte man eine wunderbare Aussicht über Felder und Wälder.

Der Makler hatte ihnen Fotos gezeigt, die im Sommer aufgenommen worden waren: Iris, Löwenmäulchen und Lupinen drängten sich in den Beeten, an den Hauswänden rankten weiße und rosa Rosen in einer solchen Fülle, daß das Haus einem Dornröschenschloß glich. Die Apfelbäume hatten genau die richtige Größe zum Klettern, und die Johannisbeersträucher hingen voller roter Beeren.

»Wir werden nie wieder so etwas bekommen«, hatte Paula gesagt, als sie nach der Besichtigung des Hauses im milden Herbstlicht in der Veranda standen.

Die Sprossen der Fenster bildeten ein Karomuster auf dem

Dielenboden. Der Makler stand in der offenen Tür zur dunklen Diele, er hatte sich diskret zurückgezogen, um sie in diesem wichtigen Augenblick allein zu lassen – ein Mann und eine Frau vor einer der wichtigsten Entscheidungen in ihrem Leben.

Die Hand auf ihrem runden Bauch – sie war zum zweitenmal schwanger –, hatte Paula sich an Fredrik gelehnt. An seinem Kinn spürte er ihren Atem, kleine, eifrige Puster, und sie flüsterte: »Wir kaufen es. Ganz schnell!«

Paulas Eltern hatten bei der Anzahlung geholfen, und im Januar konnten sie einziehen.

Und jetzt war es Frühling. Ihre Tochter war geboren. Paula hatte sich ein Atelier eingerichtet und arbeitete intensiv, wenn die kleine Olivia schlief. Fabian ging in den Kindergarten und schien sich wohl zu fühlen.

Sie hatten bei ihrer Finanzplanung mit Reparaturen gerechnet – es war schließlich ein altes Haus –, aber merkwürdigerweise gab es keine. Das Haus befand sich in einem ausgezeichneten Zustand. Der Vorbesitzer hatte sich bei der Renovierung große Mühe gegeben. Die Küche war vom Stil her altmodisch, aber hinter den Holztüren, die aussahen wie aus dem 19. Jahrhundert, verbargen sich topmoderne Geräte – Kühlschrank, Gefrierschrank, Spülmaschine. Im Badezimmer gab es unter den Terrakottafliesen eine Fußbodenheizung, und der Kachelofen, der laut Makler aus einem Abrißhaus in Göteborg stammte und von einem örtlichen Handwerker wieder aufgemauert worden war, funktionierte tadellos und sah aus, als hätte er schon immer da gestanden. Paula hatte die Einrichtung mit Möbeln und Textilien im Carl-Larsson-Look vervollständigt. Beim Einzugsfest waren alle sehr begeistert.

Wie alle alten Häuser hatte auch das von Fredrik und Paula seine Eigenheiten. Türen, die schlecht schlossen, Fenster, die schwer aufgingen, ein leichter Zug, der von den vielen Scheiben der Glasveranda herrührte.

Und dann natürlich die Geräusche. Knarrende Bodenbretter. Das Rascheln der Rosenbüsche, die bei starkem Wind an der Hauswand schabten. Das Gluckern in den Abflußrohren. Und das merkwürdige Schlurfen unter der Treppe – als ob da drinnen jemand große Kissen und Matratzen hin- und herziehen würde –, danach ein Kratzen und Knistern. Ratten? Paula hatte schreckliche Angst vor allem, was Ratten, Schlangen oder Insekten hieß, und weigerte sich, auch nur die Tür zu der niedrigen Kammer zu öffnen.

Fredrik hatte sie immer wieder geöffnet und war hineingekrochen, um herauszufinden, woher die merkwürdigen Geräusche kamen. Vorne konnte er halbwegs aufrecht stehen, dann bog der Raum sich mit der Treppe und wurde immer enger und niedriger.

Er wußte nicht, wozu dieser Raum gut war. Vielleicht konnten sie ihn als Rumpelkammer benutzen, wenn sie ein paar Jahre hier gewohnt hatten und nicht mehr wußten, wohin mit den vielen Dingen, die sich ansammelten. Aber Paula und er hatten sich noch nie gern mit unnötigen Dingen umgeben, und bisher boten die geräumigen Einbauschränke genug Raum. Außerdem gab es in der Treppenkammer kein Licht, und ganz hinten war es schwarz wie im Kohlenkeller. Und es roch unangenehm. Feucht. Staubig. Schmutzig. Und nach etwas, das er nicht benennen konnte.

Er war ganz still dagestanden und hatte ins Dunkel hineingelauscht. Keine Geräusche. Er war aus der niedrigen Kammer herausgekommen und hatte die Tür hinter sich geschlossen. Wenn sie anderswo im Haus Spuren von Nagern fanden, mußten sie wohl den Kammerjäger anrufen. Aber er fand keinerlei Spuren.

Und bald gewöhnten sie sich an die Geräusche unter der

Treppe, so wie sie sich an das Gurgeln der Abflußrohre, das Knarren der Bodenbretter und das Rascheln der Rosenbüsche gewöhnten.

Vernissage

Es war wie ein Gemälde – die roten Speicher, das intensiv blaue Meer, die glatten Felsplatten und das Glitzern der Reflexe im Wasser und auf den Fensterscheiben. Ein Gemälde. Harmonisch, ruhig, klassisch schön. Vermutlich das einzige klassisch schöne Gemälde, das Fredrik an diesem Tag zu sehen bekommen würde.

Er parkte am Kai und half Fabian aus dem Kindersitz. Ein salziger Wind schlug ihnen entgegen.

Auf dem Parkplatz, der sonst um diese Jahreszeit gähnend leer war, standen schon viele Autos. Paulas Vernissage zog die Leute offenbar an.

»Wo ist Mama?« fragte Fabian und schaute sich um.

»Da drüben, in dem roten Haus, da ist sie«, sagte Fredrik und zeigte auf den Speicher, auf den sie zugingen.

»Warum durfte Olivia mit ihr mitgehen und ich nicht?« fragte Fabian.

»Weil Olivia noch so klein ist und deshalb bei ihrer Mama bleiben muß, du bist schon größer. Aber wir gehen jetzt zu ihnen.«

Als Bodil Molin den Speicher vor zwei Jahren kaufen wollte, um darin eine Galerie zu eröffnen, glaubten nicht viele an ihre Idee. Sie war nicht die erste, die sich in die attraktive Lage und den rustikalen Charme des Gebäudes verliebt hatte, und Fredrik hatte durch seine Arbeit im Amt für Wirtschaftsförderung mit allerlei Besitzern zu tun gehabt, die dort alles mögliche versucht hatten: Geschenkboutique, Eiscafé, Fischräucherei, ja sogar ein Geschäft für exklusive marine Freizeitkleidung. Aber der Ort war eben kein ausgesprochener Touristenort, und die wenigen Sommergäste und Bootsbesitzer, die sich während der Sommermonate in der Gegend aufhielten, reichten nicht aus, damit die Geschäfte sich lohnten. Als Bodil Molin ihm ihre Pläne für eine Galerie unterbreitete, hatte er ziemlich skeptisch reagiert.

Aber die Galerie wurde wider Erwarten ein Erfolg.

Bodil hatte gute Kontakte zur Kunst- und Medienszene – und Überzeugungskraft und Energie. Sie mischte überregional bekannte, etablierte Künstler mit jungen, spannenden Newcomern. Blasierte Kritiker, die sonst nur selten die Großstadt verließen, fanden über gewundene kleine Sträßchen den Weg zu dem alten, roten Gebäude. Eine Monatszeitschrift hatte unter der Überschrift »Frauen, die sich trauen« einen Artikel über Bodil gebracht, und als im letzten Winter ein amerikanischer Fotograf ausstellte, kam ein Fernsehteam und drehte einen kurzen, aber optisch sehr ansprechenden Bericht – man sah, wie der Fotograf über verschneite Felsen wanderte, der Speicher zeichnete sich unter einer bleichen Sonne gegen die winterliche Schärenlandschaft ab.

Bodil mietete auch zwei der alten Bootshäuser in der Nähe. Das eine baute sie zu einem kleinen Laden aus, der von Mai bis September geöffnet war und in dem geschmackvolles Kunsthandwerk, Bücher, Postkarten und Poster verkauft wurden. In dem anderen richtete sie sich eine kleine Wohnung zum Übernachten ein, was eigentlich nicht erlaubt war. Die Bootshäuser gehörten der Gemeinde und waren Teil des Kulturerbes. Aber bisher hatte niemand etwas gesagt. Bodil durfte die beiden Bootshäuser mieten und konnte damit machen, was sie wollte.

Fredrik nahm Fabians kleine Hand und ging über den Anlegesteg zum Speicher, der auf Betonpfeilern im seichten Wasser am Strand ruhte.

So viele Leute waren da drinnen! Der Ausstellungsraum war fast voll. Die vielen Stimmen verschmolzen zu einem einstimmigen, unverständlichen Brausen, im scharfen Gegenlicht der Fenster sahen die Besucher einen Moment lang wie zusammengepferchtes Vieh in einem Stall aus. Bevor er eintrat, spürte er eine vage, jedoch intensive Unruhe.

Vielleicht übertrug sein Gefühl sich auf Fabian, der Junge drückte seine Hand, preßte sich an seine Beine und sagte mit piepsender Stimme:

»Wo ist Mama?«

Fredrik sah sich um. Die meisten Besucher standen mit dem Rücken zu den Kunstwerken entlang der Wände und schauten aufmerksam in den Raum, auf die anderen Besucher, als handelte es sich bei diesen um eine gleichzeitig stattfindende, viel interessantere Ausstellung.

»Sie muß hier irgendwo sein. Wir gehen sie suchen. Komm.«

Aber ehe sie sich auf den Weg machen konnten, hatte Bodil Molin sie entdeckt. Sie trug ein locker fallendes Leinenkleid, das Fredrik an die alten Griechen erinnerte, und bahnte sich einen Weg aus dem Inneren des Raumes auf sie zu. Ihr Lächeln war so strahlend, daß er sich automatisch geschmeichelt fühlte. Die letzten Meter, wo die Menschen nicht mehr so dicht standen, lief sie geradezu. Sie umarmte Fredrik, eigentlich zu fest, wenn man bedachte, daß sie sich nur oberflächlich und beruflich kannten. Aber flüchtige, symbolische Umarmungen gehörten nicht zu Bodil Molins körpersprachlichem Repertoire. Sie umarmte alle – Künstler, Journalisten und Kommunalangestellte – mit der gleichen

Intensität und Intimität, als wären sie ihre Liebhaber. Sie überrumpelte einen damit, es wirkte aufgesetzt, aber nicht unangenehm, und als Fredrik den kräftigen, üppigen Körper an seinem spürte, wünschte er sich, daß seine eigene Frau ihn so begrüßen würde.

»Fredrik! Und Fabian! Ich habe euch schon gesucht. Ihr bleibt doch nachher noch? Es gibt etwas zu essen, im ersten Stock, das hat Paula doch gesagt, oder?«

»Wo ist Mama?« wiederholte Fabian mit ängstlicher Stimme.

»Komm, mein Kleiner. Komm, wir suchen deine Mama.«

Bodil nahm Fabians freie Hand, und wie die Glieder einer dreiteiligen Kette drängten sie sich mit Bodil an der Spitze durch die Menschenmenge.

Groß und schlank, die blonden Haare zu einem strengen Knoten zurückgekämmt, stand Paula in einer Ecke und sprach mit einem Journalisten. Sie hatte eine riesige, in Cellophan eingeschlagene exotische Blume im Arm – ob sie wohl echt war? Fredrik wollte warten, bis das Interview zu Ende war, aber Fabian lief sofort zu ihr hin. Sie wandte sich dem Kind zu, zog es, ohne das Gespräch zu unterbrechen, mit einem zerstreuten Lächeln an sich und begrüßte Fredrik mit einem leichten Nicken.

Wie merkwürdig die Menschen sind, dachte er beklommen. Eine Frau, die mich kaum kennt, begrüßt mich, als wäre sie meine Frau, und meine Frau begrüßt mich, als würde sie mich kaum kennen. Aber er wußte ja, daß Paula im Moment sehr beschäftigt war und es keinen Grund gab, dem Bedeutung beizumessen.

Ein junges Mädchen, das Fredrik von irgendwoher kannte, streckte ihm eine Platte mit winzigen Brötchen hin. Sie war vermutlich die Tochter eines Bekannten oder arbeitete in einem Geschäft, in dem er manchmal einkaufte. In einer kleinen Stadt sah man die gleichen Menschen immer wieder in anderen Zusammenhängen, vergleichbar mit den Schauspielern eines sehr kleinen Theaters, die immer mehrere Rollen spielen müssen. Der Verkäufer im Eisenwarenladen war am Abend ein Vater beim Elternabend in der Klasse der Tochter, um am nächsten Tag der Fußballtrainer des Sohns zu sein, und am folgenden Morgen in der Lokalzeitung als aktiver Umweltschützer aufzutauchen.

Fredrik fand das zunächst verwirrend und wußte nicht, wie er sich den Leuten gegenüber in deren unterschiedlichen Rollen verhalten sollte. Dann war ihm klargeworden, daß diese sehr verschiedenen, manchmal fast gegensätzlichen Rollen genau das waren, nämlich Rollen, und er entdeckte den Menschen dahinter, eine Erfahrung, die er in der Stadt nie gemacht hätte, weil da ein Eisenwarenverkäufer eben ein Eisenwarenverkäufer war und sonst nichts.

Er nahm sich zwei von den Brötchen. Sie waren erstaunlich gut. Wo hatte Bodil sie wohl her? Bevor das Mädchen verschwand, streckte er die Hand aus und nahm noch eines.

Von einem anderen Tablett bekam er etwas zu trinken angeboten. Er nahm ein Glas alkoholfreien Cider und zog sich in eine Ecke zurück, von wo aus er ungestört seine Frau beobachten konnte und warten, bis sie Zeit für ihn hatte. Er fühlte sich nicht zurückgesetzt. Es war schließlich ihr Tag.

Paula trug ein ärmelloses Seidentop, das zwischen grau und rosa changierte, eine merkwürdige, aber edle Farbe, sie ließ sie zart wie Porzellan und kostbar aussehen. Sie trug eine Hose aus dem gleichen Stoff. Jemand hatte ihr die monströse Blume abgenommen und sie zu den anderen Glückwunschsträußen auf dem Fensterbrett gestellt.

Vielleicht war es ihr perfektes Äußeres – die Seide, die glatten, weißen Arme, das zurückgestrichene, glänzende

Haar, vielleicht erinnerte etwas an dieser Struktur ihn an das Marmorwaschbecken und das, was am Morgen geschehen war. Er fühlte, wie sich ein unangenehmes Gefühl im Bauch breitmachte.

Paula war schon sehr früh gegangen, um die Ausstellung vorzubereiten, und hatte Olivia mitgenommen. Fredrik war mit Fabian zu Hause und wartete auf die neue Waschmaschine. (Obwohl das Bad beim Einzug fast neu war, war Paula nicht zufrieden mit der Waschmaschine, und sie hatten beschlossen, eine größere und bessere anzuschaffen.)

Sie war von zwei jungen Männern gebracht worden, Fredrik hatte ihnen geöffnet. Während sie die Maschine im Bad im ersten Stockwerk anschlossen, hatte er sich in der Küche aufgehalten, um in der Nähe zu sein, falls sie etwas von ihm wollten, andererseits wollte er ihnen aber auch nicht das Gefühl vermitteln, daß er ihre Arbeit überwachte.

Die jungen Männer waren vergnügt und laut, und Fredrik hörte, wie sie da oben miteinander scherzten und sich kabbelten. Sie schienen Probleme zu haben, die alte Maschine herauszuholen. Man hörte lautes Poltern und Fluchen aus dem Badezimmer.

Fredrik ging hinauf, um zu sehen, ob sie Hilfe brauchten. Er blieb im oberen Flur stehen und beobachtete die jungen Männer, die so beschäftigt waren, daß sie ihn nicht bemerkten. Die Probleme mit der alten Waschmaschine machten sie aggressiv, sie nannten sie »das Aas«, »das Miststück« und »Saubiest«, als könnten diese Beschimpfungen sie noch einmal motivieren – Fredrik zog sich diskret ins untere Stockwerk zurück und versuchte, ruhig zu bleiben.

Schließlich kamen die jungen Männer die Treppe heruntergekeucht, mit der alten Maschine, die sie verabredungsgemäß mitnehmen sollten, sie riefen tschüs und verschwanden dann schnell – etwas zu schnell, wie Fredrik fand –, und kurz darauf hörte er, wie sie ihren Transporter starteten und davonrasten.

Er ging hinauf und inspizierte die neue Waschmaschine, die fehlerfrei zu funktionieren schien.

Erst kurze Zeit später, als er sich rasieren und für die Vernissage fertig machen wollte, bemerkte er, daß ein zehn Zentimeter großes Stück aus dem Rand des marmornen Waschbeckens herausgeschlagen war.

Es war ein sehr schönes Waschbecken. Die runde Schalenform erinnerte an das Badezimmer einer antiken römischen Villa. Die delikate Form, die cremeweiße, polierte Oberfläche, und jetzt das!

Der Anblick tat ihm beinahe physisch weh, als hätte man seinem eigenen Körper einen Schaden zugefügt. Ihm war, als sei Schicksalhaftes und Schreckliches passiert. Etwas Zartes und Perfektes war zerstört worden und würde nie mehr repariert werden können. Es war das gleiche Gefühl, das er als Kind hatte, wenn ihm etwas kaputt gegangen war und er so verzweifelt darüber war, daß seine Mutter ihn trösten mußte, statt zu schimpfen.

Er holte tief Luft und versuchte sich zu beherrschen. Da ein ziemlich großes Stück herausgeschlagen war, konnte man es vielleicht wieder festkleben, wenn es noch ganz war. Er suchte auf dem Boden, fand es aber nicht. Es war vermutlich unter die Waschmaschine oder die Badewanne gerutscht, aber er hatte jetzt keine Zeit, danach zu suchen.

Auf dem Boden sah er ein feines, weißes Pulver und schloß daraus, daß die Scherbe in kleine Partikel zersprungen war, die die jungen Männer schuldbewußt zusammengefegt oder in die Taschen gesteckt hatten, damit er den Schaden nicht sofort bemerkte.

Was würde Paula sagen? Sie liebte dieses Waschbecken. Völlig unbegründet fühlte er sich schuldig.

Dann hatte er auf die Uhr geschaut, und ihm war klar, daß er sich für die Vernissage fertig machen mußte, er hatte Fabian aus dem Garten hereingerufen. Es war ihm gelungen, das Mißgeschick zu verdrängen, bis er sich mit seinem Ciderglas an das große Fenster der Galerie stellte und die marmorweißen, glatten Arme seiner Frau betrachtete.

Sie schien sich seiner Gegenwart plötzlich bewußt zu werden und wandte sich zu ihm.

»Fredrik, bitte sei so lieb und gehe hinauf und schau nach Olivia. Ich denke, sie schläft, aber sicherheitshalber.«

Er nickte und ging zu der steilen Treppe, die ins Dachgeschoß führte.

Da oben war unter den niedrigen Deckenbalken schon für das Fest danach gedeckt. Die dreieckige Giebelwand war völlig verglast und man hatte eine überwältigende Aussicht über das Meer und die Inseln.

Auf dem Boden stand der herausnehmbare Kinderwageneinsatz. Fredrik kniete sich daneben und betrachtete das kleine runde Babygesicht. Olivia schlief so fest wie immer, trotz des Lärms im Stockwerk darunter. Sie war ein geborgenes Kind und hatte ihre festen Zeiten. Wenn sie schlief, konnte fast nichts sie aufwecken.

Das Gesicht des Kindes bebte ein wenig, als wehte ein innerer Wind durch sein Nervensystem, und brachte verschiedene Gesichtsausdrücke hervor – Freude, Trauer, Schmerz, Wut –, ohne sich für einen zu entscheiden. Und dann war alles wieder vorbei und das Gesicht ruhte friedlich.

Wie schön sie war, seine Tochter. Und dabei hätte es sie beinahe nicht gegeben. Er mußte um sie bitten und betteln. Nach Fabians Geburt hatte Paula erklärt, daß sie nie wieder ein Kind zur Welt bringen würde.

Es war eine lange und schwere Geburt. Vielleicht nicht schlimmer als bei anderen Erstgebärenden, aber Paula hatte eine unbegreifliche Angst vor allem, was mit körperlichen Schmerzen zu tun hat. Bei einer Blutabnahme konnte sie ohnmächtig werden, und sie ging zu einem Zahnarzt, der sie unter Hypnose behandelte. Bei Fabians Geburt bekam sie nicht die Narkose, die man ihr versprochen hatte, glaubte sie, und die Geburt war ein Trauma, das weder sie noch Fredrik je vergessen würden.

Ihre Angst hatte Fredrik stark berührt, weil Paula eigentlich eine robuste Person war. Sie konnte ihren Körper hartem Training unterziehen, und ihre Furchtlosigkeit beim Skifahren oder beim Segeln in hartem Wind hatte ihm imponiert.

Nach Fabians Geburt hatte Fredrik sich darauf eingestellt, daß er ihr einziges Kind bleiben würde.

Aber er wünschte sich so sehr ein Mädchen. Insgeheim war er ein bißchen enttäuscht, daß Fabian ein Junge war.

Und nur ein einziges Kind zu haben, das war auch so riskant. Fredrik war ein vorsichtiger Mann, der sich immer auf das Schlimmste einstellte. Alles auf eine Karte zu setzen, das war noch nie seine Art. Er verteilte die Risiken lieber.

Er hatte sich auf eigene Initiative nach alternativen Geburtsmethoden erkundigt, schmerzlindernden Behandlungen, angstdämpfenden Therapien. Paula hatte total ablehnend reagiert. Schließlich hatte er sie wenigstens für den Kaiserschnitt interessieren können. Kaiserschnitt und Vollnarkose, das war das einzige, was sie sich vorstellen konnte. Und ein schriftliches Versprechen, unterschrieben vom verantwortlichen Arzt.

Fredrik fand eine frei praktizierende Hebamme, die sich auf Geburtsphobien spezialisiert hatte. Paula ließ sich von ihr die Spirale entfernen und durch die Schwangerschaft begleiten. Sie hatte immer wieder ihre Tiefs und weinte dann schrecklich und sprach von Abtreibung. Fredrik tröstete sie, so gut es ging, und sagte, dieses Mal würde alles anders sein.

Er versuchte ihr Geborgenheit und Ruhe zu vermitteln, aber innerlich hatte er schreckliche Angst. Daß Paula heimlich abtreiben würde. Daß das Kind zu früh käme und keine Zeit für den Kaiserschnitt bliebe. Daß der Arzt, der für den Eingriff vorgesehen war, in letzter Minute zu einem akuten Fall gerufen würde. Es konnte so viel passieren. Paula wollte Garantien. Aber sie wußten ja beide, daß es solche Garantien nicht gab.

Aber es ging alles gut, und am Ende der Schwangerschaft wurde Olivia aus Paulas bewußtlosem Körper geholt, wohlgestaltet, mit einem wunderbaren kleinen Gesichtchen, nicht so zusammengedrückt und schmerzverzerrt wie bei Kindern, die eine normale Geburt hinter sich haben, sondern fein und unberührt, mit einem etwas erstaunten Ausdruck, als hätte man sie da drinnen in ihrer ruhigen Dunkelheit beim Mittagsschlaf gestört. Wie es sie wohl beeinflussen würde, daß sie diese Abkürzung ins Leben genommen hat und um die normale mühsame Reise herumgekommen war?

Sie nannten sie die Kaiserin, nach der Art ihrer Geburt, aber auch wegen ihres vornehmen Aussehens.

Er war so unendlich dankbar. Den Ärzten und der Hebamme, den Krankenschwestern. Aber am dankbarsten war er Paula, die all das durchgemacht hatte, trotz ihrer Panik. Er wußte nicht, wie eine Geburtsphobie sich anfühlte, er hatte auch keine besonders große Angst vor Schmerzen, aber er wußte, was Panik war. Als sie aus der Narkose erwachte und die Umwelt allmählich wieder klar sehen konnte, hatte er in ihre weit aufgesperrten Augen geschaut und etwas sehr Bekanntes gesehen. Vielleicht einte die Panik sie. Die selten ausgesprochene, sorgfältig verborgene Panik. Er hatte ihre zitternden Lippen geküßt und gesagt: »Ist alles gut gegangen. Sie ist wunderbar. Danke, Paula. Danke.«

Er wußte, daß er sie nie wieder um etwas würde bitten

können. Sie hatte mehr getan, als er je von ihr verlangen konnte.

Andächtig betrachtete er seine schlafende Tochter. Auf eine seltsam kindliche Art erstaunte es ihn immer wieder, daß er, ein Mann, die Ursache für dieses weibliche Wesen war. Er war natürlich nicht allein am Schöpfungsakt beteiligt. Aber das Geschlecht wurde doch von den Spermien des Mannes bestimmt. Und aus ihm, aus dem männlichsten Teil seines Körpers war dieses Weibliche entstanden. Ein *Mädchen*!

Er widerstand dem Impuls, sich über den Kinderwageneinsatz zu beugen und sie auf den Mund zu küssen, weil sie davon vermutlich aufgewacht wäre. Er ging statt dessen zur verglasten Giebelwand und schaute aufs Meer, das noch diese dunkle, tintenartige Frühlingsfarbe hatte. Er mußte wieder in den Ausstellungsraum hinuntergehen, aber er zögerte es so lange wie möglich hinaus.

Wenn Paula nicht mehr so beschäftigt war, konnte er mit ihr reden. Und er konnte mit Bodil sprechen, wenigstens ein paar Worte, wenn sie gerade nicht umherflatterte. Und er würde bestimmt noch Bekannte treffen, Leute aus der Gemeindeverwaltung, Paulas Freunde, vielleicht ihre Eltern, sie kamen oft zu ihren Ausstellungen. Und irgendwann würde er das, was an den Wänden hing, anschauen müssen. Die Kunst. Sie vielleicht sogar kommentieren müssen.

Das mit Paulas Kunst war eine komplizierte Angelegenheit. Fredrik wußte nicht, was er davon halten sollte. Was er fühlte, wußte er. Er war unangenehm berührt. Aber das konnte er nicht sagen.

Paulas Arbeiten waren eine Mischung aus Collage und Malerei. Am Anfang standen idyllische Bilder mit roten Häuschen und Wiesen, nostalgische Vorstellungen vom vorindustriellen Leben. Vielleicht eine Art Parodie auf die Kunst der Straßenhändler. Manchmal verwendete sie tatsächlich eines dieser massenweise angefertigten Bilder und bearbeitete es direkt auf der Leinwand. In die Idylle klebte sie Fotos, die sie aus Pornoheftchen ausgeschnitten hatte. Das hatte durchaus Witz, wenn erigierte Penisse völlig unmotiviert hinter Birkenstämmen und Ställen hervorschauten. Aber es gab auch erschreckende Bilder – eine festgebundene, nackte Frau, die von lächelnden Bauern bei der Ernte mit Dreschflegeln mißhandelt wurde, oder eine Schar von nackten Frauen, die zusammen mit Schweinen in einer Box zusammengetrieben wurden. Das war abstoßend, es wurde einem übel, man schämte und ekelte sich.

Die Bilder waren niemandem angenehm, aber am unangenehmsten waren sie dem, der mit der Schöpferin dieser Werke verheiratet war. Man konnte der Frage nicht ausweichen: Was war Paula für ein Mensch, wenn sie so etwas Widerwärtiges schaffen konnte? Hatte sie solche Obszönitäten in ihrem hübschen Kopf?

Am Anfang glaubte Fredrik noch, daß Paula als Kind irgendwelchen sexuellen Übergriffen ausgesetzt war. Aber seit er sich in der Kunstwelt ein bißchen besser auskannte und einige Ausstellungen besucht hatte, sah er, daß offenbar all die jungen Künstler von heute sexuellen Übergriffen ausgesetzt waren. Das Motiv war im Trend, ganz einfach. Er war, was Paula betraf, beruhigt.

Aber es war doch merkwürdig, daß Paula, die sonst so sehr auf Stil und Qualität achtete – bei Kleidung, Essen, Einrichtung und Menschen – sich so sehr zum Vulgären und Ordinären hingezogen fühlte.

Aber vielleicht doch nicht. Fredrik und Paula waren einmal von einer etwas schlampigen, stark geschminkten Künstlerin zur Vernissage eingeladen worden, wo sie dann lauter exquisite kleine Radierungen von stillen Seen und entlaubten Bäumen sahen. Man konnte sich fast nicht vorstellen, daß diese Frau etwas so Dezentes und Unprätentiöses hervorbrachte. Sie schien es selbst nicht richtig zu verstehen, denn wenn man mit ihr über ihre Werke sprechen wollte, schaute sie erstaunt und krächzte mit ihrer rauchheiseren Stimme: »Das kommt einfach so, weißt du.«

Vielleicht waren Paulas groteske Collagen auch etwas, das »einfach kam«, Botschaften von einem unbekannten Ort in ihrem Inneren, für sie genauso fremd wie für andere. Und hinterher war sie, genau wie die Kollegin mit den Radierungen, distanziert, fast uninteressiert an dem, was sie geschaffen hatte. Fragen zu ihrem Werk gab sie umgehend an den Fragenden zurück. Als sei er und nicht sie verantwortlich für die unangenehmen Gefühle, die ihre Bilder hervorriefen. »Schweinkram? Mein Lieber, ist auf meinen Bildern Schweinkram, das habe ich gar nicht bemerkt. Ich habe sie kaum angeschaut. Nein, ich habe keine Probleme mit der sadistischen Gewalt in dieser Collage. Es ist schließlich nur ein *Bild*, nicht wahr?«

Nicht die Andeutung eines Errötens auf ihren Wangen. Die Scham war in den Augen des Betrachters.

Fredrik empfand diese Scham auf jeden Fall, und er kam auch nicht darüber hinweg. Er hatte Angst, irgendeiner von seinen Bekannten würde in Paulas Atelier die Pornohefte finden, die sie verwendete, und könnte dann glauben, es seien seine.

Und die Kinder. Noch verstand Fabian nicht, was die Bilder der Mutter vorstellten. Aber bald würde er Fragen stellen. Fredrik hoffte inständig, daß Paula dann in einer neuen Phase ihrer künstlerischen Entwicklung sein würde.

Die alte Treppe knarrte, und als er sich umdrehte, stand Paula da. Er beugte sich rasch über den Kinderwageneinsatz.

»Alles in Ordnung. Sie schläft«, sagte Fredrik.

»Ich habe mich gefragt, wo du bist. Willst du nicht runterkommen und meine Eltern begrüßen? Sie sind jetzt da.«

Er ging mit ihr in den Ausstellungsraum. Die ersten Besucher waren schon wieder gegangen, und es war nicht mehr so voll. Seine Schwiegermutter Birgitta Kreutz kam auf ihn zu, sie war genauso schlank wie ihre Tochter, trug einen engen Rock und ein taillenkurzes Jäckchen aus türkisfarbenem Wildleder. Ein Stück hinter ihr stand sein Schwiegervater, Hans-Gunnar Kreutz, er nippte an einem Weinglas, neben ihm eine unentwegt plappernde Bodil Molin und der gelangweilte Fabian, der an seinem Bein hing.

»Da bist du ja, Fredrik«, rief Birgitta. »Wir haben gerade nach dir gefragt. Die kleine Puppe schläft, habe ich gehört. Da wollen wir sie nicht stören. Was für eine tolle Galerie das ist! Ich habe von ihr gehört, bin aber noch nie hier gewesen.«

»Ja, es spricht sich allmählich herum. Bodil, die Besitzerin, macht es sehr gut.«

»Sie ist wunderbar. Wie schön für dich, Paula, in deiner Heimatstadt ausstellen zu können.«

Die wunderbare Bodil tauchte neben ihnen auf.

»Habt ihr gewußt«, sagte Bodil und wandte sich mit ernster Miene an Birgitta und Hans-Gunnar, »daß ich viel mit Fredrik zu tun hatte, als ich die Galerie aufmachen wollte, er war mir eine große Hilfe. Es ist nicht leicht, wenn man ganz neu in einer Gemeinde ist und etwas aufziehen will. Er war ungewöhnlich verständnisvoll und kannte sich in der Kunstszene aus, das erwartet man nicht bei einem Beamten der Wirtschaftsabteilung. Aber er hat mit keinem Wort erwähnt, daß seine Frau Künstlerin ist. Als ich herausbekam, daß Paula Kreutz hier in der Gegend wohnt, wollte ich natürlich eine Ausstellung mit ihr machen, und erst da habe ich erfahren, daß sie seine Frau ist. Bist du nicht stolz auf sie, Fredrik?«

Fredrik drehte sein leeres Glas, schaute auf die groben Dielen hinunter und wußte nicht so recht, wie er mit dem Vorwurf umgehen sollte, wenn es denn ein Vorwurf war. Birgitta half ihm aus seiner Verlegenheit:

»Fredrik ist unglaublich stolz auf Paula. Wir sind alle stolz auf dich.« Sie legte ihre Hand auf Paulas Arm. »Du hast dich seit der letzten Ausstellung enorm weiterentwickelt.«

Fredrik schaute in Richtung Fenster und betrachtete einige Möwen, die trotz Wind ganz still standen und wie Luftschiffe gegen den glasblauen Himmel schwebten.

Wie schon so viele Male zuvor hatte er das Gefühl, sich in einem absurden Traum zu befinden. Hatte seine Schwiegermutter überhaupt *gesehen*, was da an den Wänden hing? Er hatte plötzlich Lust, sie zu ärgern.

»Welches gefällt dir am besten, Birgitta?« fragte er.

»Das kann ich nicht sagen. Sie sind alle so spannend.«

»Und dir, Hans-Gunnar?« machte Fredrik stur weiter und wandte sich seinem Schwiegervater zu, der wie so oft eine skeptische Miene aufgesetzt hatte: zusammengekniffener Mund und kleine, beinahe unsichtbare Grimassen, als würde er seine Umgebung wie einen Wein kosten und bewerten.

Hans-Gunnar überhörte Fredriks Frage und wandte sich an Bodil:

»Wie läuft es mit dem Verkauf?«

»Es sind schon jede Menge rote Punkte dran«, rief Birgitta laut.

»Ja, als wären die Masern ausgebrochen«, konstatierte Bodil ruhig. »Aber das habe ich schon vorher gewußt.«

Sie warf einen Blick auf ihre Armbanduhr:

»Wir machen in einer Stunde zu. Und dann gibt es im ersten Stock ein kleines Buffet.«

Hans-Gunnar räusperte sich und sagte dann schnell:

»Vielen Dank, aber wir müssen nach Hause. Es war schön, das alles hier gesehen zu haben.«

»Kommt ihr nicht mit zu uns nach Hause, Opa und Oma?« fragte Fabian, der inzwischen an Birgitta hing.

»Ein anderes Mal, Liebling«, sagte Birgitta und strich ihm über die Haare. »Oma und Opa kommen ein anderes Mal zu dir.«

Die Schwiegereltern verabschiedeten sich und gingen hinaus zu ihrem Mercedes. Paula ging in den ersten Stock, um Olivia zu stillen, das Mittagsschläfchen war jetzt vorbei.

»Ich möchte dir noch einmal für alles danken, was du für mich gemacht hast, Fredrik«, sagte Bodil. Ihre Stimme war jetzt, wo die anderen gegangen waren, anders, weicher, intimer.

»Ich? Ich habe doch nichts getan«, rief Fredrik erstaunt aus, beinahe erschrocken.

»Du warst *mein sicherer Lotse durch das Gemeindelabyrinth*«, sagte Bodil nachdrücklich und legte ihre Hand auf seinen Arm.

Fredrik lachte peinlich berührt.

»Aber das ist doch mein Job.«

Fabian zog ihn an der Hand.

»Papa, mir ist *langweilig*!«

»Ich geh eine Weile mit ihm nach draußen«, sagte Fredrik entschuldigend.

»Ich hoffe, wir werden auch in Zukunft zusammenarbeiten«, fuhr Bodil fort. »Du bist doch noch bei der Wirtschaftsförderung? Man kann ja nie wissen. Die Leute wechseln heutzutage öfter die Jobs als die Hemden. Kaum hat man einen Kontakt etabliert, sitzt jemand Neues an dessen Stelle.«

»Ich werde wohl noch eine Weile bleiben, denke ich«, sagte Fredrik lächelnd. »Fabian wird ungeduldig. Wir sehen uns nachher beim Buffet.«

Er ging mit Fabian den schmalen Streifen Strand entlang. Trockener, schwarzer Tang blieb an den Füßen hängen, abgebrochene Schilfrohre lagen in wirren Haufen zwischen den Steinen, als hätte ein wahnsinniger Vogel Nester gebaut.

Der Junge lief voraus. Fredrik sah, wie gut es ihm tat, sich in der frischen Luft bewegen zu dürfen, nachdem er so lange zwischen lauter langweiligen Erwachsenen eingesperrt war und noch dazu an einem Ort, wo es für ihn nichts zu tun gab. Wenn Fredrik ehrlich war, ging es ihm genauso. Er schloß die Augen, entspannte sein Gesicht und ließ sich die Lider von der Sonne wärmen. Das Meer verströmte einen schweren, kühlen Duft nach Algen und blauschwarzer Tiefe.

Als er die Augen wieder öffnete, stand Fabian genau am Rand des Wassers und beobachtete gespannt, wie der schwarzbraune Schaum seine Zehen beleckte, ohne sie zu benetzen. Es war eines seiner vielen Grenzen-Austesten-Spiele. Und wie immer endete es damit, daß die Grenze überschritten wurde. Er machte einen kleinen Schritt näher ans Wasser, und die nächste größere Welle spülte über seine Füße. Mit einem entzückten Schrei lief er zu Fredrik, sie gingen schnell zum Speicher zurück, legten seine Schuhe und Strümpfe zum Trocknen auf eine Heizung, und Fabian durfte barfuß herumlaufen.

Etwa zwanzig Personen blieben noch zum Buffet im Dachgeschoß. Alle waren sich einig, daß es eine gelungene Ausstellung war.

Paula war entspannter, jetzt, wo alles vorbei war. Olivia lag in ihrem Kinderwageneinsatz, satt und zufrieden, sie betrachtete die Welt mit ihren altklugen Augen. Vor der verglasten Giebelwand verschwand die Sonne im Meer, erst langsam und effektvoll inszeniert, dann ganz schnell, als hätte jemand sie fallen lassen.

Sie brachen trotz Bodils Protest beizeiten auf.

»Es tut mir leid, aber wir müssen mit den Kindern nach Hause«, sagte Paula und stand auf.

»Aber«, sagte sie und wandte sich an die anderen am Tisch, »warum kommt ihr nicht mit? Wir können doch bei uns weiterfeiern. Dann könnt ihr auch das Haus sehen.«

Einige der Besucher lehnten dankend ab und gingen nach Hause. Der Rest fuhr im Konvoi durch die frühlingshafte Dämmerung an den Feldern entlang – vorbei an noch nicht ausgetriebenen Eichen und Teppichen von Buschwindröschen, zum Haus von Fredrik und Paula.

Paula liebte es, das neuerworbene Haus Besuchern zu zeigen, und sie erzählte immer wieder die Geschichte, wie sie hergekommen waren und sofort gewußt hatten, daß es *ihr* Haus war. Wie sie in der Glasveranda im sirupgelben Licht gestanden und beide so ein Déjà-vu-Gefühl gehabt hatten, das Gefühl, schon einmal hier gewesen zu sein, in einem Traum oder so, und daß sie jetzt endlich *wieder da* waren. Wie überraschend niedrig der Preis gewesen war, wie schnell alles gegangen war, als hätte alles so sein sollen. Als hätte das Haus nur auf sie gewartet.

Ihre Künstlerfreunde bewunderten das geräumige Atelier und seufzten neidisch. Eine Künstlerin war mit ihrem Mann da, er war Fotograf und bekam manchmal Aufträge von einer Zeitschrift für Inneneinrichtung.

»Wir machen eine Serie über die Häuser von kreativen Menschen, euer Haus würde genau hineinpassen, Paula. Ich könnte es der Redaktion vorschlagen. Ist es okay, wenn ich ein paar Bilder mache und sie ihnen zeige?«

»Keine Home-Story, bitte!« sagte Paula bestimmt und hob abwehrend die Hand.

Aber als er die Kamera hob und sie bittend anschaute, zuckte sie lachend mit den Schultern und ließ ihn seine Bilder machen. Fredrik wurde überhaupt nicht nach seiner Meinung gefragt.

Sie schauten sich das Haus an, Zimmer für Zimmer. Vom Schlafzimmer im Oberstock gingen sie auf den Balkon und sahen über die hügelige Landschaft, wo der Abendnebel sich jetzt in dünnen Schleiern über die Felder gelegt hatte.

»Die Lage ist wirklich phantastisch. Wer sich diesen Platz ausgesucht hat, um sein Haus darauf zu bauen, muß wirklich ein Künstler gewesen sein«, rief Bodil Molin aus und lehnte sich ans Balkongeländer.

»Es waren vielleicht eher praktische Gründe«, sagte Sven-Erik Ljung, Leiter des Heimatmuseums und mit der Kultursekretärin der Gemeinde verheiratet. »An diesem Platz haben bestimmt schon seit vielen hundert Jahren Menschen gewohnt. Im Westen schützt der Berg vor den Winden, zur anderen Seite ist fruchtbarer Boden, Wasser ist im Bach und das Meer nicht weit. Solche Orte hat man damals gewählt.«

»Eine Art nordisches Feng Shui«, sagte ein blasses, dunkelhaariges Mädchen, das Fredrik nicht kannte, aber er nahm an, daß sie eine von Paulas Künstlerfreundinnen war.

Der nächste Raum, der besichtigt werden sollte, war das Badezimmer.

»Es ist wirklich toll. Wir haben es nicht selbst eingerichtet, aber der Vorbesitzer hat genau unseren Geschmack getroffen«, erklärte Paula, als sie die Tür zum Balkon schloß und die Gesellschaft aus dem Schlafzimmer durch den Flur zum Badezimmer hinüberführte.

»Klar und sauber, dabei nicht klinisch. Ich liebe es.«

Der fotografierende Künstlerinnengatte hielt die Kamera in Bereitschaft.

Erst da fiel Fredrik das Mißgeschick mit dem Waschbecken wieder ein. Er hatte Paula noch nichts gesagt, weil er ihr auf der Vernissage nicht die Laune verderben wollte, und dann hatte er es vergessen. Jetzt sah er vor seinem inneren Auge das schöne, runde Marmorwaschbecken und die schreckliche Wunde am Rand. Er wußte, wie sehr Paula sich über äußere Makel aufregen konnte. Wie würde sie wohl reagieren? Er wollte sie warnen, aber es war zu spät. Sie hatte schon die Tür geöffnet und die gedimmte Beleuchtungsleiste über dem Waschbecken angemacht.

Die ganze Gesellschaft drängte sich im Badezimmer. Fredrik konnte nur ihre Rücken sehen und ihre begeisterten Rufe hören. Die Kamera blitzte.

Hatten sie das Waschbecken schon gesehen? Hatte Paula es gesehen?

Die Muskeln in seinem Kopf zogen sich zusammen und drückten auf sein Hirn, das sich ganz trocken anfühlte und weh tat. Gleich würde die ganze elegante, verwöhnte Gesellschaft etwas zu sehen bekommen, für das er sich schämte, eine versteckte Behinderung, etwas Schändliches. Er kam sich ertappt vor. Warum hatte er Paula nicht gewarnt? Er hätte sie davor bewahren sollen.

Er wartete auf einen erschreckten Ausruf von ihr, einen bedauernden Kommentar von einem der Besucher – aber es kam nichts. Er hörte nur Paulas Geplapper über die Vorteile des Badezimmers, die Heizung im Terrakottaboden – »man geht wie auf sonnenwarmen Felsen« –, die Badezimmerschränke, in denen man so viel unterbringen konnte, die Beleuchtung, die einen immer schön aussehen ließ, sogar morgens. »Es unterstützt das Selbstvertrauen, wenn man den Tag so beginnen kann.« (Als ob das bei Paula eine Rolle spielen würde, sie war bei jedem Licht schön.) Sie bemerkte auch begeistert, daß die neue Waschmaschine installiert war.

Schließlich mußte er sich hineindrängen.

Er betrachtete das Waschbecken. Es war makellos. Glatt

und weiß wie die Haut einer jungen Frau. Er sah nicht die geringste Spur eines Schadens.

Aber das war doch nicht möglich. Er erinnerte sich deutlich an die gezackte Bruchkante, wo das große Stück fehlte.

Verwirrt folgte er der Gesellschaft ins Wohnzimmer und zog sich kurz darauf zurück, unter dem Vorwand, Fabian ins Bett bringen zu müssen. Er überwachte das Waschen und Zähneputzen und schickte ihn dann ins Bett.

»Leg dich schon mal hin, ich komme gleich zum Gute-Nacht-Sagen«, sagte er.

Als der Junge gegangen war, schloß er sich im Badezimmer ein, kniete sich am Waschbeckenrand hin und untersuchte den Marmor. Erst sah er gar nichts, aber wenn er den Kopf schräg legte und von unten schaute, konnte er eine Linie sehen, dünn wie ein Haar, die an der Unterseite ein etwa zehn Zentimeter großes Stück begrenzte.

Jemand hatte das abgeschlagene Stück gefunden und es so geschickt wieder angeklebt, daß man fast nichts sah.

Die erste Begegnung

Um nicht so früh aufzuwachen, versuchte Fredrik abends lange wach zu bleiben, aber auch das half nichts. Noch spät in der Nacht saß er in dem kleinen Arbeitszimmer, das er sich im Oberstock eingerichtet hatte, über den Schreibtisch gebeugt und ging Akten durch, die er sich mit nach Hause genommen hatte. Als er schließlich ins Bett kroch, war ihm fast übel vor Müdigkeit und er fiel sofort in tiefen Schlaf.

Und doch: In der Dämmerung spuckte der Magen des Schlafs ihn aus, blitzschnell und ohne Vorwarnung, als wolle er ein Stück verdorbenes Fleisch loswerden. Es war, als würde er auf eine glatte und eiskalte Fläche geworfen, glitt umher, gelähmt, erfroren, unbekannten Schrecken hilflos ausgeliefert.

Schließlich konnte er sich mit großer Mühe von diesem Traumbild losreißen und aus dem Bett steigen, die Treppe hinunter in die Küche gehen und sich einen Becher starken, belebenden Kaffee machen. Er trank ihn wie immer am Fenster stehend, er setzte sich nicht, aus Angst, wieder in diesen Halbschlaf zu fallen.

Seine Hirnzellen wurden langsam munter und verknüpften sich zu normalen Gedankengängen. Nach zehn Minuten hatte er das Gefühl, auf der sicheren Seite zu sein. Er stellte den Becher in die Spülmaschine und beschloß, wieder ins Bett zu gehen und noch ein bißchen zu schlafen.

Als er durch die Diele kam und nach oben gehen wollte, hielt er inne.

Mitten in der Diele stand jemand. Erst dachte er, es sei ein Kind, aber dann sah er, daß es ein erwachsener Mann war, kaum eins fünfzig groß. Er hatte schwarze Haare, war unrasiert, hatte hohe Wangenknochen, schmale Augen und einen breiten Mund. Er trug Jogginghosen und ein T-Shirt, beides schrecklich schmutzig, an den Füßen hatte er Sandalen.

»Wer zum Teufel bist du?« rief Fredrik aus.

Normalerweise war er höflicher zu Fremden, und er fluchte auch ausgesprochen selten. Aber um diese Tageszeit in seinem eigenen Haus ein so merkwürdiges Wesen zu sehen, das nahm ihm die Fassung.

»Skwådd«, sagte der Mann kurz und nasal. Es klang wie das Quaken eines Froschs.

Oder sagte er »Kwådd«?

»Wie bitte?« sagte Fredrik.

Der Mann wiederholte das Wort. Jetzt klang es eher wie »Kwådd«.

Er ist nicht normal. Er ist aus irgendeiner Anstalt ausgebrochen und hat sich hierher verirrt, dachte Fredrik.

»Wo wohnst du?« fragte er und versuchte freundlich zu klingen.

Der Mann zeigte auf einen Punkt neben Fredrik.

»Hier? Da irrst du dich, mein Lieber. Das hier ist unser Haus.«

Wie immer, wenn er »unser Haus« sagte, überfiel ihn ein kurzer Schauer von Angst und Lust. Die Rolle des Hausbesitzers war immer noch so ungewohnt.

Vielleicht kannte der Mann die Leute, die zuvor hier gewohnt hatten, und er wollte sie besuchen.

»Möchtest du zur Familie ...« Er suchte nach dem Namen der vorigen Hausbesitzer, und plötzlich fiel er ihm ein: »... Jonfelt? Hast du sie öfter besucht? Sie sind umgezogen, verstehst du. Sie wohnen jetzt in Kanada. Weit weg.«

Der Mann rührte keine Miene. Er zeigte immer noch geradeaus und murmelte etwas, das klang wie »Zuhause«.

»Das ist nicht dein Zuhause. Sag mir doch, wo du wohnst, dann kann ich jemanden anrufen, der dich abholt.«

Der fehlende Schlaf machte sich jetzt bemerkbar, Fredrik war plötzlich sehr müde. Er sehnte sich nach seinem Bett und ärgerte sich über den dickköpfigen Mann.

Jetzt zeigte der Mann hinter Fredrik. Auf die Treppe.

»Wohnst du da oben?« fragte Fredrik lachend.

»Die Treppe«, hörte er den Mann murmeln.

»Nein, mein Freund. Jetzt mußt du wirklich gehen.«

»Unter der Treppe«, sagte der Mann mit erstaunlich klarer und deutlicher Stimme.

Ein richtiger Irrer, dachte Fredrik. Er ging zum Telefon, das auf der Kommode stand, und wählte die Nummer der Polizei.

»Ich heiße Fredrik Wennéus. In meinem Haus ist ein verwirrter Mann. Er hat sich offenbar verlaufen. Er ist ein bißchen schwierig.«

Er drehte sich um, weil er sehen wollte, ob der Mann sich über seine Beschreibung ärgerte.

Aber da gab es keinen Mann mehr. Fredrik ging mit dem schnurlosen Telefon durchs Untergeschoß, schaute in alle Zimmer, aber der Mann war nicht mehr da.

»Jetzt scheint er wieder gegangen zu sein«, sagte er ins Telefon.

Er bat die Frau am anderen Ende um Entschuldigung und legte auf.

Er ging in den Garten hinaus, schaute sich um, sah zur Straße hinüber, über die Felder und zum Wald. Der kleine Mann war weg.

Als er ins Schlafzimmer kam, drehte Paula sich zu ihm um.

»Hast du da unten mit jemandem gesprochen?« fragte sie schlaftrunken.

»Da war ein komischer Typ, aber er ist wieder gegangen. Irgendwie behindert oder geistesgestört.«

»Hat er gesagt, wie er heißt?«

»Kwådd.«

»Was?«

»So hat es geklungen. Ich habe ihn gefragt, wer er ist, und er sagte Kwådd.«

»Der arme Kerl«, murmelte Paula und schlief wieder ein.

Klopfen

Wo war der Junge bloß?

Es gehörte zu Fredriks Aufgaben, Fabian in den Kindergarten zu fahren. Es lag nahe, weil er auf dem Weg zur Arbeit im Wirtschaftsdezernat am Kindergarten vorbeifuhr. Sie verließen das Haus um halb neun, und obwohl sie beizeiten aufstanden und Paula Fabians Sachen schon vorher zurechtlegte, gab es im letzten Moment doch immer Streß. Mal mußte man ein Spielzeug suchen, das Fabian unbedingt mitnehmen wollte, oder die Mütze war verschwunden, oder Fabian wollte plötzlich überhaupt nicht in den Kindergarten gehen und Fredrik mußte kostbare Minuten darauf verwenden, ihn zu überreden und zu ermuntern.

Und jetzt war der Junge verschwunden. Fredrik schaute ins Atelier, wo Paula schon bei der Arbeit war, Olivia saß in ihrem Babystuhl neben ihr. Paula stand immer sehr früh auf. Nach einer Joggingrunde und einer Dusche war sie schon um sieben im Atelier und arbeitete dann bis vier, sie unterbrach ihre Arbeit nur, um Olivia zu stillen und ihr die Windeln zu wechseln.

Paula trug Jogginghosen und ein Hemdchen, die Haare hatte sie zusammengebunden. Sie war damit beschäftigt, vergrößerte Amateurfotos an die Wand zu pinnen. Es waren harte Blitzlichtbilder, die Farben waren grell und die Konturen unscharf, und soweit Fredrik sehen konnte, waren es Bilder von einer Weihnachtsbescherung, die vermutlich einige Jahrzehnte zurücklag. Weihnachtsbaum, Kinder, ein Erwachsener im Weihnachtsmannkostüm. Fredrik konnte auf die Entfernung nicht erkennen, ob es sich um Paulas Familie handelte. Er hoffte nur, daß sie diese Bilder nicht als Hintergrund für ihre Obszönitäten verwendete. Aber es gab ein ungeschriebenes Gesetz zwischen ihnen, daß er ihre Arbeiten im Entstehungsprozeß nicht kommentierte.

»Hast du Fabian gesehen?« fragte er.

»Ich glaube, er ist in sein Zimmer gegangen.«

Fredrik eilte die Treppe hinauf und wäre fast über Fabian gestolpert, der auf der Treppe kauerte und im Schatten fast nicht zu sehen war.

»Hier bist du! Hol deinen Rucksack, wir müssen los.«

Der Junge schien ihn nicht zu hören. Er hatte die Wange auf die Stufe gepreßt und lachte leise vor sich hin.

»Fabian, wir müssen jetzt los. Papa kommt sonst zu spät zur Arbeit.«

Statt zu antworten, klopfte der Junge auf die Treppenstufe. Vier Mal leichtes Klopfen.

»Fabian! Hast du gehört, was ich gesagt habe.«

Der Junge klopfte wieder auf die Treppenstufe. Jetzt verlor Fredrik die Geduld. Er mußte um zehn bei einem Treffen mit dem Unternehmerverband und dem Gemeinderat sein, und er mußte sich noch vorbereiten.

»Was ist das denn für ein Unsinn! Wir haben es eilig.«

Er hob den Jungen auf die Schulter, ergriff den Rucksack und seine Aktentasche und trug die ganze Last hinaus zum Auto. Fabian schrie und trat.

»Ich wollte doch nur mit ihm reden! Du bist blöd! Du bist blöd!«

Er verfrachtete den Jungen auf den Rücksitz, schloß die Tür und setzte sich auf den Fahrersitz.

»Mit wem wolltest du reden?« fragte er ärgerlich, startete den Wagen und fuhr auf die Straße.

»Mit dem Mann unter der Treppe natürlich.«

»Und wer ist das?«

»Das weißt du doch, Papa. Der unter der Treppe wohnt. Der kleine Mann.«

»Hast du das im Fernsehen gesehen?«

»Nein, unter *unserer* Treppe. Nicht im Fernsehen.«

Fredrik fuhr auf der kurvenreichen Straße, so schnell er sich traute. »Der Mann unter der Treppe.« Wieso kam ihm das so bekannt vor? War das ein Kinderbuch, das sie zusammen gelesen hatten? Oder hatte Fabian schon früher einmal davon gesprochen? Er plapperte ja manchmal wie ein Bach im Frühling, und man konnte sich nicht immer an alles erinnern.

Er lieferte Fabian im Kindergarten ab und fuhr weiter zu seinem Arbeitsplatz im Rathaus. »Der Mann unter der Treppe« hämmerte es in seinem Kopf, wie ein Abzählreim, etwas aus einem Märchen, einem Spiel. Der Mann unter der Treppe. Der Kerl in der Kiste. Der Mann im Mond.

Erst als er an seinem Schreibtisch saß und die merkwürdigen bunten Formen des Bildschirmschoners auf seinem Computer betrachtete, Formen, die sich ineinanderschlangen und immer neue Figuren bildeten, erst da tauchte das Bild auf, das zu dem Satz paßte. Der kleine Mann, der sich einmal früh am Morgen in die Diele verirrt hatte, vor... wie lange mochte es her sein? Vor zwei Wochen? Vielleicht länger? Und der wie ein Frosch gequakt hatte, wenn man ihn nach seinem Namen fragte. In seiner Verwirrung hatte der arme Kerl geglaubt, in ihrem Haus zu wohnen. Unter ihrer Treppe!

Wo war er dann hingegangen? Hatte er wieder in sein eigenes Zuhause zurückgefunden? Fredrik hatte sich damals wieder schlafen gelegt und keinen Gedanken mehr an den Mann verschwendet. Bis jetzt.

Er saß vor dem Bildschirmschoner und dachte über den Mann nach. Hätte er ein bißchen hilfsbereiter sein sollen? Warum nur war er diesem verwirrten Menschen gegenüber so barsch und zurückweisend? Das war gar nicht seine Art.

Aber dann fiel ihm ein, daß der Mann sich keineswegs verwirrt oder verstört gezeigt hatte. Breitbeinig und mit etwas Trotzigem im Blick hatte er mitten in der Diele gestanden und Fredrik angeschaut. Seine Stimme und seine Körpersprache ließen keinen Zweifel zu, er zeigte auf die Treppe hinter Fredrik und behauptete, das sei sein Zuhause. Dabei schaute er Fredrik mit einem beleidigten, ärgerlichen Blick an, als ob er *im Weg stünde*, ihn daran *hinderte*, dorthin zu gelangen, wo sein rechtmäßiges Zuhause war.

Wegen dieses Blicks, der frühen Stunde und weil er nicht schlafen konnte, hatte Fredrik die Geduld verloren und bei der Polizei angerufen.

Und dann war der Mann verschwunden. Ohne ein Wort des Abschieds. Ohne einen Laut. Kein Knallen der Haustür – sie war ziemlich schwer zu schließen, außerdem hörte man am Schleifen über den Boden und am Klirren der Milchglasscheibe, ob jemand kam oder ging.

Weg.

Als wäre er nie dagewesen.

Je mehr Fredrik darüber nachdachte, desto sicherer war er, daß er das alles nur geträumt hatte. Er erwähnte es Paula gegenüber, ehe er wieder ins Bett kroch, sie hatte etwas gemurmelt, aber ihn später nicht mehr danach gefragt. Vielleicht war auch sie der Meinung, daß er geträumt hatte?

Wenn er denn überhaupt etwas zu ihr gesagt hatte, vielleicht war auch ihre kleine Konversation Teil seines Traums?

Hatte er jemals mit Fabian über diesen Traum gesprochen? Er war sich sicher, daß er das nicht getan hatte.

Die Nebelwesen des Bildschirmschoners umschlangen einander und lösten sich in Rauch auf, um kurz darauf neue Formen anzunehmen, es stand seiner Phantasie frei, sie zu deuten.

Fredriks Arbeitsaufgaben waren so vielschichtig und ungenau definiert, daß er theoretisch soviel arbeiten konnte, wie er wollte, ohne je das Gefühl zu haben, fertig zu sein. Alles von Unternehmensansiedelung bis Genehmigungsgesuchen für Schilder auf dem Bürgersteig landete bei ihm. Das Telefon klingelte ständig, Berge von Papier sammelten sich in seinem Zimmer, und auf der Straße oder im Supermarkt wurde er oft von Kleinunternehmern angesprochen, die etwas auf dem Herzen hatten. Für sie verkörperte er den diffusen Begriff Gemeinde, vielleicht sogar Landkreis, Staat, EU. Er war wie ein Trichter, der seine weite Öffnung diesen Unternehmern zuwandte, der ihre Fragen, Bitten, Wünsche, Forderungen, Unzufriedenheit und ihren Ärger aufnahm und sie durch die enge Öffnung an die Mächtigen in der Gemeinde weiterleitete. Und im nächsten Moment wurde er umgedreht, gefüllt mit Paragraphen, Ratschlägen, Anweisungen, Ermunterungen und Ermahnungen, und er mußte den ganzen Mist wieder zur anderen Öffnung drükken.

Jeden Tag um fünf Uhr steckte er einen Stapel Papier in seine Aktentasche, in der Hoffnung, sie irgendwann später am Abend lesen zu können, dann verließ er sein Arbeitszimmer, das Telefon konnte klingeln, soviel es wollte. Er kam nie zu spät zum Abholen in den Kindergarten.

Der Kindergarten lag am Rand von Kungsvik, er war umgeben von Wiesen, Wäldern und Felsen. Fredrik dachte oft, daß es eine Schande war, die Kinder auf dem engen, eingezäunten Spielplatz hinter dem gelben Flachbau einzusperren, wo sie diese herrliche Natur um sich herum hatten.

Als Fredrik klein war, war seine Mutter meistens zu Hause, sie arbeitete nur stundenweise in einem Lebensmittelgeschäft. Er genoß seine Freiheit und konnte mit den anderen Kindern am Waldrand und in den Felsen spielen, denn sie wohnten in einem ruhigen Vorort. Es war eine wunderbare Zeit mit spannenden Spielen. Im nachhinein war er etwas erstaunt, welche Freiheit er als Vier-, Fünfjähriger hatte. Aber es war natürlich eine andere Zeit, mit weniger sozialen Problemen und Gefahren.

Als er sechs war, ließen sich Fredriks Eltern scheiden. Die Mutter mußte jetzt ganztags arbeiten, und Fredrik kam in den Kindergarten. Er erinnerte sich, wie erniedrigend es war, auf einer so kleinen Fläche eingesperrt zu sein, mit einer lächerlichen Rutsche, eine Paar Schaukeln und einem Sandkasten. Er war es gewohnt, im Vorort herumzustreunen, auf steile Felsen zu klettern und den älteren Kindern dabei zu helfen, Baumhäuser zu bauen.

Seine Freunde standen manchmal vor dem Zaun, starrten ihn an, als wäre er ein Tier im Zoo, und ärgerten ihn, und einige Male war er auch ausgebüchst.

Aber Fabian, der seit seinem ersten Lebensjahr in den Kindergarten ging, war gewissermaßen von Anfang an domestiziert. Er schien nicht darunter zu leiden, wenn er die Weite hinter dem Zaun sah, bei den gemeinsamen Ausflügen ging er brav in der Reihe, hielt seinen Kameraden an der Hand und betrachtete folgsam die Naturphänomene, auf die die Erzieherinnen hinwiesen. Fredrik war der einzige, der litt, wenn er sein kleines Gesicht hinter dem Maschendrahtzaun sah. Der Junge selbst sah glücklich aus.

Und doch sehnte Fredrik sich nach dem Sommer, den ersten Ferien in ihrem neuen Haus. Sie würden nirgendwohin reisen, sondern die Tage im Garten verbringen und Ausflüge ans Meer machen, das nur ein paar Kilometer entfernt war. Und Fabian würde im Wald neben dem Haus spielen können. Natürlich nur, wenn er wollte. Und wenn Paula fand, daß er groß genug dafür war.

An der Tür des Kindergartens begrüßte er die anderen Eltern, zog die blauen Plastiküberschuhe an und ging hinein. Er fand Fabian in der sogenannten »Kuschelecke«, er saß mit zwei kleinen Mädchen und Marlene, seiner Lieblingserzieherin, auf dem Sofa, sie las ihnen ein Bilderbuch vor. Fabian beugte sich über das Buch, zeigte auf ein Bild und sagte etwas, das die anderen zum Lachen brachte.

Fredrik stand einen Moment in der Türöffnung und betrachtete stumm dieses Bild. Er liebte es, seinen Sohn zusammen mit anderen Menschen zu sehen, geborgen, offen und vertrauensvoll. Ein Kind mit liebevollen, stabilen Eltern, einem schönen Zuhause auf dem Land und einem ausgezeichneten Kindergarten – kurz gesagt: ein Kind, das eine glückliche Kindheit erlebte.

Auf dem Heimweg erzählte Fabian fröhlich, was er im Lauf des Tages mit den anderen Kindern und den Erzieherinnen erlebt hatte. Er erwähnte den Mann unter der Treppe mit keinem Wort.

Fredrik war sehr darauf bedacht, seinen Sohn zärtlich zu berühren und sich nicht pseudo-freundschaftlich mit ihm zu boxen und zu knuffen, wie es sein Vater auf seine linkische Art getan hatte.

Sein Vater hat gern mit ihm gerungen und ihm Griffe beigebracht. Er gab ihm großzügig Tips, wie man sich befreit, zeigte ihm, wie man sich duckt, täuscht, schlägt und flieht. Als müßte er seinen Sohn auf ein Leben in einem New Yorker Slum vorbereiten, dabei wohnten sie doch in einem verschlafenen Vorort im sicheren Schweden der siebziger Jahre.

Der Vater hatte ihm mehrmals einen Zeitungsausschnitt mit zwei Jungen in einem schweißtreibenden Kampf gezeigt, dem Text zufolge war er einer der beiden. Er erzählte Fredrik, daß er »Ringer« war, Fredrik glaubte, daß der Vater zur ersten Liga gehörte. Als er als erwachsener Mann diesen Zeitungsausschnitt wiederfand, sah er, daß es sich um eine unbedeutende Jugend-Kreismeisterschaft handelte.

Obwohl seine Eltern sich scheiden ließen, als Fredrik sechs Jahre alt war, blieb der Vater auch danach sehr präsent. Er zog in einen anderen Stadtteil, aber er kam oft zu Besuch, setzte sich vor den Fernseher und tat so, als würde er da wohnen. Mehr als einmal fand Fredrik seinen Vater am Morgen schlafend im Bett der Mutter, Jahre nach der Scheidung noch. Erst als er erwachsen war, wurde ihm klar, wie außergewöhnlich das war, und er vermutete, daß diese zeitweiligen Rückfälle in ein eheähnliches Verhältnis eine Mischung aus Schlendrian, Einsamkeit und der Angst vor etwas Neuem war. Der Vater holte sich die Rosinen aus beiden Kuchen, dem des Ehemanns und dem des Junggesellen, und die Mutter hatte schon immer Probleme gehabt, nein zu sagen.

Es kam vor, daß die Mutter mit Freundinnen zum Tanzen ging. Sie schminkten sich und tranken Wein in der Küche, dann zogen sie los, in einer Wolke aus Parfüm und kichernd wie erwartungsvolle Teenager. Aber diese Tanzabende führten, soweit Fredrik wußte, nie zu einer neuen Beziehung der Mutter.

Wahrscheinlich fand auch der Vater nach der Scheidung keine neue Lebenspartnerin, aber das war nur eine Vermutung, er wußte nicht sehr viel über sein Leben.

Der Vater war Schweißer von Beruf. Er war während der Werftenkrise arbeitslos geworden und zum Computertechniker umgeschult worden, was immer das damals heißen mochte. Er sprach viel über Computer und zeigte Fredrik einmal, wie ein Computer »denkt« (Es ging um einen Stapel Bücher, die alphabetisch sortiert werden sollten, es war ein langes Hin- und Hergeschiebe, bis endlich alles richtig war.) Der Vater betonte, daß Computer nicht richtig denken können, daß sie eigentlich dümmer wären als Menschen und mit dem Gehirn eines Menschen nicht konkurrieren könnten. Er sagte das immer wieder, als müsse er sich selbst davon überzeugen. Er wurde nie Computertechniker, und der vom Arbeitsamt bezahlte Kurs war vermutlich schon überholt, als er ihn anfing.

Danach arbeitete er viele Jahre für verschiedene Firmen als Verkäufer. Er hatte eine offene und angenehme Art und konnte sich gut präsentieren. Er hatte nie Probleme, eine neue Arbeit zu finden, aber irgendwie behielt er sie nie lange. Vielleicht hatte es mit dem Alkohol zu tun.

Erst sehr viel später betrachtete Fredrik seinen Vater als Alkoholiker. Er hatte ihn nie etwas Stärkeres als Bier trinken sehen und konnte sich nicht erinnern, ihn je richtig betrunken erlebt zu haben. Aber unter der Spüle, wo sie das Leergut aufbewahrten, standen immer Flaschen, und der Geruch nach Malz und Alkohol im Atem des Vaters war so selbstverständlich, daß Fredrik meinte, er gehöre dazu.

Einmal, als Fredrik zehn Jahre alt war, lag sein Vater auf dem Sofa und schaute Fußball im Fernsehen. Fredrik stand neben ihm und nörgelte, weil der Vater ihm etwas versprochen hatte, an das er sich nun nicht hielt. Fredrik sagte immer wieder »du sollst, du sollst« und zupfte dabei den Vater, der nicht reagierte. Fredrik wurde immer fordernder, er boxte und schlug auf den gleichgültigen Körper ein, und sein »du sollst, du sollst« wurde immer wütender.

»Nein, warum denn?« sagte der Vater träge, ohne den Blick vom Fernseher zu nehmen.

»Weil du mein Papa bist!«

Vielleicht war er ein bißchen betrunkener als sonst, vielleicht hatte er an diesem Tag viel Pech gehabt. Er verlor plötzlich die Geduld, packte Fredriks boxende kleine Fäuste und zischte:

»Ich bin nicht dein Vater!«

Wenn in dem Moment nicht die Mutter ins Zimmer gekommen wäre und Fredrik nicht ihr erschrockenes Gesicht gesehen hätte, wer weiß, vielleicht hätte er den Worten kein so großes Gewicht beigemessen. Aber die Vorwürfe, die die Mutter daraufhin dem Vater machte, und seine Ausreden verwandelten diesen trivialen Alltagsstreit in etwas Großes und Ernstes.

Als die Mutter ihm an diesem Abend gute Nacht sagte, fragte er sie, ob es stimme, was der Vater da sagte. Es sei einerseits wahr und andererseits nicht wahr, antwortete sie. Der Mann, den er Papa nannte, war sein Vater, seit er ein Jahr alt war.

»Und davor? Habe ich da einen anderen Papa gehabt?« hatte Fredrik gefragt.

»Ja, irgendwie. Aber das ist so lange her. Jetzt hast du nur einen Papa, und das ist der, der im Wohnzimmer sitzt«, hatte die Mutter gesagt und auf die Tür gezeigt.

Fredrik hatte seinen Stiefvater weiterhin als Vater betrachtet. Er nannte ihn Papa, lernte seine Ringertricks, ging mit ihm ins Fußballstadion und ins Kino.

Aber er hütete sich, seine Geduld auf die Probe zu stellen. Er war folgsam und hilfsbereit, und wenn er sich auflehnte, dann immer sehr beherrscht. Er erlaubte sich nie wieder unkontrollierte Wutausbrüche mit Geschrei und Geboxe.

Ab und zu dachte er an den anderen, den »richtigen« Vater. Wo war er jetzt? Seine Mutter gab keine klare Auskunft.

Fredrik erinnerte sich an etwas, das einige Jahre her war: Er war in die Wohnung gestürmt, müde und hungrig, weil er den ganzen Tag draußen gespielt hatte. Als er in die Küche kam, merkte er, daß etwas nicht stimmte. Die Mutter stand am Herd und kochte, aber sie war angespannt und gereizt, Fredriks Auftauchen schien sie nervös zu machen. Von irgendwoher kamen merkwürdige Geräusche. Es klang wie eine miauende Katze. Die Mutter rührte wild im Soßentopf.

»Geh in dein Zimmer Fredrik, das Essen ist noch nicht fertig«, sagte sie mit gepreßter Stimme.

»Miau«, machte es, und plötzlich kam ein Kopf unter dem Tisch hervor.

Ein Onkel mit Bart und leuchtenden, munteren Augen legte das Kinn auf den Tisch und lächelte Fredrik an.

»Tommy, du erschreckst den Jungen. Bitte geh jetzt.«

Aber der Onkel ging nicht. Er blieb noch viele Stunden, er spielte mit Fredrik, hob ihn hoch in die Luft und zauberte Einkronenstücke aus seinen Ohren hervor. Er rollte Fleischklößchen über den Fußboden, band die Schürze der Mutter um den Kopf wie eine alte Frau, tanzte den Kosakentanz und sang. Es war der lustigste Onkel, dem er je begegnet war.

Als der Vater nach Hause kam, ging der Onkel (er hatte immer noch die Schürze um den Kopf gebunden). Erst da bemerkte Fredrik, daß die Mutter nicht über die Streiche des Mannes lachte. Sie saß im Schlafzimmer und weinte.

Fredrik hatte sie mehrmals nach dem lustigen Onkel gefragt und zu hören gekriegt, daß er nie mehr kommen würde. So war es auch.

Aber nachdem der Vater ihm verraten hatte, daß er nicht sein richtiger Vater war, erinnerte Fredrik sich wieder an diese Begegnung, und nach langem Nachdenken stellte er eines Tages seine Mutter zur Rede und fragte, ob sein Vater Tommy heiße. So nannte sie ihn doch, den lustigen Onkel? Er hatte es behalten, obwohl der Name nur einmal fiel.

Die Mutter war über seine Frage schockiert. Sie gab zu, daß sein Vater Tommy hieß, es gab ihn jedoch nicht mehr.

Mehr bekam Fredrik nicht aus ihr heraus. Erst viele Jahre später erfuhr er, daß sein richtiger Vater geisteskrank war und sich nur wenige Monate nach seinem lustigen Auftritt bei Fredrik zu Hause erhängte, in einer Wäschekammer der psychiatrischen Anstalt, in der er untergebracht war.

Als Fredrik einundzwanzig war, starb der Mann, den er als seinen Vater betrachtete, bei einem Verkehrsunfall. Es war sonst niemand beteiligt. Es war spät am Abend, er war sehr schnell gefahren und, wie es hieß, hinterm Steuer eingeschlafen. Fredrik hatte seine Mutter nie gefragt, ob er Alkohol im Blut hatte.

Die Mutter blieb im gleichen Vorort wohnen, zog aber in eine kleinere Wohnung. Sie arbeitete weiter als Kassiererin, bis sie im Alter von siebenundfünfzig an Gebärmutterkrebs starb.

Nach ein paar aufregenden Jugendjahren in unpassender Gesellschaft raffte Fredrik sich auf und begann zu studieren. Der Grund war einfach: Geld. Er sah, wie ältere Freunde, die keine Ausbildung hatten, ihr Leben mit langweiligen Jobs, Arbeitslosigkeit oder Kleinkriminalität fristeten. Obwohl sie ständig von ihren tollen Zukunftsplänen redeten, durchschaute Fredrik sie sehr bald. Die harten Jungs versanken in einem Sumpf aus Hoffnungslosigkeit und Armut. Da wollte er nicht hin.

Er studierte Betriebswirtschaft, da lag die Zukunft. Der Yuppie war der Held der achtziger Jahre. Noch bevor Fredrik mit seiner Ausbildung fertig war, hatte er den Aufstieg und Fall dieser Helden miterlebt, und er war, als er sein Examen machte, sehr viel vorsichtiger als zu Beginn des Studiums.

Da lernte er auch Paula kennen, was sein Leben von Grund auf veränderte.

Eigentlich war es merkwürdig, daß sie sich überhaupt

trafen – sie, ein kunstinteressiertes Mädchen aus besseren Kreisen, die Geld verachtete, und er, ein geldgeiler Arbeiterjunge, der die Kunst verachtete. Aber die Wege des Geldes und der Kunst kreuzen sich manchmal, und da trafen sie sich.

Fredrik hatte einen guten Freund, der seine Aktien noch rechtzeitig vor dem Zusammenbruch verkaufte und jetzt über ein großes Kapital verfügte, das angelegt werden mußte. Aktien waren noch zu unsicher. Die Kunst war sicherer. Fredrik war interessiert und wißbegierig und hatte seinen Freund schon einmal zu einer Kunstauktion begleitet. Als der Freund ihm einen Zeitungsartikel über einen jungen aufstrebenden Künstler zeigte und Fredrik bat, mit ihm auf die Vernissage zu kommen, sagte Fredrik sofort zu. In Künstlerkreisen sprach man schon über ihn, aber einem breiteren Publikum war er noch nicht bekannt. Der groß aufgemachte Zeitungsartikel ließ jedoch vermuten, daß der Durchbruch kurz bevorstand, und wenn man kaufen wollte, dann jetzt, bevor die Preise stiegen.

Sie gehörten zu den ersten Gästen der Vernissage. Fredriks Freund drehte schnell eine Runde, zeigte auf vier Bilder, die einen roten Punkt bekamen, anschließend konnte er in aller Ruhe Wein trinken, mit anderen Gästen sprechen und sich entspannen.

Fredrik kam sich ein wenig verloren vor. Er verstand die Kunstbegriffe, mit denen sein Freund um sich warf, nicht, und auch den Smalltalk der Küßchen-Küßchen-Gesellschaft beherrschte er noch nicht. Also strich er mit seinem Weinglas in der Hand allein an den Wänden entlang und schaute sich die Bilder an, die alle das gleiche Thema hatten: Dachse. Naturalistisch gemalte Dachse in urbaner Umgebung. Oder vielleicht war auf allen Bildern ein und derselbe Dachs?

Der Dachs wühlte im Müll vor einem McDonald's-Restaurant. Er verursachte ein Verkehrschaos, weil er eine Straße in der Stadt überquerte. Er lag schwer verletzt auf einem Bürgersteig zwischen gleichgültig vorbeilaufenden Menschenbeinen. Die Bilder waren alle aus der Perspektive des Dachses gemalt, die Stadt erschien monströs und chaotisch.

Langsam drehte Fredrik eine Runde nach der anderen und schaute immer wieder die Bilder an. Jedesmal, wenn er an dem Tisch mit dem Wein vorbeikam, ließ er sein Glas auffüllen, und jede weitere Runde vertiefte das Erlebnis. Er identifizierte sich mit dem Dachs, der sich in eine fremde Umgebung verirrt hatte.

Als die Vernissage vorbei war, waren noch ein paar Leute da: Fredriks Freund, der Galerist, der Dachsmaler und ein paar seiner Kunst studierenden Freunde. Jemand nannte ein Restaurant in der Nähe, sie gingen alle zusammen hin, und ein paar Stunden später zogen sie weiter in eine Bar. Sehr spät landete eine leicht angetrunkene Gesellschaft von sieben, acht Personen zu Hause beim Dachskünstler auf ein letztes Glas Wein.

Unter ihnen war ein hübsches Mädchen in Jeans und einem gutgeschnittenen schwarzen Blazer, die blonden Haare hatte sie im Nacken zusammengefaßt. Sie war ziemlich schweigsam, ihre Bewegungen hatten Würde und Eleganz. Fredrik machte einen vorsichtigen Annäherungsversuch und hatte Glück.

Sie saßen im Atelier des Dachskünstlers auf dem Boden und redeten miteinander. So eine Art Vorstellungsgespräch, erinnerte er sich: was sie machte und was er machte, wo sie herkamen und wo sie hinwollten. Im nachhinein stellte er fest, daß das Bild, das sie von sich hatte, gedimmt war, während seines ziemlich hochgedreht war. Am meisten beeindruckte ihn die Art, wie sie auf dem harten Boden saß: mit geradem Rücken und locker angezogenen Beinen. Diszipliniert, entspannt und elegant zugleich. Sie erzählte, daß sie früher viel getanzt hatte.

Sich mit ihr zu verabreden kam in seinen Phantasien nicht vor. In dieser Beziehung war sie außer Reichweite für ihn, sie war für einen anderen bestimmt, einen, der ganz andere Qualifikationen aufweisen konnte als er. Er wußte nicht genau, was für Qualifikationen das sein müßten. Vielleicht intellektuelle. Künstlerische. Oder gar geistige. *Er* hatte sie jedenfalls nicht. Und er würde sie sich auch nicht kaufen können. Denn mit Geld hatte das nichts zu tun. Zum ersten Mal in seinem Leben hatte er das Gefühl, daß Geld unwichtig war.

Sie sagte, sie sei neugierig auf eine Ausstellung, von der sie gehört hatte, und fragte ihn, ob er sie zusammen mit ihr anschauen wolle. Er sagte sofort zu.

Sie trafen sich weiter. Manchmal allein, manchmal zusammen mit ihren Freunden von der Kunsthochschule.

Als Frau war sie unerreichbar für ihn, eine Beatrice, die in der Ferne schwebte, und er war sich sicher, daß dieses Verliebtsein auf Abstand nie zu einer gegenseitigen Beziehung führen würde.

Sie hatte etwas Kühles, Ungreifbares und Schimmerndes, wie ein silberglänzender Fisch in einem nördlichen Meer. Ihre Schönheit erschien ihr selbstverständlich, sie brauchte sie nicht hervorzuheben, und sie maß ihr auch keine größere Bedeutung bei. Sie kleidete sich einfach, aber stilsicher.

Er war von ihrer Kühnheit beeindruckt: einen Studienkredit für eine lange Ausbildung aufzunehmen, die in einem so unsicheren Beruf wie dem der Künstlerin endete. Er wußte da noch nicht, daß sie reiche Eltern hatte, die sie wohl kaum verhungern lassen würden, wenn sie in der Kunstwelt keinen Erfolg hätte.

Aber der Gedanke an Mißerfolg lag Paula fern. Fredrik war noch nie einem so zielbewußten Menschen begegnet.

Am Anfang war er vielleicht eher beeindruckt als verliebt. Ihre Schönheit blendete ihn, ihre Willenskraft und ihr Selbstvertrauen. Sein erster Gedanke war nicht »Ich will sie haben« – das erschien ihm unerreichbar –, sondern »Ich will sein wie sie«.

Er bewunderte sie, wie man das Bild eines Popidols oder einer Sportgröße an der Wand bewundert, und bei dieser passiven Anbetung wäre es vielleicht geblieben, wenn es ihm nicht gelungen wäre, sie in Liebe umzuwandeln.

Die Liebe war die Kraft, die ihn dazu brachte, sich ihr zu nähern, der Sprungstab, der ihn hochschleuderte. Und sie nahm ihn so selbstverständlich an, daß Fredrik sein Glück kaum fassen konnte. Wie einen ihresgleichen.

Ihre Liebe setzte Ressourcen bei ihm frei. Wenn Paula sagte, er könne etwas, dann konnte er es tatsächlich. Sie brachte ihn dazu, sich als den Mann zu sehen, der er hatte werden wollen.

Sehr früh – noch bevor sie sexuell intim wurden – nahm Paula ihn mit zu ihren Eltern und stellte ihn vor. Er war stolz, daß sie ihre Beziehung schon so ernst nahm. Oder wollte sie vielleicht die Zustimmung der Eltern haben, ehe sie den nächsten Schritt machte?

Aus irgendeinem Grund wartete Fredrik damit, Paula *seiner* Mutter vorzustellen. Als Paula vorschlug, sie zu besuchen, sagte er zu seiner eigenen Überraschung, daß seine Mutter nicht mehr in der Stadt wohne, sondern auf den Hof ihrer Familie in Västergötland zurückgekehrt sei. Wo in aller Welt hatte er das nur her?

Wie bei allen Lügen gab es auch hier ein Körnchen Wahrheit. Seine Mutter war in Västergötland aufgewachsen, und als die Großmutter starb, hatte sie das Haus geerbt. Fredrik und die Mutter verbrachten einen wunderbaren Sommer in deren Elternhaus. Es war kein richtiger Hof, eher eine einfache Kate. Fredrik erinnerte sich an eine weite Landschaft mit wogenden Feldern und Wäldern voller Blaubeeren. Die Mutter war ganz anders als in der Stadt: sorglos, erfindungsreich, als ob die Rückkehr in das Zuhause der Kindheit das kleine Mädchen, das sie einmal war, in ihr geweckt hätte. Sie hatten sich die Hausarbeit geteilt, Feuer im Herd gemacht, die Kühe auf der Weide gestreichelt und in einem Waldteich mit Seerosen gebadet. Er hatte das Gefühl, daß sie endlich auch ein Sommerhaus besaßen, so wie viele seiner Freunde.

Es blieb jedoch bei diesem einen Sommer. Die Mutter hatte weder die praktischen Fähigkeiten noch die finanziellen Möglichkeiten, um ein altes Haus in Ordnung zu halten. Außerdem war sie nicht die einzige Erbin, sie teilte sich das Haus mit vier Geschwistern. Es mußte natürlich verkauft werden, das war die ganze Zeit klar. Aber das hatte die Mutter Fredrik nicht gesagt, und seine Enttäuschung war groß, als ihm klarwurde, daß das Haus ihnen eigentlich nie gehört hatte.

In seiner rasch vorgebrachten Lüge hatte er die Mutter zurück in das verlorene Paradies versetzt. In seiner Lüge wohnte sie wieder in dem Haus, es war jetzt moderner und schöner, ja, er sah beinahe ein kleines Herrenhaus vor sich. Es gab Land und Tiere und Angestellte, die sich um die praktischen Dinge kümmerten. Und mittendrin saß seine Mutter, »auf dem Hof der Familie in Västergötland«. Und natürlich würden sie sie besuchen, aber es war ja ein Stück zu fahren, und im Sommer wäre es dort auch viel schöner.

Eine dumme und beschämende Lüge!

Und es wurde noch schlimmer. Denn als Paula ihn im Sommer daran erinnerte, daß sie seine Mutter besuchen wollten, sagte Fredrik, daß seine Mutter im Krankenhaus liege und keinen Besuch empfangen könne.

Und auch diese Lüge enthielt ein Körnchen Wahrheit.

Denn seine Mutter hatte inzwischen die Diagnose Krebs bekommen. Aber es ging ihr noch recht gut, sie war nicht im Krankenhaus und hätte bestimmt gerne Fredriks Freundin kennengelernt.

Als Paulas Mutter ihn nach seinen Eltern fragte, antwortete er mit gepreßter Stimme:

»Meine Mutter ist schwer krebskrank.«

»Und dein Vater?«

»Mein Vater?« wiederholte er verwirrt. (Das Bild, das er nie gesehen hatte, war so deutlich: der Männerkörper, der in einem Zimmer voller sauberer, gemangelter Laken hin- und herschwang, wie das Pendel einer Standuhr.) »Mein Vater ist früh bei einem Unfall gestorben.«

Birgitta Kreutz hatte ihre Hand auf seine gelegt und teilnahmsvoll genickt.

Erst als seine Mutter wirklich so krank war, wie Fredrik es dargestellt hatte, durften sie und Paula sich treffen. In ihrem Krankenhaushemd und mit einer Sonde in der Nase konnte die Frau im Morphiumrausch genausogut die alte Herrscherin über ein Gut in Västergötland sein wie die ehemalige Supermarktkassiererin aus einem Arbeitervorort. Im Angesicht des Todes sind wir bekanntlich verstörend gleich.

Bald nach der Beerdigung der Mutter heirateten Fredrik und Paula. Nach der beeindruckenden Hochzeit, die von Paulas Eltern ausgerichtet und finanziert wurde, hatte Fredrik keinen Zweifel mehr daran, was sein Ziel im Leben war: ein schönes Zuhause für seine Familie zu schaffen. Wo Kinder in Liebe und Zuversicht aufwachsen konnten und wo seine Frau den sicheren Grund hatte, um sich mit ganzem Herzen ihrer Kunst widmen zu können.

Schlafengehen

Paula war nach einem intensiven und kreativen Arbeitstag müde und ein wenig abwesend. Sie fing morgens früher an als Fredrik und hörte deshalb auch früher auf und machte, wenn sie nichts anderes verabredet hatten, das Abendessen. Meist waren es leichte und schnell zubereitete Gerichte: Gemüse aus dem Wok, Hühnchenbrust, Salate. Fredrik hätte gerne deftiger gegessen – gediegene Hausmannskost oder ein richtiges Schnitzel.

»Wo ist Fabian? Will er nichts essen?« fragte Fredrik, als sie am Tisch saßen und sich von den Glasnudeln und den Riesengarnelen aus dem Wok genommen hatten.

»Ich habe ihn schon zweimal gerufen«, seufzte Paula.

»Ist er vor dem Fernseher?«

Sie hatten Fabians Fernsehkonsum schon öfter diskutiert. Der Junge hatte die Angewohnheit, den Fernseher anzumachen, sobald er nach Hause kam, und er schaute sich dann alles an – Nachrichten auf finnisch oder Werbung für Monatsbinden –, er war dann wie in einem phlegmatischen Rausch. Paula wollte ein generelles Fernsehverbot durchsetzen, ausgenommen das Kinderprogramm des staatlichen Fernsehens, was Fredrik einleuchtete, in der Praxis jedoch nicht durchzusetzen war, weil er selbst manchmal Vorabendprogramme schaute.

»Nein, er sitzt auf der Treppe«, sagte Paula.

»Er ist wohl müde.«

Paula warf ihm einen schnellen, scharfen Blick zu, sagte jedoch nichts. Auch das hatten sie schon mehrfach diskutiert. Daß Fabian zu lange im Kindergarten war. Fredrik hatte Paula vorgeschlagen, ihn schon um drei Uhr abzuholen. Es gab einen Bus, der oft genug fuhr.

Aber Paula wollte ihre Arbeit nicht so früh beenden müssen. Wenn es gut lief, wollte sie weiterarbeiten, bis Fredrik gegen halb sechs nach Hause kam. Daß sie freie Künstlerin war, konnte nicht heißen, jederzeit für die Kinder da zu sein. Wenn sie es zuließ, daß man an ihrer Arbeitszeit knabberte, konnte sie ihre künstlerische Arbeit bald an den Nagel hängen. Viele weibliche Künstler waren in diese Falle getappt. Es war schon schlimm genug, daß sie jeden Tag kochen mußte, Fredrik könnte es wirklich ein bißchen öfter übernehmen ...

Diese Diskussion wollte Fredrik jetzt nicht schon wieder führen, und ehe Paula antworten konnte, stand er auf und sagte bereitwillig:

»Ich gehe ihn holen.«

Er ging in die Diele und fand Fabian auf einer Stufe mitten auf der Treppe sitzend. Aber der Junge sah nicht müde aus. Ganz im Gegenteil, er schien ausgesprochen wach und konzentriert zu sein. Offenbar bemerkte er Fredrik gar nicht, er schaute auf die Treppenstufe und klopfte viermal leicht mit dem Knöchel auf die Stufe.

»Fabian, es gibt jetzt Essen«, sagte Fredrik.

Fabian drehte sich heftig zu ihm um und schaute ihn ärgerlich an. Er legte einen Finger an den gespitzten Mund und flüsterte:

»Psst!«

Fredrik schwieg erstaunt.

Der Ärger des Jungen verschwand, sein Gesicht nahm einen erwartungsvollen, fast andächtigen Ausdruck an. Er neigte den Kopf zur Seite, seine Augen glänzten.

Und dann: viermal leichtes Klopfen aus dem Innern der Treppe.

Der Junge strahlte. Er klopfte wieder. Jetzt dreimal, sehr schnell. Und aus der Treppe kam die Antwort: dreimal, im gleichen Takt. Er lachte laut.

Fredrik lief die Treppe hinauf zu Fabian.

»Was ist das denn? Was machst du da?« keuchte er.

»Das ist der Mann unter der Treppe«, lachte Fabian. »Er antwortet, wenn man klopft.«

»Ach so. Aber jetzt mußt du dem Mann unter der Treppe tschüs sagen, weil wir jetzt essen.«

Dann ging er ruhig zu Fabian hinauf, nahm ihn auf den Arm, trug ihn in die Küche und setzte ihn auf seinen Stuhl.

»War es wieder der Mann unter der Treppe?« fragte Paula müde.

Fredrik zuckte zusammen.

»Kennst du das? Ich meine, hat er schon mal davon gesprochen?« fragte er.

»Ja, ja«, sagte Paula leise. »Aber da muß man sich nicht drum kümmern. Er hat ja hier zu Hause niemanden zum Spielen.«

»Es ist also ein ausgedachter Spielkamerad?«

Paula nickte und tat Glasnudeln auf Fabians Teller auf.

Wie er es bloß macht, dachte Fredrik, als er kurze Zeit später die Spülmaschine einräumte, während aus dem Wohnzimmer die schreckliche Erkennungsmelodie des Kinderprogramms drang. Wie hatte Fabian es bloß gemacht, wie entstand dieses Klopfen? Seine Hände hatten sich nicht bewegt. Hatte er mit dem Fuß geklopft? Ja, so mußte es gewesen sein.

Als es Schlafenszeit war, war es auch Zeit für das übliche Gezeter. Paula kümmerte sich um die erheblich einfachere Olivia, sie stillte und wickelte sie, und Fredrik mußte den widerspenstigen Fabian ins Bett bringen.

An diesem Abend war er aus irgendeinem Grund nicht so geduldig wie sonst, und ganz gegen seine Prinzipien ließ er sich plötzlich zu einer Drohung hinreißen:

»Dann werde ich wohl den Mann unter der Treppe holen müssen, der kann dich ins Bett bringen.«

Das hatte einen erstaunlichen Effekt. Fabian nahm schnell die hingestreckte Zahnbürste, bürstete seine kleinen Zähne mit einem Eifer, wie Fredrik es noch nie erlebt hatte, und lief dann schnell in sein Zimmer und hüpfte ins Bett. Er zog sich die Decke bis unter die Nase, lag still wie ein Zinnsoldat und sagte dann leise:

»Du sagst doch dem Mann unter der Treppe nichts, oder?«

»Ich dachte«, murmelte Fredrik, der noch immer verblüfft war, wie schnell das Schlafengehen geklappt hatte, »ich dachte, du magst ihn. Du hast doch so fröhlich gelacht, als ihr da geklopft habt?«

Fabian entspannte sich ein wenig und schien nachzudenken.

»Er ist lustig«, sagte er schließlich. »Und er ist nett. Aber ...« Seine kleine Stirn zog sich in kummervolle Falten. »Ich glaube, er kann auch gefährlich sein.«

Und als hätte er jetzt begriffen, wie alles zusammenhing, nickte er altklug und sagte:

»Er ist nett und gefährlich.«

Der tropfende Wasserhahn

Wach! Nach ein paar Stunden unruhigen Schlafs war er plötzlich eiseskalt und kristallklar wach.

War er es wirklich?

Am Abend zuvor hatte er nur schwer einschlafen können. Er lag wach und dachte nach, wurde vom Tropfen des Wasserhahns in der Küche gestört, drehte sich mal zum Fenster, wo sich das Rollo als mattes, graues Viereck gegen die helle Sommernacht abzeichnete, mal zu Paulas schlafendem Rükken – der nackten Schulter mit dem blauen Schulterband des Nachthemds, der Streckung der Halssehne, dem offenen, zerzausten Haar und dem schönen, abgewandten Gesicht.

Er stellte sich vor, Paulas Gesicht wäre überhaupt nicht schön. Er dachte sich mehrere Gesichter zu dem Körper neben sich aus, eines schrecklicher als das andere.

Normalerweise konnte er sich kein Gesicht vorstellen, das er nicht gesehen hatte, aber in dem Zustand, in dem er sich jetzt befand, konnte er die merkwürdigsten Physiognomien in seinem Kopf entstehen lassen, und sie waren genauso deutlich wie die Gesichter von Menschen, die er kannte. (Falsch – nicht er ließ die Gesichter entstehen, etwas in ihm ließ sie entstehen, er nahm sie nur wahr.)

Paula bekam alle möglichen Gesichter, aber sie hatten sich abgewandt, er konnte sie nur erraten:

Ein zusammengedrücktes Mongolengesicht mit schmalen, geschlossenen Augenschlitzen und platter Nase. Ein ausgehöhlter Totenkopf, blauweiß, mit tiefliegenden Augen, die sich langsam und mißtrauisch in ihren Höhlen bewegten. Ein schnippisches, spitznasiges Gesicht, dessen Mund zur Schnauze eines Nagetiers zulief, scharfe Hamsterzähne und schwarze, wachsame Augen.

Er wußte, eines dieser Gesichter war real, und wenn sie mit einem leichten Grunzen im Schlaf die Seite wechseln würde, dann würde es sich ihm zuwenden …

Genug! Er wollte schlafen, es war immer noch Nacht.

Aber er konnte nicht. Sein Hirn produzierte Träume – aber nicht im Zustand des Schlafs, in einem entspannten, ruhenden Körper. Nein, diese Träume wurden von einem unbarmherzigen, hellwachen Verstand registriert und einem Körper, der wie von Curaregift gelähmt war. Er konnte sich nicht bewegen, aber die Sinne waren weit offen, wie Wunden. Er war nur Empfänger, ein Rezeptor für innere und äußere Impulse. Es war ein überwältigendes Erlebnis, passiv von diesen Wahrnehmungen heimgesucht zu werden, aber es war an der Grenze dessen, was er aushielt.

Alles war gleichzeitig da: das Schlafzimmer, Paulas schlafender Körper, der tropfende Wasserhahn. Und dann diese Traumbilder, unlogische Gedanken, Erinnerungen, denen die Undeutlichkeit der Vergangenheit fehlte und die so scharf vor ihm erschienen, als geschähe alles in diesem Moment.

Er wollte schlafen. Oder wach sein. Aber nicht das.

Paula drehte ihm immer noch den Rücken zu. Sie hatte die ganze Nacht so gelegen, wie eingefroren in ihrer Abgewandtheit, und sie erinnerte ihn so ständig daran, daß sie ihn vor dem Einschlafen zurückgewiesen hatte.

Und der Wasserhahn, der ihn an das erinnerte, was sie noch vor dem Einschlafen gesagt hatte: daß er neue Dichtungen besorgen solle. Daß sie sie selbst austauschen könne, aber er schließlich das Auto habe und tagsüber in Kungsvik sei, sie wohl kaum Dichtungen besorgen könne, wenn sie mit Olivia allein zu Hause war. Und daß sie ihn schon mehrmals gebeten habe, neue Dichtungen zu kaufen.

Paulas abgewandter Rücken und der tropfende Wasserhahn.

An der Wand über Paulas Bett hingen ihre alten, durchgetanzten Ballettschuhe. Sie hatte sie an dem Tag, als sie zu tanzen aufhörte, aufgehängt und sie dann mit masochistischer Sturheit von Wohnung zu Wohnung mitgenommen und über jedes Bett gehängt, als ständige Erinnerung an den großen Mißerfolg ihres Lebens. Es hatte lange gedauert, bis Fredrik richtig verstand, was der Tanz ihr bedeutet hatte und welche Tragödie es für Paula war, als sie aufhören mußte. Das war vor ihrer gemeinsamen Zeit geschehen, und er kannte es nur aus ihren Erzählungen.

Sie hatte sich überanstrengt und am Fuß verletzt. Als sie

einsehen mußte, daß sie nie Tänzerin werden würde, beschloß sie Künstlerin zu werden und konzentrierte ihre Kräfte auf dieses neue Ziel. Sie wurde in die Kunsthochschule aufgenommen, und danach war es aufwärtsgegangen mit ihrer Karriere.

Aber Paula schien nicht vergessen zu können, daß der Tanz ihr großer Traum war und daß dieser Traum in Scherben gegangen war. Und sollte sie irgendwann hochmütig werden und sich ihrer Erfolge als Künstlerin brüsten, dann brauchte sie nur einen Blick an die Wand im Schlafzimmer zu werfen, um an ihren Mißerfolg erinnert zu werden.

Es war typisch für Paula, ihren Mißerfolg an die Wand zu nageln. Ihre Diplome und Auszeichnungen versteckte sie in einer Schublade.

Paulas abgewandter Rücken und der tropfende ...

Aber wie? Fredrik spannte sein Gehör aufs äußerste an.

Der Wasserhahn tropfte nicht mehr!

Dem enervierenden Geräusch folgte eine Stille, die merkwürdigerweise noch enervierender war. Denn natürlich mußte der Tropfen gleich kommen. Es war nur eine Pause, ein vorübergehender Druckabfall in der Wasserleitung. Es würde jeden Moment wiederkommen.

Aber das Tropfen kam nicht wieder. Auf einmal waren alle Eindrücke aus seinem Gehirn verschwunden. Die Träume, die Erinnerungen, die schrecklichen Gesichter, Paulas abweisender Rücken – alles war verdunstet wie der Tau in der Wüste, und das nervtötende Nicht-Tropfen nahm sein ganzes Bewußtsein in Anspruch.

Als das Warten unerträglich wurde, stand er auf, zog den Morgenmantel an und schlich die Treppe hinunter. Auf der Schwelle zwischen der dunklen Diele und der Küche, die jetzt von der Morgendämmerung erhellt war, blieb er stehen, starr vor Erstaunen.

Einer der Küchenstühle war zur Spüle gezogen worden, und auf dem Sitz – das rotweißkarierte Kissen war ordentlich nach oben geklappt, damit es nicht schmutzig wurde – stand eine kleine, krumme Gestalt. Sie beugte sich über die Spüle, die kurzen Arme waren vorgestreckt, sie schien an etwas zu arbeiten, flink und konzentriert.

Fredrik hatte wohl einen Laut von sich gegeben, denn der kleine Mann machte eine Bewegung, er zuckte zusammen, wandte sich Fredrik zu und duckte sich gleichzeitig in einer blitzschnellen, defensiven Reaktion, wie ein überraschtes Tier. Seine dunklen Augen musterten rasch Fredriks Gestalt, offenbar hielt er ihn nicht für gefährlich. Sein Körper entspannte sich, und sein Gesicht verzog sich zu einem unsicheren Lächeln.

»So, ja«, sagte er mit gequetschter, nasaler Stimme. Es klang, als drücke man einem Gummitier auf den Bauch. »Jetzt ist es fertig.«

Mit einem lustigen Hüpfer sprang er vom Stuhl und lief dann auf Fredrik zu, der überrumpelt zur Seite trat und die Türöffnung frei machte. Als er sich umdrehte, sah er, wie der kleine Mann auf die Kammer unter der Treppe zulief. Aber Fredrik war schneller und stellte sich vor die Tür. Der Mann blieb stehen, trat unruhig von einem Fuß auf den anderen und beobachtete ihn.

»Was machst du in unserem Haus?« fragte Fredrik.

»Den Wasserhahn«, sagte der Mann mit seiner merkwürdigen, quäkenden Stimme. »Repariert.«

»Niemand hat dich gebeten, unsere Wasserhähne zu reparieren. Wie bist du hereingekommen?«

Der Mann grinste, unsicher und frech zugleich, aber er antwortete nicht.

»Geh jetzt nach Hause«, sagte Fredrik. »Und ich will dich nie wieder hier sehen.«

Der Mann nickte eifrig.

»Ja. Nach Hause. Jetzt.«

Er drängte sich hinter Fredrik und versuchte die Tür zur Kammer zu öffnen, aber Fredrik hinderte ihn daran.

»Was machst du da?«

»Nach Hause«, sagte der Mann und schlug gegen die Tür. »Da.«

»Du wohnst nicht hier. Das ist unsere Kammer.«

Der Mann zerrte am Türgriff und schlug dann mit der Faust gegen die Tür, wie ein trotziges Kind, das versucht einen Kampf zu gewinnen.

Fredrik packte ihn an den Handgelenken.

»Willst du das ganze Haus aufwecken?« zischte er wütend. »Mir reicht es jetzt.«

Er war erstaunt, wie stark die sich wehrenden Arme waren, aber er blieb unbeirrbar mit dem Rücken gegen die Tür stehen und hielt den kleinen Mann auf Abstand.

»Das ist unser Haus. Verstanden?«

Der Mann wehrte sich nicht mehr, stellte sich mit verschränkten Armen Fredrik gegenüber und sagte sehr ernsthaft:

»Und ich bin dein Mieter.«

Fredrik seufzte resigniert und fuhr dann ganz ruhig fort:

»Wir sind nicht über irgendwelche Mieter informiert worden. Der Makler hat nichts erwähnt, und es steht auch nichts im Kaufvertrag. Bist du vielleicht der Mieter des früheren Besitzers?«

»Ich wohne schon immer hier. Du kannst mich nicht rauswerfen«, sagte der Mann trotzig.

Fredrik versuchte freundlich zu bleiben und sagte:

»Ich glaube, du verstehst mich nicht. Dieses Haus gehört mir und meiner Frau. Wir haben es gekauft, weil wir hier mit unseren Kindern wohnen wollen. Allein. Ohne Mieter. Falls du mit dem früheren Besitzer irgendwelche Vereinbarungen getroffen hast, dann gelten die nicht mehr. Du mußt dir eine andere Unterkunft suchen. Ich glaube, du hast irgendwo ein richtiges Zuhause, nicht wahr? Wenn nicht, kann ich dir helfen, ich habe Kontakte in der Gemeindeverwaltung.«

Der Mann schwieg, und Fredrik war nicht sicher, ob er ihn verstanden hatte. Die schwarzen Augen schauten immer noch feindselig.

»Dann sind wir uns ja einig. Du verschwindest jetzt, und wenn du Hilfe brauchst, dann sagst du es mir«, schloß Fredrik gebieterisch.

Der Mann zog sich langsam Richtung Haustüre zurück, und Fredrik nahm an, daß er verstand, was Sache war.

Aber der Mann hatte nur die Taktik geändert. Mit hochgezogenen Schultern näherte er sich wieder. Er krümmte sich zusammen, als ob er sich noch kleiner machen wollte, als er war, und legte den Kopf schräg.

»Kwådd nimmt nicht viel Platz ein«, piepste er. »Kwådd stört niemanden. Ihr werdet ihn gar nicht bemerken.«

Das anbiedernde Kriechen war noch widerwärtiger als die Trotzigkeit, fand Fredrik. Er beugte sich zu dem Mann hinunter und sagte in scharfem Ton:

»Das ist ausdiskutiert. Verschwinde sofort, oder ich hole die Polizei.«

Flink wie ein Iltis schlüpfte der Mann hinter seinen Rükken, und bevor Fredrik reagieren konnte, hatte er die Tür geöffnet und war in dem Kämmerchen verschwunden.

»Hallo!«

Fredrik beugte sich in das Dunkel des Kämmerchens. Er konnte nichts sehen, aber er hörte den Mann da drinnen rumoren.

»Komm sofort raus! Du! Wie immer du heißt!«

»Kwådd«, sagte die Stimme, die im Dunkeln noch quakender und unmenschlicher klang als bei Tageslicht. Und im nächsten Moment noch einmal: »Kwådd«, aber jetzt direkt neben ihm, so nahe, daß er den Atem des Mannes an seinem Arm spüren konnte.

Fredrik streckte die Hand im Dunkeln aus und griff nach etwas. Erst dachte er, es sei ein alter Schrubber, und wollte gerade loslassen, wütend darüber, daß der Mann ihm entkommen war, da hörte er ein Stöhnen und merkte, daß er die Haare des Mannes gepackt hatte. Sie waren struppig und voller trokkenem Staub und fühlten sich an wie die Mähne eines Pferdes. Kwådd kämpfte und wand sich unter seiner Hand, Fredrik roch den strengen Geruch, der aus dem Dunkeln kam.

»Stell dich nicht an, Kwådd. Ich will dir nicht weh tun, aber du mußt jetzt herauskommen.«

Der Mann schien aufzugeben und erstarrte in Fredriks Griff.

»So ..., jetzt gehen wir raus ...«

In dem Moment machte Kwådd eine heftige Bewegung mit dem Kopf, und Fredrik riß ihm ein ganzes Büschel Haare aus. Fredrik spürte einen scharfen Schmerz in der Hand und stöhnte auf. Der Mann hatte ihn gebissen.

Fredrik machte die Tür auf und lief in die Diele. Während er seine blutende Hand untersuchte, hörte er den Mann weiter im Kämmerchen rumoren. Er hielt seine Hand unter den Wasserhahn in der Küche. Die alten Dichtungen lagen auf der Spüle. Er nahm sie mit Küchenkrepp auf und warf sie weg. Dann wickelte er sich Küchenkrepp um die Hand. Er ging wieder in die Diele und blieb vor dem Kämmerchen stehen.

»Kwådd«, sagte er vorsichtig.

Er öffnete die Tür und rief ins Dunkel hinein:

»Kwådd! Ich bin nicht böse auf dich. Komm bitte raus.«

Er bekam keine Antwort. Er wartete ein paar Minuten. Aber da drinnen blieb es still.

Er holte eine Taschenlampe aus einer Küchenschublade und leuchtete in das Kämmerchen. Dieser Raum war offenbar die einzige Ecke, die der Renovierungswut des früheren Besitzers entgangen war. Es gab jede Menge Gerümpel: alte Farbdosen, einen Fahrradlenker, übriggebliebene Tapetenrollen, ein Telefon mit einer Wählscheibe, ein paar schmutzige Arbeitshandschuhe, eine alte Kaffeemaschine, einen Blecheimer, einen Stuhl ohne Sitz, vertrocknete Pinsel in Marmeladengläsern. Eine richtige Rumpelkammer.

Direkt hinter der Tür konnte man im Kämmerchen noch stehen. Dann drehte sich die Treppe, das Kämmerchen folgte der Krümmung, und unter der letzten Treppenstufe war es kaum einen halben Meter hoch.

Fredrik ließ das leuchtende Auge der Taschenlampe über alle Gegenstände da drinnen gleiten. Der Mann war nirgends zu sehen.

Fredrik kroch in das Kämmerchen hinein, soweit er konnte. Er leuchtete mit der Taschenlampe unter die unterste Treppenstufe. Es sah so aus, als würde der Raum dort weitergehen. Fredrik legte sich auf den Bauch und schaute, die Taschenlampe neben sich, hinein. Ja, der Hohlraum ging weiter, leicht abschüssig, etwa einen halben Meter im Durchmesser. Ein bißchen weiter hinten bog er ab, und man konnte nichts mehr sehen.

Einen Moment lang dachte Fredrik, daß es sich um eine Verbindung zum Keller handelte, und überlegte, wozu sie wohl gedacht war, aber da fiel ihm ein, daß das Haus gar keinen Keller hatte, was ungewöhnlich für ältere Häuser dieser Größe war. Statt dessen hatte das Haus einen geräumigen Speicher und einen echten Erdkeller auf dem Grundstück.

Fredrik leuchtete, soweit es ging, mit der Taschenlampe in den abschüssigen Raum. Konnte Kwådd wirklich da hineingekrochen sein? In den Untergrund des Hauses? So mußte es sein. Wohin sonst hätte er verschwinden können? Fredrik würde ihm wirklich nicht hinterherkriechen.

»Kwådd! Bist du da?«

Keine Antwort.

Mit einem klaustrophobischen Schaudern kroch Fredrik rückwärts. Er war erleichtert, als er wieder den Rücken strecken konnte.

Paula läuft

Paula Kreutz lief.

Der Nebel über den Feldern hob sich, die Vögel sangen im Wald, und die dicken Sohlen der Nikes federten unter ihren Füßen. Sie atmete gleichmäßig und rhythmisch, sog den Morgen in ihre Nasenlöcher: die frische Luft, den kühlen, feuchten Nebel, den Geruch von Erde und Grün.

Sie lief gerne sehr früh am Morgen. Sie stand viertel nach sechs auf, stillte und wickelte Olivia, die dann noch einmal einschlief, zog die Joggingschuhe und den Trainingsdress an, und dann nichts wie hinaus!

Um diese Tageszeit war sie in ihrer eigenen Welt. Eine alleinstehende Frau ohne Mann und Kinder, mit tausend Möglichkeiten. Es gab nur ihre rhythmischen Schritte im Lauf, das gleichmäßige Atmen und die Natur um sie herum. Sie lief schnell und weit.

Sie strengte sich gerne an, kämpfte bis an ihre Grenzen, bis sie keine Kraft mehr hatte und das Glück begann. Manchmal erinnerte das Laufen sie an das Tanzen, und sie dachte an die wunderbare Zeit in der Tanzakademie. Damals war sie jung und – wenigstens zeitweise – vollkommen glücklich, auf eine Art, wie sie es nie wieder werden würde.

Paula hatte im Alter von sechzehn, mitten in der Pubertätskrise, den Tanz für sich entdeckt. Sie hatte schon früher getanzt. Genau wie viele kleine Mädchen war sie als Sechs-, Siebenjährige in die Ballettstunde gegangen, hatte sich über ihr rosa Ballettkleidchen mit Rüschen gefreut und an entzükkenden kleinen Vorführungen mit stolzen Eltern als Publikum teilgenommen. Und genau wie so viele andere kleine Mädchen hatte sie irgendwann genug gehabt und sich mit anderen Dingen beschäftigt. Sie war damals zu klein, um es zu verstehen. Es war nur ein Spiel.

Später hatte sie ihren Eltern Vorwürfe gemacht, daß die sie hatten aufhören lassen. Warum waren sie nicht strenger gewesen? Warum hatten sie sie nicht überredet? Es ihr erklärt? Sie *gezwungen*? Sie hatten schließlich gewußt, was sie selbst als Kind nicht wissen konnte: daß man früh anfangen muß, wenn man eine richtige Tänzerin werden will. Daß die Sehnen gedehnt und die Muskeln gestreckt werden müssen, wenn der Körper noch klein und formbar ist, und man dann mit dem Dehnen und Strecken *weitermachen* muß. Man kann nicht zehn Jahre unterbrechen und da weitermachen, wo man aufgehört hat. Sie hatte ihre Mutter *gehaßt*, weil sie nichts getan hatte, damit sie weitermachte. Warum hatte sie Paula nicht in eine richtige Ballettschule geschickt? Mit guten Lehrern und Disziplin im Training?

Als sie dann ernsthaft zu tanzen anfing, stellte sie fest, daß Tanz etwas ganz anderes war als die albernen Spiele, die sie als Kind in den Ballettstunden gespielt hatten. Richtiger Tanz war tiefer Ernst. Linien, Winkel, Energie. Mathematik. Eine Wahrheit jenseits der Wahrheiten des Alltags.

Der Tanz forderte einem Aufgaben ab, die so schwierig waren, daß ein Mensch sie eigentlich nicht lösen konnte. Und das Instrument, das man zum Lösen dieser Aufgaben hatte, war kein hochtechnologischer Apparat, kein Computer, der einem alles ausrechnete. Man hatte einfach nur den eigenen Körper. Den wir alle bekommen haben, ob arm, ob reich, und den niemand uns nehmen konnte. Es war genial!

Mit achtzehn fing sie auf der Tanzakademie an. Sie bekam Unterricht in klassischem Ballett, modernem Tanz, freiem Tanz, Musik, Tanzkomposition und Bühnenpräsenz. Sie trainierte intensiv und unterrichtete am Wochenende Kindergruppen.

Sie wußte, daß sie für eine Karriere in klassischem Ballett zu spät mit dem Tanzen angefangen hatte. Aber im freien Tanz gab es Möglichkeiten. Es gab viele, die spät anfingen. Ihre Lehrerin, zum Beispiel, Angelika Meyer, die erst mit einundzwanzig zu tanzen begonnen hatte.

Paula hatte Angelika Meyer mehr geliebt als ihre Eltern. Und mehr als ihren Mann.

Und die Schüler in der Kindergruppe mehr als ihre eigenen Kinder. Die kleinen Mädchen gaben ihr so viel Energie. Sie genoß es, zu beobachten, wie unterschiedlich die kleinen Persönlichkeiten die Musik deuteten. Großzügig und selbstlos gab sie ihr Können und ihre Erfahrungen weiter. Sie gab ihnen *alles*, auf eine Art, wie sie es mit ihren eigenen Kindern nie machen würde.

Sie würde natürlich lieber sterben, als dies zuzugeben. Das war das Geheimnis ihres Lebens.

Die Liebe zu Angelika Meyer war etwas ganz Besonderes. Nicht erotisch. Nicht freundschaftlich – überhaupt nicht, wie sollte eine Tänzerin mit der Erfahrung und der Genialität von Angelika mit Paula befreundet sein? Schon der Gedanke war lächerlich. Es war auch nicht die verzwickt komplexe Mutter-Tochter-Liebe.

Die Liebe zwischen Lehrerin und Schülerin war von ganz besonderer Art. Eine Liebe ohne sexuelle Abhängigkeit, ohne Nabelschnüre.

Wenn man sie mit etwas vergleichen wollte, dann vielleicht mit dem Verhältnis zwischen Vorgesetzten und Untergebenen beim Militär. Da waren die Ziele einfach und klar, der Feind war deutlich auszumachen, Respekt und Rangunterschiede waren selbstverständlich. Die harten Umstände schweißten einen zusammen, das Individuum bestand nur aus seinen Eigenschaften und seiner Kompetenz, losgelöst von den Rollen im zivilen Leben und von Familienbanden.

So glücklich war sie damals. Als ihre Tage vom Tanz erfüllt waren.

Bis zu dem schrecklichen Tag, als sie auf Angelika wartete, die nicht kam. Angelika, die ansonsten die Pünktlichkeit in Person war, ließ Paula an der Trainingsstange warten, ließ sie sich selbst aufwärmen und darüber nachdenken, was wohl passiert war. Ließ sie da stehen, stumm vor Entsetzen, und die Nachricht entgegennehmen: Angelika Meyer war leblos in ihrer Wohnung aufgefunden worden. Die Gerüchte summten durch die Umkleideräume: Amphetamin! Überdosis! Mißbrauch oder einmaliger Vorgang? Unfall oder Selbstmord?

Paula floh in den Tanz. Ihre Eltern, die schon immer fanden, daß sie ihre Tanzausbildung zu ernst nahm, machten sich jetzt Sorgen über ihren übertriebenen Trainingseifer. Sie war von morgens bis abends in der Schule. Sie ging in ihren Unterricht, und sie trainierte vor und nach den Stunden, und abends war sie dann so müde, daß sie nur noch ihre Trikots waschen, sie aufhängen und dann ohne Abendessen ins Bett fallen konnte.

Wenn sie tanzte, spürte sie, wie ihr Körper ausgelöscht wurde und durch die Energien ersetzt wurde, die er hervorbrachte, und in den Figuren aufging, die er in die Luft zeichnete. Sie verstand, daß ihr Körper eigentlich nicht wirklich war. Er war nur ein Werkzeug, mit dem man die richtige Welt erschaffen konnte.

Sie hatte weder Zeit noch Lust zu essen. Sie trank nur Energy-Drinks und Wasser.

Schon ein bißchen verrückt, dachte Paula, als sie sich später an die Monate nach Angelika Meyers Tod erinnerte. So ein wahnsinniges Training! Niemand hatte sie unterstützt. Alle rieten ihr, ein bißchen kürzer zu treten. Vergeblich.

Sie war sogar nachts in der Ballettschule geblieben. Sie versteckte sich, wenn der Nachtwächter seinen Kontrollgang machte. Und dann tanzte sie weiter, zu ihrer eigenen, inneren Musik. Mitten in der Nacht. In dem stillen, leeren Raum mit all den Spiegeln. Doch, sie war schon verrückt.

Und der Körper hatte Halt gesagt. Hart und bestimmt. Am frühen Morgen war die Achillessehne gerissen. Es knallte wie ein Pistolenschuß. Sie war so verwirrt, daß sie wirklich glaubte, jemand habe auf sie geschossen. Sie war zusammengesunken, ohne Schmerz zu spüren, sie war verzweifelt über den Boden gekrochen, um zu sehen, wer auf sie geschossen hatte. Ein paar andere Schüler, die schon früh da waren, hatten ihre Hilferufe gehört und sie ins Krankenhaus bringen lassen.

Zwei Monate konnte sie überhaupt nicht gehen, sie mußte auf Krücken umherhüpfen, wenn sie sich fortbewegen wollte. Sie saß meistens in ihrem Zimmer, hörte mit geschlossenen Augen Musik und dachte sich im Kopf Tanzbewegungen aus. Um sie zu behalten, fing sie an zu zeichnen. Tanzende Körper, Bewegungen, Schrittfolgen. Sie bereitete sich auf den Tag vor, wo sie wieder tanzen konnte. Nach einem Jahr konnte sie gehen, laufen, Gymnastik betreiben und Ski fahren. Aber sie konnte nicht mehr tanzen wie früher.

Paula war von Natur aus gesund, sie aß wieder normal, ihr Körper hatte sich erholt und war stark – aber er hatte nichts mehr von einem Spezialwerkzeug, einem sensiblen Instrument, das ausgesuchte Kunstwerke hervorbrachte. Für sie war es mit dem Tanzen vorbei. Sie hatte nie jemandem erzählt, was für ein ungeheuerer Verlust das für sie war.

Die Leere, die der Tanz hinterließ, füllte sie mit bildender Kunst. Nicht daß sie auf diesem Gebiet besonders begabt gewesen wäre. Aber es war irgendwie naheliegend. Als sie stillsitzen mußte, hatten ihre choreographischen Skizzen sie sehr beschäftigt.

Sie versuchte sich genau so intensiv der Kunst zu widmen wie dem Tanzen. Es kam ihr unnatürlich vor. Als würde ein Rechtshänder ausschließlich die linke Hand benutzen. Ihr fehlte die physische Erschöpfung, der Blutgeschmack im Mund, die Übelkeit nach einem harten Training.

Aber der Ehrgeiz, der unbedingte Wille, es zu schaffen, war der gleiche. Sie las alles über Kunst, was sie bekommen konnte. Sie fuhr umher und schaute sich Ausstellungen an, sowohl in Schweden als auch im Ausland. Sie knüpfte Kontakte zu erfahrenen Künstlern und fragte sie aus. Sie versuchte zu verstehen, wie es in dieser Welt zuging und was man dafür brauchte. Am liebsten hätte sie einfache geometrische Formen und Linien wie Mondrian gemalt, seine Bilder erinnerten sie an die reine Mathematik des Tanzes, aber sie sah sehr schnell ein, daß das nicht mehr ging. Sie nahm an vorbereitenden Kursen an einer Kunstschule teil, lernte verschiedene Techniken. Und sie wurde schließlich an der Kunsthochschule angenommen, was sie sich damals als Ziel gesetzt hatte.

Sie hatte zu laufen begonnen, weil sie ihre körperliche Energie bändigen mußte. Es war zur Gewohnheit geworden. Sie zog sich jeden Morgen die Laufschuhe an und lief los.

Sogar am Tag nach der Geburt von Fabian war sie aus dem Krankenhausbett aufgestanden und ein paar Runden um das Krankenhaus gelaufen. Der widerwärtige, erniedrigende Geburtsschmerz! Das Gefühl, keine Macht über das zu haben, was mit ihr geschah. Opfer dieser starken, zerreißenden Kräfte zu sein. Und die Scham darüber, wie sie sich benommen hatte. Sie hatte vollkommen die Kontrolle verloren, Panikzustände bekommen, gebrüllt, getreten, der Hebamme ins Gesicht gespuckt ... Das hatte sie beim Laufen loswerden wollen. Sie hatte eine der dicken Krankenhausbinden in den Slip geschoben, die Nikes angezogen und den weichen Umstandsanzug aus Baumwolljersey, sie hatte das Krankenzimmer verlassen und das schlafende Kind in seiner durchsichtigen Plastikwanne, die aussah wie ein Aquarium auf Rädern, und war mit dem Aufzug zum Ausgang gefahren. Und dann war sie gelaufen. Um den Parkplatz und alle Krankenhausgebäude, eine Runde nach der anderen, dabei liefen ihr die Tränen herunter und die Binde füllte sich mit heißem, verklumptem Blut.

Für Paula war das Laufen eine Art Reinigung. Mit jedem Ausatmen stieß sie die Unzulänglichkeiten des Lebens in harten, rhythmischen Stößen aus, und die klebrigen, nächtlichen Träume liefen an ihr herab wie der Schweiß, der aus den Poren drang.

Sie folgte dem kleinen Sandweg, bis er in eine asphaltierte Straße mündete, dann wendete sie, ohne die Geschwindigkeit zu drosseln, und lief wieder zurück, nach Hause, zu einer erfrischenden Dusche, ihrem Atelier, ihrem Mann und ihren beiden Kindern.

Als sie vor einer halben Stunde das Haus verlassen hatte, hielt Fredrik sich in seinem Arbeitszimmer im Oberstock auf. Er saß in der Hocke vor dem Schreibtisch und suchte mit großem Eifer etwas in der untersten Schublade. Wieder einmal hatte er eine schlaflose Nacht hinter sich und war im Morgengrauen aufgestanden. Er drehte sich nicht einmal um, als Paula ihm im Vorbeigehen ein Guten Morgen zurief.

Sie kam um die letzte Biegung, und da lag das große, weiße Holzhaus mit dem Garten, der Glasveranda, den Winkeln und Ecken. Es gehörte ihnen! Ein scharfes, brennendes Gefühl des Triumphs durchfuhr sie. Der Lohn zweier hart arbeitender Menschen. »Because you're worth it.«

Sie ging direkt ins Badezimmer und duschte, zog einen schwarzen Morgenrock an, der aussah wie ein japanischer Kimono, und warf einen Blick in den Spiegel. Ja, sie war gereinigt. Da war keine Spur von der Verzweiflung, die ihre Augen manchmal vor dem Laufen hatten. Ihr Gesicht war schön, kühl, gefaßt.

Sie ging die Treppe hinunter und in die Küche, wo sie ihren Mann am Tisch sitzend fand, tief in irgendwelche Papiere vertieft. Auf seiner Stirn war eine sorgenvolle Falte, die rechte Hand war mit vielen Lagen Küchenkrepp umwickelt, ein großer Blutfleck war durch das Papier gedrungen, er sah aus wie eine prachtvolle rote Rose.

»Aber Liebling, was hast du gemacht?« fragte sie.

Sie berührte leicht seine verbundene Hand.

»Er hat mich gebissen, der kleine Teufel. Kannst du dir das vorstellen? Er hat mich *gebissen*!«

Paula starrte ihn erschrocken an. Meinte er Fabian? In Fabians Kindergarten gab es einen Jungen, der die schlechte Angewohnheit hatte, zu beißen, aber Fabian hatte eigentlich noch nie ... Und Fredrik würde seinen Sohn nie »den kleinen Teufel« nennen.

»Wer?« flüsterte sie. »Wer hat dich gebissen?«

Fredrik wedelte wütend mit seiner verbundenen Hand Richtung Diele.

»Er, der schreckliche kleine Kerl. Unter der Treppe.«

Er ist keine Ratte!

Nachdem er die ganze Geschichte erzählt hatte, verstand Paula, daß es wirklich ein Mann war, der ihn gebissen hatte, ein Mann, der sich in einem Hohlraum unter ihrer Treppe versteckte, oder noch weiter unten, unter dem Haus. Sie reagierte jedoch keineswegs so, wie Fredrik befürchtet hatte, mit übertriebener Angst und Sorge. Statt dessen wickelte sie ihren Morgenrock fester um sich, setzte sich ihm gegenüber an den Tisch und sagte nachdenklich:

»Er behauptet also, hier zu wohnen?«

»Ja. Er sagt, er ist unser Mieter. An diesem Punkt war er sehr bestimmt.«

»Hat er vielleicht beim vorherigen Besitzer ein Zimmer gemietet? Natürlich nicht die Kammer unter der Treppe, aber vielleicht ein anderes Zimmer im Haus?« sagte Paula. »Er ist ja ganz offensichtlich nicht ganz richtig im Kopf, vielleicht hat er da etwas durcheinandergebracht.«

»Ja, das habe ich auch gedacht. Daß er vielleicht irgendeine Vereinbarung mit dem vorherigen Besitzer hatte. Aber dafür können wir wohl keine Verantwortung übernehmen. Ich habe noch einmal den Kaufvertrag, den Vertrag mit dem Makler und die Beschreibung des Objekts durchgelesen, und da steht nichts von einem Untermieter«, sagte Fredrik und zeigte auf die Papiere auf dem Küchentisch. »Und der Makler hat doch auch nichts von einem Untermieter gesagt, oder?«

»Natürlich nicht. Es ist wahrscheinlich ein Verrückter, der ins Haus gekommen ist, während es leerstand. Wie kommt er eigentlich rein? Wir schließen doch nachts immer ab. Meinst du, er hat einen eigenen Schlüssel?«

Fredrik zuckte mit den Schultern und schob die Papiere mit seiner verbundenen Hand zusammen. Ein kleiner Blutfleck war auf den Vertrag gekommen, unter ihre Unterschriften.

»Er hat vielleicht die vorigen Besitzer gekannt«, sagte er.

»So gut, daß sie ihn kommen und gehen ließen, wie er wollte? Und ihm einen Schlüssel gegeben haben? Dann müssen wir sofort das Schloß auswechseln.«

»Sofern er nicht ...«, murmelte Fredrik und hielt inne.

»Ja?«

Er hatte sagen wollen: »Sofern er nicht einen eigenen Eingang hat.« Das war ein unangenehmer Gedanke. Er dachte an die Öffnung zu dem engen, abschüssigen Gang unter der letzten Treppenstufe im Kämmerchen. Er hatte nichts davon gesagt, als er Paula von seinem Zusammentreffen mit Kwådd erzählte, und er wollte sie auch nicht beunruhigen. Wohin dieser Gang auch führte, er mußte sofort verschlossen werden.

»Ach nichts. Ja, natürlich, wir müssen das Schloß auswechseln lassen. Das ist das allererste. Als zweites werde ich bei der Polizei nachfragen, ob jemand vermißt wird ... ja, in einer Institution für solche wie ihn. Und wenn die nichts wissen, werde ich beim Sozialamt nachfragen, ob sie etwas haben. Wenn er also wirklich wohnungslos ist, meine ich. Sie müssen ja etwas beschaffen.«

Paula nickte schweigend. Sie schien beruhigt zu sein.

Er streckte die Hand aus, um ihr die Wange zu streicheln, und erinnerte sich zu spät, daß seine rechte Hand mit Papier umwickelt war. Sie zuckte zusammen, als sie das rauhe Küchenpapier mit dem eingetrockneten Blutfleck an ihrem Gesicht spürte, und er zog rasch seine Hand zurück.

»Wie geht es deiner Hand?« fragte sie besorgt. »Ist es eine tiefe Wunde?«

»Nein, es ist nicht so schlimm«, murmelte er.

»Du kannst Wundstarrkrampf bekommen. Wann bist du zuletzt geimpft worden?«

»Als Kind, glaube ich. Aber es ist nicht sehr tief. Es ist nur so *feige*. Zu beißen! Wie ein Tier.«

»Irgend etwas stimmt nicht mit ihm, das ist klar. So etwas ist doch nicht normal.«

Sie hielt inne.

»Hast du gesagt, er hat die Dichtungen am Wasserhahn ausgewechselt?«

»Ja, das kann er offenbar. Vielleicht hat er dem vorherigen Besitzer manchmal geholfen. War eine Art Hausmeister, während das Haus leerstand. Möglicherweise hat er deshalb einen Schlüssel bekommen.«

Paula ging zur Spüle, beugte sich über das Waschbecken und betrachtete das Mischventil.

»Das könnte sein«, sagte sie nachdenklich. »Er hat vielleicht nach dem Haus gesehen, als sie hier wohnten, und auch noch danach. Er ist offensichtlich geschickt.«

Plötzlich mußte Fredrik an das Marmorwaschbecken denken, das so geschickt repariert worden war. Jetzt wußte er, wer es gemacht hatte.

»Ein Hauswichtel«, sagte er für sich. »Wir sollten ihm vielleicht Brei hinstellen?«

Er lachte laut, schwieg jedoch, als er Paulas tadelnden Blick sah.

In dem Moment fing Olivia im Oberstock zu weinen an, und Paula ging nach oben, um nach ihr zu sehen.

*

»Man bekommt keinen Wundstarrkrampf von Menschenbissen«, sagte die Schwester in der Ambulanz bestimmt. »Du brauchst dir keine Sorgen zu machen.«

»Aber ich dachte ... es gibt ja so viel. HIV. Hepatitis«, murmelte Fredrik unsicher.

Die Schwester schaute ihn erstaunt an.

»Gibt es einen Anlaß für so einen Verdacht? Ich dachte, es wäre ein Kind gewesen. Bist du nicht von einem Kind gebissen worden?«

»Nein, es war ... ein Mann.«

»Den du kennst?«

»Nein. Ich habe ihn nur ein, zwei Mal getroffen.«

Die Schwester hatte ihren sicheren Gesichtsausdruck verloren, und sie bat ihn jetzt mit ernster Stimme, ihr die Hand zu zeigen. Fredrik streckte ihr den Handrücken hin, und mit einem schnellen, unbarmherzigen Ruck zog sie das Pflaster ab. Er verzog das Gesicht.

Die Schwester untersuchte die ovale Wunde mit den Spuren, die die Zähne hinterlassen hatten, und schüttelte den Kopf.

»Nein, das sieht nicht nach einem Kind aus. Wer in aller Welt war das? Es ist ein kräftiger Biß. Eine Mißhandlung.«

Fredrik murmelte eine undeutliche Antwort. Die Schwester holte eine Flasche mit Desinfektionsmittel, säuberte die Wunde und legte eine Kompresse auf, die sie mit hautfarbenem Pflaster befestigte.

»So. Möchtest du einen HIV- und Hepatitistest machen lassen? Dann mußt du später wiederkommen, weil die Tests so kurz nach der Ansteckung noch nichts anzeigen. Eine Spritze gegen Wundstarrkrampf brauchst du nicht. Wundstarrkrampf überträgt sich nicht von Mensch zu Mensch. Aber« – plötzlich schaute sie ihn mißtrauisch an – »es *war* doch ein Mensch, der dich gebissen hat? Weil es ein so kräftiger Biß ist«, fügte sie hinzu.

»Ja. Doch«, sagte Fredrik verwirrt. »Vielen Dank. Auf Wiedersehen.«

*

Von seinem Arbeitszimmer im Wirtschaftsdezernat aus rief er einen Schlosser an, der versprach, schon am nächsten Vormittag zu kommen und das Schloß an der Haustür auszuwechseln. Danach rief er bei der Polizei an. Es wurde kein kleinwüchsiger verwirrter Mann vermißt.

Er verließ sein Zimmer im dritten Stock und ging eine Treppe nach oben zu Ulf Sjöfeldt, dem Justitiar der Gemeinde. Sein Schreibtisch war voller aufgeschlagener Ordner, und er schaute angenehm überrascht, als Fredrik eintrat.

»Setz dich«, sagte er freundlich, offensichtlich erfreut, bei seiner langweiligen Arbeit unterbrochen zu werden.

Ulf Sjöfeldt war ein offener, netter Mann in Fredriks Alter. Fredrik hatte sich immer irgendwie verwandt mit ihm gefühlt. Sie sprachen die gleiche Sprache, hatten den gleichen Kleiderstil – leger und jugendlich, aber mit Stil und Qualität –, und ihre Kinder gingen in denselben Kindergarten. Fredrik vermutete, daß Ulf einmal von einer glänzenden Karriere in einer bekannten Kanzlei in der Stadt geträumt hatte, aber daß er, genau wie Fredrik, eingesehen hatte, daß ein sicherer Posten in der Verwaltung besser zu einem Vater mit kleinen Kindern paßte.

Sie hatten in ihrer Arbeit ziemlich viel miteinander zu tun, sie aßen manchmal zusammen zu Mittag und besuchten sich recht häufig in ihren Arbeitszimmern, um ein paar Minuten zu schwatzen. Ohne konkret zu werden, konnten sie sich mit Andeutungen und einem bedeutungsvollen Tonfall über andere Beamte lustig machen, über ältere und aus der Gemeinde stammende Kollegen. Nicht richtig bösartig, denn sie wußten beide, daß diese Kollegen Kenntnisse und Kompetenzen besaßen, die ihnen fehlten, und daß man sich von ihren altmodischen und manchmal unverständlichen Arbeitsabläufen nicht täuschen lassen durfte.

Manchmal träumte Fredrik davon, wie er und Ulf einmal

– wenn ihr Kontaktnetz in der Gemeinde fest geknüpft war und Paula feste Einkünfte hatte und überhaupt alles sicherer war – zusammen ein Beratungsbüro aufmachen und Unternehmen in ganz Westschweden ihre juristischen und ökonomischen Dienste anbieten würden.

»Na, wie steht's da unten? Ruhig und friedlich?« fragte Ulf und fuhr sich mit der Hand über die Haare, sie waren glatt und nach hinten gestrichen wie bei einem Seehund und lockten sich leicht über dem Kragen, der nostalgische Rest seiner Anwaltsträume. »Aber was hast du denn mit deiner Hand gemacht, Fredrik?«

»Ich habe zu Hause eine Kammer aufgeräumt und mich an etwas Scharfem verletzt.«

Ulf lächelte teilnahmsvoll.

»Ich weiß noch, wie es war, als wir unser Haus renoviert haben. Ich hatte immer Kratzer und blaue Flecke. Alte Häuser sind lebensgefährlich.«

»Ja, das Haus. Ich würde dich gern etwas fragen«, sagte Fredrik. »Ein Mann behauptet, er hätte das Recht, bei uns als Untermieter zu wohnen.«

»Bei euch?«

»Ja, er scheint nicht ganz richtig im Kopf zu sein. Und wir werden ihm natürlich kein Zimmer vermieten. Aber er hatte offenbar eine Vereinbarung mit dem vorherigen Besitzer und meint, es sei selbstverständlich, daß er weiterhin im Haus wohnt.«

»Gibt es einen Mietvertrag?«

»Nein, nein. Ich habe noch einmal unseren Kaufvertrag durchgelesen, da steht nichts über eine Untervermietung.«

»Hm. Tja, mündliche Verträge sind an sich auch bindend. Aber das ist schwer zu beweisen.«

»Er hat ganz sicher keinen mündlichen Vertrag mit mir und Paula. Und ich habe meine Zweifel, daß er mit dem

Vorbesitzer einen hatte, auch wenn er das behauptet. Man will ihn nicht als Mieter haben.«

»Was ist es für ein Typ?«

»Ein kleinwüchsiger Kerl, der nicht richtig sprechen kann und schrecklich unangenehm im Umgang ist. Ein ausgesprochen komischer Typ. Vielleicht ist es ein Obdachloser, der ins Haus eingedrungen ist, als es leerstand.«

»Du mußt ihm einfach erklären, daß du keinen Mieter haben willst. Daß er sich etwas anderes suchen muß.«

»Das habe ich ihm bereits gesagt. Aber man kann mit ihm nicht argumentieren. Das geht mit ihm nicht.«

»Dann frag doch mal im Sozialamt nach. Die haben bestimmt etwas.«

»Ja, ich werde mit ihnen reden. Aber rein juristisch – ein mündliches Versprechen des Vorbesitzers kann mich doch nicht binden, oder?«

»Natürlich nicht. Aber ich bin kein Experte in Mietrecht. Ich werde mich schlau machen. Es ist allerdings nicht so leicht, jemanden rauszuwerfen, der lange da gewohnt hat. Man muß es richtig machen, und es kann dauern.«

*

Fredrik fuhr mit dem Aufzug noch ein Stockwerk höher. Er öffnete die Glastüren zum Sozialamt und ging den Flur entlang zu einem der Zimmer, in dem eine Sachbearbeiterin saß, eine mütterliche, aber resolute Frau Mitte Fünfzig. Er hatte mit ihr zu tun gehabt, als man das ehemalige Postgebäude zu Junggesellenwohnungen umbauen wollte. Als Fredrik ihr Zimmer betrat, schaute sie erstaunt von ihrem Bildschirm auf.

Er beschloß, sofort zur Sache zu kommen. Er setzte sich auf ihren Besucherstuhl, beugte sich über ihren Schreibtisch und sagte aufgeregt:

»Was machen wir hier in der Gemeinde eigentlich für die Obdachlosen?«

»Wie kommst du darauf?«

»Kehren wir das Problem unter den Teppich, oder was machen wir? Man sollte doch meinen, daß in einer so wohlhabenden Kommune wie Kungsvik alle eine Wohnung haben. Aber es gibt Menschen in unserer Gemeinde, die in elenden Löchern hausen müssen. Weißt du das?«

Bevor die Sachbearbeiterin antworten konnte, fuhr er im gleichen empörten Tonfall fort:

»Ich weiß von einem Typ, der wohnt in einer Kammer unter einer Treppe. *Unter einer Treppe*! Man muß doch etwas anderes für ihn finden können? Wie sieht es denn aus mit diesen Einzimmerwohnungen in der alten Post, wo ihr Männer mit Problemen unterbringt? Auf jeden Fall besser als eine Kammer unter der Treppe.«

Die Sachbearbeiterin schaute ihn ernsthaft an.

»Ich weiß nichts von diesem Fall. Wie heißt er?«

»Ich weiß nicht, wie er richtig heißt. Wir kennen uns nicht näher«, sagte Fredrik ärgerlich. »Aber mich empört seine Situation. Er braucht eine Wohnung. Und zwar sofort.«

Er klatschte leicht mit der Hand auf den Schreibtisch.

»Dann sag ihm, er soll herkommen. Wir können ihm bestimmt helfen«, sagte die Sachbearbeiterin ruhig.

»Er hat Probleme. Man muß ihm auf die Sprünge helfen.«

Die Sachbearbeiterin schaute fragend.

»Was für Probleme? Mißbrauch?«

»Nein, das glaube ich nicht. Aber er ist merkwürdig. Er sieht nicht ein, daß es Wahnsinn ist, in einer Kammer unter der Treppe zu wohnen. Er weiß nicht, was gut für ihn ist. Ich glaube, ihr müßtet ihn ein bißchen schubsen.«

»Er hat also nicht selbst um eine Wohnung gebeten?«

»Nein, aber wie sieht es denn aus, wenn eine Gemeinde wie

unsere Einwohner hat, die unter solchen Verhältnissen wohnen. Stell dir mal vor, die Medien bekommen Wind davon.«

Die Sachbearbeiterin schnaubte ärgerlich.

»Aha, darum machst du dir Sorgen? Tja, dann müssen wir ihnen wohl das Sozialgesetzbuch vorlesen.«

Sie lehnte sich zurück, holte Luft und fuhr ruhig fort:

»Unsere Unterstützung gründet sich auf Freiwilligkeit und die aktive Mitwirkung des einzelnen. Wir helfen gerne, aber der einzelne ist schon für seine Situation verantwortlich.«

Man konnte hören, daß sie das schon sehr oft gesagt hatte.

»Der Mann weiß doch nicht, was gut für ihn ist. Man muß sich um ihn kümmern!«

Die Sachbearbeiterin schüttelte langsam den Kopf und sah auf einmal sehr müde aus.

»Das ist eine veraltete Sicht. Die Zeiten, wo die Sozialbehörden Kontrolle und Zwang ausgeübt haben, sind lange vorbei, das solltest du wissen.«

»Aber er kann doch nicht unter der Treppe wohnen!« rief Fredrik verzweifelt aus. »Ohne sanitäre Möglichkeiten und ohne Strom! Das ist doch menschenunwürdig.«

»Es ist nicht unsere Aufgabe, den Leuten zu sagen, wie sie leben sollen. Das ist offenbar der Lebensstil, den dieser Mensch gewählt hat, und das müssen wir respektieren. Wir haben so gut wie keine Möglichkeiten, Zwang auszuüben. Er kann gerne herkommen, wenn er seine Wohnsituation verändern möchte. Aber er muß schon selbst die Initiative ergreifen.«

*

Um halb zwei war Fredrik wieder in seinem eigenen Büro im Wirtschaftsdezernat. Er hatte noch nichts zu Mittag gegessen.

Er hatte einen arbeitsreichen Vormittag hinter sich, und das Ergebnis seiner Anstrengungen war mager. Das einzig Positive war, daß er als Beamter in einer kleinen Gemeinde alles im Haus erledigen konnte. Wäre er ein normaler Bewohner einer Großstadt gewesen, dann wäre er bestimmt von einem zum nächsten geschickt worden, die Hälfte wäre auf Dienstreise oder in einer Besprechung gewesen. Er wäre in den Telefon-Warteschlangen hängengeblieben, hätte sich die schrecklichen Melodien und die synthetischen Stimmen anhören müssen, und das Ganze hätte eine Woche und nicht nur einen Vormittag gedauert.

Mit demselben niederschmetternden Ergebnis. Für einen anständigen Staatsbürger gab es offenbar keine rechtlichen Mittel, einen Eindringling loszuwerden, der die Kammer unter der Treppe okkupierte. Unfaßbar.

Er hatte nicht erzählt, daß der Mann ihn gebissen hatte, weder Ulf Sjöfeldt noch der Sachbearbeiterin. Fredrik wußte selbst nicht, warum. Als ob er sich dafür schämte. Als ob der Biß ihn stigmatisieren, ihn mit etwas Unnormalem verbinden würde. Er erinnerte sich, wie die Krankenschwester ihn angestarrt hatte, entsetzt, beinahe mit Abscheu.

Er fuhr mit dem Aufzug in die Kantine und kaufte sich ein Baguette mit Käse und Schinken, das er mit an seinen Schreibtisch nahm. Er trank dazu einen Becher Automatenkaffee, während er die wichtigsten Sachen erledigte, und verließ dann früh sein Büro.

*

Auf dem Heimweg holte er Fabian vom Kindergarten ab und fuhr anschließend bei Björn Valtersson vorbei, seinem nächsten Nachbarn, der Schreiner mit eigenem Betrieb war. Er hatte ein kleines Materiallager, und Fredrik hatte schon früher Holzreste von ihm bekommen. »Frag immer erst mich, ehe du etwas kaufst«, hatte Björn gesagt, als sie sich das erstemal trafen. »Wenn ich es nicht zu Hause habe, kann ich es billig besorgen.«

Fredrik parkte auf dem Hof. Er ging in das Seitengebäude, in dem Björn seine Werkstatt und sein Büro hatte, Fabian spielte auf dem Hof mit Valterssons Katzen.

Björn hatte die Füße auf den Schreibtisch gelegt und sprach in sein Mobiltelefon, dabei blätterte er in einem abgegriffenen Ordner. Vor ihm auf dem Schreibtisch lag ein Bündel ungefalteter 500-Kronen-Scheine. Schwarzgeld, dachte Fredrik. Er leidet keine Not. Er kann es sich leisten, mir ein Stück Spanplatte abzutreten.

Fredrik hatte Glück. Björn fand eine Spanplatte im Lager. Das Handy am Ohr ging er mit Fredrik in die Werkstatt und half ihm, ein entsprechend großes Stück zuzuschneiden. Er wollte kein Geld dafür haben, er winkte nur abwehrend und nahm sein Telefongespräch wieder auf, das er zum Sägen unterbrochen hatte.

Fredrik fuhr mit Fabian nach Hause, schickte ihn zum Spielen in den Garten und ging ins Haus. Er holte den Werkzeugkasten und die Taschenlampe und öffnete die Tür zum Kämmerchen.

»Hallo?« sagte er vorsichtig und leuchtete mit der Taschenlampe an den Wänden entlang. Das Kämmerchen schien leer zu sein.

Er betrat die Kammer. Unter dem niedrigen Treppendach kroch er auf allen vieren weiter, schob den Werkzeugkasten vor sich her, bis er zu der engen, länglichen Öffnung entlang der untersten Treppenstufe kam.

»Hallo? Kwådd?« rief er in die Öffnung hinein.

Ihm schlug ein unterirdischer Geruch entgegen. Er kannte

ihn von U-Bahnen und touristischen Besuchen in Gruben und Höhlen.

»Wenn du da bist, kommst du jetzt besser heraus, denn ich werde diese Öffnung jetzt zumachen«, rief er hinein.

Er wartete eine Zeitlang, nichts passierte. Die Spalte starrte ihn an wie ein höhnischer Mund.

Fredrik hängte die Taschenlampe an einen vorstehenden Nagel unter einer der höheren Treppenstufen, holte das Metermaß aus dem Werkzeugkasten und maß die Öffnung aus. Dann kroch er rückwärts in die Diele und sägte die Spanplatte zu. Er kroch wieder unter die Treppe, verkeilte die Spanplatte vor der Öffnung und nagelte sie mit größter Mühe auf dem Boden liegend fest.

»So«, murmelte er, außer Atem, aber zufrieden, als er den letzten Nagel eingeschlagen hatte. »Jetzt haben wir dieses Mauseloch abgedichtet.«

Als er aus der Kammer kam, stand Paula da, sie trug weiße Khakihosen mit aufgesetzten Taschen und ein T-Shirt voller Farbflecken.

»Hast du Milch gekauft?« fragte sie.

Ach du je. Fredrik war den ganzen Tag so beschäftigt gewesen, daß er vergessen hatte, einzukaufen. Paula machte normalerweise einmal pro Woche einen Großeinkauf, und Fredrik kaufte im Laufe der Woche das, was noch fehlte, auf dem Heimweg von der Arbeit.

»Ich fahr gleich nach dem Essen«, sagte er schnell.

»Es gibt kein Essen, wenn wir keine Milch haben. Ich brauche sie, für die Soße.«

»Okay, dann fahr ich gleich.«

»Was hast du da drinnen gemacht?« fragte sie und schaute auf die Werkzeugkiste in seiner Hand.

»Ich habe ein Stück Spanplatte festgenagelt.«

Sie schaute ihn erstaunt an.

»Da drinnen ist eine Öffnung«, erklärte er. »Eigentlich nur ein Spalt, am Ende der Treppe. Vielleicht eine Art Lüftung. Aber ich fand es besser, sie abzudichten. Falls er da durch will. Außerdem habe ich den Schlosser angerufen. Er kommt morgen vormittag und wechselt das Schloß. Ich fahre jetzt schnell einkaufen. Tut mir leid, daß ich es vergessen habe.«

In Fabians Anwesenheit wollte er den Mann unter der Treppe nicht mehr erwähnen. Als sie sich schlafen gelegt hatten, sagte Paula:

»Diese Öffnung, die du zugenagelt hast – glaubst du, daß er durch die hereinkommt?«

Fredrik wußte, was sie meinte.

»Ich weiß es nicht, es ist wirklich eine sehr kleine Öffnung. Aber er ist ja auch klein. Sicherheitshalber.«

»Aber wenn er da durchkriecht, da kommt man doch nirgends hin, da ist nur das Fundament«, wandte sie ein.

»Ja, aber vielleicht gibt es eine Verbindung nach draußen. Ratten haben ja auch eine erstaunliche Fähigkeit, an den unglaublichsten Stellen in Häuser hinein- und wieder aus ihnen hinauszukommen.«

»Aber er ist keine Ratte!« rief sie mit ungewöhnlicher Heftigkeit aus.

»Nein, nein, so habe ich es nicht gemeint. Vielleicht führt die Öffnung irgendwohin, vielleicht auch nicht. Jetzt ist sie auf jeden Fall zu, und wir brauchen nicht mehr darüber nachzudenken.«

Fredrik beugte sich über seine Frau. Ihre blonden Haare, zu einem sittsamen Zopf geflochten, lagen auf dem Kissen. Er küßte sie leicht.

»Gute Nacht, Schatz.«

»Gute Nacht«, antwortete sie und blinzelte schläfrig.

Sie drehte ihm den Rücken zu und zog die Decke über die nackten Schultern, dann sagte sie gähnend:

»Aber ich finde es trotzdem irgendwie grausam.«

»Was denn?«

»Die Öffnung einfach zuzunageln«, murmelte sie. »Falls er da unten sein sollte. Und falls es keine Verbindung nach draußen gibt. Stell dir das mal vor.«

Im nächsten Moment schlief sie. Das war so eine Angewohnheit von ihr. Kurz bevor sie einschlief, sagte sie noch etwas Unverständliches oder Provozierendes, dann ließ sie die Worte im Dunkel des Zimmers umherschweben und verschwand in ihren schützenden und immer zuverlässigen Schlaf.

Niemandsland

Es gab kein Mittel dagegen. Er hatte alles versucht: physische Erschöpfung durch Sport, körperliche Arbeit oder Sex. Ein ruhiger Tagesausklang mit klassischer Musik und einem schönen Buch. Heiße Milch mit Honig. Kräutertee. Whisky. Nichts half.

Im Gegenteil, es geschah immer öfter und es wurde immer intensiver. Plötzlich war er einfach eingeklemmt zwischen den Welten des Schlafs und des Wachseins, in einem Niemandsland, einem Limbus, betäubt vom Schlaf, jedoch ohne zu schlafen. Festgenagelt im Bett, in einem Kreuzfeuer aus Bildern, Stimmen und Geräuschen.

Da war alles auf einmal: die Kollegen im Rathaus, Paula und die Kinder, ihre gemeinsamen Freunde, Studienkollegen von der Handelshochschule, ehemalige Freundinnen, Spielkameraden aus der Kindheit im Wäldchen des Vororts, seine Eltern, Lehrer, Nachbarn von verschiedenen Orten, an denen er gewohnt hatte, Verkäuferinnen aus Geschäften, in denen er einkaufte, Taxifahrer, mit denen er einmal gefahren war, Fremde, mit denen er auf einer Zugfahrt gesprochen hatte. Er hatte das Gefühl, daß alle Menschen, die er jemals getroffen hatte, um ihn herum waren und ihn ansprachen, auffordernd, bittend, zurechtweisend oder verächtlich. Ihre Gesichter und Stimmen schossen über ihn hinweg wie Pfeile, swisch, swisch. Es war mehr, als ein Mensch auf einmal ertragen konnte.

»Es ist grausam«, hörte er Paula sagen. »Er ist keine Ratte!«

Und auf einmal war er in einer Art Gang, sehr eng, dunkel und feucht. Er kroch auf den Ausgang zu, in einer Sekunde würde er draußen sein und der Alptraum wäre vorbei. Aber plötzlich stieß er an. Es ging nicht weiter. Er war gefangen.

»Wie grausam! Er ist keine Ratte!«

Blind und verzweifelt schlug er gegen das, was ihn in der Dunkelheit am Weiterkommen hinderte. Er lag so unbequem, flach auf dem Bauch, ohne aufstehen zu können, seine Schläge hatten keine Kraft. Er suchte nach Kanten, Fugen, an denen er sich festhalten oder hochziehen konnte. Mein Gott, wie schrecklich!

Obwohl der Alptraum so real war wie die Wirklichkeit, war er sich auf einer anderen Ebene bewußt, daß er in seinem Bett lag und seine Frau neben ihm. Er befand sich in zwei parallelen Welten – dem Dämmerzustand im Bett und der klaustrophobischen Wirklichkeit im Dunkeln –, mal war die eine deutlicher, mal die andere, wie bei einem Kameraobjektiv, wenn man die Schärfe verändert. Er war sich nicht sicher: War er ein Mann, der in einem schönen, geräumigen Schlafzimmer lag und einen schrecklichen Traum vom Eingeschlossensein träumte? Oder war er ein Mann, der in einem Gang eingeschlossen war und ein schönes geräumiges Schlafzimmer halluzinierte?

Schließlich siegte die Welt des Schlafzimmers, und seine

Gedanken wurden klar. Aber die Geräusche aus dem Traum waren noch da. Schwach und weit weg, aber deutlich hörbar kamen sie von einem Ort weit unten: ein Schlurfen, ein Klopfen, ein Kratzen wie von Rattenklauen. Als ob tief da unten etwas kämpfte, um aus einem dunklen Loch hervorzukommen.

Fredrik wußte nicht, wie lange er dalag und lauschte, wie festgefroren und außerstande, sich zu bewegen. Das Klopfen wurde stärker, und plötzlich hörte man ein Krachen und Poltern.

In dem Moment erwachte er aus dem Zustand der Katatonie, er konnte sich aufsetzen und aus dem Bett steigen. Er blieb stehen. Seine Beine zitterten. Nein, man hörte keine Geräusche mehr. Es war völlig still im Haus.

Er ging in die Küche hinunter, machte Wasser auf dem Herd heiß und goß es über das Kaffeepulver. Während er darauf wartete, daß der Kaffee zog, drehte er im Untergeschoß eine kleine Runde.

Er schaute aus den Wohnzimmerfenstern nach draußen. Der Himmel war bewölkt und grauer Nebel hing über dem Wald und den Feldern. Die Morgendämmerung – diese merkwürdige Stunde zwischen Nacht und Tag. Die seinem Niemandsland zwischen Schlafen und Wachen ähnelte. Nicht ein Grashalm bewegte sich. Die Vögel schwiegen. Die Welt da draußen war starr und still wie auf einem Bild. Unwirklich.

Oder war das die richtige Welt? Manchmal hatte er das Gefühl, daß er zu dieser frühen Stunde die Welt so sehen konnte, wie sie war. Tot. Als ob er sie auf frischer Tat ertappt hätte, bevor man die Batterien eingelegt und die Farbe und den Ton angestellt hatte. Damit wir glauben, daß sie so ist.

Aber da bewegten sich Beerensträucher im Garten! Zweige schaukelten, die unreifen Johannisbeeren schwangen hin und her. Jemand schlüpfte unter die Blätter, die aussahen wie Handflächen. Es wurde wieder still. Kurz darauf sah er weiter weg etwas, oben am Wald. Etwas Dunkles, die Konturen lösten sich im Licht der Dämmerung auf, es lief blitzschnell zwischen die Bäume. Ein schwarzer, rauhhaariger Hund?

Fredrik verließ das Wohnzimmer und ging wieder in die Küche zu seinem Kaffee. Als er durch die Diele kam, bemerkte er, daß die Tür zur Kammer angelehnt war. Er zögerte einen Moment. Dann nahm er die Taschenlampe und betrat vorsichtig den Raum unter der Treppe.

Der Lichtschein glitt über das Gerümpel. Alles sah aus wie immer. Er richtete die Taschenlampe auf den engen Raum unter der untersten Treppenstufe.

Da lag die Spanplatte, die er am Tag zuvor festgenagelt hatte. Weggerissen, in der Mitte durchgebrochen, die Nägel schauten spitz heraus.

Bezahlung der Miete

»Phantastisch! Ausgezeichnet! Schau die Kinder an, Paula. Nein, lieber nicht, schau hierher. Nicht direkt in die Kamera, ein bißchen über meine Schulter. So, ja, rückt ein bißchen zusammen. Wunderbar! Das Licht ist gerade so schön. Ihr seid so unglaublich schön, ihr könnt euch das nicht vorstellen.«

Paula war zuerst skeptisch. Ihr Haus und ihre Familie in einer Zeitschrift für Inneneinrichtung. Sie hatte die Probebilder nach der Vernissage im April fast vergessen. Aber jetzt war die Redakteurin der Zeitung darauf gestoßen und wollte unbedingt eine Reportage mit Paula machen. Sie besuchten Menschen, die beruflich mit Farben und Formen arbeiteten, weil sie zeigen wollten, wie deren Kreativität sich in ihrem Zuhause widerspiegelte. Bisher waren Reportagen über eine Modedesignerin, einen Glaskünstler und eine Bühnenbildnerin erschienen, nun wollten sie eine junge, moderne Künstlerin wie Paula Kreutz präsentieren.

Nachdem sie die bereits erschienenen Reportagen der Serie angesehen hatte, änderte sie ihre Meinung:

»Das sind keine normalen Zu-Hause-bei ...-Reportagen, Fredrik. Es macht wirklich einen sehr seriösen Eindruck. Sie werden vor allem über meine Kunst schreiben. Und wir brauchen uns doch nicht für unser Haus zu schämen, oder?«

Nein, ihr Haus konnte sich sehen lassen, ohne Zweifel. Aber ein paar Dinge mußten noch passieren, bevor man es öffentlich präsentieren konnte.

Paula war schon lange auf der Suche nach einem altmodischen englischen Ohrensessel, aber der, den sie haben wollte, war zu teuer, und sie wollte warten, bis sie einen billigeren fand. Jetzt wurde es also doch der teure, denn sie würde vor dem Fototermin keinen anderen finden.

Und das Balkongeländer stimmte nicht. Viel zu modern für die altmodische Glasveranda. Paula hatte Zeichnungen eines passenden Geländers im Stil der Jahrhundertwende besorgt, und sie brauchte ihre ganze Überredungskunst, um den sehr beschäftigten Björn Valtersson dazu zu bringen, es zwischen anderen Arbeiten einzuschieben.

Der Fotograf, der mit ihrer Freundin verheiratet war, hatte den ganzen Tag zusammen mit einer Journalistin von der Zeitung bei ihnen zugebracht. Paula hatte ihnen ihr Atelier gezeigt, der Fotograf war glücklich über das Licht und machte da drinnen viele Bilder von Paula bei der Arbeit.

Nach dem gemeinsamen Mittagessen im Garten war die restliche Familie an der Reihe: Bilder von Paula und den Kindern im Grün des Gartens. Fabian an seiner kleinen Kinderstaffelei unter einem Apfelbaum. Und dann ein entspanntes Gruppenbild mit der ganzen Familie – Fredrik im weißen Baumwollhemd, Jeans und Strohhut, Paula in einem Kleid mit einem grünen 60er-Jahre-Muster, und der Bollerwagen mit den Kindern, die unter den Krempen ihrer lustigen Sonnenhüte hervorschauten. Hinter ihnen das Haus mit der Glasveranda und der Balkon mit dem neuen Geländer, das aussah, als wäre es schon immer da gewesen, obwohl die Farbe noch nicht richtig trocken war. Und drum herum der Garten, wie eine weiche, grüne Bordüre.

Paula schaute Fredrik an und lächelte, glücklich und verschwörerisch. Er lächelte zurück.

»Vielen Dank«, sagte der Fotograf.

»Bist du zufrieden?« fragte Fredrik.

»Mehr als zufrieden.«

*

Kwådd hatte sich nicht gezeigt, seit Fredrik die Spanplatte festgenagelt hatte. Der Mann fühlte sich offenbar eingeschlossen, er hatte die Barriere gewaltsam durchbrochen und das Haus verlassen. Vielleicht für immer?

Das Schloß war ausgewechselt worden. Man konnte die Tür von innen mit der Klinke öffnen – der Schlosser wollte kein Schloß einbauen, das sich nicht von innen öffnen ließ. Das war gegen die Sicherheitsvorschrift. Aber von außen konnte man sie nur mit dem Schlüssel öffnen, und Paula und Fredrik versteckten ihre Schlüssel gut. Fredrik nahm an, daß der Mann in der Dämmerung nach draußen geflohen war und jetzt nicht wieder hereinkonnte.

Aber er war sich nicht sicher. Fabian lag immer noch auf der Treppe und machte seine Klopfspiele. Und als Fredrik vor kurzem früh am Morgen herunterkam, war die Haustür angelehnt. Es war ausgeschlossen, daß Paula oder er sie am Abend offengelassen hatten. Sie achteten immer darauf, daß die Tür verschlossen war, und jetzt war sie nicht nur nicht verschlossen, sondern stand offen. Fredrik hatte sie zugezogen. Um sie beim nächsten Mal, als er nicht schlafen konnte, wieder offen zu finden. Außerdem war der Boden in der Diele schmutzig. Tannennadeln und Erde lagen in kleinen Klumpen zwischen der Haustür und der Kammer.

Er erwähnte es Paula gegenüber nicht, aber er machte seine Beobachtungen und war immer mehr überzeugt davon, daß Kwådd noch da war. Der Mann schien spätabends, wenn die Familie sich schlafen gelegt hatte, das Haus durch die Tür zu verlassen und die Nacht draußen zu verbringen. Er ließ die Tür angelehnt, damit er wieder hereinkonnte, wenn er in der Morgendämmerung zurückkam. Die Tage verbrachte er offenbar in der Kammer oder in einer Grube im Fundament.

Fredrik hatte die offene Haustür natürlich wieder zugemacht und verriegelt, aber der Mann schien ins Haus zurückgekommen zu sein, die Spuren deuteten darauf hin, daß er noch da war. Fredrik nahm an, daß er noch einen Eingang ins Fundament hatte, aber der war offenbar schwer zugänglich, er zog die Haustüre vor.

Woher bekam er etwas zu essen? Das mußte er nachts organisieren. Die Nacht schien überhaupt seine aktive Zeit zu sein. Die Kammer unter der Treppe oder die Grube im Fundament war nur zum Schlafen da, etwas anderes konnte man dort kaum machen.

Er teilte seine Überlegungen nicht mit Paula. Sie schien zu glauben, daß der Mann für immer verschwunden war, und die Vorbereitungen für die Reportage hatten sie in letzter Zeit so beschäftigt, daß sie ihn offenbar ganz vergessen hatte. Fredrik war das nur recht.

An einem frühen Morgen fand er die Haustüre wieder nur angelehnt, sogar ein Stück der Fußmatte war über die Schwelle gezogen, damit die Tür nicht zufallen konnte. Er fluchte, zog die Matte weg und schloß die Tür. Als er abschloß, hörte er Schritte und sah, wie die Klinke heruntergedrückt wurde. Kurz darauf hörte er ein schwaches Klopfen – oder eher ein Streichen über die Tür, und dann eine gedämpfte, nasale Stimme:

»Mach auf. Ich bin's, Kwådd. Dein Mieter.«

Fredrik hatte den kleinen Mann ein paar Wochen nicht gesehen, nur seine Spuren, die Stimme machte seine Gegenwart auf eine sehr plötzliche und unerwartete Weise deutlich.

Dein Mieter! Was für eine Frechheit. Der Mann unterstellte eine Verbindung, die zwischen ihnen nicht existierte.

Und doch deutete er damit an, daß er gewisse gesellschaftliche Gepflogenheiten anerkannte. Vermieter und Mieter. Er war nicht komplett verrückt, kein Besetzer oder Parasit. Er sah sich selbst als respektablen Mieter. Es gab immerhin einen Streifen Logik im Wahnsinn.

Fredrik schloß auf und öffnete die Tür einen Spaltbreit. Der Mann trat ein paar Treppenstufen zurück, um seine Unterlegenheit zu zeigen. Er zog die Schultern hoch und lächelte verlegen. Er trug immer noch das T-Shirt, das ihm bis zu den Knien reichte, und die unbeschreiblich schmutzigen Jogginghosen. Über seiner Schulter hing eine Stofftasche, die Fredrik an die Turnbeutel seiner Kindheit erinnerte.

»Du bist also mein Mieter?« sagte Fredrik.

Der Mann nickte eifrig.

»Aber du hast keine Miete bezahlt, Kwådd. Ich glaube, du hast überhaupt noch nie Miete gezahlt.«

Der Mann grinste unsicher, er drehte sich hin und her, die Stofftasche schlug gegen seine Hüften, und er zog am Saum des T-Shirts.

»Weißt du, was die Miete heutzutage kostet?« fragte Fredrik ernsthaft.

Kwådd schüttelte den Kopf, immer noch grinsend. Das waren offenbar Überlegungen, die er begriff, auch wenn sie ihn nervös machten.

»Fünftausend Kronen. Das ist der Mietpreis. Im Monat. Und ich will das Geld sofort. Sonst muß ich dich leider rauswerfen lassen.«

Kwådd krümmte und drehte sich, als müsse er aufs Klo. Sein großes, unförmiges T-Shirt wurde noch größer und unförmiger, weil er daran zog.

»Du denkst vielleicht, das ist viel Geld für eine Kammer unter der Treppe. Das denke ich auch, Kwådd. Du findest woanders bestimmt etwas Besseres und Billigeres.«

Das Gesicht des Mannes verzog sich zu einem Grinsen, er lief die Treppe hinauf, ins Haus und zur Kammer. Bevor Fredrik reagieren konnte, war er verschwunden. Er hörte ihn in der Kammer rumoren. Nach einer Minute war der Mann wieder da. Stolz überreichte er Fredrik ein Bündel Scheine.

»Die Miete«, sagte er.

Fredrik nahm das Geld und schaute es mißtrauisch an. Es waren echte Scheine. Zehn Fünfhunderter. Fünftausend Kronen, genau die Summe, die er verlangt hatte.

»Danke«, murmelte er verblufft.

Aber Kwådd war schon in seiner Kammer verschwunden.

*

»Fünftausend Kronen!« rief Paula aus, als er es ihr erzählte. »Für eine Kammer unter der Treppe! Das ist ja Wucher! Wir kriegen den Mieterverband auf den Hals.«

»Ich habe wirklich nicht geglaubt, daß er das Geld aufbringen würde. Ich dachte, er besitzt keinen Pfennig«, sagte Fredrik beschämt.

»Es ist wahrscheinlich sein gesamtes Sparguthaben. Er hat es irgendwo da drinnen versteckt. Es ist wirklich frech von dir, es ihm abzunehmen.«

Fredrik zuckte mit den Schultern.

»Er bekommt es zurück, wenn er auszieht. Ich habe halt gedacht, das mit der Miete kann man ausnützen. Da habe ich zum ersten Mal gemerkt, daß er irgendwie verstanden hat, was ich sage. Er betrachtet sich ganz offenbar als Mieter. Und weil wir seine Vermieter sind, bestimmen wir die Miete.«

»Willst du ihm nächsten Monat wieder fünftausend abnehmen? Das kann er doch nicht bezahlen«, sagte Paula.

»Um so besser. Dann muß er ausziehen. Das wird sogar *er* verstehen, glaube ich.«

*

Nach dem Mittsommerwochenende, das sie in Fredriks und Paulas Garten mit zwei befreundeten Familien feierten, mit Mittsommerbaum, Hering, Erdbeeren und ungewöhnlich schönem Wetter, stand Fredrik eines Morgens früh auf und wartete, daß Kwådd von seinem nächtlichen Ausflug zurückkommen würde.

Er ließ die Tür angelehnt, so wie Kwådd sie hinterlassen hatte, und trat aus dem Dunkel der Diele, als der kleine Mann hereinkam.

»Guten Morgen, Kwådd«, sagte Fredrik munter.

Der Mann zuckte zusammen und blieb in der Diele stehen.

»Ein wunderbarer Morgen, nicht wahr?« fuhr Fredrik fort.

Kwådd nickte verwirrt.

»Weißt du, was heute für ein Tag ist?«

Kwådd schaute ihn unsicher an, packte sein T-Shirt und knäulte es vorne zu einem Ball zusammen, so daß sein haariger Bauch sichtbar wurde.«

»Es ist der 30. Juni, der letzte Tag des Monats. Du weißt, was das heißt, nicht wahr?«

Kwådd grinste ihn an und schaute dann hinunter auf seinen pelzigen Bauch.

»Genau. Die Miete ist fällig. Letzten Monat hast du das ja prima gemacht.«

Der kleine Mann ging rückwärts auf die Kammer zu, aber Fredrik trat zwischen ihn und die Tür.

»Es ist nur so, daß die Miete erhöht wurde.«

Kwådd schaute, ohne zu lächeln, zu ihm auf.

»Blöd, nicht wahr? Aber du weißt ja, wie es ist. Gestiegene Kosten, Zinsen und so weiter.«

»Wieviel?« fragte der kleine Mann.

Das waren offenbar Überlegungen, die sein verwirrtes Hirn verstanden.

»Wir müssen die Miete leider verdoppeln. Zehntausend.«

Fredrik hielt den Atem an. Kwådds Gesichtsausdruck war unergründlich.

»Ja, das ist viel für eine Treppenkammer, ich weiß. Aber das Sozialamt kann dir helfen, etwas sehr viel Besseres zu finden. Ich gehe gerne mit dir hin. Ich arbeite bei der Gemeinde und habe gute Kontakte. Ich kann ein gutes Wort für dich einlegen, Kwådd. Im ehemaligen Postgebäude gibt es sehr nette kleine Wohnungen. Viele Obdachlose haben dort ein neues Zuhause gefunden. Und du bist ja ein ordentlicher Mieter. Ich kann dir ausgezeichnete Referenzen geben.«

»Zehntausend«, wiederholte Kwådd dumpf.

»Leider, ja.« Fredrik schüttelte traurig den Kopf. »Das ist schon sehr viel.«

»Entschuldigung, mein Herr«, sagte Kwådd und stieß im

nächsten Augenblick seinen Kopf direkt in Fredriks Bauch, wie ein angreifender Stier. Fredrik japste und sank zusammen. Die Tür zur Kammer hinter ihm glitt auf und schlug ihm gegen das Schienbein. Als er sich umdrehte, konnte er in den dunklen, übelriechenden Raum sehen und hören, wie Kwådd sich keuchend durch die enge Öffnung unter der Treppe zwängte.

»Zehntausend!« rief Fredrik ins Dunkel hinein. »Spätestens heute abend! Ansonsten droht die Räumung!«

Er schloß die Tür zur Kammer und ging in die Küche, um Kaffeewasser aufzusetzen. Er gab Kaffeepulver in den Glasbehälter und holte seinen Becher aus dem Schrank. Als er ihn auf den Tisch stellen wollte, lag ein Stapel Fünfhundertkronenscheine an seinem Platz. Sie waren nicht gefaltet und glänzten ganz neu. Kwådd stand daneben.

»Die Miete«, sagte der kleine Mann. »Zehntausend. Das Doppelte.«

Fredrik schaute ihn erstaunt an. Er hatte ihn nicht kommen hören.

»Und nächsten Monat zwanzigtausend, nicht wahr?« fuhr Kwådd fort. »Du wirst sie bekommen, das Doppelte. Und im nächsten Monat: vierzigtausend! Das Doppelte!«

Der kleine Mann lachte laut und drehte sich wie ein Rumpelstilzchen.

»Und dann achtzigtausend! Das Doppelte! Und dann hundertsechzigtausend! Das Doppelte!«

Fredrik starrte ihn erschrocken an.

»Dreihundertzwanzigtausend!« schrie Kwådd und drehte sich in einem immer wilder werdenden Tanz. »Sechshundertvierzigtausend. Eine Million zweihundertachtzigtausend!«

»Du kannst gut rechnen«, murmelte Fredrik, ganz verwirrt von den vielen Zahlen.

»Zwei Millionen fünfhundertsechzigtausend! Das Doppelte! Fünf Millionen einhundertzwanzigtausend! Das Doppelte!«

Kwådd schlug die Fäuste auf die Tischplatte und warf den Kopf hin und her.

»Du sollst es kriegen! Du sollst es kriegen! Du sollst alles kriegen!«

»Hör mal zu«, unterbrach Fredrik ihn. »Beruhige dich. Ich habe nicht verlangt ...«

»Zehn Millionen zweihundertvierzigtausend! Das Doppelte! Du wirst sie kriegen!«

»Es reicht jetzt. Beruhige dich!«

Kwådd hörte mit seinem Tanz auf.

»Also zwanzigtausend nächsten Monat?« sagte er beinahe glücklich. »Das Doppelte?«

Fredrik nickte und schluckte, Kwådd flitzte in seine Kammer. Fredrik nahm die Scheine und zählte sie. Es waren zehntausend.

*

»Er muß es irgendwo gestohlen haben«, sagte Paula, als sie sich nach ihrer Joggingrunde und einer Dusche an den Küchentisch setzte.

»Das ist nicht der richtige Weg, Fredrik. Wir treiben ihn dazu, zu stehlen.«

»Ich dachte, ich hätte eine Art Logik in seinem Gehirn gefunden, und glaubte, daß ich sie mir zunutze machen könnte. Er ist in vielerlei Hinsicht zurückgeblieben, aber an Logik mangelt es ihm nicht«, seufzte Fredrik.

»Nein, dir mangelt es an Logik, Fredrik. Wie in aller Welt kannst du diese Wuchermiete nur annehmen?«

*

»Du hast das Geld angenommen?« sagte Ulf Sjöfeldt, der Justitiar, als sie am gleichen Tag in »Marcos Pizza und Kebab« zusammen zu Mittag aßen.

»Ich konnte mir nicht vorstellen, daß er bezahlen würde«, antwortete Fredrik.

»Das war nicht gut. Nun kann er behaupten, daß es zwischen euch eine mündliche Vereinbarung gibt. Indem du das Geld angenommen hast, hast du die Bedingungen akzeptiert.«

»Welche Bedingungen? Ich will sein verdammtes Geld nicht haben. Ich habe es in die Kammer gelegt. In einen Blecheimer, der dort steht. Ich habe auch einen Zettel dazugeschrieben. Ich hoffe, er findet es. Daß ich es nicht ernst gemeint habe und so weiter. Wenn er denn lesen kann.«

*

Auf dem Heimweg fuhr Fredrik zwischen Arbeit und Kindergarten zum Recyclinghof. Der Kofferraum war voller Glasflaschen, Papierverpackungen und alter Zeitungen, die er schon fast eine Woche herumkutschierte, weil er nicht die Zeit gefunden hatte, den kleinen Umweg zu den Containern zu fahren. Und als er sich gerade von dem einen schlechten Gewissen befreite, tauchte neben ihm ein anderes schlechtes Gewissen auf.

»Seid ihr zufrieden mit dem Geländer?«

Björn Valtersson stand am Glascontainer und füllte dänische Bierflaschen ein.

»Ja, natürlich. Es war wirklich nett von dir, daß du dir die Zeit genommen hast. Ich weiß, wieviel du zu tun hast. Hat Paula dir das Geld gegeben? Sonst komme ich heute abend mit dem Geld bei dir vorbei.«

»Nein, überweis es bitte auf mein Konto. Kein Bargeld. Mir ist vor einiger Zeit etwas Dummes passiert.«

»Was denn?« fragte Fredrik. Ein Spritzer Yoghurt landete in seinem Gesicht, weil der Karton nicht ganz leer war.

»Tja, ich bin wohl selbst schuld. Man sollte Bargeld nicht einfach so rumliegen lassen. Und ich schließe die Werkstatt nur selten ab. War wohl ein bißchen naiv.«

»Du bist also bestohlen worden?« fragte Fredrik und wischte sich die Stirn mit dem Hemdärmel ab.

»Ja«, antwortete Björn und ließ eine weitere Bierflasche in den Container fallen.

»War es viel Geld?«

»Ziemlich viel. Man kommt ja nicht ständig auf die Bank.«

»Das ist ja schrecklich. Die Leute sind wirklich frech«, sagte Fredrik teilnahmsvoll. Sein Hemdsärmel stank nach verdorbenem Yoghurt.

Björn sagte noch etwas, aber das ging unter in den Bruchlandungen der letzten Flaschen.

»Schließt sorgfältig ab. Das rate ich euch«, fuhr er fort, knäulte die leere Plastiktüte zusammen und drückte sie mit einem Faustschlag in den Container für Plastikabfälle.

»Danke für die Warnung. Ich überweise dir morgen das Geld.«

»Man kann niemandem mehr trauen. Nicht mal auf dem Land«, sagte Björn und kletterte in seinen Van.

Karlsson vom Dach, nur umgekehrt

Fredrik öffnete das Tor zum Kindergarten und ging auf das Spielschiff zu, das aus dem Deck und dem Führerhäuschen eines richtigen Fischkutters bestand.

»Da kommt dein Papa, Fabian!« rief einer der Knirpse, die über der Reling hingen.

Die Worte taten ihm gut. Er wurde von den anderen Kindern des Kindergartens als »Fabians Papa« erkannt.

Fabian streckte seine Arme nach ihm aus, als wolle er hochgehoben werden, aber in letzter Sekunde drehte er sich um und lief lachend über das Deck in die Kabine des Schiffs, wo er sich versteckte.

Fredrik ging an Bord und tat so, als würde er den Jungen suchen. Er stellte sich mit dem Rücken gegen die Kabine und blickte über das Deck, als würde er das unterdrückte Lachen da drinnen nicht hören.

»Aber wo ist er denn? Gerade war er noch da?« sagte er mit gespielter Verwirrung, während die anderen Kinder hemmungslos über Fabians Papa lachten, weil man ihn so leicht foppen konnte.

Da hörte er Klopfzeichen. Sie kamen aus der Kabine, kurze und lange hintereinander, mit Pausen dazwischen. Er drehte sich um und schaute durch die Fensteröffnung, wo Fabian auf allen vieren lag und mit seinen kleinen Knöcheln an die Wand pochte. Sein Gesicht war konzentriert, die Lippen bewegten sich lautlos, als würde er vor sich hin zählen.

»Hallo«, sagte Fredrik.

Er streckte seine Hand durch die Öffnung und wuschelte dem Jungen über den Kopf.

»Dachte ich es mir doch, ich habe hier drinnen eine kleine Schiffsratte gehört.«

Fabian schaute zu ihm hoch und lachte.

»Hast du gehört, *was* ich geklopft habe, Papa?«

»Ja, ich habe gehört, daß du geklopft hast.«

»Aber hast du gehört, was ich geklopft habe?« wiederholte der Junge ungeduldig.

»Nein, was hast du geklopft?«

»Ich habe geklopft ›Sollen wir rausgehen und spielen?‹ Hast du das nicht gehört?«

»Doch, das habe ich schon gehört«, sagte Fredrik überrascht.

»Der Mann unter der Treppe macht das«, sagte einer der Knirpse sachkundig.

»Wer?« rief Fredrik aus und drehte sich schnell um. »Wer macht das, hast du gesagt?«

»Der Mann unter der Treppe«, sagte ein anderes Kind. »Er klopft so wie Fabian.«

»Kennt ihr ihn? Den Mann unter der Treppe?«

Erschrocken schaute er die Schar von Vier- und Fünfjährigen an, die sich auf dem Deck um ihn versammelt hatte.

»Nein«, sagte ein kleines Mädchen ernsthaft, »Fabian kennt ihn.«

»Aha. Hat er das gesagt?«

Das Mädchen nickte.

»Er wohnt unter Fabians Treppe. Ich habe keinen Mann unter meiner Treppe. Ich habe auch geklopft, aber da antwortet niemand«, sagte sie traurig.

»Nicht? Ich glaube, der Mann wird auch nicht mehr sehr lange unter unserer Treppe wohnen bleiben. Er wird in den nächsten Tagen verschwunden sein. Fabian, kommst du jetzt bitte raus. Wir müssen heimgehen.«

Ihm war mulmig zumute. Er wollte gerade in die Kabine gehen, um Fabian zu holen, als Marlene, eine der Erzieherinnen, neben dem Boot auftauchte und sagte:

»Grüß dich. Hast du einen Moment Zeit?«

Er ließ Fabian auf dem Boot und ging mit Marlene zu den einbetonierten Bänken und Tischen, wo die Kinder aßen, wenn das Wetter es zuließ.

»Ich wollte mit dir über den Mann unter der Treppe reden.«

Fredrik wurde ganz steif. Mein Gott, kannten ihn schon alle? Er selbst hatte nur Ulf auf der Arbeit von ihm erzählt und ihn gebeten, mit niemandem darüber zu reden. Aus irgendeinem Grund wollte er nicht, daß Außenstehende von dem Problem erfuhren. Er wußte nicht genau, weshalb. Aber ganz intuitiv war ihm klar, daß er nicht darüber sprechen sollte. Er schämte sich. Als ob er Läuse hätte oder eine Geschlechtskrankheit – Dinge, die die meisten, auch der Betroffene selbst, als rechtmäßige Strafe betrachteten, weil sie auf diffuse Art gegen die Gesetze der Hygiene, des Anstands oder der Moral verstoßen hatten. Idiotisch, warum sollte *er* sich schämen müssen?

»Du weißt, wovon ich rede, nicht wahr?« sagte Marlene.

»Ich glaube schon«, sagte er unsicher.

»Fabian hat das ganze Frühjahr über von ihm gesprochen. Es ist ja nichts Ungewöhnliches, daß Kinder in seinem Alter sich Phantasiegestalten ausdenken. Als Fabian zu uns kam, haben wir gerade Karlsson vom Dach gelesen, und dann spielten die Kinder eine Weile sehr intensiv Karlsson und Lillebror. Ich könnte mir vorstellen, daß der Mann unter der Treppe ungefähr wie Karlsson vom Dach ist. Nur umgekehrt, gewissermaßen.«

Fredrik wand sich. Er mußte es sagen. Fabian zuliebe.

»Leider ist es keine Phantasiegestalt. Der Mann unter der Treppe existiert tatsächlich.«

Marlene schaute ihn verblüfft an.

»Es ist ein obdachloser Mann, der in unser Haus eingezogen ist, während es leergestanden hat. Er hält sich in einer Kammer unter der Treppe auf und weigert sich, sie zu verlassen. Es ist wirklich ein Problem.«

»Aber ... Oh!«

Marlene lachte.

»Ich muß schon sagen. Und wir haben zu Fabian gesagt ...«

Dann wurde sie plötzlich ernst.

»Aber das muß ja schrecklich für euch sein! Ein fremder Mann im eigenen Haus!«

»Ja, also ... Eigentlich merken wir nicht viel von ihm. Tagsüber schläft er in seiner Kammer, spät nachts, wenn wir schlafen, geht er raus, und er kommt wieder zurück, bevor wir aufwachen.«

Marlene schaute ihn mitleidig an.

»Und er ist nicht gefährlich«, fügte Fredrik schnell hinzu. »Nur ein wenig seltsam.«

»Ja, Fabian scheint ihn zu mögen.«

»Fabian hat ihn noch nie gesehen. Der Mann kommt, wie gesagt, nur nachts raus. Aber er hört ihn deutlich. Er behauptet, der Mann würde klopfen. Tja, ich weiß nicht.«

»Hat er ihn noch nie *gesehen*?« sagte Marlene erstaunt. »Ich hatte den Eindruck, daß sie sich ziemlich oft sehen.«

»Wo denn?« fragte Fredrik.

Er versuchte ganz ruhig zu bleiben, konnte jedoch ein leichtes Keuchen nicht unterdrücken.

»Im Garten.«

»Im Garten? Hat Fabian das gesagt?«

»Ja. Zwischen den Johannisbeersträuchern, sagt er, glaube ich. Ich habe nicht so genau zugehört. Ich war ja überzeugt, daß es sich um eine Phantasiegestalt handelt. Aber jetzt mache ich mir doch Sorgen«, sagte Marlene schnell, als sie Fredriks entsetzten Blick sah. »Er hat aber nichts gesagt, was irgendwie beunruhigend wäre. Er hat fröhlich davon erzählt. Daß der Mann unter der Treppe lustig ist und so.«

»Aha. Aha«, sagte Fredrik steif. »Wie auch immer, das Problem wird bald gelöst sein. Ich habe mit dem Sozialamt gesprochen. Und der Justitiar kümmert sich darum. Wir wollen versuchen, eine einvernehmliche Lösung zu finden.«

Er beugte sich zu ihr, schaute ihr in die Augen und fuhr mit leiser, aber eindringlicher Stimme fort:

»Ich wäre dir sehr dankbar, wenn ihr bis dahin darüber nicht allzuviel reden würdet. Nicht mit den anderen Kindern oder Eltern oder sonst jemand.«

Ein säuerlicher Geruch von altem Yoghurt stieg ihm in die Nase, und er wußte, daß auch Marlene es roch. Er warf einen Blick auf seine schmutzige Hose und sagte etwas strenger als beabsichtigt:

»Hast du verstanden?«

Marlene nickte rasch. Er sah, daß sie ein wenig zurückwich, was er ihr nicht übelnehmen konnte. Er roch wirklich eklig.

Der Riß

Die Fenster der Glasveranda waren sperrangelweit offen. Paula stand am Arbeitstisch und schnitt einen Bogen Buchzeichen auseinander. Sie arbeitete mit einem Skalpell, ihrem Lieblingswerkzeug, das sie benützte, wenn sie wie ein Doktor Frankenstein der Kunst ihre grotesken Werke schuf. Das Skalpell war scharf wie ein richtiges Chirurgeninstrument, sie bewahrte die hauchdünnen, auswechselbaren Klingen in Folien in einer Schublade auf.

Rosenwangige Engel mit pastellfarbenen Kleidern und schneeweißen Flügeln wurden einer nach dem anderen freigelegt. Mit unschuldsvoll blauen Augen blickten sie in die Ferne, glücklicherweise hatten sie keine Ahnung, daß Paula sie in einem alles andere als unschuldsvollen Szenario unterbringen würde.

Zu ihren Füßen saß Olivia in ihrem Babystuhl.

Fredrik bückte sich und küßte zuerst seine Tochter und

dann seine Frau. Paula lächelte ihn an und fuhr mit dem Finger über seine Wange und Oberlippe. Dann hielt sie inne und lauschte.

»Ist der Fernseher an?«

»Ich habe ihn angemacht. Das Kinderprogramm fängt in einer Viertelstunde an. Fabian wollte raus, aber ich finde es besser, wenn er im Haus bleibt, bis das Essen fertig ist.«

Sie starrte ihn erstaunt an.

»Es ist ein wunderbarer Sommerabend, und du zwingst ihn, vor dem Fernseher zu sitzen, wenn er draußen spielen will!«

»Ich will nicht, daß er allein im Garten ist. Paula ...« Er räusperte sich und versuchte, ruhig und sachlich zu sprechen, damit er sie nicht verängstigte. »Er hat Kwådd getroffen.«

»Wen?«

»Kwådd. Den Mann unter der Treppe. Fabian hat ihn getroffen. Offenbar schon mehrmals. Er hat im Kindergarten davon erzählt. Ich hatte heute ein Gespräch mit Marlene. Er und dieser Mann verständigen sich durch Klopfen. Sie verabreden sich. Im Garten. Bei den Johannisbeersträuchern.«

Paula senkte den Blick und gab ein leichtes Schnauben von sich, es klang wie ein ... es klang wie ein ...

»*Lachst* du?«

»Nein, nein«, antwortete sie lächelnd. »Du klingst nur so schrecklich ernst.«

»Du findest also nicht, daß es ernst ist?«

»Daß er den Mann unter der Treppe bei den Johannisbeeren trifft? Nein, das finde ich nicht so schlimm. Fabian hat keine Freunde hier in der Nähe. Und wenn es ihm Spaß macht, mit dem Mann unter der Treppe zu reden, dann kann er das von mir aus tun.«

»Du glaubst also nicht, daß er gefährlich ist?«

»Nein, ich glaube überhaupt nicht, daß er gefährlich ist.«

Sie drehte sich um und schnitt weiter ihre Engel aus.

»Hast du davon gewußt? Daß sie sich treffen?« fragte Fredrik.

»Ja, Fabian hat davon erzählt.«

»Wirklich? Er hat den Kindern im Kindergarten davon erzählt und den Erzieherinnen und dir, aber zu *mir* hat er kein Wort gesagt. Als ich ihn auf dem Heimweg danach gefragt habe, schwieg er wie eine Mauer.«

»Vielleicht weil du so heftig auf alles reagierst, Fredrik. Du nagelst Spanplatten an und verlangst eine wahnsinnige Miete und so. Beruhige dich ein bißchen, dann wird der Mann unter der Treppe von ganz alleine ausziehen.«

»Glaubst du das?«

»Ich bin davon überzeugt. Du machst eine viel zu große Geschichte daraus.«

»Aber er hat mich gebissen, Paula!«

Fredrik hielt demonstrativ seinen Zeigefinger hoch, er hatte immer noch ein Pflaster über der noch nicht ganz verheilten Wunde.

»Du hast gesehen, wie es geblutet hat.«

»Ja«, sagte sie. »Ich habe gesehen, wie es geblutet hat.«

»Und du hattest recht mit deiner Vermutung, daß er stiehlt. Björn Valtersson ist neulich bestohlen worden. Jemand ist in sein nicht abgeschlossenes Büro gegangen und hat Geld genommen, das er dort aufbewahrte. Damit beschäftigt Kwådd sich nachts. Schleicht um die Häuser und stiehlt.«

»Dieses Geld kann irgend jemand gestohlen haben«, sagte Paula vorsichtig.

»Ich glaube, was ich glaube.«

Sie küßte ihn und rümpfte dann die Nase.

»Warst du beim Recyclinghof? Geh duschen und zieh dich um, ich fang mit dem Essen an.«

Sie aßen im Garten. Fabian redete fröhlich von allem möglichen, erwähnte aber mit keinem Wort den Mann unter der Treppe. Paula fragte nicht, und Fredrik fand es besser, das Thema ruhen zu lassen.

Paula brachte die Kinder ins Bett, dann machten sie eine Flasche Wein auf und setzten sich auf den Balkon und plauderten in der Abenddämmerung. Gegen elf gingen sie zu Bett und liebten sich sanft und liebevoll. Bevor sie einschliefen, flüsterte Fredrik:

»Du stehst doch auf meiner Seite, oder?«

»Wie meinst du das?«

Er wußte selbst nicht, wie er das meinte, die Worte kamen einfach aus ihm heraus. Aber er hatte das Gefühl, daß es zwei Seiten gab. Und dazwischen gab es einen Riß. Falls der Riß größer wurde, wollte er sicher sein, daß Paula auf seiner Seite war.

Es war ein merkwürdiger Gedanke. Ein Gedanke, der in die Stunden der Morgendämmerung gehörte.

»Ich meine: liebst du mich?«

»Ja, Fredrik. Ich liebe dich. Wirklich.«

Sie sagte es ernst und bedächtig, und er sah, daß ihre Augen im Dunkeln glänzten.

Sie legte ihre Arme um ihn, drückte ihn fest an sich und küßte ihn.

Sie lagen lange so. Nah beieinander, aber entspannt, sexuell erschöpft. Er hatte ihren Duft in der Nase, ihren Atem im Mund, ihren Schweiß auf seiner Haut. In jeder Zelle spürte er ihre Liebe zu ihm.

Und doch gab es da diesen feinen, noch unsichtbaren Riß, ihre physische Nähe konnte nicht verbergen, daß er genau zwischen ihnen verlief.

Fredrik saß bequem zurückgelehnt in einem der Teakstühle auf dem Balkon. Er riß Stücke von einer lauwarmen Pizza ab und spülte sie mit Bier hinunter. Um ihn herum breitete sich die wogende Sommerlandschaft aus.

Er war diese Woche allein im Haus. Paula war mit den Kindern ins Sommerhaus ihrer Eltern in Marstrand gefahren. Er arbeitete noch diese Woche, dann würde die ganze Familie Ferien machen.

Auf der Arbeit war es ruhig. Die meisten waren schon in Urlaub, das Telefon klingelte seltener, und auch die elektronische Post war mager. Er arbeitete Dinge weg, zu denen er sonst nie kam. Gegen Mittag hatte er auf seinem Telefon den Code für »arbeite zu Hause« gedrückt und mit einem Stapel Akten das Rathaus verlassen.

Er genoß die Zeit als Strohwitwer. Er konnte mitten am Tag auf dem Balkon sitzen, Fertiggerichte mit den Fingern essen und Bier aus der Dose trinken. Und diese Aussicht! Die hatte den Ausschlag gegeben, als er das erste Mal hier war. Die machte, daß er sich reich fühlte. »Meine Frau, meine Kinder, mein Haus, mein Garten«, dachte er manchmal. Und sogar – wenn das unbändige Gefühl von Reichtum sich nicht bremsen ließ: »Mein Boden, mein Land«. Obwohl die Felder und vielleicht auch der Eichenwald natürlich einem Bauern gehörten.

Es war, als würde er hier oben von einer Art Rausch ergriffen. Als würde er schweben.

Bis das übliche nagende Gefühl von Wertlosigkeit und Schuld ihn wieder einholte. Er wartete nur darauf, daß die Welt um ihn herum sich in Falten legen würde wie ein Vorhang, hinter dem sein alter Vorort mit den Mietshäusern und

Berberitzen zum Vorschein kam und Jungs aus seiner alten Gruppe, die höhnisch grinsten und sagten: »Du hast gedacht, du könntest uns hereinlegen. Aber *wir* haben *dich* hereingelegt.«

Fredrik stand schnell auf, ging ins Arbeitszimmer, holte seine Aktentasche und kehrte auf den Balkon zurück. Er schob den Pizzakarton weg und holte die Akten heraus. Mit ein bißchen Arbeit fühlte er sich gleich besser.

Er überflog ein Informationspapier zur bevorstehenden Umorganisation. Das Wirtschaftsdezernat sollte in eine Gesellschaft umgewandelt werden. Fredrik hatte schon einige solcher Umwandlungen miterlebt. Er wußte, wie es ablief. Die erste Zeit war tumultuös, eine Art Reise nach Jerusalem, alle liefen panisch herum, die Gerüchteküche kochte. Dann saß man auf seinem neuen Stuhl und versuchte herauszubekommen, ob man auf einem besseren oder schlechteren Stuhl gelandet war. Alle außer dem armen Kerl, der feststellen muß, daß er überhaupt keinen Stuhl abbekommen hat. Daß er aus dem Spiel war und abgeschoben würde, in Form einer Umschulung oder ähnlichem.

Fredrik machte sich keine Sorgen. Er hatte gute Voraussetzungen, seine Ausbildung und seine Erfahrung betreffend. Aber die Dinge änderten sich heutzutage schnell. Man konnte nie ganz sicher sein.

Er steckte das Informationsblatt zuunterst in den Stapel und ging zur Planung der IT-Messe für Kleinunternehmer über, die er im Herbst veranstalten wollte.

Ein Wind ließ die Papiere auf dem Tisch flattern. Eines machte sich los und fiel zu Boden. Fredrik bückte und streckte sich danach.

Im gleichen Moment spürte er, wie etwas über ihm wegzischte. Instinktiv duckte er sich noch tiefer. Ein dumpfes Knallen war zu hören, und als er sich vorsichtig umdrehte, sah er einen Gegenstand im Stuhlrücken stecken. Er starrte ihn erstaunt an. Der Gegenstand war aus Metall, elliptisch, vielleicht fünfzehn Zentimeter lang und ein paar Millimeter dick. Das eine spitze Ende steckte im Holz. Der Gegenstand vibrierte noch leicht vom Einstich.

Er schaute nach unten, um zu sehen, woher es gekommen war, sah jedoch nichts Besonderes.

Er beugte sich über den Gegenstand, um ihn näher zu untersuchen. Eine Art Messer. Aber so eine merkwürdige Form! Wie ein Vogelflügel.

Vorsichtig versuchte er es loszumachen, aber ein brennender Schmerz ließ ihn die Hand zurückziehen. Dunkelrotes Blut floß aus einer Schnittwunde an der Daumenwurzel. Er fluchte, drückte die Wunde an den Mund und sah, daß das merkwürdige Messer rundum scharf geschliffen war.

Ein Geräusch – ein Grunzen oder vielleicht eine Art Lachen – war zu hören. Fredrik drehte sich um und schaute hinunter. Da, zwischen zwei verwachsenen Johannisbeerbüschen, stand Kwådd. Seine schmutzige Jogginghose war unter den Nabel gerutscht und sein Oberkörper war nackt, braungebrannt und behaart. Er blinzelte unter den Haaren hervor und grinste schuldbewußt und herausfordernd zu Fredrik hinauf. Um die Hüfte hatte er ein Seil gebunden, und von diesem baumelte eine Art Bündel gegen seine Hüfte.

»Du bist das also!« rief Fredrik. »Was machst du da für Teufelszeug?«

Anstatt zu antworten, hob der Mann einen Gegenstand hoch, den er hinter dem Rücken gehalten hatte, und Fredrik hörte das schwache, quietschende Geräusch, das entsteht, wenn man eine Feder spannt. Er verstand, daß der Mann im Begriff war eine Waffe zu bedienen, eine Art Armbrust oder etwas Ähnliches.

Mit einem kaum hörbaren Pfeifen rotierte etwas durch die Luft, wie ein Diskus, und im nächsten Moment steckte eine zitternde, scharf geschliffene Metallscheibe hinter ihm in der Hauswand, die aussah wie die erste, etwa zwei Meter über dem Boden des Balkons. Sie mußte genau über seinen Kopf weggeflogen sein.

»Mein Gott«, keuchte er.

Neue Geräusche kamen aus dem Garten: Schnauben, Glucksen, Grunzen. So muß das erste Lachen geklungen haben, als ein Homo sapiens seinen ersten practical joke machte, dachte Fredrik mit einem Schaudern.

»Du hättest mich töten können!« schrie er empört.

Kwådd trat von einem Fuß auf den anderen, lächelte und schüttelte den Kopf. Die Waffe hielt er wieder hinter dem Rücken versteckt.

»Nein«, sagte er, »ich habe über deinen Kopf geschossen.«

»Das erste Mal hast du nicht getroffen, weil ich mich gebückt habe. Wäre ich im Stuhl sitzen geblieben, hättest du mich in die Brust getroffen«, sagte Fredrik mit einem raschen Blick auf die Metallscheibe im Stuhlrücken.

»Aber du hast dich gebückt«, sagte der Mann.

»Du konntest doch nicht wissen, daß ich mich bücke! Als du diese Teufelswaffe abgefeuert hast, hatte ich mich noch nicht gebückt«, wandte Fredrik wütend ein.

»Ich wußte, daß du dich bucken wurdest.«

Merkwürdig. Jetzt war die Stimme des Mannes ganz klar, ohne den nasalen, grunzenden Sprachfehler. Trotzdem verstand Fredrik nicht, was der Mann sagte.

»Was hast du gesagt?« fragte er und lehnte sich ein wenig über das Geländer.

»Ich wußte, daß du dich bücken würdest. Ich weiß immer, welche Bewegungen du machen wirst. Bevor du selbst es weißt.«

War das wirklich der kleine Mann, der da sprach? So kristallklar und artikuliert, so ... Aber was für ein Unsinn!

»Komm jetzt bitte herauf und mach diese Dinger wieder los. Ich fasse sie nicht an. Die sind ja lebensgefährlich«, sagte Fredrik bestimmt.

Kwådd lief los, und Fredrik bereute beinahe, was er gesagt hatte. Um auf den Balkon zu kommen, mußte Kwådd durch Paulas und sein Schlafzimmer gehen. Der Gedanke war Fredrik unangenehm. Er wartete eine Weile, und als er schließlich glaubte, Kwådd sei in seiner Kammer verschwunden und kümmere sich nicht um seine Geschosse, hörte er Schritte aus dem Schlafzimmer.

»Hallo?« rief er und schaute durch die Balkontür.

Es dauerte eine Weile, bis seine Augen sich vom Sonnenlicht auf dem Balkon umgestellt hatten, und er konnte niemand im Schlafzimmer sehen. Aber dann bemerkte er Kwådd, der aus einem unerfindlichen Grund drüben beim Doppelbett stand. Er stand an Fredriks Seite und starrte das Bett an. Langsam hob er seine Hand, hielt sie ein paar Sekunden über dem Bett, als würde er zögern, dann legte er sie schnell und entschlossen auf den elfenbeinweißen, glattgezogenen Bettüberwurf. Eine unverständliche Geste, die Fredrik in ihrer Einfachheit mit einem Entsetzen erfüllte, das er sich selbst nicht erklären konnte.

»Was zum Teufel machst du da?« schrie er und wollte hinlaufen und den Mann wegzerren, aber Kwådd hatte das Bett schon verlassen und lief so schnell in Richtung Balkon, daß sie in der Türöffnung beinahe zusammengestoßen wären.

»Warum hast du das gemacht?« fragte Fredrik, bekam jedoch keine Antwort.

Mit flinken Fingern machte der Mann das Messer los, das im Stuhlrücken steckte. Dann kletterte er auf den Tisch und zog das andere Messer aus der Wand. Er ließ die schrecklichen Dinger in seine Hosentasche gleiten – daß er es wagte, sie da zu tragen.

Durch die Bewegungen schaukelte das Bündel, das er am Gürtel trug, gegen seine Hüften, und jetzt sah Fredrik, was es war. Entsetzt sperrte er die Augen auf.

Das Bündel war nicht, wie er geglaubt hatte, ein Pullover, der ihm zu warm geworden war und den der Mann deshalb um den Bauch gebunden hatte. Es waren zwei Eichhörnchen, an den Schwänzen zusammengebunden, an der Stelle, wo die Köpfe waren, sah man geronnenes, schwarzes Blut.

Mit einem Sprung war der Mann vom Tisch herunter und lief schnell wie der Wind durch das Schlafzimmer, die Treppe hinunter und, wie Fredrik vermutete, in seine Kammer und seine Grube.

Polizeibesuch

Fredrik war so erregt, daß er Herzklopfen bekam. Mit zitternden Händen blätterte er im Telefonbuch, um die Nummer vom Sommerhaus der Eheleute Kreutz zu finden.

Aber dann besann er sich. Paula würde da, wo sie jetzt war, nichts machen können. Sie würde sich nur Sorgen machen. Es war wichtig, daß sie wußte, daß Kwådd bewaffnet war, Eichhörnchen tötete und nicht einmal davor zurückschreckte, auf Menschen zu schießen. Aber das konnte er auch erzählen, wenn sie wieder zu Hause war. Es war nicht nötig, ihr den Aufenthalt bei den Eltern zu verderben.

Statt dessen rief er Ulf Sjöfeldt an. Ulf antwortete auf seinem Handy, er war auf seinem Segelboot im Hafen von Grebbestad. Fredrik entschuldigte sich für die Störung und berichtete dann so sachlich wie möglich von der Geschichte mit den Wurfmessern. Die toten Eichhörnchen und daß

Kwådd sein Bett berührt hatte, ließ er aus, obwohl ihn das aus irgendeinem Grund mehr erschreckt hatte als die Messer. Er erzählte ihm jetzt auch, daß Kwådd ihn gebissen hatte. Gab es wirklich keine juristische Möglichkeit, eine so gewalttätige Person des Hauses zu verweisen?

Ulf gab einen klaren Bescheid: »Nach dem, was du erzählt hast, geht es nicht ums Mietrecht oder Sozialrecht, inzwischen geht es um das Strafgesetzbuch. Es geht um tätliche Gewalt, Bedrohung, Sachbeschädigung und Hausfriedensbruch. Das ist ein Fall für die Polizei, Fredrik.«

Ja, natürlich, er mußte die Polizei anrufen. Das war das einzige, was den Mann vertreiben konnte. Er rief sofort an. Er versuchte gar nicht länger, gefaßt zu klingen, er zeigte, daß er Angst hatte.

»In einer Kammer unter meiner Treppe ist ein Mann. Er behauptet, dort zu wohnen, und weigert sich, die Kammer zu verlassen. Er hat mich gebissen und Messer nach mir geworfen«, sagte er mit leicht atemloser Stimme. Nach einer kurzen Besprechung auf dem Revier sagte die Frau, die am Telefon war, daß gleich jemand kommen würde.

Fredrik legte auf. Er hatte vom oberen Stock aus angerufen, weil er nicht wollte, daß Kwådd das Gespräch in seiner Kammer mithörte und gewarnt war. Als er die Treppe hinunterging, konnte er ihn da drinnen hören. Das Schlurfen und das dumpfe Poltern, wenn er sich im Gerümpel bewegte. Er trat aus dem Haus und ging zur Straße hinunter, um auf die Polizei zu warten.

Es waren drei Polizisten, zwei Männer und eine Frau. Die Frau hatte einen Schäferhund an der Leine.

»Danke, daß ihr so schnell kommt. Er ist in der Kammer. Ich zeige es euch. Wenn ihr schnell und leise seid, könnt ihr ihn festnehmen, bevor er noch weiter nach innen kriecht. Dort erwischt man ihn dann kaum mehr.«

Die Polizisten liefen durch den Garten ins Haus. Fredrik zeigte auf die Kammer. Einer der Polizisten riß die Tür auf und trat ein.

»Hallo? Ist da jemand?« rief er.

Fredrik wollte ihm seine Taschenlampe anbieten, aber er hatte selbst eine. Die anderen Polizisten gingen durch die Räume im unteren Stockwerk und suchten, aber Fredrik rief sie zurück.

»Das hat keinen Sinn. Hier ist er nicht. Er hat ein Versteck ganz hinten unter der Treppe. Eine Öffnung, in die er hineinkriecht. Ich zeig es euch.«

Er ging mit der Taschenlampe in die Kammer. Kwådd hatte eine schreckliche Unordnung gemacht und allen möglichen Müll hervorgeholt, um die Öffnung zu verbarrikadieren. Fredrik räumte ihn, so gut es ging, weg und ließ den Polizisten hineingehen.

»Dort, unter der untersten Treppenstufe. Das letzte Stück muß man kriechen«, sagte er mit leiser Stimme.

Der Polizist warf ihm einen fragenden Blick zu, ging dann geduckt weiter und kroch schließlich auf allen vieren. Fredrik sah, wie sich das Licht der Taschenlampe bewegte.

»Siehst du die Öffnung? Er ist da unten«, flüsterte Fredrik.

»Hier kommt niemand durch«, sagte der Polizist.

»Er ist klein. Kein Zwerg, aber in die Richtung. Und erstaunlich stark und gelenkig. Ich habe die Öffnung zugenagelt, aber er hat es wieder aufgebrochen, außerdem fand meine Frau, daß es grausam ist, einen Menschen so einzusperren.«

Der Polizist kroch rückwärts, stand vorsichtig auf und schüttelte den Kopf.

»Da unten kann er nicht sein.«

Jetzt wollte der Schäferhund in die Kammer hinein. Die

Polizistin versuchte ihn zurückzuhalten, aber der Hund war sehr aufgeregt. Er drückte sich an Fredriks Beinen vorbei und versuchte, weiter hineinzukommen, am Polizisten vorbei.

»Laß ihn rein, ich nehme ihn«, sagte er und nahm der Frau, die den Hund fast nicht mehr halten konnte, die Leine ab.

Der Hund bellte und ging weiter in die Kammer hinein.

»Da, schaut, er hat Witterung aufgenommen!« rief Fredrik aus. »Dafür braucht man allerdings kein Hund zu sein. Der Mann riecht ausgesprochen scharf. Ich rieche es jetzt auch. Riecht ihr es nicht?«

»In solchen Kammern in alten Häusern riecht es nie besonders gut.«

»Aber der Hund! Schaut doch nur, wie er reagiert!«

Der Hund benahm sich wie verrückt. Er drückte die Schnauze in die Öffnung unter der Treppe, bellte, knurrte und kratzte mit den Pfoten. Der Polizist hatte Mühe, ihn festzuhalten.

»Da unten ist ganz offensichtlich etwas«, gab der Polizist zu. »Vielleicht ein Dachs. Die graben sich oft in Fundamente ein und riechen bestimmt scheußlich.«

Der Polizist zog den Hund aus der Kammer und schloß die Tür.

»Was werdet ihr jetzt machen?« fragte Fredrik.

»Da gibt es nicht viel zu machen«, sagte der Polizist und übergab den Hund wieder seiner Kollegin.

»Aber ihr könnt doch nicht einfach wieder wegfahren? Er kommt wieder heraus, ganz bestimmt. Könnt ihr nicht warten? Oder wenn ihr in der Morgendämmerung herkommt und hinter der Haustür wartet, dann könnt ihr ihn festnehmen.«

»Dazu fehlen uns leider die personellen Möglichkeiten«,

sagte der Polizist. »Aber du kannst gerne wieder anrufen, wenn er dich bedroht.«

Der Hund schnüffelte und knurrte an der Tür zur Kammer. Die Polizistin zog fest an der Leine und rief ihn. Der Hund gehorchte widerwillig und setzte sich zu ihren Füßen, aber die Schnauze bebte, die Ohren waren aufgestellt, und die wachsamen Augen gingen immer wieder zur Kammer.

»Ein Dachs, ganz bestimmt ist es ein Dachs«, sagte der Polizist.

Irgend etwas an der Art, wie sie sich anschauten, sagte Fredrik, daß sie ihn nicht ernst nahmen.

Der Fleck

Die Sonne war untergegangen, aber die laue Luft schimmerte noch puderrosa. Die Kinder schliefen. Fredrik und Paula saßen auf dem Balkon und feierten Paulas Rückkehr mit einem Glas kühlen Weißwein.

Wie immer, wenn Paula bei ihren Eltern war, kam sie ihm ein bißchen fremd vor. Sie hatte immer noch ihre Eltern in sich, ihre Art sich zu bewegen und zu sprechen.

Fredrik fühlte sich wieder wie beim ersten Mal, als sie bei diesem Künstler im Atelier auf dem Boden saßen und Paula eine unbekannte, schöne Frau war, unerreichbar für ihn.

Er schaute sie an, sie saß auf einem der Teakholzstühle, braungebrannt, in einer ärmellosen weißen Bluse, die er noch nie an ihr gesehen hatte. Er war richtig schüchtern ihr gegenüber. Als wären die Jahre als Ehepaar ausgelöscht und er müßte sie wieder aufs neue erobern, ein Gedanke, den er erschreckend und erotisch zugleich fand.

Fredrik spielte ein kindisches Spiel mit sich: Er schloß die Augen und tat so, als sei die blonde, braungebrannte Frau neben ihm eine Fremde, eine Frau, bei der er nicht die geringste Chance hatte, und er stellte sich vor, daß sie nur zufällig nebeneinandersaßen, in einem Wartezimmer oder so. Und dann stellte er sich vor, daß es seine Frau wäre und sie zusammen in einem großen Haus inmitten einer schönen Sommerlandschaft wohnten. Er machte die Augen auf und ja! – der Wunsch war in Erfüllung gegangen.

Er streckte die Hand aus und strich ihr ein wenig unbeholfen über den Arm, die blonden Härchen glänzten wie Gold gegen die braune Haut. Sie wandte sich zu ihm und flüsterte:

»Hast du mich vermißt?«

Er nickte. Er hatte einen Frosch im Hals und war irgendwie merkwürdig nervös. Er wollte das Gefühl, daß sie eine Fremde war, noch ein bißchen behalten, es gefiel ihm. Und gleichzeitig wollte er, daß sie bald wieder seine normale Paula war.

»Hast du dich gelangweilt ohne uns?«

»Gelangweilt?« wiederholte er.

Er dachte an die Messer, die ihm über den Kopf gesaust waren, da wo sie jetzt saßen, und an den Besuch von der Polizei. Langweilig war das falsche Wort. Aber er wollte Paula nichts von diesen Ereignissen erzählen, es war nicht der richtige Moment.

»Oder hast du es ruhig und gemütlich gehabt?«

Sie schaute ihn schelmisch an, stand auf und begann wie nebenbei ihre Bluse aufzuknöpfen.

»Ich habe mich unglaublich nach dir gesehnt, Paula«, murmelte er mit belegter Stimme.

Sie zog sich weiter aus und lachte über seine ängstlichen Blicke in den Garten hinunter.

»Wer soll uns sehen? Wir sind allein.«

Sie setzte sich auf seinen Schoß, gab ihm einen langen

heißen Kuß und zog ihn dann rückwärts ins Schlafzimmer. Sie ließ sich aufs Bett fallen, lag unter ihm auf dem Rücken, nur mit einem kleinen weißen Slip bekleidet, schaute ihn an und bewegte den Unterleib langsam auf und ab, was ihn an die merkwürdigen Figuren auf seinem Bildschirmschoner denken ließ.

Wie konnte es passieren, daß sein Körper nicht reagierte?

Das war natürlich schon früher vorgekommen. Wenn er zuviel getrunken hatte. Und als er eine Virusinfektion hatte und noch Wochen danach schlapp und müde war. Und manchmal, wenn sie sich allzu schnell versöhnen wollten nach einem Streit, der aufwühlender gewesen war, als er zugeben wollte, und der ihm noch im Körper hing.

Aber jetzt hatte er nur ein halbes Glas Wein getrunken, er war gesund, und die Stimmung zwischen ihnen war warm und liebevoll. Es gab keine Erklärung.

Er beugte sich über seine Frau, gab ihr einen brüderlichen Kuß und sagte:

»Ich bin heute abend ein bißchen müde, Paula. Wir heben es uns für morgen auf.«

Ihr erstaunter, fast erschrockener Blick verfolgte ihn bis in den Schlaf.

*

Als Paula am nächsten Morgen mit den Kindern frühstückte, ging er ins Schlafzimmer hinauf. Er betrachtete den elfenbeinfarbenen, italienischen Bettüberwurf mit dem diskreten Reliefmuster aus Rosen und Blattranken, das man nur bei einem bestimmten Licht erkennen konnte. Jetzt, in der einfallenden Morgensonne, trat es deutlich hervor. Und man sah auch – nicht ganz so deutlich – einen Fleck, schwach wie ein Schatten, der die Form einer Hand hatte.

Fredrik fiel plötzlich ein, daß Kwådd am Bett gestanden und seine schmutzige, breite Handfläche ein paar Sekunden auf den hellen Bettüberwurf gelegt hatte. Ernst und würdig, so wie man am Sarg eines Toten Abschied nimmt.

Der Fleck auf Fredriks Seite. Wo Kwådds Hand gelegen hatte. Und gestern abend Paulas kleiner Po.

Ein Wolkenschleier zog über die Sonne, und die Beleuchtung im Zimmer änderte sich.

Da war kein Fleck.

Da war nur ein Schatten. Jetzt konnte er es sehen.

Hundesitter

Fredrik stand an der Kasse und packte die Waren ein, die auf dem Band auf ihn zufuhren. Der Supermarkt war voller Menschen in Shorts, die Ferien hatten und ihre Vorräte in den Sommerhäusern und auf den Booten auffüllen mußten. Er bezahlte und ging zum Ausgang, in jeder Hand eine volle Tragetasche. Im Geschäft war es so kühl und angenehm, daß er fast vergessen hatte, wie heiß es draußen war, und in der stehenden Hitze auf dem Parkplatz fühlte er sich wie in den Tropen. Er stellte die Taschen ab und schob die Sonnenbrille hoch.

Über den dampfenden Asphalt kam Bodil Molin in raschem Tempo auf ihn zu. Sie trug ein bodenlanges, safrangelbes Kleid, und um den Kopf hatte sie einen rostroten Schal gebunden. Am Hals trug sie mehrere Reihen großer, geschnitzter Holzperlen. Eine exotische Erscheinung in exotischem Klima ... Zu ihren Füßen, bisweilen verborgen vom flatternden Kleid, ging ihr schwarzweißer Bullterrier.

»Fredrik!« rief sie fröhlich. »Wie geht es dir bei der Hitze!«

»Ausgezeichnet. Ich habe ein paar Koteletts und Salat gekauft. Wir wollen heute abend an den Strand fahren und grillen, die ganze Familie.«

»Das klingt wunderbar. Paula ist also wieder zurück aus Marstrand?«

»Seit vorgestern. Sie und die Kinder hatten eine wunderbare Woche bei ihren Eltern. Hast du auch Ferien?«

»Ich habe viel zuviel zu tun, um Ferien zu machen. Die Besucher strömen nur so in den Speicher. Paulas Ausstellung zieht die Leute an. Aber am Dienstag mache ich zu. Ich fahre für vier Tage nach Kassel.«

Fredrik schaute sie fragend an.

»Zur Documenta«, fügte Bodil erklärend hinzu. »Der großen, internationalen Kunstausstellung, weißt du.«

»Natürlich, ja«, sagte Fredrik.

Bodil plapperte drauflos, wie wunderbar es sein würde, die viele neue Kunst zu sehen, Künstler, Galeristen und Kuratoren aus der ganzen Welt zu treffen, und ihnen zu erzählen, wie unglaublich spannend die schwedische Kunstszene im Moment war. Sie freute sich darauf, rauszukommen und neue Menschen zu treffen. Bodil liebte alles, was neu war. Neue Menschen, neue Kunst, neue Orte. Als sei das Alte nach einer Zeit verdorben und unbrauchbar und müsse ständig durch etwas Neues ersetzt werden.

»Die Begegnungen bei solchen Gelegenheiten sind natürlich immer kurz. Aber nicht oberflächlich! Kurze, intensive Begegnungen. Menschen, die man vielleicht nur einmal im Leben trifft, und man weiß auch, daß man sie nie wieder sehen wird. Und diese dichte brodelnde Stimmung. Alles ist so *aufgeladen*.«

Etwas in ihrem Blick deutete an, daß sie auch an erotische Begegnungen dachte. Aber vielleicht hatte sie es auch nicht so gemeint. Sie hatte ihn auf jeden Fall auf diese Spur gebracht, und während sie über die faszinierenden Galerien sprach, die sie auf dem Heimweg besuchen wollte, nickte er zerstreut und fragte sich, wie Bodil es wohl mit der Erotik hielt. Eine temperamentvolle, keineswegs unattraktive Frau, die allein mit ihrem Hund in einem der Bootshäuser wohnte. Aber sie hatte ja auch noch eine Wohnung in Göteborg. Vielleicht gab es dort einen Liebhaber? Oder mehrere? Vielleicht mußten die Männer in ihrem Leben auch immer neu sein?

Jedes Mal, wenn er Bodil traf, hatte er das Gefühl, daß sie sich erotisch für ihn interessierte. Irgend etwas an ihrem Blick, ihrer Stimme, ihrer Angewohnheit, ihn immer wieder, scheinbar unbewußt, beim Reden am Arm zu berühren. Es war eine merkwürdige Geste, als wolle sie ihn gleichzeitig streicheln und wegstoßen.

Und jedes Mal stellte er im nachhinein fest, daß er sich getäuscht hatte, daß sie etwas anderes von ihm wollte: den Speicher als Galerie. Die Nutzung der geschützten Bootshäuser. Die Ausstellung mit Paulas Collagen.

Sie hatte alles bekommen, teils – natürlich nicht nur – mit seiner Hilfe. Ein Wort mit der richtigen Person zum richtigen Zeitpunkt – als Wirtschaftsdezernent hatte er doch einen gewissen Einfluß.

Es gab bestimmt viele Männer, die Bodil anziehend fanden, dachte Fredrik. Um die Vierzig, immer noch gutaussehend und sinnlich, mit großen, wohlgeformten Lippen und üppigen Formen.

Er war jedoch nicht interessiert. Aufdringliche, allzu offenherzige Frauen waren ihm schon immer zuwider. Er zog die geheimnisvollen, distanzierten Frauen vor, die ihm die Rolle als Verführer und Eroberer überließen.

Das alles hatte heute natürlich keinerlei Bedeutung mehr. Seit er Paula getroffen hatte, existierten andere Frauen nur noch als rein hypothetische Möglichkeiten.

Seine Gedanken waren allzuweit abgeschweift, und er hatte Bodil schon fast nicht mehr zugehört, als sie plötzlich sagte:

»Leonardo kann ich natürlich nicht mitnehmen.«

»Leonardo?«

Fredrik sah einen italienischen Gigolo vor sich, aber dann folgte er ihrem gesenkten Blick und verstand, daß Leonardo der schwarzweiße Bullterrier war, der sich auf den heißen Asphalt gelegt hatte und mit heraushängender Zunge hechelte.

»Das ist immer ein Riesenproblem. Anita Berntsson – du weißt schon, die Frau im Kulturrat –, sie liebt Leonardo und nimmt ihn immer, wenn ich verreise. Aber jetzt fährt sie für zwei Wochen mit ihrem Mann nach Sorrento. Diesen Sommer verreisen alle. Du und Paula auch, nehme ich an.«

»Nein, es sind unsere ersten Ferien im Haus, wir bleiben gerne daheim«, antwortete Fredrik ahnungslos.

»Ja, das verstehe ich. Mit so einem schönen Garten. Und die Jüngste ist ja noch so klein. Glaubst du, ihr könntet Leonardo ein paar Tage nehmen?«

Er sah die kunstgeschmiedeten Silberringe in der Sonne blitzen und spürte den leichten Stoß, als Bodil seinen Arm berührte. Sie lächelte ihn erwartungsvoll an.

»Ja, also ... Wir haben noch keine bestimmten Pläne«, korrigierte er sich.

»Fabian – euer Junge heißt doch Fabian –, Fabian hätte vielleicht gerne eine Weile einen Hund?«

Ja, bestimmt. Fabian redete ständig von einem Hund.

»Ich muß es mit Paula besprechen. Ich glaube nicht, daß sie Hunde besonders mag.«

»Hat sie Angst vor Hunden?« fragte Bodil, die sich nun gebückt hatte und den ermatteten und durstigen Bullterrier streichelte.

Angst vor Hunden? Fredrik hatte plötzlich eine Idee. Er erinnerte sich, wie der Polizeihund an der Öffnung zu

Kwådds Grube geknurrt hatte. Danach war der Mann einige Tage verschwunden. Heute morgen hatte Fredrik ihn wieder gesehen, er schlich sehr vorsichtig aus der Kammer, schaute sich erschrocken nach allen Seiten um und ging dann zur Haustüre.

Es war offensichtlich, daß Hunde Kwådd nicht mochten. Und daß Kwådd Hunde nicht mochte. Ein Hund im Haus würde ihn vielleicht so erschrecken, daß er für immer verschwand. Fredrik könnte Leonardo in die Kammer schicken und ihn an der Öffnung knurren lassen, so wie der Polizeihund. Es war ein kräftiger Hund, der bestimmt bedrohlich knurren konnte.

Kwådd würde vielleicht glauben, daß die Familie sich einen eigenen Hund angeschafft hat, und vielleicht würde ihn das veranlassen auszuziehen.

Und auch wenn er nur vorübergehend verschwand und zurückkäme, wenn Leonardo wieder bei Bodil war, man könnte feststellen, ob ein Hund einen abschreckenden Effekt hat. Dann könnte man darüber nachdenken, sich einen eigenen Hund anzuschaffen.

»Nein. Paula hat, soviel ich weiß, keine Angst vor Hunden. Ihre Eltern hatten früher einen Hund. So ein kleines Wollknäuel, ich weiß nicht, wie die Rasse heißt. Sie ist also an Hunde gewöhnt.«

»Du bist so nett, Fredrik«, gurrte Bodil und umarmte ihn rasch, sie duftete schwer nach Moschus und Sandelholz.

*

Jetzt mußte nur noch Paula überzeugt werden. Er hatte ihr noch nichts vom Messerwerfen und dem Besuch der Polizei erzählt.

Paula und Fabian saßen unter dem Sonnenschirm am Gartentisch und tranken Saft. Olivia lag im Schatten in ihrem Wagen und schlief. Fredrik trug die Einkäufe ins Haus und setzte sich dann zur Familie an den Gartentisch.

Zu Beginn war Paula so abweisend wie befürchtet.

»Bodils Hund? Nie im Leben. Ich muß mich um zwei kleine Kinder kümmern. Und wir haben Ferien, wir wollen nicht als Hundesitter arbeiten.«

Aber Fredrik kannte Paula und wußte, wie er es anstellen mußte.

»Für uns muß es keine große Belastung sein, aber ihr würde es viel bedeuten. Sie kann sonst nicht nach Kassel fahren. Sie wäre überglücklich, wenn wir ja sagen würden. Und wenn sie dort auf einer Cocktailparty mit tonangebenden Kuratoren zusammensteht und sie fragen, was in Schweden in der Kunst Interessantes los ist, dann wird sie natürlich sagen, daß die schwedische Kunstszene wahnsinnig spannend ist. Und wenn sie Namen nennen soll und in ihrem Gedächtnis sucht, dann wird dein Name ganz vorne liegen, eingebettet in positive, dankbare Gefühle, und der erste Name, der ihr über die Lippen kommen wird, ist Paula Kreutz.«

Paula lächelte und schüttelte den Kopf.

»Mein Name fällt in das Fach für zuverlässige Hundesitter, die man in letzter Minute anrufen kann. Da liegt er dann, bis sie das nächste Mal in der Klemme ist und dieses Vieh loswerden muß, damit sie sich ein paar Tage lang auf etwas unglaublich Spannendes stürzen kann. Ich bleibe gerne in Bodil Molins Erinnerung, aber im richtigen Fach, bitte.«

»Nicht alle haben so ein gut sortiertes Gehirn wie du, Paula. Bei den meisten Leuten liegen die Sachen überhaupt nicht in Fächern, sondern wild durcheinander. Ich geb dir ein Beispiel. Ralf Enkvist von der Druckerei ist im Winter bei Glatteis in den Graben gefahren. Acht Autos sind vorbeigefahren und haben nicht angehalten, aber dann kam Einar

Martinsson, der mit dem Malergeschäft, und hat ihn herausgezogen. Und wenn Enkvist jetzt umbaut und von drei Malern drei ziemlich gleichwertige Angebote bekommt, was glaubst du, wem wird er den Auftrag geben? Martinsson natürlich. So funktioniert eine kleine Gesellschaft. Eine Hand wäscht die andere. Und das läuft nicht immer über den Verstand, sondern sehr oft über das Gefühl. Man ist jemandem freundlich gesonnen, und dann redet man sich ein, daß das die richtige Person ist, auch geschäftlich.«

Paula trank ein wenig Saft mit ihrem Röhrchen.

»Bodil scheint ja eine sehr gefühlsgesteuerte Person zu sein«, sagte sie.

Fredrik nickte. Obwohl er sich auch fragte, ob sich bei Bodil hinter dem Gefühlsüberschwang nicht eine eiskalte Geschäftsfrau verbarg.

»Vier Tage sind ja nicht sehr lang«, fuhr Paula fort.

»Ich kann also Bodil anrufen und sagen, daß es in Ordnung geht?«

Paula nickte.

»Gut. Mein Gott, ist es heiß.«

»Trink ein bißchen Saft«, sagte Paula.

Aber der große Krug mit dem Saft war leer.

»Kwådd hat alles ausgetrunken«, sagte Fabian. »Und er hat auch die Vanillekekse aufgegessen.«

Fredrik hielt es für einen Scherz, aber dann sah er, daß drei Gläser und drei Teller mit Kekskrümeln auf dem Tisch standen. Er schaute zu Olivia, die in ihrem Wagen unter dem Apfelbaum mit einem Fläschchen neben sich schlief.

»Wir haben Kwådd zum Saft eingeladen«, sagte Paula lächelnd. »Aber mein Gott, war der gierig.«

»Ihr habt ihn *eingeladen*?«

»Fabian wollte es. Nicht wahr, Fabian?«

Sie warf Fabian einen einverständigen Blick zu. Unter dem

roten Sonnenschirm sah ihre Haut so rosa aus wie Marzipan.

»Ja.« Fabian nickte eifrig. »Aber er lief weg, als er dich sah. Ich glaube, er mag dich nicht, Papa.«

»Das glaube ich nicht. Ich mache alles, um ihn dazu zu bringen, daß er auszieht, und dann lädst du ihn zu Saft und Keksen ein! Paula, du ermunterst ihn ja geradezu.«

»Er hatte Durst«, sagte Fabian.

»Ja, das kann ich glauben«, sagte Fredrik bitter und warf einen Blick auf den leeren Krug.

»In der Küche ist noch Saft. Es reicht auch für dich«, sagte Paula.

Er starrte sie an. Wie konnte sie da sitzen und einfach lächeln? Hatte sie ihre Einstellung total verändert? Und warum?

»Du weißt nicht, was du machst, Paula. Ich möchte später mit dir über Kwådd reden.«

»Ich weiß, was du denkst. Aber du machst eine zu große Geschichte aus ihm.«

»Er war total lieb.«

»Ja, ich fand, er hat sich gut benommen. Ein angenehmer Gast.«

»Wir reden nachher. Dann werden wir ja sehen, wie angenehm du das findest.«

Paula stand auf und stellte Gläser und Teller auf das Tablett. Er meinte zu hören, daß sie seufzte.

»Ist es nicht an der Zeit, die Koteletts zu marinieren? Und wenn es etwas kühler ist, fahren wir zum Strand hinunter«, sagte sie mit angestrengter Fröhlichkeit.

Fredrik folgte ihr ins Haus. Als sie allein in der Küche waren, sagte er:

»Ich möchte nicht, daß Fabian allein mit Kwådd zusammen ist.«

Paula stellte das Tablett mit einem Knall auf die Spüle. Sie drehte sich zu ihm um und sagte mit übertrieben ruhiger und klarer Stimme, als wollte sie etwas verbergen, das überhaupt nicht ruhig und klar war:

»Wenn hier etwas eine Gefahr darstellt, dann ist es deine krankhafte Angst und Nervosität. Wir sind in dieser Angelegenheit unterschiedlicher Meinung, und es hat keinen Sinn, darüber zu diskutieren. Und jetzt wünsche ich mir einen ruhigen Abend am Strand.«

»Aber Kwådd ...«

»Ich will kein Wort mehr über Kwådd hören! Kein einziges Wort!«

*

Zwei Tage später kam Leonardo.

»Ihr könnt ihn frei herumlaufen lassen, aber nehmt ihn an die Leine, wenn andere Hunde in der Nähe sind«, sagte Bodil. »Diese Rasse verstrickt sich gerne in spielerische Kämpfe. Da geht es dann immer gleich um Leben und Tod. Aber mit Menschen ist er wie ein Lamm.«

Leonardo war ein lebhafter und fröhlicher Hund, und Fabian und Fredrik spielten im Garten mit ihm. In der ersten Nacht ließen sie ihn in der Küche in seinem Korb schlafen. Der Hund, der es gewohnt war, im gleichen Zimmer wie sein Frauchen zu schlafen, jaulte unglücklich hinter der geschlossenen Küchentür, Paula und Fredrik konnten lange nicht schlafen.

Fredrik war überzeugt, daß Kwådd den Lärm auch hörte. Würde er sich trauen, seine Kammer für seinen nächtlichen Ausflug zu verlassen?

Gegen zwei Uhr gab der Hund Ruhe, und Fredrik schlief ein.

Als er am nächsten Morgen die Küchentür öffnete, wußte er, warum Leonardo im Lauf der Nacht Ruhe gegeben hatte. Der Hund hatte sich nicht etwa brav in sein Körbchen gelegt. Er hatte die Nacht damit zugebracht, systematisch ihre schöne Landhausküche zu zerlegen.

Die Tür zum Schrank unter der Spüle war offen, und der Müll lag verstreut herum. Die Beine des Eßtischs und der Stühle hatten deutliche Bißspuren. Die Stuhlkissen waren zerkaut, die Schaumgummifüllung lag überall auf dem Boden und vermischte sich mit den Scherben und der Erde der Kräutertöpfe. Die meerblauen, handgewebten Flickenteppiche, die aus dem Heimatmuseum stammten und ein Vermögen gekostet hatten, hatten sich in die Flicken aufgelöst, aus denen sie gemacht waren.

Wortlos schaute sich Fredrik die Zerstörung an. Was würde Paula sagen?

Hilflos fing er an aufzuräumen, Leonardo sprang an ihm hoch und leckte ihm die Hände, offensichtlich hatte er keine Ahnung, daß er etwas falsch gemacht hatte.

Neben der Tür stand ein kleiner Schreibtisch, den Paula auf einer Auktion gekauft hatte und der den altmodischen Charme der Küche unterstrich. Paula saß dort, wenn sie den Speiseplan für die Woche machte, Einkaufslisten schrieb oder in Kochbüchern blätterte. An der Rückwand war ein Aufbau mit einem Regal, das von einem hübschen Gelander umgeben war, wo sie die Post ablegten. Erleichtert stellte er fest, daß die schwarzen Beine des Schreibtischs Leonardos Zähnen entgangen waren.

Dann bemerkte er einen Berg zerkautes Papier auf dem Boden unter dem Schreibtisch, bückte sich und begriff. Auf dem Schreibtisch hatte er einen Stapel Bewerbungen abgelegt, vierzig Menschen hatten sich auf eine Stelle in seiner Abteilung beworben, die zum Herbst besetzt werden sollte.

Übereifrig wie er war, hatte er die Bewerbungsunterlagen mit nach Hause genommen, um sie in den Ferien in Ruhe durchsehen zu können. Der Hund hatte den ganzen Stapel zerkaut, Zeugnisse, Lebensläufe, Empfehlungen, alles. Nur noch Papierreste waren übrig.

Wenn sie nach den Ferien zusammenkommen würden, um über die Anstellung zu entscheiden, würde Fredrik erklären müssen, daß diese zweiundvierzig Bewerbungen nicht mehr vorhanden waren, weil ein Hund sie aufgefressen hatte. Wie das wohl seine Glaubwürdigkeit im Büro beeinflussen würde?

Die Zerstörung des Tischs, der Stühle und der Teppiche hatte er noch mit mühsam erkämpfter Ruhe ertragen, aber die halb aufgefressenen Bewerbungen brachten ihn zum Explodieren.

»Du verfressenes Monster!« schrie er und stieß den Hund weg, der immer noch an ihm hochsprang und ihm das Gesicht ablecken wollte. »Du gemeines, teuflisches Vieh!«

»Beruhige dich«, sagte Paula, die inzwischen in die Küche gekommen war. »Es ist doch nur Papier.«

»Das hier«, sagte Fredrik bitter und ließ ein paar Papierschnipsel fallen, »das sind die Hoffnungen von zweiundvierzig Menschen, die sich große Mühe gegeben haben, sich vorteilhaft darzustellen. Die andere Menschen um Referenzen und Zeugnisse gebeten haben, die Zahlen und Berichte herausgesucht haben und tagelang über einer Formulierung gebrütet haben. Ihre Bewerbung hätte vielleicht ihr Leben verändert. Sie hätten das Leben in unserer Gemeinde verändern können. Für die Unternehmer, die Bewohner, für dich und mich und unsere Kinder! Und dann kommt so ein verdammter, sabbernder Hund und macht alles kaputt!«

»Schrei nicht so«, sagte Paula. »Du erschreckst Fabian.«

*

Am nächsten Abend holten sie ein paar letzte wertvolle Dinge aus der Küche und schlossen Leonardo mit seinem Korb, der jetzt auf dem nackten Boden stand, ein. Paula schlief ein, obwohl der Hund jaulte und winselte, aber Fredrik war wach, und als er Paulas gleichmäßige Atemzüge hörte, stand er auf und ging hinunter. Er öffnete die Tür und ließ Leonardo heraus.

Dann öffnete er die Tür zur Kammer unter der Treppe. Kwådd war da oder war vor kurzem da gewesen, er konnte den scharfen Geruch riechen.

»Komm, komm zu mir, guter Wauwau«, flüsterte er.

Der Hund kam, nahm eine Fährte auf und verschwand in der Kammer. Fredrik hörte das Schlurfen, mit dem Kwådd sich in seine Höhle verzog. Leonardo stürzte sich weit in die Kammer hinein, bis zur Öffnung. Fredrik machte die Taschenlampe an, hängte sie an einen Nagel und beobachtete den Hund. Wie der Schäferhund der Polizei spielte er verrückt, steckte den Kopf in die Öffnung und knurrte.

»Jetzt ist gut, Leonardo, du hast ihn tüchtig erschreckt. Guter Wauwau«, flüsterte Fredrik. »Jetzt ist gut für heute. Gut gemacht, Schluß jetzt, habe ich gesagt.«

Aber Leonardo war nicht wie der Schäferhund in die Hundeschule der Polizei gegangen und dressiert worden. Er war unerzogen und folgte nur seinen Impulsen. Er drückte den Kopf immer weiter in die Öffnung und knurrte und gurgelte in den Gang. Sein muskulöser Körper zitterte vor Wut und Erregung. Man konnte da drinnen nichts sehen, und es dauerte eine Weile, bis Fredrik bemerkte, daß der Hund tatsächlich versuchte, in den Gang zu kriechen. Er warf sich auf den Boden, packte den Hund an den Hinterläufen und zog.

»Schluß! Bist du verrückt!« zischte er.

Aber der Hund war stärker als er, er drückte sich durch die Öffnung und war verschwunden.

»Leonardo!« rief Fredrik in den Gang hinunter. »Komm zurück!«

Er hörte den Hund keuchen. Und dann brach ein unglaublicher Lärm an. Knurren, Gurgeln, lautes Bellen, Keuchen und harte Schläge. Es klang, als ob zwei Hunde miteinander kämpften und nicht ein Mensch mit einem Hund.

Es dauerte ungefähr fünf Minuten. Dann war es still.

»Leonardo!« rief Fredrik. »Bist du da? Komm raus, sei brav!«

Kein Laut war zu hören.

Fredrik wartete in der Kammer und lockte den Hund immer wieder. Aber nichts.

Schließlich ging er schlafen und hoffte, der Hund würde herauskommen, wenn er Hunger hatte.

Beerdigung im Morgengrauen

Früh am nächsten Morgen schlich Fredrik mit schnellen ängstlichen Schritten die Treppe hinunter. Würde Leonardo da sein?

Er war da.

Der Hund lag in der Diele auf dem Boden, in einer Lache von Blut. Eine blutige Spur lief von der Kammer, aus der der Hund geschleppt worden war, über den Boden.

Fredrik beugte sich über ihn. Die Augen starrten leblos ins Leere. Der Hals war durchgeschnitten und am Körper hatte er mehrere Wunden. In einer steckte noch die Waffe, tief drin, die gebogene Kante stach aus dem schwarzen Fell wie eine scharfe Flosse.

Sachte berührte er das Metall und zog es vorsichtig heraus, als ob das dem armen Hund noch helfen könnte. Er erkannte sofort die scharf geschliffene Klinge in der merkwürdigen Flügelform. Er hielt sie mit Daumen und Zeigefinger an den flachen Seiten, achtete darauf, daß er sich nicht schnitt, und trug die Waffe hinaus und warf sie in die Mülltonne an der Garage.

Voller Schuldgefühle und Panik betrachtete er den Hund in der Diele. Das war seine Schuld. Was für eine wahnsinnige Idee, den Hund in die Kammer zu lassen!

Sein erster Impuls war, die Hundeleiche verschwinden zu lassen – sie wegzuschaffen, in den Wald zu werfen oder an den Straßenrand, egal wohin – und Paula zu sagen, er sei abgehauen.

Aber das mußte er mit ihr teilen. Sie mußte wissen, wie gefährlich Kwådd war, und sehen, wozu er fähig war.

Er wusch das Hundeblut von den Händen, ging hinauf und strich ihr sanft über die nackten Schultern.

»Liebling. Es ist etwas passiert.«

Ihr Körper zuckte zusammen, und sie blinzelte ihn verwirrt an.

»Da unten in der Diele ist etwas, das du sehen mußt«, fuhr er fort und streichelte weiter ihre Schulter. »Es sieht nicht sehr schön aus, aber du mußt es leider anschauen. Und dann müssen wir überlegen, was wir machen.«

Mit langsamen, schlaftrunkenen Bewegungen stand Paula auf. Er gab ihr den japanischen Morgenrock.

»Was ist es?« fragte sie.

»Der Hund«, flüsterte er.

»Hat er noch mehr kaputtgemacht?«

»Er ist tot, Paula.«

Jetzt war sie richtig wach, zog den Morgenrock an und lief erstaunlich schnell die Treppe hinunter.

»Es sieht widerlich aus«, warnte Fredrik.

Aber ihrem unterdrückten Schrei nach zu schließen, hatte

sie den Hund schon gesehen. Er lief zu ihr, nahm sie in die Arme und drückte sie an sich.

»Psst. Weck die Kinder nicht.«

Paula drückte die Hand auf den Mund, als wolle sie sich selbst zum Schweigen bringen, und schüttelte heftig den Kopf.

»Das war Kwådd«, erklärte Fredrik leise.

Sie starrte ihn an, mißtrauisch und entsetzt, und wand sich aus seinem Griff. Fredrik nickte nachdrücklich.

»Das hat Kwådd gemacht. Seine merkwürdige Klinge steckte noch im Hund, als ich ihn fand.«

Er sagte nicht, daß er selbst den Hund in die Kammer gelassen hatte.

»Klinge?« wiederholte Paula verblüfft, und jetzt fiel Fredrik ein, daß er Paula nie von der Geschichte auf dem Balkon erzählt hatte.

»Er hat eine Art Waffe. Ich habe versucht, es dir zu erzählen, aber du wolltest es nicht hören. Er ist gefährlich, Paula. Kapierst du das jetzt?«

Das kapierte sie zweifellos. Die Tränen liefen ihr aus Augen und Nase, ihr Blick war glasig, und kleine Jammerlaute drangen zwischen ihren Fingern hervor.

Fredrik wollte tröstend die Arme um sie legen, aber sie stieß ihn weg.

»Ich möchte nicht, daß du mich anfaßt«, flüsterte sie.

Er nickte und wartete, sie stand mit geschlossenen Augen da und holte mehrmals tief Luft. Das Zittern ließ nach.

Dann zog sie ein paarmal die Nase hoch, schlug den Morgenrock fester um sich, band den Gürtel zu und sagte heiser:

»Wir müssen den Hund wegschaffen. Fabian darf das nicht sehen. Und wir müssen Bodil anrufen. Wir sagen, er ist überfahren worden. Er lief auf die Straße, und irgendein Raser hat ihn überfahren. Er war sofort tot. Und wir mußten ihn gleich begraben, wir konnten ihn nicht in der Hitze liegen lassen.«

Fredrik nickte.

Paula ging zum Hund und beugte sich über ihn.

»Wir heben ihn auf den Teppich. Das ist am einfachsten.«

Sie schaute zu ihm hoch.

»Worauf wartest du? Fabian kann jeden Moment aufwachen und herunterkommen.«

Fredrik zog den Hund in die Mitte des Dielenteppichs. Dann packten sie ihn an den Enden und trugen Leonardo hinaus. Er war kräftig und muskulös und sehr schwer.

Sie sprachen nicht darüber, wo sie ihn vergraben wollten, aber Fredrik war schnell klar, daß er ihn nicht auf dem eigenen Grundstück haben wollte. Paula schien es genauso zu gehen.

In Schlafanzügen und Morgenmänteln trugen sie den Teppich durch das Gartentor, über die Straße und etwa zwanzig Meter an dem grasbewachsenen Stück entlang, das die Straße vom Wald trennte. Wie immer lag der Morgennebel über der Erde, ein Vogel gab ein paar Laute von sich.

Sie legten ihre Last ins Gras, und Paula ging ins Haus zurück, um einen Spaten zu holen.

Fredrik wartete. Spinnweben voller Tautropfen hingen in den Wildrosensträuchern. Von irgendwoher kamen Fliegen und kreisten surrend um die offenen Wunden.

Paula kam mit dem Spaten zurück. Es war wie eine Szene aus einem surrealistischen Film: Die Frau im schwarzen Kimono, das blonde, zerzauste Haar hing ihr über die Schultern, marschierte mit einem Spaten in der Hand an einem nebligen Acker entlang. Die blutige Hundeleiche. Die Fliegen.

Sie reichte wortlos Fredrik den Spaten. Er nahm ihn und fing an zu graben. Nach dem ersten Widerstand durch die

Grasbüschel war die Erde locker und leicht. Fredrik arbeitete sich mit entschlossenen, effektiven Spatenstichen in die Tiefe, Paula stand daneben und wartete. Mit vereinten Kräften schleppten sie den Teppich zur Grube und rollten den Hundekörper hinein. Fredrik nahm wieder den Spaten, füllte das Loch und ebnete mit der Rückseite des Spatens den Hügel ein.

Dann gingen sie zum Haus zurück. Sie hatten ihre Aufgabe erledigt, schweigend, effektiv und mit einer fast schaurigen Übereinstimmung. In praktischen Dingen arbeiteten Fredrik und Paula normalerweise nicht gut zusammen, Fredrik bemerkte zu seiner Überraschung, daß sie sich zum erstenmal bei jedem Schritt der auszuführenden Aufgabe einig waren, ohne ein Wort zu wechseln.

Während Fredrik den Spaten in den Schuppen zurückbrachte, machte Paula den Boden in der Diele sauber. Sie gingen zusammen die Treppe hinauf und wuschen sich im Badezimmer die Hände. Fredrik zog seinen Morgenrock aus und warf ihn in den Wäschekorb. Er hatte beim Graben Erdflecke bekommen, und am Ärmel war Hundeblut. Paula warf ihren Morgenrock hinterher, obwohl er völlig sauber zu sein schien.

Sie schauten ins Kinderzimmer. Beide Kinder schliefen tief und fest.

Schließlich gingen sie ins Bett zurück. Es war zehn nach fünf, und sie konnten wenigstens noch ein, zwei Stunden schlafen, bevor Olivia aufwachte. Paula lag mit dem Rükken zu Fredrik, und er hatte das Gefühl, daß er sie besser nicht anfaßte.

Er wartete auf die Atemzüge, die ihm zeigten, daß sie schlief, aber er hörte sie nicht. Wahrscheinlich dachte sie über den Hund nach.

Er war sehr müde. Er spürte seine Armmuskeln, als hätte

er nicht nur zehn Minuten, sondern zehn Stunden gegraben. Er wollte etwas sagen. Etwas Tröstendes. Oder vielleicht ... eine Art Dank. Für ihre Ruhe, ihre Entschlossenheit und ihre Solidarität in einer schwierigen Situation. Aber bevor er die richtigen Worte finden konnte, war er eingeschlafen.

*

Als nächstes mußten sie es Fabian erzählen.

Er war vor Fredrik, Paula und Olivia aufgewacht, in die Küche gelaufen und hatte festgestellt, daß Leonardo nicht da war. Am Frühstückstisch erzählte Paula, was gestern abend passiert war:

Papa war spät noch einmal mit Leonardo Gassi gegangen und hatte ihn ohne Leine laufen lassen. Ein Auto kam viel zu schnell angefahren. Papa hat Leonardo am Halsband gehalten, aber er bekam Angst oder wurde böse und hat sich losgerissen, gerade als das Auto kam. Und das Auto hat ihn überfahren. Erst flog er hoch in die Luft, dann fiel er hart auf die Erde, er war sofort tot. Das Auto ist einfach weitergefahren. Vielleicht war der Fahrer betrunken. Dann haben Mama und Papa Leonardo begraben. Sie mußten es sofort machen, sie konnten nicht warten, bis Bodil wieder zu Hause war.

»Habt ihr ihn schon begraben? Wo denn?«

Paula und Fredrik warfen sich einen raschen Blick zu, wortlos verständigten sie sich darüber, daß sie auf diese Frage wahrheitsgemäß antworten mußten.

»Am Rande des Ackers«, antwortete Fredrik.

»Wißt ihr denn, wie man ein Tier begräbt?« fragte Fabian ernsthaft.

Fredrik und Paula schauten sich wieder an.

»Wie meinst du das, Liebling?« fragte Paula.

»Im Kindergarten haben wir einen Vogel begraben, er war krank und ist gestorben. Wir haben ihn in eine Schachtel mit Watte gelegt, und dann haben wir ihn begraben. Das geht einfach. Man gräbt ein Loch und legt das Tier hinein, und dann legt man noch etwas hinein, was man dem Tier mitgeben will, eine Spiderfigur oder ein Lego oder so. Dann schaufelt man es zu und macht aus zwei Eisstielen ein Kreuz und steckt es aufs Grab. Und dann legt man Blumen drauf. Wenn es keine Blumen gibt, nimmt man eben Blätter. Eigentlich muß man auch singen, das haben wir in der Kinderstunde in der Kirche gemacht. Da haben wir eine Spitzmaus begraben, die die Katze des Pfarrers gefangen hatte und nicht fressen wollte. Habt ihr für Leonardo gesungen?«

»Ähm ... nein, das haben wir vergessen«, gab Fredrik zu.

»Habt ihr was ins Grab gelegt?«

»Das haben wir auch vergessen«, sagte Paula beschämt. »Wir waren so erschrocken und traurig, weißt du.«

»Ihr habt vielleicht noch nie ein Tier begraben?« sagte Fabian nachsichtig. »Aber wir können jetzt noch singen. Und im Garten sind jede Menge Blumen, die können wir aufs Grab legen.«

Er schaute so begeistert, daß sie lächeln mußten. Der Junge reagierte völlig anders, als sie dachten. Statt um den toten Hund zu trauern, war er vollauf mit den Beerdigungsritualen beschäftigt.

Fredrik ging zum Schuppen und suchte ein paar Bodenleisten. Er half Fabian, entsprechende Stücke zuzusägen und sie zu einem Kreuz zu nageln. Dann pflückten sie einen großen Strauß Gartenblumen, und die ganze Familie ging über die Straße zum Erdhügel am Rand des Ackers.

Auf dem Weg dorthin hatte Fredrik plötzlich das Gefühl, daß sie keinen Hügel finden würden. Er wußte sehr gut, wie trügerisch die Erlebnisse der Morgendämmerung sein konnten, und war nie ganz sicher, ob sie der Wirklichkeit oder der Traumwelt entsprangen. Aber Paula war ja dabei, und das war in gewisser Weise ein Garant für Realität.

Und der Hügel war da. Was konnte wirklicher sein als dieser Hügel von frisch aufgegrabenem, duftendem, immer noch dunklem und feuchtem Ackerboden?

Mit feierlicher Miene steckte Fabian sein selbstgemachtes Kreuz auf die Spitze des Hügels, und Paula legte die Blumen dazu. Fabian holte ein Plastikfigürchen aus der Tasche und steckte es zusammen mit einer Handvoll Hundekekse in die Erde. Dann trat er einen Schritt zurück, richtete sich auf und sang in schnellem Tempo »So nimm denn meine Hände«. Der letzte Ton war noch nicht verklungen, da fing er schon das nächste Lied an, ein kirchliches Kinderlied, das Fredrik noch nie gehört hatte. Und dann folgten noch viele Lieder, alle mit kirchlichem Inhalt, schnell und frisch und mit großer Konzentration vorgetragen. Fredrik hatte keine Ahnung, daß sein Sohn über ein so umfangreiches Repertoire an Kirchenliedern verfügte. Vermutlich hatte er sie bei den Kindernachmittagen im Gemeindehaus gelernt, die hatte er ein paar Wochen lang besucht, ehe er einen Platz im Kindergarten bekommen hatte.

Verwundert lauschte er der kräftigen, etwas gellenden Stimme und betrachtete die Szene, von der er ein Teil war:

Die blonde Ehefrau in einem hellblauen Sommerkleid mit dem rundlichen Baby auf dem Arm. Der singende Blondschopf. Er selbst, der Familienvater. Der blumengeschmückte Grabhügel mit dem ungeschickt zusammengenagelten Holzkreuz. Und um sie herum: die wogenden Äcker, der Wald und der wolkenlose Sommerhimmel. Schön und bewegend. So ganz anders als das stumme, panische Graben in der Morgendämmerung.

Dann hatte er plötzlich das eigenartige Gefühl, beobachtet zu werden, er drehte sich zum Wald um. Die Sonne blendete ihn, und er beschattete die Augen mit der Hand. Aber er konnte nichts entdecken.

*

Und noch eine Aufgabe war zu erledigen: Er mußte Bodil in Kassel anrufen und ihr von dem tragischen Ereignis berichten.

Fredrik erreichte sie in einer der großen Ausstellungshallen. Sie war so aufgedreht von den überwältigenden Kunsterlebnissen, daß es eine ganze Weile dauerte, bis Fredrik sein Anliegen vorbringen konnte. Er erzählte die gleiche Geschichte, die sie Fabian erzählt hatten: Ein Auto in rasender Fahrt, niemand aus der Gegend, sofort tot.

Bodil nahm die Nachricht erstaunlich gefaßt entgegen.

»Oh. Das ist wirklich traurig«, sagte sie in höflich bedauerndem Ton, als handele es sich um die alte Tante einer entfernten Bekannten, die friedlich eingeschlafen ist. »Das muß schrecklich für euch sein. Wie lieb, daß ihr ihn begraben habt.«

Vermutlich würde der Schock erst später eintreten, wenn sie die Ausstellung verlassen hatte, dachte Fredrik. In einer Welt aus eingemauerten Frauen, Chorknaben, die in ein Aquarium versenkt wurden, qualvollen Tierversuchen an Teddybären und Tüchern, die mit aidsverseuchtem Blut bestrichen waren, wirkte ein überfahrener Hund wohl ziemlich trivial.

Zwei Tage später kam Bodil in ihrem kleinen roten Golf. Fredrik ging mit ihr zum Waldrand jenseits der Straße und zeigte ihr Leonardos Grab.

Er bereute die Wahl des Ortes. Sie hätten ihn doch auf dem eigenen Grundstück begraben sollen. Es war schließlich der

Grund und Boden eines Bauern, und welche Wirkung hatte ein Tierkadaver so nahe am Roggen, der schließlich zur menschlichen Ernährung gedacht war? Vielleicht hätten sie ihn gar nicht begraben sollen, sondern ihn ... wohin bringen? Zur Mülldeponie?

Als sie sich dem Erdhügel mit dem Kreuz und den inzwischen verwelkten Blumen näherten, brach Bodil in lautes Weinen aus. Fredrik legte ihr unbeholfen die Hand auf den Arm.

»Es tut mir so leid, Bodil«, murmelte er.

Den Arm um sie gelegt führte er sie zum Haus zurück.

»Es tut mir so leid«, wiederholte er. »Es war vielleicht nicht richtig, ihn hier zu begraben.«

»Nein, nein. Es ist so ein schönes Grab. Du hast alles richtig gemacht, Fredrik. Bald wird Gras darüber gewachsen sein. Und Wiesenblumen.«

Sie ging auf die Toilette und wusch sich die verlaufene Schminke aus dem Gesicht. Als sie wieder herauskam, lächelte sie angestrengt, nahm den Hundekorb und die Tasche mit dem restlichen Hundefutter und der Leine.

»Ich kann dir helfen, die Sachen zum Auto zu tragen«, sagte Fredrik schnell.

»Nein danke, ist schon gut so.«

In der Tür drehte sie sich noch einmal um und murmelte wie nebenbei, als würde sie laut denken:

»Ich habe achttausend für ihn bezahlt.«

»Oh.«

Fredrik hatte überhaupt nicht an den ökonomischen Aspekt gedacht. Aber natürlich stellte ein Rassehund einen bedeutenden Wert dar.

»Ich werde dir den Verlust natürlich ersetzen«, rief er aus, er war froh, daß er wenigstens ein bißchen für die Dummheit büßen konnte, die er begangen hatte, als er den Hund in die

Kammer ließ. »Achttausend? War es so? Ich habe nicht so viel Bargeld im Haus, aber...«

Dann fiel ihm das Geld ein, das er von Kwådd als Miete bekommen hatte. Er hatte es in den Blecheimer in der Kammer gelegt, und da war es liegengeblieben, weil Kwådd es offenbar nicht zurückhaben wollte. Fredrik wollte es auch nicht haben. Es war Kwådds Geld.

Fredrik ging in die Kammer. Das Geld war noch da. Es war doch nicht mehr als recht und billig, daß Kwådd hierfür bezahlte?

Er nahm achttausend und reichte sie Bodil, gleichzeitig dachte er, daß achttausend nicht für einen Eßtisch und vier Stühle von Norrgavel und für zwei handgewebte Flickenteppiche aus dem Heimatmuseum reichten.

Sie schüttelte heftig den Kopf.

»Nein, nein. Du mußt natürlich nichts bezahlen, Fredrik. Auf keinen Fall.«

Den Hundekorb im Arm und die Tasche über der Schulter öffnete sie mit dem Ellbogen die Tür und ging hinaus. Sie hatte sich wieder gefaßt.

Fredrik lief ihr zum Auto nach. Er wollte ihr die Heckklappe aufmachen, aber sie war schneller. Sie setzte sich ins Auto, startete und winkte ihm durch das heruntergekurbelte Fenster zu. Sie lachte breit, als ob sie die traurige Geschichte mit Leonardo längst vergessen hätte, fuhr auf die Straße hinaus und verschwand Richtung Stadt.

Fredrik stand immer noch mit den Scheinen in der Hand da und hatte das Gefühl, in Bodil Molins Schuld zu stehen. Er ging ins Haus und legte das Geld wieder in den Blecheimer.

*

Als er später an den merkwürdigen Morgen dachte, wie er und Paula Bodils blutigen Hund in einem Teppich hinausgetragen und am Waldrand vergraben hatten, kam ihm das alles so unwirklich und wie ein Traum vor. Am Abend nach Bodils Besuch hatte er versucht, die Sache mit Paula zu besprechen.

»Das, was mit dem Hund passiert ist«, sagte er.

Sie waren gerade ins Bett gegangen, die Nacht war warm, und die Balkontür stand weit offen.

»Bodil wollte kein Geld für ihn haben. Und es war ja auch nicht unsere Schuld. Wir konnten nichts dafür, daß er überfahren wurde.«

Paula lag schweigend da. Nach einer Weile sagte sie so leise, daß er sie kaum verstand:

»Was ist denn wirklich passiert?«

»Das habe ich doch erzählt. Kwådd war es.«

Sie schwieg. Er rückte näher an sie heran. Nach dem mißglückten Versuch nach Paulas Rückkehr aus Marstrand hatten sie noch zwei Mal vergeblich versucht, miteinander zu schlafen.

Er wollte sie küssen, aber sie drehte den Kopf weg.

»Okay, war vielleicht keine gute Idee«, sagte er verletzt.

»Fredrik, solltest du nicht zu ... jemandem gehen. Ja, einem Arzt oder Psychologen oder so.«

»Warum denn?«

»Es scheint dir nicht gutzugehen.«

»Ich bin ausgebrannt. Es wird bestimmt besser, jetzt, wo ich Ferien habe.«

»Das wollen wir hoffen«, sagte sie mit einem merkwürdigen Unterton.

Seit diesem Abend hatten sie die Geschichte mit dem Hund mit keinem Wort mehr erwähnt. Sie hatten auch keine weiteren Versuche gemacht, sich zu lieben.

*

Kwådd zeigte sich nicht, aber morgens konnte Fredrik seine Spuren sehen: Tannennadeln, Gras und Krümel von trokkenen Eichenblättern, die er nach seinen nächtlichen Streifzügen mit ins Haus brachte. Fredrik fegte sie weg.

Aber eines Morgens, als Fredrik, hellwach und ruhelos, in den Garten ging, sah er ihn.

Der kleine Mann stand vor den Kletterrosen an der Hauswand, breitbeinig, die Hosen hatte er bis zu den Knöcheln heruntergelassen, die muskulösen, dunkel behaarten Pobakken waren nackt.

Fredrik wurde so wütend, daß er nach Luft schnappen mußte.

»Was zum Teufel unterstehst du dich?« schrie er. »Pißt du auf unsere Rosen?«

Kwådd schaute ihn über die Schulter hinweg an. Dann drehte er sich langsam um und zog die Hosen halb hoch. Er lächelte geheimnisvoll, legte eine Hand unter sein Geschlechtsteil und hielt es, als wollte er damit angeben.

Und es war wirklich zum Angeben. Wie konnte ein so kleiner Mann so prachtvoll ausgestattet sein? Ein dicker, rundlicher Penis lag auf zwei prallen Hoden. Sie ruhten in seiner Handfläche wie Früchte auf einem Teller, wie ein Stilleben aus dem 17. Jahrhundert, ein Reichtum, den die Handfläche nicht fassen konnte. Mit leiser, sehr deutlicher Stimme sagte er:

»Sie *mögen* es vielleicht, wenn man auf sie pißt.«

Und mit einem überlegenen Lachen ließ er das Paket in die Hose fallen.

Wie wunderbar. Zu entdecken, daß man etwas kann, das man bisher nicht gekannt hatte. So stark an seine Fähigkeiten zu glauben.

Fredrik saß auf einer Decke im Garten und betrachtete fasziniert seine Tochter, die sich mit einem originellen, aber tauglichen Krabbelstil vorwärtsbewegte, den sie in den letzten Tagen gelernt hatte. Mit einem siegessicheren Lächeln stützte sie sich auf die Unterarme, das rechte Bein war angewinkelt, das linke ausgestreckt, die Brust richtete sie auf wie ein Seehund. Sie hatte die Decke verlassen, war jetzt auf dem Rasen und eroberte die Welt. Zum erstenmal aus eigener Kraft und in die Richtung, in die sie wollte.

Paula war mit dem Auto nach Malmö gefahren, um sich eine Fotoausstellung anzuschauen. Eine ihrer Freundinnen aus der Kunsthochschule stellte aus. Sie hatte vorgeschlagen, daß die ganze Familie fahren sollte, aber Fredrik hatte keine Lust. Er wußte ungefähr, was ihn erwartete. Die Fotografin hatte, wie aus der Einladungskarte hervorging, »eine Geschlechterperspektive«. So eine Perspektive hatte er im Herbst auf einer Ausstellung gesehen, eine Frau hatte Unmengen Bilder ihrer eigenen Brust gemacht, unscharfe und schlechte Bilder. Es hatte ihm nicht imponiert.

Seit Fredrik mit Paula zusammen war, war er als loyaler Ehemann zu vielen Kunst- und Fotoausstellungen mitgekommen, und es verblüffte ihn, wie sie sich ähnelten. Davor hatte er in der Vorstellung gelebt, ein Künstler sei ein eigensinniges Original, das diesen freien Beruf gewählt hat, um einen eigenen Weg gehen zu können. Ganz falsch, mußte er feststellen. Fredrik hatte bisher noch nie eine Berufsgruppe getroffen, deren Mitglieder so ängstlich darauf schielten, was die anderen machten, und sich so schnell an herrschende Normen anpaßten.

Unter dem Vorwand, daß die Reise zu lang für die Kinder sei, war er mit ihnen zu Hause geblieben. Paula war morgens um sechs losgefahren und würde erst spät in der Nacht zurückkommen.

Im Garten herrschte eine angenehme Nachmittagsstimmung. Die Sonne war nicht mehr so heiß. Unter den Bäumen und Büschen breitete sich Schatten aus, und die Düfte von Blumen, Beeren und Grün erfüllten die Luft mit einem süßsauren, angenehmen Aroma. Auf dem Gartentisch standen noch die Teller der einfachen Mittagsmahlzeit, die Fredrik mit den Kindern gegessen hatte – Spaghetti mit Soße aus dem Glas.

Olivia war jetzt bis zu den Johannisbeerbüschen gekommen. Unglaublich, wie beweglich sie geworden war. Sie streckte sich nach den Trauben mit den roten, halb durchsichtigen Beeren an den untersten Zweigen. Ja, die müssen die ganze Zeit ihr Ziel gewesen sein. Sie konnte sie nicht erreichen und weinte vor Enttäuschung.

Fredrik ging zu ihr, pflückte ein paar Beeren und nahm sie auf den Schoß. Er hielt ihr die Beeren in der offenen Hand hin. Sie hörte sofort auf zu weinen. Ganz konzentriert formte sie mit Daumen und Zeigefinger eine perfekte Pinzette und nahm vorsichtig eine Beere nach der anderen und stopfte sie mit einem zufriedenen Lachen in den Mund.

Aber wo war Fabian? Fredrik sah sich um. Gerade hatte er noch zwischen den Felsen hinter dem Haus gespielt, Fredrik hatte ihn vor sich hinreden hören, das machte er immer beim Spielen. Als müßte er, wie ein Sportkommentator im Radio, das unsichtbare Geschehen einem Außenstehenden vermitteln.

Mit Olivia auf dem Arm stieg Fredrik auf den nächsten Felsen und rief Fabian.

»Hier bin ich«, kam es von irgendwo.

Und dort, mitten im Gebüsch, stand er mit einem Strauß Gartenblumen im Arm, ein blondgelockter Knirps wie von einer Kitschpostkarte.

»Hast du Blumen gepflückt?« fragte Fredrik erstaunt. »Du solltest immer zuerst fragen.«

»Ich will sie aufs Hundegrab legen.«

»Aufs Hundegrab? Aber das ist doch auf der anderen Straßenseite.«

»Bitte, *darf* ich zum Hundegrab gehen?«

Fredrik wollte nicht zu ängstlich wirken. Als er in Fabians Alter war, hatte er befahrene Straßen überquert und im Wald und zwischen den Felsen weit weg von zu Hause gespielt.

»Ja«, sagte er. »Aber paß auf, wenn du über die Straße gehst. Horch genau, ob du ein Auto kommen hörst. Du weißt, wie es dem Hund ergangen ist.«

Fabian nickte ernst und verschwand dann um die Hausecke, wo Fredrik ihn nicht mehr sehen konnte.

Olivia hatte angefangen zu weinen, dieses quengelnde, langgezogene Weinen, das hieß, daß sie müde war. Fredrik ging hinein, wechselte ihr die Windel und legte sie ins Bett.

Als er nach einer halben Stunde wieder in den Garten kam, war Fabian immer noch weg. Er rief ein paar Mal. Dann ging er durch das Gartentor, über die Straße und am Rand des Ackers entlang bis zu dem kleinen Grabhügel. Fabian war nicht zu sehen.

Auf dem Grasstreifen am Acker lagen ein paar Löwenmäulchen, die Fabian in seinem Eifer verloren hatte. Und da, kurz darauf, ein paar Malven. Und dann die restlichen Löwenmäulchen. Fabian hatte offenbar den ganzen Strauß verloren, bevor er überhaupt bis zum Grab gekommen war.

Aber wo war er?

Fredrik stellte sich ans Hundegrab und schaute in alle Richtungen, über das Kornfeld, in den Wald, die Straße entlang. Er rief und wartete auf Antwort. Man hörte nur das trockene Rascheln, wenn der Wind durch das reife Korn strich.

Er ging in den Wald hinein. Das Zweigwerk der Eichen bildete ein Dach über den bemoosten Steinen und Teppichen aus vorjährigem Laub.

»Fabian!«

Fredrik streifte kreuz und quer durch das raschelnde Laub und rief immer wieder. Sonne und Schatten erzeugten ein Lichtspiel, das den Blick verwirrte, und er wäre beinahe über die Reste eines alten Steinwalls gestolpert.

Und dann fiel ihm ein, daß Olivia allein zu Hause war. Er mußte zu ihr zurück, für den Fall, daß sie aufwachte. Er rief noch ein letztes Mal und lief dann zum Haus zurück.

Mit schnellen, ängstlichen Schritten rannte er die Treppe hinauf ins Kinderzimmer. Er seufzte erleichtert, als er den blondgelockten Kopf auf dem Kissen sah und den kleinen Bauch, der sich in den tiefen, regelmäßigen Atemzügen hob und senkte. Dann lief er wieder die Treppe hinunter und zurück zum Hundegrab und in den Wald.

So lief er noch mehrmals hin und her, außer sich vor Angst um seine beiden Kinder. Nach einiger Zeit, die ihm wie eine Ewigkeit vorkam, sah er, wie Fabian durch das Gartentor kam.

»Mein Gott, wo bist du gewesen?«

Fredrik lief zum Tor, um seinen Sohn in die Arme zu nehmen, blieb ein paar Meter vor ihm stehen und schaute ihn erstaunt an. Da baumelte etwas an der Hüfte des Jungen.

»Aber was ist denn das?«

Fabian lachte stolz und hob hoch, was er mit einer Schnur um seinen Bauch gebunden hatte.

»Ein Eichhörnchen! Was in aller Welt ... Wie hast du ...?«

Fredrik war so erstaunt und erschrocken, daß er keine Worte fand.

»Ich habe es geschossen«, sagte der Junge stolz.

»Geschossen? Womit?«

»Mit dem da.«

Fabian hielt eine Steinschleuder hoch. Sie bestand aus einer Astgabel und einem Stück Fahrradschlauch.

»Ich habe es selbst geschossen.«

»Aber warum?« keuchte Fredrik.

Fabian schaute ihn erstaunt an. Es war deutlich, daß er Lob erwartet hatte, und das Benehmen seines Vaters verwirrte ihn.

Widerwillig beugte Fredrik sich über das Eichhörnchen. Es hatte eine große Wunde am Kopf.

»Nein«, sagte er bestimmt. »Das hast nicht du gemacht, Fabian.«

»Doch, hab ich wohl!«

Fredrik nahm dem Jungen die Schleuder ab.

»Und woher hast du die?«

»Das ist meine. Gib sie her!«

»*Woher hast du die*?«

»Ich habe sie gemacht.«

»Das glaube ich nicht.«

»Ich habe es im Fernsehen gesehen. Im Fernsehen war ein Junge, der hat Eichhörnchen geschossen.«

»Und woher hast du den Fahrradschlauch?«

»Aus der Kammer unter der Treppe.«

»*Aus der Kammer*! Hat dir vielleicht jemand geholfen, die Schleuder zu machen? Und dir auch gezeigt, wie man schießt. Antworte mir jetzt ehrlich.«

Der Junge schwieg.

»Ich weiß, wer es ist, Fabian. Du kannst es mir ruhig sagen. Na, wer hat dir die Schleuder geschenkt.«

»Er«, murmelte Fabian.

»Wer er?«

»Das sage ich erst, wenn du mich losläßt.«

Fredrik bemerkte, daß er den Jungen fest am Arm gefaßt hatte. Er ließ ihn los.

»Wer er?«

»Der Mann unter der Treppe.«

Fredrik packte Fabian wieder am Arm, achtete jedoch darauf, daß er nicht zu fest zufaßte. Er ging in die Knie, schaute seinem Sohn ernst in die Augen und sagte sehr deutlich:

»Du darfst den Mann unter der Treppe nie mehr treffen. Verstehst du, was ich sage, Fabian? Nie mehr. Er ist böse. Es ist sehr böse, mit einer Schleuder auf Eichhörnchen zu schießen. Schau mal.«

Er knüpfte die Schnur auf, die der Junge um den Bauch hatte, und hielt das tote Eichhörnchen vor ihn hin.

»Du hast es getötet! Es war ein fröhliches, kleines Eichhörnchen, das in den Bäumen rauf- und runtergerannt ist und gespielt hat. Genau wie du rumrennst und spielst. Es hat dir nichts getan. Und du hast es getötet. Es kann nie mehr rennen und spielen.«

Der Junge betrachtete nachdenklich das Eichhörnchen.

»Bist du jetzt böse auf mich?« fragte er.

»Nein. Doch, ein bißchen. Aber ich bin vor allem traurig.«

Und ich habe Angst, dachte Fredrik. Schreckliche Angst!

Wie eine Schleuder drehte er das Eichhörnchen an der Schnur und ließ es im hohen Bogen über die Straße und in den Acker fliegen.

Fabian fing an zu weinen.

»Das war meins! Ich habe es geschossen. Hol es zurück!«

Fredrik ließ die Schleuder den gleichen Weg nehmen.

»So. Und jetzt gehst du ins Haus und badest. Komm.«

Er nahm Fabian an der Hand, aber der riß sich los und wollte auf die Straße laufen. Fredrik packte ihn am Arm.

»Laß mich los! Ich will mein Eichhörnchen haben! Ich will es begraben!«

Fredrik hob ihn hoch und trug das strampelnde und schreiende Kind ins Haus.

Drinnen war Olivia aufgewacht. Mit dem tretenden Fabian auf dem Arm lief er die Treppe hoch und fand Olivia in ihrem Bettchen kniend, sie hielt sich krampfhaft an den Gitterstäben fest, sie hatte einen Schluckauf vom Weinen, die Locken in der Stirn waren naß von Schweiß.

»Mein Schatz. So. Papa ist ja da«, rief er und versuchte sie mit einem Arm hochzuheben, während er mit dem anderen Fabian festhielt.

»Laß mich los, du Scheißkerl«, schrie Fabian. »Ich will mein Eichhörnchen!«

Vor Schreck ließ Fredrik ihn beinahe los.

»Wer hat dich solche Wörter gelehrt? Du gehst nirgendwohin, du böses Kind!«

Seine laute Stimme brachte Olivia erneut zum Weinen.

»So, so. Papa ist ja da. *Jetzt hältst du still!* Nein, nicht du, mein Herz. Nicht du, Papa hat nicht dich gemeint. Wie naß du bist. Du bekommst gleich eine frische ...«

Fabian stieß einen Schrei aus und taumelte, so daß Fredrik mit beiden Kindern fast gestürzt wäre. Er ließ Fabian los, der schrie noch lauter, weil er sich beim Fallen weh getan hatte, und zog Fredrik am Hosenbein.

»Du bist gemein! Der Mann unter der Treppe ist viel lieber als du!«

Klatsch! Mit Olivia auf der Hüfte beugte sich Fredrik über Fabian und schlug ihn in sein wütendes, rotes, schreiendes Gesicht. Er legte Olivia ins Bett zurück, die wieder laut zu schreien anfing, packte Fabian fest am Arm und schleppte das brüllende Kind zu seinem Bett und stieß ihn auf die Matratze.

»Hier bleibst du liegen, bis du dich beruhigt hast!«

Der Junge setzte sich auf, und Fredrik stieß ihn sofort wieder um. Beide Kinder brüllten aus vollen Lungen. Aus purer Angst, tierisch. Das Adrenalin pumpte durch seine Adern. Da war plötzlich eine böse Kraft in dem Zimmer, etwas Rohes und Unmenschliches.

»Still! Still, habe ich gesagt!«

Er hatte seine Kinder noch nie so schreien gehört – es war ein Schreien, das ihn auflöste, ihn in tausend Stücke zerbersten ließ, die in alle Richtungen flogen.

Er drückte Fabians Gesicht ins Kissen und dämpfte so das Schreien für einen Moment, er ließ jedoch los, als er hörte, wie Fabian nach Luft schnappte. Mein Gott, was war hier los?

Er stolperte aus dem Kinderzimmer, die Treppe hinunter, hinaus in den Garten, ins Grüne und in die Dämmerung.

Und hier fand Paula ihn, schlafend in einem Liegestuhl, als sie gegen elf nach Hause kam, die Reste des Mittagessens noch auf dem Tisch, mit Kratzspuren im Gesicht und zwei abgerissenen Hemdknöpfen. Er wirkte verwirrt, als sie ihn weckte, und fragte ängstlich nach den Kindern.

»Wo sind sie? Wo sind sie, Paula?«

Sie starrte ihn an, lief dann ins Kinderzimmer und fand sie schlafend, dicht beieinander in naßgepinkelten Laken in Olivias Gitterbettchen. Fabian hatte offenbar Angst bekommen und bei seiner kleinen Schwester Trost gesucht.

Paula schaute in ihre Gesichter. Sie waren glühend rot! Und völlig verschwitzt. Olivias Atem zitterte immer wieder in kleinen Schluchzern, und Fabians Mund war schmerzverzerrt. Sie müssen geweint haben! Lange und verzweifelt.

»Geht es ihnen gut?«

Fredrik stand in der Tür.

»Hast du nicht gehört, daß sie geweint haben?« fragte Paula und strich mit der Hand über Fabians Stirn.

»Ich weiß nicht. Doch. Aber ich dachte, ich träume. Ich muß eingeschlafen sein.«

»Ich schlafe heute nacht im Kinderzimmer«, sagte Paula. »Ich lege mich in Fabians Bett. Ich will in der Nähe sein, wenn sie aufwachen.«

»Ja, natürlich«, sagte Fredrik. »Gute Nacht.«

Schmutz

Merkwürdigerweise schlief er in dieser Nacht sehr gut. Allein in dem großen Bett, schlief er sofort ein, und in der schützenden Kapsel des Schlafs wurde er durch die Nacht und die Stunden der Dämmerung geleitet. Gegen acht wurde er vom Geräusch der sich öffnenden und wieder schließenden Haustüre geweckt.

»Kwådd!« war sein erster Gedanke.

Nur mit Unterhosen bekleidet lief er die Treppe hinunter, um den Eindringling zur Rede zu stellen.

Aber es war nicht Kwådd, sondern Paula, die vom Joggen zurückkam und atemlos und verschwitzt in der Diele stand.

»Schlafen die Kinder?« fragte sie keuchend.

Er nickte, denn es war still im Haus. Dann wurde er plötzlich unruhig, lief die Treppe hoch und schaute ins Kinderzimmer. Ja, sie schliefen, in ihren eigenen Betten, in frischer, trockener Bettwäsche. Er ging wieder zu Paula hinunter, die sich gerade die Schuhe auszog.

»Ja, sie schlafen«, sagte er und fügte hinzu: »Ich würde gerne mit dir reden. Über das, was gestern passiert ist.«

»Ich weiß, was passiert ist. Fabian hat es mir heute nacht erzählt.«

»Heute nacht?«

»Ja, er ist aufgewacht, hat geweint, und wir haben miteinander gesprochen. Du bist offenbar sehr böse auf ihn gewesen.«

»Er schießt auf Eichhörnchen mit einer Steinschleuder. Hast du das gewußt?«

Sie nickte.

»Natürlich bin ich böse auf ihn geworden. Das ist doch Tierquälerei«, sagte Fredrik.

»Aber du hättest ihn nicht schlagen dürfen.«

Sie sah ihm in die Augen, ernst und vorwurfsvoll.

»Natürlich nicht. Ich habe mich so aufgeregt. Er schrie, Olivia schrie. Es war ein einziges Durcheinander. Und das mit dem Eichhörnchen hat mich geschockt.«

»Jungens haben schon immer Eichhörnchen geschossen, Fredrik.«

»Er ist *fünf*!«

»Ja. Sein Empathiegefühl ist noch nicht voll entwickelt. Es muß trainiert werden. Und das tut man nicht, indem man ihn ins Gesicht schlägt. Ich will jetzt duschen, wir können später weiterreden.«

»Warte, Paula. Hat er dir erzählt, wer ihm beigebracht hat, wie man schießt? Wer ihm die Schleuder gebastelt hat? Denn du glaubst doch wohl nicht, daß ein Fünfjähriger allein eine Schleuder basteln kann?«

»Er hat gesagt, er hätte es im Fernsehen gesehen. Es ist nicht sehr kompliziert, ein Stück Fahrradschlauch an einer Astgabel festzubinden, wenn man gezeigt bekommt, wie es geht.«

»Kwådd hat ihm geholfen.«

Paula seufzte. Sie versuchte an ihm vorbei die Treppe hinaufzugehen, aber er stellte sich ihr in den Weg.

»Hast du gehört, was ich gesagt habe? Kwådd bringt ihm bei, wie man Eichhörnchen tötet!«

»Du hast dich an dieser Geschichte mit Kwådd festgebissen. Wenn du ein bißchen weniger über ihn reden würdest, dann hätte Fabian auch weniger Interesse an ihm. Würdest du so freundlich sein und zur Seite treten, damit ich duschen gehen kann?«

Er trat einen Schritt zur Seite und ließ sie vorbei. Während sie die Treppe hochging, hob er ihre Joggingschuhe hoch, die sie einfach vor der Tür hatte stehenlassen, und stellte sie ordentlich aufs Schuhregal. Tannennadeln und Reste von trockenem Laub lösten sich, als er sie abstellte.

»Bringst du den Schmutz herein?« rief er ihr erstaunt hinterher.

»Wie Schmutz?« antwortete sie von oben.

»Du hast Nadeln und Laub unter den Schuhen«, sagte er und untersuchte die Schuhsohlen. »Läufst du im Wald? Ich dachte, du läufst auf der Straße.«

»Ich laufe in den Wald hinein, der Weg führt den Hügel zum Kiefernwald hinauf. Der Boden federt so gut. Es ist die ideale Unterlage zum Laufen.«

Er ging zu ihr hinauf.

»Jeden Morgen liegt Schmutz auf dem Boden«, bemerkte er.

Sie verdrehte die Augen.

»Okay, ich werde ihn in Zukunft aufkehren. War sonst noch etwas? Kann ich jetzt duschen?«

»Nein, sonst war nichts mehr.«

Sie ging ins Badezimmer. Jetzt sah er, daß auch an ihrem Rücken Tannennadeln klebten.

Er muß ein Junge sein dürfen

Fredriks Ferien waren vorbei, und er hatte wieder angefangen zu arbeiten.

Sein erster Arbeitstag begann mit einer Besprechung, bei der auch über die ausgeschriebene Stelle geredet werden sollte. Voller Unbehagen fiel ihm wieder ein, daß Bodils Hund die Bewerbungsunterlagen aufgefressen hatte. Aber er hatte keine Originale mit nach Hause genommen. (Das hatte er im ersten Moment geglaubt, als er im Chaos in der Küche stand.) Es waren natürlich Kopien, die anderen Teilnehmer der Besprechung hatten auch Kopien bekommen, die sie jetzt aus ihren Aktentaschen holten.

Fredrik schwieg und versuchte sich so wenig wie möglich einzumischen, als die Bewerbungen besprochen wurden. Aber dann war es ihm plötzlich unangenehm, so ausgeschlossen zu sein, und nur um am Gespräch teilzunehmen, unterstützte er jetzt eine der Bewerberinnen – eine Frau, deren Qualifikationen die letzte Viertelstunde eifrig diskutiert worden waren und die Fredrik zu kennen glaubte, obwohl er ihre Bewerbung nicht gesehen hatte.

»Eine außerordentlich starke Bewerberin. Ich glaube, sie ist genau die Richtige«, sagte er mit lauter Stimme.

Alle Gesichter wandten sich ihm zu, Fredrik lehnte sich zurück. Er war froh, wieder Teil der Gemeinschaft zu sein. Langes Schweigen bereitete ihm Unbehagen, aber wenn er dann etwas sagte und ein wenig Aufmerksamkeit bekam, fühlte er sich besser.

Aber dieses Mal war es anders. Seine Kollegen schauten ihn immer noch an. Es entstand eine lange und peinliche Pause, bevor der Gemeindevertreter, der die Sitzung leitete, hüstelte und fragte, ob jemand noch etwas sagen wollte. Alle schwiegen. Die Diskussion, die bis jetzt so lebhaft gewesen war, erstarb, und einige Kollegen steckten ihre Unterlagen ein.

Fredrik war sehr verwirrt. Als sie das Besprechungszimmer verließen, kam Märta, eine ältere, mütterliche Frau, die für den Firmenkatalog zuständig war, zu ihm und streichelte ihm den Arm.

»Entschuldige, wir hätten diesen Punkt in deiner Anwesenheit nicht besprechen sollen. Ich glaube, den Leuten war nicht bewußt, daß du da warst. Du warst so still.«

Fredrik zuckte lachend mit den Schultern. Er begriff nicht, was sie meinte.

In einer halben Stunde würde er seinen Chef zu einem Gespräch treffen. Da würde er vielleicht eine Erklärung bekommen. Oder eine verlangen. Vielleicht auch nicht. Es war vielleicht nur eine Bagatelle. Besser, sich nicht darum zu kümmern.

In der Sitzecke am Kaffeeautomat saß Ulf Sjöfeldt, braungebrannt, seine Nase schälte sich nach den Ferien auf dem Segelboot. Ulf plauderte scherzhaft über die Mühen des Seglerlebens, während Fredrik nervös seinen Kaffeebecher drehte.

»Wie waren deine Ferien?« fragte Ulf. »Bist du diesen Verrückten losgeworden?«

»Hm, nein. Aber wir sehen ihn im Moment kaum. Du, vielleicht können wir später miteinander sprechen. Wir könnten vielleicht zusammen zu Mittag essen? Ich muß jetzt gleich zu Sture.«

»Geht es um die Stelle?«

»Wieso die Stelle?« fragte Fredrik nervös.

»Ich habe gesehen, daß deine Stelle extern ausgeschrieben worden ist.«

»Meine Stelle?«

»Ja, vermutlich sieht es besser aus. Man kann ja nach der Umorganisation nicht nur intern ausschreiben.«

»Das mußt du mißverstanden haben. Die Stelle als Wirtschaftssekretär ist nicht ausgeschrieben worden.«

»Nein, sie heißt ja auch nicht mehr so. Sie heißt ja irgendwie anders, wenn wir ein Unternehmen werden. Entwicklungsstratege oder so ähnlich.«

»Entwicklungsstratege? Meinst du die Annonce, die im Juni veröffentlicht wurde?«

»Genau. Es gab wohl jede Menge Bewerbungen.«

Fredrik starrte ihn an.

»Willst du damit sagen, daß *meine Stelle* ausgeschrieben wurde?« sagte er.

Ulf lachte über sein Erstaunen.

»Ja, aber mein Gott, Fredrik. Das ist doch nur ein Spiel fürs Publikum. Heutzutage muß doch alles der Konkurrenz ausgesetzt werden. Alles kriegt irgendwie einen neuen Namen. Aber du weißt doch selber, daß das nur Show ist. In der Praxis bleibt alles beim alten. Jetzt schau nicht so erschrokken, alter Junge. Das ist die Gemeinde. Wenn bei so einem alten Dampfer das Ruder umgelegt wird, dauert es zehn Jahre, bis er den Kurs ändert.«

Ulf knüllte seinen Kaffeebecher zusammen und warf ihn in den Abfallkorb.

»Ich muß jetzt los. Wir sehen uns um zwölf bei Marcos. Okay?«

Er klopfte Fredrik leicht auf die Schulter und ging zum Aufzug. Fredrik blieb stehen und starrte vor sich hin.

Seine Stelle war eigentlich eine Vertretung. Formell war er als Assistent im Wirtschaftsdezernat angestellt, aber er war sofort Wirtschaftssekretär geworden, weil der eigentliche Sekretär sich für eine Stelle als Projektleiter in Brüssel hatte freistellen lassen. Er hatte da eine steile Karriere gemacht, die Familie fühlte sich pudelwohl, die Kinder sprachen fließend Französisch, er würde also auf absehbare Zeit nicht auf seine bescheidene Stelle in Kungsvik zurückkommen. Aber er hatte die Stelle nicht gekündigt, und Fredrik war nach drei Jahren immer noch die Vertretung, obwohl alle ihn als festangestellt betrachteten. Was er auch war, allerdings für eine andere Stelle. Diese Art von Vereinbarungen war in der Kommunalverwaltung von Kungsvik ziemlich üblich, und niemand dachte darüber nach, solange alles normal lief. Aber das leichte Erdbeben, das eine Umorganisation auslöste, brachte die Brüchigkeit solcher provisorischer Konstruktionen zutage.

Was war er nur für ein Idiot! Er hatte einen externen Bewerber für seine eigene Stelle unterstützt! Kein Wunder, daß die anderen ihn komisch angeschaut hatten.

*

Sture Persson, der Chef des Wirtschaftsdezernats, forderte Fredrik auf, in einem der ausladenden, aber unverschämt bequemen Ledersessel Platz zu nehmen. (Er hatte sie von einem Möbelhändler in der Stadt zu seinem 50. Geburtstag geschenkt bekommen, und es handelte sich dabei zweifelsfrei um eine Bestechung.) Der Sessel hatte eine hypnotisch beruhigende Wirkung, und er brachte auch die nervösesten Angestellten dazu, ganz offen über ihre Karriereträume und ihre Enttauschungen zu sprechen und ohne Bedenken Geheimnisse auszuplaudern, über sich selbst und andere in der Verwaltung. Wenn dieser Sessel zu Freuds Zeiten schon erfunden worden wäre, hätte er ihn zweifellos anstelle der berühmten Couch verwendet, dachte Fredrik.

Aber heute war er auf der Hut und verlangte sofort eine klare Antwort von Sture.

»Das kann wohl kaum überraschend für dich kommen. Die Umorganisation ist seit langem geplant«, sagte Sture.

Ja, Fredrik war mit Informationen überschüttet worden, aber alles war so verschwommen formuliert und voller nichtssagender Floskeln, daß er es nur zum Teil gelesen hatte. Vielleicht hatte er etwas verpaßt.

»Was die neue Stelle als Entwicklungsstratege betrifft, so wiegt dein Name natürlich schwer, besonders wenn man deine Erfahrung als Wirtschaftssekretär bedenkt. Wie du weißt, verschwindet diese Stelle im Zusammenhang mit der Umwandlung in eine Aktiengesellschaft«, fuhr Sture fort.

»Aber ist das nicht die gleiche Stelle, nur mit einem anderen Namen?«

»Nicht ganz. Der Tourismus wird ganz in Saras Bereich übergehen, das fällt also schon mal weg. Und Patrick wird viele der praktischen Aufgaben übernehmen. Die Stelle des Entwicklungsstrategen wird sich also mit den schwierigeren Problemen befassen, Neuansiedlung, Ausweitungen und … ja, Entwicklung. Und da hat dein Name einen guten Klang, Fredrik, du kennst dich in der Gegend aus und verfügst über ein weitverzweigtes Kontaktnetz.«

»Stand in der Anzeige nicht ausdrücklich, daß eine Frau gesucht wird?« fiel es Fredrik plötzlich ein.

»Doch, wir haben viel zuwenig Frauen auf den gehobenen Posten in der Gemeindeverwaltung. Deshalb muß das mit den weiblichen Bewerbern immer in der Anzeige stehen. Aber die Frauen, die sich bewerben, sind selten qualifiziert genug. Aber dieses Mal gab es einige starke Kandidatinnen. Unter anderen diejenige, die du selbst befürwortet hast.«

Fredrik wurde rot, als er an seinen Fauxpas erinnert wurde.

»Was willst du damit sagen? Werde ich rausgeworfen?« rief er aus.

»Natürlich nicht. Dein Name wiegt schwer, wie gesagt. Aber wir haben zwei weibliche Bewerber, die wir interviewen möchten. Und außerdem wollen wir dich interviewen, Fredrik.«

»Mich?« Fredrik lachte schrill. »Warum denn? Du weißt doch, was ich kann und wie ich bin. Wenn du etwas wissen willst, kannst du mich gleich jetzt fragen.«

Sture lächelte und schüttelte den Kopf.

»Nicht ich werde dich interviewen. Wir haben eine Beratungsfirma damit beauftragt. Sie haben sich auf Tauglichkeitsinterviews spezialisiert. Es ist besser, wenn ein Außenstehender das macht.«

»Ich soll also auf die Tauglichkeit für einen Job interviewt werden, den ich seit drei Jahren tadellos mache? Oder gibt es irgendwelche Beschwerden?« fragte Fredrik empört.

»Überhaupt nicht. Aber es ist, wie gesagt, nicht der gleiche Job.«

»Und worin genau besteht der Unterschied? Außer daß man den Tourismus los ist und den ganzen praktischen Mist?«

»Das ist noch nicht ganz klar. Das muß sich entwickeln, das kommt auch ein bißchen auf denjenigen an, der die Stelle bekommt. Aber ich habe keinerlei Kritik an der Art, wie du deine Arbeit bisher gemacht hast, Fredrik. Wir wollen nur, daß ein Außenstehender sich ein Bild vom Ganzen macht, ein professioneller Interviewer. Man wird so leicht betriebsblind. Sie kommt am Donnerstag nachmittag.«

»Wer? Die Frau, die meine Stelle bekommen soll?«

»Jetzt reg dich nicht auf. Die Interviewerin natürlich. Sie will dich um drei Uhr treffen. Paßt das?«

*

Fabian hatte in den Ferien öfter gesagt, daß er nicht wieder in den Kindergarten gehen wolle. Fredrik hatte nicht viel auf sein Gerede gegeben. In den ersten Tagen müßten sie vielleicht mit etwas Widerstand und Streit rechnen. Dann wäre alles wieder wie bisher.

Aber Paula nahm seine Abneigung gegen den Kindergarten ernst. Zu Fredriks großem Erstaunen hatte Fabian ihre volle Unterstützung, und sie entschied, daß er nicht mehr hinzugehen brauchte, zumindest vorübergehend.

Fredrik glaubte, nicht richtig gehört zu haben. Der Kindergarten war immer Paulas Steckenpferd. Sie habe nicht vor, Hausfrau und Mutter zu sein, nur weil sie einem »freien« Beruf nachging. Jetzt schien sie plötzlich ihre Meinung geändert zu haben.

»Er soll nicht mehr in den Kindergarten gehen? Wo soll er denn sonst bleiben?«

»Hier. Zu Hause.«

»Und wer soll sich um ihn kümmern? Du arbeitest doch.«

»Ich werde in der nächsten Zeit nicht so viel arbeiten«, erklärte Paula. »Jetzt, wo Olivia sich mehr bewegt, braucht sie mich auch mehr. Außerdem habe ich das Gefühl, mich im Moment nicht so recht ausdrücken zu können. Künstlerisch, meine ich. Dieser Teil von mir muß sich ein bißchen regenerieren.«

Fredrik fand ziemlich vernünftig, was sie sagte. Paula hatte, solange er sie kannte, intensiv künstlerisch gearbeitet, fast zu intensiv, hatte er manchmal gefunden. Er konnte verstehen, wenn sie eine Zeitlang nur Hausfrau und Mutter sein wollte. Aber er kannte Paula gut genug, um zu wissen, daß sie sich mit diesem Leben nicht lange begnügen würde, und er fürchtete, daß Fabian seinen Kindergartenplatz nicht zurückbekäme, wenn sie ihn erst einmal aufgegeben hatten.

Außerdem gab es auch einen ökonomischen Aspekt. Paulas Elterngeld war nicht der Rede wert, und sie brauchten alle Einkünfte, die sie bekommen konnten. Paulas letzte Ausstellung war zwar erfolgreich, aber der Gewinn würde am Ende lächerlich klein sein, wenn Bodil erst einmal ihre fünfzig Prozent abzog. Ja, wenn er bedachte, wieviel Zeit Paula investierte, und wenn man all die Kosten für Material und Reisen zusammenrechnete, dann war ihre Arbeit eigentlich ein reines Verlustgeschäft, und sie war auf Fredriks Gehalt angewiesen. Eine Tatsache, die natürlich noch nie mit einem Wort erwähnt worden war.

Manchmal fragte Fredrik sich, wie Paula über Geld dachte. Sie sprach meistens in einem sarkastischen Ton darüber. Und doch war es selbstverständlich für sie, daß sie in einem geräumigen Haus wohnten, und im Supermarkt schaute sie nie auf den Preis, wenn sie eine Ware in ihren Wagen legte. Sie war es schon immer gewöhnt, das zu kaufen, was sie haben wollte, sogar während des Studiums an der Kunsthochschule. Sie hatte sehr bescheiden gelebt, aber sie konnte immer ihre Eltern um Unterstützung bitten, wenn sie etwas brauchte. Geld war für sie so selbstverständlich wie die Luft, die sie atmete.

»Fabian kommt nächsten Herbst in die Schule. Ich möchte, daß er seine Freiheit so lange wie möglich genießen kann«, sagte Paula.

»Aber was soll er den ganzen Tag machen?«

Paula schaute Fredrik mit Erstaunen, beinahe mit Verachtung an.

»Machen? Er hat die Natur, den Garten, die Wiesen, den Wald. Er hat seine Phantasie.«

Als sie »Wald« sagte, mußte er natürlich sofort an Kwådd und das getötete Eichhörnchen denken, aber er wollte nicht darüber sprechen, weil Paula sich weigerte, mit ihm über Kwådd zu reden. Er hatte versucht ihr zu erklären, wie widerwärtig die Geschichte mit dem Eichhörnchen war, aber sie hatte keinerlei Verständnis gezeigt.

»Er muß ein *Junge* sein dürfen«, hatte sie mit einem merkwürdigen, fast schicksalsschwangeren Tonfall gesagt. Als hätte das Wort auf einmal eine ganz andere Bedeutung für sie.

»Das mit dem Junge-Sein beschäftigt ihn sehr, wie du vielleicht gemerkt hast. Er sagt oft ›Olivia ist ein Mädchen und ich bin ein Junge‹.«

Fredrik verstand nicht, warum Fabian nicht auch im Kindergarten ein Junge sein konnte. Aber er sah Paula an, daß er mit diesem Hinweis das Ganze auf die Spitze treiben würde, und er hatte das Gefühl, daß ihre Beziehung im Moment zu zerbrechlich dafür war.

Als er also am ersten Tag nach den Ferien zur Arbeit fuhr, war der Kindersitz leer, und er mußte nicht den Umweg über den Kindergarten machen.

Beim Mittagessen beschwerte er sich bei Ulf Sjöfeldt, er war der einzige, dem er sich in bezug auf Kwådd anvertraut hatte. Er erzählte, daß sein ungebetener Mieter seinen Sohn mit auf Eichhörnchenjagd genommen hätte, daß Fabian sagte, »der Mann unter der Treppe ist viel netter als du«, von dem unverzeihlichen Schlag in Fabians Gesicht und dem Konflikt mit Paula.

Ulf hörte zu und nickte verständnisvoll, während er den Rand seiner Capricciosa durchsägte.

»Das kommt ziemlich häufig vor, glaube ich. Daß man sich als Vater von einem anderen Mann verdrängt fühlt. Ich erinnere mich, wie es war, als mein Tobias Fußball spielte. Da gab es einen Trainer, der hieß Nicke oder Micke oder so ähnlich. So ein Muskelkerl, der irgendwie machomäßig drauf war, und das hat den kleinen Jungs imponiert. Tobias bewunderte ihn enorm. Früher hatten er und ich abends so ein bißchen zum Spaß trainiert. Es war mehr ein Herumbolzen, wir haben mit dem Ball getrickst und so. Aber jetzt konnte ich ihm überhaupt nichts mehr beibringen, Nicke oder Micke konnte ja alles so viel besser. Es war hart, so vom Thron gestürzt zu werden. Aber Anna, meine Frau, sie hat ein bißchen Kinderpsychologie studiert – sie ist ja Erzieherin –, hat gesagt, daß es ganz normal ist, wenn Jungen irgendwann den Vater durch ein anderes männliches Vorbild ersetzen. Darüber muß man sich keine Sorgen machen. Der andere kann einen als Vater nie ersetzen. Das ist nur eine Art Befreiung. Dein Sohn liebt dich genauso wie zuvor, Fredrik. Diesen Mieter braucht er im Moment nur, um seine Rolle als Mann auszuprobieren.«

»Das gleiche sagt Paula auch. Aber muß er denn auf Eichhörnchen schießen! Wir leben doch verdammt noch mal nicht mehr in einer primitiven Jägergesellschaft!« rief Fredrik.

Ulf beugte sich vor.

»Du, ich gebe es zu, ich habe als Kind auch auf Eichhörnchen geschossen. Mit einem Luftgewehr. Schrecklich, aber ich habe es getan.« Er seufzte. »Gibt er ansonsten Ruhe, dieser Kwådd? Keine Messerwerfereien mehr?«

Fredrik hatte ihm vom mißglückten Einsatz der Polizei erzählt. Seinen eigenen Versuch mit Bodils Hund erwähnte er jedoch nicht.

»Nein, aber er pißt auf unsere Rosen«, murmelte er.

Ulf lachte.

»Merkwürdiger Typ. Seit wann wohnt er eigentlich im Haus?«

»Ich habe keine Ahnung.«

»Kannst du nicht die Vorbesitzer fragen, ob sie ihn kennen?«

»Die wohnen in Kanada, und ich habe keine Adresse.«

»Und die vor ihnen im Haus gewohnt haben?«

Fredrik schüttelte den Kopf.

»Ich weiß nicht, wer das war.«

Ulf wechselte das Gesprächsthema:

»Wie ist eigentlich das Entwicklungsgespräch verlaufen?«

»Ach so. War nichts Besonderes. Du hattest recht mit meiner Stelle. Das ist nur ein Spiel für die Zuschauer, ich mache weiter wie bisher, man nennt es jetzt nur Entwicklungsstratege. Ich bin den Tourismus los und den praktischen Kleinkram und kann mich auf die wichtigen Sachen konzentrieren, Neuansiedlungen und Ausbau. Ich glaube, das wird gut«, sagte Fredrik in leichtem Ton.

Er erwähnte nicht, daß er von einer Beraterin interviewt werden würde. Das war zu erniedrigend.

»Na also, was habe ich gesagt?« sagte Ulf lachend und fuhr sich mit der Hand durch seine Nackenlocken. »Soll ich uns einen Kaffee holen?«

*

Am nächsten Tag, als Fredrik den traditionellen Freitagswein kaufte, traf er seinen Nachbarn Björn Valtersson, der sich gerade mit einem Karton Dosenbier eindeckte.

»Hast du das Geld für das Balkongeländer bekommen? Ich habe es überwiesen«, sagte Fredrik.

»Ja, sicher, vielen Dank.«

»Gut. Etwas anderes: Weißt du, wer früher in unserem Haus gewohnt hat? Vor Jonfelts, meine ich.«

»Ja«, sagte Björn und zurrte den Griff um den Bierkarton fest. »Das war Elsa Stening. Eine nette alte Dame. Sie ist immer mit dem Fahrrad in den Ort gefahren und hat ihre Einkäufe in einem Anhänger transportiert. Ich habe ihr angeboten, sie zu fahren, aber sie wollte allein zurechtkommen. Sie war früher Lehrerin, glaube ich. Im Sommer saß sie mit einem Strohhut auf dem Kopf im Garten und malte an einer Staffelei. Sie war sehr vital. Ich habe nie verstanden, wie sie dieses große Haus allein versorgen konnte. Aber dann wurde sie zu alt, sie mußte es verkaufen und ins Altenheim Klövergården ziehen.«

»Lebt sie noch?« fragte Fredrik. »Ich würde gerne mal mit ihr reden. Über die Geschichte des Hauses und so.«

Björn zuckte mit den Schultern.

»Es ist erst ein paar Jahre her, daß sie ausgezogen ist, es kann gut sein, daß sie noch lebt. Aber vielleicht ist sie ein bißchen senil. Sie muß an die Neunzig sein, wenn sie noch lebt. Du kannst ja im Klövergården anrufen und nachfragen.«

Der kleine Karl

Der Klövergården war ein einstöckiges Gebäude, aber so verwinkelt, daß man die Anlage nicht gleich verstand. Vom Eingangsgebäude gingen Flügel mit den Zimmern der Bewohner ab, wie die Zähne eines Kamms, dazwischen lagen hübsche kleine Gärten, in denen die Alten sich mit ihren Rollstühlen oder Gehhilfen auf asphaltierten Wegen bewegen oder an einem der plätschernden Brunnen unter einer Weide auf einer Bank sitzen konnten.

In dieser Anlage fand er Elsa Stening: Sie ruhte sich nicht auf einer Bank aus und tapste nicht hinter einer Gehhilfe her, sie kniete in einem Beet mit Kräutern.

»Das ist Fredrik Wennéus, der dich gerne besuchen möchte, Elsa«, sagte die junge Frau, die ihn hierhergebracht hatte.

Mit Hilfe ihren Stocks kam Elsa rasch auf die Füße. Sie war klein und schmal, trug lange Hosen und ein Hemd, um die weißen Haare hatte sie ein kleines Tuch gebunden. Sie zog die Gartenhandschuhe aus und reichte Fredrik die Hand. In ihren blauen Augen war ein neugieriges, freundliches und zugleich scharfes Blitzen, und Fredrik machte beinahe reflexartig einen kurzen Diener, wie ein kleiner Junge.

»Du übertreibst es nicht mit der Gartenarbeit, nicht wahr, Elsa. Denk an dein Herz«, ermahnte die junge Frau. »Ich lasse euch jetzt allein.«

»Ich jäte ein bißchen im Kräutergarten. Man muß immer hinterher sein«, erklärte Elsa, als die junge Frau gegangen war.

Sie bückte sich und knipste ein paar Blätter ab.

»Zitronenmelisse. Das ist gut im Tee. Sollen wir zu mir ins Zimmer gehen?«

Sie ging auf eine Terrassentür zu, die zu den Zimmern der Bewohner führte.

Fredrik hatte alte Möbel und gedämpfte Farben erwartet, Fotos von Kindern und Enkeln, Kreuzstichstickereien. Aber Elsas Zimmer war mit modernen hellen Möbeln eingerichtet. An den Wänden hingen schwarzweiße Fotoposter mit einfachen Naturmotiven: Zweigen, Berglandschaften, eine Seerose auf dem Wasser.

»Einen Tee?«

Sie hielt schon die Thermoskanne über zwei Keramikbecher, die auf dem Tisch standen.

»Ja, gerne«, sagte Fredrik, und zu seinem Ärger verbeugte er sich schon wieder.

Wie kam es, daß er sich in Gegenwart dieser kleinen alten Frau wie ein Schuljunge fühlte? Dann fiel ihm ein, daß Björn Valtersson gesagt hatte, daß Elsa Stening Lehrerin war.

Er hatte beim Klövergården angerufen und erfahren, daß Elsa Stening noch lebte und immer noch hier wohnte, er hatte auch vorsichtig gefragt, ob sie noch klar im Kopf sei.

Björn hatte ja so was angedeutet. »An manchen Tagen ist sie klar, an manchen verwirrt«, hatte die Leiterin geantwortet.

Fredrik war offenbar an einem der klaren Tage gekommen. Höflich und interessiert erkundigte Elsa Stening sich nach seiner Arbeit. Aus irgendeinem Grund wußte sie, was er machte. Sie wußte auch, daß Paula Künstlerin war, und zu seiner Verblüffung (und Scham) hatte sie sogar die Ausstellung im Speicher gesehen. Sie wußte, daß sie im letzten Winter in das Haus gezogen waren, und sie war erstaunlich gut informiert über die aktuellen Projekte der Gemeinde, auch über Projekte, die nicht in der Zeitung standen.

Für eine neunzigjährige, leicht senile Dame im Altersheim war Elsa Stening erschreckend gut informiert. Sie hatte offensichtlich viele Kontakte, sowohl zu Politikern als auch zu Unternehmern in der Gemeinde, nannte manche ihre Freunde und bat Fredrik, ihnen Grüße auszurichten, wenn er sie sah.

Nach diesem einleitenden Smalltalk, der Fredrik ein wenig verwirrte, fragte Elsa Stening nach seinem Anliegen.

»Ja, ich wohne also in dem Haus, in dem Sie früher gewohnt haben, Frau Stening«, begann er zögernd.

»Ich war nie Frau, sag doch bitte du«, schob sie freundlich ein.

»Danke. Ja, ich wüßte gern ein bißchen mehr über das Haus. Haben Sie ... hast du ... lange dort gewohnt?«

Er brachte das Du fast nicht über die Lippen. Fredrik wäre es lieber gewesen, sie hätte ihn gebeten, »Fraulein Stening« zu sagen, so wie ihre Schüler sie vermutlich früher genannt hatten.

»Ja, ich habe fast zwanzig Jahre dort gewohnt«, sagte sie und schenkte, ohne zu fragen, Tee nach. »Das ist schon eine lange Zeit, kann man sagen. Genau wie deine Frau male ich gerne – natürlich ganz laienhaft. Ich male Aquarelle. Als ich noch Lehrerin war, hatte ich nur selten Zeit dazu, aber ich habe immer von einem Haus auf dem Land geträumt, wo ich Zeit zum Malen hätte.

Ich habe das Haus gekauft, als ich pensioniert wurde. Eigentlich war es ja viel zu groß für mich, ich dachte auch eher an etwas Kleineres. Aber es war nicht teurer als ein kleines Haus. Es war natürlich nicht im besten Zustand. Es hatte lange leergestanden. Ich ließ es so weit renovieren, daß man darin wohnen konnte, aber die eigentliche Renovierung wurde von den Leuten gemacht, von denen ihr das Haus gekauft habt, der Familie Jonfelt. Es ist ja sehr schön geworden, habe ich gehört.«

»Hast du gerne dort gewohnt?«

»Oh ja, ich habe das Haus geliebt. Und den wunderbaren Garten. Die Aussicht, wenn man auf dem Balkon steht – die ist doch phantastisch, nicht wahr? Aber ich bekam Probleme mit dem Herz und konnte nicht mehr allein wohnen. Ich mußte es verkaufen und hierher ziehen.«

»Hattest du nie irgendwelche Probleme mit ... Mietern? Eindringlingen?« fragte Fredrik vorsichtig.

Elsa Stening schaute ihn erstaunt an.

»Unter der Treppe«, sagte er beinahe flüsternd.

Ein Lächeln breitete sich auf Elsas Gesicht aus.

»Aha. Ihr habt also Karl getroffen, ich verstehe.«

»Karl?«

»Ja, den kleinen Mann unter der Treppe.«

Fredrik setzte sich kerzengerade im Sessel auf.

»Karl? Heißt er Karl?«

Elsa zuckte mit den Schultern.

»Ich habe ihn so genannt. Ich hatte einmal einen Schüler, der Karl hieß, ich mochte den Jungen sehr gern. Er war hilfsbereit und freundlich, aber sehr still und schüchtern, fast unsichtbar. Ungefähr wie der kleine Mann unter der Treppe.

Ja, deshalb habe ich ihn Karl genannt. Ich glaube, in Wirklichkeit heißt er Gad.«

»Gad?«

»Ja, der biblische Name. Einer von Jakobs Söhnen. Ruben, Simon, Levi, Juda, Dan, Naftali, Gad«, ratterte Elsa die Namen herunter. »Weißt du die anderen fünf noch?«

Sie sah ihn streng an, und Fredrik errötete schamhaft.

»Leider nicht.«

»Nein, du hattest bestimmt eine jüngere Lehrerin. Das gehörte nicht mehr zum Religionsunterricht.«

Sie tätschelte ihm tröstend die Hand.

»Also, wenn ich mich recht erinnere, sagte er Gad. Er spricht ja ein bißchen undeutlich, das hast du sicher bemerkt. Ist ja auch egal, wie wir ihn nennen. Wir wissen, wen wir meinen. Die Familie, die vor euch dort gewohnt hat, hat ihn, glaube ich, Kurt genannt.«

»Kurt!«

»Ja, wenn ich es richtig verstanden habe. Aber um auf deine Frage zurückzukommen: Nein, ich hatte nie Probleme mit Karl. Er war der beste Mieter, den man sich wünschen kann. So freundlich und umsichtig, sehr schüchtern, fast scheu, könnte man sagen. Ich habe ihn nicht oft gesehen. Er verließ das Haus spät am Abend, wenn ich im Bett war, und kam früh am Morgen zurück. Manchmal war ich schon auf, wenn er sich hereinschlich, ich bin eine Frühaufsteherin. Aber ich tat so, als würde ich ihn nicht bemerken. Ich spürte, daß er Begegnungen nicht mochte, ich hielt mich also zurück.«

»Und er machte nichts kaputt?«

»Karl? Absolut nicht. Im Gegenteil. Er war sehr hilfsbereit. Ich hatte es ja am Herz, und er trug mir die schweren Einkaufstüten vom Fahrradanhänger ins Haus, ohne daß ich ihn darum bat.

Er reparierte tropfende Wasserhähne, reinigte Abflüsse, entlüftete die Heizkörper und wechselte morsche Bretter an der Eingangstreppe aus. Ich mußte ihn nicht bitten. Er war mein kleiner Hausmeister. Und Gärtner. Er schnitt die Hecken und die Obstbäume. Er jätete Unkraut und mähte den Rasen. Er wußte genau, was wann zu machen war. Unter seiner Pflege gediehen die Kletterrosen besonders gut. Ich habe noch nie so schöne Rosen gesehen. Ich weiß nicht, was er mit ihnen gemacht hat.«

Das willst du auch nicht wissen, dachte Fredrik.

»Du hast ganz andere Erfahrungen mit ... Karl gemacht als wir«, murmelte er.

»So? Kommt ihr nicht miteinander aus?«

Elsa Stening schaute besorgt drein.

»Nein, das kann man so sagen.«

»Weißt du, ich glaube, man muß ein gewisses Alter haben, um mit Karl zurechtzukommen. Man muß zur Ruhe gekommen sein. Dann kann man ihn kommen und gehen lassen, ohne sich zu ängstigen. Verstehst du? Am Anfang war ich auch ein bißchen unruhig, wenn ich ihn nachts hörte, das muß ich zugeben. Und auch, daß er nicht immer so ordentlich und sauber war, machte mir zu schaffen. Aber dann dachte ich: ›Was reg ich mich auf? Es muß auch solche wie ihn geben.‹ Ich beschloß, mich nicht um ihn zu scheren. Nicht mit ihm zu streiten, ihn nicht vertreiben zu wollen oder ihn mit Fragen und Gesprächen aufzuhalten. Und das klappte ausgezeichnet. Noch ein bißchen Tee?«

Fredrik schüttelte den Kopf.

»Nein danke. Noch etwas. Hat er eine Waffe gehabt?«

»Eine Waffe?«

»Ich denke da an eine Art Wurfmesser.«

Elsa Stening sah nachdenklich aus und schenkte sich Tee nach. Sie trank vorsichtig und sagte dann:

»Er war ja viel im Wald und jagte. Vor allem Kleinwild. Ja, ich glaube, er hat sich eigene Waffen gemacht, Pfeil und Bogen und so. Ja, vielleicht auch Messer. Er war ja so erfindungsreich. Fast ein technisches Genie.«

»Aber er hat seine Waffen nicht zu Hause benutzt. Im Haus oder im Garten?«

Elsa Stening schüttelte nachdrücklich den Kopf.

»Wenn er Messer verwendete, dann als Werkzeug, nicht als Waffe. Du scheinst dich wirklich mit ihm überworfen zu haben. Darf ich fragen, was du gemacht hast?«

»Ich habe ihm gesagt, daß es unser Haus ist, daß ich keine Mieter haben will und daß er ausziehen muß. Sonst nichts.«

Sie betrachtete ihn erstaunt.

»Aber es ist doch ein so großes Haus. Es liegt schön. Und ihr habt es billig bekommen, habe ich gehört. Es kann nicht alles perfekt sein. Haltet ihr einen kleinen Mann unter der Treppe nicht aus? Er nimmt doch nicht viel Platz ein?«

»Nein, wir wollen auf keinen Fall jemanden unter der Treppe wohnen haben. Das können wir nicht akzeptieren«, sagte Fredrik scharf.

»Tja, dann fürchte ich, daß ihr weiter Probleme haben werdet. Ich hoffe, es geht euch nicht wie der Familie vor euch.«

»Jonfelts? Was war denn mit denen?«

»Sie haben sich richtig mit Karl überworfen. Sie haben überhaupt nicht verstanden, wie man ihn behandeln muß. Sie hatten große Probleme mit ihrer pubertierenden Tochter. Du weißt, das kann eine schwierige Zeit für Eltern und Kinder sein.«

»Was ist passiert?«

»Das Mädchen fühlte sich von den Eltern nicht verstanden und schloß sich Karl an, der hat sie getröstet und sich um sie gekümmert. Sie war oft bei ihm unter der Treppe. Je öfter die Eltern ihr verboten, zu ihm zu gehen, desto öfter ... du weißt ja, wie es ist. Sie haben behauptet, daß er Sachen mit ihr gemacht hat.«

»Gütiger Gott!«

»Ich glaube nicht, daß es einen Grund für die Verdächtigungen gab. Eins weiß ich, das Mädchen hatte schon große Probleme, bevor sie eingezogen sind. Wie heißt das gleich wieder, wenn sie nichts essen?«

»Anorexie?«

»Genau. Sie hatte Anorexie. Jemand behauptete, daß sie auch schon einen Selbstmordversuch hinter sich hatte. Deswegen sind sie aufs Land gezogen, sie haben gedacht, es würde ihr da besser gehen. Und Karl hat es geschafft, daß es ihr besser ging. Sie hat wieder gegessen und wurde fröhlicher und runder. Ein bißchen zu rund, um ehrlich zu sein. Sie hat abgetrieben.«

Fredrik schnappte nach Luft.

»Er hat sie also ...«

»Nein, das kann irgend jemand gewesen sein. Wirklich irgend jemand. Es gab viele Kandidaten, glaub mir. Aber es ist immer bequem, einen kleinen Kerl unter einer Treppe zu haben, den man beschuldigen kann. Nicht wahr? Wenn der beste Kuli verschwindet – der Mann unter der Treppe hat ihn gestohlen. Wie kann so wenig Geld im Portemonnaie sein, ich habe nicht so viel ausgegeben. Natürlich der Mann unter der Treppe! Wieso ist der Boden in der Diele so schmutzig, ich habe doch erst vor ein paar Tagen geputzt? Der Mann unter der Treppe. Hast du mal darüber nachgedacht?«

Fredrik errötete. Er räusperte sich und sagte:

»Kannst du mir einen Rat geben, Elsa? Was soll ich mit diesem Kerl machen?«

»Nichts. Denk einfach nicht an ihn.«

»Aber ich kann doch nicht so tun, als gäbe es ihn nicht!«

»Nein, das kannst du nicht. Es gibt ihn, und es muß ihn geben. Dagegen kannst du nichts machen, und deshalb solltest du nicht mehr an ihn denken. Denk an dich und an deine Frau und deine Kinder. Du hast eine unglaublich schöne Frau, die außerdem noch sehr begabt ist. Freu dich an ihr. Und an euren kleinen Kindern. Kinder sind das größte Geschenk, das man bekommen kann. Ich habe ja nie eigene gehabt, aber ich hatte all meine Schulkinder. Ich habe mich an ihnen erfreut, an jedem einzelnen. Da gab es begabte und unbegabte, lebhafte und ruhige, vorlaute und schweigsame. Du hast so viel bekommen. Du bist wirklich ein reicher Mann. Freu dich. Das ist mein Rat. Freu dich.«

Dann sah sie plötzlich sehr müde aus. Sie ging zum Bett und legte sich auf den Bettüberwurf.

»Und jetzt muß ich dich bitten zu gehen, es ist Zeit für mein Mittagsschläfchen. Und du mußt wohl auch wieder in deine Praxis. Bist du so gut und breitest diese Decke über mich? Vielen Dank. Warst du nicht Arzt? Nein, wie dumm von mir, du bist ja Zahnarzt. Ich muß zugeben, das hat mich überrascht. Du hast nicht zu den begabten Schülern gehört. Aber du warst ein lieber Bub, Sven, und dein Bruder auch.«

Elsa Stening lächelte zur Decke, und Fredrik merkte, daß sie im Begriff war, die klare Phase zu verlassen und in eine weniger klare einzutreten.

»Ich danke recht herzlich, daß ich kommen durfte«, sagte er. »Auf Wiedersehen.«

»Auf Wiedersehen, kleiner Sven.«

Auf dem Nachhauseweg dachte Fredrik an das, was Elsa Stening gesagt hatte: »Es gibt ihn, und es muß ihn geben.«

»Sicher«, murmelte er vor sich hin. »Aber nicht in meinem Haus!«

Er schlug leicht mit der Faust auf das Armaturenbrett.

»*Nicht in meinem Haus!*«

Kwådd war also schon da gewesen, als sie einzogen. Er war schon zur Zeit der Familie Jonfelt da gewesen und auch bei Elsa Stening. Und davor? Wie lange wohnte er schon da? Wie alt war er eigentlich? War er vielleicht alterslos, unsterblich? Hatte er da gewohnt, seit das Haus gebaut wurde, um die Jahrhundertwende? Oder noch länger? Wohnte er vielleicht schon seit Jahrtausenden in seiner unterirdischen Höhle?

Die Phantasie ging mit ihm durch, und er mußte lachen über die Bilder, die sie hervorbrachte.

Die Sonne schien noch über die grüne Landschaft. Er hatte das Gemeindehaus um halb drei verlassen, und jetzt war es viertel nach fünf. Er versuchte sich zu erinnern, ob Paula ihn gebeten hatte, etwas auf dem Heimweg zu erledigen. Nein, nichts. Keine Einkäufe im Supermarkt. Nicht zum Kindergarten. Keine leeren Flaschen wegbringen. Er konnte direkt heimfahren in Erwartung eines gemütlichen Donnerstagabends.

Donnerstag! Meine Güte, das Interview! Er hatte das Eignungsinterview mit der Einstellungsberaterin vergessen.

Der Test

Fredrik mochte die Einstellungsberaterin nicht, vom ersten Moment an. Ein spitznasiges, hochmütiges Mädel im Kostüm und weißen Nylonstrümpfen, dazu trug sie einen albernen Schal um den Hals – eine Rotznase, die sich als Oberschichtdame verkleidet hatte.

Als Fredrik bewußt geworden war, daß er das Interview vergessen hatte, rief er seinen Chef an, der einen neuen Termin für ihn ausmachte. Sie konnte leider nicht noch einmal nach Kungsvik kommen, deshalb trafen sie sich in ihrem Büro in einer sparsam eingerichteten Dachwohnung im Zentrum von Göteborg.

Zuerst mußte er einen schriftlichen Test machen. Fredrik beantwortete die Fragen schnell und routiniert – er hatte in seinem Leben schon viele solcher Tests gemacht –, während die Beraterin so tat, als sei sie an ihrem Computer beschäftigt.

»So!« rief er und schob die Blätter beiseite.

Sie schien überrascht zu sein, daß er so schnell war, aber sie nahm die Blätter mit gleichgültigem Gesichtsausdruck und stellte ein Notebook vor ihn auf die Tischplatte. Sie klappte es auf und schaltete den Computer für einen Bildtest an.

»Folge einfach den Anweisungen auf dem Bildschirm. Du wählst aus, indem du auf den Bildschirm zeigst. Nichts Besonderes. Du hast für jede Frage drei Sekunden. Du siehst auf der Digitaluhr rechts unten, wie die Zeit läuft. Wenn du spät oder gar nicht antwortest, bekommst du für diese Frage null Punkte. Scher dich nicht drum, wenn die Frage dir merkwürdig vorkommt. Antworte ganz spontan. Alles klar? Dann geht's los.«

Sie startete das Programm und zog sich hinter ihren Computer am Schreibtisch zurück.

Fragen und Bilder tauchten auf dem Bildschirm auf. Fredrik wurde ständig aufgefordert, Entscheidungen zu treffen. Die Fragen waren idiotisch und hatten nichts mit seiner Arbeit zu tun. Er zeigte folgsam auf die Bilder auf dem Display. Er hatte keine Ahnung, ob seine Antworten richtig oder falsch waren. Hin und wieder warf er der Beraterin einen Blick zu, aber sie war mit ihren Dingen beschäftigt.

Am Anfang war er zu langsam und bekam durch das Klingelzeichen signalisiert, daß die drei Sekunden vorbei waren.

»Nicht denken. Nur antworten«, sagte die Beraterin leise, ohne den Blick von ihrem eigenen Bildschirm zu nehmen.

Fredrik nickte verkniffen und versuchte ihrem Rat zu folgen. Am Ende – zu spät? – hatte er eine Technik gefunden. Er hielt den Finger vor dem Display bereit und zeigte, schon bevor das Bild auftauchte und ohne nachzudenken, irgendwohin. Er wußte selbst nicht, ob er vom Zufall oder der Intuition gesteuert wurde – oder war das möglicherweise das gleiche?

»Du wirst einen Monat auf einer einsamen Insel verbringen«, stand auf dem Display. »Welche Gegenstände nimmst du mit?«

Im nächsten Moment war die Fläche voll mit Bildern von allen möglichen Sachen: eine Kamera, eine Bibel, ein Seil, ein Teddy, ein Gewehr, ein Handy, eine Holzschale, eine Axt, eine Mundharmonika, eine Machete …

Die Zeit auf der digitalen Uhr begann zu laufen, und Fredrik tippte dreimal mit dem Finger. Axt, Gewehr, Machete – mein Gott, das waren ja alles Waffen! Was das wohl über seine Persönlichkeit sagte?

Aber jetzt war es zu spät, schon war die nächste Frage da, und er mußte wieder wählen. Er kam aus dem Takt, antwortete wieder zu langsam und wurde mit dem nervigen Signal des Klingelzeichens bestraft.

Dann war es vorbei, und der Computer dankte ihm für seine Mitwirkung.

Ich bin durchgefallen, dachte er.

»Dann kommen wir zum nächsten Programmpunkt«, sagte die Beraterin, die nun in einer Ecke des Raums stand. Unter der schrägen Decke standen zwei Regiestühle, vor einem war eine Videokamera auf einem Stativ aufgebaut. Die Beraterin bat Fredrik, Platz zu nehmen.

»Was zum Teufel ...«, sagte er. »Ich meine ... Muß ich wirklich ...?«

»Wir möchten alle deine Ausdrucksmöglichkeiten in den Test mit einbeziehen. Dazu gehört auch die Körpersprache«, erklärte sie und schaute durch die Kamera, um den Bildausschnitt zu justieren. »Der Film wird natürlich völlig vertraulich behandelt und sofort nach der Auswertung gelöscht. Hast du noch nie an einem Videointerview teilgenommen?«

»Doch, natürlich«, sagte Fredrik und setzte sich auf den ihm zugewiesenen Stuhl.

Das hatte er wirklich. Bei irgendeinem albernen Kurs. Sich hinterher anschauen zu müssen, war höchst unangenehm. Er sah im Profil aus wie ein Schimpanse.

»So, jetzt.«

Sie war mit der Kamera fertig, wandte sich ihm zu und betrachtete ihn besorgt.

Fredrik spürte, wie es feucht unter den Armen wurde, und ohne hinzuschauen, wußte er, daß sich zwei große Flecken unter den Ärmeln des hellblauen Hemdes ausbreiteten, das er am Abend zuvor so sorgfältig gebügelt hatte.

»Willst du vielleicht eine kleine Pause machen? Eine Tasse Kaffee?« schlug die Beraterin vor.

»Danke, das wäre schön.«

Sie verließ den Raum und kam mit einem Becher Automatenkaffee zurück. Als er aufstand, um ihn entgegenzunehmen, schlug er sich den Kopf an der niedrigen Decke an. Der Kaffee schwappte über seine Brust. Er verzog das Gesicht vor Schmerz.

Er schlürfte ein wenig heißen Kaffee, stellte den Becher auf den Boden und überlegte, wie er sitzen mußte, damit man den Kaffeefleck nicht sah.

Die Beraterin setzte sich in den anderen Regiestuhl und blätterte in ihren Papieren.

Fredrik verschränkte die Arme über der Brust, legte dann den rechten Arm auf die Schulter und den linken auf den Schoß, am Ende kehrte er jedoch zu den verschränkten Armen zurück.

»Sitzt du bequem?« fragte sie.

Er nickte.

»Bist du nervös? Das brauchst du nicht zu sein. Sei ganz du selbst und antworte spontan.«

»Ich bin nicht nervös«, log Fredrik.

»Ich werde dir Fragen stellen, und du antwortest. Es gibt keine Alternativen und auch keine zeitliche Begrenzung. Du antwortest mit deinen eigenen Worten und nimmst dir die Zeit, die du brauchst. Bist du bereit?«

»Shoot, Baby«, sagte Fredrik scherzhaft.

Sie lächelte nicht.

Die ersten Fragen waren leicht: »Nenne eine positive Eigenschaft an dir. Wie drückt sie sich in deiner Arbeit aus?« und »Beschreibe eine Situation, in der du deine Sichtweise deutlich ändern mußtest.«

Diese Art von Fragen hatte Fredrik schon oft gestellt bekommen, und sein Selbstvertrauen nahm wieder zu.

Aber dann änderte sich der Charakter der Fragen. Sie verließen langsam das vertraute Gebiet des Arbeitslebens, und die beschriebenen Szenarien hatten überhaupt nichts mehr mit seinem normalen Leben zu tun.

Fredrik starrte in die Kamera und antwortete, so gut er konnte, dabei war er sich die ganze Zeit bewußt, daß die Art, wie er sich ausdrückte, und seine Körpersprache nicht stimmten. Er wußte nicht, was schlimmer war: seine verschränkten Arme (die, soviel wußte er, Distanziertheit und Angst vor Nähe ausdrückten) oder ein zerknittertes Hemd mit Kaffeeflecken (ein deutliches Zeichen für Unsicherheit und Streß). Sein Brustkorb brannte, der heiße Kaffee hatte die Haut verbrüht, sein Kopf schmerzte nach der Kollision mit der Decke.

»Du fährst durch einen langen Tunnel«, sagte die Beraterin mit ihrer kühlen, monotonen Stimme. »Du kommst in einen Stau, es geht nicht weiter. Du weißt nicht, was passiert ist. Nach einer Stunde bewegt sich noch immer nichts. Was machst du?«

Er dachte über die Frage nach. Er wußte überhaupt nicht, was er darauf antworten sollte, und plötzlich verlor er die Beherrschung.

»Du, es ist mir scheißegal, was in diesem Tunnel passiert. Das ist völlig irrelevant, weil es in Kungsvik keinen Tunnel gibt. Es hat überhaupt nichts mit meiner Arbeit zu tun.«

Sie nickte und sagte ruhig:

»Ich versuche nur, mir ein Bild von deiner Persönlichkeit zu machen. Nimm es nicht so ernst, antworte einfach spontan, was dir einfällt.«

Er schluckte seinen Ärger hinunter, räusperte sich und schaute mit festem Blick in die Kamera. »Okay, ich werde versuchen zu antworten. Ein Tunnel, hast du gesagt?«

»Diese Frage hast du bereits beantwortet. Wir machen weiter«, sagte die Beraterin und warf einen Blick auf ihre Papiere.

»Ich habe nicht geantwortet«, protestierte Fredrik, »ich habe nur gesagt ...«

»... daß es dir scheißegal ist, was in dem Tunnel passiert«, zitierte sie ihn.

»Das war keine Antwort.«

»Alles ist eine Antwort. Wir machen mit der nächsten Frage weiter.«

Und dann machten sie weiter. Ohne weitere Proteste ließ er zu, daß diese kleine, ahnungslose Rotznase seine Eignung für eine Arbeit testete, die er seit drei Jahren tadellos ausführte. Er mußte einfach ihren wahnsinnigen Spielregeln folgen. Und er hatte vermutlich bereits verloren.

Wie merkwürdig. Etwas zu verlieren, das man für selbstverständlich hielt. Einen Teil des Daseins. Ein Stück von sich selbst. Wie wenn der eigene Vater plötzlich sagt: »Ich bin nicht dein Vater.«

Stromkabel

Der Sommer ging in den Herbst über. Der wogende gelbe Teppich aus Roggen war abgeerntet worden, und nur die Stoppeln blieben zurück. Die Kletterrosen an der Hauswand waren verblüht – sehr schnell und, wie Fredrik fand, viel zu früh: In anderen Gärten blühten die Rosen noch. Vielleicht hatten Fredrik und Paula Rosen, die nicht so lange blühten. Oder Kwådd war seiner Aufforderung nachgekommen und hatte nicht mehr an die Rosen gepinkelt.

Paula arbeitete weniger und war nun vorrangig damit beschäftigt, »Mutter sein zu dürfen«, wie sie es nannte. Fabian verbrachte seine Tage im Wald und »durfte Junge sein«. (Fredrik fragte sich, was sie vorher gewesen waren.)

Fredriks Arbeitstage wurden immer länger. Bisher wurde der Tag durch das Abholen vom Kindergarten auf natürliche Weise begrenzt. Jetzt, wo es diese Grenze nicht mehr gab, dehnte die Arbeit sich nach allen Seiten aus. Er ging zu abendlichen Besprechungen, besuchte Unternehmen und Messen in anderen Gemeinden, und manchmal saß er bis zehn Uhr in seinem Arbeitszimmer, um »etwas wegzuschaffen«.

Das Ergebnis des schrecklichen Eignungstests lag vor. Fredrik war angeboten worden, ihn mit der Beraterin durchzugehen, aber er hatte abgelehnt. Er wußte, daß es eine Katastrophe war, und wollte nichts mehr davon wissen.

Statt dessen versuchte er zu beweisen, wie irreführend solche Tests waren. Einsame Inseln und Tunnels! Was für ein Quatsch. Er war jemand, der etwas tat. Das allein zählte.

Obwohl er so viel arbeitete, hatte er nicht das Gefühl, bei der Arbeit besonders geschätzt zu werden. Sein Engagement auf neuen Gebieten brachte neue Aufgaben und Anforderungen mit sich. Er schaffte unmöglich alles, und wenn er einmal ein Versprechen nicht hielt, gab es sofort Ärger. Aber ich *mache* doch so viel, dachte Fredrik. Ich erledige neun von zehn Aufgaben, und das einzige, was ich zu hören bekomme, ist, daß ich die zehnte nicht gemacht habe.

Die Septembernummer der Zeitschrift für Inneneinrichtung mit der Reportage »So wohnt Paula Kreutz« erschien. Da stand Paula in ihrem Atelier, im milden Licht der vielen Fenster der Veranda. Da war das wunderbare große Wohnzimmer, Neues und Altes in einer spannenden Mischung. Und die ganze Familie im Garten, Fredrik, Paula und die Kinder im Bollerwagen.

Wie lange das her war. Das frühsommerliche Grün war frisch und luftig, der Garten war wie in einen hellgrünen Schleier gehüllt. Fredrik und Paula waren noch ein Paar mit einem funktionierenden Liebesleben. Ein Paar, das miteinander sprach. Fabian war ein kleiner Flachskopf, der liebevoll seine kleine Schwester auf dem Schoß hielt, er hatte noch nie mit einer Schleuder auf Eichhörnchen geschossen und war noch nie von seinem Vater ins Gesicht geschlagen worden. Ach, was für eine unschuldige Zeit.

Aber was war *denn das*? Im Dunkel unter den Johannisbeerbüschen glänzten zwei Punkte. Wie die Augen eines Raubtiers, die das Licht reflektieren. Eine Katze?

Fredrik schaute das Bild ganz genau an. Der Fokus lag auf der Familie, nicht auf den Johannisbeerbüschen, der Bereich um die beiden Punkte war sehr dunkel, und doch: wenn man sich anstrengte, konnte man zwischen dem dichten Laubwerk einen zusammengekauerten Körper ausmachen.

Er reichte Paula die Zeitung und beobachtete sie, ohne etwas zu sagen, während sie die Bilder anschaute. Sie schien sehr zufrieden zu sein und hatte offenbar nichts Besonderes bemerkt.

*

Die Morgen waren klar und kühl. Fredrik fragte sich, wie es werden würde, wenn es richtig kalt wurde. Da konnte Kwådd sich wohl kaum mehr in seiner Höhle unter dem Fundament aufhalten, das mußte zu kalt werden, auch für einen Mann wie ihn. Vermutlich würde er die Tage schlafend in der Kammer verbringen. Wenn die Polizei sich ganz leise näherte, würde sie ihn im Schlaf überraschen und festnehmen können.

Dieser Gedanke ließ ihn hoffen, bis er an einem frühen, schlaflosen Morgen etwas sah, das ihn überraschte. Er saß in der Küche und trank seinen Kaffee, als sein Blick auf eine runde Dose an der Wand fiel, die er bisher nicht bemerkt hatte. Vermutlich war es eine Verteilerdose, denn von hier ging eine Leitung nach unten zur Steckdose, und ein Kabel führte weiter an der Fußbodenleiste entlang zur nächsten Steckdose. Soweit nichts Merkwürdiges.

Wenn nicht außerdem noch ein Kabel direkt in den Boden geführt hätte! Warum? Es gab ja keinen Keller. Das Kabel sah auch anders aus als die anderen Leitungen.

Er ging näher, kniete sich hin und untersuchte es genau. Die Dose und die Leitungen zu den Steckdosen waren weiß gestrichen, mit der gleichen Farbe wie die Wand. Aber das Kabel, das in den Boden ging, war dunkelbraun. Warum war ihm das bisher entgangen? Jetzt, wo er es bemerkte, fand er, daß es richtig hervorstach.

Fredrik erinnerte sich, daß Elsa Stening Kwådd als eine »Art technisches Genie« beschrieben hatte. Könnte es sein, daß er sich Strom in seine Höhle gelegt hatte?

Fredrik legte die Handfläche auf den Fußboden. Er kroch umher und fühlte an verschiedenen Stellen. War es da, wo das Kabel verschwand, nicht ungewöhnlich warm?

Er hatte sich Kwådds Versteck als kaltes, feuchtes Rattenloch vorgestellt. Jetzt sah er etwas anderes vor sich: eine heiße Höhle.

Er beschloß, im Winter die Stromrechnung im Auge zu behalten.

Installation

Als er die Autotür öffnete, riß der Wind vom Meer sie ihm beinahe aus der Hand. Er stieg aus und stand auf dem fast leeren Parkplatz.

Die Boote im kleinen Hafen waren weniger geworden, seit er zum letztenmal hier war, der Eiskiosk war geschlossen. Ein paar Möwen segelten im Wind und riefen sich mit langgezogenen, klagenden Schreien etwas zu.

Fredrik öffnete die Tür zur Galerie. Er blieb auf der Schwelle stehen, rief »Hallo«, um sein Kommen anzukündigen, und ging dann in den Ausstellungsraum. Paulas Ausstellung war jetzt zu Ende, und er hatte versprochen, auf dem Heimweg am Speicher vorbeizufahren und die Kunstwerke abzuholen, die nicht verkauft worden waren.

Bodil war damit beschäftigt, letzte Hand an eine Ausstellung zu legen, die am Samstag eröffnet werden sollte. Es schien eine Art Installation zu sein. Als Fredrik den Raum betrat, stand sie an Bildschirmen und drehte an Knöpfen. Sie trug etwas lose Sitzendes, das intensive Kobaltblau ließ Fredrik an fluoreszierende Tiefseefische denken. Sie drehte sich zu ihm um und lächelte.

»Wie schön, daß du kommst. Es gibt zwar nicht viel abzuholen – es sind nur noch vier Bilder übrig. Alles andere ist verkauft«, sagte sie, umarmte ihn und strich ihm mit der Hand über den Rücken. Dann stieß sie ihn mit einem leichten Schubser und klirrenden Armringen von sich, als hätte er und nicht sie die Initiative zu dieser Intimität ergriffen, und fuhr fort: »Phantastisch, nicht wahr?«

Er nickte, wie immer in Bodils Gegenwart war er ein bißchen verwirrt. Sein Blick wanderte durch den Raum.

»Was ist das für eine Ausstellung?«

»Sie handelt vom Mann. Ein junger Hochschüler hat sie gemacht. Er ist sehr vielversprechend. Ich bin durch einen seiner Lehrer auf ihn aufmerksam geworden. Spannend, nicht?«

An den Wänden waren Vergrößerungen von alten Fotografien, die afrikanische Eingeborene in Kriegsbemalung vorstellten, Bärenjäger mit ihrer getöteten Beute, Gleisarbeiter, Sackträger und Waldarbeiter bei ihrer harten physischen Arbeit. Zwischen den Fotos hingen altertümliche Speere, Hacken und Spaten, daneben moderne Krawatten und Handys. Auf dem Boden lag ein Bärenfell samt Kopf.

Fredrik ging langsam an den Wänden entlang und blieb dann vor den Monitoren stehen, auf denen jeweils ein Film lief. Auf dem einen sah man einen Mann in Hemd und Schlips, der an einem Schreibtisch in einem sterilen Büro saß und an einem Computer arbeitete. Auf dem anderen sah man einen schleichenden Buschmann mit Lendenschurz und Speer. Die Leben des Büromanns und des Buschmanns liefen synchron auf den Monitoren, und da gab es, fand

Fredrik, gewisse Parallelen: Während der Büromann einen beherrschten, für den Zuschauer lautlosen Wortwechsel mit seinem Chef hatte, raste der Buschmann in voller Kriegsbemalung mit erhobenem Speer auf seinen Feind zu. Wenn der Büromann seinen Einkaufswagen zwischen den Supermarktregalen durchschob, schleuderte der Buschmann seinen Speer auf eine Antilope.

Mitten im Raum stand ein Trainingsgerät aus einem Fitness-Studio. Auf dem Sitz saß eine männliche Schaufensterpuppe, sie trug Shorts und ein Ringerhemd, die erhobenen Arme umfaßten zwei Griffe.

»Einen Moment«, sagte Bodil und bückte sich hinter dem Gerät.

Ein schwaches Motorengeräusch war zu hören, und im nächsten Moment zog die Schaufensterpuppe die Griffe nach unten – vielleicht drückte auch die Mechanik die Griffe nach unten und zog die Arme mit. Auf jeden Fall sah es so aus, als würde der Schaufenstermann seine Armmuskeln trainieren.

Bodil lachte über Fredriks Erstaunen und verließ schnell den Raum. Um irgendwo einen Plattenspieler anzustellen, wie er sogleich merkte, denn kurz darauf kam ein dumpfes Trommeln aus den Lautsprechern.

»Wie findest du es?« fragte Bodil.

Dunk, dunk, dunk-dunk-dunk machten die Trommeln, der Schaufenstermann zog an seinen Gewichten, der Büromann lief in einen Aufzug, der Buschmann versuchte ein Feuer zu machen.

»Ja. Doch. Ausgesprochen ...«, murmelte Fredrik verwirrt.

»Ausgesprochen stark, nicht wahr? Es ist noch nicht ganz fertig. Pontus – also der Künstler – kommt morgen her und macht noch ein paar Kleinigkeiten. Du kommst doch zur Vernissage am Samstag?«

»Ich weiß nicht. Paula kommt bestimmt, aber ich werde wohl mit den Kindern zu Hause bleiben.«

»Aber könnt ihr denn die Kinder nicht mitbringen? Es gibt hinterher Wein und Krabben.«

»Danke, das klingt nett. Aber ohne Kinder hat man mehr davon. Olivia ist sehr lebhaft.«

»Dann versucht doch einen Babysitter zu bekommen. Aber du hast schon ein bißchen was gesehen. Vielleicht sollten wir auch den Vernissage-Wein ein bißchen probieren – ich habe ihn schon kalt gestellt.«

»Tut mir leid, Bodil, du weißt, ich muß noch fahren.«

»Nur ein winziges kleines Glas? Es ist ein südafrikanischer Wein. Richtig gut. Komm.«

Die Hand, die auf seinem Oberarm geruht hatte, glitt zu seinem Handgelenk hinunter und zog ihn mit. Und wie ein widerspenstiges, aber wohlerzogenes Kind, das zum Zähneputzen geschleppt wird, folgte er ihr die steile Treppe hinauf, die ins Dachgeschoß führte, wobei er halbherzig protestierte:

»Ich muß wirklich gleich fahren. Paula wartet auf mich.«

»So eilig hast du es wohl nicht. Du hast den ganzen Tag gearbeitet. Jetzt trinkst du ein Glas Wein mit mir, schaust aufs Meer und entspannst dich ein Weilchen«, entschied Bodil.

Sie saßen am einen Ende des großen Tischs mit grau gewordenen, unbehandelten Brettern und tranken Bodils Wein aus hohen Einweggläsern. Die vier nicht verkauften Kunstwerke von Paula lehnten an der Wand. Vom Plattenspieler da unten hörte man immer noch den Rhythmus der Trommeln.

Sie plauderten zunächst über dies und das, dann beugte Bodil sich vor, schaute ihn forschend an und sagte leise, fast flüsternd:

»Wie steht es denn um dich, Fredrik?«

»Wie meinst du das?«

»Du wirkst so ... ich weiß nicht. Du hast doch keine Schuldgefühle wegen Leonardo? Das hätte mir auch passieren können.«

Fredrik verzog das Gesicht. Er hatte den Hund total vergessen, und ihm wäre lieber gewesen, sie hätte ihn nicht erwähnt, denn jetzt bekam er tatsächlich Schuldgefühle.

»Oder ist es etwas anderes?«

»Nein, was soll sein?«

»Wie geht es euch, dir und Paula? Als ich neulich mit ihr zusammen war, hatte ich das Gefühl, daß es euch nicht so gut geht.«

Er drückte das Glas, das er in der Hand hatte. Was hatte Paula erzählt? Daß er impotent war? War es möglich, daß sie so etwas ihren Freundinnen anvertraute? Nein, nicht Paula. Und Bodil war auch kaum zu den Freundinnen zu zählen. Aber Frauen konnten manchmal sehr offenherzig miteinander sein, sie redeten auch über die intimsten Dinge, hatte er gehört. Sie konnten über ihr Geschlecht und ihr Sexleben auf eine Art reden, wie Männer es sich nie gestatten würden.

»Es geht mal so und mal so, wie in jeder Ehe«, murmelte er und schenkte sich noch ein wenig Wein nach.

»Wie lange seid ihr jetzt verheiratet?«

»Sieben Jahre.«

»Das verflixte siebte Jahr. Man behauptet, daß da was Wahres dran ist. Tja, ich weiß es nicht, ich habe ja noch nie so lange mit einem Mann zusammengelebt.«

Sie lachte ein wenig gekünstelt.

»Was weiß ich überhaupt? Ich habe nie so gelebt wie du, Fredrik. Ich weiß zum Beispiel nicht, was es bedeutet, Kinder zu haben. Aber ich kann mir denken, daß es eine Beziehung auf die Probe stellt.«

»Im Gegenteil. Es schweißt zusammen. Kinder sind ja, trotz allem, der Sinn der Liebe«, sagte er beinahe trotzig.

Bodil kniff die Lippen zu einem bitteren Lächeln zusammen, und ihm wurde plötzlich bewußt, daß die ausgebliebene Mutterschaft vielleicht ihr wunder Punkt war, und er fügte rasch hinzu:

»Auf jeden Fall biologisch gesehen.«

»Ja, ich dachte mehr an die romantische Seite.«

»Aha. Ja«, sagte Fredrik und schaute zu den Deckenbalken hinauf.

Sie tranken schweigend ihren Wein. Vor der verglasten Giebelwand war die klare Septemberluft dunkelblau geworden. Die kleinen Inselchen verschmolzen zu einer kompakten Masse, die sich gegen den Himmel abzeichnete.

Der Plattenspieler da unten schien eine Nonstop-Funktion zu haben, denn die Eingeborenentrommeln dröhnten immer noch herauf.

Wieviel hatte er getrunken? War das sein zweites Glas oder schon sein drittes? Er warf einen Blick auf den Pappkanister mit dem Wein. Wieviel einfacher war es mit Glasflaschen, wo man sehen konnte, wieviel verschwand. Er mußte gehen, bevor er so betrunken war, daß er nicht mehr fahren konnte. Er stand auf.

»Danke für den Wein. Gleich ruft Paula auf dem Handy an und fragt, wo ich bleibe.«

»Kontrolliert sie dich so?«

Ohne zu antworten, nahm er zwei Bilder und trug sie zum Auto hinunter. Als er zurückkam, hatte Bodil die anderen zwei schon zum Fuß der Treppe gebracht. Sie rief ihm aus dem Ausstellungsraum zu:

»Warte einen Moment, Fredrik. Du hast noch nicht alles gesehen. Komm.«

Er ging zu ihr. Sie hatte die schwarzen Vorhänge zugezogen und das blaue Abendlicht ausgesperrt. Der Raum war jetzt dunkel, und Gegenstände und Bilder wurden von Spots angestrahlt. Die Trommeln dröhnten, die Filme liefen, und der Schaufenstermann kämpfte mit seiner Maschine.

Gerade noch fand er die Installation übertrieben und blöd. In dieser Beleuchtung war die Wirkung eine ganz andere. Einfach. Rauh. Lockend. Beängstigend.

»Na?«

Bodil stand schräg unter einem Spot, das Gesicht und eine Körperhälfte waren im Schatten, was die andere Hälfte um so deutlicher hervortreten ließ. Die Haut im Ausschnitt war glatt und weiß wie Wachs, der Kleiderstoff leuchtete mit dem durchdringenden Blau einer Schweißflamme.

Er ging zu ihr.

»Phantastisch. Sehr eindrucksvoll. Vielen Dank, Bodil.«

Er legte seine Arme um sie, umarmte sie zum Abschied und fand es ausnahmsweise einmal angenehm, Bodil in die Arme zu nehmen. Vermutlich, weil er selbst die Initiative ergriffen hatte und sich nicht überrumpelt und bedrängt fühlte.

Er wartete auf eine Reaktion von ihr – ein hartes Festhalten, einen kleinen, abweisenden Schubser, ein Griff um sein Handgelenk – und er wußte, es würde ihm unangenehm sein, er würde sich aus der Umarmung ziehen und mit einer Entschuldigung davonlaufen.

Aber Bodil blieb ganz still stehen. Ihr Körper war fest und weich zugleich, er roch ihr Moschusparfüm, vermischt mit etwas anderem, das mußte ihr eigener Geruch sein. Seine Nase zog ihn in einem tiefen, neugierigen Atemzug ein, und als er ausatmete, spürte er wegen der Nähe zu ihrem Hals seinen Atem wieder im Gesicht. Sie schauderte, und als er merkte, wie das leichte, fast unmerkliche Zittern sich durch ihren Körper fortpflanzte, schwappte eine Welle durch seinen Bauch und füllte seinen Unterleib mit Blut und machte ihn ganz schwer. Verblüfft nahm er wahr, was mit ihm geschah.

Wie merkwürdig das alles war. Sein Körper dröhnte, als wären die Trommeln unter seine Haut gedrungen, und als er die Augen schloß, drehte sich alles in seinem Kopf, offenbar war er ein bißchen betrunken.

Seine Lippen berührten Bodils Wange, und dann, ganz vorsichtig, ihren Mund, der sich öffnete, überraschend weich und feucht, wie eine überreife Pflaume, die durch seine Berührung aufplatzte.

Im gleichen Moment schlugen die Türen der Vernunft hinter ihm zu. (Er glaubte beinahe, das hallende, unbarmherzige Krachen zu hören, das die Tonkünstler von amerikanischen Actionfilmen so lieben). Jetzt gab es nur noch einen Weg, gerade und begrenzt wie ein Tunnel, und niemand konnte ihn bremsen.

Sie schien zu verstehen, daß er nicht zu bremsen war, er war nicht aufzuhalten. Diese wunderbare, weiche Unterwürfigkeit! Als hätte sie das ganze Getue mit der gespielten Abwehr aufgegeben und verstanden, wer das Sagen hatte. Was gemacht wurde und wann und wie. Es hatte keinen Sinn, sich zu zieren.

Er drückte sie auf den Boden. Mit harten brutalen Bewegungen, überhaupt nicht der sanfte Liebhaber, der er sonst war, riß er ihr Kleid auf, zog ihren Slip aus und entblößte einen Haarbüschel, wildgewachsen und doppelt so groß wie bei anderen Frauen, kam es ihm vor, ein Büschel Seegras, das von einer abgelegenen Ecke des Meeresgrunds heraufgeschwommen war. Er pflügte sich in sie hinein, pumpte sie voll mit seiner rohen Kraft, unbarmherzig und mechanisch wie ein Tier.

Es war zu dunkel, er konnte ihr Gesicht nicht richtig sehen. Sie grunzte – vor Genuß, Angst oder vielleicht Schmerz? Er hatte keine Ahnung. Es war ihm egal.

Die Trommeln dröhnten, die Bildschirme flimmerten, der Schaufenstermann kämpfte ungerührt lächelnd auf seiner Maschine – was für ein Wahnsinn das alles war!

»Ich wußte, es würde wunderbar sein mit dir«, seufzte Bodil, als er von ihr herunterrollte.

Er lag mit geschlossenen Augen auf dem Rücken und keuchte.

Als er die Augen öffnete, schaute er direkt in das Gesicht eines wilden Tiers. Die Oberlippe war aggressiv hochgezogen und entblößte scharfe Zähne.

Das Bärenfell.

Er kam auf die Füße, zog die Hosen hoch, erinnerte sich erstaunlicherweise daran, daß er die Bilder am Fuß der Treppe mitnehmen mußte, und lief hinaus zu seinem Auto.

In lebensgefährlicher Geschwindigkeit fuhr er auf schmalen Straßen nach Hause. Die Kurven schnitt er ganz links, obwohl er nichts sah, und an einer Stelle wäre er fast ins Schleudern geraten. Zum Glück begegnete er keinem einzigen Auto.

Paula lag auf dem Sofa vor dem Fernseher und sah sich einen englischen Krimi an.

»Wieso kommst du so spät«, sagte sie schläfrig. »Wir haben schon längst gegessen, und die Kinder schlafen.«

»Gut«, sagte er, setzte sich auf den Rand des Sofas und zog den Reißverschluß ihrer Hose herunter. »Denn ich werde jetzt mit dir schlafen.«

»Aber ...«

Sie blinzelte erstaunt.

»Kein Aber«, sagte Fredrik.

Männliches Dilemma

»Wie findest du das, Schatz?«

Fredrik verschluckte sich fast an seinem Müsli, als er am nächsten Morgen aufschaute und direkt in das grinsende Bärengesicht auf der Einladung zur Vernissage sah, mit der Paula wedelte.

»Das ist vielleicht eine sehenswerte Ausstellung«, sagte sie.

»Ganz bestimmt«, sagte Fredrik. »Ich habe sie gesehen.«

»Schon?«

»Ja, gestern abend. Ich werde also nicht mitkommen. Aber geh du nur.«

Er aß weiter und schaute vorsichtig die Karte an, die Paula neben ihn gelegt hatte. Bei der Erinnerung an den gestrigen Besuch in der Galerie war ihm nicht wohl. Er mußte ziemlich viel von diesem südafrikanischen Wein getrunken haben, denn er hatte Kopfschmerzen und einen trockenen Mund. Oder war es das schlechte Gewissen?

Er drehte die Karte um und las: »Männliches Dilemma. Pontus Hillert.« Trotz allem war Fredrik diesem Jüngling mit rasierter Glatze und Spitzbart ein wenig dankbar (ein briefmarkengroßes Bild von ihm war auf der Rückseite zu sehen). Mit seiner albernen Installation hatte er Fredriks sexuelles Ich erreicht, das irgendwo tief in ihm gefangen war, er hatte es aufgespürt und befreit, so wie ein alberner Schlager unter bestimmten Umständen einen tief ins Herz treffen und lange vergessene Gefühle hervorholen kann.

Während der folgenden Tage grübelte er oft über das Geschehene nach. Er war Paula noch nie untreu gewesen, war noch nie in Versuchung gekommen und hatte nie mit dem Gedanken gespielt. Jetzt war es passiert, es war moralisch verwerflich und durfte nie wieder geschehen.

Aber das Ereignis hatte immerhin dazu geführt, daß Paula und er wieder ein funktionierendes Sexleben hatten. Nicht nur funktionierend, sondern gut, richtig gut. Vielleicht besser als je zuvor. Paula war bisher eher kühl und zurückhaltend, jetzt war sie heißer, kühner, hungriger. Und er selbst war so potent wie ein Teenager. Vielleicht hatte die Enthaltsamkeit ihnen beiden gut getan.

*

Eines Nachmittags, als Fredrik durch die Flure der Gemeindeverwaltung zu seinem Arbeitszimmer lief, schaute Märta, die den Firmenkatalog betreute, aus ihrer Tür.

»Gut, daß du kommst. Eine Besucherin wartet auf dich«, sagte sie und zeigte auf sein Zimmer am Ende des Flurs.

Fredrik wurde nervös. Hatte er eine Verabredung? Er konnte sich nicht erinnern.

Ein paar Meter von der offenen Tür entfernt blieb er wie angewurzelt stehen, ein wohlbekanntes Geräusch hielt ihn zurück: das Klirren von einem Dutzend Armreifen, die an einem weiblichen Arm ständig miteinander kollidierten.

Er machte auf dem Absatz kehrt und lief den Flur entlang zurück zu Märta, die immer noch in ihrer Tür stand. Er packte sie am Handgelenk, beugte sich zu ihren blaugrauen, dauergewellten Locken vor und zischte ihr ins Ohr:

»Wer ist das denn?«

»Es ist die Frau von der Galerie unten am Hafen«, antwortete Märta und wand sich vorsichtig aus seinem Griff. »Sie wartet seit einer dreiviertel Stunde auf dich. Ich dachte, du würdest um zwei kommen.«

»Jemand anderes muß mit ihr reden. Ich habe keine Zeit«, sagte Fredrik und ging Richtung Aufzug.

»Aber Fredrik.« Märta lief neben ihm her. »Das kannst du wirklich nicht machen.«

»Sie will nur die Unterlagen für einen EU-Antrag. Die kann ihr auch jemand anderes geben«, zischte Fredrik und drückte auf den Knopf am Aufzug.

»Aber sie will mit dir persönlich reden, das hat sie ausdrücklich gesagt.«

»Sie muß mit jemand anderes reden, mir ist gerade eingefallen, ich habe einen Termin in der Handelskammer. Ich muß nach Göteborg«, sagte Fredrik und betrat den Aufzug.

»Aber du bist doch gerade erst gekommen«, sagte Märta.

Er drückte auf den Knopf. Die Tür zwischen ihnen glitt zu, und der Aufzug bewegte sich. Aber nicht nach unten ins Erdgeschoß, sondern nach oben in den fünften Stock, wo es am Ende des Flurs des Sozialamts eine geräumige Behindertentoilette gab, die immer frei war. Fredrik schlüpfte hinein, schloß ab und setzte sich auf die Toilette. Da vertiefte er sich die nächsten beiden Stunden in die Papiere, die er zufällig in seiner Aktentasche hatte – »Ziele und Richtlinien für den Tourismus an der Küste«.

Als er schließlich wieder in sein Arbeitszimmer schlich, waren sowohl Bodil als auch Märta nach Hause gegangen.

Fruchtlose Bemühungen

Es wurde immer herbstlicher, die Morgen waren frisch, die Abende dunkel und fast ein bißchen schaurig, aber sie waren auch gemütlich, wenn man ein schönes Haus auf dem Land hatte mit einem Kachelofen und Decken aus feinster Lammwolle, in die man sich einwickeln konnte.

Fabian verbrachte die Tage im Wald oder oben bei den Felsspalten, wenn er zum Essen nach Hause kam, war sein

Gesicht verschmutzt, die Kleider waren zerrissen, und er hatte etwas Listiges und Geheimnisvolles im Blick.

Olivia lernte laufen, sie hielt sich an den Möbeln fest und kam so überallhin.

Paula hatte ein künstlerisches Tief, sie blätterte alle möglichen Zeitschriften durch, lieh sich Videos aus und surfte im Internet, um sich inspirieren zu lassen.

Kwådd zeigte sich nicht. Und doch war er auf eine merkwürdige Weise präsenter als vorher. Sein Waldschmutz lag überall im Haus, und Fredrik glaubte oft, den kleinen Mann zu riechen, als hätte er gerade erst das Zimmer verlassen.

Wenn er allein in der Küche war, betastete er die Stelle auf dem Fußboden, an der das braune Kabel im Boden verschwand. Wie er vermutet hatte, wurde es da wärmer, je kälter es draußen wurde. Er studierte die Stromrechnung, aber da es ihr erster Winter im Haus war, hatte er keinen Vergleich.

*

In den Fluren seiner Behörde brodelte die Gerüchteküche. Das Wort »Entwicklungsstratege« fiel häufig. Wer würde es werden?

Ab und zu, wenn Fredrik sich der Sitzgruppe am Kaffeeautomat näherte, fiel sein Name, aber wenn er sich dann zu den anderen setzte, schwiegen sie plötzlich und sprachen über etwas anderes.

Über den Obstkorb wurde viel gescherzt. Die Gemeindeverwaltung hatte nämlich ein Unternehmen beauftragt, jeden Montag einen Korb mit Obst für jedes Stockwerk zu liefern. Der Korb stand in der Sitzecke neben den Kaffeeautomaten, und die Angestellten konnten sich eine Banane oder einen Apfel nehmen, wenn der Blutzuckerspiegel am

Nachmittag absank. Eine großzügige Geste der Verwaltung, ausgesprochen beliebt, ja, für die meisten Angestellten war es die erste Vergünstigung, seit sie bei der Kommune angestellt waren. Der Obstkorb hatte deshalb einen hohen symbolischen Wert, und da er so zentral in der Sitzecke stand, war er auch Anlaß für viele Diskussionen. Die Bananen waren am beliebtesten und verschwanden immer zuerst (die Orangen, die schwer zu schälen und klebrig waren, blieben am längsten liegen), und wie Kinder stritten sie sich halb im Scherz, halb im Ernst darüber, wie viele Bananen jeder nehmen durfte.

Als die Zeiten schlechter wurden und überall gespart werden mußte, wurde als erstes der Obstkorb gestrichen. Daraufhin verbreiteten sich ängstliche Gerüchte in den Fluren.

Als die Lage sich wieder besserte, kam auch der Obstkorb zurück. Die Früchte sahen jetzt saftiger und nahrhafter aus als zuvor.

Der Obstkorb wurde zum hochsensiblen Konjunkturbarometer.

Nun war der Tisch in der Sitzecke seit Wochen leer. Am Anfang nahm man es gelassen. Aber dann erfuhr man von der Sekretärin des Kommunalchefs, daß der Obstkorb auf unbestimmte Zeit abbestellt war.

Die Umorganisation des Wirtschaftsdezernats im Zusammenhang mit der Umwandlung in einen Eigenbetrieb hatte begonnen, und Fredrik machte sich Sorgen. Umorganisation und eine schlechte Finanzlage waren keine gute Kombination, und als er eines Morgens telefonisch und mit knappen Worten zu Sture Persson gerufen wurde, befürchtete er das Schlimmste.

»Hm, hm, hm«, hatte Fredrik gemurmelt, mit diesem sorgenvollen, beschäftigten Tonfall, den er immer an den Tag legte, wenn er im Kalender blätterte. »Wie wär's mit ...«

»Sofort. Wenn es geht«, hatte Sture gesagt und aufgelegt, ehe Fredrik ihm antworten konnte.

Ein Gespräch beim Chef, sofort und ungeplant. So früh am Morgen. Kein gutes Zeichen. Fredrik wußte aus Erfahrung, daß Sture zu den wenigen Menschen gehörte, die unangenehme Aufgaben so schnell wie möglich erledigten. (Fredrik selbst hatte die Angewohnheit, sie so lange wie möglich hinauszuschieben.)

»Ja, natürlich, ich komme«, hatte er in den tauben Hörer gesprochen, auf die magische Welt des Bildschirmschoners mit den sich umschlingenden abstrakten Figuren gestarrt und sich in dem künstlichen Meer verloren.

Das Klingeln des Telefons weckte ihn. Wie lange hatte er so gesessen? Eine Stunde? Er schaute auf die Uhr. Nein, gottlob nur eine Viertelstunde.

»Wo bleibst du denn?« sagte Sture ärgerlich.

»Ich mußte noch ein Telefongespräch führen. Tut mir leid, daß du warten mußtest. Ich bin sofort bei dir.«

Sture erwartete ihn in seinem geräumigen Zimmer am anderen Ende des Flurs. Fredrik setzte sich.

Sture Persson kam sofort zur Sache:

»Die Besetzung der Stelle als Entwicklungsstratege hat sich hingezogen, wie du weißt. Wir haben uns schwergetan, eine Entscheidung zu treffen, aber jetzt müssen wir endlich Nägel mit Köpfen machen, und – ich sage es lieber gleich – wir haben uns für einen der externen Bewerber entschieden.«

Fredrik sank immer tiefer in den weichen, kalbsledernen Schoß des Sessels. Er schloß die Augen. Wie weich es war. Wie entspannend. Er wollte nie wieder aufstehen. So muß es sein, wenn man in einer Schneewehe einschläft.

»Es war keine leichte Entscheidung, das solltest du wissen, aber in der neuen Situation, die auf uns zukommt, braucht es jemanden mit Qualifikationen auf den verschiedensten Gebieten, auch in bezug auf die Persönlichkeit.«

»Der Test!« flüsterte Fredrik. »Das Interview. Das war ein Fiasko, nicht wahr?«

»Na ja ... hm. Deine Eignung wurde als nicht sehr hoch bewertet, wenn ich mich recht erinnere«, murmelte Sture und blätterte in seinen Papieren. »Hier habe ich das Ergebnis: »Geringe Flexibilität. Unfähig zur Zusammenarbeit. Schlechte Konzentration. Geringe Entscheidungsfähigkeit. Niedriges Streßniveau. Aufbrausend. Sehr impulsgesteuert mit leichten Tendenzen zu Gewalt.« Er sah hoch und in Fredriks erschrockenes Gesicht. »Klingt nicht nach einem geeigneten Entwicklungsstrategen, nicht wahr? Aber du hast eine hohe Punktzahl bei Kreativität und Originalität. Das ist ja auch was.«

»Nimmst du solche Interviews wirklich ernst? Meiner Meinung nach ist das Kinderkram«, sagte Fredrik, der jetzt wieder aufrecht im Sessel saß.

»Es ist mir bewußt, daß man solche Tests mit Vorsicht genießen muß, und ich hätte es auch nicht so ernst genommen, wenn das Ergebnis nicht das bestätigt hätte, was mir selbst in letzter Zeit aufgefallen ist. Und nicht nur mir. Viele in der Verwaltung haben den Eindruck, daß ... ja, daß du dich verändert hast, Fredrik.«

»Inwiefern?«

»Du hältst Verabredungen nicht ein. Du rufst Leute nicht zurück. Du gibst Informationen nicht weiter.«

»Ich arbeite, soviel ich kann. Ich habe sehr viel zu tun. Ich bleibe jeden Abend länger.«

»Das weiß ich, Fredrik. Aber man muß Prioritäten setzen. Du widmest den ganzen Vormittag zwei Schulpraktikanten, wenn du eigentlich bei der Informationsveranstaltung der Gemeindeverwaltung sein solltest. Du läufst vor einer wartenden Kleinunternehmerin weg, um zur Handelskammer zu fahren, obwohl an diesem Tag überhaupt keine Besprechung ist. Du schnauzt Märta und andere Angestellte in der Verwaltung an. Du bist nicht anzutreffen, und wenn man dich endlich erwischt, dann hörst du nicht zu. Ich brauche keinen Eignungstest, um zu sehen, daß du für die Stelle als Entwicklungsstratege nicht geeignet bist, und deshalb haben wir uns für einen anderen Bewerber entschieden. Es tut mir leid, Fredrik.«

»Du schmeißt mich also raus?«

»Red keinen Unsinn. Wir werden natürlich eine andere Stelle für dich finden.«

»Was für eine Stelle?«

»Das werden wir sehen. Märta braucht vielleicht Hilfe beim Firmenkatalog«, sagte Sture vorsichtig.

»Märta will ganz bestimmt keine Hilfe haben. Der Firmenkatalog ist ihr Kind, und sie wird wahnsinnig, wenn jemand in ihrer Kartei stöbert, das weißt du.«

»Märta geht nächstes Jahr in Rente, und dann ist es nur gut, wenn jemand anderes sich auskennt ...«

»Ich habe nicht vier Jahre an der Handelshochschule studiert, um Adressen für einen Firmenkatalog zu tippen.«

»Okay, wir werden schon etwas finden. Es gibt auch andere Verwaltungen. Aber ich glaube, du brauchst ein bißchen Ruhe, Fredrik. Und du kannst ja über den Firmenkatalog nachdenken. Du kannst es ja mit anderen Aufgaben kombinieren.«

»Leck mich«, sagte Fredrik.

Er verließ das Zimmer und schlug die Tür hinter sich zu, daß die billig gebauten Wände wackelten und die Fenster klirrten.

Die böse Fee

Es war ein Abend im November. Fredrik war mit den Kindern allein zu Hause, als es an der Tür klingelte. Paula war in Göteborg, um Einkäufe zu machen und Freunde zu treffen.

Vor der Tür stand Bodil Molin, sie trug einen Regenmantel aus schwarzem Lack. Sie hatte sich einen Turban um den Kopf gebunden, und die Ringe in ihren Ohren waren so groß wie ihre Armreifen. Seit diesem wahnsinnigen Abend in der Galerie hatte Fredrik alles getan, um ein Zusammentreffen zu verhindern.

»Paula ist nicht zu Hause. Sie ist in Göteborg und kommt erst morgen wieder«, sagte er kühl.

»Ich weiß. Deswegen nehme ich die Gelegenheit wahr. Ich möchte dich alleine sprechen, Fredrik.«

»Das geht nicht. Das mußt du verstehen.«

Aber Bodil hatte sich schon an ihm vorbei in die Diele gedrängt. Ihre Dreistigkeit machte ihm angst. Ja, ihre ganze Erscheinung erschreckte ihn: Der schwarze, glänzende Mantel, der eher wie die Hülle für eine Maschine aussah, der kräftig rote Mund – als ob er gerade Blut geschmeckt hätte und mehr wollte – und der Ausdruck in ihren Augen. Ja, der Ausdruck in ihren Augen erschreckte ihn mehr als alles andere, obwohl er nicht wußte, was er bedeutete. Auf jeden Fall nichts Gutes. Absolut nichts Gutes.

»Ich muß mit dir reden«, sagte sie.

»Wir haben nichts zu bereden.«

»Nicht? Ich glaube, es gibt etwas sehr Wichtiges, worüber wir reden müssen, du und ich.«

»Und was könnte das sein?«

Sie schaute ihn aus den Augenwinkeln an, mit einem listigen Glitzern, das ihm den kalten Schweiß auf die Stirn trieb.

»Kannst du es dir nicht denken?«

»Nein.«

Der rote Mund formte sich zu einem Flüstern.

»Wir bekommen ein Kind, Fredrik.«

Er schnappte nach Luft.

»*Was hast du gesagt?*«

»Du hast es genau verstanden. Ich sehe es deinem Gesicht an, daß du es verstanden hast. Du kannst deine Gefühle schlecht verbergen, Fredrik. Kein Pokerface.«

»Das ist nicht möglich!«

»Warum sollte es nicht möglich sein. Wir hatten einen ungeschützten Verkehr. Da kann man schwanger werden. Das wirst sogar du wissen.«

»Aber ...«

Sie ist zu alt, dachte er. Nicht einmal in seinen wildesten Phantasien konnte er sich Bodil Molin schwanger vorstellen.

»Was aber?«

»Bist du sicher, daß ich der Vater bin?«

Sie lachte kalt. Ihr Lippenstift glänzte wie eine fette Salbe.

»Ihr Männer seid so vorhersehbar, daß es schon lächerlich ist. Erst: ›Das kann nicht sein!‹ Und dann: ›Das kann nicht ich gewesen sein!‹«

Er starrte sie an. Der schwarze Lackmantel, der Turban, die giftroten Lippen ließen sie aussehen wie eine Hexe. So sah keine schwangere Frau aus. Dies war eine böse Fee.

»Hast du einen Schwangerschaftstest gemacht?«

»Natürlich.«

»Mein Gott«, sagte er.

Sie standen immer noch in der Diele. Er wollte sie nicht weiter in sein Haus lassen.

»Ich nehme an, daß du dich für eine Abtreibung entscheidest.«

»Nie im Leben. Ich bin zweiundvierzig. Dies ist meine

letzte Chance, ein Kind zu bekommen. Ich werde es bekommen«, sagte sie trotzig.

Er fühlte sich unwirklich, irgendwie abgetrennt von den sienaroten Wänden, dem weißlasierten Holzboden, der Kommode mit der Marmorplatte und dem Hocker mit dem rotweiß-gestreiften Leinenstoff. Als ob seine Konturen perforiert wären und man ihn jeden Moment aus dem Bild herausdrücken könnte. Wie eine Anziehpuppe aus dem Papierbogen.

»Ist das dein Ernst?« flüsterte er.

Die Frage war so überflüssig, daß Bodil sich gar nicht erst herabließ, sie zu beantworten.

Er warf einen Blick durch die Tür zum Wohnzimmer. Es war, als blickte er durch einen Guckkasten in eine kleine glückliche Welt: Fabian lag auf dem Sofa vor dem Fernseher. Olivia saß auf dem Boden und riß langsam und konzentriert die Tageszeitung in kleine Stücke. Sie schienen den Gast in der Diele nicht bemerkt zu haben.

»Das geht nicht«, sagte er. »Ich habe schon eine Familie. Ich kann mit dir kein Kind haben, das mußt du verstehen.«

»Man kann zwei Familien haben. Das kommt in anderen Kulturen auch vor. Für einen Muslim ist es das Natürlichste von der Welt.«

»Ich bin kein Muslim, Bodil. Und ich will kein Kind mit dir haben. Das wäre eine Katastrophe für unsere Ehe, Paulas und meine.«

»Das ist nicht mein Problem.«

Sie zuckte mit den Achseln und betrachtete eine Ecke des Bodens.

Der Ton vom Fernseher war unnatürlich laut, als würden Steine einen Berg herunterrutschen. Er fühlte sich ganz schwach.

»Aber dann denk wenigstens an dich«, sagte er zögernd.

»Du wärst eine alleinerziehende Mutter, das ist auch nicht leicht. Und entschuldige, Bodil, du bist auch nicht mehr die Jüngste. Es besteht das Risiko, daß mit dem Kind etwas nicht in Ordnung ist.«

»Du glaubst also, ich würde ein behindertes Kind nicht lieben können? Und ich werde ja nicht allein sein. Das Kind hat schließlich einen Vater.«

Die Panik ließ sein Herz galoppieren. Diese Frau war für vernünftige Überlegungen nicht zugänglich! Sie würde ihre Meinung nicht ändern. Sie hatte eine Rakete abgeschossen, die eine unfaßbare Zerstörung in seinem Leben anrichten würde, und auch wenn es dauerte, bis sie ihr Ziel erreichte, so war sie auf ihrer unabänderlichen Bahn und nicht zu stoppen.

Nein, nein, das durfte nicht geschehen. Noch konnte Bodil ihre Meinung ändern. Sie war schließlich nicht dumm.

Er versuchte ganz ruhig zu klingen und sagte:

»Ich fände es besser, wenn du jetzt nach Hause fahren und noch einmal nachdenken würdest. Und wie immer du dich entscheidest, so mußt du wissen, ich werde niemals der Vater dieses Kindes werden.«

»Werden?« Sie lachte. »Werden! Lieber Fredrik: Du bist es bereits!«

Sie drehte sich auf dem Absatz, ging hinaus und schlug die Haustüre so heftig zu, daß die Tür zur Kammer sich durch den Luftzug öffnete.

Oder war sie die ganze Zeit nur angelehnt gewesen?

Unterirdischer Geruch

Hinterher fragte er sich, ob es überhaupt passiert war.

War sie wirklich da, diese dunkle, böse Fee? In seinem

schönen Haus, mit seinen kleinen Kindern im Zimmer nebenan? Hatte sie die schrecklichen Worte wirklich gesagt?

Nein, es kann nicht passiert sein. Genausowenig wie das andere passiert ist, das Fremde, Gewalttätige auf dem Bärenfell im Ausstellungsraum der Galerie. Alpträume, alles nur Alpträume.

Und doch. Seit diese böse Fee ihren Fluch über ihn geschleudert hatte, im Traum, in der Phantasie oder – kaum glaubhaft – in der Wirklichkeit, seit diesem Abend hatte sich etwas in Fredriks Haus verändert.

Ein kalter Wind war hereingeweht und durch die Zimmer gefegt, das Haus wurde nicht mehr richtig warm. Er fror, sobald er morgens aus dem Bett stieg. Vielleicht waren die Fenster undicht – nachts glaubte er den Wind durch die Ritzen pfeifen zu hören, aber wenn er am nächsten Morgen die Fenster kontrollierte, fand er keine Ritzen. Vielleicht war die elektrische Heizung nicht in Ordnung. Ja, das ganze elektrische System schien in Mitleidenschaft gezogen, denn das Licht wurde manchmal ganz unerklärlich dunkler, so dunkel, daß man meinte, alle 40- und 60-Watt-Lampen wären gegen 20-Watt-Lampen ausgetauscht worden, im ganzen Haus wurde es dunkel. Und dann drehte das Licht plötzlich wieder zu normaler Helligkeit hoch.

Nur eine Stelle im Haus war unverändert warm und angenehm: Die Fläche am Boden in der Küche, von der die braune Leitung nach unten ging. Fredrik hatte Paula gefragt, ob der Makler etwas von einer Fußbodenheizung in der Küche gesagt hatte, aber sie hatte nur gelacht und den Kopf geschüttelt, als hätte er einen Scherz gemacht. Sie wollte sich nicht hinknien und mit der Hand fühlen, wie warm es war, sie verließ die Küche, als Fredrik die Sache zur Sprache brachte.

Paula zog es vor, sich in ihr Atelier einzuschließen und den

Kachelofen einzuheizen – so hatte wenigstens sie es warm. Ihre künstlerische Inspiration war offenbar zurückgekehrt, und sie verbrachte da drinnen sehr viel Zeit.

Die Kinder gingen beide nicht in den Kindergarten, und wenn Fredrik von der Arbeit nach Hause kam, war Olivia oft allein auf Entdeckungsreise im Haus. An der Treppe hatte er Geländer installiert, da konnte sie nicht hinauf, aber es gab tausend andere Gefahren, und er fand, Paula sollte besser auf sie aufpassen.

Über Fabian hatte sie offenbar jegliche Kontrolle verloren. Er verbrachte die Tage außer Haus und kam auch nicht nach Hause, wenn Fredrik ihn zum Essen rief. Oft tauchte er erst auf, wenn es dunkel wurde. Wenn Fredrik ihn fragte, wo er war, bekam er ein schweigendes Grinsen zur Antwort. Der Junge roch nach Wald und Feuerrauch, Fredrik vermutete, daß er mit Kwådd umherzog und ein wildes Leben führte. Was Paula überhaupt nicht zu stören schien. Wenn er darauf hinwies, wie falsch er es fand, zuckte sie nur mit den Schultern und sagte müde:

»Ich kann nicht mehr darüber diskutieren, Fredrik.«

War das ein normales Verhalten für eine Mutter?

*

Eines Abends, als er Olivia badete, entdeckte er blaue Flecke auf ihrem mollig runden Oberarm. Er fragte Paula, was passiert sei, aber sie konnte sich an nichts erinnern.

»Sie stoßen sich oft in diesem Alter«, hatte sie nur gesagt.

Fredrik fand nicht, daß es aussah, als hätte Olivia sich irgendwo gestoßen. Es sah eher so aus, als hätte jemand sie fest am Arm gepackt oder gekniffen. Er hatte bemerkt, daß Fabian nicht immer besonders lieb zu seiner kleinen Schwester war, aber als er ihm Olivias blaue Flecke zeigte, stritt er alles ab. Ein bißchen *zu* heftig? Fredrik meinte, einen schuldbewußten Ausdruck auf seinem Gesicht gesehen zu haben, und setzte ihn so lange unter Druck, bis er zu weinen anfing.

»Er hat doch gesagt, er hat nichts getan. Willst du behaupten, daß er lügt?« zischte Paula, tröstete Fabian und nahm ihn in die Arme.

»Aber wer ist es dann?« sagte Fredrik. »Sie hat doch nicht ohne Grund solche Flecke am Arm?«

Paula antwortete nicht. Sie streichelte Fabian, der aufgehört hatte zu weinen und jetzt Fredrik vorwurfsvoll anschaute.

»Geh raus spielen, mein Kleiner. Papa ist müde«, sagte sie und half ihm die Jacke anzuziehen.

»*Wer ist es dann?*« wiederholte Fredrik, als die Tür hinter Fabian zuschlug.

Paula drehte sich zu ihm um und sagte in einem merkwürdigen Tonfall:

»Vielleicht bist du es?«

*

Ja, Paula war in letzter Zeit wirklich merkwürdig geworden. Gleichgültig ihren Kindern gegenüber. Gleichgültig ihrem Mann gegenüber. Sie wollte nicht mehr mit ihm reden, die Zukunft planen, seine Ansichten hören.

Sexuell war sie jedoch nicht gleichgültig. Im Gegenteil. Von der kühlen, wohlerzogenen Oberschichtstochter, die er so gerne verführt und erobert hatte, war nichts mehr übrig. Jetzt ergriff sie die Initiative, stachelte ihn an und forderte, gierig und egoistisch. Und hinterher, wenn er erschöpft war und schlafen wollte, spürte er, wie sie sich an ihm rieb, als wäre sie immer noch nicht befriedigt. Sie schien unersättlich zu sein.

Die physisch anstrengenden Nächte und der wenige Schlaf zehrten an ihm. Das war ungerecht. Er mußte schließlich jeden Morgen in der Gemeindeverwaltung antreten, während Paula ausschlafen konnte, wenn sie wollte, eine Möglichkeit, die sie immer öfter nutzte.

Außerdem wachte Fredrik immer wieder zur Wolfsstunde auf. Als würde eine innere Neonröhre angeschaltet, wenn er am tiefsten schlief, und ihn in diesen Dritten Zustand, wie er es nannte, versetzen. Er lag im Dunkeln, Bilder und Stimmen durchkreuzten sein Gehirn, und er versuchte den Atemzügen der schlafenden Paula zu lauschen. Er folgte ihnen mit seinen Gedanken, wie man den ruhigen Schritten eines Wanderführers folgt. Er wußte, daß diese Atemzüge das einzige waren, was ihn in diesem Moment mit dem wirklichen Leben verband.

Und dann, eines Morgens, hörte er sie nicht. Es war stockdunkel im Schlafzimmer. Er lag in diesem Schraubstock zwischen Traum und Wachen und konnte sich nicht bewegen, nicht die Hand ausstrecken auf die Bettseite seiner Frau. Aber er spürte die Leere. Die Wärme von ihrem Körper fehlte.

Er wartete und lauschte. Er glaubte aus dem unteren Stockwerk Geräusche zu hören, unterdrückte, sehr schwache Geräusche.

Dann ein Knarren, wie von einer Tür, jemand kam vorsichtig und barfuß die Treppe hoch.

Sie war im Zimmer. Sie kroch neben ihm ins Bett, er spürte ihre Körperwärme wie einen heißen Wind. Sie legte sich mit dem Kopf gegen seine Schulter, ihre Haare berührten seine Wange.

Wie heiß sie war! Ihr Nachthemd war klebrig vom Schweiß.

Und der Geruch! Modrig, nach Keller. Der Geruch von

Gruben, Höhlen und U-Bahn-Stationen. Ein unterirdischer Geruch.

Es ekelte ihn, und er wollte sie wegstoßen. Aber er blieb unbeweglich liegen, war gefangen in der Unbeweglichkeit und Stummheit des Dritten Zustands, dabei spürte er, wie ihre Hand über seinen nackten Körper glitt.

Als der Wecker klingelte und ihn in den normalen Zustand brachte, schob er sie weg und ging schnell ins Bad. Als er zurückkam, um sich anzuziehen, schlief sie immer noch. Das frühe Aufstehen und Joggen hatte sie ganz aufgegeben.

Mit einer Tasse Kaffee, die jetzt sein einziges Frühstück war, ging er in Paulas Atelier und machte Licht. Er schaute sich Paulas Arbeiten nur an, wenn sie ihn ausdrücklich darum bat. Aber der Arbeitseifer, den sie in den letzten Wochen an den Tag gelegt hatte, weckte seine Neugier.

Überall an den Wänden standen kleine Bilder, ungefähr dreißig mal dreißig groß, in warmen roten und orangefarbenen Tönen gemalt. Sie rochen noch stark nach Farbe.

Er ging in die Hocke und schaute die Bilder genau an. Was stellten sie dar? Sie waren nicht gegenständlich, aber er meinte Motive erkennen zu können.

Er glaubte, Körper ausmachen zu können. Rücken unter niedrigen Decken. Verschwitzte Haut. Bei näherem Betrachten sah er Brustwarzen, geöffnete Schöße und männliche Glieder. Alles wirkte irgendwie gedrängt, klaustrophobisch. Eine explosive, erotische Kraft, die auf viel zu kleinem Raum eingesperrt war.

Er starrte die Bilder an, und sein Puls schlug schneller. Was für Erlebnisse verbargen sich dahinter? Was hatte Paula dazu gebracht, sich stunden- und tagelang einzuschließen und diese grotesken, intimen Bilder zu malen, während ihre Kinder machten, was sie wollten?

Er kannte die Antwort nur allzugut. Der unterirdische Geruch hatte sie entlarvt. Sie roch nach IHM!

Wütend nahm er das Skalpell, das auf dem Arbeitstisch lag (wie unvorsichtig von Paula, es so offen herumliegen zu lassen. Die Kinder könnten drankommen.)

»Hure!« schrie er und schnitt mit raschen Bewegungen die Leinwände kaputt. »Hure! Hure!«

Das Skalpell schlug zu wie die Klauen eines Raubtiers, ritzte Wunden in die gedrängten Körper, schnitt die gelbrote, erregte Haut in Streifen.

Er machte weiter, bis kein einziger Körperteil mehr zu erkennen war, nur noch Fäden und Farbschuppen übrig waren. Dann ließ er das Skalpell los. Es fiel zu Boden. Er holte tief Luft und drehte den zerschnittenen Bildern den Rücken zu. Auf dem Weg nach draußen hielt er inne.

In der Tür stand Fabian in seinem Schlafanzug und starrte ihn an. Als Fredrik sich näherte, hob er wie zum Schutz die Arme und rief angstvoll:

»Mama! Mama!«

Blutspuren

Fredrik und Paula waren kurz nach Neujahr in das Haus eingezogen, da leuchteten noch Adventssterne und elektrische Kerzenhalter in allen Fenstern, im nächsten Jahr würden sie hier Weihnachten feiern, in ihrem Haus. Sie würden einen großen Weihnachtsbaum im Wohnzimmer haben und richtige Kerzen, keine elektrischen. Sie würden Wasser in Eimern frieren lassen und Eisleuchten machen, die würden den Gartenweg erleuchten und die vielen Gäste willkommen heißen, die sie zu ihrem Weihnachtsfest auf dem Lande einladen würden.

Aber als Weihnachten näher rückte, hatte niemand Lust auf Bastelarbeiten und Vorbereitungen, und sie nahmen dankbar die Einladung von Paulas Eltern an, Weihnachten wie die Jahre zuvor mit ihnen zusammen zu feiern.

Die Stimmung war angespannt. Paula war aus ihrem gemeinsamen Schlafzimmer ausgezogen, sie verbrachte die Nächte im Kinderzimmer, sie schlief im Stockbett, das für die Kinder vorgesehen war, wenn Olivia aus dem Gitterbett herausgewachsen war. Sie erklärte den Auszug damit, daß Fabian oft Alpträume habe und sie in seiner Nähe sein wollte, wenn er aufwachte.

Das konnte der Grund sein. Aber das Arrangement machte es auch leichter, sich nachts in die Kammer unter der Treppe zu schleichen, ohne daß Fredrik etwas merkte.

Er war nämlich überzeugt davon, daß sie das machte. Er hatte sie gefragt, wo sie in jener Nacht war, als sie hinuntergegangen und verschwitzt und unterirdisch riechend wieder heraufkam. Sie sagte, sie habe Fieber gehabt und sei in die Küche gegangen, um eine Tablette zu nehmen. Hatte er denn nicht bemerkt, daß sie sehr erkältet war?

Nein, das hatte er nicht bemerkt.

Daraus hätte ein Streit werden können, aber sie hatten beide nicht die Kraft. Nach dieser schrecklichen Entladung, als er ihre Bilder zerschnitten hatte, besaßen sie beide keine Energie mehr zum Streiten. Die Wucht seiner Wut hatte sie beide verängstigt.

Am Tag vor Weihnachten packten sie also das Auto mit Weihnachtsgeschenken voll, fuhren in die große Villa der Familie Kreutz und kamen nach Weihnachten zurück.

Am Neujahrstag klingelte das Telefon, Fredrik nahm ab. Eine Gespensterstimme sagte in den Hörer:

»Du hast es doch Paula erzählt? Das wirst du doch getan

haben? Ich bin jetzt im vierten Monat. Man wird es bald sehen.«

Er legte auf. Er weigerte sich, mit diesem Wesen zu sprechen, das behauptete, Bodil Molin zu sein. Er hatte nie mit dieser Galeriefrau geschlafen, mein Gott, nie im Leben! Das war keine wirkliche Frau, die da unter ihm gelegen und gestöhnt hatte, als würde er ihr weh tun. Das war nur eine abwegige sexuelle Phantasie, die jeder Mensch mal haben darf, ohne dafür zur Rechenschaft gezogen zu werden. Er würde so etwas nie mit Bodil Molin machen.

Er dachte daran, wie sie in der Diele gestanden hatte, in schwarzem Lackmantel und Turban, wie ein großer glänzender Käfer, der sich ins Haus gebohrt hatte, um seine giftigen Eier zu legen.

Schwanger? Unmöglich, völlig absurd! Ein widerwärtiger, schrecklicher Gedanke, den er auslöschen mußte, indem er sich ablenkte, arbeitete, mit Leuten redete.

Und er arbeitete viel. Nahm an allen möglichen Projekten teil, ließ sich jede Menge zusätzliche Arbeit aufladen. Seine Arbeitstage waren nie kürzer als zwölf Stunden, und dann ging er oft noch mit Ulf Sjöfeldt ins Sportstudio und trainierte (er mied jedoch die Trainingsgeräte, die an den Schaufenstermann erinnerten.)

Er hatte keine Zeit, richtige Pausen zu machen, trank manchmal im Stehen einen Kaffee am Automaten und warf einen Blick auf den Tisch in der Sitzecke. Der Obstkorb war immer noch weg, das beunruhigte ihn.

Er weigerte sich, Sture Perssons Mitteilung, daß er die Stelle als Entwicklungsstratege nicht bekommen würde, zu akzeptieren. Er wollte beweisen, daß Sture sich geirrt hatte. Und wenn jemand anders die Stelle bekommen würde, dann müßte Fredrik eine gleichwertige, am besten noch höhere Stelle bekommen. Darunter würde er es nicht machen. Wenn man ihn die Flure entlanglaufen sah, mußte man doch sehen, wie schnell und effektiv er war. Wer war morgens als erster da? Wer ging als letzter? Wer raste durch die Gemeinde und erkundigte sich auch noch beim letzten Kleinunternehmer, wie es lief? Wer fuhr zu allen großen Messen im Land? Wer war auf dem laufenden über Bilanzen, Gesetzesänderungen, EU-Richtlinien und die neuesten Entwicklungen in der IT-Branche? Fredrik hatte seine Finger überall drin, was niemandem entgehen konnte.

Natürlich machte er auch Fehler. Kam zu spät zu Verabredungen, vergaß, was er machen wollte. Manchmal vergaß er auch, was er gemacht hatte, und mußte dann, wenn er zu spät zu einer Besprechung kam, mitten in der Entschuldigung innehalten: »Entschuldigung, daß ich zu spät bin, aber ich habe den ganzen Vormittag mit ...« Womit zugebracht? Plötzlich waren mehrere Stunden wie ausgelöscht. Weg, als ob es sie nie gegeben hätte.

Wenn er dann spätabends nach Hause kam, aß er noch ein Brot, fiel ins Bett und betete um Schlaf, bis der Wecker klingelte. Aber meistens weckte ihn seine innere, unbarmherzige Uhr früher und zwang ihn, ein, zwei Stunden in der Folterkammer des Dritten Zustands zuzubringen, allein im Doppelbett, ohne Paulas beruhigenden Atem neben ihm.

*

An einem Februarabend sah er Paula im Schein der Außenlampe auf der Treppe stehen, als er aus seinem Auto ausstieg.

»Ach so, du bist es«, sagte sie. »Ich dachte, es wäre vielleicht schon Bodil Molin.«

Er erstarrte.

»Warum in aller Welt sollte Bodil Molin kommen?«

Er ging ins Haus und hängte den Mantel auf. Er war so

müde, daß er sich am liebsten in der Diele auf den Boden gelegt hätte, um zu schlafen.

»Sie hat gerade angerufen. Sie fragte, ob du zu Hause bist, und ich sagte, du würdest noch arbeiten. Das war ihr recht, sie sagte, sie wollte mal in Ruhe mit mir reden.«

»Mit dir? Worüber denn?«

»Das hat sie nicht gesagt. Sie sagte nur, sie würde herkommen.«

»Jetzt? Heute abend?«

»Ja. Ich dachte also, es wäre ihr Auto.«

Fredrik wurde übel. Das durfte nicht geschehen, Bodil durfte nicht herkommen. Sie durfte nicht mit Paula reden.

Er schob Paula beiseite, schaute ins Atelier, um zu sehen, ob er dort einen Grund für Bodils Besuch fand, aber er sah keine angefangenen oder fertigen Arbeiten. Paulas Atelier war ungewöhnlich leer und aufgeräumt. Pinsel, Stifte und Papiermesser standen ordentlich in Keramikbechern auf dem Arbeitstisch. Er bemerkte, daß sie das Skalpell zu den Pinseln gestellt hatte, die Klinge wieder einmal ungeschützt. Wie schlampig. Wo doch die Kinder so oft hier drinnen waren.

Er ging wieder zu Paula in die Diele.

»Wann hat sie angerufen?« fragte er und versuchte mit ruhiger Stimme zu sprechen, obwohl er fast keine Luft bekam.

»Vielleicht vor einer Viertelstunde.«

Fredrik riß seinen Mantel wieder vom Bügel und zog ihn an.

»Willst du noch mal raus?« fragte Paula erstaunt.

Ohne zu antworten, machte er die Tür auf und lief den Gartenweg entlang auf die Straße, in die Richtung, aus der Bodil kommen mußte. Er mußte sie aufhalten.

Er rannte die schneematschige Straße entlang, die grauweiß in der Dunkelheit leuchtete. Er wollte sie möglichst weit entfernt vom Haus aufhalten. Er war für jeden Schritt dankbar, den er zurücklegte, ohne daß ein Auto auftauchte, für jeden Meter zwischen Paula und Bodil. Denn wenn er Bodils Auto erst einmal aufgehalten hatte, würde sie nicht weiterkommen. Er würde nicht zulassen, daß sie zu Paula nach Hause fuhr.

Neben ihm breiteten sich die Äcker aus, Schneestreifen lagen zwischen den schlafenden Furchen. Nach ein paar Kilometern wurden seine Schritte langsamer. Er hörte seinen Atem im oberen Teil des Brustkorbs pfeifen, er war angestrengt, und es schmerzte. Würde er bis zum Speicher laufen müssen? War sie einen anderen Weg gefahren? Es gab keine andere Strecke. Wenn sie kam, mußte sie hier entlangkommen.

Das dünne Leder seiner Halbschuhe hielt dem Wasser nicht mehr stand. Die Feuchtigkeit drang ein, seine Füße wurden naß und kalt. Warum mußte er diesen Marathon laufen, wo er doch so schrecklich müde war!

Dann schnitt entfernter Motorenlärm durch die Stille, und im nächsten Moment sah er das Licht von Scheinwerfern. Er stellte sich breitbeinig mitten auf die Straße und wedelte mit den Armen. Das Auto machte keinerlei Anstalten, anzuhalten, und er ärgerte sich, daß er nicht die Freizeitjacke mit den Reflexstreifen auf den Ärmeln anhatte. Wenn sie direkt auf ihn zufuhr!

Jetzt bremste es stark und blieb mit einem Ruck stehen. Fredrik erkannte Bodils roten Golf. Er ging hin und beugte sich zum heruntergelassenen Fenster.

»Du verfluchte Hexe!« schrie er. »Du willst mein Leben zerstören! Du willst mich vernichten!«

Sie starrte ihn nur schweigend aus dem dunklen Auto an.

»Du fährst keinen Meter weiter. Ich bin fertig mit dir und deinen Hexenkünsten. Ich werde dich töten!«

Er riß die Autotür auf und packte sie am Arm, um sie herauszuziehen. Sie fing an zu schreien.

Da sah er es. Das war gar nicht Bodil. Das war eine völlig fremde Frau. Er ließ sie los.

»Entschuldigung«, murmelte er. »Entschuldigung, ich habe mich geirrt.«

Die Frau machte die Autotür zu, startete und raste davon.

Mein Gott, was für einen Fehler er beinahe gemacht hätte. Aber das war vielleicht gut. Daß er sich so irren konnte, versetzte ihm einen gewaltigen Schreck, und er kam wieder zu sich. Er hatte keine Ahnung, wie wütend er werden konnte. Er mußte ruhig und kalt sein, wenn er mit Bodil sprach.

Er ging weiter die Straße entlang, er lief nicht mehr. Er wartete auf Motorengeräusche, die durch den stillen, feuchtkalten Abend dringen würden.

Die Äcker hörten auf, der Wald fing an. Die Feuchtigkeit des schmelzenden Schnees schlug ihm entgegen wie kalter Atem.

Hinter einer Kurve sah er ein Auto, es war schlampig geparkt, der Motor lief, die Fahrertür war halb geöffnet. Er beschleunigte die Schritte.

Als er näher kam, sah er, daß es Bodils Auto war. Er schaute hinein, aber es war leer. Er sah sich um.

»Bodil!« rief er.

Zwischen den Baumstämmen hing Dampf vom schmelzenden Schnee. Alles war still wie im Traum.

War etwas mit dem Auto, daß sie Hilfe holen mußte? Hatte ihr Handy nicht funktioniert? Das passierte manchmal hier draußen, das Netz war in manchen Gegenden schwach. Sie war auf jeden Fall nicht in seine Richtung gegangen, da wäre er ihr begegnet.

Aber warum hatte sie das Auto mit laufendem Motor und offener Tür stehenlassen?

Im Licht der Scheinwerfer sah er, daß der Schnee zwischen den Tannen niedergetreten war, und darauf Flecke, die aussahen wie Blut.

Ein Unfall!

Die Blutflecke und die Fußspuren führten in den Wald hinein. Er folgte ihnen.

Nach ein paar Metern sah er sie. Sie lag auf dem Rücken, neben einem kleinen Tümpel. Nur wenig Licht vom Scheinwerfer drang bis hierher, aber er konnte sehen, daß sie es war. Ihre Augen starrten leer, auf der Brust war ein großer Fleck von dickem Blut, und in ihrem Hals steckte etwas. Er zog es heraus und sah, was es war: eine Messerklinge in der Form eines Flügels. Es gab keinen Zweifel, wessen Werk es war.

Die Frau auf der Erde war tot, aber alles um sie herum war lebendig: Die Baumstämme, die feuchte Luft, der Schnee – alles schien zu zittern und zu flüstern und vor Leben zu pulsieren. Als wäre ihre Seele in den Wald geströmt.

Aber warum hatte er das Messer angefaßt? Jetzt waren seine Fingerabdrücke drauf. Das war nicht gut.

»Gib es mir. Es ist meins«, hörte er jemanden sagen.

Er schaute hoch. Kwådd war hinter einer Tanne hervorgekommen. Er streckte Fredrik die Hand entgegen.

»Ich kümmere mich darum.«

Fredrik war plötzlich zutiefst erleichtert und dankbar. Ja, der kleine Mann kümmerte sich wirklich um alles mögliche. Fredrik mußte zugeben, daß Bodils Tod ihm gelegen kam, ja, er hatte ihn sich gewünscht, und Kwådd hatte diesen Wunsch erraten.

»Danke«, murmelte er und streckte Kwådd das Messer hin. Er grinste, brutal und überlegen.

Der kleine Mann wußte offenbar ganz genau, welchen Dienst er Fredrik erwiesen hatte.

»Du hättest dich doch nie getraut, es zu machen«, sagte er mit einem erstickten Lachen.

Das machte Fredrik wütend. Als Kwådd ihm das Messer aus der Hand nehmen wollte, hob er die Hand und schnitt dem Mann mit einer kurzen, scharfen Bewegung in den Hals.

»Ich trau mich vielleicht mehr, als du denkst«, sagte Fredrik.

Die Schärfe und Festigkeit seiner Stimme überraschte ihn selbst. Es war, als käme die Stimme aus dem tiefsten Innern, als wäre sie lange unterwegs gewesen und hätte jetzt endlich – gerade heute abend, in dieser Sekunde – seine Lippen erreicht.

Kwådd wankte zurück, er drückte die Hände gegen seine blutende Kehle und starrte Fredrik entsetzt an. Er sagte nichts und verschwand, immer noch rückwärts gehend, zwischen den Bäumen und in der Dunkelheit, in der er sich aufzulösen schien wie Rauch.

Fredrik stand nun allein mit der Waffe in der Hand neben der toten Frau.

Der Wald um ihn atmete. Er bebte wie eine empfindsame, sensible Haut.

Da ergriff ihn ein gewaltiger Schreck. Mit aller Kraft warf er die Klinge in den Tümpel. Sie rotierte durch die Luft, mit dem typischen, pfeifenden Geräusch, tauchte dann ein und verschwand unter der schwarzen Wasseroberfläche im Schlamm.

Mit raschen Schritten ging Fredrik zu seinem Haus zurück. In der Diele stand Paula. Wortlos ging er an ihr vorbei, nach oben in die Dusche.

Er seifte sich ein und ließ sich lange das warme Wasser über den Körper laufen. Nackt und noch warm vom Duschen ging er ins Bett. Er schlief die ganze Nacht durch.

Als er am nächsten Morgen zur Arbeit fuhr, war Bodils Auto verschwunden. Statt dessen standen zwei Polizeiautos dort. Ein blau-weißes Absperrband war zwischen den Bäumen gespannt, und mehrere Polizisten waren am Waldrand zu sehen.

Fredrik fuhr langsamer, falls man ihn anhalten und ihm Fragen stellen wollte, aber die Polizisten schienen sehr beschäftigt zu sein und kümmerten sich nicht um ihn. Er gab Gas und fuhr weiter.

Er fragte sich, wie es Kwådd wohl ergangen war. Hatte Fredrik ihn ernsthaft verletzt? Tödlich? Er hatte ihm schließlich in die Kehle geschnitten. Ziemlich tief, dem Blut nach zu schließen, das zwischen den Fingern des Mannes hervorgequollen war.

Er forschte in sich, ob er ein schlechtes Gewissen hatte, aber er hatte keines. Wenn er ganz ehrlich war, mußte er zugeben, daß er sich gut fühlte. Das hatte er schon lange machen wollen. Er wußte nicht, wie sehr er sich danach gesehnt hatte: Diesem ekligen kleinen Untier die Kehle durchzuschneiden, wie er es selbst bei seinen Eichhörnchen machte.

Es war unvermeidlich, es hatte eines Tages so kommen müssen. Kwådd war einfach zu weit gegangen. Er hatte sein Haus besetzt und ihm seine Frau und seinen Sohn weggenommen.

Und er hatte Bodil getötet. Einen Moment glaubte Fredrik in seiner Naivität, daß er ihm helfen, ihn vor der Katastrophe mit der Schwangerschaft retten wollte. Aber als er das gemeine Grinsen des Mannes sah, wußte er, daß er sich getäuscht hatte. Kwådd wollte ihm nicht helfen. Denn war

Bodils Tod nicht eine noch größere Katastrophe für ihn? Er war auf jeden Fall verdächtig.

Als er sein Auto im Parkhaus abgestellt hatte, stellte er sich unter eine Leuchtröhre und untersuchte seine Kleider. Er trug den Mantel, die Hosen und auch die Schuhe von gestern, die Schuhe waren immer noch feucht nach der Wanderung durch den Schneematsch, außerdem hatten sie weiße Ränder bekommen. Mantel und Hosen waren aus einem dunklen Stoff, und er sah nichts, was aussah wie Blutflecke. Aber es konnte sie geben, auch wenn man sie nicht sah. Die Polizeitechniker würden sie entdecken.

Auf dem Mantelärmel war ein dunkler Fleck, das sah er jetzt. Schokolade? Blut? Bodils oder Kwådds?

Um zehn Uhr, als die Geschäfte aufmachten, drückte er die Nachricht »dienstlich unterwegs« in sein Telefon und ging in die Stadt. Er kaufte einen neuen Mantel, neue Hosen und ein Paar neue Schuhe und zog alles in der Umkleidekabine des Kaufhauses an. Die alten Sachen steckte er in die Plastiktüte, die er bekommen hatte, und warf sie in den Kleidercontainer auf dem Marktplatz.

Als er wieder ins Büro kam, saßen zwei Polizisten in seinem Zimmer und warteten auf ihn. Sie waren in Zivil, und er hätte sie nicht für Polizisten gehalten, wenn sie nicht so selbstsicher aufgetreten wären. Außerdem kannte er den jüngeren: Er war damals bei Fredrik zu Hause gewesen und hatte in der Kammer unter der Treppe nach Kwådd gesucht.

Der andere, ein Mann um die Sechzig, sprach.

Sein sauber gestutzter weißer Bart und sein rosiges Gesicht ließen Fredrik an Erdbeeren und Sahne denken. Mit seiner schlanken Figur und der hellen Popelinjacke hätte er Werbung für eine Rentenversicherung oder Gesundheitspräparate machen können.

Er brauche Fredriks Hilfe bei einer Ermittlung. Er deutete an, daß Bodil Molin etwas zugestoßen war, aber er sagte nicht, was. Sie kamen gerade von Paula, wo sie erfahren hatten, daß Bodil sie gestern abend hatte besuchen wollen, aber nicht gekommen war. Kurz nachdem Bodil angerufen hatte, war Fredrik aus dem Haus gegangen. Stimmte das? Fredrik bestätigte es.

Der Polizist wollte wissen, warum Fredrik das Haus verlassen hatte.

»Ich habe einen Spaziergang gemacht.«

»Abends um halb neun? Im Dunkeln? Machst du das öfter?«

»Ich bin den ganzen Tag im Büro gesessen und brauchte etwas frische Luft«, antwortete Fredrik.

»In welche Richtung bist du gegangen?«

War das ein Verhör? Fredrik versuchte, locker zu bleiben. Aber es begann hinter seinen Schläfen zu pochen, kurze rhythmische Impulse, als wären da Elektroden befestigt.

»Nach Westen. Richtung Ortschaft«, antwortete er mit ruhiger Stimme.

»Hast du etwas Besonderes bemerkt?«

Fredrik dachte nach.

»Ich habe Bodil Molins Auto gesehen. Es war ein wenig schlampig geparkt. Ich dachte, sie hätte ein Motorproblem, und wollte Hilfe holen.«

»Hast du sonst noch etwas beim Auto gesehen?«

»Nein.«

»Hast du Bodil Molin getroffen?«

»Nein.«

»Was hast du gemacht, nachdem du das Auto gesehen hast?«

Immer noch sprach der ältere Polizist. Der jüngere schien vor allem als Begleitung dabei zu sein. Oder vielleicht als

Unterstützung, falls sich herausstellen sollte, daß Fredrik Ärger machte. Aber der ältere kam schon alleine zurecht. Er war stark und gewandt für sein Alter. Sein Bart und sein wettergegerbtes Gesicht ließen darauf schließen, daß er sich in seiner Freizeit dem Segeln widmete. Man konnte ihn sich gut in einem Boot vorstellen. Ruhig und gelassen, aber schnell wie der Blitz, wenn es darauf ankam.

»Ich bin einfach weiter die Straße entlanggegangen«, antwortete Fredrik.

»Wie weit?«

»Vielleicht zehn Minuten. Dann bin ich umgekehrt und nach Hause gegangen.«

»Hast du deiner Frau erzählt, daß du Bodils Auto an der Straße gesehen hast?«

»Nein, ich glaube nicht.«

»Warum nicht?«

Die Impulse an Fredriks Schläfen wurden schneller. Tick, tick, tick. Wie eifrige Insekten, die sich hineinfraßen.

»Ich war müde«, antwortete er. »Todmüde. Ich habe mich sofort schlafen gelegt.«

»Sofort?«

»Ja.«

»Deine Frau hat gesagt, daß du geduscht hast.«

»Ja, ich war verschwitzt, weil ich schnell gegangen bin.«

Der Polizist schwieg und schrieb etwas auf seinen Block und nickte vor sich hin. Fredrik lehnte sich zurück und schlug die Beine übereinander.

»Ich habe in fünf Minuten einen Termin. Können wir das Gespräch später fortsetzen?«

Der jüngere Polizist, der in Fredriks Kammer war, lächelte ihn an und sagte zum erstenmal etwas:

»Schicke Schuhe.«

»Danke.«

»Sind sie neu?«

»Ziemlich.«

»Und so preiswert.«

»Ja, stimmt. Woher weißt du das?«

»Das Preisschild ist noch auf der Sohle.«

Verlegen stellte Fredrik den Fuß wieder auf den Boden.

»Wir kennen uns, nicht wahr?« sagte der jüngere, immer noch lächelnd. »Du warst das doch mit dem Mann unter der Treppe, nicht?«

Fredrik nickte.

»Hm«, sagte der andere Polizist. Er hatte seine Notizen abgeschlossen und schaute auf. »Wir sollten das Gespräch vielleicht auf dem Revier fortsetzen.«

»Gerne. Wann?« sagte Fredrik hilfsbereit und beugte sich über seinen Schreibtischkalender.

»Jetzt.«

*

»Bitte *einmal* auf die Klingel drücken und dann warten. Wir kommen so schnell wie möglich«, stand auf einem Schild am nicht besetzten Tresen des Polizeireviers. Zwei Besucher saßen auf den Stühlen und blätterten zerstreut in alten Nummern von »Kriminaltechnik«. Sie schauten hoffnungsvoll hoch, als Fredrik und die beiden Polizisten hereinkamen, aber der Weißbärtige nahm keine Notiz von ihnen, schloß die Tür zu einem Flur auf und ging mit Fredrik in ein kleines Büro.

Und dann ging das Verhör weiter. Denn es war nicht mehr zu leugnen, daß es sich um ein Verhör handelte. Mit Tonbandgerät und allem. Der jüngere Polizist war nicht mehr dabei, nur noch der ältere. Auf dem Schild an seiner Tür stand »Kriminalkommissar«.

Fredrik erfuhr jetzt, daß Bodil Molin tot aufgefunden worden war, und mußte Fragen über seine Beziehung zu ihr beantworten. Wie gut kannten sie sich? Wußte er, in welcher Angelegenheit Bodil sie gestern abend besuchen wollte? Wußte er, daß sie schwanger war?

Er sagte, daß er Bodil nur oberflächlich kannte. Daß er berufliche Kontakte mit ihr gehabt hatte im Zusammenhang mit ihrer Galerie. Daß Paula sie besser kannte, weil sie beide auf dem Kunstsektor arbeiteten. Er wußte nicht, was sie gewollt hatte – vielleicht wollte sie bei Paula Bilder abholen? Und von so privaten Dingen wie einer Schwangerschaft wußte er natürlich nichts.

Die Mittagessenszeit war längst vorbei, und er bekam allmählich Hunger und wurde ungehalten. Als er das sagte, wurde das Verhör unterbrochen.

»Wir werden dich noch ein wenig hierbehalten. Ich möchte noch über ein paar Dinge mit dir sprechen. Aber erst kannst du mal in Ruhe etwas essen«, sagte der Polizist freundlich.

Fredrik wurde in eine Zelle geführt, mußte Brieftasche und Handy abgeben und bekam kurze Zeit später ein Tablett mit Essen. Dann wurde die Tür hinter ihm verschlossen.

Alles kam ihm so unwirklich vor, daß es lange dauerte, bis er das Essen anrühren konnte, obwohl er doch gerade noch so hungrig war.

Eingeschlossen! *In einer Zelle auf dem Polizeirevier!* Hätte er je geglaubt, daß ihm so etwas zustoßen könnte? Er war zu überrascht, um Angst zu verspüren oder wütend zu werden. Diese Geschichte würde er hinterher noch oft erzählen können.

Sein leeres Tablett wurde wieder abgeholt. Man sagte ihm, er solle klingeln, wenn er zur Toilette müsse, was er mehrmals tat, er war so nervös, seine Blase zog sich zusammen, wie immer bei solchen Gelegenheiten.

Er wartete und wartete, wurde aber nicht zur Fortführung des Verhörs geholt, und das leicht verwirrende Gefühl von Unwirklichkeit machte der harten Erkenntnis Platz, daß die Situation ziemlich ernst war. Zwei Mal klingelte er, nur um daran zu erinnern, daß es ihn noch gab. War er vergessen worden? Er hatte schließlich Arbeit, die auf ihn wartete.

Nein, er war nicht vergessen worden. Er würde geholt werden, wenn es soweit war.

Fredrik legte sich auf die alte, mit Plastik bezogene Pritsche und schaute zur Decke. Die Gedanken in seinem Kopf drehten sich schneller, als er sie wahrnehmen konnte. Wenn ein Gedanke auftauchte, war auch schon der nächste da. Wie bei diesen Musikvideos auf MTV, wo die Szenen in so kurzen Sequenzen zusammengeschnitten sind, daß alles zu einem einzigen Flimmern wird.

Kwådd war immer dabei. Wo er wohl jetzt war? War er an der Wunde gestorben? Vermutlich nicht. Der Polizist hatte nichts von einem toten oder verletzten Mann gesagt. Sie hatten sich nur für Bodil interessiert.

Wie hätte Fredrik ihn auch töten können, er hatte ja nur eine Bewegung mit der Klinge gemacht? Dazu brauchte man Erfahrung und Training. Kwådd war bestimmt mit einem Kratzer davongekommen.

Was dachten sie im Büro, wenn er nicht vom Polizeirevier zurückkam? Wußte Paula, daß er zu einem Verhör geholt worden war? Hatten sie sonst noch etwas zu ihr gesagt? Und was hatte sie ihnen gesagt?

*

Viertel nach fünf ging das Verhör endlich weiter. Draußen war es dunkel und grau, Schneeregen wischte über die schmutzigen Fenster.

Die Polizei hatte ganz offensichtlich noch einmal mit Paula gesprochen und einiges über sein Verhalten in der letzten Zeit erfahren.

»Stimmt es, daß du oft die Beherrschung verlierst und Wutausbrüche bekommst?« fragte der ältere Polizist, den Fredrik inzwischen fast wie einen alten Bekannten betrachtete. Hatten sie sich wirklich heute vormittag zum ersten Mal getroffen?

»Nicht ohne Grund.«

»Und was waren das für Gründe?«

»Unterschiedlich, je nach Gelegenheit.«

»Hast du jemals deine Kinder geschlagen?«

»Ich habe im Sommer meinem Sohn eine Ohrfeige gegeben. Das tut mir leid.«

»Und deine Tochter? Sie hatte blaue Flecke an den Oberarmen, sagt deine Frau.«

Das waren unangenehme Fragen, aber der Polizist stellte sie ruhig und offen und ohne Unterton. Mit seinen schneeweißen Haaren und den Falten um die Augen glich er einem älteren Vater – streng aber gerecht –, der ein ernstes Gespräch mit seinem Sohn führte.

»Meine Tochter habe ich nie angefaßt«, antwortete Fredrik.

»Und deine Frau?«

»Niemals.«

Fredrik bemerkte einen Briefbeschwerer aus Glas auf dem Schreibtisch. Über einem Text, den er nicht lesen konnte, waren drei Segelboote eingraviert. Vermutlich ein Preis von irgendeiner Regatta. Da hatte er also richtig geraten.

Irgendwann, wenn diese unangenehme Sache überstanden war, würde Fredrik vielleicht zum Segeln mitkommen können. Fredrik selbst konnte nicht segeln, aber dieser Mann mit seiner ruhigen, natürlichen Autorität konnte ihm bestimmt eine Menge beibringen. Sie würden sich sicher wieder begegnen. Vielleicht im Rotary Club, wo Fredrik vermutlich bald Mitglied werden würde. Ulf Sjöfeldt hatte versprochen, ihn zu empfehlen. Aber vielleicht waren Kriminalkommissare nicht Mitglied bei Rotary? Sie mußten sich vielleicht von dieser Gesellschaft fernhalten?

»Ihr hattet im letzten Sommer Bodils Hund in Pflege. Was ist mit ihm passiert?« fragte der Polizist.

»Der wurde getötet. Mit einem Messer.«

»Wirklich?« fragte er interessiert. »Wie ist das denn passiert?«

»Es war höchstwahrscheinlich Kwådd. Unser sogenannter Mieter.«

»Woher weißt du das?«

»Das Messer steckte noch im Körper des Hundes. Er benützt solche Wurfmesser. Ich glaube, ich habe es deinen Kollegen erklärt, als sie im Sommer bei mir waren. Daß er eine Waffe hat, von der er eine Klinge abschießt. So eine Klinge steckte im Körper des Hundes. Daraus habe ich geschlossen, daß er es war.«

Der Polizist nickte ernst.

»Was hast du mit dem Messer gemacht?«

»Weggeworfen. In die Mülltonne.«

Der Polizist runzelte die Stirn und sagte mit leiser und vorsichtiger Stimme, als fiele es ihm schwer, die Frage zu stellen:

»Also bist nicht du derjenige gewesen, der den Hund erstochen hat?«

»Absolut nicht.«

Draußen im Flur hörte man das schnelle Klappern von Stöckelschuhen und eine Frauenstimme, die rief:

»Die Anzeige ist gleich fertig. Wir müssen nur noch auf den Drucker warten.«

Irgendwo begann ein Drucker älteren Modells mit seiner mühsamen und lautstarken Arbeit.

»Deine Frau sagt, du seist sehr wütend auf diesen Hund gewesen, weil er die Küchenmöbel ruiniert und wichtige Unterlagen zerbissen hat«, fuhr der Polizist fort.

»Ich war wütend, aber ich habe ihn nicht umgebracht. Wirklich nicht.«

Der Polizist kniff ein Auge zu und beobachtete Fredrik mit dem anderen. Er hatte etwas Schalkhaftes im Blick. Fredrik konnte sich ihn gut am Ruder vorstellen: das wettergegerbte Gesicht, das rechte Auge zugekniffen wegen der Wasserspritzer, mit dem linken ein schneller Blick zum Segel. »Hol die Fock ein, Fredrik. So, ja. Perfekt.«

»Hast du jemals ein Messer benutzt, wenn du wütend warst?«

»Nein.«

»Gegen Menschen? Tiere? Gegenstände?«

»Nein.«

»Denk nach.«

»Ich verwende Messer nicht so.«

Der Polizist schwieg und wartete geduldig auf eine Antwort, und als Fredrik nur den Kopf schüttelte, half er ein wenig nach:

»Vor nicht allzu langer Zeit hattest du einen Wutausbruch und hast die Bilder deiner Frau zerschnitten. Stimmt das?«

»Ja.«

»Warum?«

»Mir gefielen die Motive nicht. Es war widerlich.«

Der laute Drucker hackte immer noch irgendwo im Haus,

knatternd und stöhnend, als ob jeder Buchstabe ihn quälen würde.

»Was für Motive waren das?«

»Nackte Körper in engen Räumen.«

»Und was ist daran so widerlich?«

Fredrik zuckte mit den Schultern.

»Sie waren ganz einfach widerwärtig. Ich wußte doch, worum es ging.«

»Und worum ging es?«

»Daß sie mit diesem Teufel unter der Treppe rumgehurt hat. Ich wurde wütend. Ich glaube, das wärst du auch geworden, wenn es deine Frau gewesen wäre.«

»Deine Frau hatte also was mit dem Mieter, willst du sagen?«

»Ja.«

»Soweit ich verstanden habe, ist sie eine anerkannte Künstlerin, die oft erotische Motive verwendet. Das muß doch nicht heißen, daß sie untreu ist?«

»Es ist nicht nur das«, murmelte Fredrik.

»Was denn sonst noch?«

»Ich spüre es am Geruch. Sie stinkt wie er. Sie schleicht sich nachts in die Kammer unter der Treppe und in seine Höhle.«

»Seine Höhle?«

»Ja.«

Der Polizist nickte schweigend. Er schaute besorgt, fand Fredrik. Er hatte bestimmt Mitleid mit ihm. Wenn er nicht in seiner offiziellen Funktion da gesessen hätte, dann hätte er vielleicht die Hand ausgestreckt und Fredrik mitfühlend über den Arm gestrichen.

»Noch etwas«, fuhr der Polizist fort. »Deinem Nachbarn, Björn Valtersson, sind fünfzehntausend Kronen gestohlen worden. Das geschah an dem Tag, an dem du bei ihm warst und eine Spanplatte geholt hast. Erinnerst du dich an das Geld? Es lag offen auf dem Schreibtisch.«

Fredrik schnaubte verächtlich.

»Ich habe sein Geld nicht gestohlen, wenn du das meinst.«

»Nicht? Dreißig ungefaltete Fünfhundertkronenscheine? Wir haben deine Frau gefragt, und sie sagte, du hast ihr zehn und dann zwanzig ungefaltete Fünfhunderter gezeigt und gesagt, das sei die Miete von eurem besonderen Mieter. Ist das nicht ein bißchen sehr viel für eine Kammer?«

»Wir wollten ihn auf diese Weise loswerden. Wir dachten, er würde ausziehen, wenn die Miete zu hoch würde. Aber er ist offenbar zu Björn gegangen und hat das Geld gestohlen.«

»Und du hast das Geld genommen?«

»Zuerst ja. Björn kann es zurückbekommen. Es liegt in der Kammer.«

»Das wissen wir.«

Der Polizist machte eine Pause. Dann beugte er sich über den Tisch und fragte mit aufrichtigem Interesse:

»Was glaubst du selbst, wer hat Bodil Molin getötet?«

»Er natürlich. Kwådd«, antwortete Fredrik, ohne zu zögern.

»Der Mann unter der Treppe?«

»Ja. Es ist jetzt vielleicht an der Zeit, daß ihr ihn festnehmt. Bevor er noch mehr Menschen umbringt. Du kannst dir vielleicht vorstellen, wie es ist, mit ihm in einem Haus zu wohnen. Mit Frau und zwei kleinen Kindern. Stell dir vor, es wäre *deine* Frau? Oder es wäre *dein* Sohn, mit dem er im Wald spielt? Würdest du dann nicht auch etwas aktiver werden?«

»Bitte setz dich wieder hin.«

Fredrik bemerkte, daß er aufgestanden war und mit dem Finger auf den Polizisten zeigte. Er setzte sich. Er fing an zu weinen. Ein nörgeliges, jammerndes Weinen vor Müdigkeit, wie ein Kind, das am Abend zu lange auf war.

»Man ist völlig rechtlos, verdammt«, murmelte er und wischte sich mit einer wütenden Geste die Tränen ab.

»Ich verstehe, daß ein solcher Mieter nicht einfach ist«, sagte der Polizist freundlich.

»Mieter! Er ist ein Besetzer! Ein Parasit! Wir wollen ihn nicht haben!«

»Wie kommt es dann, daß deine Frau ihn nicht kennt?«

»Was?«

»Ich habe deine Frau nach eurem Mieter gefragt, und sie sagte, ihr hättet nie irgendwelche Mieter gehabt. Auch keine Hausbesetzer.«

Fredrik starrte den Polizisten an. Er sah nur Aufrichtigkeit in den grauen Augen.

»Hat sie das gesagt? Hat sie das wirklich gesagt?« flüsterte er.

»Ja.«

Ein Gefühl der Verlassenheit breitete sich in ihm aus. Er wußte, daß Paula jetzt auf Kwådds Seite war. Sie wollte ihn nicht preisgeben. Sie wollte ihren Liebhaber behalten. Er war allein.

Der Polizist stellte noch weitere Fragen, aber er hörte nur noch sein eigenes Weinen.

»Sollen wir hier abbrechen?« fragte der Polizist sanft.

Das Verhör wurde beendet und Fredrik wieder in die Zelle gebracht. Als er allein war, gab er dem Weinen ganz nach. Nachdem er eine Weile verzweifelt geheult hatte, versuchte er sich zu beruhigen.

Ihm war klar, daß er sich in einer schlimmen Lage befand. Kein Zweifel. Wenn man die Sache aus dem Blickwinkel der Polizei betrachtete, konnte er das irgendwie verstehen. Bodil Molin hatte angerufen und gesagt, sie würde zu ihnen kommen. Kurz darauf war Fredrik ohne Erklärung aus dem Haus gerannt und ihr entgegengelaufen. Und am nächsten

Morgen fand man sie neben der Straße, die er entlanggegangen war. Das zusammen mit Paulas Gerede, wie »gewalttätig« er in letzter Zeit gewesen war. Und sie leugnete Kwådd, weil sie ihn offenbar schützen wollte. Nichts sprach für ihn.

Dann fiel ihm plötzlich ein, daß es noch einen Zeugen für sein unkontrolliertes Temperament gab. Die Frau, deren Auto er angehalten hatte. Die er beschimpft und bedroht und beinahe aus dem Auto gezerrt hatte, ehe er seinen Fehler einsah. Wenn sie von dem Mord las, würde sie sich an das merkwürdige, verlassene Auto erinnern, an dem sie vorbeigefahren war, und an den Mann, der sie kurz darauf bedroht hatte. Sie würde sich bei der Polizei melden. Bei einer Konfrontation würde sie ihn erkennen.

Nach ein paar Stunden wurde er wieder geholt. Aber nicht zu einer Konfrontation oder einem neuerlichen Verhör.

»Wir haben nichts gefunden, was dich mit Bodil Molins Tod in Zusammenhang bringt. Du kannst nach Hause fahren«, sagte der Polizist, der ihn verhört hatte.

Das war eine neutrale Feststellung. Fredrik konnte aus der Stimme des Polizisten weder Enttäuschung noch Befriedigung hören. Und er entschuldigte sich auch nicht.

»Aber«, fügte der Polizist mit besorgter Miene hinzu, »es geht dir offenbar nicht gut. Du solltest dem Rat deiner Frau folgen und psychiatrische Hilfe suchen.«

*

Als Fredrik das Polizeigebäude verließ, war es acht Uhr am Abend. Er ging zum Parkhaus neben der Gemeindeverwaltung und holte sein Auto.

Er war immer noch sehr aufgeregt, und als er zurückstieß, fuhr er gegen einen Betonpfosten. Fluchend öffnete er die Tür, um zu sehen, ob das Auto beschädigt war.

Der Kotflügel hatte einen Kratzer, mehr nicht. Er warf einen Blick auf den Pfosten, der so idiotisch im Weg stand. Wie das ganze Parkhaus war auch der Pfosten mit Graffiti bedeckt, unbegreifliche Wörter und Zeichen, in vielen Farben hingesprayt. Man war ansonsten sehr bemüht, Schmierereien in der Gemeinde zu verhindern, und entfernte sie im Prinzip immer sofort, wenn sie entdeckt wurden. Aber das Parkhaus war so häßlich, daß die Graffiti es beinahe verschönerten.

Ein Wort ließ ihn zusammenzucken. Jemand hatte mit roten, aggressiven Buchstaben »Squad« an die Wand gesprayt. Er wußte nicht, was es bedeuten sollte, es war ihm so fremd wie die anderen Wörter und Zeichen an den Wänden des Parkhauses, es war eine Sprache, die er gar nicht verstehen sollte, an der man ihn aber dennoch teilhaben lassen wollte.

»Squad«. Er sprach das Wort laut aus. Hatte das nicht der kleine Mann gesagt, als sie sich das erste Mal trafen? Squådd oder Kwådd?

Als er durch die Dunkelheit und den nassen Schnee nach Hause fuhr, spürte er, wie seine Muskeln zuckten und sich nun wieder entspannten.

Er holte sein Handy heraus, das man ihm wiedergegeben hatte. Er wollte Paula anrufen und ihr sagen, daß er unterwegs war, aber es war besetzt.

Kurze Zeit später bog er in die Einfahrt ein. Was für ein Glück, das Haus wiederzusehen, die Tür zu öffnen und nach Hause zu kommen!

Paula stand am Herd und richtete Olivias Breifläschchen. Fabian saß am Tisch und aß ein Brot und trank Milch dazu. Aus dem Radio kam Musik. Sie schienen ihn nicht gehört zu haben.

Fredrik blieb in der Tür stehen und betrachtete sie. Seine

Familie. Wie er sie liebte! Er war kaum länger weg gewesen als an einem normalen Arbeitstag, aber es kam ihm vor wie Jahre.

»Hallo«, sagte er schüchtern.

Paula drehte sich um. Beinahe hätte sie das Fläschchen auf den Boden fallen lassen, sie starrte Fredrik an, als wäre er ein Gespenst.

»Mein Gott! *Haben sie dich laufen lassen?*« rief sie entsetzt aus.

Nebel

März. Spätwinter.

War es das wirklich? War es eine Jahreszeit, die graue, nasse, schaudernde Kälte? Oder war es etwas anderes? Ein Zustand? Eine Dimension? Eine Krankheit?

Fredrik stand am Küchenfenster und schaute über die Felder und den Nebel, der über dem Boden schwebte. Nicht anders als ein Schwarzweißfoto würde eine Farbaufnahme aussehen. Denn in dieser Landschaft gab es keine Farbe. Weiße Schneestreifen auf schwarzen Erdfurchen, schwarze Zweige gegen einen grauen Himmel. Ein paar Krähen. Und, sonst vom Laub des Waldrandes und von Brombeergestrüpp verdeckt, aber jetzt so deutlich sichtbar wie ein Schriftzeichen auf einer hellen Fläche: das Kreuz auf Leonardos Grabhügel. Alles in der gleichen Grauskala.

Er erinnerte sich daran, wie er im Sommer sehr früh hier gestanden und darauf gewartet hatte, daß die Sonne aufgehen und der Welt die Farbe geben würde. Jetzt konnte er den ganzen Tag hier stehen, und alles war immer gleich farblos, ausgebleicht und vom Nebel verschluckt.

Fredrik tat, was man ihm geraten hatte, er suchte einen

Psychiater auf, der sprach von Burn-out-Syndrom, verordnete ihm Cipramil und schrieb ihn krank.

Bei der Gemeinde hieß es, er hätte viel zuviel gearbeitet, und das schreckliche Erlebnis, daß er Bodil Molins Leiche fand, habe den Becher zum Überlaufen gebracht. (Das stimmte nicht, denn Fredrik hatte Bodil gar nicht gefunden, zumindest nicht offiziell. In Wirklichkeit war die Polizei – das hatten sie zumindest zu Paula gesagt, und die hatte es Fredrik berichtet – von einem Geschäftsmann angerufen worden, der sehr früh auf dem Weg zum Flugplatz war. Ihm kam Bodils verlassenes Auto mit der offenen Tür merkwürdig vor, und er suchte die Gegend ab.)

Nun war Fredrik immer zu Hause. Er wäre viel lieber arbeiten gegangen, nicht zuletzt, weil es dort warm war. Zu Hause war es so schrecklich kalt! Er hatte immer zwei Pullover an und trank heißen Tee. Und doch fror er die ganze Zeit.

Paula hielt sich mit dem Kachelofen in ihrem Atelier warm. Wenn Fredrik sagte, das übrige Haus sei ausgekühlt, widersprach sie ihm.

Paula ging zusammen mit ihren Künstlerfreundinnen auf Bodils Beerdigung. Fredrik war mit den Kindern zu Hause geblieben. Hinterher hatte Paula die Freundinnen mit nach Hause genommen, sie hatten sich in der Küche eingeschlossen, Tee und Wein getrunken und über Bodil gesprochen. Fredrik war hin und wieder an der Tür vorbeigegangen, um zu lauschen.

Am Anfang war das Gespräch uninteressant: so ein typisches Gespräch nach einer Beerdigung. Über die guten Eigenschaften der Toten, lustige kleine Geschichten mit der Toten, freundliche Erinnerungen, vermischt mit heimlichen Seufzern und traurigem Lachen. Sie sprachen darüber, was für ein warmer und spontaner Mensch Bodil gewesen war.

Immer so gut gelaunt. Und war sie in letzter Zeit nicht besonders gut gelaunt?

Fredrik spitzte die Ohren. Eine der Freundinnen hatte etwas von Bodil anvertraut bekommen, was sie versprochen hatte nicht weiterzusagen, aber jetzt ... war ja alles anders, nicht wahr?

Sogar durch die geschlossene Tür spürte Fredrik, daß Neugier in der Luft lag.

Natürlich war jetzt alles anders, was hatte Bodil ihr anvertraut?

Die Freundin senkte die Stimme, aber aus ihrem diskreten Gemurmel konnte Fredrik immerhin das Wort »schwanger« heraushören, gefolgt vom erstaunten Luftholen der anderen, das war offenbar eine Neuigkeit für alle.

»Von *wem*?« hörte er Paula fragen.

Fredrik preßte sein Ohr ans Schlüsselloch.

»Das hat sie nicht gesagt. Sie war in diesem Punkt sehr diskret.«

Er atmete aus.

Und jetzt begannen die Spekulationen. »Bodil und die Männer« war, das hatte er schon immer vermutet, ein Thema, über das man lange und viel diskutieren konnte. Alle wußten von irgendwelchen Affären in der Vergangenheit. Hoffnungslose, unmögliche Beziehungen mit hoffnungslosen, unmöglichen Männern.

Eine der Freundinnen hatte Informationen, die von denen der anderen abwichen:

»An einem Abend im letzten Sommer war ich unten bei den Felsen am Hafen. Ich habe gebadet und war wieder auf dem Weg zum Auto, da sah ich Bodil und einen Mann sehr eng beieinander in einer Felsspalte sitzen und den Sonnenuntergang betrachten. Das war kein netter Mann. Er sah irgendwie ungepflegt aus. Vielleicht sogar richtig kriminell.«

»Letzten Sommer? Wie sah er aus? Hell oder dunkel?«

»Dunkel. Er hatte etwas Wildes, Unheimliches. Und gleichzeitig irgendwie erotisch. Bodil fühlte sich ja oft von Extremem angezogen.«

»Das solltest du der Polizei erzählen.«

»Wozu sollte das gut sein? Ich weiß ja nicht, wer es war. Das kann irgendwer gewesen sein.«

Eine der Frauen erinnerte sich, daß Bodil vor ein paar Jahren in einem Gefängnis einen Kurs für Maltherapie geleitet hatte, und dann spekulierten sie weiter. Aber für Fredrik war der Zusammenhang völlig klar.

Ein dunkler, ungepflegter Mann. Abstoßend und gleichzeitig erotisch anziehend. Kwådd! Fredrik konnte sich gut vorstellen, daß er genau ihr Typ war.

Vielleicht war Kwådd der Vater ihres Kindes? Natürlich. Deswegen hatte Kwådd sie getötet. Nicht um Fredrik vor der Katastrophe zu bewahren. (Wie hatte er nur so etwas glauben können?) Sondern um sich selbst zu retten.

Den Rest des albernen Klatsches wollte er nicht hören. Er hatte erfahren, was er wissen mußte.

Als die Freundinnen gegangen waren, versuchte er mit Paula zu reden. Vorsichtig fragte er, ob Bodil und Kwådd sich möglicherweise gekannt hatten.

Sie hatte nur schrill gelacht.

»Warum nicht? Ist das so unmöglich? Wenn man überlegt. Er kann sehr wohl zum Hafen hinunterkommen. Mit dem Bus oder zu Fuß. Und vielleicht ist sie manchmal hergekommen und hat ihn abgeholt. Hat ein Stück weiter weg geparkt und gewartet. Findest du nicht, daß sie eigentlich ganz gut zueinander gepaßt haben? Daß sie ... aus gleichem Schrot und Korn waren?«

»Du bist völlig übergeschnappt!« schrie Paula.

»Bist du etwa eifersüchtig? Du wolltest ihn vielleicht ganz alleine für dich haben?«

»Ich begreife nicht, warum dieser Psychiater dich nicht ins Irrenhaus gesteckt hat«, sagte Paula.

Und damit war das Gespräch beendet.

Es war überhaupt schwierig, mit ihr zu diskutieren.

Fredrik wollte mit ihr über einige ernste Probleme sprechen, aber sie schwieg entweder oder verließ den Raum, oder negierte kindisch offensichtliche Fakten.

Wie das mit der schlechten Heizung. Einmal hatte sie heimlich das Raumthermometer auf der Heizung bis auf zwanzig Grad aufgewärmt, um ihm zu beweisen, daß er sich irrte.

Nein, Paula hatte sich in letzter Zeit merkwürdig verhalten, daran bestand kein Zweifel. Sie hatte gesagt, sie wolle die Kinder zu Hause behalten, um mehr mit ihnen zusammenzusein und weniger zu arbeiten. Und nun arbeitete sie intensiver als zuvor. Woran, das wußte Fredrik nicht – seit er ihre abstoßenden Bilder zerschnitten hatte, schloß sie ihr Atelier ab. Aber nach den Farbflecken auf ihren Kleidern zu schließen – rot und orange –, beschäftigte sie sich immer noch mit dem gleichen Thema.

Die Kinder vernachlässigte sie. Beide waren schmutzig und schlecht angezogen, und sie kümmerte sich oft nicht um ihr Frühstück oder Mittagessen. Olivia roch nach vollen Windeln, aber wenn Fredrik sie wickeln wollte, schrie sie. Das war merkwürdig. Sie schrie, sobald er sich ihr näherte, und er mußte Paula aus dem Atelier holen.

Fabian sah er nur selten. Manchmal war er mit Kwådd draußen. Sie gingen nie zusammen raus, aber Fredrik war sicher, daß sie einen Treffpunkt hatten. Im Wald hatte er merkwürdige Dinge beobachtet: überkreuzte Stöckchen auf der Erde, kleine Steinhaufen und Baumstämme, an denen die Rinde in langen Streifen abgeschält war – Kwådds Zeichen für Fabian.

*

Eines Tages, als es besonders kalt und feucht war, blieb Fabian den ganzen Nachmittag weg. Als es dunkel wurde, begann Fredrik sich Sorgen zu machen.

Und dann, ohne daß er die Tür gehört hatte, stand der Junge plötzlich in der Küche. Fredrik schaute ihn erstaunt an. Er strich ihm über die Wange, als wolle er sich vergewissern, daß er es wirklich war. Der Junge zuckte zurück – wie Olivia mochte er seine Berührungen nicht mehr –, aber Fredrik spürte, daß er warm war, als käme er aus der Sauna und nicht aus einem winterlichen Wald.

Er ging in die Diele und faßte die Jacke, die Mütze und die Stiefel an. Alles war ganz trocken, obwohl draußen schon den ganzen Tag ein nasser Schnee fiel.

»Wo warst du?« fragte Fredrik.

Fabian stand am Kühlschrank und holte einen Behälter mit Saft heraus.

»Nirgends.«

Er schenkte Orangensaft in ein Glas ein und holte in aller Ruhe eine Schachtel Kekse aus dem Schrank. Es kam immer öfter vor, daß er sich selbst etwas zu essen nahm, weil er nicht zu Hause war, wenn Fredrik seine Mikrowellenmahlzeiten aß oder Paula ihre Wokgerichte und ihren Salat verzehrte. Wann hatten sie zuletzt gemeinsam eine richtige Mahlzeit gekocht?

»Was meinst du mit ›nirgends‹? Irgendwo bist du doch gewesen, oder?«

»Zu Hause.«

»Wo? Du warst nicht im Kinderzimmer, da habe ich gerade nachgeschaut.«

Der Junge lächelte, den Mund voller Kekse.

»Wo warst du, Fabian?« fuhr Fredrik fort.

Fabian trank in einem Zug den Rest Saft aus, als würde er an einem Biertrinkerwettbewerb teilnehmen, stellte das Glas mit einem Knall ab, lief ins Wohnzimmer und machte den Fernseher an.

Fredrik klopfte an die Tür zu Paulas Atelier. Der CD-Player lief, die Rockmusik dröhnte. Er wußte, daß Olivia bei ihr war. War diese Lautstärke gut für die Ohren eines so kleinen Kindes? Paula behauptete, Olivia gefiele es, sie würde zur Musik tanzen. Und Fredrik wußte, daß er keine Chance hatte. Wenn es um die Kinder ging, hatte sie immer recht.

Er klopfte noch einmal. Er wollte mit ihr über Fabian sprechen. Über seinen Verdacht. Aber sie hörte ihn nicht. Sein Klopfen ertrank in E-Gitarren und Schlagzeug. Beinahe glaubte er, daß sie die Lautstärke noch weiter aufdrehte.

Als Fredrik eine Viertelstunde später ins Wohnzimmer schaute, war Fabian wieder verschwunden. Der Fernseher war an, seine Jacke hing am Haken, aber der Junge war nirgends zu finden. Fredrik setzte sich an den Küchentisch, von wo er die Diele überblicken konnte, und wartete.

Nach etwa einer Stunde glitt die Tür zur Kammer unter der Treppe vorsichtig auf. Fredrik stand auf und ging leise und schnell in die Diele. Er kam gerade rechtzeitig und packte Fabian, als er aus der Kammer schlich.

»Was hast du da drinnen gemacht?« fragte Fredrik.

Er hielt ihn am Arm fest, damit er nicht abhauen konnte.

»Gespielt«, antwortete Fabian und versuchte sich loszumachen.

»Mit wem?«

»Mit niemand.«

»Das ist nicht wahr, das weißt du. Mit wem hast du gespielt?«

»Das darf ich nicht sagen.«

»Wer hat dir verboten, es zu sagen?«

»Mama. Sie hat gesagt, ich soll nicht über ihn sprechen.«

»Über wen sprechen.«

»Das darf ich doch nicht sagen. Das habe ich gerade gesagt. Du wirst immer so komisch, wenn man über ihn redet.«

»Hat Mama das gesagt? Daß ich komisch werde?«

Fabian nickte. Er hatte Tränen in den Augen.

»Findest du auch, daß ich komisch bin?«

Der Junge nickte wieder.

»Wie denn?«

»Du bist böse auf mich.«

»Ich bin nicht böse.«

»Du hältst mich am Arm fest.«

Fredrik ließ ihn los, hockte sich vor Fabian und faßte ihn leicht an beiden Händen.

»Ich hatte nur Angst, daß du wieder verschwinden könntest«, flüsterte er sanft. »Ich möchte nicht, daß du verschwindest.«

Ganz vorsichtig streckte er seine Hand aus und berührte ihn leicht an der Wange.

»Das machst du doch nicht?«

Fabian schüttelte den Kopf. »Du kannst mir doch sagen, mit wem du dich da drinnen triffst? Wir wissen doch beide, wer es ist, nicht wahr?«

Keine Antwort.

»Du triffst dich mit Kwådd. Dem Mann unter der Treppe. Stimmt's?« sagte Fredrik in freundlichem Ton.

Fabian nickte stumm.

»Ist er ...« Fredrik hielt inne und senkte die Stimme zu einem Flüstern. »Ist er irgendwie verletzt? Hat er eine Wunde oder so?«

Fabian schüttelte nachdrücklich den Kopf.

Fredrik war irgendwie erleichtert. Natürlich war Kwådd unverletzt. Fredrik hatte ihm nur einen Kratzer zugefügt. Wie konnte er nur glauben, daß er ihn verletzt, vielleicht sogar getötet hatte? Fredrik war nicht der Mann, der so etwas fertigbrachte. Und Kwådd war nicht so leicht zu verletzen.

»Was macht ihr zusammen, du und er?« fuhr Fredrik fort, als Fabian sich umdrehte und weggehen wollte.

Der Junge zuckte mit den Schultern.

»Seid ihr in der Kammer oder weiter unten?«

Fabian runzelte die Stirn.

»Wie weiter unten?«

»Seid ihr an seinem geheimen Ort?«

Fabian schien nachzudenken und nickte dann.

»Wie ist es dort? Ist es warm?« fragte Fredrik.

Seine Stimme klang jetzt erregt.

»Ja. Ziemlich.«

»Wärmer als hier?«

»Ich weiß nicht. Ja, vielleicht.«

»Wie sieht es dort aus? Ich wollte schon immer wissen, was das für ein Ort ist.«

Fabian schaute unangenehm berührt.

»Es ist einfach so ein Ort«, sagte er.

Seine Augen waren groß und angsterfüllt. Er warf einen Blick auf die Ateliertür und rief plötzlich mit schriller Stimme:

»Mama! Mamaaaa!«

Die Rockmusik verstummte, und im nächsten Moment stand Paula in der Diele.

»Was ist denn, Liebling?«

»Papa ist so komisch.«

Fredrik stand auf und sagte in ruhigem Ton:

»Er war in der Kammer, und ich habe ihn nur gefragt, was er da gemacht hat.«

Paula bekam einen harten Zug um den Mund.

»Fabian spielt manchmal in der Kammer«, sagte sie kurz. »Er hat da seine geheime Hütte. Du brauchst ihn nicht auszuhorchen. Er kann spielen, wo er will.«

»Aber du weißt doch, wer...«

»Ich habe nichts gesagt, Mama! Ich habe nicht über ihn gesprochen!« rief Fabian erschrocken. »Papa hat es gesagt!«

»Möchtest du ein bißchen zu mir ins Atelier kommen, Fabian? Du kannst an der Staffelei malen, wenn du willst«, sagte Paula schnell und schob ihn vor sich her.

Bevor sie die Tür zum Atelier zuschlug, warf sie Fredrik einen langen, haßerfüllten Blick zu. Er hörte, wie der Schlüssel sich drehte und sie sich mit ihren Kindern einschloß.

Kulissen

Wo waren sie nur?

Es war so still. Keine Rockmusik, kein Kindergeschrei, keine fröhliche Erkennungsmelodie vom Kinderprogramm im Fernsehen. Nur der Klang seiner eigenen, langsamen Schritte durch die Räume.

Waren sie in den Ort gefahren? Aber er hatte kein Auto gehört, keine Tür, die zugeschlagen wurde. Und sie hatten nicht auf Wiedersehen gesagt.

Wo waren sie?

Eigentlich wußte er es ja. Wenn er in der Küche stand, konnte er leise, schlurfende Schritte irgendwo von da unten hören. Und wenn er sich auf alle viere dort auf den Boden kniete, wo es so gemütlich warm in dem ansonsten so kalten Haus war, und wenn er das Ohr an die Holzdielen legte, konnte er ihre Stimmen hören. Gedämpft. Kichernd.

Er würde mit ihnen reden, wenn sie hochkamen. Ernsthaft, ohne ihnen Vorwürfe zu machen, sie zurechtzuweisen oder zu erschrecken. Er mußte so mit ihnen sprechen, daß er sie *erreichte*.

Gestern – oder war es vorgestern, oder noch länger her? – war er ins Kinderzimmer gegangen, wo Olivia ihren Mittagsschlaf im Gitterbettchen hielt. Sie lag mit dem Gesicht an den Gitterstäben, rosig vom Schlaf, sie atmete ganz ruhig. Fredrik hatte lange da gestanden und sie angeschaut, sein Herz hatte vor Liebe geschmerzt.

Er hockte neben dem Bett und betrachtete das rundliche Gesicht mit der makellosen glatten Haut und dem amüsanten vornehmen Ausdruck um den Mund. Die Kaiserin. Er erinnerte sich, wie er sie in den Armen hielt, als sie neugeboren war, und wie er staunte. Ein Mädchen!

Er näherte sich vorsichtig, um die kleine Wange im Zwischenraum zwischen den Gitterstäben zu küssen und ihren Duft einzuatmen.

Plötzlich hielt er inne und erschrak so, daß er sich an den Stäben festhalten mußte, um nicht zu fallen. Der Geruch, der seine Nasenlöcher erreichte, war nicht der süße, wunderbare Duft eines kleinen Kindes. Es war ein muffiger, schmutziger Kellergestank. *Sein* Gestank!

Die rosigen Wangen, die kleine Hand, entspannt und geöffnet auf der Decke ruhend, das weißblonde, lockige Haar – alles stank nach ihm!

Fredrik stand auf und ging langsam rückwärts zur Tür, Tränen drangen aus seinen Augen und machten ihn blind. Am Ende also auch sie.

Und jetzt war sie verschwunden. Wie die anderen beiden.

Er ging von Zimmer zu Zimmer. Er hatte seinen dicken Islandpullover und einen Schal an, weil es im Haus so kalt war.

Und es stank. Er ist hier gewesen, in den Zimmern. Sie ließen ihn jetzt überall rumlaufen.

Aber meistens blieb er da unten. Dorthin hatte er mit seiner listigen Installation die Wärme geleitet.

Fredrik ging in die Küche, stand still und lauschte. Er konnte sie wie Ratten unter dem Boden rascheln hören.

»Er ist keine Ratte!« Schon damals hatte Paula ihn verteidigt. Als Fredrik versuchte ihn einzusperren, ihn da unten zu ersticken. »Wie grausam! Er ist keine Ratte!«

Er ging ins Wohnzimmer, beugte sich über das Sofa und roch an den Kissen. Was für ein Gestank! Er ging zu den Fenstern, öffnete sie sperrangelweit und ging dann ins Atelier.

Hier war es ganz leer. Keine Bilder. Keine Farbtuben. Keine Pinsel oder Stifte oder Skalpelle. Keine Pornozeitschriften, Fotos oder Bogen mit Buchzeichen. Was hatte Paula nur mit allem gemacht? Hatte sie es wirklich zu ihm nach unten genommen? Wieviel Platz war da unten?

Der Gestank erfüllte auch das Atelier. Er öffnete alle Fenster der Veranda. Der kalte Wind wehte herein, aber das machte nichts. Das Haus war sowieso ausgekühlt. Das wichtigste war, daß der Gestank hinausging. Er zog eine Jacke über seinen Islandpullover an und machte sich eine Tasse heißen Tee, um innerlich warm zu werden.

Draußen war graue Dämmerung. Morgen oder Abend? Er hatte keine Ahnung, welche Tageszeit war. Er wußte nicht, wann er zuletzt geschlafen hatte. Es kam ihm vor, als wäre er permanent im Dritten Zustand. Als wäre er da gefangen. Konnte das sein?

Er schaute aus dem Fenster und wußte, daß es genau so war. Da war sie, die farblose Welt, die er in der frühen Morgendämmerung überrascht hatte, wie man eine ungeschminkte Frau überrascht. Aber es war keine Überraschung mehr. Die Welt schien sich für ihn nicht mehr herzurichten. Sie wandte ihm ihr bleiches, totes Gesicht zu und grinste.

Er stand am offenen Fenster und schaute über die schneebedeckten Felder, auf den grauen Himmel und die Steinmauern neben den entlaubten Bäumen. Alles Kulissen. Kulissen! wollte er rufen. Aber wer würde ihn hören? Er hatte alles durchschaut, aber wozu? Es spielte keine Rolle mehr.

Er ging ins Schlafzimmer hinauf und legte sich aufs Bett, immer noch mit Islandpullover, Jacke und Schal bekleidet. Wenn er wenigstens ein paar Stunden schlafen könnte. Er war so müde.

Aber der Schlaf war ihm schon lange geraubt worden. Seine übermüdeten Augen mußten immer irgendwohin schauen, an die Decke oder an die Wand. Sein schmerzendes Gehirn wurde von den merkwürdigsten Gedanken erfüllt, die wenigsten waren seine eigenen. Der Rest war fremd, in sein eigenes Denken implantiert, wie Narkotika, die ein böser Schmuggler zwischen seinen persönlichen Habseligkeiten in seinem Koffer versteckt hatte. »Das gehört mir nicht! Das gehört mir nicht!« wollte er schreien, wenn er die fremden Dinge sah.

Er stand auf und ging ins Kinderzimmer, das Stockbett und das Gitterbettchen waren leer, die Spielsachen lagen auf dem Boden herum.

Er ging wieder die Treppe hinunter, ins Wohnzimmer, in die Küche. Immer im Kreis. Sein erschöpfter Körper fand keine Ruhe.

Er dachte an den Polizisten, der ihn verhört hatte. Paula hatte gesagt, sie würden sich bestimmt noch einmal melden.

Aber das hatten sie nicht gemacht. Sie hatten auch keinen anderen Verdächtigen festgenommen.

Fredrik mußte immer wieder an die Zeugin denken. Die Frau, die er mit Bodil verwechselt und bedroht hatte. Sie schien keinen Kontakt zur Polizei gesucht zu haben. Denn dann hätten sie ihn bestimmt noch einmal verhört.

Er fand es merkwürdig. Sie muß doch in der Zeitung gelesen haben, was passiert ist. Sie muß sich an sein sonderbares Benehmen erinnert haben.

Manchmal wünschte er sich fast, daß sie sich melden würde, sagen würde, daß Fredrik zuerst gewalttätig war, sich dann jedoch beruhigte. Sich entschuldigte. Daß es sich offenbar um ein Mißverständnis handelte. Sie hatte erst Angst bekommen, aber dann verstanden, daß er nicht gefährlich war. Nur wütend und verbittert, weil er vielleicht mit seiner Frau gestritten hatte oder so.

Aber sie hatte nichts von sich hören lassen.

Auf einmal hatte er Hunger und machte den Kühlschrank auf. Da lagen überreife Tomaten. Sie waren aufgesprungen und – er nahm eine heraus und untersuchte sie – schimmelig. Das Brot im Schrank war trocken und hart. Paula kümmerte sich überhaupt nicht mehr um den Haushalt.

Er war vielleicht doch nicht hungrig. Wenn er richtig in sich hineinhorchte, dann hatte er keinen Hunger. Er trank noch etwas Tee und machte eine weitere Runde durchs Haus.

Würden sie nicht bald hochkommen? Wie lange waren sie schon da unten?

Er ging in die Diele und riß die Tür zur Kammer auf.

»Paula!« schrie er.

Ohne Taschenlampe kroch er ins Dunkel und tastete sich durch das Gerümpel. Er hatte vergessen, daß es so schnell niedrig wurde, und schlug sich den Kopf an der Treppe an.

Er fiel auf alle viere. Mit den Händen fühlte er eine Rolle mit Draht, die er schon früher hier drinnen gesehen hatte, und einige harte Plastikgegenstände, das waren sicher Fabians Spielsachen. Ja, sicher, er spielte hier drinnen. Die Kammer war sein Spielplatz.

Aber jetzt war er nicht da. Er war weiter unten. Fredrik konnte ihn begeistert lachen hören.

Er kroch weiter unter die Treppe. Der Gestank hier drinnen war fast unerträglich. Er kroch bis zur untersten Treppenstufe, wo die Öffnung in die Unterwelt war. Er robbte so nah wie möglich, steckte den Kopf in die Öffnung und rief in den Gang hinein:

»Paula!«

Sie antwortete ihm nicht.

»Fabian! Ich bin's, Papa. Ich will, daß ihr raufkommt!«

Keine Antwort. Nur dieser unterirdische Gestank schlug ihm entgegen. Nicht mehr kalt, sondern heiß und metallisch, wie von einer Warmwasserleitung.

Etwas kitzelte in seinem Gesicht. Er faßte hin und hatte etwas Klebriges am Finger. Er hatte sich den Kopf so fest angeschlagen, daß er ein blutendes Loch im Kopf hatte.

Wieder steckte er den Kopf in die Öffnung und rief:

»Laß sie gehen, Kwådd! Laß meine Familie gehen!«

Leises Lachen kam von unten.

Sein Kopf steckte jetzt ganz im Gang. Er schaute sich um, nach vorne und nach unten. Es war dunkel wie in einem Sack, er konnte nichts erkennen. Er drückte sich weiter hinein, die Schultern, den einen Arm.

»Du hast sie mir weggenommen. Du hast sie alle genommen. Dann nimm auch mich!« keuchte er und kämpfte, um ganz durch die Öffnung zu kommen.

»Hast du gehört? Du kannst mich auch nehmen! Ich komme!«

Aber er kam nicht durch. Kwådd, Paula und die Kinder waren kleiner und gelenkiger als er. Die Öffnung war nicht groß genug für ihn.

Er versuchte den Arm zurückzuziehen, blieb jedoch mit dem Ellbogen stecken. Er drehte und wand sich. Versuchte erst die eine und dann die andere Schulter herauszuziehen. Aber es ging nicht.

»Paula! Kwådd! Ihr müßt mir helfen. Ich stecke fest«, keuchte er.

Jetzt versuchten sie nicht einmal mehr, leise zu sein. Kwådd, Paula und Fabian schrien vor Lachen. Er konnte sogar Olivias Babylachen hören, wunderbar trillernd, wie Perlen auf einer Wasserfläche.

Sein Herz zog sich zusammen vor Liebe, und trotz seiner unglücklichen Lage, festgekeilt wie eine Ratte in einer Falle, lächelte er.

Unter der Treppe

»Kann ich zuerst Ihren Namen erfahren?« sagte der junge Polizist, der das Gespräch entgegennahm.

»Ich heiße Björn Valtersson.«

»Ich kenne dich. Du hast unseren Bootssteg gebaut. Gute Arbeit. Hat jetzt schon vier Winter überstanden. Worum geht es?«

Björn Valtersson räusperte sich ein paarmal, als wüßte er nicht, wie anfangen.

»Es geht um meine Nachbarn, Fredrik Wennéus und Paula Kreutz. Ich habe ein paar Tage kein Auto gesehen und vermutet, daß sie verreist sind. Zumindest einer von beiden. Aber gleichzeitig standen mehrere Fenster offen, tagelang, und das fand ich etwas merkwürdig um diese Jahreszeit. Vor allem, wenn sie verreist sind. Ich hielt vor dem Haus und sah, daß der Briefkasten voller Zeitungen und Post war.«

»Ja?« sagte der Polizist ungeduldig.

»Ich habe geklingelt, und als niemand öffnete, habe ich die Klinke heruntergedrückt. Es war nicht abgeschlossen.«

Er räusperte sich wieder.

»Du bist also hineingegangen«, sagte der Polizist.

»Ja, drinnen war es ganz ausgekühlt. Ich habe gerufen, aber keine Antwort bekommen. Dann sah ich, daß die Tür zur Kammer unter der Treppe offenstand, und ich hörte merkwürdige Geräusche. Ich schaute hinein und sah, daß ganz hinten jemand lag. An der Wand hing eine Taschenlampe, und als ich sie anmachte, sah ich, daß es ein Mann war. Unrasiert und schlecht riechend.«

»Stopp«, sagte der Polizist und streckte sich nach seinem Notizblock. »Hast du gesagt, es lag ein Mann unter der Treppe?«

»Ja, wahrscheinlich ein Obdachloser, der eingedrungen ist. Als ich ihn mit der Taschenlampe anleuchtete, knurrte er und zeigte die Zähne, wie ein Hund. Irgend etwas an ihm war unheimlich. Ich habe Angst bekommen und bin weggelaufen. Aber er braucht Hilfe. Wenn ihr also jemanden hinschicken könntet. Das Haus liegt ...«

»Ich weiß, wo es liegt. Wir kommen.«

Provisorium

Licht. Das Grün. Der Wind, der über seine Wange strich, warm und weich, wie die Haut eines anderen Menschen. Der Duft von frisch gemähtem Gras und schattige Kühle.

Fredrik saß auf einer Bank im Park des Krankenhauses und begegnete dem allem wie einem alten Freund, den man viele Jahre nicht gesehen hat. War das der gleiche alte Sommer, oder hatte er sich verändert? War er nicht grüner, schöner? Stärker?

Oder hatte er sich verändert?

In der letzten Zeit befand er sich in einem Nebel, der sich für kurze, schmerzhafte Momente hob, um ihn sehen zu lassen, wo er war und wie alles zusammenhing, und sich gleich wieder um ihn zu schließen, wie eine schützende Hülle um seine verwundete Seele. Bis sie eines Tages nicht mehr gebraucht wurde und er bereit war, der Welt in ihrer ganzen schmerzhaften Schärfe entgegenzutreten.

Und das war also die Welt: Die hohen Ulmen mit ihren lustigen Samenscheiben, die durch die Luft schwebten und neben seinen Füßen landeten, trocken und flach wie Oblaten. Der bittere, säuerliche Geruch von Gras. Das Lachen und die Stimmen der Menschen.

Seine Psychiaterin, eine angenehme Frau mittleren Alters, hatte ihm erzählt, daß sein Nachbar, Björn Valtersson, ihn gefunden hatte. Er lag ganz weit drinnen in der Kammer, unter der letzten Stufe. Ausgemergelt, ausgetrocknet und schmutzig. So elend an Körper und Seele, daß Björn ihn im Dunkel der Kammer nicht erkannt und ihn für einen Fremden gehalten und deshalb die Polizei gerufen hatte.

Fredrik steckte nicht, wie er geglaubt hatte, in der Öffnung unter der Treppe fest. Es gab keine Öffnung, hatte nie eine gegeben, das konnten sowohl Björn Valtersson als auch die Polizisten bezeugen.

Und doch steckte er irgendwie fest. Das mußte so sein, denn kein Mensch legt sich freiwillig mehrere Tage in eine dunkle Kammer, ohne Essen und Wasser.

Er erinnerte sich nicht, wie er gefunden und mit dem Krankenwagen ins Krankenhaus gebracht worden war. Aber er erinnerte sich an die Zeit davor. Wie er in dem kalten Haus nach Paula und den Kindern suchte und glaubte, sie wären zu Kwådd gekrochen.

Tatsächlich waren sie zu diesem Zeitpunkt überhaupt nicht mehr im Haus. Paula hatte die Kinder genommen und war zu ihren Eltern gezogen. Sie hatte Angst vor ihm. Das hatte sie jedenfalls der Ärztin in der Psychiatrie erzählt und ihre Version geschildert. Sie hatte Fredrik noch nicht besucht. Sie fand es sinnlos, wo er doch so krank war.

Aber heute würde sie kommen. Jetzt ging es ihm besser. Er würde ihr keinerlei Vorwürfe machen, nicht gewalttätig werden und sie erschrecken. Er würde Kwådd nicht erwähnen. Kwådd gab es nicht mehr.

Die Ärztin sagte, Kwådd sei eine Hilfskonstruktion gewesen, die er in einer Notsituation gebraucht habe. »Wie wenn man nach einem Sturm oder einer Überschwemmung sein Haus verloren hat und sich aus dem, was vorhanden ist, ein provisorisches Zuhause bauen muß«, sagte die Ärztin. »Das ist kein haltbares Gebäude, aber mehr schafft man in diesem Moment nicht. Es taugt für eine Zeitlang, dann fällt es zusammen. Du hast die Möglichkeit, etwas Besseres zu schaffen, Fredrik. In aller Ruhe und ohne Druck kannst du ein Leben aufbauen, das sich auf die Realität gründet, auf dich, so wie du bist.«

»So wie ich bin?« dachte Fredrik. »*So wie ich bin?*«

Er war einmal Wirtschaftssekretär der Gemeinde Kungsvik gewesen. Ehemann der Künstlerin Paula Kreutz. Vater von Fabian und Olivia. Aber das war lange her. Dieser Mann war er nicht mehr.

Als er vor dem Sprechzimmer der Ärztin warten mußte, blätterte er zerstreut in herumliegenden Zeitungen auf dem Tisch. Eine war die Einrichtungszeitung, die die Reportage über Paulas Zuhause gebracht hatte, und er starrte plötzlich seine Familie an. Der lächelnde Mann mit Strohhut und weißem Baumwollhemd kam ihm sehr fremd vor. Würde er je wieder in ihn hineinschlüpfen. Das erschien ihm unmöglich.

Er mußte sich eine Schale zulegen, einen Schutz. »Etwas Neues aufbauen«, hatte die Ärztin gesagt. Aber wie würde das aussehen? Und wie sollte er das schaffen, er war doch so müde und schwach.

Sie hatten verabredet, sich im Park des Krankenhauses zu treffen. Paula mochte Krankenhäuser nicht, das wußte er. Sie erinnerten sie an Schmerzen und Hilflosigkeit, an die gerissene Sehne, die ihre Karriere als Tänzerin beendet hatte, und an ihre schmerzhafte erste Geburt.

Aber hier draußen unter den großen Ulmen, da konnte sie ihn treffen, das hatte sie versprochen.

Und da kam sie jetzt. Das Haar trug sie wie immer zu einem Pferdeschwanz gebunden, auf der Hüfte schaukelte eine winzige Schultertasche, und sie sah aus wie ein sorgloser Teenager und nicht wie eine gestandene berufstätige Frau und Mutter von zwei Kindern.

Die Kinder hatte sie nicht dabei. Beim letzten Telefongespräch sagte sie, sie würde sie bei ihrer Mutter lassen, aber er hoffte dennoch. »Das nächste Mal, Fredrik«, sagte sie.

Sie wollte ihn erst anschauen, vermutete er. Wie er war. Ob man ihn den Kindern zeigen konnte.

Aber jetzt war sie wenigstens selbst da. Er stand von der Bank auf und ging ihr entgegen. Sie blieben ein paar Meter entfernt voneinander stehen. Er merkte, daß sie sein Gesicht studierte, und lächelte vorsichtig. Er wollte sie berühren, aber noch bevor er die Hand ausgestreckt hatte, trat sie fast unmerklich einen Schritt zurück und sagte in munterem Ton:

»Hallo, wie geht es dir? Du siehst gut aus.«

»Ja, es geht mir gut. Und du?«

»Mir geht es auch gut.«

»Und den Kindern?«

»Denen geht es ausgezeichnet. Sie lassen dich grüßen.«

»Ich komme bald nach Hause. Sag ihnen das.«

Sie nickte und setzte sich auf die Bank.

»Es gibt eine Cafeteria. Ich lade dich gerne zu einer Tasse Kaffee ein«, sagte er.

»Nein danke, ich habe gerade Kaffee getrunken. Hier ist es schön, finde ich.«

Ja, sicher, es war viel besser hier. Ruhig. Schön. Sie waren für sich. Er setzte sich neben sie. Sie legte die kleine Schultertasche zwischen sie.

Langsam und vorsichtig sprachen sie über das, was geschehen war. Fredrik war krank, das wußte er inzwischen selbst. Es tat ihm leid, daß er ihr und den Kindern Angst eingejagt hatte.

»Ich habe auch nicht gesehen, wie krank du warst«, sagte Paula. »Daß du Fabians Phantasiekamerad ernst genommen hast. Ich habe gedacht, du machst Spaß. Und dann habe ich mich über dich geärgert.«

»Aber du hast doch auch geglaubt, daß es ihn gibt? Oder nicht? Du hast dir auch Sorgen gemacht und wolltest das Schloß auswechseln lassen.«

»Am Anfang habe ich dir geglaubt. Und ich bekam Angst, als er dich gebissen hat. Hast du dich wirklich selbst so fest gebissen?«

»Ich weiß es nicht«, murmelte Fredrik. »Ich erinnere mich nicht. Die Ärztin meint ja.«

»Du hast dir oft im Schlaf in die Finger gebissen. Als wolltest du dir weh tun. Das war unheimlich«, sagte sie leise.

»Und dann hast du mir nicht mehr geglaubt?«

Sie zuckte mit den Schultern.

»Ich wußte nicht, was ich glauben soll. Das, was du gesagt hast, stimmte ja nicht. Daß es eine Öffnung ins Fundament gab, zum Beispiel. Ich verstand nicht, warum du das sagst. Ich wollte einfach nicht darüber nachdenken, glaube ich. Ich dachte, es würde vorbeigehen, wenn wir nicht darüber reden.«

»Das hast du immer geglaubt, Paula. Daß die Sachen vorbeigehen, wenn man nicht darüber redet.«

»Aber über Sachen, die es nicht gibt, braucht man auch nicht zu reden«, protestierte sie.

»Warum nicht? Meine Ärztin und ich, wir reden viel über Sachen, die es nicht gibt. Es genügt, daß man sie spürt. Dann kann man auch darüber reden.«

»Ich habe den Mann unter der Treppe nicht gespürt«, bemerkte sie.

»Aber Fabian. Er und ich, wir konnten über ihn reden.«

Sie holte tief Luft, schnappte ihre Tasche und hielt sie auf dem Schoß fest, als wolle er sie ihr wegnehmen.

»Versprich mir, daß du ihn nicht erwähnst, wenn Fabian das nächste Mal mitkommt«, sagte sie gepreßt.

»Ich hatte es nicht vor.«

Sie saß eine Weile schweigend neben ihm, alle Muskeln waren angespannt. Wahrscheinlich überlegte sie, ob sie gehen oder noch etwas bleiben sollte. Fredrik schaute in die Baumkronen und wartete. Er wußte, daß jedes Wort, das er sagte, falsch sein konnte.

Allmählich entspannte sie sich wieder, und er wußte, sie würde noch bleiben.

»Sie haben den Mord an Bodil nie aufgeklärt«, sagte sie leise. »Sie haben einen Kriminellen verhört, mit dem sie zusammen war, aber er hatte ein wasserdichtes Alibi.«

Der Wind strich durch die Kronen der Ulmen, die kleinen Samenscheiben segelten durch die Luft und landeten neben ihren Füßen.

»Das ist schade. Daß sie den Täter nicht gefunden haben, meine ich. Man fühlt sich nicht gut, solange er frei rumläuft«, sagte Fredrik.

Paula schwieg und fummelte am Verschluß ihrer Tasche.

»Ich werde für eine Weile verreisen.« Sie schaute ihn kurz an. »Ich habe ein Stipendium bekommen. Nach New York.«

Der ganze Park begann zu schaukeln. Er schluckte und hielt sich an der Bank fest.

»Oh. Gratuliere. Wie lange wirst du weg sein?«

»Ein Jahr. Ich nehme die Kinder mit. Meine Mutter kommt am Anfang mit und kümmert sich um sie. Ich bekomme eine Wohnung und ein Atelier gestellt. Gute Möglichkeiten, in einer skandinavischen Galerie auszustellen. Das ist eine große Chance für mich.«

»Ein Jahr«, wiederholte er und versuchte zu verdauen, was sie gesagt hatte. »Ein ganzes Jahr! Und mit den Kindern!«

Er streckte die Hand aus, um sie ihr auf den Arm zu legen, aber sie zuckte zurück. Sie hatte immer noch Angst vor ihm.

»Meine Mutter kümmert sich um sie, das habe ich doch gesagt. Ich habe schon eine Schule für Fabian. Du brauchst dir keine Sorgen zu machen.«

Sie stand auf und bürstete ein paar Ulmensamen von ihren Kleidern.

»Ich muß jetzt gehen.«

»Wann fahrt ihr?«

»In zwei Wochen.«

»So schnell? Aber du kommst doch noch einmal mit den Kindern, bevor ihr fahrt?«

»Selbstverständlich. Wir kommen und sagen auf Wiedersehen. Das ist doch klar.«

Sie lächelte ihn an. Ein angespanntes, gekünsteltes Lächeln.

Und bevor er noch etwas sagen konnte, hatte sie sich umgedreht und war gegangen.

Es war zu keiner körperlichen Berührung zwischen ihnen gekommen.

*

Er blieb lange auf der Bank im Park sitzen, zu schwach, um aufzustehen.

Unter einem der Bäume versammelten sich ein paar Schwestern, sie standen da, plauderten und lachten munter und rauchten ihre Zigaretten. Zwei Ärzte liefen mit offenen, flatternden Kitteln zwischen den Gebäuden umher.

Dann war es wieder ruhig und still. Eine Amsel begann zu singen. Klare, liebliche Töne. Hin und wieder machte sie Pause, als würde sie über die nächste Strophe nachdenken.

Ein junger Pfleger schob eine alte Frau im Rollstuhl den Parkweg entlang.

Als sie an Fredrik vorbeikamen, wandte sie sich ihm zu, beugte sich über die Armlehne und zeigte mit einem mageren, blaugeäderten Finger auf ihn.

»Guten Tag!«

Der Pfleger blieb stehen und beugte sich über den Rollstuhl.

»Ist das jemand, den du kennst?« fragte er.

Die Frau bat ihn, zurückzufahren, er drehte um und fuhr auf Fredrik zu.

»Natürlich kennen wir uns. Er war einmal mein Schüler, der kleine Sven, nicht wahr?«

»Tut mir leid. Sie irren sich«, murmelte Fredrik.

»Ich möchte nicht gesiezt werden, das habe ich schon beim letzten Mal gesagt. Guten Tag, Sven, nett, dich zu sehen. Wie geht es dir? Du bist ein bißchen blaß. Liegst du hier im Krankenhaus?«

Jetzt sah er, wer es war.

»Nein so was, Fräulein Stening. Guten Tag.«

Er nahm ihre ausgestreckte Hand, die seine erstaunlich fest drückte. Die andere Hand lag schlaff wie eine verwelkte Blume in ihrem Schoß, und sie sprach ein wenig schleppend. Fredrik vermutete, daß sie einen Schlaganfall gehabt hatte.

»Und wie ging es weiter? Habt ihr euch schließlich angefreundet, du und Karl?« fragte Elsa Stening.

»Karl? Ach so, der. Nein, wir haben uns nicht angefreundet.«

»Das tut mir leid. Und am Ende mußtest du ausziehen? Ich habe so etwas befürchtet. Und deine Frau? Und die Kinder?«

»Sie wohnen zur Zeit bei ihren Eltern. Dann fahren sie nach New York.«

»Oh je, oh je.«

Sie schüttelte den Kopf. Der Pfleger war ein Stück weitergegangen und hatte sich eine Pfeife angezündet.

»Genau wie bei der anderen Familie. Das ist nicht schön.«

Fredrik wußte nicht, was er sagen sollte.

»Du hast dich mit ihm gestritten, nicht wahr? Du hättest meinem Rat folgen und ihn gar nicht beachten sollen. Ihn einfach kommen und gehen lassen. War es wirklich so schwierig?«

»Ich weiß nicht«, murmelte Fredrik.

Elsa Stening schnaubte und winkte dem Pfleger mit der gesunden Hand.

»Jetzt fahren wir. Mach das aus.«

Sie zeigte auf die Pfeife.

Der Mann machte die Pfeife aus, steckte sie in die Tasche seines weißen Kittels und schob den Rollstuhl weiter.

»Das war Sven, ein ehemaliger Schüler von mir. Ein lieber Junge. Aber nicht sehr begabt. Ich habe nie verstanden, wie es ihm gelungen ist, Zahnmedizin zu studieren«, hörte Fredrik sie noch nuscheln, dann verschwanden sie Richtung Krankenhaus.

Hausbesichtigung

Wie schön es war, das große weiße Haus mit der Glasveranda und den rosa Rosen, die an der Hauswand hochkletterten und sich fast den Platz streitig machten. Der Garten mit den Beerensträuchern und Spätsommerblumen. Und die Landschaft drum herum – Äcker, Wiesen und Wald.

»Und der Preis ist wirklich gut, ganz bestimmt«, sagte der Makler.

Das Paar, beide um die Fünfunddreißig, nickte zustimmend.

»Der Besitzer möchte es schnell verkaufen.«

»Wie kann man so etwas verkaufen wollen?« sagte die Frau und schaute mit großen Augen um sich.

Neben ihr standen zwei kleine Mädchen.

»Das Übliche. Krankheit, Scheidung, Ärger. Aber wie gesagt. Ihr seid die ersten. Wenn Spekulanten auftauchen, kann der Preis schnell in die Höhe klettern.«

Der Makler lachte vor sich hin, pflückte eine Traube Johannisbeeren und gab sie einem der Mädchen.

»Gibt es das da, wo du jetzt wohnst?«

Das Mädchen schüttelte den Kopf und aß langsam die roten, durchsichtigen Beeren.

»Wenn ihr hierherzieht, dann kannst du soviel pflücken, wie du willst«, sagte er prustend und gab auch dem anderen Mädchen eine Traube Beeren.

Fredrik betrachtete sie aus seinem Versteck hinter dem großen Ahorn am Rande des Gartens. Er hatte das Auto ein Stück weiter weg geparkt und war vor dem Besichtigungstermin hierhergegangen. Der Makler hatte gesagt, er dürfe nicht dabeisein. Er wolle den Verkäufer bei einer Besichtigung nie dabeihaben, aus Prinzip nicht. Das hatte Fredrik natürlich akzeptiert, aber als es soweit war, konnte er der Versuchung nicht widerstehen und wollte das Ganze von Ferne betrachten.

Jetzt bereute er es fast. Sein Herz tat weh vor Trauer. Ein so schönes Haus! Und so eine schöne Familie.

Jetzt schloß der Makler die Tür auf. Alle gingen ins Haus und verschwanden aus Fredriks Blickfeld.

*

Er war inzwischen in eine Einzimmerwohnung gezogen (eine der Junggesellenwohnungen im alten Postamt). Klein und einfach, aber zentral. Das war natürlich nur eine vorübergehende Lösung. Sobald das Haus verkauft war, würde er sich eine Eigentumswohnung kaufen.

Aber vorerst war es ausreichend. Er hatte es nicht weit zur Gemeindeverwaltung, er hatte vor kurzem wieder in Teilzeit zu arbeiten begonnen, am Firmenkatalog. Vorerst nur ein paar Stunden am Tag. Er wurde schnell müde, die vielen Namen, Adressen und Telefonnummern verwirrten ihn. Er war sehr dankbar, daß Märta so viel Geduld mit ihm hatte, ihre mütterliche Fürsorge wärmte sein Herz: die Kaffeebecher, die sie ihm vom Automaten mitbrachte, und die Henkelmänner mit richtigem Essen – einen für sich und einen für ihn –, das sie von zu Hause mitbrachte und das sie zusammen an ihrem Schreibtisch aßen. (Märta hatte sich nie gern in der Kantine oder in der Sitzecke aufgehalten, sie verbrachte ihre Pausen allein in ihrem Zimmer, und in dem verwundbaren Zustand, in dem Fredrik sich befand, war es auch für ihn das Beste.) Ruhig und pädagogisch weihte sie ihn in das komplizierte Karteikartensystem ein, das sie für den Firmenkatalog entwickelt hatte, und Fredrik tat sein Bestes, es zu verstehen. Wenn die Müdigkeit und die Hoffnungslosigkeit ihn überwältigten, konnte es vorkommen, daß er sich an Märtas fülligen Busen lehnte und schniefte und sie ihm vorsichtig über den Kopf streichelte.

Aber es kam auch vor, daß er Leben in sich spürte, ein kleines Kitzeln oder Zucken. Er erinnerte sich an etwas, das er im Fernsehen gesehen hatte: Einem Mann war von einer Maschine die Hand abgetrennt und dann wieder angenäht worden. Die Hand hatte zuerst grau und tot ausgesehen, bevor die Blutgefäße und Nerven wieder funktionierten. Waren die Zuckungen ein Zeichen dafür, daß seine graue Seele wieder anwuchs? Ein kompliziertes System von losen Fäden, die sich suchten und fanden, die noch unsicher ihren Lebensfluß anzeigten?

Paula hatte aus New York angerufen und gesagt, sie wolle sich scheiden lassen. Es ginge ihr gut und den Kindern auch. Fabian hatte ihm Zeichnungen von den Wolkenkratzern in Manhattan geschickt, und von einer Pferdekutsche, mit der er im Central Park gefahren war.

Paula arbeitete intensiv, sie hatte viele nützliche Kontakte geknüpft und an einer Gemeinschaftsausstellung von skandinavischen Künstlern teilgenommen.

Sie hatte kurz vor ihrer Abreise eine kleine Ausstellung in Göteborg. Fredrik war alleine hingefahren und hatte sie sich angeschaut.

Er erkannte sofort die kleinen quadratischen Bilder in warmen, gelbroten Farben. Langsam ging er von Bild zu Bild, er studierte sie genau und las die Titel: »Samenversteck«, »Behaarter Stengel«, »Mohnerwartung«. Er erinnerte sich, daß Paula Mohn auf dem Acker gefunden hatte und fasziniert war.

Auf dem Tisch mit Informationen lagen auch Berichte über die Ausstellung. Er überflog sie. »Stempel, Knospen und Samen stark vergrößert«, »mit sensiblem Blick für den

Mikrokosmos«, »der Betrachter findet sich wie in einer Samenkapsel«.

»Pflanzenteile«. Hatte sie also Pflanzen gemalt?

*

»Was für eine Aussicht!« rief der Mann.

Sie standen jetzt auf dem Balkon über der Veranda, der Makler und die Familie.

»Aber«, sagte die Frau, die sich umgedreht hatte, »hier an der Wand ist eine häßliche Schramme. Schau mal. Eine richtige Scharte. Und hier am Stuhl auch.«

»Das sind Kleinigkeiten, Schatz«, sagte der Mann. »Das kann man richten. Das Haus ist sonst in einem guten Zustand. Schau dir die Aussicht an. Am Morgen aufzuwachen, auf den Balkon zu gehen und das zu sehen!«

Sie gingen wieder ins Haus, und Fredrik nutzte den Moment, um hinter dem Baum hervorzukommen und ungesehen zu verschwinden. Gebückt lief er am Garten entlang zum Tor.

Als er an den Johannisbeersträuchern vorbeikam, sah er, daß etwas sich da drinnen bewegte. Er blieb stehen und starrte in das grüne Dunkel. Dann war es wieder still. Er lief weiter und drehte sich um.

Da glühte etwas zwischen den Blättern. Zwei Punkte. Wie die Augen eines Raubtiers, die das Licht reflektieren. Eine Katze?

Marie Hermanson

Saubere Verhältnisse

Roman
Aus dem Schwedischen von Regine Elsässer
suhrkamp taschenbuch 3703
243 Seiten

Yvonne Gärstrand, erfolgreiche Chefin einer Firma für Zeitmanagement, hat Zeit. Zeit, um sich in fremden Gegenden herumzutreiben und in fremde Häuser zu schauen. Als suche sie dort nach dem wirklichen Leben, das ihr selbst, verheiratete Mutter eines inzwischen erwachsenen Sohnes, abhanden gekommen ist. Die Bewohner im Orchideenweg 9 aber bleiben ihr fremd. Als dort eine Putzfrau gesucht wird, bewirbt sie sich. Als Nora Brick tritt sie ihren Dienst an in dem gepflegten Haus Bernhard Ekbergs, dem offensichtlich die Hausfrau fehlt – und verliebt sich in ihn. Wo ist Helena, Ekbergs Frau? Und wer ist die geheimnisvolle Schöne auf dem Foto, das sie in Ekbergs Jackentasche findet? Yvonne alias Nora macht sich auf Spurensuche und wird zur Mitwisserin eines dunklen Geheimnisses.

»Eine unheimliche Reise in die schwärzesten Winkel der Seele. Überraschend und intelligent. Lesen!« *Jönköpings-Posten*

NF 523/1/6.05

Marie Hermanson

Das unbeschriebene Blatt

Roman
Aus dem Schwedischen von Regine Elsässer
suhrkamp taschenbuch 3626
236 Seiten

Ein Zufall bringt den gealterten Pechvogel Reine mit der fettleibigen Angela zusammen. Und während sie sich einer Kuchenorgie hingibt, erzählt Reine zum ersten Mal einer Person sein Leben – Angela erzählt nichts von sich, doch Reine genügt es, daß sie seinen Bericht in ihrem gewaltigen Inneren verwahrt.
Angelas Lethargie und Unwissenheit faszinieren Reine. Er liebt das Gefühl, sie formen und durch sie zum ersten Mal auch sich selbst lieben zu können. Sie heiraten, und als ihnen nach der Geburt ihres Sohnes Bjarne auch noch ein kleines Erbe zufällt, scheint es Reine, als habe er doch endlich das große Los gezogen.
Doch dann wird Bjarne plötzlich sehr krank. Und Reine wird schmerzhaft bewußt, daß er mit seinem Kind auch Angela verlieren würde. Er beschließt, nicht mehr nur Passagier seines Lebens zu sein, sondern das Steuer selbst in die Hand zu nehmen, und heckt in seiner Verzweiflung einen tollkühnen Plan aus …

NF 524/1/6.05

Marie Hermanson

Die Schmetterlingsfrau

Roman
Aus dem Schwedischen von Regine Elsässer
suhrkamp taschenbuch 3555
242 Seiten

Anna, Mitte Dreißig, unabhängig, beruflich erfolgreich, ist gerade von ihrem Liebhaber verlassen worden. Sie bucht eine Reise nach Borneo, um in der Hitze des Dschungels Roger zu vergessen, und tatsächlich bringt ein Ausflug in den Urwald sie auf andere Gedanken – ein rätselhaftes Zucken, ein unbekanntes Gefühl im linken Bein lenken all ihre Aufmerksamkeit auf sich.
Zurück in Schweden, läßt Anna ihr »Reisesouvenir« vom Tropenspezialisten Willof untersuchen. Dieser ist begeistert: Eine seltene Schmetterlingsart hat sich Anna als Wirtstier ausgesucht. Willof überredet die Auserwählte, vorübergehend zur Beobachtung in sein Schmetterlingshaus zu ziehen. Sie quartiert sich im Glashaus ein, das sich binnen kurzem zu einem Ort merkwürdigster Vorgänge entwickelt ...

»Zum Verschlingen an einem lauen Nachmittag.« *Revue, Luxemburg*

»Voller Spannung, Zauber, aber auch nüchterner Rationalität.« *Brigitte*

NF 522/1/6.05

Louise Erdrich

Der Club der singenden Metzger

Roman
Aus dem Amerikanischen von Renate Orth-Guttmann
suhrkamp taschenbuch 3956
503 Seiten

Als der junge Metzgermeister Fidelis Waldvogel aus dem Ersten Weltkrieg heimkehrt, heiratet er Eva, die schwangere Verlobte seines gefallenen Freundes. Die kleine Familie wandert Anfang der zwanziger Jahre nach Amerika aus, um dort ihr Glück zu suchen. In North Dakota gründet Fidelis nicht nur ein Geschäft, sondern auch einen Gesangverein. Eva sorgt mit Geschick und Energie dafür, daß die Metzgerei Waldvogel der immer größer werdenden Familie ein sicheres Auskommen schafft. Eines Tages lernt sie die Artistin Delphine kennen und findet in ihr eine Seelenverwandte. Zwischen den beiden entwickelt sich eine wunderbare Freundschaft – bis Eva schwer erkrankt.

»Eine fast im Flüsterton erzählte Geschichte voller kleiner und großer Gefühle. Was folgt, wird Sie süchtig machen ... ein Meisterwerk.« *Cosmopolitan*

»Liebes- und Lebensgeschichte voll eigenwilliger Figuren, poetisch und fesselnd.« *Elle*

»Meisterlich erzählt.« *New York Times*

NF 624/1/7.07

Louise Erdrich

Die Rübenkönigin

Roman
Aus dem Amerikanischen von Helga Pfetsch
st 3937. 440 Seiten

Die siebzehnjährige Dot ist ein wildes, zorniges, rücksichtsloses Mädchen. Bei Mitschülern und Lehrern ist sie verhaßt und gefürchtet. Zu Hause buhlen Mary, die Tante, Karl, der Vater, Celestine, die Mutter, und Wallace Pfef, der Pate, vergeblich um ihre Liebe – schamlos und unerschrocken spielt Dot sie gegeneinander aus. Da meint Wallace, eine gute Idee zu haben: Alles setzt er in Bewegung, um seine heißgeliebte Nichte beim Sommerfest zur Rübenkönigin zu küren. Doch statt Dankbarkeit zu zeigen, streckt Dot den Patenonkel mit drei Softbällen nieder, entert einen Doppeldecker und fliegt davon – wie einst ihre Großmutter Adelaide Adare, die vierzig Jahre zuvor auf einem Jahrmarkt in einem Luftschiff entschwand und ihre Kinder Mary und Karl zu Waisen machte, lange bevor in Argus, Dakota, Rüben angebaut wurden und das Leben in der Stadt sich von Grund auf veränderte.

»Louise Erdrich erzählt die skurrile Familiensaga mit einem Realismus, der immer ans Phantastische grenzt. Brillant geschrieben.« *Freundin*

NF 935/1/2.09

Louise Erdrich

Liebeszauber

Roman
Aus dem Amerikanischen von Helga Pfetsch
st 3989. 466 Seiten

Truthahnherzen als Liebeszauber, besessene Nonnen, heimliche und öffentliche Liebesaffären, aber auch Spielsucht, Alkohol und Heimatlosigkeit sind nur einige der Themen, die Louise Erdrich in diesem Roman anspricht. *Liebeszauber* ist das großartige Generationenportrait der Familien Kashpaw und Lamartine, Nachkommen der Chippewa Indianer in North Dakota. Die Mitglieder dieser Familien sind Überlebende einer rauhen und turbulenten Welt, in der die Verbundenheit mit dem Alten und die unwiderstehlichen Verheißungen des Neuen miteinander konkurrieren. Mal komisch und lakonisch, mal ernst, mal lässig oder verzagt, erzählen die einzelnen Familienmitglieder ihre Geschichten. Louise Erdrich drapiert sie auf ihre unnachahmliche Art zu einem Gruppenbild abenteuerlustiger Menschen voller Freiheitsdrang und Lebenswillen.

NF 937/1/2.09

Fattaneh Haj Seyed Javadi

Der Morgen der Trunkenheit

Roman
Aus dem Persischen von Susanne Baghestani
suhrkamp taschenbuch 3958
415 Seiten

Teheran Anfang der dreißiger Jahre. Nachdem die selbstbewußte Mahbube mit ihren fünfzehn Jahren den Sohn einer Prinzessin abgelehnt hat, weist sie auch ihren Cousin zurück, der in sie verliebt ist. Warum? Das Mädchen hat sich in einen jungen Schreiner verguckt, und sie besteht auf ihrer Wahl. Wider Willen ringt der Vater sich dazu durch, ihr nachzugeben. Die Tochter erhält zur Hochzeit ein Häuschen und monatlich Kostgeld, aber das Elternhaus darf sie nicht mehr betreten. Die persische Autorin zeigt, daß Mahbubes Leidenschaft den Bedingungen dieser Ehe nicht gewachsen ist. Die junge Frau findet sich mit Ärmlichkeit und verletzenden Umgangsformen nicht ab. Nachdem ihr Sohn im Alter von fünf Jahren ertrunken ist, hält sie nichts mehr zurück – sie flieht zurück zu den Eltern und wird die Nebenfrau ausgerechnet des abgewiesenen Cousins.

»Einen Gabriel García Márquez oder eine Isabel Allende gab es aus dem Orient noch nicht zu vermelden. Das könnte sich jetzt ändern ... Der Roman ist ein Glücksfall für die orientalische Literatur. Er ist ein Glück für seine Leser.« *Berliner Zeitung*

NF 626/1/7.07

Erling Jepsen

Die Kunst, im Chor zu weinen

Roman
Aus dem Dänischen von Ulrich Sonnenberg
suhrkamp nova. 267 Seiten

Allan, der elfjährige Sohn des Milchmanns, weiß, wie man zu Tränen rührt. Zusammen mit seinem Vater besucht er sämtliche Beerdigungen des Ortes. Die Grabreden des Vaters – unterstützt durch den traurigen Blick des Sohnes – bringen die Angehörigen unweigerlich zum Weinen; und da eine gute Rede dem Umsatz des elterlichen Ladens zugute kommt und zudem die »psychischen Nerven« des Vaters beruhigt, ist die Logik für Allan klar: des einen Tod, des anderen Brot. Aber was tun, wenn die Todesfälle ausbleiben? Wer hat das Feuer gelegt, in dem Allans Großmutter umkam? Wird die große Schwester deshalb wenig später in die Psychiatrie gebracht? Oder etwa, weil sie nicht länger mit dem Vater auf dem Sofa schlafen mag? Eine abgründige Familiengeschichte, geschildert aus dem treuherzigen Blickwinkel eines Elfjährigen, dem die familiäre Harmonie über alles geht und dem es deshalb zunehmend schwerer fällt, »Gut« und »Böse« voneinander zu unterscheiden.

NF 688/1/7.08

Ida Jessen

Leichtes Spiel

Roman
Aus dem Dänischen von Angelika Gundlach
suhrkamp nova
st 4024. 208 Seiten

Gesucht wird: alleinstehender Mann mittleren Alters, wohlhabend, gutmütig.
Der 40jährige Joachim hat einen guten Job, eine attraktive Eigentumswohnung im Zentrum von Kopenhagen, ein hübsches Sommerhaus im Grünen. Da lernt er die zehn Jahre jüngere, alleinerziehende Susan kennen. Bald kommt der gemeinsame Sohn Jacob zur Welt, und Joachim wähnt sich am Ziel seiner Wünsche: Teil einer glücklichen Familie zu sein. Aber in Susan hat er sich getäuscht.Wie weit wird Susan gehen? Wie weit wird Joachim nachgeben? Ida Jessen hat mit Leichtes Spiel einen dramatischen Beziehungsthriller geschrieben, der einen nicht mehr losläßt.

»*Leichtes Spiel* ist ein moderner Thriller über Paarbeziehungen.« *Bogrummet*

NF 682/1/6.08